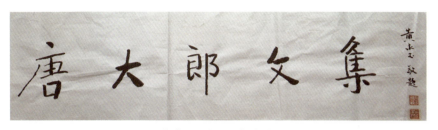

黄永玉题写文集书名

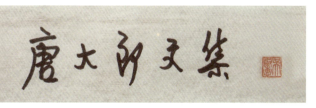

吴承惠题写文集书名

黄永玉绘画《戊戌中秋读大郎忆樊川诗文》

1948年4月10日午后和魏绍昌泛舟南北湖

唐大郎在苏州的墓，唐云题

一九三三年冬寄怀惠明

江南晴暖逊江春,且住清愁付远人。
漫向风沙数寄语,也随寒雁早抽身。
无工挑盥颐加质,夹习陈顽通
史论诗思赢尽主掳菱,俊果
归后一时新。

唐大郎1933年冬寄怀惠明

蔡楚生绘唐大郎像,刊1936年1月2日《金钢钻》报

唐大郎主编《大家》杂志,1947年4月创刊

大晶報

民國十八年三月三號 星期日

東方社放空氣的稿子 （東豐）

□……一而再……再而三……□

東方社為人日所創辦之電信社、其所發電稿等、頗多為日帝國主義張目者、上本報第八十二期、曾載此次發膠東變亂、張宗昌方採稿上加以審慎、前日東次會發一製造空氣之遷都

利用時機、欲圖死灰復燃、外聞已盛傳有日人在內慫、與上海輿論界、相戒對於至今獨未見登、新聞報於通信稿中、略有隱約一

面、已擬就名單、預備成事後實行、舉段祺瑞為總統、梁士詒或潘復為總揆、此外財政外交亦都內定、稿至各報、各報即主緩發、故僅新聞報、

理想中之一張小報 （大郎投稿）

我理想中有一張小報、這張報、要去請唐駝寫報眉、要去請張丹斧做第一篇、要去請馬星馳畫插畫、要去請黃梅生張超俞逸芳做劇評、（以坤角的消息和照片為尤要）又要去請劉恨我來紀他玩弄子裏娘兒們的豔蹟、最好借用幾句古人的七言一詩來做陪襯、使得這篇文字、越見其風流旖妙、喂、你們瞧能、一張報上首苦了這幾位名家的大作、不但是高深古雅、而造福於生靈者、每期少不得要銷他十二萬份、而且滿紙溫馨、又豈可限量呢？、讀者們、你們也贊成我這張理想中的小報嗎、假使有登費齊步上山行、世路何如山路平。輸與美人問首笑。將軍身重妾身輕。（句若易丹翁、必畫三個圈圈）世間寶眷幾人留。顧盼料應笑未休。漫檔江山先自禱。於飛長此樂綿綿。居、此為備婦而為太太者、自是不似乎覺得過分、但是說他好、實在有些不願

使我對於袁子才、不但頭都磕得下、簡直要滿地打滾。……劉恨我在他那文字裏、劈頭就說『子才詩云。春蠶到死絲方盡。蠟炬成灰淚始乾』[...]這篇稿子、我十分愛他、粵地婉妙極到文中牽涉了我的幾位朋友、所以文中牽涉了我的幾位朋友、我情願先行道歉。我愛大郎、我愛此稿、不忍不發【夢雲註】

湖上美人詞 （大郎）

浪春不記路迢迢湖上將軍樂未消。豔說宋家三姊妹。妹兒夫婿及時驕。

一笑拜神前。朔令無妨一旦圓。

徐碧雲的頑意兒、說他不好、似乎覺

火詞日陽巴已 （小）

趙東昇瞧不

唐大郎《理想中之一张小报》报影，刊1929年3月3日《大晶报》

唐大郎文集
西风人语

张 伟 祝淳翔 编

上海大学出版社

图书在版编目(CIP)数据

西风人语/张伟,祝淳翔编.—上海:上海大学出版社,2020.8
(唐大郎文集;第8卷)
ISBN 978-7-5671-3893-3

Ⅰ.①西… Ⅱ.①张… ②祝… Ⅲ.①散文集—中国—现代 Ⅳ.①I266

中国版本图书馆 CIP 数据核字(2020)第 101325 号

责任编辑　黄晓彦
封面设计　缪炎栩

唐大郎文集
西 风 人 语
张 伟　祝淳翔　编
上海大学出版社出版发行
(上海市上大路99号　邮政编码200444)
(http://www.shupress.cn　发行热线021-66135112)
出版人:戴骏豪

*

江阴金马印刷有限公司印刷　各地新华书店经销
开本890mm×1240mm　1/32　插页8　印张14.5　字数399千
2020年8月第1版　2020年8月第1次印刷
ISBN 978-7-5671-3893-3/I·591　定价:88.00元

版权所有　侵权必究
如发现本书有印装质量问题请与印刷厂质量科联系
联系电话:0510-86626877

小朋友记事

黄永玉

大郎兄要出全集了。很开心,特别开心。

我称大郎为兄,他似乎老了一点;称他为叔,又似乎小了一点。在上海,我有很多"兄"都是如此,一直到最后一个黄裳兄为止,算是个比我稍许大点的人。都不在了。

人生在世,我是比较喜欢上海的,在那里受益得多,打了良好的见识基础。也是我认识新世界的开始,得益这些老兄们的启发和开导。

再过四五年我也一百岁了。这简直像开玩笑!一个人怎么就轻轻率率地一百岁了?

认识大郎兄是乐平兄的介绍。够不上当他的"老朋友"。到今天屈指一算,七十多年,算是个"小朋友"吧!

当年看他的诗和诗后头写的短文章,只觉得有趣,不懂得社会历史价值的分量,更谈不上诗作格律严谨的讲究。最近读到一位先生回忆他的文章,其中提起我和吴祖光写诗不懂格律,说要好好批评我们的话。

我轻视格律是个事实。我只愿做个忠心耿耿的欣赏者,是个不愿做奴隶的人(们);我又不蠢;我忙的事多得很,懒得记那些套套。想不到的是他批评我还连带着吴祖光。在我心里吴祖光是懂得诗规的,居然胆敢说他不懂,看样子是真不懂了。我从来对吴祖光的诗是欣赏的,这么一来套句某个外国名人的话:"愚蠢的人有更愚蠢的人去尊敬他。"我就是那个更愚蠢的人。

听人说大郎兄以前在上海当过银行员,数钞票比赛得了第一。

我问他能不能给我传授一点数钞票的本事!

他冷着脸回答我:

"侬有几化钞票好数?"

是的,我一个月就那么一小叠,犯不上学。

批黑画的年月,居然能收到一封大郎兄问候平安的信。我当夜画了张红梅寄给他。

以后在他的诗集里看到。他把那张画挂在蚊帐子里头欣赏。真是英明到没顶的程度。

"文革"后我每到上海总有机会去看看他,或一起去找这看那。听他从容谈吐现代人事就是一种特殊的益智教育。

最后见的一面是在苏州。我已经忘记那次去苏州干什么的。住在旅馆却一直待在龚之方老兄家,写写画画;突然,大郎兄驾到。随同的还有两位千金,加上两位千金的男朋友。

两位千金和男朋友好像没有进门见面,大郎夫妇也走得匆忙,只交代说:"夜里向!夜里向见!"

之方兄送走他们之后回来说:

"两口子分工,一人盯一对,怕他们越轨。各游各的苏州。嗳嗨:有热闹好看哉!"

"要不要跟哪个饭店打打招呼,先订个座再说,免得临时着急。"我说:"也算是难得今晚上让我做东的见面机会。"

"讲勿定嘅,唐大郎这一家子的事体,我经历多了!"之方兄说。

旋开收音机,正播着周云瑞的《霍金定私悼》,之方问怎么也喜欢评弹?有人敲门。门开,大郎一人匆忙进来:

"见到他们吗?"

"谁呀?"我不晓得出了什么事。

"我那两个和刘惠明她们三个!"大郎说。

"你不是跟他们一起的吗?"我问。之方兄一声不吭坐在窗前凳子上斜眼看着大郎。

"走着,走着!跑脱哉!"大郎坐下瞪眼生气。龚大嫂倒的杯热茶也不喝。

"儿女都长大了,犯得上侬老两口子盯啥子梢嘛?永玉还准备请侬一家晚饭咧!"

大郎没回答,又开门走了。

第二天一大早我上龚家,之方兄说:

"没再来,大概回上海了!"

之方兄反而跟我去找一个年轻画家上拙政园。

大郎兄千挑万挑挑了个重头日子出生:

"九·一八"

逝世于七月,幸而不是七月七日。

2019 年 6 月 13 日于北京

给即将出版的《唐大郎文集》写的几句话

方汉奇

唐大郎字云旌,是老报人中的翘楚。曾经被文坛巨擘夏衍誉为"勤奋劳动的正直的爱国的知识分子"。他发表在报上的旧体诗词,曾被周总理誉为"有良心,有才华的爱国主义诗篇"。他才思敏捷,博闻强记,笔意纵横,情辞丰腴。每有新作,或记人,或议事,或抒情,或月旦人物,都引人入胜,令人神往。有"江南才子""江南第一枝笔"之誉。我上个世纪 50 年代初曾在上海工作过一段时期,适值他主持的《亦报》创刊,曾经是他的忠实读者。近闻他的毕生佳作,已由张伟、祝淳翔两兄汇集出版,使他的鸿篇佳构得以传之久远,使后世的文学和新闻工作者得到参考和借鉴,善莫大焉,功莫大焉。

2019 年 6 月 11 日于北京

序

陈子善

唐大郎这个名字,我最初是从黄裳先生那里得知的。20世纪80年代初的某一天,到黄宅拜访,闲聊中谈及聂绀弩先生的《散宜生诗》,黄先生告我,上海有位唐大郎,旧诗也写得很有特色,虽然风格与聂老不同。后来读到了唐大郎逝世后出版的旧诗集《闲居集》(香港广宇出版社1983年版)和黄先生写的《诗人——读〈闲居集〉》,读到了魏绍昌、李君维诸位前辈回忆唐大郎的文字,对唐大郎其人其诗才有了进一步的了解。再后来研究张爱玲,又发现唐大郎对张爱玲文学才华的推崇不在傅雷、柯灵等新文学名家之下。张爱玲中短篇小说集《传奇》增订本的问世是唐大郎等促成的,而张爱玲第一部长篇小说《十八春》也正是唐大郎所催生的。于是我对唐大郎产生了更大的兴趣。

十分可惜的是,唐大郎去世太早。他生前没有出过书,殁后也只在香港出了一本薄薄的《闲居集》。将近四十年来默默无闻,几乎被人遗忘了。这当然是很不正常的,是上海现代文学史研究的一个重大缺失,也是研究海派文化不得不面对的一个严重问题。所幸这个莫大的遗憾终于在近几年里逐渐得到了弥补。而今,继《唐大郎诗文选》(上海巴金故居2018年印制)和《唐大郎纪念集》(中华书局2019年版)之后,12卷本400万字的《唐大郎文集》即将由上海大学出版社推出。这不仅是唐大郎研究的一件大事,是上海现代文学史研究的一件大事,也是海派文化研究不容忽视的一个可喜成果。

1908年出生于上海嘉定的唐大郎,原名唐云旌,从事文字工作后有大郎、唐大郎、云裳、淋漓、大唐、晚唐、高唐、某甲、云郎、大夫、唐子、唐僧、刘郎、云哥、定依阁主等众多笔名，令人眼花缭乱，其中以高唐、刘郎、定依阁主等最为著名。唐大郎家学渊源，又天资聪颖，博闻强记。他原在银行界服务，因喜舞文弄墨，约在20世纪20年代末弃金（银行是金饭碗）从文，不久后入职上海《东方早报》，逐渐成长为一名文思泉涌、倚马可待的海上小报报人。当时正是新文学在上海勃兴之时，在最初一段时间里，唐大郎与新文学界的关系并不密切，40年代初以后才有很大改变。但他的小报文字多姿多彩，有以文言出之，也有以白话或文白相间的文字出之，更有独具一格的旧体打油诗，以信息及时多样、语言诙谐生动而赢得上海广大市民读者的青睐，一跃而为上海小报文坛的翘楚和中坚。至40年代更达炉火纯青之境，收获了"小报状元""江南才子"和"江南第一枝笔"等多种美誉。

所谓小报，指的是与《申报》《时事新报》等大报在篇幅和内容上均有所不同的小型报纸。20世纪20年代以后，各种小报在上海滩如雨后春笋般涌现，是上海市民阶层阅读消遣的主要精神食粮；后来新文学界也进军小报，新文学作家也主编小报副刊，使小报呈现更加丰富多彩的面貌。完全可以这样说，小报是上海都市文化的一个重要标志，海派的一个独特的文化现象。近年来对上海小报的研究越来越活跃，就是明证。

唐大郎就是上海小报作者和编者的代表。他的文字追求并不是写小说和评论，而是写五百字左右有时甚至只有两三百字的散文专栏和打油诗专栏。从20年代末至40年代，唐大郎先后为上海《大晶报》《东方日报》《铁报》《社会日报》《金钢钻》《世界晨报》《小说日报》《海报》《力报》《大上海报》《七日谈》《沪报》《罗宾汉》等众多小报和1945年以后开始盛行的"方型报"《海风》等撰稿。他在这些报上长期开设《高唐散记》《定依阁随笔》《唐诗三百首》等专栏，往往一天写好几个专栏，均脍炙人口，久盛不衰。他自己曾多次说过："我好像天生似的，不能写洋洋几千字的稿件，近来一稿无成，五百字已算最多的了。"（《定依阁随笔·肝胆之交》，载1943年5月14日《海报》）唐大郎的写作史有力地表明，他选择了一条最适合发挥自己特长、最能得心应手的创作之路。

当然，由于篇幅极为有限，唐大郎的小报文字一篇只能写一个片断、一个场景、一段对话、一件小事……但唐大郎独有慧心，不管写什么，哪怕是都市里常见的舞厅、书场、影院、饭馆、咖啡厅，他也都写得与众不同，别有趣味。在唐大郎的专栏文字中，谈文谈艺、文人轶事、艺坛趣闻、影剧动态、友朋行踪……，无不一一形诸笔端，谐趣横生。如果要研究20世纪20年代至40年代上海的都市文化生活，唐大郎的专栏文字实在是一份不可多得的生动的教材。又当然，如果认为唐大郎只是醉心风花雪月，则又是皮相之见了，唐大郎的专栏文字中，同样不乏正义感和家国情怀。在全面抗战时，面对上海八百壮士可歌可泣的抗日事迹，唐大郎就在诗中写下了"隔岸万人悲节烈，一回抚剑一泛澜"的动人诗句。

归根结底，唐大郎的专栏文字和打油诗是在写人，写他所结识的海上三教九流的形形色色。唐大郎为人热情豪爽，交游广阔，特别是从旧文学界到新文学界，从影剧界到书画界，他广交朋友，梅兰芳、周信芳、俞振飞、言慧珠、金素琴、平襟亚、张季鸾、张慧剑、沈禹钟、郑逸梅、陈蝶衣、陈定山、陈灵犀、姚苏凤、欧阳予倩、洪深、田汉、李健吾、曹聚仁、易君左、王尘无、柯灵、曹禺、吴祖光、秦瘦鸥、张爱玲、苏青、潘柳黛、周鍊霞、胡梯维、黄佐临、费穆、桑弧、李萍倩、丁悚丁聪父子、张光宇正宇兄弟、冒舒諲、申石伽、张乐平、陈小翠、陆小曼……这份长长的名单多么可观，多么骄人，多么难得。唐大郎不但与他们都有所交往，而且把他们都写入了他的专栏文字或打油诗。这是这20年里上海著名文化人的日常生活的真实记录，这些人物的所思所感、所言所行，他们的音容笑貌、喜怒哀乐，幸有唐大郎的生花妙笔得以留存，哪怕只有一鳞半爪，也是在别处难以见到的。唐大郎为我们后人打开了新的研究空间。

至于唐大郎的众多打油诗，更早有定评，被行家誉为一绝。"刘郎诗的重要特色就在于在旧体诗的内容与形式上都做了创新的努力，而且确实获得了某种成功。"唐大郎善于把新名词入诗，把译名入诗，把上海话入诗，简直做到了出神入化的地步。论者甚至认为对唐大郎的打油诗也应以"诗史"视之(以上均引自黄裳《诗人——读〈闲居集〉》)。这是相当高的评价,也深得我心。

本雅明有"都市漫游者"的说法,以之移用到唐大郎身上,再合适不过。唐大郎长期生活在上海,一直在上海这个现代化大都市里"漫游",他的小报专栏文字和打油诗,使他理所当然地成为上海都市文化生活的深入观察者、忠实记录者和有力表现者。唐大郎这些文字也理所当然地成为海派文化和江南文化历史记载中的宝贵遗产,值得我们珍视和研读。

张伟和祝淳翔两位是有心人,这些年来一直紧密合作,致力于唐大郎诗文的发掘和研究,这部 12 卷的《唐大郎文集》即是他们最新的整理结晶,堪称功德无量。今年恰逢唐大郎逝世 40 周年,文集的问世,也是对他的最好的纪念。作为读者,我要向他们深表感谢,同时也期待《唐大郎文集》的出版能给我们带来对这位可爱的报人、散文家和诗人的全新的认知,使更多的读者和研究者来阅读、认识和研究唐大郎,以更全面地探讨小报文字在都市文化研究里应有的位置和所起的作用。

2020 年 6 月 14 日于海上梅川书舍

编 选 说 明

　　本卷作品基本为散文合集,收纳唐大郎刊于《大晶报》《东方日报》《社会日报》《世界晨报》《铁报》《中国艺坛画报》《力报》《繁华报》和《罗宾汉》的如下专栏:《东方夜谭》《小休散记》《"恣言"集》《漫谈散记随笔集》《逆耳集》《卖羊三千集》《妇人科》和《西风人语》,而以其中篇幅最大的《西风人语》为卷名。

　　由于种种原因,有些报纸缺损严重,故拟将保存相对较完整的专栏,集中起来,置于前面。而将其余部分,以《零篇散帙》为总题,放在最后面。

　　又因唐大郎在同一时期,替多家报纸撰写不同的专栏,作品的发表日期有所交叉,为了便于集中处理,只得分别列出,并大致以发表时间先后为序。

目　　录

东方夜谭（1933.4—1935.1）

东方夜谈 / 1
买香槟者言 / 2
命相 / 3
年红光 / 3
开房间 / 4
怪闻一束 / 5
汽车号码 / 6
席立功先生逝世 / 7
血与钱 / 7
薛锦园案的结束 / 8
上坟 / 9
怕老婆 / 10
淌白 / 11
张学良先生出国 / 11
何应钦打猎 / 12
朋友之妻 / 13
火车上吊膀子 / 14
中了金樽香槟 / 15
随笔 / 16
上海的洋奴与南京的官奴 / 17
元旦看林庚白诗 / 18
雅事与江湖气 / 19

小休散记（1935.1—1936.3）

胡荫居士作剧本 / 20
上海二名人 / 21
人生无聊 / 21
灵犀清癯 / 22
题记 / 22
李拔可诗 / 23
写信谈京剧 / 23
龙华寺素斋 / 24
朱联馥邀饭 / 24
信芳来书 / 25
扬子一室 / 25

"恣言"集（1935.9—1936.7）

题解 / 27
白玉霜之兄 / 27
苏曼殊诗 / 28
周邦俊滑稽 / 29
捧白与捧蝶 / 29
卢涧泉 / 30
自称 / 30
"云兰阁" / 30
杨秀琼照片 / 31
胡蝶喜事 / 32
旧时日记 / 32
丹徒王景翁书 / 33
徐縶 / 34
张恨水北归 / 34
太极拳 / 35

航空奖券开奖 / 36
宵谈 / 36
胡蝶喜柬 / 37
地皮大王 / 37
何二云 / 38
阮玲玉临死 / 39
方言不统一 / 39
黎小凤死 / 40
花国大总统 / 41
赌事 / 41
蔡楚生 / 42
军乐 / 43
"天要落雨斋主" / 43

黎锦晖病 / 44
白玉霜饰潘金莲 / 44
谈诗 / 45
月下桥上 / 46
《小晨报》夭折 / 46
灯笼汽车 / 47
李万春争艺 / 48
汪北平 / 48
醉疑仙说书 / 49
过睇向斋 / 50
芳公论气节 / 50
"打飞机" / 51

虱子自传 / 52
吃螺蛳 / 52
唐有壬之丧 / 53
倡门情侣 / 53
吾友镜秋 / 54
黎锦晖近况 / 55
张寿堂戏 / 55
甲乙二少年 / 56
刘海粟新夫人 / 57
某君稿酬 / 57
伶人杨某 / 58
神怪剧 / 59

漫谈散记随笔集（1935.10—1936.1）

章衣萍 / 60
芳君与新作家 / 60
胡蝶佳期 / 61
梁赛珍 / 62
二云与马儿 / 62
一线天诗 / 63
徐蓥出走 / 64
卢冀野 / 64
张心影 / 65
凌叔华小说 / 65
吴农花 / 66
《朝报》副刊 / 66
《双照楼集》 / 67
香奁诗 / 68

六中全会新闻片 / 68
袁美云父女 / 69
余诗 / 69
胡蝶人缘 / 70
文人倾轧 / 70
徐善宏婚礼 / 71
叶浅予失踪 / 72
黎锦晖来书 / 72
假凤虚凰 / 73
猫厂不善舞 / 73
中流砥柱 / 74
大本营 / 74
于右任诗 / 75
李耀亮丧 / 76

相士徐遂初 / 76
小丁二十 / 77
尘无居家 / 77
王雪蕉诗文 / 78
胡剑啸即事诗 / 79
文坛四杰吟 / 79
洪深临行 / 80
程砚秋南来 / 80
花会皇后 / 81
蓬门诗 / 82
无情对 / 82
案头残笺 / 83
徐冠南 / 83
徐三挡 / 84

《碎琴楼》/ 85	张葱玉 / 87	章行严杂记 / 89
唐瑜 / 85	文人书法 / 87	梁鸿志近诗 / 90
某巨公 / 86	天蟾演潘金莲 / 88	陈瀰一字 / 90
"吾家" / 86	方地山制联 / 89	

逆耳集（1937.5—1937.8）

严女于归 / 92	题字 / 96	戒指 / 101
误听友人言 / 92	饯郑过宜 / 97	资格 / 102
醉疑仙妙影 / 93	宋词人 / 97	《辛报》《立报》之争
含蓄性笑话 / 93	叔范归来 / 98	/ 102
金素琴照片 / 94	遇冯云初 / 98	崔万秋 / 103
郑过宜练唱 / 94	丽娃栗姐村 / 99	高桥海滨浴场 / 104
胡剑啸工俳体诗 / 95	舒舍予 / 100	遇胡考 / 104
尘无病卧西湖 / 95	汪仲贤去世 / 100	三定簪精彩节目 / 105

卖羊三千集（1939.6—1939.7）

题记 / 106	伶人学校 / 112	张文娟将上银幕 / 118
北平李丽 / 107	金素琴京白之美 / 112	文娟代素雯 / 118
田汉四绝 / 107	抖袖翻袖 / 113	拍戏酬金 / 119
写过剧评 / 108	唱戏姿势 / 114	识孙钧卿 / 120
李万春 / 108	反二簧戏 / 114	欲与信芳同台 / 120
盖叫天 / 109	吊嗓 / 115	泗水之术 / 121
朱瘦竹 / 110	《四进士》/ 115	身段 / 121
捧角今昔谈 / 110	打出手 / 116	高盛麟与裘盛戎 / 122
冷门戏 / 111	华慧麟戏 / 116	听言菊朋之夜 / 122
余叔岩声低 / 111	陈玉君登台 / 117	

妇人科（1942.3—1942.6）

引言 / 124	（一）蓝兰 / 125	（二）白玉霜 / 125

（三）周璇／126
（四）王美玉／126
（五）白杨／127
（六）新艳秋／128
（七）唐若青／128
（八）杨耐梅／129
（九）十里红／129
（十）徐来／130
（十一）于素莲／131
（十二）张翠红／131
（十三）陈雪莉／132
（十四）方文霞／133
（十五）王爱玉／133
（十六）王珍珍／134
（十七）吴素秋／135
（十八）姚水娟／135
（十九）王熙春／136
（二〇）李宗英／137
（二一）金素雯／137
（二二）醉疑仙／138
（二三）王玉蓉／139
（二四）袁美云／139
（二五）高倩苹／140
（二六）王洁／141
（二七）王文兰／141
（二八）金素琴／142
（二九）陈燕燕／142
（三〇）张文娟／143
（三一）黎莉莉／144

（三二）菱花／144
（三三）王彩云／145
（三四）雪又琴／146
（三五）顾兰君／146
（三六）天真／147
（三七）郑明明／148
（三八）王瑶琴／148
（三九）王雪艳／149
（四〇）汪洋／150
（四一）梁小鸾／150
（四二）孙景璐／151
（四三）李丽华／151
（四四）王人美／152
（四五）路明／153
（四六）姜云霞／153
（四七）张文琴／154
（四八）周梅君／155
（四九）筱双珠／155
（五〇）王雅琴／156
（五一）钱鹤／157
（五二）张梅芳／157
（五三）赵曼云／158
（五四）陈海伦／159
（五五）潘雪艳／159
（五六）李红／160
（五七）徐琴芳／160
（五八）黎莉安／161
（五九）白虹／162
（六〇）马丽云／162

（六一）卢文英／163
（六二）袁佩英／163
（六三）谈瑛／164
题外之言／165
（六四）章遏云／165
（六五）北平李丽／166
（六六）杨双华／167
（六七）姚莉／167
（六八）李绮年／168
（六九）小乔红／169
（七〇）潇湘云／169
（七一）曹慧麟／170
（七二）艳秋老四／170
（七三）陆露明／171
（七四）华慧麟／172
（七五）张织云／172
（七六）侯玉兰／173
（七七）王小妹／173
（七八）陈云裳／174
（七九）胡蝶／175
（八〇）陈美美／175
（八一）毛剑秋／176
（八二）林小云老八／177
（八三）潘玲九／177
（八四）宣景琳／178
（八五）陈娟娟／178

(八六)魏爱娜/179	(九一)孟小冬/182	(九五)夏佩珍/185
(八七)小黑姑娘/180	(九二)黎明晖/183	(九六)陆小曼/185
(八八)韩素秋/180	(九三)孙翠娥/183	(九七)黎春/186
(八九)严月闲/181	(九四)杨莲琴/184	(九八)九云/186
(九〇)尤素贞/181		

西风人语(1943.11—1945.7)

顾也鲁/188	凯弟王/199	宝森北返/210
柬锵锵/188	江画师之哭/200	兰君登台/210
宇宙锋/189	盗魂铃/200	檀香/211
茶与酒/189	急病/201	吃菜饭/211
舞女之居/190	令人气短!/201	放生一因/212
加官留影/190	游春/202	《海报》执笔人宴/212
沧洲小坐/191	舞文一/202	大洗浮山/213
记刘一兄弟/191	荀慧生/203	过节/213
苍蝇/192	迎白玉薇/203	过节记/214
吁请/192	配镜记/204	国泰小坐之夜/214
"佳壳劣芯"/193	刻骨倾心/204	大郎/215
访红豆咖啡馆/193	龚翁个展中/205	大小报之别/215
《小放牛》/194	裘盛戎/205	减二家/216
"鸡皮"/194	桑弧与梯公/206	导演/216
翻戏/195	摹梅/206	园游会/217
小老爷先生/195	假香烟/207	园游后记/217
闲事一/196	《文天祥》献演之夜/207	伊文泰中/218
吓退他们/196		邵雪芳/218
写稿子/197	《文天祥》之"退票"声/208	云楼/219
此稿/197		看明星/220
半夜舞/198	拆台脚/208	不做猪八戒/220
少壮与元老/198	人如其文/209	慰小舟/221

江南风味 / 221
二三百件灰背大衣 / 222
勇爷 / 222
"舞女大亨" / 223
老牛一 / 223
王雅琴 / 224
《明末遗恨》/ 224
孤鹰《日出》演何期？ / 225
克仁无恙 / 225
在淑娴化妆室中 / 226
热肠可感 / 226
诚惶诚恐 / 227
杜萍与蒋天流 / 227
《教师万岁》之阵容 / 228
朱啸秋 / 228
饭桶 / 229
厚此薄彼 / 229

点心 / 230
高楼之会 / 230
丹尼 / 231
看《日出》/ 231
莎菲生日 / 232
《状元谱》/ 232
天桥的垃圾 / 233
自批 / 233
"黑单" / 234
朋友 / 234
有志者事竟成 / 235
减少写述 / 235
姚水娟 / 236
王八蛋 / 236
碧云 / 237
南归人语 / 237
目击心伤 / 238
孟小冬与李少春 / 238
病起一日记 / 239
小报编辑 / 239

时辰不利 / 240
魏于潜 / 240
开会 / 241
颂大会与理事长 / 241
佩之与一方 / 242
温吞水 / 242
天厂北返 / 243
酒色财气 / 243
蜀云小餐 / 244
售价 / 244
真糊涂与假糊涂 / 244
比国大事 / 245
"书生本色" / 245
暑病 / 246
毛病必多 / 246
独特风格 / 247
柬理事长 / 247
伊文泰 / 248
作俑者 / 248

西风人语（1946.7—1949.7）

高尚地方 / 250
剧艺界座谈会记 / 250
刘美君与楼汉英 / 251
人身攻击 / 251
胡梯维先生 / 252
十八年前 / 252
舞场与影戏 / 253

玄武湖 / 253
晤还珠楼主 / 254
莫干山 / 255
结婚十年 / 255
晤谢家骅 / 256
龚翁将隐于湖上 / 256
桂花蒸 / 257

老友 / 257
园游会 / 258
中秋一首诗 / 258
请杀鹰犬！ / 258
有谢 / 259
施叔范之《田园画》 / 259

寻人 / 260
《程砚秋图文集》/ 260
吴莺音之嗲？/ 261
精忠报国 / 261
柳中浩其人 / 262
代代花 / 263
灯笼 / 263
樽前小语 / 263
见顾兰君三轮车上 / 264
初见华香琳 / 264
贺汪竹卿家有喜事 / 265
印入脑际 / 265
贺荣谢文定 / 265
《凤还巢》/ 266
"小工钿" / 266
祖产 / 267
"夜深沉" / 267
小梅香 / 268
悼李世芳 / 268
知人 / 269
以王国花自炫 / 269
"猴急" / 270
志方 / 270
除夜 / 271
年夜饭与年中饭 / 271
敏莉生日 / 272
游山近记 / 272

姚家春宴 / 273
蛇蝎美人 / 273
揭范雪君旧事者 / 274
水土不服 / 274
一条腿 / 275
做生意 / 275
海天会上之范雪君 / 276
"越坛"诸女 / 276
生日 / 277
惘然 / 277
梅花搓雪认前身 / 278
地狱生涯 / 278
推荐《大家》/ 279
盖老五 / 280
"梅兰芳" / 280
蒋孤舫鬻书 / 281
《不了情》先睹记 / 281
六合与九如 / 282
汪氏姊妹 / 282
嘉定名流 / 283
访顾梅琳之居 / 283
立秋怀往 / 284
上海时疫医院 / 284
通品 / 285
闻某 / 285
《已凉》一首 / 286
谢丹苹兼呈白雪 / 286
悔不当初 / 286
松花江上 / 287

兆丰花园 / 288
敏莉归书 / 288
接客记 / 289
一线光明 / 289
轧公共汽车记 / 290
饯行与接风 / 290
丁Ｂ毛 / 291
年夜饭 / 292
爆竹 / 292
虹桥路上 / 293
登台前 / 293
题红梅诗词 / 294
小彩舞之情夫 / 294
陌上诗 / 295
罚誓不看电影 / 295
吃茶 / 296
重见金小天 / 296
"意中人" / 297
戏与书 / 297
顾家兄妹 / 298
追踪白雪 / 299
后来之悔 / 299
真是"家丑" / 300
惟有睏觉 / 300
多看看这个世界 / 301
为王袁接风 / 302
殷四贞返沪 / 302
四贞赠酒 / 303
唱山歌、谢天厂、华医

生／303
内疚／304
虞美人／304
善羞／305
客气／305
我的白话文／306
奴才／306
古风／307
虞山红叶／307
拜一拜／308
吃蟹／308
我的名字／309
不落槛的人／309
一只蒲包／310
生活指数／310
生命越活越奇怪／311
四贞罢票记／311
抵制奸商／312
渡关／312
雅得讨厌／313
感情／313
大香槟／314

开混堂／314
程裕新茶号／315
白蓓兰史丹妮／315
香港的难民／316
奖掖后进／316
小洛在台湾／317
读报记／317
魔王号／318
十分之一／318
洋行饭／319
气管炎／319
劝读者／320
这几颗脑袋／320
失去了做名流的一个机会／321
一股劲／321
娇女与战犯／322
一盆虾仁／322
死人味道／323
哥伦比亚路二号／323
市长震怒／324
功能消化／324

鹦哥与八哥／325
爬山／325
数字／326
天打／326
长靠短打／327
抄袭／328
长面孔／328
公费游春／329
嚆矢／329
名片与内容／330
通俗／330
顾影自怜／331
种牛痘／331
收信芳佳奏／332
闹家务／332
地位／333
乌贼鱼／334
袁范／334
经年与信宿／335
"名女人"／335
"送学堂"与"接学堂"／336

零篇散帙（1929.2—1937.3）

拥髻／337
大书家与文混子／338
理想中之一张小报／338
不隽语／339

谨告徐老汉先生／339
肉感诗话／340
《最后命令》的零话／340
陈树人诗草中之闺人／341

单恋……珍妮盖诺／341
柬梦云／342
宣言／343
乡音／343

宣言(二)／344	王彩云之赝鼎星眸／353	叶浅予画／361
培成演《少奶奶的扇子》／344	编辑余沨／353	口误／361
大公之言／345	本报征求上海一百名人新表／354	白玉霜印象记／362
吾家有壬／345	锦绣新闻／354	吴瞿安醉后／363
下海记／346	将作新嫁娘之谈瑛／355	吾友唐瑜／363
病床琐记／347	谈婚补遗／355	七夕／364
中行二美记(上)／348	秋舫旧月事重提／355	雪艳／365
中行二美记(下)／348	笑舫缘述遗／356	观《杀子报》作／365
十郎新宠记／349	马路报告／357	劝君且饮酒三杯／366
毁约记／349	记舞场二女客／357	小舟之书／367
宵行艳异记(序)／350	谒章行严／358	黄戏第一夕／367
艺人之出身／351	过生日／358	西安旧记／368
徐志摩还魂记／351	芳君之愿／359	惘然狱底一封书／368
银灯对语／351	"奇异的眼光"／360	地山偶语／369
赵七小姐之红丸癖／352		怀尘无／369
		谢公最小偏怜女／370

零篇散帙(1937.8—1949.4)

祸国诗人黄秋岳／371	石桥追荐礼／379	五月香风拂暮秋／385
挽月华夫人／371	一夕销魂钱敬亭／379	金家双素访文云／385
云厂诗话／372	令人长忆绿杨村／380	李鹏言迁歌记／386
吃饭／373	周碧云：花衫之圣／380	拜金小语／387
子疾记／373	尘无删剩之诗／381	万金有客夺玲珑／387
痧子／374	月上红楼看美人／381	看前部《好姊妹》／388
一片伤心画不成／375	杂说文娟／382	暂醉佳人锦瑟旁／388
迎舅记／376	吃蟹余谈／383	著书人曰／389
廿年始见翠屏山／377	黎家春色照何人？／384	雪艳习舞记／389
悼石桥／378	买得红绡一尺歌／384	《文曲杂志》刊行记／390

老凤称觞 / 390
做了"扫边名票"之后 / 391
《文曲》发行以后 / 392
万弦响处起黄莺 / 392
天蟾之《四郎探母》/ 393
琴书 / 393
琵琶重唱小乔红 / 394
吴瞿安先生印象 / 394
鲁人语录 / 395
金素琴病后访问记 / 395
《抱鸟集》题记 / 396
登台自述 / 397
待复庐遗扇 / 397
花间偶述 / 398
记潘玲九 / 398
童芷苓曼妙万千 / 399
小楼暂坐话凄凉 / 399
迎叶盛章重来 / 400
望慧生之来如望岁 / 401
"唐小孩"出世记 / 401

珠沉记 / 404
雪庐主人登台记 / 406
我被二房东恫吓威迫记(上中下) / 407
为君捞网起沉珠 / 409
向张文娟连奏三本 / 409
桂秋与熙春 / 410
征收诗弟子例 / 411
斯为"虐政" / 411
《燕子吟》诗纪 / 412
捧女人的诗 / 413
剧场偶谈·雄女人 / 414
《海报》周岁 / 416
记大方 / 416
鬼掌记 / 417
管窥集·不舒服的白相 / 417
张淑娴落花无主? / 418
儿子的学业 / 418
梦里英茵 / 419
舞丛新讯 / 419
同乐会之夜 / 420

谈瑛念旧 / 420
田菊林与刘淑华 / 421
"海派"文章与小型报作者偶像 / 421
张善琨在杭被殴谣 / 422
咒赌记 / 423
丁芝将播话剧 / 423
佘山之游 / 424
近事琐记 / 425
忙人 / 425
范雪君重晤记 / 426
项家 / 426
九野苍茫又哭君! / 427
重见俞美丽 / 427
才女 / 428
我偷娇女 / 429
今日的马车 / 429
羊肉 / 430
元旦书红·梅桩与松桩 / 431
教范雪君害人 / 431
谈《南天门》/ 431
信芳周 / 432

一部连续几十年的私人观察史(《唐大郎文集》代跋) / 433

东方夜谭(1933.4—1935.1)

东 方 夜 谈

自今日起,本栏有"东方夜谈"之设。譬如黄天庐之"逍遥夜谈"、张若谷之"上海夜话",亦如毅厂之"墨余"、灵犀之"先生阁随笔"也。东施效颦,邯郸学步,在所不辞。

或论今日作文之苦,在不能说、不可说、不敢说。不能不可不敢,斯苦矣。既感其苦,不说可耳。故东方夜谈,决不斤斤于政治之论,其所有者,如五味之羹,谈必酣畅淋漓,不谈置之亦可,务使读者不觉其单纯枯涩,斯则记者之所愿也。

愚本不甚谈政治,非不欲谈也,老实说,不痛不痒之论调,若《新闻报》浩然先生之稳重大方,愚实无此襟期,亦非性之所喜。若打落水狗,尤非所愿;打非落水狗,不幸或遭噑然反噬,亦非所甘。故只能不谈,非绝口不谈,于所谓五味之羹,不能全美,无已,不妨偶一为之。此外如庆吊之文有之,名人之起居生活亦有之。或艺术之批评,或风流的轶事,皆书之。有闻必录,无见不书。虽粗俗卑下,皆所不恤。盖小报立场,本不必扳起一副正经面孔,作大报家常七件之絮絮之谈耳。

本栏内容,亦将趋于风冶一流,而求助于读者者方殷。事无论巨细,但为艳闻韵屑,若某家闺秀之产私生子也、白相人之打房间也、婊子之姘戏子也,以及某明星之月经不调,某咸肉之风味如何,或新发现有艳窟,或某处新张有台基,读者如有知之者,请写以隽妙之文,投至本栏。记者必乐为采录,而谋所以有琼瑶之报。此外如生动之新闻,绮丽之诗词,皆合本栏之旨。幸读吾报者,以爱护之诚,源源惠寄,则记者且将九顿以谢焉。稿寄《东方日报》外版编辑部,庶不致混乱,而免延迟。

(《东方日报》1933年4月1日,署名:生平不四色斋主)

买香槟者言

朋友,在这个年头儿,你们想发财吗?文不能贪赃枉法,武不能杀掠奸烧,你打量你自己没有什么特别本事,循规蹈矩,要想发财,是不容易的。只有买香槟票,才是发财的捷径,致富的大门。

我是香槟票的信徒,我一生崇拜着香槟票,我觉得上海有香槟票,我才有生趣。我认识香槟票,是我生命的光明,是我灵魂的寄托。我在上海住了八年,没有一年不买香槟票,虽然,一次没有中过头彩二彩三彩以及末彩,但是我决不灰心、怨恨。我好像是一个旧式的女子,香槟票是我的丈夫。丈夫虽然不大理睬我,我终是死也要守住他的。无论如何,不会有琵琶别抱之思。

去年一年,我买香槟票的总数,是一百七十九元正。

当香槟票开彩的一天,先一夜,就使我寝食不安了。第二天起来,打开报纸调查号码,往往看见了一批号码,总要眼花撩乱半天。有一次,我买到一张号码是七一一七,后来他的三彩是一七七一,我于是轻轻抽了一口气,譬如在路上错认了人家的丈夫。又有一次,我同时买一张逸园香槟,一张回力球香槟,等到回力球摇彩头奖的号码,却与逸园的香槟一字不差,我这才有点伤心,仿佛明白我丈夫是有了外心。朋友,等机会罢,哪怕你没有本事,住在上海,不会没有发财希望的。你看下面这一大批的香槟票吧:

上海跑马总会春秋两季香槟票、金樽香槟票、江湾赛马香槟、临时的慈善香槟、回力球香槟、逸园每月摇彩香槟。

(《东方日报》1933年4月2日,署名:生平不四色斋主)

命　　相

去年一年，我相面算命，一共有过七次。

我一向喜欢算命，我又一向喜欢相面，这两件事，或者成了我的嗜好。

我想发财想迷了心窍，于是时常要算命，时常要相面。问问哪一天会发财，他们时常会有安慰你的答覆。

我决不相信算命相面是十分靠不住的，因为他们有时真会说得你毛骨悚然的。几年来，我凡是算命相面，都说我二十七岁要走运了，去年要破财，真是怪事。

人家都攻击菱清，我却绝对拥护。因为她这一张流利的嘴，絮絮叨叨的说出一大堆来，使得你服服帖帖，就值大洋两元。沈南江死了，我每次经过北河南路，总使我徘徊凭吊。

诸宾海他老人家，病得不能算了，然而一年来我还是二次去找他。他带着气喘这样对我说："年纪轻，算什么命？好好的做生意罢。"碰钉子我也愿意。

有一次在小无锡那里，下午三点钟去，到八点钟才算到。人之挤，可想而知。但是我一点并不觉得不耐烦。小无锡对我说，三十八岁一年，银行经理终是你的。

徐遂初说，一个月可以有一千五百元进款。我听了，真是艳羡不置。我于是想，一样吃开口饭，算命相面倒是不差。

我的朋友绵蛮，他偶然算一个命，说他今年要碰着一个属鸡的女人。

爱多亚路上，相命先生开了房间，相面的人，就立在马路上，大谈其相。如此妙事，我颇想尝试一番。

（《东方日报》1933年4月3日，署名：平生不四色斋主）

年　红　光

年红光者来自欧西，发明不知在何年，到上海大约在一九二九年间。愚第一次所见,在沙利文糖果店之橱窗中,为 NEON 四字母盖尤为年红光之广告也。

有人言,发明年红者为中国人,顾至今尚无从考证。

在电影中,有时见派拉蒙新闻片,或迷曲罗新闻片之伦敦夜景。纽约之夜,似从未见有年红光点缀其间。因疑年红之光,乃不流行于欧美诸邦。

以年红光为广告,实为至高无上之物,以其宜于远瞭也。入夜,吾人立静安寺路跑马厅边,遥望爱多亚路之 NANKING 及 CASANOVA 诸字,历历可数。

海上商店之需用年红光者,以三大公司为至多。远处望之,令人叹海上繁华,不复眷念如法京之巴黎,英国之伦敦矣。有人自外滩起至新世界止,数商号之年红光,有三百七十余种。

年红光以红色为多,绿次之,其他颜色甚少。何二云君诗"到处年红真个红",此可见年红光实以红色为多也。

有以年红光缀成喜字者,于喜事家用之,益有乔皇奇丽之观。

年红之质料有高下,其劣者,易损。既损字体恒残缺不全,乃饶殊趣。当其未全损时,光度先减低,而管中流动不宁,譬如人方大病,奄奄一息,正当易篑时也。

北里中用年红为其标者,为"青女""云锦""静姝"数家。

尝见月月带亦以年红为广告者,则骑马布亦用年红光矣。预计上海将成年红世界,不数年间事耳。

(《东方日报》1933年4月4日,署名:平生不四色斋主)

开 房 间

在上海开房间,确是一件舒服的事。

氽浴房间、碰和房间、公司房间、长房间……,这些都是房间的名称。

"开房间去哦?"男人对女人这样说。那末这句话,至少带些紧张和神秘的色彩。

任凭你府上陈设得怎样富丽,仿佛总没有开房间来得逍遥自在。

我对于开房间,也感到无穷兴趣,到现在似乎也成了一种嗜好。我开了房间,碰过和、抽过大烟、叫过堂差、喊过相公、看过三层楼、映过春宫电影、捞过淌白。

你要看跑马,去开新世界饭店、一品香、爵禄饭店;你要在夏天乘凉,开远东饭店、东方饭店;你要叙燕婉之乐,去开中国饭店、南京饭店。这些都是开房间的门槛。

开了房间,决不会使你厌闷的。实在无聊,你可以找女相士来谈相,或者跑房间的咸肉,来斩他一刀。

听人家说,跑房间的咸肉,顶好的,要在新世界饭店去叫。若要看洋洋乎大观,那末要到东方饭店。

我时常这样想,一男一女开了一间有无线电的房间,开着圣乔治的音乐,在抑扬顿挫的节奏里,和着房间里起伏回荡的情调,倒也是人生一乐。

一年到头,社会上有多少罪恶,没有不在开房间制造出来的。已往历史上,黄慧如、陆根荣,便是开的大东房间,因为社会人士,大家醉心于开房间的,所以旅馆的老板,也都方兴未艾,钩心斗角竞争营业。扬子饭店在努力进行中,便是明证。

(《东方日报》1933年4月5日,署名:平生不四色斋主)

怪闻一束

梁作友在济南活动,谒韩复榘,提出节约救国计划,长八千余言。

梁作友之谜,到今天没有人打破。无论如何,我们看报的朋友,给这混账的东西,愚弄得够了。什么捐助三千万,简直不知怎样一回事。沉寂了好久,现在又赏出来弄什么玄虚。我们快不要听他放屁吧……救国计划,长八千余言。

空前创举,特别挽友恳请轰动全国之法律制裁下的罪人,情场前线上的战士陆根荣。……陆根荣从军……活捉汤将军……上海人应当一见陆根荣。他为生活而登台……陆根荣特来一会上海人,愿惠然而肯来。

这是中央大戏院的一张广告,似通非通的几段句子。陆根荣其人,卑无足道,何必再要把他擎出来,做卖钱的幌子。作的戏文又是不伦不类的活捉汤将军。陈义既如此不高,而这种举动,于戏院本身道德上,也有所窒碍。我于是明白,一个在社会上犯过一件轰动案,一到将来倒可以不愁没有饭吃。就是影戏院不请他登台,摆在游戏场,终可以任人观览。不过我要声明,我是上海人,决不愿惠然而肯来。

尤维吾向薛锦园道歉,声明列举之事实为虚构。

这真是怪事了。我做梦也想不到这件案子会有这样一个结果的。天下哪里有开这样大的玩笑的呢?薛小姐,你接到了尤维吾的道歉信后,你不同这外国老鬼拼命吗?你如果要做好人,不同他们拼命,那末你的令名,这一辈子也洗涤不清了。你还是小姐,你还要嫁人的呢,薛小姐!

(《东方日报》1933年4月6日,署名:平生不四色斋主)

汽车号码

在上海有钱的老爷们有了汽车,还不能算得漂亮,一定要讲究汽车的牌子。讲究了汽车的牌子不算,还要讲究汽车号码。号码一定要特别,最出风头的,便是华界同公共租界的一样。在上海,华租两界同样号码的汽车,不知要有多少,而社会上真有一般闲情逸兴的朋友,专门留心人家汽车上奇怪的号码。现在本报就想把上海所有同样号码的汽车,完全调查出来,假以时日我们便立成了一张表,在报上公布。这件事虽说十分无聊,但到将来集成大观后,也未尝不是茶余酒后谈助之资。我们决不到工部局车务处去抄录,为了少数人调查力量的不足,因此要请读本报的朋友,都来参加。尚若能够写明这辆汽车牌子是什么,汽车的主人是谁,那是最好也没有。下面有这样一张表,读者愿意帮助我们的,请照着填写吧。

(《东方日报》1933年4月7日,署名:平生不四色斋主)

席立功先生逝世

席立功先生,为汇丰银行买办,资格最老,而德高望重,蜚声于海上金融界。上海银行业分三大帮,席为洞庭帮之巨擘。其哲嗣颂平先生,为中国银行经理,亦有声于时。而其侄鹿笙,尤长袖善舞,争雄于商业场中,不幸往年被厄于绑匪,毙击于四马路一枝香菜馆门口,时论惜之。立功先生,以年岁过高,谢事已久。今忽不起,于本月六日下午逝世。七日下午三时大殓于愚园路寓邸,素车白马,极一时之盛。海上商业巨子,又弱一个。记者命笔至此,不觉无限悼痛焉。兹以发稿匆遽,未能详述先生行状。容有余闲,当续志先生平生事迹之荦荦大者,以示哀思。读者幸稍待之可耳。

(《东方日报》1933年4月8日,署名:平生不四色斋主)

血 与 钱

血,不是人身上的血。在上海流氓的口中,血是钱的代表。向人家要钱,名曰"挨血"。今天没有钱了,名曰"干血",又名"搁血"。

以血来代表钱,确是确切无疑的一件东西。血与钱,同是离不了人身的。譬如说,血离了人,人就要死。钱离了人,人也要不能活命。所以医学上的名词,说血少的人,叫作贫血。普通认为没有钱的人,叫作贫人。

在上海流氓的口中,我以为什么都听不入耳的,惟有拿血来代表钱,最为伟大,最为确当。

为了挨血而流血的在社会上一天不知要有多少起。

贫血可以打针,无钱只有上吊。这一层,血和钱稍有参差的地方。

不少朋友,在一个月里拿到薪水的几天,把它都用得精光。还有二十几天,都是过着孵豆芽的生活。这仿佛一个女人的月经(血),来潮了几天,还有二十多天,总是干净的。

准是而说,那末钱多就可说血旺。富豪而倾于一旦,可以叫作血崩。

铜臭可以对血腥。

血可以借,钱也可以借。

我血旺的日子少,搁血的日子多。我的朋友,大半同我一样。所以我也没有地方去挨血,更没有意思去向人家挨血。

(《东方日报》1933年4月9日,署名:平生不四色斋主)

薛锦园案的结束

薛锦园女士,略诱意大利童子急色夫的案子,是这样地结束了。薛女士的清誉,是依然无损。倒霉的是代表尤维吾呈状的杨瑞年律师。杨律师真是无名中毒。

看了昨天《大晚报》的广告,我明白这件案子的事实是如此:

意大利恶鬼,不知如何,痰迷心窍,会去请了律师,告了薛女士一状。恶鬼又没有把事实告诉律师,而律师呢,忽然文思勃发,大作其骈四骊六风冶文章。作好之后,刚巧碰到意大利恶鬼不谙华文,便冒色鬼似的送到了法院里面。于是,这件案子,像炸弹般的轰然暴发。中蒉流言,都说薛锦园是有花柳病的,是吃过外国童子鸡了。

你们想,冰清玉洁的名交际花薛锦园女士,她是有名望人家的小姐,还是处女,经得起意大利老鬼这样的糟蹋吗?我自从知道薛女士是被诬,她接到了尤维吾的道歉信后,皇帝勿急急煞太监,我气得手足发麻,天天为了薛女士咒诅尤维吾父子二人。撒那娘个囗,外国赤老,小忘八蛋。

然而薛女士自己呢?她竟吞声咽气的就算了结了。其实这不是讲究量度的事,若不请你令亲姊丈出来帮你忙,想法去治治这外国赤老的话,这就是你自己侮辱自己。虽然说虞澹涵夫人是你的好友,江一平律师的律师费不见得会要你花钱。写到这里,我气愤还是不平,骂一声撤那娘个□,外国恶鬼,小忘八蛋。

(《东方日报》1933年4月10日,署名:平生不四色斋主)

上　　坟

今天起了一个早,到上海公墓去上坟。

天阴,寒风甚厉,仿佛是初冬,满拟在今天要领略一个明媚的春光,谁知又不能天从人愿,他妈的,真是倒霉。

坐到是利利公司汽车,来回一共一点另十分钟。利利公司的定章,接送到上海公墓,大洋五元,不论要待多少时候。今天我们因为没有耽搁,所以连小账六块钱的车资,殊不合算。何况车资又是一辆敝旧的篷车,吹得我回来伤风。

每一次经过宝山路,看见了商务东方的遗灰残迹,我总伤心发指。车夫说,我们不再买东洋货了。有时候,我开出差车子,一见叫车的是东洋鬼子,我掉车便走。情愿自己掏一块钱出来,到公司交账。我对车夫说,足下倒是一位血性的朋友。因为天气如此之坏,郊外的风景,便觉无所留恋了。我以为李莼客诗里的"正是江南农事起,小桥摇出罱泥船"这才是春天的妙景。

上海公墓的坟墓,多得像联珠一般。有布置得乔皇典丽的,有的也很简陋。墓碑有不少好字,我找了半天杨度先生的坟墓,终于没有找到。生前悭于一面,死后复不容我凭吊。

墓碑后面,偶然也有文字,但没有见到沉痛的语句。记得王西神先生,到了一趟福煦路的外国坟山,迻译了不少外国人墓碑上的文字,实在太美了。难道性灵是专赋于外国人的吗?不见得吧。

(《东方日报》1933年4月11日,署名:平生不四色斋主)

[编按:"正是江南农事起,小桥摇出罱泥船",为沈大成《学福斋文集·诗集》之《买舟重至广陵途中作》中两句。]

怕 老 婆

夫妻间相敬如宾,本来用不着你怕我,我怕你。但是在中国却不然。老婆怕丈夫固然很多,而丈夫怕老婆的,却也不少。怕老婆一名"惧内",文字甚典雅,又曰"季常癖",因为怕老婆的祖师,是跪地的陈季常军。这却又有古典可寻了。

惧内确能家豪富,而欺妻则未必一世贫也。这真是怪事。怕老婆的人,十个倒有九个半是飞黄腾达、积财巨万的朋友。这好像是天演的公例。我填高了十六个枕头,无论如何怎样想,总想不出这一个神秘的理由来。

有一位朋友告诉我说,怕老婆的理由,不外两种。一种是屈服于老婆的颜色之下;一种是低首于太太盛衾之前。前者尚不失为肉麻有趣,后者却表现了本身品格的高卑。

又有人说,怕老婆的滋味,实在是美妙不可言状,决不是不怕老婆的人所能领会到的。这句话我不敢十分反对,也不敢十分赞同。因为我想既怕了老婆,行动上至少要受牵掣,反正是件受罪的事。

像我这一份人家,最最没有办法。我同贱内一见面,一言不合就要吵闹。我向她发脾气,她也向我瞪眼。我不甘让她,她更不肯让我。弄得闺帷以内,勃豁时间,一只结婚戒指,咬得七零八散。万一不能再套在指上,最近在庆云银楼里,变了花银,另打一只,刻的依然是我内人的名字。不过贱内每次同我吵闹,她从来不哭,她更不作无理的屈伏,表现着女人庸弱的本色。这一点,我固然恨她,同时也是服帖她的地方。

怕老婆的人,我知道的实在不少。他们不是达官显宦,便是巨富大贾。最有趣的,北京有一位阔人,太太既不许他娶小老婆。有时候,太太又不肯同老爷睡觉,竟写了通知书悬在帐子上面。

我时常要怀疑,蒋介石先生他也怕宋美龄女士的。不知道是不是?
(《东方日报》1933年4月12日,署名:平生不四色斋主)

淌　白

灵犀谈野鸡,我谈淌白。

淌白这名词,很特别。我无从考证。

天韵楼是上海的乐园,也是上海淌白的大集成所。据调查说,天韵楼淌白的总数,有一千多个,平均每个的估价是六块钱。那末天韵楼除了游艺之外,另外还有六千多块钱的市面。

我常常打定这样一个主意:如果要到咸肉庄斩咸肉,还不如上天韵楼去捞淌白。因为天韵楼上美丽的淌白,在普通的咸肉庄上,决计找不出来的。

你一定要去寻一个中意的淌白,是不容易的。要是偶然见到一个秀色动人的,如其你不去追逐她,她就一现而逝了。我屡试屡验,这叫做有意种花花不发,无心插柳柳成阴。

吃精而不十分讲究美色的朋友,他们捞淌白,总要到十一时后。物虽不美,然而价总是廉。

我到过几趟淌白的府上,我又开过房间,请过淌白。

讨人身体的淌白,十分苦恼。天韵楼上碰不到捞户,便要去跑房间,或者走马路,有时候也上咸肉庄。有一次我们在淌白府上打茶围,一个淌白告诉我们以上的情形。一位朋友大发慈悲,就付了她一个夜厢的价钱。

天韵楼上,有四块钱就能成交的淌白,也有二十块钱捞不成功的,那也是淌白。天韵楼上,天天挤得水泄不通,这都是有淌白的缘故。你不要小看了淌白,她们都关着这小小市面的兴衰。

(《东方日报》1933年4月13日,署名:平生不四色斋主)

张学良先生出国

张学良出国了,欢送欢送。张先生在一片欢送声中出国了。

北方人有话:有你等于没有你,没有你倒干脆。张先生毕竟是谅达世故的人,大概也知道有这一句话的。所以毅然出国了。

东三省的地方,给东洋鬼子越啃越大,但是张先生眼不见为静,不顾一切而出国了。

撒烂污的人,不知道有多少。张先生撒的烂污,不过比较大一点罢了。

张先生珍重清躬,安心出国。我们国民,一个个都度量宽宏,不咎已往。你放心好了,决没有人来同你为难。你看罢,这边是欢送,到了意大利,少不得又有华侨来欢迎你啊。

今天在《新闻报》上,看见小记者先生说:"希望张先生少说话,少交际,埋头求学,看他国人民如何奋发,看他国官吏如何负责。资为韦佩,痛下针砭,将来为国效力之机会正长。晚盖可图,立功有日。"这一派都是胡言,你千万不要听信。人生几何,谁不想及时行乐。我来告诉你吧:多打吗啡,时常跳舞,逛逛蒙的卡罗,顺便走走好莱坞。外国明星,美丽的要比中国多得多。只要你有钱,什么事情都可以马虎,不必再眷念中国。中国的人民,亦不再先生来治中国,更不想你立功有日,晚盖可图。

末了我要代表着中国的太太、姨太太、小姐、少奶奶、女戏子、女明星等,对于先生的出国,可要表示一番依依不舍之思。

(《东方日报》1933年4月14日,署名:平生不四色斋主)

何应钦打猎

北平电:何应钦偕英使今晨十时赴西山打猎,今午在颐和园午餐,当晚即返平。

电文上寥寥数十字,我们想见了何先生的闲情胜概。

何先生是名将,何先生是英雄。打猎不是拿笔杆儿的人,所能做的,是英雄的常事,是名将的本能。有人说,何先生这时候打猎,似乎不甚相宜。因为这种闲情逸兴,不配放在未到升平时代的中国。

我说不然。何先生是一等的大将。他胸有成竹,歼寇有方。他老早能够担保东洋鬼子不会凶到如何程度。而何先生呢,在后方养精蓄锐,终有一日,杀得东洋鬼子片甲不留,直追到扶桑三岛。不过现在还未到时期,所以把中国的飞禽野兽,暂时当作东洋丘八,一枪一个,一弹一只,杀杀何先生的手痒。故而有打猎那么一回事。

又有人说,何先生知道东洋鬼子,是抵抗不了的了。所以他自己不上前线,伏居后方。气不过时,便倒霉了中国的飞禽野兽,譬如当东洋兵打,亦是慰情聊胜之法。这好像没有钱斩咸肉,回去按住了自己的老婆穷上。又好像吊不着膀子的人,一个人下了帐子打手铳的一样。

我说道,呸呸,胡说八道,你不要侮辱名将,小看了英雄。

(《东方日报》1933年4月15日,署名:平生不四色斋主)

朋 友 之 妻

这又是一幕戮亲家母的活剧。艺术家江小鹈君,把自己的太太离了,去同朋友陈晓江之妻,另订婚约。昨日离婚,今日订婚。江小鹈君,竟毕是做事痛快。"一对新人物,两件旧家生。"威海卫路的中社里,在民国二十二年四月十五日,又有这样一件盛事。

"朋友妻,不可欺。若要欺,要待朋友死。"这是几句俗语,江小鹈君,倒是奉为金科玉律。他爱上陈晓江夫人,是在陈晓江死了以后。

蒋梦麟之后,又有了江小鹈。一个是教育家,一个是艺术家。伟人伟事,伟人不死,大事不止。

我有不少朋友的太太,实在长的太美了。我用了审美的眼光,去观察她是有的,但从来没有起过妄念。因为我时常想,真的同朋友太太睡在一起,想着她这件家生,是我的朋友,我的要好朋友,曾经摆过的,我无论如何,再没有这胃口摆进去了。所以我始终佩服蒋梦麟先生毕竟是伟人,始有此伟事。现在却又该轮到佩服江小鹈先生了。

我有一个朋友,在天韵楼捞淌白。临睡时候,谈起这个淌白曾经接过一个客人,是我这位朋友的朋友。我的朋友,这一夜翻来覆去,不能睡觉。到了天亮,始终没有骑到淌白的身上。由此看来,凡不是异乎人类的人,都有这样一条心肝。从前的蒋先生,现在的江先生,的确是非常人啊。

不过当心些,蒋先生、江先生,你们以后不要再交朋友。至少交了朋友,你们都要长生不死,否则你的太太,将来仍旧要变朋友的太太。

(《东方日报》1933年4月16日,署名:平生不四色斋主)

火车上吊膀子

这几天,上海银行洋行都放假。假期的名称,叫作外国清明。于是比较血旺的朋友,趁此假期,都离了上海,去作春游。不是苏州便是杭州,以及其他风景清幽的地方,不胜枚举。

京沪沪杭两路的车上,没有一节不是挤满了人的,真是盛事。不过无论如何,怎样高兴,碰到这种天气,也是叫人走投无路。

在春天的少女,自然另外有一种风情。在春天而作春游的少女,打扮得更似花模样儿一朵,撩人意绪。

于是乎有人说,春游,同时也是吊膀子的机会。擅长吊膀子的人说,吊膀子在影戏院里最不容易。在火车上却是有十发九中的可能。往往一个人到杭州,到后来会变成了双档去开湖滨饭店。

在火车上吊膀子,你先要拔准苗头,最好不上头等车去,因为头等车太贵族化。也不要上三等车,三等车似乎又嫌寒酸些。最妙莫妙于二等车。二等车的坐位,天造地设的供给乘客们吊膀子用的。专门在火车上吊膀子的朋友,他先要在各节车里巡阅一番。看见那里有一个漂亮的女客,而旁边又有一个虚座以待的位置,便坐了下来,趁着机会,问长道短。因为同是出门人,在女人也不好意思十分的矜持,自然总会来敷衍你。由敷衍而相熟,不过是一个阶级的事。他就请她吃点心,会茶钱。这样以后,说不定下了车,她就跟他去了。不过他若是苏州下车,而她却直要到南京,这却要自叹白费劳碌一场空了。

不过在火车上吊膀子,就是吊不成功,豆腐总可以吃的。听说上海有不少人，他们的春游，都是醉翁之意不在酒的。我一定相信。

在火车上吊膀子，比较甚么地方都便利。不一定要春游，春游不过机会多一些罢了。

（《东方日报》1933年4月17日，署名：平生不四色斋主）

中了金樽香槟

买香槟票，我已经谈过的了。现在再要谈假如香槟票中了彩以后，我便怎样。

老实说，我发财的心，比什么都要热切，又比什么都要很心。我虽然回力球香槟票也买，逸园香槟票也买，但是我都不十分希望它会中彩。我所希望中彩的，就是四十二万的金樽香槟。不发财则已，要发财，就得发他几十万。若说一万二万，不痛不痒的财，我实在不一定要发。不过实不得已，派派小用场，也是好的。所谓聊胜于无。

我现在要假定我是中了金樽香槟以后，便该怎样。

昨天赛马，今天打开报纸对号码，头彩同我的票子号码是一字不差。大喜心跳，但是不相信，恐怕号码有错，去买各种报纸再来看过，的确不错。心尤加乱跳。郑重其事，把香槟票放在衬衫袋里，打电话叫汽车，到中国赛马会去领奖。一路上还是心跳，支票开到，若要我再捐助，恕不答应。坐了原车去领款子，先把款子分开，散存在各银行里，手上袋里，尽是存折存单。回来坐定之后，大喜大笑，还要心跳。开一张单子，谁人应该送他多少，开了支票，叫他们自己去领。买一只铁箱，不请账房，免得白让人家揩油。造房子决计不造，因为大华饭店地皮，买了一亩，造了房子，就要不够开销。汽车是买一辆的，第二天就到龙飞去看样子。这一夜决计睡不着觉。第二天，不再做《东方日报》的稿子，要请徐老板另荐高明，以让贤路。第三天就要广开筵席，欢宴亲朋。人家问我发财的数目，我决不老实告诉他们，只说二三万块钱罢了。以后我便狂嫖滥赌，因为我很明白，国宝是要流通的。书寓，我就每天到一家一家轮流去做花头，做一个花丛的阔少。什么公共机关，慈善事业，决不去捐一钱,我是罚誓不做善士,也好免得为了我造成的一二个枉法舞弊的罪人。末了我还有一件十分不敢自信的,便是平生不四色斋主的这个"四"字。恐怕我发财以后,又有换一个铅字的必要了。发财之后,要做的事甚多,因为限于篇幅,不能多写,以后再谈。读者们,你们买金樽香槟票吗?如果买好,都有中彩作富家翁的希望。你打算把这笔巨款,怎样用法,何妨写些意见出来,好同我商量商量。

(《东方日报》1933年4月18日,署名:平生不四色斋主)

随　　笔

昨天夜里,我临睡时,想着了一个东方夜谭的好题目,到今天起来,忽然忘记得干干净净。更没有心思再去想旁的题目,管他妈的,学一回时髦作家,写一天随笔罢。

"日铁甲车开抵昌黎车站"、"北宁线难民塞途",这种触目惊心的大号铅字,我看见了,常是记念着航海中的张学良先生、西山打猎的何应钦将军。

民心的确是变态的了。一个朋友看报,看到昌黎失守,忽然仰头大笑,说打得痛快,打得痛快。

他妈的,我真不愿再谈国是,等着死罢。柠檬先生说,这个年头儿,不做烈士,就做汉奸。要命的就是我们这类尴尬人。陆根荣上台,天天拉铁门,活该这小子走运。上海姨太太说,小陆到底生得那亨标致,要去看看俚勒。

朋友告诉我,《东方夜谭》一版的文字,是青年的麻醉剂。我说,放屁。现在的青年,用不着我来麻醉他们,我也麻醉不了他们的了。

在公共汽车上,我决不让座给女人。

好死不如恶活,自杀无论如何,是件苦事,上吊怕痛,跳黄浦江怕冷,服毒怕难过,风流的朋友说,要提倡脱阳自杀。

在上海住得久了,对于女性观是会变得轻薄与非难的。

(《东方日报》1933年4月19日,署名:平生不四色斋主)

上海的洋奴与南京的官奴

上海人吃洋行饭吃昏了心。从买办阶级数起,到黄包车夫,都养成了洋奴的习气。所谓买办,中国人只看见他脑满肠肥的坐汽车,抽吕宋烟,不知道他一看见外国人,连人形都不像了,只像一条狗。只要外国人开口,叫他干什么,他就干什么。这已经很可气的了,还有洋行里的仆欧开电梯的,对待中国人,自有他一副很好的架子。见了外国人,他也恨不得把身体扑下来,屁股撅起来。而最他妈不是味儿的,是黄包车夫。好像外国人跑三步两步掏出来总是两角,举起飞毛腿,就是不小心跌在地上死了,也是情愿,意思是有个外国人送他的终……所以上海是洋奴的上海。这种社会情形,你真不能去细细体会,不然就够你伤心。

据说上海是洋奴的上海,南京却是官奴的南京。有一位新闻记者回到上海来,告诉我这样一件事实。从这事实上就可以瞧出南京的确是官奴的南京。

南京不是有过一次足球慈善赛,就高的价卖三元。这一位新闻记者买了三元一票,坐了进去。不多时,来一个人,据说是奉公差遣,招待宾客来的。一来就望了望这位新闻记者,就说:坐到那一边去。新闻记者说:怎么啦,这里我不能坐吗?那人道:这里要三块哪。新闻记者才知是为了价钱问题,便对那人笑了一笑道:六块钱我也坐在这里。那人便叫他把票子出来看。新闻记者把一张票子在他眼前扬了一扬道:够不够?要不要找补啦?再要查不要查?再查我可以把票子贴在我脑门上面。那人才走开了去。这里却在自己叹气道:他妈的真气数,新闻记者的字样,好像写在额角上头的。不多时候来了一批女人,大概都是所谓官太太者。却看见这位招待员,在把一排凳子拂拭一过,再请她们坐下去。这时候新闻记者却有些怒意了,明白这种人就是南京的官奴,便远远的招呼那人道:过来。等他走近面前,自己也立了起来,对他说:我坐到凳上也有多许灰尘,你给我抖拭开去吧。

(《东方日报》1935年1月1日,署名:香客)

元旦看林庚白诗

　　本报一向发稿,总是提前一日,所以今天报上的文稿,我还是在元旦动手的。我不喜欢做什么应时文章,所以三十那天发稿,在元旦报纸上,就没有看见过元旦庆祝的字样。我的确与别人情绪,很有许多不同的地方。一个季节的降临,我一向淡漠对之,没有兴趣,没有感想。或者我高兴不了的理由,我是太没有钱的关系。

　　聊备一格,在元旦写一点元旦文字,因此就来一些闲谈吧。过十二点钟才起身,昨夜睡得太迟了。在两点钟以后(那时候已开始是元旦了),我随手取了一本林庚白的《长风》创刊号来读。林庚白,我以为无论如何,他的诗是值得赞美的。论旧诗,风格意境,却有相当的造就。他是贯在不囿于成习,有创作之美。若论新诗,那就不敢苟同。说他是歌是谣,都可以,何必一定要说诗?

　　林庚白有人说他是肉感诗人。我在他那"只要我的心换你的心"的新诗里,找出了两句:

　　　　我愿意做你高跟鞋里的小钉,
　　　　我愿意做橡皮熨帖着你的月经。

这果然是异想天开了。林庚白之所以为肉感诗人,当然不只此二句而已。不过我却要说他是意淫之圣。其实,这种意思,在从前我的朋友老早有过。像:

　　　　我愿将身化作马,
　　　　请卿骑上满街跑。

又说:

　　　　我愿将身化作带,
　　　　临流月下看红潮。

　　不是同林先生是一个意思吗?不过诗有新旧之分而已。
　　在他旧诗中我最喜欢他这样一律:

　　　　咖啡如酒倘浇愁,日夕经过此少留。惯与"白俄"为主客,最怜青鸟有沉浮。忧饥念乱今何世,怀往伤春只一楼。归向小窗还搅镜,吴霜休更唇边兜。

(《东方日报》1935年1月3日,署名:郎虎)

雅事与江湖气

一生能够写得一手好字,的确是一件舒服事。写字写得好了,换人家一点润笔,也无伤大雅。如果真会写字了,要卖字。其实真写得好字,就是自家不想卖,识者也会来请教,也会送钱上门来的。若说写好了字,没有人请教,要在报上大登广告,叫人家作成他的生意,那末雅事就变成了江湖气。所以疑心许铁峰之类的大书家,是一种俗物。

◆鳏居是一件苦事吗?

女作家黄庐隐死了之后,他的丈夫叫李唯建,也是文坛上很出风头的一位人物。当黄女士寿终正寝之后,李先生哭得昏厥了几次,发誓说,我不再娶了。可想而知他们二人生前爱情之笃。但不到二月,听说李先生终于不耐孤居,与某一个舞女,勾搭上了,至今而且还实行同居。因此我疑心到鳏居是一件苦事。像舍间夫顽妇悍,毫无情感之可言,到如今我时常在怀念着鳏居的滋味。我想鳏居不见得是一件苦事,不过免不了要步李先生的后尘。

◆陈璧君智人也

陈璧君向立法院辞职,其实像陈女士这样一个人,嫁了一位金龟之婿,不想做院长太太,一定还要当选立法委员,已是错误。一位朋友对我说,女人有了妙好的面貌,嫁了得意的丈夫,已是人生的至福,还要讲究什么学问,这就不免太愚笨了。这好比陈女士有了现在的地位,还要做什么官。如今大概陈女士觉悟到这一点了,所以毅然向立院辞职,分明是大彻大悟。所以我要赞美她一声:陈璧君女士智人也。

(《东方日报》1935年1月12日,署名:香客)

小休散记（1935.1—1936.3）

胡荫居士作剧本

　　胡荫居士作剧本曰《憧憬》，述其亡友事也。"友刘氏子，父早世，年十一，体尪弱。母勿令其读，则蓄群婢，以娱其子。公子悦一奴，字片玉，其人细而文，公子爱之甚。未几，夫人为公子议婚，公子凄然曰：儿苟娶者，与片玉并拜耳。夫人不忍拂公子意，则与族人商。族人皆固执不可。夫人乃使片玉疏公子，且乱妆不饰，使公子恶之也。又越时，夫人遣片玉归，而告公子以片玉死于疫，且为重申婚约。公子流涕勿欲。居二年，夫人又殁，公子散群奴，囊五千金走湖海。止金陵，赏女优王佩玉，而讶佩于玉之酷似片玉也，力为文誉之。佩玉喜其知音，宴于酒楼，果知少年实其幼主也。其后，公子于狂醉之夕，速佩玉至，愿事圆旧好。而佩玉勿顾，绝裾去。公子遂病，卧德国医院，逾十五日死。"此剧本之全部轮廓也。我久欲拾宵冥集，得二千字，力罢不可复继。方知琴南翁真大手笔也。我文之尾曰："又一夕，醉于俱乐部中，时哭时笑，呼佩玉勿已。友人咸集，公子乃缕述往事，曰：我狂矣，非佩玉至，不可解也。友悯其痴，往速佩玉。佩玉跟跄入，而公子之痴若失，笑曰：汝勿负我也。起身欲抚之，佩玉退却曰否，汝不负我，我负汝矣。我至今日，已勿能悦汝，汝昔之可以悦我者，我已消失殆尽。今之所有，汝殆无可悦者。我习于奢，达官巨贾，日拥我侧，量汝之力，已不可及。我沉湎久，且不知情爱为何事，第识举世滔滔，役人于百绪纷披中者，金钱而已。前二年尚有爱，兹则无之，则汝更胡悦于我？昔日汝欲娶我为妇，我曰：公子贵，贱婢不可匹也。其实彼时我何尝贱？特知夫人必勿许耳。今日之我,则殊贱矣。而公子犹是也。故公子必不能更悦于我。我语公子,宜自重,勿以我为念。我剧将上演,行矣。言已遂去。公子望其行,亦归。沉思竟夕无一语。明日遂病,入德人医院,又十五日而死。佩玉来视疾,公子已瞑,则伏地上祷曰:愿公子此去,履于宁适之途。公子父母俱善人,必庇公子。公子清灵幽窅,飘荡云间,勿染尘俗,亦勿以婢子为念。婢子贱人也。"

(《东方日报》1935年1月3日,署名:郎虎)

上海二名人

上海有二名人,一为《新闻报》馆之顾执中,一为号称戏院"拓拉司"之何挺然。我谓此二人之名奇妙,试演一文句曰:

顾执中,问何挺然?

此七字中,似有若干之奇妙事迹者,辄加诠释曰"顾",顾之而他也。"执中",握其中间(坚)也。问曰:"何"为而"挺然"?盖挺然者,有昂头直上之意也。

胡憨珠兄,似我之不修边幅。比至大中华饭店,衣一青布长袍,司梯人疑其为伎人操弦索之乌师,阻其登。兄不怒亦不笑,第曰:我是来叫堂差者。王唯我君以前事述于我,我曰:憨珠兄毕竟书生,雅量真不及也。

陈嘉震兄为徐来女士作小传,徐师为黎锦晖先生,以师生而为夫妻者也。兄之言曰:"她偷偷地爱上了她的师傅。"我谓此言实大妙,乍听之,乃似徐来偷偷地爱上了和尚矣。

(《东方日报》1935年1月12日,署名:郎虎)

人 生 无 聊

老滕曰:人生本无聊,故当其赴跳舞场时,恒不喜听人作扫兴之言,如曰:"送钱去给她们用,太没有意思也。"维纳斯为寒宵胜地,近始一往观光,设备不若其他舞场之精致,顾游侣如云,客至,茶酒以外,复有瓜子一碟,令人欣赏异国情调之余,不忘故乡风物之美,良可趣也。舞女有高丽人,悉袒背,生涯乃至落寂,明灯烛其肉,作忧塞之气,而另露凶光。见苏凤在座,有时亦起舞,在绚烂声色之下,乃见苏凤之仪容殊美。毅厂兄常言苏凤有子都之目,我乃谓苏凤之一眉一眼,其位置甚巧趣,今于迷夜欢场中,着此翩翩俊士,颇觉兄之叹赏为不虚矣。赌钱是消遣,不可认真,叉麻雀如此,赌牌九亦不可不如此也。尝与北方友人博,推庄者兴致甚豪,在掷骰子时,高声呼曰:"手拿开,手拿开,别连手都输了去。"又在配钱时,连声曰:"拿去输去。"其言虽甚尖刻,然细思之,终觉风趣甚厚,而能合赌钱是消遣之本旨者也。

(《东方日报》1935年2月14日,署名:郎虎)

灵 犀 清 癯

灵犀兄自游湘归来,玉貌似弥见清癯矣,告我曰:离去沪不及一月,而沪上之人事变迁乃滋多,若蔡、孙二君之不慊于新闻界也。我问之曰:此一事外,更何足述?曰:李玲棣之遽作新娘,唐大郎之忽弃外室也。

与灵犀兄过永安公司,橱窗中有"一枝绒",为时装衣料,一衣之值三十元也。兄慨叹曰:我辈悽惨,乃不再买不起三十元一件衣料,是在买得起无人可着者。譬若"令正"、"拙荆",皆不需此也。

锦晖先生以笔墨忙人,偷闲视我。我未在而终相左,甚歉甚歉。我抵先生书,先生之来,或有所诒我,昨于旅舍晤孙师毅兄,谓将以一函告我,盖兄见我抵锦晖书,将有言自启也。惟拟待诸锦晖复书以后,则热闹多矣。

(《东方日报》1935年2月15日,署名:郎虎)

题 记

十日起,我既脱离《东方》,意欲乘此时期,真得一小休之机,不图谢豹尊人,病殁故乡。夜间,佩佩以急电觅我,要我暂代谢豹之职,义无可却,遂重新执笔,行文之顷,不能忘情,辄仍题吾文曰《小休散记》,还我本来面目焉。

黎锦晖先生,失徐来而得梁栖,乃叹才子之艳福为无穷。小叙晶楼,友人各欲拟八字以赠锦晖,梦云曰:"一饮一啄,莫非前定。"之方曰:"亡羊补牢,未为晚也。"佩佩则曰:"失之东隅,收之桑榆。"而蝶衣则曰:"塞翁失马,安知非福。"叔良亦曰:"往者已矣,来者可追。"好在皆为成语,意锦晖见之,必呵呵大笑矣。

(《铁报》1936年3月12日,署名:云裳)

李拔可诗

某君有友,财迷也,当其买二十期航券之前,先往城隍庙祈梦,凡三日,一夜,梦城隍来,当书六字而去,则"临死试试绿林"也。友醒,不解所谓,及后开奖,头彩为"○四四四六○",友始恍然大悟,盖梦中之字,即号码之谐声也。

李拔可先生之诗,风韵自厚,近见其兆丰公园晚坐一律云:"辛夷已吐玉千盘,细草如茵渐耐看。无限赏心当日暮,最难携手是春寒。销魂南浦才终尽,对泣新亭泪易干。只有眼前真实意,不随物我作悲欢。"

(《铁报》1936年3月14日,署名:云裳)

写信谈京剧

我尝寄某艺人书,谓连良、连泉生涯大盛,万春则以不能立足,将作远游,宁非怪事?越日,艺人以书报我曰:"万春诚为后起之秀,诸戏无不能演,固聪明,惜在不变,添入老生戏,因武生戏太狭故也。何月山、月月红都能名称一时,何与盖叫天演年羹尧,何败吐血死,月月红饰杨乃武中小白菜,戏演全,命运亦随之告终。海上所好惟一新字,营业艺术,趋于两途,不足怪也。"

(《铁报》1936年3月15日,署名:云裳)

龙华寺素斋

龙华寺方丈性空,年必招待文艺界人,吃素斋,参观龙华寺庙宇之年新月异。昨日又蒙柬召,我以宵来睡太迟,晨间为梦方酣,不能起,而为濂溪公拔出被中,坐唯我所雇之飞车往。片时即达,行于郊野,与唯我赛足力于田陇间,以用力猛,气逆欲晕倒。文弱之人,而有健康欲,于是对剧力运动,每跃跃欲试,自不量力,宜其苦矣!龙华亦一乡落耳,有惠家花园者,不过拓数亩之地,植花树于其间,他无足恋。是日,客至云集,胜侣之众,为昔年不及,梯维亦以秋雁约,偕至午膳。丁先生且一门俱至,谑浪笑傲,几忘置身于佛堂庄穆之地。所有请柬,皆出我手笔,其上有小注曰:"有夫人带夫人,无夫人带壳子。"见者大异,以为和尚请客,何至必要人携女客,既审为大郎书,则无不哑然矣!素斋我生平恶之,恒不能饱,明年如方丈更有约,务乞备火腿皮蛋,则闻风而来者,意必万人而不止也。

(《铁报》1936年3月16日,署名:云裳)

朱联馥邀饭

十日以来,酬应无虚夕,万春于临去秋波中,凡三晤于席间。一夜朱联馥邀我饭,席次俱海上票友,此中推联馥资望尤高,联馥谓:下次彩排将演三剧,一《四进士》,二《明末遗恨》,三《别窑》与《打嵩》。此皆信芳精心之作,而联馥生平炊弄比较得意者。《四进士》与《生死板》,《生死板》剧情太苦,先后演三场,座上人无不陪泪。演者身与剧化,亦不觉痛泪之涔涔也。前次,信芳来沪屡演此剧,我乃未见,联馥于雅歌集演时亦未及睹,长以为憾。及其唱《四进士》,不能更失之交臂矣。

久饫鲜肥,餍矣,于是盛席当前,不可饱腹,及夜半返家,煮糜粥而食,糟油腐乳一碟,萝卜干数根,为味弥永。

有友人叫堂差者,一人狂放,连征五花,先后毕至,至后稍坐辄去,其人曰:"来得快,去得也快,五人中谁最后去者,是我祖宗。"一伎果后去,别一友低声问伎曰:"汝亦有相好邪?果有之,则汝之相好,不几为'操彼人之祖宗者乎?'"其语尖而趣,合座咸大噱。

(《铁报》1936年3月17日,署名:云裳)

信 芳 来 书

信芳自京中寄书来,并附万峰青一函,盖观《明末遗恨》后,抒其观感者也。书极冗长,田汉读之,亦惊为同情之作,梯维嘱我以原书布之报端,俾海上之崇麒诸子,读此称快也。

南通有张非文先生,数年来读《小休散记》未尝辍,偶为文,造诣亦如小休之作,亦可谓嗜痂成癖矣。比以函至,询我将来之出处者,我一时且不能答,及所趋既有定止,当专书寄告,兹则先为张先生谢关心之雅也。

溢芳跳舞,我笑之曰:"此真行尸走肉耳,跳舞何谓者?"溢芳怒,濂溪公殊好谑,尝谓:"溢芳之肥,诚为行尸走肉矣。然灵犀亦舞,灵犀之瘦,宁不谓为行尸走骨邪?"

唐瑜颇拘谨,见女人辄面红及耳际,我尝欲设术以窘"吾家老叔"者,为之集少女十人,裸体伏其身上,则斯时之神态必可观,惜此机不可遇耳。

友人叫堂差至,将去,友曰:"我停会来看你。"伎漫应之曰:"你来看我,我要出一身汗了!"我闻言叹曰:"堂差之刻毒如此,看来不叫也罢!"

(《铁报》1936年3月18日,署名:云裳)

扬 子 一 室

前时,客有税扬子一室而居者,良久,以匮乏,不能偿房值,辄遁去。

越多时,更至扬子,辟别栖一室,有茶役本识客,因告其同伴以前事,谓宜谨防其人,勿更令其逸也。同伴中有一人,闻言,忽造客室,语客曰:"我闻诸役言如此,信邪?"客未及答,其人又曰:"即有此事,亦何伤?人生困迫,亦事之常耳!我生平急人之急,遇旅客之窘迫者,必设法使其离去,譬如客逋旅资为三十金,一旦逸去则一楼之茶役为二十人,则平摊而偿此逋者,不过人费一元五角耳。是何用迫人过甚者?"因又曰:"客何时匮乏,则何不告我,我且设计为客留一去路。"客闻言,浩叹曰:"风尘知己,其惟扬子之楼上之一茶役乎?"

(《铁报》1936年3月19日,署名:云裳)

"恣言"集(1935.9—1936.7)

题　解

何谓"恣言"集：髫时读琴南翁小说有言曰："汝欲何言，恣言之！"北方人所谓："爱怎么说就怎么说吧！"闲时涉笔，快语如刀，颇能收"恣言"之效，兹以此集名恣言，与曩时之散记随笔，初无二致，所以稍易面目者，亦欲与本栏文字之标题，不相冲突耳。

梦云能绘事，擅讽刺画，爽辣明快，一如其畴昔之文，惟于画之下辐，时作一元绪公为署名，殆亦自祷其遐龄不死之意。某夕征一伎，局票之下，又署一龟，伎与梦云为素识，乍入门，即问曰："哪一只乌龟叫个？"梦云笑不可仰，不及答。一人指之曰："是他叫的。"伎始一笑入座，复曰："怪勿得勿开口哉！"

经久不叫堂差，自顾十丈绮尘，言欢无地，朋友相嬲，偶召艳九娘侍坐。九来即称肝痛，谓此疾夙未有，今日始有之。我良不忍，及其去，爽然语吾友曰："幸亏她来不是说的头痛。"

(《社会日报》1935年9月23日，署名：大唐)

白玉霜之兄

"荡哉白玉霜"之诗，既刊昨报矣，更有一章曰："及通姓氏方知李，她有哥哥号李龙，可在大同开酒店？将来我去访'梓'童。"曾观某须生演《武家坡》，将梓童之梓，念作辛字，引为笑话。然用于此，亦能韵调铿锵矣。

"乳丰足怯,必易与者。"某先生言:此八字有至淫之妙。

锦婆家有婢,工穿窬,主人怒,返其父,父以巨棒击之数十下,婢不哭,亦不乞宥,更重其刑,婢始曰:"打得我吃不消了。"然犹不言梭过也。其父语于人,咸叹曰:"虽黄毛丫头,而有大盗之猛,亦将来之名器也。"

佩佩于旅室中,招一女向导员至,既而偕出。室之门外,其右为上下之电梯,其左有太平盘梯。向导员出门,忽忘其来路,则向左走,时灵犀留室内,微曰:"大概她要向导佩佩去参观太平门矣。"愚为轩渠。

方地山赠叶浅予联:"寄怀紧暖香干外,设想清奇浓淡中。"上句太妙,下句费解。

(《社会日报》1935年9月26日,署名:大唐)

苏 曼 殊 诗

愚不敢作违心之论,生平实不喜读叶浅予之王先生与苏曼殊之诗文,然二者皆风靡一时之作也。曼殊大师诗,惟"山斋饭罢浑无事,满钵擎来尽落花"二句,可谓意境高逸。友人王景槃先生言,综曼殊诗集,亦不过此二语可传,斯言讵诬?尝见曼殊更有断句曰:"我本将心向明月,谁知明月照沟渠。"其语甚隽,亦诗中之上品,然此十四字,本为成语,用以凑入诗中者,非曼殊创意也。

琴南翁与何诹文笔,实为殊途同归;若谓何诹力学琴南,正未必是。林绎小说,广至百余种,警笔不为不多,第粗糙处亦在在可见。何诹一生,惟有《碎琴楼》一种,设景造句,无一字浪费,读其书,如饮冽酿,第觉有芬芳之气,被上齿颊。何诹以全部工力,悉致此书,故爱林绎之文者,实不可不一读《碎琴楼》。愚读《贼史》与《块肉余生》之后,尤觉向昔之言,非不当焉。

(《社会日报》1935年10月5日,署名:大唐)

周邦俊滑稽

周邦俊先生，尝用滑稽口吻而言曰："格班女太太笃去听南方歌剧，看见沈伟侬上台，扮《珍珠塔》里个方卿，实头像个方卿嘘。"趣甚。

半狂兄言："白玉霜唱戏，实头当台底下格班才勿是人，那亨实梗哫不顾忌。"然哉。愚近又观其演《王小借粮》，白作一荡妇，语其情夫曰："你把头门关关，二门闭闭，你要搂搂抱抱，捱捱靠靠，你瞧我怎么得，我是满不在乎你哪。"音调之浪，真使听者有蚀骨销魂之快。

得与刘海粟先生一握手，刘先生方自巴黎归，与成家和女士，同居沪上。愚遘之于丁楼，时刘前夫人在座，愚夙与夫人稔，问刘先生上海居何许？先生不及答，夫人则言曰："在辣斐德路……"愚听夫人言，若有感触，再观夫人面，则坦然若无事者，此所以为文明人也。

（《社会日报》1935年10月13日，署名：大唐）

捧白与捧蝶

梯公与大郎，胥捧白玉霜者，排日为言，有不尽不绝之概。或曰："此某报之所以称捧白大本营也。"一人曰："差可与人对敌者，其为某报之捧蝶大本营乎？"蝶，非银后胡蝶，为蝶野词人陈小蝶先生。

张浩然兄鉴人之术，朋友称之，弟兄亦称之，即兄亦未尝不以此自矜也。逸芬曾请于兄，谓兄之造诣如许，何以不行道于世？兄笑而谢之。

读者写一信与愚，谓看白玉霜《小借粮》，一小时内，入厕者三行。读至此，令人不忍卒想，但有摇头。

有人为汪北平先生上一号曰"金枪手"，又有一人为汪北平先生加一冠曰"不倒翁"。此老一并哂存之，袖手人叹曰："北老毕竟书生，雅度真不可及也。"

（《社会日报》1935年10月15日，署名：大唐）

卢 涧 泉

有不通天下大势者,问我曰:"袁美云与貂斑华是不是情敌?"我告之曰:"天下人发语荒唐之至,莫如足下斯言矣。"

常为卢涧泉先生可惜,其人设不为银行家,而唱平剧之黑头,则架子既好,而实大声宏,亦必压倒金少山,气死杜文林矣。

(《社会日报》1935年10月18日,署名:大唐)

自 称

为文言自己者曰"我",曰"余",曰"不佞",曰"下走"。章孤桐曰"愚",徐凌霄曰"卑人",又曰"朕"。凌霄以剧谈称海内,"卑人"犹是谈戏本色;惟"朕"则用之而使万目惊讶,以为朕者,专制时代皇帝之私用也,何得见之今日?或尝以此诘之,凌霄则翻经引典,用释其义。纵其言之头头是道,愚则以为凌霄文字清快,正不必"僻涩"得如此雅耳。

青鹤夫人病不已,主人则忧结不可解,告人曰:"近日来有无穷难过,寄此心胸。"又曰:"我夫妇情感初不适,惟二十余年相伴之人,一旦病不可解,亦令人忧煎勿已矣。"言时,愚方在座,主人因复指愚而曰:"譬如大郎,伉俪之爱,殊诚久矣,然我有时劝其敦闺房之好,亦往往为吾言所动,可见既为夫妻,自必有夫妻之情;此情纵系于形式,要亦伏于心底,在时可以表现。恒时家室之不宁,特为生活上波折而已,本无谓也。"

(《社会日报》1935年10月21日,署名:大唐)

"云 兰 阁"

谑者为愚与锦娶之居,标一榜曰"云兰阁",盖袭伎家之帜也。

言女人"才具"之佳,凡有五例:"干"其一也。或曰:"准是论

'鱼'，鱼与水为伍，宜多水分，水分多，宜不能干矣。"此或猜想，若此猜想竟为事实，则鱼特能美于外表，譬如金鱼，第可供人欣赏，烹而啖之，必无味矣。

我以为报纸未尝不可论诗文，从个人之私好，加之称赏可也，正不必准以规律，绳以宗派；否则洋洋数万字，懂得者正不多其人，但觉谈者之自得其乐而已。无论什么事都不必太认真，将所有本领，能混一口饭吃已足。若苦苦道人家短，称自己长，非智者所宜有也。

全运会有踢毽子节目，又何以不加入扯铃？扯铃与毽子，同为大世界之游艺，厚此薄彼，朕不可解；否则时势造英雄，田双亮父女二人，亦不致终沦于江湖卖艺之列。或曰："踢毽子，褚秘书长所提倡也，故得参与。"然则放风筝，赶马车，唱黑头，乃褚秘书长所提倡者，又何以皆不列入哉！

(《社会日报》1935年10月22日，署名：大唐)

杨秀琼照片

小丁送我杨秀琼照片一张，摄自全运会之游泳池边者，两臂两足悉祖，乳尖隐约于游泳衣间，扪之有物，跃然欲出。半月来摄影者为杨所留之影，多于山积，有一图，穿短衣才可蔽乳，手一帽，覆于裤下，帽本遮阴，覆此亦宜。或曰："此帽得勿为如意帽否？"众怒其亵。则又曰："我乃言上下遮来，惟如意耳。"愚谓杨影特以此为最胜，其他不多见，见之，惟小丁赠我之一幅也。

昨夜记一文，述杨莲琴事，既竟，复阅一过，则所写杨莲琴三字，悉成杨秀琼矣。至此，始悟曰："原来我亦为美人鱼所倾动之一人者。鱼真迷人之怪哉！"

丁美美不苟言笑，有阎罗之目，左右二人，一王一卢，王颀长而卢肥短，宛若冥曹幽域中之登场人物。或曰"王前卢后"，此卢之所以处处让一脚于王也。

(《社会日报》1935年10月26日，署名：大唐)

胡 蝶 喜 事

胡蝶喜事,越是闹猛,则阮玲玉之死,越觉得惨。嗟夫!春秋两季之影国两大事也。

愚病复作,有老困英雄之叹,在稠人广众间,每出吾病中之"一体",太息抚摩,而观者如堵。细察如堵之观者,纵不有正义之伸张,要亦有同情之给与也。噫!

张若谷既自称曰南方张,则以北方张许张恨水。愚曾谓许北方张与恨水,将置张季鸾于何地?又一人曰:"张若谷既自许南方张,又将置张秋虫于何地?"友朋闲谈间,秋虫方在座,愚因曰:"然则不妨以正副别之。季鸾秋虫名字可以偶,名望亦较高,自为正号。恨水若谷名字亦可偶,以季鸾秋虫例之,不能不屈居副号矣。"

抽鸦片烟者,往往讳莫如深,此愚人也。鸦片烟而不抽,则亦已耳;既抽,便不必赖。设有不识相者,从而劝汝,则最好以"管不着,烟抽我自己的,别人管得了吗?"回答之,实至得体也。

(《社会日报》1935年10月28日,署名:大唐)

旧 时 日 记

昔有句曰:"才子江南皆脆弱,女儿海上绝摩登。"颇有人叹为好诗者,异已。

中行之局既僵,愚乃草一书与公权,谢职也。书以粗纸作狂草,语曰:"老夫病久矣,医生嘱,宜移地疗养。兹后将游于名山巨泽间,以怡心目,故谢今职。六七年来关爱之情,容再相报,倚装匆匆,不遑趋别,尤为歉然。"寥寥数十字,见者每谓大郎跅跎之状,跃然于纸墨间焉。

旧时日记,往往涉情致缠绵之事,而今不可得者,至彦弘所谓"当初笑语浑闲了,向后思量尽可怜"。记其中一节曰:"与润珠餐于乐乡,以冰淇淋进,为深褐色,余食其半,辄弃去,珠亦尽半簋。我笑曰:'勿能啖邪？'珠颔首。我忽又悟曰：'视之，杯中之所留者，厥状乃如糟油乳腐。'珠闻言，以袖掩口，痴笑不已。我曰：'汝何乐？而佳笑若此？'珠徐徐曰：'我方沉思间，思彼状乃类何物，不图汝言之邃中，宁不至乐？'言已犹笑，我亦忍笑不已。"

（《社会日报》1935年10月29日，署名：大唐）

丹徒王景翁书

发旧箧得丹徒王景翁书，来一年余矣。自作报人，所得朋友情文并胜之书，惟此景翁一束。景翁，黎锦晖先生至友也，与愚则为同事，所谓兼道德而能文章者。读此书，辄念友情之厚，顾我茫茫，又觉其怆然欲涕矣。记其片段曰："数数于朋友中报纸上，约略得起居简状，至深驰念！顷奉大札，尤为怅惘，足下豪放雅怀，窃以为下走或可勉识。然而生斯世也，为斯世也，不然则未有不困苦无聊者；所以历以从俗为劝，亦深知其与雅度相背，特不过欲足下稍自俯抑，以图得温饱二字而已。盖年过四十，久历艰难，遂有此没出息之言，宜足下之不顾也。昔尝云'经济'二字，无限人豪，不得不俯首受其支配，此马克斯之所以独步一时，来书云云，似亦不能例外矣。惟尚有逆耳之言，以为以来示言外之音度之，或尚未至十分倦游之候；弟以为苟足下游尚未倦，则且不必言悔，一往做去，失败亦是换得将来阅历之代价，略多无妨。万一真倦游矣，尚请听下走之一言，先伏处一周年再说。明年今日，必有好音，以府上状况言，或非万不可能；此一年之内，能略看书甚佳，不能则游心于万物之表，与田野为友朋，则所得必大。足下英年，有才如此，何患将来不煊赫一世，此时小不如意，正是蓄势待发之征也。若如来书所云，谓'一星期再来，与之周旋'，皆幼稚语，皆无用，徒自取辱。以下走所度，至少一个周年，万万不能再少，此时如性急，则反损乎将来，一年又将不足，而须延长至三年二年矣。前与足下所面谈者，虽不尽蒙采纳，然亦不尽为高明所非轻。迩来晤面虽稀，而情好弥笃，敢以自荐，愿吾云旌悉听鄙言，图得丰衣足食，做一社会上没出息之人也。万一豪情未减，游兴仍高,则不妨再放荡些时再说;此事未到火候纯熟时,足下必不能行,行之亦无益也。"

(《社会日报》1935年10月31日,署名:大唐)

徐 綦

某夫人曰:"像徐綦这一种难看的小姐,头发只有顶上几根,有人要已是好的了。她老子还要肯嫁不肯嫁。要我有了这样一个女儿,有人想娶她,我便恨不得双手捧了过去,脱了这一路货,岂不干净。"嗟夫! 女人之与女人,其不肯相谅,往往如是。

红蝉将娶矣,近日,市蜜糕四十盒,喜茶四十饼,分赠与生平之"得意"朋友,举其例,若银行之浦,精益之张,中西之周。想吾家申时社长,必不有"遗珠"之憾者,可断言也。

芳君自得"溢芳永宝"之玉影后,乃向外作得意之言曰:"既然捧了个女人,要这个女人的照片,而复转辗索之于他人之手,无奈太没意味乎?"言时,恒轩眉而笑。

有女明星将行婚礼者,有人问愚有催妆词否?则报以一绝曰:"一林风雪入离怀,可忆当年旧布钗?众里腾欢留独哭,西来尚有未寒骸!"行文于凄凉恍惚间,殆失却催妆之本意者也。

(《社会日报》1935年11月1日,署名:大唐)

[编按:吾家(唐姓)申时社长,指申时电讯社唐世昌。]

张恨水北归

夜深矣,灵犀入铁锥之室,见铁锥方独坐,神志恍惚,此状自友铁锥以来所未见。灵犀归白与愚,愚叹曰:"人海茫茫,此情胡遗,惟聪明人,乃常以此自缚也。"

"当年不嫁惜娉婷,映白施朱作后生。寄语旁人须早计,随宜梳洗莫倾城。"诗至好,而至今不知为何人所作者。

恨水于五日北归矣，秋尘、友鸢之后，来去匆匆者，此又一人。张若谷曰："恨水，北方张也。"北方一张，宜其不服于南方，用赋一绝，以当祖饯，用壮其行："飘然来去一行囊，未带山妻子女行。水上人情皆不服，故归名分北方张。"

朋友劝农花移家于人安里，农花不愿，谓人安里多艳窟，使有人问起吾夫人住什么地方时，良不雅，所以避瓜李之嫌也。毅厂兄常言："吴氏一门，充满一派文明气象。"今知不然，其勿能澈底文明者，农花一人也。

（《社会日报》1935年11月5日，署名：大唐）

［编按："当年不嫁惜娉婷……"，见宋·陈师道《放歌行》之二。"寄语"应为"说与"。］

太 极 拳

往年因身体尪弱，就陈微明先生习太极拳，因于太极拳亦略窥门径，而知太极拳之为用，以柔克刚者也。愚学无恒心，不久遂辍。自褚民谊先生，力倡太极拳，尊褚者且名之曰褚太极。第六届全运会中，褚且躬督小学生三千人，演习太极操，整齐美观之一幕，使人留一极好之印象。是褚太极风头之健，当甚于哼几声"调老夫，回朝去，保定江山"之威镇草桥矣。顾全运会之后，继以南京之六中全会，一时冠盖，云集京都，褚太极以中委而兼行政院秘书长，自亦参与此会；而汪院长之当场为暴徒狙击也，中三枪，褚太极无恙。凶手之受缚，张溥泉两手拦腰一抱，张汉卿飞一脚踢倒，皆与有功；独不闻褚太极之一展其太极神拳，纵谓弹发如矢，不及以太极之柔，克枪手之刚，使汪院长因枪致伤为遗憾。然凶手之成擒，宜不劳两张之手脚，而待褚先生以轻捷之法，捉孙凤鸣于掌握之上，讵非易事？然褚太极竟欲"顾其身"而不肯"奋"焉，于是小张将军之本色显矣，张继先生之做工老生身段见矣，而褚太极之太极风头，失败于六中全会上凶剧之一刹间矣。或曰："褚太极，行政院秘书长也，秘书长者，在位为文官，历史上活擒刺客之事，惟委之于侍卫或托赖于武臣,未闻宽袍博带之流,竟鼓勇而动手者;故褚太极之袖手旁观,非无勇也,特欲恰定其身分,不得不如此耳。"

(《社会日报》1935年11月9日,署名:大唐)

航空奖券开奖

航空奖券开奖之日,海上各报之夜报,生涯大盛,报贩执报在手,口呼:"阿要看航空头奖号码?"于是购者纷集。然从不闻号码之字数,乃由报贩口中叫出,以是知人类尚未泯灭其聪明,而犹未臻心平气和之境焉。

胡蝶之群众,以胡蝶之嫁,而生一种莫名之失望者;然颇有人不以为然,譬如毛铁,曰:"胡蝶出嫁,倒还没有什么,惟闵翠英亦嫁人,则使人不免丧气。翠英之美,逾于胡蝶,此种人真不应该许她嫁人,永远让她在外面活动,使枯涩之社会因之而增其绚烂光华,宁非佳事?"

朝鲜多美女,证以维娜丝朝鲜舞女之令人向往,当知此言之不诬,或曰:"此亡国之征也,历代国家将亡,万事都呈枯索之状,惟美女之多,产之不已。其然,岂其然欤?"

吴门俞友清君,以所辑《灵岩山志》贻愚。灵岩距苏城三十里,舅氏曾一游其地,谓杂树荒山,了无足睹,惟曾留一诗,其词曰:"灵境荒唐事有无?吴宫花草剩蘼芜。排空绀宇连云起(时方有海上巨贾布金建佛寺),喜有斑鸠隔岸呼。一代繁华归响屧,半生心事属烟蓑。阿谁携得西施去?臣亦猖狂拟大夫。"

(《社会日报》1935年11月12日,署名:大唐)

宵　　谈

行路上,见黄包车上载箱笼什物者,络绎于途,"一·二八"时代之一幕,又重见于今日矣,咏"白头父老潸然道,回首红羊六十年"之句,不禁怆叹久之。

宵来无事，集友人五六辈，在一斗室中，作促膝谈。室中一榻，榻上燃一灯，有香云腻雾，盘旋于一盏莹然之际，则诸人之谈锋尤健。愚有时亦染指，顾浅尝辄已，如是者，每每至中宵始归去。久之，若已成习，到晚餐方过时，则苦忆其地，一若呵欠之伸，有不自禁其来者。愚乃惶恐，以为作茧自缚，不可解矣。以告友，友笑曰："慎勿尔，此偶然之现象也。"若夫吞吐之乐，世间殆无有逾此者。然今日穷耳，他时贮钱十廿万，退隐家居，直觉有涯之生，无以可遣，则此物尚矣。辟洁室，置净榻，设精致之具，佣女奴二，并年少而妍容，一为治果品，一则以轻掌遍击周身，纾其疲乏，世间事，不闻亦不问，惟待死神之至。承笑餍迎之，盖人生能修此奇福，纵死，亦有余乐矣。

（《社会日报》1935年11月13日，署名：大唐）

胡蝶喜柬

近来做过一件荫功事，有人欲使胡蝶女士不欢，拟自苏投一函与胡，函中复附纸镪四元，其函之词意曰："闻卿嫁矣，料此日喜溢门间，不复以地下故人为念矣。同穴窅冥，本无所望，他生缘会，自更难期，特奉菲敬四银，聊博双笑。苟蜜月旅行，地点将定苏台，则请先示时日，当策羸马躬迎焉。盼复。林雪怀顿首。"书已成，示于愚，愚夺而毁之，曰："必不可，必不可，伤阴骘事，仁者不为也。"其人从愚意，卒不果行云。

胡蝶之喜柬美矣，友人某，以胡蝶之嫁作人妇为失望也，乃得其寄一柬，则掷之于地，作色曰："她自己的开心事，便转辗传闻，我已不怿，何必更来直告于我？观其柬印制之都，分明挟傲然之色而俱来，顾我岂肯受彼傲者，故曰：胡蝶真忍人也。"

（《社会日报》1935年11月16日，署名：大唐）

地皮大王

程霖生先生，于"程麻皮"绰号之外，尚有一尊号，曰"地皮大王"。

地皮大王,积资达数千万,富莫与京;然数年以来,厥业濒隳,近顷有人诉大王于官,则以王有一纸空头支票也。穷人见者,咸曰:"大王且以逋而累于讼,何况我辈哉?"吴门张生,有娘舅四十八人,皆有财,然近闻生言,四十八人中,已有二人开在外面之支票,不能兑现矣。持票者往见张生大舅,谓君家弟兄中,已发现退票两张,数不盈百也。大舅瞠目久之,操其宁波乡音曰:"柴话?退票,格有啥(读如赦)道理?我个票子呷要退咧!"意者,凡此种种,莫不皆为穷人们自譬自解之资料耳。

夜深过爱多亚路,见搬运行李者络绎于途,闻近数日来,构通苏州河之各条桥上,虽盛杏荪出棺材时之盛大仗仪,不可方比。既归,在巷口遇汪北老,为言顷自宝山路归,乃状其所见之情形曰:"黄包车接黄包车,车子上装的家伙,要高过人头二三尺;而三三两两,獐头鼠目之流,往来其间,彼虽不告我是何行径,然以状察之,则一望而知为汉族好人也。"嗟夫!"近来怕听凄凉语,工部新词未忍看。"消息传来,惟有唶叹!

(《社会日报》1935年11月17日,署名:大唐)

何 二 云

锦晖先生贻书,有语曰:"大丈夫能屈能伸,伸,便舒服一点,做起事来便当一点;屈,一间亭子楼尽可安身,三餐烧饼,一觉黄粱,确与目前之生活好得多多。"非涉世深、更事广者,不能有此口吻也。

小小,二三年前,在晚霞家,维时不过十五六,以其人身材娇小,乃以小小称之。豆蔻先生好而眷之。一夜,愚与豆蔻饮市楼,召小小侍觞,半酣,二人得诗曰:"夕阳斜照晚霞明,小小风流浪得名。只为怜才知己少,镌心刻骨慕卿卿。"又曰:"人称小小本荒唐,应识儿家是九娘(饮时闻小小曰:'我勿叫小小,叫阿九。'故云)。一事不堪回首记,争传薄幸李三郎(闲谈间及某伎之死,小小詈李三郎薄幸不已)。"酒醒,不知诗为谁作也。别小小至今,几三易枫柳;昨又遘之,则伴舞于逍遥舞场。虽时景迁易,而风貌不殊,闻其嫁为商人妇;夫死,乃重堕风尘。

局蹐于是,亦想见其不甚得意矣。

何二云兄自许为岭南三诗人之一,人笑其夸大,愚绝服膺其诗。其诗清音淡远,风格绝都,环顾文坛,无出其右,甚爱其寄熊润桐一律云:"北园星月多年矣,风露依依意岂忘? 憩树每思沉醉态,逢人曾问读书堂。近知茗荈供嘉客,还念参苠实酒肠。江左小楼诗卷在,绝怜听雨过重阳。"愚每读兄诗,辄想其人,乃不知萍飘何许已?

(《社会日报》1935 年 11 月 26 日,署名:大唐)

阮玲玉临死

胡蝶婚后潘有声在电话中听骂数百次,其寓所谎报火警者一次,此皆因羡妒者之恶作剧也。绿衣兄曰:"今日之事,苟欲消彼辈人心头之恨,其惟闻潘有声之溘然长逝,则腾欢雀跃,逾于吾民之闻收回东北失地矣。"

婴宁兄,为胡蝶电影皇后加冕之经手人,距今二三年矣。时至今日,婴宁闻有人骂胡蝶者,犹不免肝经火旺。而大郎之与徐来,朋友谓有过房娘干儿子之谊,以是大郎亦始终拥护徐来;大郎闻有人对徐来作不满之言,必勃然作色。故曰:"婴宁与大郎,一是忠臣,一称孝子。"

阮玲玉临死时,口鼻皆流血,沾于一素巾之上,盖一代艺人之最后所遗,此素巾乃为稀世之珍矣。顷闻潘有声家,新有一巾,亦染桃花色,则是胡蝶女士二三十年来,损其处女之贞,留取之一痕也。苟合此二巾,税大陆商场一屋(仁记路中国银行房子已拆,不然更好),以供众览,可卖门券二元。我是电影迷,是胡蝶迷,第一人买门票者,不才是我也。

(《社会日报》1935 年 11 月 29 日,署名:大唐)

方言不统一

听潮夫人有女兄,自潮州故乡来,既不能说上海话,亦不能听上海话也。偶与东方夫人遇,见东方夫人孕,则指其隆然之腹,絮絮语不休。东方夫人瞠目不知所对,则测其意,对曰:"孕六个月矣。"又问曰:"年几岁矣?"东方夫人仍不知所答,其时听潮夫人在侧,语东方夫人曰:"吾姊问汝,汝已几孕?汝乃告以六个月,彼以为第六孕也;故又曰汝年岁几何?汝年二十,而第六孕,宁非笑话?"中国人方言之不统一,思之恒令人绝倒也。

愚假若知死将有日,则必于期前着殓衣,试衣之式样如何?更入棺中,试棺之大小奚似?卧其中,是否舒适?因闻胡蝶女士于婚礼前一夕,学结婚步伐,走婚礼进行曲拍子,因连类及之,而有此想也。

(《社会日报》1935年12月7日,署名:大唐)

黎小凤死

黎小凤死矣!小凤生有异秉,年不过六岁。生长于音乐歌唱之家庭中,其能歌自不足异,锦晖夫妇,常令小凤歌,则默唱六十余曲,绝不曾有一度之教授;稍有错误,一次矫正,永不再误。有一时期,小凤早起,自觅一铅笔,一纸簿,坐琴前,且弹奏且吟哦,向问其为何事?坦然答曰:"作曲呀!"脱稿后读之,满纸符号,及各种音乐记号,散碎零乱,无线无间,除小凤能自己辨认,他人无法明其究竟。孰料其第一次任意吟唱,且用笔指点,旋律之优美,令人决不信为信口胡诌之曲,且起始收尾,悉合法度。最可奇异者,第一次胡诌之后,令其复唱,居然无多差异,锦晖夫妇为之百索不解,考验五六十次,无一次不如此,始深信小凤确有天才,非偶然事也。小凤之心地仁慈,雅有母范,又尚义侠,则不脱锦晖遗风,悯人穷苦,爱打不平,此二出之小女子,亦使人敬服。锦晖先生言:"小凤之死,其令人永不能忘者;厥惟能捏造漫天大谎,而平日言行,又绝无虚伪,不知者且嫌其胡说八道,其实小凤凭一己之幻想,用文字的手段发抒之,想入非非,令人莫测也。"

(《社会日报》1935年12月11日,署名:大唐)

花国大总统

襟亚谈一事,奇趣,谓有伎女诞一儿,就一术者请推命,曰:"请先生为此儿推算推算,将来会不会做大总统的。"术者问曰:"此男孩是女孩?"伎曰:"男孩耳。"术者摇首曰:"不用算了,男孩怎么会做大总统,若是女孩,则必为总统矣!"伎不解,术者复曰:"是女孩子,始能克绍其裘,做花国大总统也!"

一人请一人看电影,谓:"胡蝶又有新片出来矣,宜往一观。"其人曰:"我不去,胡蝶影片,看得多了,故不要看。"一人曰:"胡蝶影片,亦能看得腻烦乎?"其人曰:"如何不腻烦,自己的老婆,看得多了,尚且腻烦,何况在电影上之胡蝶,摸不着、捧不牢者乎?"

昔富春楼老六,从骑师毕浩清游,每晨必在大西路骑马。维时,毕方与川人项某离也。余作红粉银鞍诗,凡四绝,盖与张恂翁之题文弟老四拉马图,同一以艳趣出之也。记其二云:"燕支初湿发蓬松,一笑娥眉上玉骢。漫把风流夸胯下,春潮无赖乱飞红。""红粉银鞍弄早曦,几回妆束不知疲。无边惆怅重瞳客,成万黄金买倒骑。"

(《社会日报》1935 年 12 月 14 日,署名:大唐)

赌　　事

客自北方来,谈燕鲁往事甚多,言之奇趣也。拉杂记之曰:张宗昌为人,豪而直,帐后蓄群姬;姬众,张不能一一举其名,则以号数呼之。有客来访,张肃之入,曰:"嫂子们在后面等你,你去看看她们吧!"

宗昌好聚博,常赌牌九,各人发筹码二十万,宗昌往往大捷,而众人之筹码已罄,宗昌则掇拾所盈者,均分众人再博。或宗昌之筹码已尽,则拨众人所有,复博之。周而复始,永无已时;赌毕,一哄而散,不见一个现钱也。

张雨亭亦好博牌九,抓二牌,初不自视,高举而示在后之副官,问曰:"是天罡吧?"副官同声曰:"天罡天罡。"雨亭大笑曰:"天罡便该通吃。"言已,伸手取台上之注,尽入己囊。又一日,雨亭叉麻将,为清一色腊子,其手上之牌,吃四索,则和六九索也。是时,上家打四索,雨亭尚不及吃,而对家已碰,碰四索,则出一九索。雨亭愤甚,摊牌于桌上曰:"和啦,和啦!"众见之曰:"大帅没有和呀。"雨亭曰:"四索我要吃,九索我要和,这两牌我都要了。"

汪大燮年老而好赌麻雀,一日,与邓君翔同局,邓面前列一索暗杠,汪耄而瞆,将邓之一索四条,完全打入河内,盖以为其应抓之牌也。事后,邓詈汪曰:"你是死人吗?"有人不平曰:"大燮诚死人,然等亦未必便活人也。"

(《社会日报》1935年12月20日,署名:大唐)

蔡 楚 生

一夜,于宴席间遘施谊楚生,愚已一月不薙发,胡长没唇际,而二兄则无复昔日之于思,我因语施谊曰:"怎么你都把胡子剃啦!我算什么,又没有编剧本,又不要干导演,却把胡子留得长长的?"施谊闻吾言,以为吾言讽,不之理,其实愚特心直口快而已。

楚生作人像绝肖,自谓近来颇专志于此,或者眼看得中国影业,一天没落一天,甚至干电影无饭可吃时,则将税一椽于城隍之庙,摆一个画像之馆,为人奏笔矣。

愚与灵犀,识郑老夫子而不识小秋老弟,偶相值,经人一介绍,则亦欢逾平生矣。小秋见楚生作画,亦弄笔绘一头,愚方围炉,小秋画已,遥示愚曰:"像不像?"愚不知图上为何人也。第见一双圆镜,架于脸上,则问曰:"阿是画我?阿是画我?"小秋不答,愚趋视其纸,则老夫子遗容也!极惶悚,因又语曰:"然则我殊歉然矣!"

(《社会日报》1935年12月26日,署名:大唐)

军　　乐

浩然兄近丐方地山先生作一联曰:"有志敢言归去好,善养直塞天地间。"惟地老乃有此神来之笔!

当意阿战争中之意方健将齐亚诺,为上海领事之际,一日,以事赴南京,会京师举行检阅,当局请齐亚诺参观,齐往,第闻奏乐一声,第一支即意大利曲,齐悚然起立,语左右曰:"乃曰宁以我在此,而奏吾国乐乎?然则我殊不敬,乃以常服临也。"左右曰:"否,否,中国无专门用于阅军之乐曲,故所奏都用西洋乐谱,或英吉利或德意志,初不一致;特今日所奏者,适为意大利调子耳!"齐闻言,始哑然归座。

因上述一事,乃又忆及谭延闿未死之前,赴武昌,鄂军长迓之轮埠,以军乐来,谭遥见之,即传谕左右曰:"令乐队奏中国调子,迎我登岸。"左右以谭言告于军乐之领导者,一时颇费踌躇,商议久之,则奏《葡萄仙子》。谭在《葡萄仙子》曲调中,缓步离船,识者靡不失笑。

(《社会日报》1935 年 12 月 31 日,署名:大唐)

[编按:齐亚诺,原作齐伯诺。]

"天要落雨斋主"

七娘子设艳薮于沪西,生涯为一时冠,妆台布置,备极精妍,其桌上设银铸之大小元宝五,连系而托于一檀木之座上。志孟居士好谐谑,指而示其友曰:"大元宝七娘子也。其余中小四元宝,则往来于此间之婴婴宛宛也。"一客曰:"诚然,则此檀木座子,又为谁哉?"居士辄指座旁之春申君曰:"即此人也。"闻者大笑,盖春申君嬖七娘子,报效甚多,有撑头之目,谓非元宝之托子,不可得也。

冯梦云兄,忽为唐大郎君起一号曰"天要落雨斋主"。众不解其故,梦云乃谓:"徐来,大郎之所谓过房娘也。乃徐与黎锦晖先生谈离异,而将别适一唐生明者,大郎无如之何!""天要落雨,娘要嫁人",真人生没有办法之事矣。

某君纵横北里间,自谓其嗅觉特敏,女人身上之有异香,到鼻辄辨,居常恒以此自诩。或曰:"然则子殆如狗,狗亦能善用其鼻者。"某为大悦,以是可知天下智慧之人,恒喜人诩,虽为物不伦,第出自诩者之口,而为情弥悦,某君非悦其为狗,特悦其能善用于鼻耳。

(《社会日报》1936年1月3日,署名:大唐)

黎锦晖病

锦晖为病魔所侵,久不起床,而拂逆之事,沓至纷来,使其憔悴欲死,为其友者,能勿有同情之念?不必以一代才人之临老飘零,为可憾也。寒夜乃往问其疾,谈久之,锦晖言:"徐来别我去,我便忍心。扔了也就算了,顾回念九年来夫妇之情,辄不胜其依依之感!"在法,为丈夫者,失爱于妻,妻既长揖而去,丈夫无力挽回之,则尽去其室中之物,为当时妻所接近者,使顾盼萧然,而思潮遂灭,思潮灭,则怅触之情亦杀,然后可以稍稍慰孤居之苦,第此法而用于锦晖,又勿当。以锦晖之妻为徐来,譬如锦晖不看书报则已,看书报则书中有徐来之图,报上有徐来之字,反覆转侧间,徐来印象永永萦回于此老心目间,欲使其絜然置之,而勿有思念,盖不可得也。锦晖卧于榻,榻上置香烟五六包,向时非名烟不食,今且不辨精粗,食标准牌,标准之图,标准美人也。我见而私念曰:"宜锦晖之于徐来寝馈不忘矣!"更启其烟匣出"科学电影画片",其目久注片上,辄现电影明星之幻象,锦晖复以此自戏,视幻象中仿佛为徐来,则又呼徐来勿止。嗟夫!此老之痴,谁固谓此老旷达哉?

(《社会日报》1936年1月5日,署名:大唐)

白玉霜饰潘金莲

北平天桥之蹦蹦戏,以芦席为棚,其地高下不平,台上支以木板,芦席豁然有缝,阳光自隙射入,照于台上,演剧者粉痕斑剥,阳光被其面,望之凛然可怖,此即白玉霜之产生地矣。玉霜之来沪上,一红至此,要非初时梦想可及。日与梯维观其在天蟾登场,似较恩派亚之台风尤美。玉霜体肥硕,置身于广大之舞台上,颇可观;若恩派亚之台小,则觉庞然一物,真不雅于观矣。

《潘金莲》之剧,以玉霜演之,恰如身份;以邱治云饰武大郎,说苏白。玉霜生长北方,不谙吴侬软语,则问曰:"你说的什么话?"邱曰:"我说南边话你听不懂吗?"于是台下人皆笑,盖同时出演于剧场中,而双方不通言语者,此实创见也。

杀夫一场,玉霜左一句大郎,右一句大郎,其形荡,其音腻,听之可神移。梯维频频以手推愚衣,愚颇不安。后秋雁夫人告愚曰:"我听她叫大郎,真替你难过也!"愚为辗然。

(《社会日报》1936年1月16日,署名:大唐)

谈　　诗

有人翻陆放翁诗集,其中以"如"字对"似"字,都一百八十余联,此君亦可谓好事矣。在愚之记忆中,惟"花如上苑常成市,酒似新丰不直钱",常读熟口边。

黄山谷有:"白发齐生如有种,青山好去坐无钱。"愚友媿翁云:"及悟青山真有味,遂知白发果无情。"同一以青山对白发,意境不同,而风姿并茂。

昔人诗中,用"可怜"二字,大都作可爱解者,如曰:"可怜九月初三夜,露似珍珠月似弓。"又曰:"大抵南朝皆旷达,可怜东晋最风流。"皆是也。惟曰:"可怜无定河边骨,犹是春闺梦里人。"则不作可爱解矣。

竹枝词,极不易为,作者亦须重意境。媿静常言,昔某杂志刊一绝曰:"垂髫弟弟慢前行,路在田边记不清。东岸垂杨西岸柳,乱飞蝴蝶乱啼莺。"非惟格律谨严,而意境亦尤清,是竹枝词之上乘也。

(《社会日报》1936年1月29日,署名:大唐)

月下桥上

北平生,执教于松江某中学,为国学教授,一星期中,授诗词两小时。一日生出一题,为"月下桥上"四字,一生先交卷,其第一句曰"明月涉河来",生以"涉"字不能杂其中,遂举笔圈去之,然后令生至其前,问之曰:"汝何以用此'涉'字?"生谓在桥上望月,月光映水中,水中亦现一月,故用涉字。生私念然则"涉"字未用错也,顾既圈矣,若不为更一较佳之字,则为师者且有失其权威,思久之,竟搁笔。明日,北平生辞职矣。

昔谭叫天盛时,北平有歌谣曰:"国事兴亡谁管得,满城争唱叫天儿。"又曰:"有匾皆书垿,无腔不学谭。"前句谓北平前时,有所有市匾,皆为王垿所书,王亦上海之唐驼也。唐驼于七八年前,海上商家,无不争请其写招牌,后忽隐甚久,今复问世,不知能克葆厥业否?然十年来之上海,迷麒麟童之麒派哑嗓儿,觇其盛况,何让昔日之叫天哉?

苗孙春为剧界全才,乃虽偃蹇,然梨园中人,无不尊之,称之曰苗二爷。万春来沪,与苗对白口,既毕,苗翘其拇指曰:"我给小楼对,也是一样。"言时甚得意,亦可见此老之可以一卖老矣。

(《社会日报》1936年2月1日,署名:大唐)

《小晨报》夭折

人人能作一大除夕为债主所迫之素描,蔚为一册,必有好文章可看,然万不能少叶逸芳君一篇。

《小晨报》之夭,我人万不能谓为有伤类之悲,第觉失一良友,为可惜者。

日本之土肥原,传昔为杨宇霆之顾问,不知是否?

"富贵不淫贫贱乐,男儿到此是英雄。"我细细念之,此身不能作英雄矣。

芳君谓与女子无丝毫爱情,而强图床笫之欢,则味同嚼蜡,此未尝勘破世上事之谈也。愚以为天下痛苦事,莫过于与女人谈爱。此事,三五年来,愚且洗手不为。愚以为在上海乃无男女之爱,有之,特男女之交谊而已。去年,入按摩院中,悦一女,女崖岸自高,以愚之轻薄,女尤矜饰;去二次,愚问曰:"卿亦卖乎?请示我以值,我力所能及,则开房间一叙矣!"女曰:"客勿胡言,我胡可卖!"愚曰:"然则将奈何?"女曰:"轧一个朋友耳。"愚大笑曰:"男朋友甚多,女朋友则不暇轧也!"言已扬长竟去,自后遂不复至院中。

(《社会日报》1936年2月3日,署名:大唐)

灯笼汽车

王唯我君,近以百金易一汽车,车敝矣,又无电力,行时,先需人在后推之,引擎始动,车亦前进。车之行,全身轧轧作异响,虽履平坦之途,亦若登崎岖之道,饭饱之后坐其中,可以无虞积食阻滞,而患消化之不良也。天将暮,车辄止而不能行,内无电力,亦不能发灯光。一夜,王君买灯笼,一垂车尾,一则置于车头,又徜徉于市廛间,为状甚怪;王君亦自以为灯笼汽车,惟我独有也。昔刘公鲁在沪,亦置一老爷车,入晚燃红烛,以巨灯两盏,置于车前,见者即知此为公鲁之车,公鲁以怪名,人见其车益从而怪之。若王君唯我,则夙以大少爷自豪,灯笼汽车,殊非宜于其人所用,用之,徒贬其往日狂名耳。

口头刻薄者,有时往往言极风趣。一友,在隆冬犹衣夹,愚喟然叹曰:"奈何一寒至此,即不得重裹,亦宜实厚棉,否则何以御门外寒风邪?"时别一友闻言已,即曰:"汝乃不知,若此君者,正于此朔风如刺中,锻炼其体魄之健,非关贫也。"是友人之言刻薄矣,然而不失为风趣也。愚往时见老年之丐,每告之曰:"以汝衰年,正宜居家闭户,颐养天年,而沿门托钵果何为者?"又逢稚齿之丐,必告曰:"小孩子没有出息,不念书,在路上要饭!"刻薄正复与吾友相类,而风趣亦不让吾友所言焉。

上海下流社会有流行之俗语曰"泰山",泰山五岳之一,而此俗语之意义,谓得泰山靠傍,有恃无恐矣。故行一事而有把握者,辄谓之泰山。今乃有一保险公司以泰山名,揣其用意,是以泰山象征其公司之信用牢而可靠,然其命名乃脱胎于上海之下流俗语,其高明亦可想已。

(《社会日报》1936年2月5日,署名:大唐)

李万春争艺

一夜,与梯维方闲谈,而芳君至,御皮领头大衣,梯维语愚曰:"芳君真富丽!"愚曰:"君且勿讶其富于皮毛,而骨里之穷,亦正与大郎相等耳。"芳君亦以为是。

近日,某报有作李万春争艺之争,而于万春之演《夜奔》,为何人所授,尤斤斤不已。愚问之梯维,梯维谓双方所言,殆都不是。万春之习《夜奔》,为其说戏者,为牛小山也(此两字或讹),牛富贵之父,而非富贵也。万春从未得小楼之指导,第于小楼演《夜奔》,数往聆之,为其偷来不少好处,故只能谓万春私淑小楼,非得小楼亲授也,且小楼亦不肯授万春。小楼暮年,存心要造就刘宗扬,刘为小楼孙,冀能传其衣钵,然刘资质极薄,所谓报不上之阿斗。苟小楼肯心力贯注于万春者,万春之在今日,别有一副面目矣。

读近日芳君之报,非谓迩来常为小博乎?参与博局者,愚亦一人,芳君博必大胜,数局之后,盈三五十金,愚则必败,败必愤愤然曰:"譬如合小会钱,为芳君讨媳妇也!"盖颇闻芳君以所余之资,尽耗于温柔乡里矣。

(《社会日报》1936年2月8日,署名:大唐)

汪 北 平

汪北平先生,旅沪二十年,乡音未改也。其人健谈,谈必诙谐百出,其实北老之音,即勿涉风趣,我侪亦为之哄堂者,正以其一字一句,无不用宁波土语来形容耳。阿德哥去年称寿,请北老播音,演述阿德哥之生平。其初北老称阿德哥曰虞洽卿先生,继乃称为洽老,继又失口曰阿德哥。北老知失言,亟声辩曰:"阿德哥,为宁波方言阿搭哥之谐声。何谓阿搭哥?盖言其人搭好了台之后,其他事情,都不管走了。"若虞洽老久称阿搭哥,当作别解,洽老在沪上地位之崇,莫与京匹,社会人士,恒请益于洽老,洽老则循循善诱,指示一切,此犹之搭好了台,让别人去唱戏也,故阿德哥与阿搭哥所不同者,在此一间耳。闻者因又大笑。

某君过我,忽称海上风尘之淫靡,为其他地方所不可得。因言昔年尝与一友税屋而居,二人同卧一榻,时方炎夏,其友亦放浪,卧时,西装裤下之纽扣未结,下体乃脱颖而出。房居停为一中年之妇,每晨恒来唤此二人醒。是日,某君已起,其友则犹酣眠,妇来,唤二人名,时已入家中,及床前,见其友之状,故作惊讶,曰:"噫!个相貌真难看啦!"言时,亲为扣其裤纽,某君亲眼见之,至此真啼笑皆非矣。

(《社会日报》1936年2月11日,署名:大唐)

醉疑仙说书

白玉霜之来,以梯维、大郎之协力一捧而大红,然尤半狂兄,亦蹦蹦戏迷,不重于白而重于朱。朱,朱宝霞也,狂兄言:"宝霞之所以没没北归,特未得吾辈之努力狂捧耳。待其下次来时,必使与我辈多数接近,亦不难走红者。"灵犀闻言曰:"朱宝霞是狂兄'部下',捧其红,责在狂兄,与我辈无与!"半狂笑曰:"我倒看过她戏不少,然与我'下部'实没有什么关系。"闻者皆为绝倒!

克成先生诞辰,有醉疑仙之说书堂会,醉亦一时尤物,苏锡人士,为之疯魔也。面白,目澄,若有水,梨涡晕其颊,一笑,媚波流绕四座间,望之神越,口齿又曼妙。说书,特不若男子为之老辣,艺苑美人,十年来此为仅见。猫厂久赏其人,谓苏州之标准美女子,即醉疑仙之流。顾有一缺憾,试观其不坐而立,则绝无之身段美,乳浪臀波,皆平伏不可见,此亦不脱苏州女人通病,故在书坛上觇之,自足为眼皮之供养,正不必作更进一步之想也。

(《社会日报》1936年2月12日,署名:大唐)

过睇向斋

某公在麻将台上,忽倡妙论曰:"某机关聘某国花瓶为顾问者,一顾倾人城,再顾倾人国!"

或游苏州,阅《苏报》记国内要事,题目为大号铅字,曰若"接"若离,大为诧异。

一夜与浩然先生过睇向斋,主人表兄杨先生,善操胡索,主人雅能歌,平剧与昆腔俱美,闻其少年时常习者,兹则久怠,故五年以内之新交,无人知其习歌者,愚亦为之称奇不止。杨先生尤为此道老手,歌须生醇醇有原味,听其近收《捉放》《鱼藏剑》《乌龙院》诸片,要为折服。二公既深习于此,评骘自当,谓叔岩闭门罢唱,须生人才,实有凋零之叹,求之女伶中,得一小冬,小冬歌艺之高,殆为时下男伶所不及,而青衣则有雪艳琴。主人谓雪上台与下台,判若二人,是则天之所赐于女儿者独多,顾二人皆老去风情矣。愚曩游故都,亦赏艳琴,及来沪,某年,雪演一品香堂会戏,愚曾往视其下装,则背驼而貌亦奇丑,故亦主人所谓上台与下台,判若二人者,信非诬也。

闻一俎上氤氲,谓一年来与客同宿于逆旅,所遭之客,无不于自来水面盆中,为清洁运动者。闻此语,只令人摇头咋舌而已。

灵犀近多梦,惟报纸仅记其一,尚遗一。遗者不形诸楮墨,有时于口角间示人以端倪,艳腻之至,辄为神痒难忍。

(《社会日报》1936年2月16日,署名:大唐)

芳公论气节

某主人曾言一事,谓其友某,嗜痂成癖,其悦女子,辄择其秀靥之上,有不平之憾者,故其夫人,为麻子,娶一如夫人,亦麻子。年前友忽习舞，一夜，主人入扬子舞，忽遇友，友座旁一美人，友起而介绍曰："此扬子舞星林美美也。"主人于一缔视间，乃见林美美之粉嫩面皮之上，亦绣出无数小圈也，始哑然不已。

芳公偶论气节，忽与何丽英女士者，在同一报上顶嘴。去年，芳公在某报兼辑一版，而在他版，亦赫然有斥芳公之文，今复如此，是笑话也，芳公亦该认倒霉也。昨见芳公之言曰："生平最恶与女人办交涉，故对于何女士一本正经之文章，殊不欲多辩，常言道得好，'好男不与女斗，好鸡不与狗斗'，吃亏一些，亦省得自家真会引动肝火矣。"可见芳公理屈词穷之外，果已引动肝火矣，不然胡得出言如此猛撞耶？顾愚为芳公友，常言道得好，"知友者莫若朋友"，芳公之所以自甘让步，端在与之办交涉者，为搅七廿三之女人。所谓搅七廿三，盖芳公谂知何女士为有夫罗敷，苟其人而为黄花闺女，或求其次而为新寡之文君，则吾知芳公于无理由中，亦将强扯一条理由，作笔攻墨伐之争，吃吃豆腐矣。

（《社会日报》1936年2月17日，署名：大唐）

"打 飞 机"

"打飞机"三字，在朋友之闲谈间，成一种"非法动作"之代名词。某君之日程表上，有晚间十一时至十一时十五分列为打飞机时间者，益妙闻矣。歌星徐健女士，近与航校学生张伟华订婚，张字铁翼，以名字观之，已知为一航空人才，或谓花烛洞房之夜，亦徐健打飞机时也。闻之熟于军事情形者言："当铁翼盘空之际，宜仰卧而攻。"故所谓打飞机时之方式，恒朝天睏，朝上"放"者也。

席上，忽晤袁伦仁君，此君年事绝青，而才识弥广，言谈尤隽趣横生，亦一时之良会矣。

不知何人，曾见黄阿媚于朝起时，粉痕剥落，面色极黄，已四十徐娘，一般人所见，与照相上传观，俱非庐山真面也。

或以白玉霜比之梅蕙丝，某君引证此语曰："以我视之，梅蕙丝犹不如白玉霜来得率直，从未闻梅蕙丝在银幕上对银幕下之看客说：'我受不了啦!'"

(《社会日报》1936年2月23日,署名:大唐)

虱 子 自 传

某公述一笑话,可喷饭,谓:"有老和尚病笃,将死,留一口气不能断,其徒怜之,告曰:'师父奈何还不断气,师父苦矣!'老和尚愀然曰:'我老且死,乃未尝一见女人身上物,果作何状者?我胡能断气?'其徒闻之,捉一雉伎至,使裸全体,张其胯,以示老和尚,老和尚目之良久,若诧异曰:'原来同尼姑是一样的。'遂瞑。"

梯维言:"上海之赌,惟回力球场戕伐人身之甚,以无时无刻,不役人于神经戟刺中。尝见一友,沉湎于此者若干年,倾其财者若干千,年过三十,而鬓发皤然矣!"

客从友人家,假得一古本西洋书,都二百页,在欧美为禁书,译其名,则曰《虱子自传》,述一蕞尔小虫,遍经于女子肢体间,登峰涉壑,极尽艳腻。友尝治稗官家言,愚因请其以全书迻译为中文,亦使吾人得一快睹也。友谓:"书太冗长,缮写匪易,若用活译则虑面目全非,转不如搁笔之为愈也。"

(《社会日报》1936年3月1日,署名:大唐)

吃　螺　蛳

闻华慧麟与马连良演《汾河湾》,华之唱词,忽由《汾河湾》而唱入《武家坡》,台下为之哄堂。愚最近始知唱戏而打一愣者,谓之吃螺蛳,于今有唱错到别出戏中者,又是什么名堂也?

樊绍良君,与伎人林小云老八,适性同居,传将于本月二十二日结婚为正式夫妇。年来婚姻之突兀者,去年,有王虎辰与王小妹,今年则樊绍良与林小云矣。

得天居士在银幕上演说者,在先为《歌场春色》,今则有《父母子女》。《歌场春色》中,居士之演说为绍兴官话,《父母子女》中,则亦绍兴官话也,因知居士数十年来虽常在演说,而其国语乃无进步,且银幕中皆为募捐演说,观者但闻居士有铜钿铜钿之声。甚矣,铜钿之为人梦寐求之也。

(《社会日报》1936年3月5日,署名:大唐)

唐有壬之丧

甲乙丙三人,义结金兰,盟誓歃血既已,三人皆曰:"我曹今日,宛如桃园中之三弟兄矣!"是时,乙忽曰:"若方之桃园中人,则我为刘备。"甲曰:"我年长,自是刘备也。"乙犹争执,丙问曰:"汝为云长不佳邪?何必定刘备?"乙沉思良久,始曰:"好像记得《三国志》上,刘备死得最慢一点。"

谭票许良臣君,彩唱于湖社,特往聆其第二夜之骂曹,然许竟未登台,为之懊丧而退。场中忽遇小黑姑娘,美丽如天神,往昔见之歌坛,犹嫌其有烟美人态,葆养既久,则双瞳如漆,媚韵欲流,乃叹南北艺人中之第一丰于貌,惟此小黑。而多钱之鬼,必买而藏之于密,使我人欲从铁板铜琶间,作眼皮之供养而不可得,真堪杀也。

唐有壬先生丧后,夫人哭于灵,某通信社记者,从旁问唐先生之丧,夫人之感想如何?夫人屡避之,记者犹絮絮不休,欧阳予倩先生,为夫人代答曰:"夫人中心滋悲痛。"记者始称愧而去。昔胡蝶将登结婚礼堂时,新闻记者以如何感想为问,此犹当也。若唐夫人寸心如割之时,乃亦问以如何感想,此新闻记者之浑为不可及,而一般人厌新闻记者之絮聒不休者,盖自有理也。

(《社会日报》1936年3月6日,署名:大唐)

倡门情侣

文友叶慕秋先生,比以书抵愚,谓愚述华慧麟唱《汾河湾》,词句误入

《武家坡》,实非是。连良来沪,与慧麟演《汾河湾》只此一遭,是夜,适慕秋在座,而连良嗓音失调,慧麟误会连良将窑外唱词删去,故在青衣避入寒窑之后,即让平贵入窑,致观众大哗,是诚有之耳。慕秋又谈,吃螺蛳之字,亦有误解,盖梨园中称唱做重复,谓之吃一螺,若唱错戏词,则称"吃栗子",平常则恒称"砸了"也。慕秋之言如此,志之以正愚囊记之谬。

芳君记曰:"郎虎先生有韩庄情侣者,为童小姐;有倡门情侣者,则为雪九娘。一日郎虎行街头,见雉伎而悦之,则曰,此山梁情侣也。"芳君欲显其文采之美,乃伪饰一事实,而示以谑句:"愁听山梁彻夜啼,行云情侣本夫妻。乐声交响砧声里,邻女何尝不两栖?"盖纪实也。

雅歌集场中,遇张中原夫人,亦信芳女公子也,貌毕肖信芳。看联馥演剧,而回顾信芳女公子,神经所萃,移女公子之貌,于联馥扮相间,注视之顷,活似哑嗓儿现身台上矣。

(《社会日报》1936年3月10日,署名:大唐)

吾友镜秋

饭于花园坊友人家,昔者吾友镜秋,亦居是里中,六七年前,愚赠镜秋诗,有谓曰:"但愿斯人长不嫁,斯才永是不羁才!"然距愚诗二年后,镜秋嫁矣。在沪数迁其室,一夜,愚赴跑狗场,经金神父路,忽瞥见一影,冉冉入花园坊而没,审其影,似镜秋,及后侦知,果于里中据一楼而居。当时痴情未泯,辄于后数日,徘徊巷外,卒无所见,愚作冶体集中,有"细步花园坊外路,玉容可似夕阳红?"嗟夫!词人之结习不忘,往往为高贤失笑也。

严斐与刘琼之婚,以签名簿属愚为小序。辄书一简短之文,惟书盖有签条,拟署签,而不得四字,"鸾凤和鸣",无乃陈套,"佳人才子",微嫌勿切,若夫"恋爱之果"则新得肉麻,愚亦写不出来,无已,为书"非苟合也"四字,语意虽谑,然尚不失为别致可喜耳。

与友人餐聚,共论凫公,愚最重凫公诗,聚仁亦以是为言。凫公诗好语如珠,东北事变,凫公有一诗,记其二语曰:"避乱只为三宿计,多情长愿一樽同。"格律之厚,上追山谷矣。

(《社会日报》1936年3月12日,署名:大唐)

黎锦晖近况

不见黎锦晖先生二三月矣,去年见时,为隆冬之夜,锦晖偃卧病榻,方与徐来离婚交涉也。是夕,愚及晨始返,自是未复晤面,闻其迁出蝶邨后,即卜居于霞飞路,报间有揭其与梁小姐双栖之讯,屡欲访之,苦不获暇,至今勿果。迩知明月社已移社址于西摩路安逸里,而锦晖亦居于楼上,春宵无俚,造其新居,作二三小时之良觌焉。

锦晖卧室,与蝶邨布置无异状,特较广耳。愚见其康健有腴容,大慰。锦晖亦言:"你看我胖了不少吗? 我盖已恢复三年前之健康矣。"室中一少女,意即传称之梁小姐说,锦晖亦为愚介见曰:"是梁小姐,山西人,书香之女也。有文学天才,其作书绝美,性又纯洁,天下之好女郎也!"梁小姐说北平话,客至,腼然不甚言谈。锦晖又喟然曰:"天下事都无定理者,我有一个标准美人的老婆,至今就这样完啦! 幸而有梁小姐,来投我,噢我至多,我夫妇仳离之陷,赖其弥补,云何不感!"又曰:"梁小姐既通文,从我学,尽我之力以教之,将来之造就必可观,徐来犹可教,何况梁小姐哉?"言已,感喟之余,复生欢忭。

是时,锦晖之被酒,醉态颇可笑,其言遂益放纵,梁小姐虑其多饮于体质非宜,攫其杯,锦晖则央告曰:"愿梁小姐,再赏我积杯中一英寸高之酒,以灌我肠,我必大快。"梁小姐不忍绝其请,果予之,锦晖遂大乐。嗟夫! 香山谓"能消有事为无事,解得忧人作乐人"。黎先生毕竟才人,宜亲酒也。

(《社会日报》1936年3月13日,署名:大唐)

张寿堂戏

辍吾笔者久矣,非忙也,懒也。灵犀数相促,不自振奋,又何以慰良友之望,则再作《"恣言"集》,仍旧题也。

有人看张寿堂戏归者,告愚以若干趣事,谓《四五花洞》上演时,两个真金莲,为荀慧生与新艳秋,演至出门时,须乘驴,然仅来一个驴夫,慧生既执鞭矣,而回顾新艳秋尚未上驴,且场上亦无第二个驴夫伺候,艳秋正仓皇失措之际,慧生乃指帘内曰:"再给我来条驴。"然台内并无预备也。则有人应声曰:"再要没有啦!"慧生即曰:"没有啦,咱们就同乘一条罢!"于是两个潘金莲,同上一驴,扬鞭而下。

又王又宸唱《天堂州》,耍锏时,秦叔宝令店主东将锏呈上,在剧中,以双锏过重,店主东力不胜举,然次日配店主东者,竟忘了这一个动作,居然将双锏轻轻擎起,又宸大怪便说:"你怎也拿得动这东西呀?"店主东顿悟,奇窘,遂随口言曰:"阿啊,我竟忘了。"又宸亦曰:"咳,这个你怎么也好忘的呀!"于是台下人哄堂矣。

(《社会日报》1936年6月27日,署名:大唐)

甲乙二少年

上海之大,无奇不有,男女之事,尤足令人绝倒者。友人谈甲乙二少年,并俊美丰仪,惟赋性则异,甲慧黠,而乙则诚笃不通世故,然二人嗜舞又一也。共至舞场,舞女某,绰约擅风姿,甲喜之,顾不语之口,乙亦喜之,谓甲曰:"是舞人,我蠢,无术以篡之,苟借汝巧力,俾我而取悦之,真不知将何以谢汝?耗多金莫吝也。"甲曰:"是易耳,顾不宜于速,今先为之报效可乎?时机已至,我而不为君谋,胡为而友?"乙谢之,遂令舞女侍坐,如是,并数四至舞场。一夕,甲起与女舞,舞已,返告乙曰:"事谐矣,顷者,我已与女言,谓乙之宝汝,自出至诚,汝不可辜也。"语至此,伴不下续。乙促之曰:"趣言之,彼乃作何语!"甲又曰:"彼似甚感动,顾无语,余乃乘机言曰:'今夜谋一夕之欢如何?'女乃颔首,观此,事宁有不谐者,故特为吾友告喜耳。"乙闻言喜极欲涕,二人携手出,至扬子二楼,窗外阳台,其下为入门处焉。甲又曰:"我迟汝于此,汝则往偕女来,我在楼上呼汝,速汝等至楼上,汝至,且谓我须在楼下跳舞也。下楼往觅座，室中留我与女二人，我则先道地汝事，以汝诚实，不为预约，终不能如汝谋耳，奈何！"乙大然之，果独往舞场，为女买票同出，至扬子，将入门，忽闻甲楼上呼声，二人遂并升。少顷，乙忽杳然，止楼下，听楼上好消息，良久，不见二人至，以为彼少女子者，善羞者也，脱其善羞，则我友舌焦唇急矣。凡二小时，二人始下，睹甲，则爽然无愉容，第摇首向乙，乙知事败，舞已出门，女道谢归矣。乙以问甲，甲曰："汝行后彼忽放声哭，若感身世，劝之始已，故君事亦不及言，惟期以后来矣。"乙大恚，杜门不出者若干时，越数日，他友来告，谓彼舞场中女子，迩与甲常出游，往昔属之汝者，何以乃又属之彼人耶？乙闻言顿悟，喟然曰："朋友之道良苦也。"

（《社会日报》1936年6月28日，署名：大唐）

刘海粟新夫人

尝见刘海粟新夫人，美人胎子也。或谓：有此艳妻，带她到南京去走走，多少有些方便；上星期愚止都门，晨间，啜茗于茶楼，忽见海粟亦在座，然左右又不见其夫人，因知艺术叛徒，常来往京沪，其夫人固不同行也。

南北剧坛，推周信芳为表情祭酒，谈剧诸子，每于信芳作折衷之论曰："信芳会做戏，是可法，惟唱则限于嗓音，不能好听，而学麒派者，往往唱亦师之，讵不谬邪？"惟是海上麒迷，非麒腔不唱，所谓"带一分沙听更好"，非有麒腔之沙，不够挂味。张中原君，信芳快婿也，谓其丈人歌，脱无一点沙音，即不入调，可见一人崇奉之虔，而所好之不可公也。

（《社会日报》1936年7月1日，署名：大唐）

某君稿酬

或曰："航空奖券，它不让我中一个头奖，或者二奖的话，总使我有点怀疑的样子。"天下人"一相情愿"之攀谈，往往如此。

某君为人治纂务,标有定价,譬如月非百元不理。某报馆延之,所奉勿足其数,其友问甲曰:"汝奈何亦甘就之耶?"甲笑曰:"送我几何,我之工作亦几何,其不足者,我且为助理人张小泉登一笔暂记欠款矣。"按:闻者读此节竟,或不知甲语之妙,张小泉,剪刀也,报纸上有剪稿,剪稿之在治稿人,比写稿省力多矣。

　　梨园中有行话"韭菜"两字,譬如谭富英唱完了前一出,回到后台,接着尚小云要上场,在帘内遇富英,便说:"嘿!谭老板,你的嗓子真冲。"谭即谦虚道:"哪儿的话,韭菜韭菜。"韭菜云者,臭也。其义臭殆与丑字同,丑则不美耳。一日,信芳演《潘金莲》竟,其友入后台,见之拱手曰:"辛苦辛苦。"信芳似色然曰:"韭菜。"其友愕然,旋悟信芳以配角问题,本不肯演是剧,强之而可,卒未卖满堂,故此"韭菜"二字,于一百个不痛快中,杂愤慨之意焉。

　　(《社会日报》1936年7月2日,署名:大唐)

伶人杨某

　　伶人杨某,育子女夥,不能兼养,分一女与吾家,命之理琐屑,宛然雏婢也。三日前之清晨,女起身绝早,出巷外,不知所终,及家中人觉,觅之已不可得,以为被歹人骗去矣,将缓缓侦之。至天垂暮时,女忽踉跄返,告曰:"我晨起嬉于巷外,一短衣者命我随其行,行路甚远,止一家,其人乃禁我室中,我哭,以哭声震,其家不敢留,放我还也。"言时,手中出铜元三十枚,谓临行时其人授我,使我乘车归。愚闻其言,滋疑;以其平时起身不如此之早,何以是日特异,是必有人于昨夜预为之约。手中之钱未用去,则为步行而返。既谓路甚远,步行又安能识途径?惟以人既珠还,不欲深究。无何,至明日,家人入婢之寝室者,见婢方装一裹,咸旧衣,始恍然其昨日之扬,为有心也。则问其何为?曰:"将理而涤之。"实则衣皆既涤,婢之言殆搪塞耳。婢年才十二,狡诡如成人,其父其后母皆暴戾,在其家时,虐之欲死,今豢于我,未尝有箠挞,而有异心,今日之事,形同卷逃,雏婢尚如此,他年有娇妾,更不可不防,有此殷鉴,亦使我长一分智慧。生平不识小人,御下太宽,遂受侮于奴,辄猛省,浩浩神相昔,尝"交代"于愚者已。

(《社会日报》1936年7月4日,署名:大唐)

神 怪 剧

看《仲夏夜之梦》,一无是处,疑心当时在国泰卖三元座价者,非今日大光明所映之拷贝也。明明含着极浓厚的神怪色彩,而幕前有中央对此片致奖语曰:"虽故事不免离奇,然富丽堂皇,非其他神怪片可比。"(大意)因悟中国神怪片之不许摄制,是病在简陋,病在不能富丽堂皇,苟能稍倾资力,中央亦必解禁之矣。不第解禁之也,且嘉许之矣。是故中央之禁中国公司之神怪片,非禁其神怪也,禁其粗制滥造也。中央督促中国电影事业之精进,实具苦心,此旨他人不喻也;喻者愚一人耳。寄语张石川,有意复兴《红莲寺》乎？有之,遵是而行,则必收良效。

电影上之神怪禁之矣,舞台上之神怪剧,可以公然开演也。此理真不可解,中国人智识分子,产量不比往昔为多,故愚瞽之徒,迷惑于神怪之说者,亦仍如往昔之众也。潜移默化,神怪戏剧之为害乃弥广,当局果非存心要与电影公司为难,而挑戏馆老板赚钱,则亦请禁舞台上一切神怪之剧。

(《社会日报》1936年7月6日,署名:大唐)

漫谈散记随笔集(1935.10—1936.1)

章 衣 萍

今年全国运动会,已有踢毽子加入,有人预测,下一届必有放风筝,至第十六届时,风气大开,将有比赛男女工夫者,《紫闺秘笈》之书,在场中销路,比《新闻报》《申报》更好百倍。

夜起小便,提痰盂在手,每以盂中盛水甚多,弱掌几不能支,于是想起楚霸王之拔山举鼎,力大逾牛,便觉楚霸王与我,皆不大像人。

平襟亚先生请余吃饭,席上有一壮男子,襟亚为余介绍曰,此文坛一怪章衣萍先生也。于是欣然握手,握已,余引手于鼻,嗅了一嗅,又闻了一闻,倒并不觉得有女人的屁股味儿,既又悟曰,大概因为现在不是春天。

蜀中怪人有一语最可佩服,他说,姬觉弥写字,捧之果然笑话,骂之亦不免看重了他。此种人最好不提。

(《世界晨报》1935年10月22日,署名:晚唐)

芳君与新作家

小白菱老三,徐娘矣,梳一髻,虽无雀尾燕翼之美,顾亦风韵别饶,然有人问菱年纪者,年则犹是十八岁也。而房间中人且谓菱今犹小先生也。某君作打油诗嘲之曰:"九月圆脐浮琥珀,如何还说小先生?"真有俗不伤雅之妙。

某报馆有生徒一人,年甚青,而醉微瘿,状如老媪。某君喜戏谑,一日,语徒曰,你阿好给我香一个面孔？徒不动形色,语之曰:你不要转差了念头。事后某君告人,谓我本来不窘,给他如此一说反而狂窘。

芳君告人一事,谓比在某报任辑务,同事有自鸣为新作家者,目芳君则为鸳鸯蝴蝶派也。前若干时,此所谓新作家者,约别一人写稿,其稿大多为谈诗说曲之文,当其稿将在某报发刊之前,馆中人商议应以其稿排入何人所辑之一版内,有人主张付芳君一版刊载,此自鸣为新作家者,亟起而言曰,不能不能,作此稿者,亦今代之作家,若使其稿而刊诸芳君版内,则人且将为怒狮之吼,而必与我侪交涉矣。后芳君知此事,语之于我,我则笑曰,此种人自得其乐,看天下事又如此认真,真无谓也。

(《世界晨报》1935年10月26日,署名:晚唐)

胡 蝶 佳 期

胡蝶之佳期,各报宣传甚烈。其实此种事在报纸上当一件大事记载,殊为无谓。胡蝶女士,不过为中国电影界较负名望之女演员而已,论其人品,有为吾人所不足道者。与林雪怀离婚一役,尤令社会人士对之留一种极不良的印象。为胡者,既不足为圣洁的女性,而彪炳于时,若潘有声者,尤为一专事修饰,依附于皇后虚荣之男子,志趣之不高,盖可想见。故此二人之结合,实为一极平常事,而举此二人,属目之殷如此,真不值大雅之一笑也已。

张超先生曰,周美娟之入大沪伴舞也,与梁氏三妹及王小妹而成五虎将。我意此言若为九半狂先生所见,必点首称是,而曰:捧一个人,便应该如此捧也。

魏爱娜自香港归矣,将来之出处犹未定,而张小芳则为汪北平君之芳邻。兹二人者,咸以舞艺之高,为舞客所称道。姚苏凤先生游舞场,不择舞女之以面貌称者,独与精于舞艺者舞。自姚先生安隐,足迹久违舞榭,其时魏赴香港。三四日来,我乃遇此二人,因又念及安隐中之苏凤,第觉人事变迁之速,特如三五月间事耳。

(《世界晨报》1935年10月27日,署名:晚唐)

梁 赛 珍

伍联德先生言,梁赛珍之美,宜于乱头粗服时看之,则韵致弥饶,一经修饰,便不堪入目矣。此言甚是。昔者,郑正秋先生之殡,江湾路上,汽车蜿蜒似长蛇,一广美之车,载一妹,浅妆不饰,而顾盼倾城,则赛珍也。我游舞场,见赛珍,辄觉其人秾腻可怖,惟此日所见,始以赛珍亦海上一美人也。

数年前,歌场中识一女子,倍致颠倒,友人有投我以诗者,凡四绝:

(一) 妙韵清歌不可闻,画图珍袭倍情亲。可怜风雪翻飞夜,天韵楼前等玉人。

(二) 湘绣台帷入意频,失于闲检不关贫。回眸暗示儿家路,一笑魂销展绛唇。

(三) 七尺乌绒裁称身,新诗未谬影尤真。绸缪梯下香唇启,密把年华告爱人。

(四) 夜夜听歌夜夜欢,清诗记胜语就新。心香敢对芳姿祝,更向来生种好因。

诗本不高,所谓新作家者见之,此又是天韵楼作者之手笔矣。

曾见游仙诗一首,艳甚:"绣幌银屏香霭间,若非魂梦别应难。窗前人静偏宜夜,户内春浓不识寒。蘸甲递觞纤似玉,含词忍笑腻于檀。锦书若要知名字,满县花开不姓潘。"窗前户内之联尤美,我曾书以赠友人之新婚者。

(《世界晨报》1935年10月28日,署名:晚唐)

二云与马儿

《硬报》时代,二云、马儿崛起于时,而二云尤以能诗称,其诗清拔不同凡响,颇自负,谓岭南三诗人,其一盖自许也,二君皆久不见矣。听潮于半月前,曾得二云书,自远处寄来,近顷又晤马儿,马儿近诗甚多,录示送一定赴日诗云:"壮志应知付此行,秋风为尔记途程。河山涕泪悲良士,廊庙人材柱国英。回首不堪朝北望,腐心今始赋车征。丈夫未了恩仇事,何日能将一剑横。"又曰:"古诗吟罢重行行,黄浦滩头又一程。海上秋风漫抱恨,篱边黄菊正含英。乾坤莽莽真难苦,岁月悠悠等战征。胜概豪情犹似昨,他年携手与纵横。"马儿又言,新垒既寝刊,负债累累,近来乃常在某总会打牌。某总会,海上著名之俱乐部也,马儿既绌于资,乃代一人博,负资由其人出之,盈则分而得之。我问马儿,天下安得有此好之愿,为我介绍一人哉。马儿近来既戒舞,扬子遂绝迹,而师门乃日见寥落矣。尝赴维也纳,遇李君,李君问马儿何以不来跳舞,马儿曰:我从前挣三十元,以十五元为生活费,更十五元为跳舞之资,今市面太坏,我之职务,为老板削去十五元,故尚有十五元,只能为生活费,而不能作跳舞之资矣。李君闻之,目之而笑曰:恐怕不为这个缘故吧。

(《世界晨报》1935年10月29日,署名:晚唐)

一 线 天 诗

范坟一线天诗曰:"漫从狭路论恩冤,一隙能明便可原。半壁苟完偕汝隐,万峰虽好数卿尊。负暄不耐春恩重,着迹应防秋鉴昏。解脱茧丝呈色相,未能合眼且销魂。"此诗之妙,可谓不着一字,尽得风流。

当陈嘉震初识貂斑华时,貂语陈曰:"今而后我勉力为好人矣,且深知过去生活之无利于我,故欲从而改善之。"陈信以为是,而眷恋之情,遂萌于此。陈嘉震者,为一懵然而不通世故之人,及订婚事变,悔已勿及,回思情歌非寄意之役,并此而所受之刺激更巨,终至酿成疾苦,痰结核至今勿愈。昨往存之,则曰:"我每日吃药,药费不计,餐资日耗三金。"时另一友人在座,则应声曰:"陈嘉震天生苦命,曩者不病,其钱亦耗之弥速,钱何去者,则请袁美云一家五六口吃馆子看影戏也。今无美云,亦绝斑华,方欲游心物外,不为男女事所萦扰,而嘉震病矣。病至于吃贵重之药,则且勿恤往日之枉耗多钱,至竟犹还我一自由身焉。"此君之谈锋甚妙,闻者无不鞭然。

(《世界晨报》1935年10月30日,署名:晚唐)

徐 綦 出 走

徐卓呆先生之爱女既出亡,观于先生之报上广告,可见其手足无措之状矣。卓呆先生,以笑匠称,而于此事则动了真气,一返其往时面目。说者谓女儿已长得这般大了,为人父者,真不必从而干涉,苟平时亦以风趣出之,则徐綦必无今日之愤而出走,亦正不必劳徐先生之大起忙头。故徐先生之所谓滑稽,特出之于楮墨之上而已,若夫其人,非真能澈底滑稽者也。

女子,有所谓不祥人者,或曰:"有女星焉,尝与某闻人亲,闻人遭狙击死,与某律师颇善,律师遭讼事之累,与某银行家行长交,银行倒闭而行长逸,然则,女星岂即所谓不祥人者欤?"

报纸之所谓开天窗,特留一小方之空白而已。顾今日则不然,往往见有若干报纸,留空白一大方,计之,当可容千余字,则已失却开天窗之本意,若为之另起一名词,其惟捆大门耳。

(《世界晨报》1935年10月31日,署名:晚唐)

卢 冀 野

卢冀野先生,诗才便捷。一日小可遇之,出手册请题字,卢不假思索,信笔书之曰:"东坡后又小斜川,父子风流各百年。我爱丁家新画笔,何时为我写林泉。"自有风姿。

或论文艺者,记庞独笑、张秋虫、陈蝶衣三人,系立在一条线上者,不知何解也。

律园自京来,谈友人某法家事,律园谓女人祸水,碰不得碰不得。年前,余以影星云姑娘事,社会哗然,然此特所受之教训而已。若彼友人,乃一蹶而入万劫不复之地,少年处世,可勿慎哉?

友人中颇有洁癖者,前萝春阁有一张君,凡客之入其室者,辄见其手持一鸡帚,周室拂拭不已。

又曾在扬子饭店,遘一人姓汪,爱洁天生,与友雀战,辄引口嘘气,以去左右之尘垢。其上座之友,为一滑稽者,语之曰,你只是吹风,八圈庄后,我必因此而伤风矣。闻者皆大笑。

(《世界晨报》1935 年 11 月 1 日,署名:晚唐)

张 心 影

近以诈欺罪被捕房所控之张心影,为大东舞场之管理舞女者。其人善饮酒,有人至大东舞场之后面一室中打电话者,见张一人坐其中,有仆欧自外入,手托一盘,盘中有玻璃杯三四只,杯中皆有啤酒之余沥,张乃取而并入一器中,作牛饮,为状甚趣。

李万春唱《法门寺》,以金少山去刘瑾,问曰:"下面跪的那个,敢是郿鄢县的县太爷吗?"李答曰:"臣不敢,赵廉。"金即曰:"好小子,文的也唱,武的也唱,你他妈真能干。"李闻言,即为之笑出声来。自后告人,谓少山怎么开这一个玩笑。

大雄先生,真有老当益壮之概。上舞场,穿一件骑马衣,风姿英爽。近见他报有作□凤舞姿谈一文,大雄笑曰:跳舞本是游戏,何必认真求好看,一定要取一种标准方式哉?

(《世界晨报》1935 年 11 月 2 日,署名:晚唐)

凌叔华小说

凌叔华女士著小说,以细腻称,以亲切胜。曾见其有如下一节之描写:"朱丽叶,我替你捶捶。影曼含笑说着,到云罗身旁,望着她敞开前胸,露出粉玉似的胸口,顺着那大领窝望去,隐约看见那酥软微凸的乳房的曲线。那弓形的小嘴更可爱,此时正微微张开,嘴角添了两个小湾湾,腮边多了浅浅的凹下的两点,比方才演戏欲吻罗米欧的样子,更加妩媚逗人。帐子里时时透出一种不知是粉香、发香或肉香的甜支支的醉人的气味。"

跳舞场广告，近来益见勾心斗角之妙。数年前巴黎舞场开幕，则有人为作广告，骈四骊六，楚楚可诵。记其言之片段曰："本舞厅全仿法京，誉腾海市。葡萄美酒，芳溢清扬。杨柳柔枝，香分广袖。楚宫则纤腰舞杯，潘妃则皓足翻莲。是故下风韩寿，招摇来绣辕之车；前度刘晨，款段走青骢之马。选四姓之良家，玉台共赏；集五陵之年少，宝树争妍。"

(《世界晨报》1935年11月3日，署名：晚唐)

吴农花

农花不肯卜居于人安里，因人安里多艳窟也，居之，于其门楣将有辱。此陋见也。农花又言，居白克路亦不好，因白克路为一龌龊路也。如祥康里，尤为一神秘弄堂，皆于居家勿宜。我则以为非是。但不住在会乐里、群玉坊已足，然会乐之里，群玉之坊，亦尽有朋友打过公馆者，譬如汪君北平、俞子逸芬。

小捣蛋之徒，已见逐于捣蛋，徒解行之日，向红豆先生三鞠躬曰：此去而自隳而不能谋振拔者，更无面目来见诸公矣。红豆先生则泫然送之，捣蛋述此凄惶之一幕时，有绘影绘声之妙。

友人施矞云先生，书法如姚华，余乞其作一便面，而附诗一律。岁月匆匆，距今盖六七年矣。诗曰："意气相亲形迹疏，新来影片好何如。卜居佳士于宜处，闲散卑人不驻车。夜景平添红寂寞，花园小坐绿扶苏。今年不向人求扇，除是施公为我书。"

(《世界晨报》1935年11月4日，署名：晚唐)

《朝报》副刊

《朝报》副刊，似与梅兰芳有隙，而与胡蝶女士亦非善。近者刊一胡蝶饮泣之图，题两字曰"啼痕"，其下又注一行小字曰："我希望胡小姐的悲哀，只是电影中事。"或曰，当胡蝶欧游归来，筹备婚礼之际，而《朝报》忽刊此图，盖深具婉讽之妙也。

一夜，在丁慕琴先生府上，与老金、锦光雀战，人美与白虹立于旁。白虹方与锦光订婚，是夕，锦光被酒，酩酊醉矣，博时，言语不绝如缕。人美谓喝酒的人，不知哪儿来那末些话。白虹亦频推锦光，语之曰：你少说几句好不好？锦光撑其醉眼看白虹曰：小白儿你原谅我喝醉了酒啦。其情状乃似乞怜，时旁人皆吃吃笑不已。余以为此正锦光至乐之境，若人美与老金，老夫老妻，叫人看不出什么情趣来矣。

(《世界晨报》1935年11月5日，署名：晚唐)

《双照楼集》

汪精卫先生之《双照楼集》传诵一时，别有意境，曾有句曰："劳薪如可热，何敢乞寒灰？"钱梯丹先生因咏二绝云："劳薪一语泣千回，如此人心大可哀。欲把微忱挽气数，巾来又向北平来。""贾生才调本无伦，偶入风诗亦可人。自古劳薪烧不尽，哪容风月乞闲身。"

蒋伯器将军之殁也，舅氏挽以一联，余谓舅父平生著述，诗不如文，文不如偶语，偶语不及书翰，此联未必尽美，然可见二人之交谊矣：

记诵浙江潮，背蒐八百，子弟八千，到现来书剑萧然，举世滔滔，容有英雄笑公拙。

曾有信陵客，浊酒三升，清谈三日，转眼间人琴俱杳，视天梦梦，更无知己谅予犯。

近年游泳益盛行，前五六年《时报》刊女子游泳图甚多，余友曾讽以诗曰："游泳女郎有几何，温香一纸托春波。撑腰小立曾登载，举腿横陈数见过。休道双峰就口易，可怜双眼阅人多。痴儿急色心无主，久旷之夫觅怨婆。"

(《世界晨报》1935年11月7日，署名：晚唐)

香奁诗

香奁诗歌为作诗者必经之阶级。数年前,余所作都步《香奁集》之毒,曾有四绝,其时尚初学作诗也。

（一）相逢相约许相从,惭愧自家心计工。待伊临行添拍粉,胭脂狼藉口唇红。

（二）银灯绮幕久流连,映得新梳宝髻妍。三月以来心事了,大郎身畔坐婵娟。

（三）灯前团聚似家人,闲话生平渐入神。知是美人腰脚软,座中呵欠一时伸。

（四）两度持杯上酒楼,青梅字酌已无羞。幽情密意如云起,齐集心灵最尽头。

往年新春,在有正书局买狄平子、何子贞、郑海藏珂罗版书联,并吴昌硕珂罗版印红梅中堂。新年悬于厅堂中,并自书一抱柱联曰:"家贫难作盈篝祝,壁败尽悬刻板文。"与舅父之"室有文章惊俗眼,惭无事业答先人"两种合而同时张挂也。

（《世界晨报》1935年11月9日,署名:晚唐）

六中全会新闻片

中央摄影场,摄取六中全会大会新闻片,其中有汪院长被刺一幕。前日起,已映于上海之丽都矣。余于第一日即往观,其先为中委之谒陵,在镜头上有特写者为林森、阎锡山、汪精卫、戴季陶、张溥泉、于右任、蔡元培、吴铁城、蒋介石、孔祥熙诸员,然始终不见张学良也。及回中央党部后,即开会唱党歌,而大会主席汪兆铭报告,既乃摄影。其下即见一凶手倒于地上,凶手服西装,尚未死,一警士举足踢其颅,旋曳之出,而影亦已毕。片中绝无院长被刺字样,微闻摄此片时,摄影者闻枪声如连珠,认机不可失,然中心惴惴,即闭目,而将机器摇,故片中亦有枪声,然映上银幕,则但见黑漆一团,无物可睹。原拟将此段剪去,然以于此一刹时能留得纪念,实为可贵,故终于保存,亦携来上海,然正式开映之际,固又裁去此一节矣。吾人于影中见阎将军之健步,林主席之安闲,而蒋委员长之风姿奕奕,辄觉庶人之心游息,而汪突然受伤,则又觉愀然不能已于怀者,又久久勿释也。

(《世界晨报》1935年11月12日,署名:晚唐)

袁美云父女

袁美云父女事,已圆满解决矣。调停人为樊良伯先生。谈判既竟,袁树德语樊曰:我甚爱美云,对于美云之恋爱事,本不欲加以阻止,然而既为其保护人矣,亦愿其得一金龟佳婿,而不图其乃与王春元游,无乃使人不满意耳。樊曰:然,此事我亦曾训过美云。王春元,为我门生,然我不能袒护春元。我语美云谓以汝今日之地位,今日之声价,要嫁一个好男人,真可以捞一把来拣拣,譬如你嫁一个贵人,则将来我樊良伯面上也有光辉。今乃去看中一个王春元,真令人丧气。如你以后再要得意下去,便不必上我樊氏门中来了。此数言也,说得如何得体,宜其袁老头子听了,为之喜心翻倒矣。

大郎在一友人家,忽有女子二人来访友,友即大谈男女间事,女听之若迷,及后既去,友语大郎曰:她们是来讨房钱的,被我说了这些话,她们竟忘讨债,此所以为人在世,豆腐不可不吃也。

(《世界晨报》1935年11月13日,署名:晚唐)

余　　诗

去年此时,余尚作诗,今年则不堪成句矣。余诗不足言好,信笔书来,有时颇爱其不事雕琢也。如曰:"已褪当年十丈红,吹愁吹乐怨东风。绮罗不尽人生恨,造化何伤心计工。杨柳妆台尊贵客,枇杷门巷老芳容。六年一页平凡史,进展消沉三月中。"又曰:"自是江南已落花,犹怜清影弄清华。管弦飘泊无人识,里巷荒疏是我家。跌宕十年归卷上,风流双须老天涯。从知百味皆清薄,尤觉人情薄似纱。"又有一首曰:"闲中无计遣幽怀,一卷长携困小斋。萧瑟满园风落叶,玎琮隔院雨侵阶。思清梦远欢无尽,才啬诗成韵未谐。忽讶明朝应素约,推衾起榻理青鞋。"又一首曰:"语气方言约略同,宝山上海是邻封。不图至竟翻然怨,何必当初偶尔逢。态我精神三月后,数君心事十年中。可怜刻骨柔情思,又付邮程第起通。"此数诗自觉尚无矫揉造作之处也。

(《世界晨报》1935年11月16日,署名:晚唐)

胡 蝶 人 缘

胡蝶一生,人缘太坏,不观其婚期将近,而报纸上乃不刊催妆之诗,而咏催葬之章乎?或曰,此次胡皇后之嫁,苟集报间所刊之诗文,则一半可以作婚礼特刊,一半亦可以为百年后之哀思录也。

甲曰:胡蝶嫁潘有声,真是人太无台型,倒不如嫁与我,多少还有几分风光。乙曰:袁美云若真真跟定王春元,真是埋没了一辈子,若嫁了我,至少亦可博佳人才子之称。凡此数言,无不为因羡生妒而发也。

沪上人士,无不长叹一声曰:这天气,分明又是"一·二八"时候的天气,天天阴雨。

有人劝徐善宏兄,所发帖子上,写明若以现洋代航空奖券,亦所欢迎。易立人君,已送两条,并附银八元,故易君在外宣称,善宏结婚,我送了五万〇〇八元也。

张征帆兄,为人亦英俊亦温雅,一日余迓之,忽其新夫人来一电话,乃觉张兄声调之柔美,尤非对朋友所有也。

(《世界晨报》1935年11月17日,署名:晚唐)

文 人 倾 轧

文人之无耻,莫过于倾轧。其实有本事大家寻饭吃,惟嫉妒倾轧之徒,殆为一辈子无长进的东西。故芳君之有人骂他为鸳鸯蝴蝶派而引为痛心者,以余观之,真不必自寻烦恼。鸳鸯蝴蝶派之文,易稿得钱来,能养家活口,能买舞票,则亦足矣,更何管闲是闲非哉?

芳君言,有人骂他连诗都抄不通,现成的诗,何至于抄不通,此骂得无过分。余谓,作此言者,殆误诗为尿也,故抄诗实为抄尿,抄尿而抄得通者,此辈人殆白浊之菌乎?

曾有人依鄙薄之言,谓某报者,捧麒大本营也;某报者,白玉霜大本营也。余乃作颂扬之口吻曰:某报者,陈小蝶大本营也。小蝶能诗画,故捧之者实为一"典雅"之大本营。若捧男女伶人之"卑俗"者,王渔洋所谓"苏州城外寒山寺",不能改作"金陵城内报恩寺",否则不成其为诗集,此言也,至今无人称之为狗屁者也,而大本营雅俗之判,于此见焉。吁。

叶绍钧接恐吓信,新作家见之,得勿扬眉笑曰:吾道之光哉。

(《世界晨报》1935年11月21日,署名:晚唐)

徐善宏婚礼

徐善宏先生婚礼,发喜帖与黎锦晖、徐来夫妇,锦晖拟吟诗为贺,建议与大郎,大郎谓诗太风雅,倒不如请徐小姐买一顶帽子送与徐兄,盖标准美人之冠,为徐兄所戴上,今日逢大典,正好还他一帽也。不知徐兄亦同此意否?

徐兄之婚,倍觉劳瘁,举凡结婚证书、新妇所用之鲜花,无不由兄亲手购置,因此终日奔波,刻无暇晷。忆余廿三岁结婚,曾不管一事,结婚之前一日返家,第二日穿上新衣,便去行礼,做新郎之手续至矣。一切预备,无不为母氏所操劳,余之不孝,至今不能赡养吾母,清夜抚躬自问,真罪通于天也。

做人有一种谓之辣,有一种谓之毒,辣则其人必豪爽,毒则处心多险,不可亲近者也。

读"全家都在秋风里,九月衣裳未剪裁"诗,辄一读一惘然。而双照楼之遥想檐花灯影里,正携小妹话团圞,乃不觉起思乡之念。

（《世界晨报》1935年11月22日,署名:晚唐）

叶浅予失踪

凡喜事人家,在喜筵列张之时,有人兜写公份者,恒请来宾多多补助。一日,有发起写公份者,向一客曰:每人最好两元,今日系票友堂戏,开销必广,故宜醵多金,不致使主人家更多浪费也。当其写到某一客时,客语其人曰:最好你贴我一元,我要到黄金去看章遏云,因我身上只有二元,盖黄金看一趟戏,连茶钱亦不过再加一元耳。

北里中有以邓英为帜者,即前时之金湘娥老四。四,红豆先生尝眷之,其人有媚态,先生谓床笫之宝,惟此一豕,纵横于绮薮十余年,四实不可多得之才也。

闻各报所载叶浅予失踪,为一种宣传稿子,乃知今日之世,做生意之难,有非我人所能及料者。因一影片公司之不景气,乃不恤以主办人失踪为传说。然幸而不过为失踪也,倘传叶突然暴卒,则不将引起王先生迷之群众,至于咨嗟流涕,不更将冤哉枉也邪？

（《世界晨报》1935年11月23日,署名:晚唐）

黎锦晖来书

比读锦晖先生书,述其力图挣扎之苦,有言曰:

现金枯竭,其苦可知。一人而担负六十余人之生活,其窘亦可想见其程度。是以渴望有"认识此项巡演工作是一种生产工作,只须管理经营得法,决不致失败,而愿参加人力财力使社之规模增大,以便到南洋后券价提高,借此游游而志不在剥削众人"之慷慨君子,助弟一臂之力,与之复兴明月,志不在利,实为多年社友,必须生活,仰人鼻息,不能使技巧进步,只够服役,而失去研习之时间;同时虹、健二女士,艺未升堂,但已入门,弃之可惜,因此不惜以全力负责,将自己工事牺牲,恰逢南洋有人接洽,促成此局面,此乃去秋事也。谁能料今年时局市情,如此危困,而前途合作者,竟借时局市面,而不肯帮忙,本埠又多人在四围进攻,日望明月西沉,清风全息,其实事出众力所擎,一到境界稍迁,纱帽换下许多,于是弟立成大骆驼,负千斤而行千里矣。一连十二个月,至今犹在拼命挣扎。但一病便心慌,因日常工作,确未注意卫生,眠食不常,劳倦过度,说不定蓳丧过甚矣。

(《世界晨报》1935 年 11 月 24 日,署名:晚唐)

假凤虚凰

《立报》所刊张秋虫君之《假凤虚凰》,忽然腰斩,传为严谔声之主张。而张恨水卸除责职之前,殷殷以廉价为劝,盖不胜其惺惺相惜之情也。惟近顷有人谈,则谓腰斩秋虫者,非严谔声,而为包天笑君。此说恐非实在,天笑老成诚厚,况亦以小说家言,显身此世!恨水尚有惺惺之惜,何况天笑?故我知作斯言者,特厚诬天笑耳。

余大雄先生,在舞场中遇大郎,必曰:你袖手旁观,尽在笔墨上形容大众人之丑态,如何可以邪?

佩之兄曰,张昭绥先生在今生今世,不学跳舞,似亦非人生之憾事。此语至当。

大出棺材有登广告声明路由,俾看出棺材者,可以循其路由而等候,未闻有大结婚者亦昭告大众,有之,特以潘胡之婚为始也。

(《世界晨报》1935 年 11 月 25 日,署名:晚唐)

猫厂不善舞

有人于堂子里女人的口,打一流行名词,则曰"生意眼"。

猫厂主人,近颇有继承大郎之志业,则亦以不善跳舞之身,而屡在逍遥舞厅招小小坐台子也。或谓,不会跳舞,而叫坐台子,所费五元,无论如何,不能合算,譬如叫堂差,一元一次,分三次叫,其时间必比坐一点钟台子为长久;而招女向导员,则一小时所费不过七角五分,皆比此便宜。故天下之大瘟生,大阔客,惟有不跳舞者之叫坐台子了。

猫厂又言,伎女前不可戆穿,无有伎女不爱金钱者,故对伎女而欲用情,此为傻,其损失之巨,不可数者。故有钱则嫖,万不能将情字放在前头,近来友人澈悟于此渐多,其始终不解此原理者,惟红豆先生一人。

今年是"名公子倒灶年",此语至最近益证实。

(《世界晨报》1935年11月26日,署名:晚唐)

中 流 砥 柱

在闸北纷纷搬场之际,陈蝶衣兄既作中流之砥柱矣。继之者乃又有黄雨斋兄,亦刊一广告,其言亦曰:"雨斋不敏,与诸君背道而驰。"呜呼,此正为蝶衣所不及料,苟早料之者,宜不必有此悠悠独往之一举矣。

何健之第二女公子,嫁李觉。李为湖南一师长,起身行伍,何本草莽英雄,对之实惺惺相惜之意也。

或谈北方人与上海人捧戏子不同之点。北方人捧伶人,则吃伶人的穿伶人的;上海人则往往请伶人吃饭,而不费伶人一个钱也。

姓龚的人,已嫌其笔划之多,而李拔可先生,则字宣龚。李之知友,无不谓拔可先生自讨麻烦也。

杜进高先生作一日一诗,然一日每登诗三四首,蝶衣谓此卖一送一也。余以此语告进高,进高曰不要说卖一送一,卖一送二,或者送三都不要紧,只要有人接受即可矣。

(《世界晨报》1935年11月27日,署名:晚唐)

大 本 营

梯维称《东方》为谈麒大本营,亦有人称《社会日报》为捧白(玉霜)大本营,而陈小蝶先生之诗,《时代》诸君谈之不已,于是有人谓《时代》乃捧陈小蝶之大本营矣。近数日来,灵犀报上,又大做贺喜胡蝶之诗,执笔者有王雪蕉、胡剑啸、唐大郎诸人,灵犀又大呼曰,我今日之报,盖成了胡诗(湖丝)机矣。

善宏兄于喜事忙碌过甚,翌日即卧病不能起,其病为痧症,背上红赤之条纹,显然可数。大郎曰,此浪淘沙也。问其何解,则曰,新郎之浪,发痧之沙,又问其淘字作何解,则曰,是应该去问善宏,到底淘过不曾淘过呢?

胡蝶订婚之后一日,南京《华报》,刊一新闻,其题目为《数万影迷,同声一哭》,又曰"潘有声一射中的",可谓不祥之兆。

余乡有关庙,幼时以为云长为乡人,故建庙于此。天翁问我关公籍贯时,我即称曰同乡,并告以故,天翁大笑。

(《世界晨报》1935年11月28日,署名:晚唐)

于 右 任 诗

客有请于右任先生写一屏幅者,其中有"雪涕归来省外家"句,得者以为不祥,故未张挂。其实此为于《省外家诗五首》之一,无一语不是好诗。于亦以为得意之作,故有人乞其墨宝者,恒以此五诗付之。斗筲之徒,遂以为此七言二十句,可以斩其家祚者。文字固不可以语伧夫也。于之诗云:

朝阳依旧郭门前,似我儿时上学天。难慰白发诸舅母,几番垂泪话凶年。

无母无家两岁儿,十年留养报无期。伤心诸舅坟前泪,风雨牛车送我时。

记得场南折杏花,西郊枣熟射林鸦。天荒地变孤儿老,雪泪归来省外家。

桑柘依依不忍离,田家乐趣更今思。放青霜降迎神后,拾麦农忙散学时。

愁里残阳更乱蝉,遗山南寺感当年。颓垣荒草农神庙,过我书堂一泫然。

不铺张门面,非于公之天性纯玉,不能有此至性之文,信为小凤天仇之流所不可及也。

(《世界晨报》1935年12月2日,署名:晚唐)

李耀亮丧

南京报纸,对于胡蝶亦无好感,此次因胡蝶在京,寿赈不力,为各报所指摘。某报谓胡蝶不过出了一趟洋,哪里增加得上她的地位?国际间素重友谊,中国艺人,在外面跑了一趟回来,总是说载誉而归,哪怕走江湖的、出戏法的到外国去溜了一次,回到祖国,便说是魔术大王了。

李耀亮君之丧,因身体肥胖,而有此脑充血之症。友人闻耗,如冯梦云、施济群诸君,皆为自己恐惧,于是日各请医生验血压,盖恐步耀亮之后尘也。

距耀亮之死一星期,与佩之、梦云博挖花,自夜至旦,耀双耳忽失聪,不能闻人一语,盖其时血压已高,遂失神智,惟未爆裂,故其性命,尚能延数日耳。耀亮平时,走路太少,而多吃,此为致病之因,故少食多走路,实为老君八卦炉中之九转丹也。

(《世界晨报》1935年12月3日,署名:晚唐)

相士徐遂初

徐遂初之命相头衔,曰哲学大家,又曰甘肃兰山道道尹,不免铺张门面。况官衔与命相绝无关系,不能使人见其官衔而重视其人,故不加官衔,而直书为江湖术士,倒亦无妨。盖老江湖者,见识多,经验广,或转有精湛之命理,未可知也。

菱花老七之弃夫清河生,工修饰,能跳舞。其友人某君,有女友,年二三十矣,欲觅一偶,有条件为"一要身体好,二要欢喜白相,三要人漂亮"。友乃以清河生为介。第一次即遇于舞场,方一起舞,回头生已逃之夭夭。女责问其友曰:此人连交际礼节都不知,如何可以为我拉拢?

次日友乃觅生,问其昨夜事,则曰此种女人规矩太大,我又烟瘾来,故先跑矣。友为爽然。

或读《巫山奇遇》者曰:文字好,事实亦好,惟我亦不过膀子过来者,初未尝片刻之问,便写几首词,和调女人,如此之雅,则失去本意矣。

明月社之在西海出演,每场卖每人小洋二毫,观者数十人。或曰黎锦晖先生宜改变方针矣。在黎先生统制下之歌舞团体尚如此,其他更可想而知矣。

(《世界晨报》1935年12月5日,署名:晚唐)

小 丁 二 十

小丁先生,今日二十诞辰,朋友谋所以祝嘏之礼。小洛提议,谓请大郎分其家一鬓,送至丁府,放在小丁被窝中,做活火炉,使小丁从此无脚冷之叹,亦一桩功德也。

芳君作《也是散记》序言曰,本栏既有漫谈,又有随笔,更凑以散记,乃为晚唐先生一网打尽矣。其实未也,本文题目曰《漫谈散记随笔集》,尚有一"集",为本栏其他文字所未备,诚为漏网之鱼矣。

农花喜吃鸡脚,谓铜元二枚买一只,其中有一条筋,啖之味绝隽,此岂所谓嗜痂癖者非欤?

蘼芜有妙侣曰诗影,其人氏张,诗影为别署。盖伊人者,为银幕上之女诗人,以此语读者,亦知为何如人乎?

胡蝶之婚,闻老滕、苏凤诸人,皆无喜帖,然二君皆送礼。余谓二君真戆大,我要有这钱,预备过冬至节,祭祖先用矣。

(《世界晨报》1935年12月6日,署名:晚唐)

尘 无 居 家

尘无谓三年未离上海,居家窄狭,举目惟窗墙屋瓦。友人有于乡间招游者,清晓驱车往视,晓烟未开,寒风尤凛,神怡心旷,不可名状。

浩然有妹,即名西医张瑞君女士,学理至精湛。近浩浩因耀亮得中风猝死,因请女士为友人测鉴血压。余往时贫血,今由验之,则谓得一百十五度,是标准量度也。梦云以体肥,自耀亮死,恐甚,以为将步亡友后尘也。然经张女士验之,不过一百二十度,亦不多不少。而瞿膺显兄,为耀亮同盟,其血压乃达一百七十五度之多。瞿兄平时好饮酒,实为增高血压之一大原因,从女士之劝,即此戒酒矣。

叶仲芳在狱中时,芳君偶述其事,化其名为花叔香。今见《社会日报》之茶室栏内,有花叔香者,不知是否即仲芳? 或为另一人所伪托,而吃仲芳之豆腐者,不可知也。

有商女而无商男,有之,近见有人骂潘有声始。其实商男是生意人皆可称之,不必钟家子弟,始有此尊号耳。

(《世界晨报》1935年12月8日,署名:晚唐)

王雪蕉诗文

王雪蕉先生,诗文皆有根柢,熟读龚定厂诗,故其集龚之作尤一时无抗手。与同文皆善,近见其赠本报大芳一诗,为五言一律,其诗云:"报界推名宿,翛然自不群。舞场留艳迹,时代建殊勋。才气雄如海,文思涌若云。王前吾岂敢,目漫傲芳君(溢芳)。"

蘼芜先生偶拈"吞声小记"为题,作短文三十九篇,中间欲停,复续者屡矣。日来关于先生之"身边杂事",谣诼纷纭,推其因,吞声小记似不能无关。故从今日起,先生将不作吞声,而另作"坦愁新记"矣。

坐巷中有报贩取隔宿小报,大喊"看吧,潘有声胡蝶离婚",此真恶作剧也。然此报贩而叫到西爱咸斯路潘有声门前,潘有声亦必无法阻止之,盖正如报贩在大江南饭店门口,喊"枪毙顾竹轩",一样有法无可用也。

《时势英雄》开映之日,有人请大郎往观,大郎曰:我也英雄,惟失时势,看此片必增许多怅触矣。

(《世界晨报》1935年12月10日,署名:晚唐)

胡剑啸即事诗

王捣蛋君,摄一影,置于玻璃板下,王在其鼻际画黑须两撇,红豆先生见之,笑曰:恐怕终汝之世,有胡子亦不过在这一张照片上矣。

胡剑啸先生,颇工诗,近识之于先生阁上,乃有先生阁即事之诗。其一云:

偶上先生阁,文星照眼明。埋头挥草稿(座有转陶、大郎、尘无、小洛,正埋头作稿),随手抓花生(诸君大嚼花生米)。小洛谈文艺,尘无写影评。烦他黄转老,介绍识云旌(予与大郎先生,尚系初识)。

其二云:

客气胡为者,群公一莞然。人情原若此,马屁未曾穿(予与大郎互道仰慕,灵犀、转陶皆大笑)。风味尊前好(闻大郎先生有蟹癖),声名纸上传。灵犀谈话里,常道锦婴贤。

雪芳,为逍遥舞女,大雄先生赏之,作一联赠之云:"怀抱春融一捧雪,腰脱夜舞满庭芳。"大雄咏此二言,若甚得意。

(《世界晨报》1935年12月11日,署名:晚唐)

文坛四杰吟

近日颇有人作文坛四杰吟者,冰史之后,又有剑啸,剑啸以四律寄灵犀,灵犀以示余,余故录于此。其小引曰:"冰史以四杰吟见示,并索和章,勉成四律,以应雅命。抛砖引玉,请俟四杰。"

其一陈灵犀先生:

先生居有阁,声誉夺晶楼。申浦才名著,丁门舞业修。鹏程湖海远,鸿爪泽湘留。长作风骚文,垂青到魏收。

其二卢溢芳先生:

吾字江南秀,能空冀北群。名齐俞逸少,梦觉杜司勋。投笔跳红粉,挥刀割紫书(先生痼疾已除)。传闻今发福,体重我输君。

其三唐大郎先生：

　　一拔骚坛主,群钦八斗才。银灯君嗜电(闻君有电影癖),布鼓我惭书。家业承三笑,文章歌七哀。素心相对久,应有暗香来。

其四陈蝶衣先生：

　　三载神交订,天才愧不如。传经曾学步(君为林屋山人之高足),遗恨失妻胡。手辑明星久,心同皓月孤。明兼窗净几,羡子日依於。

(《世界晨报》1935年12月12日,署名:晚唐)

洪深临行

　　洪深先生自南京来,临行,四川黄氏三姊妹,合送红绣花鹅黄软缎被面一事。闻黄氏三姊妹在京,颇不受知于田大哥,洪则屡屡说于田,黄以是甚感洪也。

　　当李万春之来,吴门王公子,请吴瀚庵先生介见万春,以是二人数数偕游。时北里中人,方醉心于万春,知公子之识万春也,于是诸伎争先媚公子,而适投公子所好。公子乃大乐。万春既去,公子顿失凭依,乃闻程砚秋、俞振飞,自平来沪,事先,公子宴郑子褒、陆汉邦诸君,盖又欲从郑、陆之介,而识程、俞也。其所以必欲识程、俞者,亦将待伎人之醉心于程、俞者,亦来争媚公子耳。公子平日常言,见别人之叫堂差,太迁就,为一苦事。其实如公子之以伶人为幌子,而博伎女欢心者,真苦之尤苦者矣。

　　玉霜簃主人,名旦程艳秋之别署也。或谓伶人唱戏可耳,何必要雅？近者艳秋又改名为砚秋,又有人谓,雅得可恶矣。

(《世界晨报》1935年12月13日,署名:晚唐)

程砚秋南来

　　久不观程砚秋剧矣。闻其人体态日腴,妨碍扮相美甚多。此次南来,出演于黄金,昨日唱《法门寺》,余与秋雁夫妇往观。秋雁之来,则看俞振飞唱《岳家庄》也。当陈筱石先生寿戏中,余曾观振飞与名伎小乔红三嬡,合炊昆剧,别来二年,不料其潜心于皮黄,而又如此孟晋也。此日,小乔红三嬡亦在座,此二年之历程,振飞已从票友下海,而为平剧之名角;小乔红三嬡,则嫁人而又出,至今仍浮沉花海。人事沧桑,言之可慨也。《法门寺》一剧以少山去刘瑾,二庚去贾贵,桐珊之刘媒婆,李一丰之刘公道以及哈窦山之宋先生,配搭之整齐叹观止矣。砚秋之胖,梯维所谓贴片亦不能掩之也。惟唱则似较曩昔为尤清越,富英嗓益嘹亮。余观京戏须生,以周信芳表演之生动周到,乃觉其他人皆不如远甚,若富英之看在眼中,便觉生涩刺目者,令人遂益念信芳矣。少山白口之妙,插科之噱,无语不叫人喷饭,向以为唱刘瑾惟侯喜瑞一人,今有少山,侯殆不可专美矣。贾贵为袍带丑,颇不易讨好。萧长华允推独步,二庚演此,所差者,特念状时之衷气不足,不如长华念到后来,越念越快也。桐珊刘媒婆,南北一人,信芳言,桐珊之受人欢迎,以其能搀海派,信是知言也。

(《世界晨报》1935年12月18日,署名:晚唐)

花 会 皇 后

黄猫厂兄言,有一俞姓友人,断定继李耀亮之后,死者必是猫兄,故猫兄认为如此朋友,实在刺戟之至;而不知猫兄刺戟朋友之姓俞者,乃非此俞而为别一俞也,盖别一俞者,乃将娶小小而归矣。小小为逍遥之舞女,猫厂一坐十台,小小常赖以而不吃汤团也。顾小小初不知恩图报,其所酬于猫厂者,乃空无所有,以故猫厂临风惆怅,无以自遣也。不意消息传来,猫厂之失意处正多,而小小嫁矣。昨有人自逍遥归,为言小小已不至逍遥,先一日发喜柬与女侣,然截止余作此稿时,猫厂犹不知也。

卢文英女士,称花会皇后,以是知皇后之称,亦正如吗啡大王之未必尽为好名词者,即如胡蝶之所谓电影皇后者,亦多少含一点豆腐成分在其中也。

蒋叔良君能唱徐(云志)、薛(小卿)两派之弹词,一夜坐大晶楼上,方治稿,忽有人打一电话至,说人安里二十九号徐家,叫你堂差,叔良知为听潮,不禁哑然失笑矣。

(《世界晨报》1935年12月19日,署名:晚唐)

蓬 门 诗

溢芳昔年曾作蓬门诗云:"几回嗔爱在心头,嘘问偏劳啭玉喉。聚首能勤无别梦,并肩虽好总含羞。深盟钿盒恐成约,谣诼蛾眉渐起愁。此际蓬门独惆怅,此来应少寄书邮。"予至今爱读之。

今年殆为黎锦晖夫妇之倒霉年也。上半年,徐来丧母,下半年又丧其女,而锦晖日坐愁城,徐来又以加冠事受四方攻击,至明星合同,亦生问题,迄至今日,徐来复以借出支票而被累,灾祸之来,无时或已。锦晖先生言:"我尝穷至连饭都没得吃,亦不以为苦,所苦者,乃今年之精神上所受之损失也。"言已,咨嗟不息。

昔余咏今日之某中委诗曰:"西湖盛会一朝开,忙煞群公特地来。共道伛偻君子态,久闻演说伟人才。错然误拜城隍座,绝似临刑西炮台。岂是先天真不足,人中之杰云何哉?"其诗盖作于西湖开博览会之时,然刊之今日,实冒犯要人多多矣。

(《世界晨报》1935年12月20日,署名:晚唐)

无 情 对

无情对中,以冬瓜子对夏斗寅,于右任对向左转,皆天衣无缝。唐有壬有一女侄甚美,则蟒将军之弱息也。子佩办《女学生》时,尝刊一图,画里真真,见之正令人啧啧称善。

蝶衣尝置其恋人之影,饰于其夫人闺阁中,众为之危,问蝶衣,则曰,假使讨一个连这点点事都要吃起醋来,这种女人,还要得么?闻者为之咋舌。

王莹女士与电通同人,小餐于饭店中,忽闻隔室有人谈王莹,停听之,一人发言曰:"王莹又做电影,又做文章,其实做了电影,也就算了,何必再要做文章?"王闻言颇不悦,起之将门砰然闭,自言曰:"这班人讨厌。"言已,隔室忽有哗笑声,顷之走入一人,陪笑脸,众视之,则郁达夫也。

明月社为黎家班底,黎先生与人谈话,讲起白虹、明健诸人,恒曰"我们的姑娘",其语气真正亲热之至。

(《世界晨报》1935 年 12 月 21 日,署名:晚唐)

案 头 残 笺

案头忽得一残笺,其上书曰:"梦回正夜半,拥衾起坐,云何不思。""灵海思潮起伏,然提笔记之,则又茫然不得只字,心事如春日游丝,因风扬举。古人咏愁,有云如乱丝,有云如流水,然皆不如弟'游丝'两字,能摄'心事'之神也。""寒月如霜,人声已寂,此时想在甜梦中矣。病蚕夜半,十二月一日。"此艳简也,惟痴男子乃有此痴语也。情海茫茫,惟祝此病蚕者不作僵蚕也可。

林庚白先生,为《小晨报》作稿,每日成数百字,遣一仆役,送至馆中,每次则予仆役小银币四角,旋觉所费过多,遂改用邮寄。某次,《小晨报》忽不见林先生有稿来,询之,则云已发出。日久,亦不至。林先生作一书与报馆记者曰:"此弟之误也。不应开此恶例,使奴仆从中作祟,盖究诘所得,舍间奴仆,将邮票窃去,而弃其书简,家纪不严,耻为外人道也。"

射虎生三七追荐,秀文女士临灵一拜,有人兴感,谓二年前,为慧琴老三追荐于崇法寺,人事无常,可为兴感。

(《世界晨报》1935 年 12 月 22 日,署名:晚唐)

徐 冠 南

徐冠南先生,老当益壮,精神极佳,一般人预料,徐之寿命,最少还有十几年,此说果系事实,则徐公子之麻衣债户,闻讯之下,必将忧形于色。

83

信芳夫子言，近为捉奸案判徒刑三月之庄继孟，其举动颇似《济公传》中之济公活佛，此人之抖乱如何，可想而知。

芳君谓花叔香君"穷穷穷家里犹有三担铜"。处在今日之下，虽尽见一般公子少爷之下场，但如芳君所言，则可谓"少爷虽穷"，捧少爷者，犹不乏人也（芳君按，但有一种自以为少爷之凄惨少爷，则不单是捧，连骂他也感觉扫兴耳）。

孙哲生为简又文子题一名曰小文，其实小文两字，为哲生之别号，也讲得过去；若以名简又文之子，转觉不称，盖又文小文，绝如弟兄行名，不能分父与子也。

清河生在逆旅中，戴鸭舌帽皮大衣而傅粉，有梨涡晕其颊，时室中方有伎，伎对之注目而视，久之，问一客曰："格个人来一趟，阿是要两只洋个？"

（《世界晨报》1935年12月23日，署名：晚唐）

徐 三 挡

女说书中有所谓徐三挡者，有女子曰徐雪月，年才十四五，下手为其师叔雪澄，其师雪行，则坐中央。雪月之唱，如夏荷生之能说噱能调侃，是亦弹词家中之奇才矣。

友人为射虎生追荐于西门关庙，庭前，置一香炉，以铁铸，重数百斤。听潮往举之，不动，双手举之，亦不足，听潮力竭矣。吉光好勇，一手举起一端，更一端乃请逸芬，逸芬亦起举，浩然亦能举一端，乃轮我，我以双手举一端，与浩然兄二人，能使此炉提空。于是众皆谓余尚胜听潮也。顷之忽来一人，则女子，射虎生前之腻友三娘也。三一手举而起其一端，余大讶，然以为顷者，余特未尝用一手举之耳。苟用一手，或可力致。旋闻人言，三在此十余年，常习武，刀拳皆精娴，三五壮男子，不可近，惟近年渐老，此道久废，然牛刀小试，犹想见其当时之壮力耳。

海上银行家中，有冯先生者，一度被绑。出绑后，戒备綦严，尝雇一保镖，出门，覆一鸭舌头帽于额际，视之绝如侠林中人，不以为行长之尊矣。

（《世界晨报》1935年12月24日，署名：晚唐）

《碎琴楼》

吾师凌君平先生,自故乡来,示余二册曰:"此书我借汝者若干年矣,今犹无恙,物以归汝。"余视之,则《碎琴楼》也。《碎琴楼》一书,十年前余见慧剑在《小时报》记一文,述此书初载于《东方杂志》,于林畏庐文笔外,别成枝派,经余细读,觉文字之奥妙绝似畏庐老人,而清丽过之。作者殆世之伤心人,其语故萧瑟万状,有时若参禅悦,又多悟道之言也。余甚爱其一节曰:"妇速壮贻坐,曰:客无嫌吾陋。吾少时,因尝居高楼处大厦,然终日戚戚,殊无欢时。今处陋,转能日夕饱眠,至醅至美。客少年,阅历寡,又乌知处富贵而忧,何如处贫贱而乐？壮贻瞿然曰:媪言诲我良多,然媪又乌知我,我固至冷者也。脱非噬冷,又乌肯独觅一贫妪,妪又屏居万山中者？妇悦曰:然则客固佳也,吾何由知？特开眼数十年,觉世界如吾烹水于釜,水沸泡腾,滚滚相竞,及吾揭盖停薪,则万泡倏寂矣。我以是乃知有生之不乐。且又知上帝造人,正如吾釜之泡,实故热之,以餍所嗜。世人蠢蠢,辄颠倒恩怨之,宁非大愚？"

（《世界晨报》1935年12月27日，署名：晚唐）

唐 瑜

唐瑜恒七八日不出门,而消息之来,源源不绝,写为文,刊于报上。余因谓瑜兄实闭门造事也,瑜兄不答。翌日报上遂有《造事阁漫谈》之作,亦趣人矣。

久不尽啸嗷烟霞之乐矣。余不能进此物,顾极好之,本来能一次而不醉,有时发狠,吃二次,必难过。昨夜游于屠门,将有所举,或劝余略资兴奋,余从之,而大醉,临时,疲困不能起,因念此生我殆与烟霞无缘。自此之后,且深嫉之矣。

圣诞之夜,舞场中人山人海。舞海中接踵摩肩,其实到此境地,已不能舞,特能蚁行耳。故每当此夜,人尤众,正以不舞而步者之多,向平未尝下海者,此日亦可以缓步其间矣。

杜氏堂会,信芳演《天霸拜山》,而孙兰亭君为陪窦斋主,上海票友之无奇不能,由此可见。

有钱而为堂子里之恩客,是天下第一舒服事。此言余一再道之。

(《世界晨报》1935年12月28日,署名:晚唐)

某 巨 公

某巨公为子完姻,排场之阔楮墨难言,惟事前报章曾未为之渲染,第于电台中,听此中堂戏,令人想见其盛况之不同凡响也。或曰,此次堂戏,远不如巨公家祠落成时,四大名旦不全,初不足异,而老伶工又皆未能至,此为缺点耳。余曰:是不然。平剧衰落,后起无人,老伶工死亡大半,譬王长林与龚云甫,再要也无从要起,又若余叔岩,他这少爷戏子,他不肯玩儿,你要他命也不到上海,是皆奈何不得者也。

张公权曩为研究系中坚,张作霖嫉之甚,语人曰:张嘉璈的脑袋是怎么长的,我得看看。于是公权被通缉,事隔十余年,作霖死已久,公权则犹在风头上也。

客北都时,好听苏兰舫歌。十年后在上海又见之,烟容被其颊,面孔一尺,似妖魅,望之怖人。

姓唐的被刺,而为轰传者,有三人,唐有壬、唐腴庐之外,海上之闻人唐嘉鹏也。

(《世界晨报》1935年12月31日,署名:晚唐)

"吾 家"

趋炎附势,人之同情。唐有壬在得意时代,大郎曰我家有壬;唐瑛女士在交际花时代,大郎曰吾家棣华。前者即为趋炎附势之表现,后者不免有色情变态之讥。证以花会皇后之被捕,芳君独不在报上称后为吾家文英者,则以上两说,盖可信也。

夜中,读《金瓶梅词话》,往往到情绪紧张之时,便有"以下删去若干若干字"之说明,辄为之爽然若失。

陈小蝶先生作诗,有人谓小蝶富人也,作诗,殆欲以斯文掩其铜臭乎?其言未免殊谑,然以余所知,小蝶亦无多钱,苟不尔,何致以区区三千之数,与二十余年老友江小鹣涉讼哉?

菊妹妹在天蟾登台,逸芬以锦绣桌围贶之,及此次百花会串于大舞台,菊妹与焉,遂更用逸芬所赠之桌围。志孟居士言,菊妹从此不致忘逸芬,至少在粉墨登场时,可以提起逸芬当时馈赠之隆也。

(《世界晨报》1936年1月5日,署名:晚唐)

张　葱　玉

张葱玉张十一之流,皆上海所谓白相少爷也,与王绍基之抖乱公子,在社会上恰为两件宝贝。张在背后谈起小王,辄曰大中华小王,王君颇以此名字为可听。惟有人问王,谓小王之上,何以加大中华三字?岂是他们因知道"起解"到苏之一幕戏剧乎?王君谓不然,原因我久住大中华,大中华上上下下,由外人等无不知我小王者,故张亦以大中华小王相称之。

某君辟扬子三百廿四号一室,去年,室中有旅客自经而死。某至,洗漱既竟,一捏脚者述某号房间内,有客悬梁下,历述其状,如在眼前。方此时,有客自门外至,听捏脚者言,客曰,吊杀鬼便是三百廿四号内。一时室中无不为之凛然色变矣。

(《世界晨报》1936年1月9日,署名:晚唐)

文　人　书　法

今日写报头者,一汤修梅君,一卢溢芳君,皆笔致纤而秀。林庚白先生,诗工香奁体,然其作字,笔划绝不放荡,拘谨如十四五小女子,是可异也。

钱芥尘先生,不似叶恭绰,余尝谓芥老书如何酷似叶公,芥老谦曰:我哪里有他写得好?今人之看《晶报》者,时言,报上无芥尘书,便觉其他文字,皆不可寓目矣。

《晶报》之写木刻者,毕倚虹亡后,江红蕉有时写毕书极像。袁寒云死,俞逸芬亦能克追遗迹。惟孙公膁援,张君春帆,先后谢世,乃无人能写此二人之字矣。

朋友中写字,有二人相仿者,一为陈蝶衣,一为余尧坤。

浩浩先生,得友人屏幅四条,为逸芬、慕匋、寿彭、铁耕所作也。见者评骘曰,以写字天才言,寿彭最高,逸芬以老练称,慕匋之书,由袁(寒云)蜕化为郑(太夷),千姿百态,自成名品矣。

(《世界晨报》1936年1月10日,署名:晚唐)

天蟾演潘金莲

天蟾舞台,演全本《潘金莲》,去武大郎者为邱治云,作三寸丁,蹲身于地,蛙步而行,观者无不谓其行路之不易。此剧在昆剧及苏滩中,皆有戏叔一节,戏叔中之武大,无不乔装矮人者,余皆见之。而昔日昆剧传习所中之华某,为小丑,其饰武大,作矮人之妙,较今日所见之邱治云,高出甚多,能纵跃至椅上,又跃至地下,身轻如燕,绝不露出破绽,若非下过苦功者,不能有此也。

演《潘金莲》之前,有一剧,为陈小穆与赵君玉之《千里送京娘》。赵老丑风尘,尊范已不堪承教,又以穷,不能添置行头,其衣饰极灰黯,较之草台班中所见者,尤为不如。艺人末路,亦可怜矣。余不观君玉剧,垂十年,时徐璧云来,唱《玉堂春》,赵陪王金龙,扮相犹俊,十年之后,不知此人已偃蹇至此,唱戏饭真可吃而不可吃也。

白玉霜作风如旧,余时常为之担心,深恐社会局又要来邀请,则杀风景之至矣。

(《世界晨报》1936年1月12日,署名:晚唐)

方地山制联

恒时称年轻者,姓王的便叫小王,姓张的便叫小张,惟有二人,年纪已四十余岁,而人犹以小称之,在北为余叔岩,人称小余,在南为魏廷荣,人亦称之为小魏也。

方地山先生,为秀娟女士者,制一联,其句曰:"人面桃花惊独秀,霜天月夜对婵娟。"

近见北方报纸,载袁寒云先生之遗墨,为七律一首,其词曰:"小院闲闲老树斜,西风零落断残花。几回悲闻惊余梦,一往幽思酌淡茶。既懒不知朝气爽,纷纭但觉市声哗。前庭到处生荆棘,可有田园许种瓜?"诗实平平,故徐彬彬先生谓袁先生三般绝艺,余谓诗非先生所长也。

友人谓近来在两家宴席上,听一人大骂黎锦晖,又一处,一人大骂牛鼻子。余友谓,这两种皆不必与之辩,要辩,便要辩出气,或者竟会用武。

(《世界晨报》1936年1月13日,署名:晚唐)

章行严杂记

《青鹤》杂志载章行严先生曰:府中会谈,恒与梁众异联席,有时吾二人喜即会议用纸,书短诗隽语,递观为乐。一日众异疾书一律见示,谓十七年前,以赠章之外舅者。

> 吾道要为天下裂,知君恨不十年前。相逢三伏有寒意,脱手千诗皆可传。天际轻阴余护惜,斜阳烟柳费暄妍。杜根心迹无人会,艳说香云一笑嫣。

香云,章先生外舅彭姬之字,十七年前当清光绪三十四年,外舅正以项城舍客,携姬居津门也。众异诗才清逸,年少已然,愚不学诗,未能评骘焉。外舅刊有《师友绪余》一卷,所得投赠诗词,瑕瑜具录,众异此诗未见,以在《绪余》刊后也。重此因缘,取实愚记。

(《世界晨报》1936年1月14日,署名:晚唐)

梁鸿志近诗

近过睎向斋,主人以梁鸿志(众异)先生近诗见示,特抄录于此。梁先生为近代诗人,其作自为一般人所爱赏也。

十月二十八日,游灵岩观韩蕲王碑,遂登太平山看红叶。

灵岩我昔游,屈指岁已更。再来试山屐,孤啸答霜磬。馆娃渺何许,佛火几衰盛。当前一湖碧,旧是西施镜。夫差不料敌,教战徒有令。为闻作豪语,越兵小而轻。废兴一转眼,史迹焉用评?何为陆士瑶,舍宅事清净。韩王好身手,晚节类禅定。丰碑峙山麓,过者知起敬。怀贤更坊俗,护碑见图咏。敢告今收民,先人此为政。

日午木渎饭,叮坐份鱼虾。饥肠易为饱,转叹吴民奢。高寻天平山,竹舆声咿哑。报以十里梦,既至不觉遐。十月已向残,风定树不哗。红叶尚我待,饷客千株霞。霜力有深浅,醉而分等差。山僧亦随缘,怀色风袈裟。人生被眼瞒,何止为雾花。秋林岂干卿,还以诗相夸。一适了今日,归路随栖鸦。回看树如荠,万翁争杈枒。

(《世界晨报》1936年1月15日,署名:晚唐)

陈瀚一字

陈瀚一先生之字,大郎与之有时极相似也。陈先生因谓我有时候学大郎书,大郎闻之,辄曰,我乃如芒刺在背矣。

腊鼓声中,友人拟醵金在逆旅辟二室,一曰豆芽室,一曰风头室。盖孵豆芽之外,兼欲避风头也。此所谓避风头,不过谓避债而已。

王绍基为人,有一脾气颇该杀,往往以倡门中人消息投之各报,或捧或骂。登报后,辄取报持与倡门中人观,必假设一友人之名,曰某某人在骂你了。倡门中人则衔此人如刺骨,王辄以此为大乐。然迹其本心,实非欲与朋友为难,特上海人之所谓要讨好到寡老身上去耳。

大芳先生忽于设宴后一日,大发牢骚,曰友道不可问。诚然,花酒之后,朋友之交情乃见,为之兴慨。

(《世界晨报》1936年1月17日,署名:晚唐)

逆耳集(1937.5—1937.8)

严 女 于 归

严独鹤女公子于归,礼堂上有特刊分送来宾,其中有一文,题曰《我的大姊》,下署为"公器"二字,有人举以示予曰:这文章不知女人写的还是男人写的,如为女人写的,则不免残酷矣。

严府堂会,为名曲家○排,有人问:"马直山君,亦登台唱戏否?"马曰:"我唱的是大戏,今天只有小戏,我故不唱。"马过后思量,谓这几句话,给昆腔朋友听见,真要气死。

张超将为其尊人祝嘏,地点八仙桥状元楼,取其与张公馆邻近也。女招待为叶娟娟、毛非非、沈爱娜,取其干女儿差唤服帖也。

(《东方日报》1937年5月5日,署名:唐子)

误 听 友 人 言

愚友自京江来,约四五人同观影戏于大光明,为一五彩,有幽丽之风景,着以彩色至悦吾目,惟演剧者之对白,越听越不能懂,为之爽然。隔夕在一舞场中,闻一友人谈,谓是片女主角扮男装,杂于养马者群中,一日浴于室,忽同伴以事来就商,浴盆中皆皂沫,其身上肌肉,胥不可睹,特上半身裸耳。愚以为即此片段,值得欣赏,故往观。则就浴室者实为一男人,推门入室者,正此乔装之女主角,始知误听友人言,辄呼负负。

此次黄金开幕,行剪彩者三女子,其一名陆素娟,不为吾人所习知,有悉其来历者谓陆着艳声于北国,其初本乐籍中人,后乃习剧,虽其艺不为世称,然以风姿之艳,亦声价甚隆。黄金主人赴北邀角,且特聘之南下,借使春江俊士,亦得一"看煞"之缘,秋鸿谓素娟之目甚美,而肌肉丰盈,见者故容易魂消也。

(《东方日报》1937年5月6日,署名:唐子)

醉疑仙妙影

醉疑仙女士,近摄妙景二幅,皆所谓艺术照相也,丰容盛鬋睹之魂销,捧醉最烈者,为今报之蒋九公君。九功世代业医,至九公亦称能手,昔时,疑仙面色少血气,实为病态,九功尝为诊之,投以数剂,病果全除,疑仙德焉,遂敦交谊,惟以捧醉者都欲留疑仙妙影,以为纪念。商于九公,九功乃请疑仙连留二页,今已印制成矣,底板留于九功处,九功虽不居为奇货,亦对此画里真真大加珍视。颇闻凡捧醉虔诚者,皆得贻一页,以疑仙之驰誉人间,群众奚止千万,果欲得醉娘一影,则请走访九公,经九功一度口问之后,知其意也诚,无不能偿愿而返。九功公馆在牯岭路一四五弄十二号,其诊所在宁波路一问便着也。

沈夫人今日在湖社登台,同文皆往捧场。友人之妻,皆醉心菊事,徐善宏夫人,亦拟延师习剧,沈夫人唱青衣固宜,若徐氏嫂子,则以带口面为佳,以其双目有幽威,眼神之好,必与周信芳争一日之长矣。

(《东方日报》1937年5月8日,署名:唐子)

含蓄性笑话

慕琴先生,述一笑话,谓:"友侪数辈,相约竞述富有含蓄性之笑话,开门见山之什,例得屏除,胜则醵金公宴之。某乃起说:谓有甲乙二人弈,丙作壁上观,乙既败,丙讥之曰:教汝跳马,胡不听,致有此败。乙曰:汝几曾有此语耶?曰不闻予语'身修而'一语乎?乙曰:闻之。丙曰:是固明示汝跳马耳。乙大异,丙始从容曰:汝不闻《大学》有'身修而后家齐,家齐而后国治,国治而后天下平',平谐音瓶,瓶即甓也,彭家花园里有一棵枇杷树,风吹叶动,宛如两只驴子耳朵,驴与马类同也,马耳既动,则非马跳而何?"

江苏银行彩排,予未往观,因沈夫人登台,素兰故往捧场,谓场中有券两种,一种坐于前,一种坐于后,坐于前者皆行中职员之过房亲,待遇故有优薄之分。秋雁送来一券,则坐于后者,幸亏老子还有地方去,不要看银行朋友的鸟戏,不然讵不使我大动肝火哉!

(《东方日报》1937年5月10日,署名:唐子)

金素琴照片

我佛先生,赋性至僻,予等赴杭时,约之同行,不往,顷忽摆脱公务,一人而往,有人欲偕之同行者,拒之,谓一人而往,在湖边上走走,自有天趣,然而其人又何其冷邪?

照相馆有出售金素琴之照者,往买六张,皆戏装照,问其便装照有否?谓便装照有之。第勿得本人许,不能酬吾客也。因未相强,肆中人又曰:女优照相买者不多,更有女人要买男伶之便装者,吾亦拒之。有若干男伶,来吾肆摄影后,辄取还其底片,恐落于女人手,不能保后来之太平耳。

有人作西湖联语,谓湖心亭之"明月绿浮珠一颗,夕阳红湿地三弓",予此次上湖心亭,见此联,则上句为"春水"二字,非"明月"也。

(《东方日报》1937年5月11日,署名:唐子)

郑过宜练唱

近晤过宜于慕琴寓所,小丁为司弦索,过宜唱《洪羊洞》与《捉放》两段,听之醺醺有如中酒。予向时以为过宜潮人,平时言语,讷讷不能出口,其歌必无是处,然此日听之,始知予昔日揣想之不然。过宜浸淫于此已久,故其造就,正复不弱。丁府寿辰,过宜已决定演《汾河湾》,

初拟请芙蓉草匹柳迎春,今则将易李秋茵女士。名士美人,合演于红氍毹上,此剧殆亦如上海人所谓有噱头者矣。

观《斩经堂》试映,剧为翼华导演。是夕,翼华亦在座,《斩经堂》之先,映一短剧,名《前台与后台》,殊趣,剧中有演"别姬"一场,为霸王者,不能开口,其上场引子,则为翼华之配音也。信芳唱至悲惨处,不禁大声呼好,电影院怪声叫好,不易听到,而演《斩经堂》,居然掌声与怪声齐发。片中之老旦,为汤桂芬所饰,唱做俱美,识者谓张少泉不逮也。

(《东方日报》1937 年 5 月 17 日,署名:唐子)

胡剑啸工俳体诗

在公共汽车上,闻有莺燕声,一人曰:今朝又打回票,连前搭后,已打过几趟回票矣。又一人曰:既打回票,连一半价钱,也不发与我们。又一人曰:特地来叫了我们,又打回票,其实我们可以不答应的。其所谈皆为打回票,揣其语气,当为俯身于俎上之流,然亦似向导中人,然予座旁一客,识彼群雌者,则为影片公司之临时演员,其言盖可信也。

胡剑啸先生,工俳体诗,真有无句不妙之概,近托听潮转来便面一页,嘱予为书。予近读山谷诗甚勤,因即写山谷律诗三首,皆予所爱诵者,然落笔不慎,一首中误书二字,如"但今有妇如康子,安用生儿似仲谋","但"字误为"纵"字,第一句之"如",又误作第二句之"似"。写扇子与写稿子一样马虎,宜乎无人请教矣。

丁太夫人公祝启事,出余手笔。见者笑曰:此君始终穷凶极恶,把八元六元四元二元,都搬到纸上,再不肯想一个冠冕一点的办法!

(《东方日报》1937 年 5 月 19 日,署名:唐子)

尘无病卧西湖

奇热,偕听潮浴于浴德池,招叔范兄来。叔范生平不喜赴浴室,与予相似,予薙去长发,于是合听潮、叔范三人,皆为光颅。叔范于思满颊,然视其人,甚为妩媚,与之倾谈,则其人得中和之道,不矜才,不使气,尤可爱也。近见其咏酒家四绝,皆奇美,而叔范则言,惟第二首可留耳。旋同饮市楼,至大众茶室,茶花王如玉已不见。王如玉无绝色,惟其人丰腴有春气,睹之能令人涉遐想,余苟如宋词人之颠倒于佩佩者,则此夕必有好诗,以一发胸中之幽愤矣。

尘无病卧西湖,病之外,亦患贫也。然沪上友人,则一再发消息,谓酷暑不能居湖上,故尘无将迁赴蓉湖,或莫干山,或作扶桑三岛之行。把一个穷书生,当作了达官富户,尘无见之,必有苦笑矣。

(《东方日报》1937年5月21日,署名:云郎)

题　　字

沈少飞君,演《四进士》后,以手册请诸人题字,陈小蝶作飞白八字,曰"温如信芳,鼎足而三",其言余认为失检,应易为"信芳之后,此又一人"。《四进士》一剧,惟信芳唱得好,凭马连良有天大本领,这一生一世,也追不上信芳了。连良是剧,了无可观,少飞比他好得多,若谓并连良而成三足之鼎,则连良之一足跛矣。弹词家醉疑仙女士之兄醉霓裳君,亦于册上书八字,曰"寿后一叙,堂前万语",雅有苏州人缠绵悱恻之致,倒不必深究文理也。

三月以来,予谢绝篡务后,仅于各报上,日写数百字,此身至为闲适,离开上海,到外面去跑跑,于是白下杭州,恣情游览,皆无一报缠身之乐也。蝶衣兄近辞《铁报》编辑,子佩遂邀为继任,事非所愿,然朋友殷殷之意,又何忍故违,故于今日始,又将理旧日生涯矣。老友闻之,亦有抗笔而起,分我之劳者欤？因感幸也。

过宜将返故乡,此别三月,始来沪上,此公颇忠厚,使人有依依之感。闻杨邨人兄在粤举行婚礼,翘首岭南,以代欢颂。

(《东方日报》1937年6月5日,署名:唐郎)

饯 郑 过 宜

　　过宜返乡之夕,约好友数人,饯之于醉乐园,饭已,又同造其家,住于大沽路,自家房子也。其屋作东洋式,外貌似无润容,然其内颇精洁,过宜一屋,尤宽广,室中皆名优书画,如王琴农、朱燕华、新雅秋、时慧宝、程玉霜、言菊朋、姜妙香、王瑶卿、程君谋,凡二三十幅大观也。过宜言,有兰芳一缋事,辨为赝品,故弃之未用。此君与当世伶工,莫非好友,故收藏能如此之广。床头置一苍三,又有兵器,听潮挂髯口,又持长枪,作拿高登身段,居然等样,不知内行视之,乃如何邪?

　　过宜潮阳人,然其夫人说上海话,极流利,异之,夫人谓生长于上海,潮州则难得回去也。至十二时出门,过宜犹送我,至别一友人处小谈,至天将曙时,始分手,其时距过宜离沪之时,仅二三小时矣。此君真好整以暇也。

　　十八般武艺中,有"白打"一项。十八般武艺之兵器,都可考究,独不知"白打"是什么东西?或曰:即空手打也,不必有武器,此所谓艺也,非器也。

　　(《东方日报》1937年6月6日,署名:唐子)

宋 词 人

　　蒋九功医生,惠赠醉疑仙女弹词家之近影一帧,奇货也。当九功以此影投我手中时,曰:要不要叫她去签字,予曰:不必,诚恐夜长梦多,此影一离开我,便如石沉大海耳。图中人支颐作浅笑,风貌甚都,摄此影者,为中国照相馆。忽有人从中国私印数张,而入于疑仙之目,大恚,遂以电话向中国责诘,则疑仙之珍视其画里真真,由此可见也。

　　宋词人者对佩佩陈迷恋最深之一人也。佩佩任事于邓脱摩时,词人日饮于其间,及佩佩辞退,词人茫茫若有所失,未几,又得之于某大公司,则复喜跃欲狂,顾昨日下午,忽来过我,开口便大骂佩佩恶劣,而令人胃口大倒,问其故,则不言,余心会之。其实上海女人大抵类此,男人对女人,不可认真,认真必受奇创,宋词人之所谓倒胃口,犹创之浅者耳。

尚小云将偕马连良出演于黄金。十年前,尚以《摩登伽女》一剧,著声于乐园。闻此次来沪,又有《北国佳人》一剧,亦时装戏,不图绮霞以投老潘郎,犹好弄如此也。

(《东方日报》1937年6月7日,署名:唐子)

叔范归来

叔范兄随友声旅行团,作苏北之游,前夜归来,昨夕,粪翁、灵犀、聚仁、培林诸兄,设宴于锦江。会尘无自杭州来,亦在座,气色已大好,其发犹存,而其髭已杳,少年人宜有如是也。为之狂喜。渠以湖滨多蚊虫,不堪其扰,故暂返沪上,余问其尚要做和尚否?则笑而曰:要。然揣其神气,正不必要做。尘无曩以病,又以湖居落寞,故有此语,今则此念已寂,或者为上海空气之蒸浊,方寸灵台间,又系一片绮思矣。

同席皆能诗能酒,余不胜酒,然范于酒令,亦屡尽其杯,几醉矣。是夜锦江之菜,殊好,然锦江菜有时亦大坏,而锦江之仆欧,皆若不大有精神,测其故,殆以粪翁屡屡呼之为"伙计",而此辈身穿白色西装,殆不愿听伙计之名,宜叫以仆欧,或者心悦神服矣。

叔良兄世代儒医,至叔良姊弟,皆擅岐黄,其姊氏尤以医名震故乡,偶来沪,会予嫔疗病在海上,请其一诊,则谓病非必死,特医药之功,为时亦久耳。

(《东方日报》1937年6月13日,署名:唐子)

遇冯云初

昨夜遇冯云初先生于唐公座上,西服翩翩,就是当年张绪也。同赴大都会小坐,转陶亦偕行,择一长沙发而坐。大都会生涯之盛,冠于沪上,然是夕虽在十时过后人亦未见其众,久坐不得女人,遂折而赴维也纳,座侧一丽人顾爱兰女士也,秀馥如奇葩初发,为人又柔和,冬时尝见其拥华裘,其容如名闺少妇,近来较清减,非秀气溢于眉宇,又有一朱玛琍女士,云初先生亟称其为绝色。至灯炮酒散,于维也纳门口,遘舞娘名袁佩英者,乃又同往大西路之一外国舞厅。袁娘本肥硕,近则亦渐损其腴,为唐公素识,亦余之旧友也,向知袁为人极忠厚,今世女子中,不可多求,唐公亦以是为言。唐公既醉,始赋归去,是夜尽O.V.酒六杯,又威士忌三杯,于是唐公玉山颓倒矣。

上次以世勋约,一履舞场,昨夕又于此中久坐,以为此种地方偶然来来,弥绕兴趣,若往时夜摆测字摊,则终觉索然寡味矣。

(《东方日报》1937年6月17日,署名:唐子)

丽娃栗妲村

丽娃栗妲村,位于苏州河之滨,本为一西人之私宅,及后,有人购其地,经营夜花园,初创时,其地绝似一神秘区域者。往日,愚曾三游其地,有一次印象最深刻,在五年前,为一孟秋天气,与亡友史仲瑾先生同往,盘桓至久,忽忽流光,仲瑾之丧,迄已三岁。昨夜,有人招宴于彼,旧地重来,缅怀往事,正不必过黄垆而始腹痛也。

尝忆赴丽娃栗妲,须乘渡船,而越苏州河,舟人为鲁产,某次余等将登陆,问舟人曰:渡费几何?则傲然曰:随便,反正我这里铜板没有看见过。彼为此言,意思是我所载之渡客,皆阔人,从来不给铜子也。余当时极不满,予小铜子五枚,曰:你既看见过铜板,我这里倒有,也好让你开开眼界也。

又一次,则为风雨欲来之夜,余与□红女同餐,疾风既作,患勿能归去,未及餐竟,疾窜而去,过苏州河后,得一飞车,上车,则雨势滂沱矣。

(《东方日报》1937年6月20日,署名:唐子)

舒 舍 予

舒舍予君,一舒服人也,为海上寓公,听听戏,做做剧评,既不愁柴米,亦无虑冻馁。乃谓渠近来访一相面先生于静安寺路一弄堂中,相面先生来沪上,于报纸上登大幅广告,又在其寓所门口,挂霓虹灯光,场面之阔,为前此之星相家所勿逮。舍予因往请教,相面先生视舍予良久,开口第一声,便曰:足下一生劳碌。语甫出,舍予笑不已,则告之曰:我想明日到南京去一趟。相面先生又曰:好好,此去或者有一点机会。舍予益笑不可仰,曰:我老实告诉你,我到南京,是去收房租的。相面者,窘不可当。

闻盗有劫伎家者,深夜入室,盗充客人来打茶围,时伎家惟有小阿媛出应客,乍至,佣妇往倒茶,盗即出手枪于袖外,对小阿媛曰:小妹妹帮帮忙空房间有没有? 小阿媛睹状,大惊,向两把手枪下跪,作哀求状。余谓小阿媛之惊慌失措,是情理中事;盗之开口帮帮忙,则此为小贼,非大盗也。是夕盗闻楼梯有男人声,即奔逸,更可知盗固无"浩大"企图者,事亦可笑矣。

与任矜苹先生谈,问其迩来跳舞否? 曰:跳之,顾不如往日之多,到此年纪,亦觉兴致渐衰矣。

(《东方日报》1937年6月21日,署名:唐子)

汪仲贤去世

闻仲贤先生耗,怆恻无穷。予初不识先生,前三年,予主本刊纂事,偶记汪先生事,先生乃以一书抵予,辨正吾报所载为误述外,而对予之文事,力为扬誉,在其语气之间,可知其为老成长厚者也。予阅书大愧,亟欲图一良晤,会信芳来沪,黄金主人,聘仲贤为海报,予观信芳剧,乃于座上识仲贤,则雄飞所介绍也。

其后,仲贤入王美玉之皇后剧院,以余居与皇后相距颇迩,时至后台,相谈弥洽,然闻其多病,则又忧之。某日,听潮设宴于小有天,座有信芳、聚仁、凤蔚诸先生,而仲贤亦翩然戾止,衣绸裕,风度极佳,又闻其身体已强复原,故精神大好,则又为之欣慰。

今年春,雄飞四十寿,设宴于一品香,仲贤来,则谓又厄于二竖;由后,皇后亦辍演,又迁入医院,屡欲与听潮往省其疾,终不如愿,仓卒至今,仲贤已作古人矣,呜呼!

仲贤文章艺事,举世钦迟,盖一聪明绝顶人也。其人虽献身舞台上,而在台下时,则恂恂儒雅,绝不如其他人之作浮薄状者,今之凋谢,吾悲曷极!

(《东方日报》1937年6月22日,署名:唐子)

戒　　指

电影界人中,称一人有二妻者,称之一厂二厂。某君有外遇,卜同居之爱,其夫人善妒,勿令其婿夜宿于外。某乃于午饭后,辄赴其所欢处,有人羡之,则叹,二厂不能拍夜戏,摄影场夜里空起来,做老板的真不够本,你们还眼红我些什么?闻者绝倒。

迩来手上戴一戒指,则为光华大学之校徽。余生平两度御戒,第一次为结婚时,与夫人交换之结婚戒也,后与夫人不睦,投戒于火炉中,从此不复御戒,今则又戴此一戒,或问曰:足下御此戒,亦有用意乎?曰:有之,戒我从此不用现钱买女人也。惟先欲为问者声明者,我指纤,而戒之围则甚广,易脱去,脱则我戒亦破矣。

《民报》近又有记张翠红女士,厌倦于影坛之消息,谰言也,翠红近以自沽清恚,故不恒至公司。其实公司方面,《女财神》既即将上映,即《初恋》亦久已摄成,本无戏可拍,乘此时机,正好在家调养。而翠红本人,对于银幕生涯,正如方兴未艾者,而《民报》乃有此谣传。余尝谓大报当局,对副刊编辑至宜审慎,无风作浪之徒,正要他们不得也。

(《东方日报》1937年6月26日,署名:唐子)

资　　格

少时读书,并初中亦未曾毕业,故最怕人来问我资格,追究其身。昔任某职,有表格令我填写履历,看见了便讨厌,则于其上大书曰:没有资格,凭我天亶的聪明,中文清通,英文也还可以。

向银行借小借款最恨的是要把自己全本地理图,献给他们。尝有几次,拟借一笔款子用用,及至将申请书取来,看看上面一项一项要填写的东西,太麻烦了,所以又忍一忍穷,不借也罢,将申请书撕碎,愤愤曰:他妈的,又不是行长的女儿要来攀给我,盘问得这样详细。

丁先生果不负吾约,取疑仙照片,由其亲笔签写后送来矣。丁先生言:疑仙谦称不善书,其实疑仙书法,颇有工夫,非率尔操觚可比,其笔致之轻柔而秀,一似其人可爱也。

一夜,寻杨枝不得,及后,始通一电话,杨枝曰:"和尚来,开东方房间,叫我去白相。"杨枝多方外之交,其为男子,说此几句话,似不可异,若出自女人口中,诸君细味之,其感想如何?

(《东方日报》1937年6月28日,署名:唐子)

《辛报》《立报》之争

《辛报》,亦小型报之铮铮者也,万事不甘人后,所载以译作为多,有时亦有极好之新闻,如最近所刊《张天翼怒打黎烈文》篇,对于双方人马,极丑诋之能事,读者称快。顾前日之《立报》,忽有八人联名启事,警告《辛报》,此八人皆为《辛报》一文中之主角,合"雠敌"为"所亲",意在对《辛报》示威,不知如何?《辛报》于隔夜已闻此消息,乃于前日报上,刊一短文,题曰《今日之一个广告》,谓今日某某报有八人署名之启事,警告本报,措词甚幽默。读者将广告与此短文并读,乃觉两报已入短兵相接之境,颇感紧张。

养儿子吃亏多而便宜少,我不作会计师,而能断定此统计为不诬者也。吴达铨其人,从前不大受人指摘,今为了儿子事,流弹飞来,集中于达铨一身,讵非儿子累了老子?然为父者往往昧此心志,不易省悟,视今日之达铨可以知矣。

大报上之征婚广告,吾友曾一一往应征,然到底无一封回信寄来,不知其故,若谓是亦一种滑头举动,顾又如何不滑到我这位朋友头上来呢?

(《东方日报》1937年6月29日,署名:唐子)

崔 万 秋

予识万秋,将三载,三载以来,万秋为《大晚报》副刊编辑,今忽摆脱其文士生涯,而作吏于东瀛矣。大众话别之日,予虽未列席,然闻老友远游,亦不胜其依依之感。万秋为人,本性殊忠厚,然若干时来,朋友于文字间,对万秋往往致其不满之词,虽非切齿,要不免如中书之谤毁,使当之者难堪,此何故邪?予谓万秋有一毛病,即遇到了朋友,无论于言语态度间,太做作,太装出一派正经,此则易使人与人之情感,发生隔阂,既为朋友,何事不可言,又何事故为庄严?故做人之道,余最服膺慧剑之言,曰:"黠不人憎赖有痴。"为人不妨黠,然若不有几分痴,相辅而行,则忌之者众矣。

听潮近来,为社日事,颇劳其心力,头发既积一月而不薙,额下之须,亦长一英寸矣。而形态癯然,如临风老干,友人见之,怜其何以自苦若是?则曰:平常之工作不能少,而琐屑之事,又不能不躬亲,遂不觉其困顿。昨夜,天明始返,入室,闻其夫人饮泣声,询之,则腹痛如绞,发急痧也,大惧,进以八卦丹,痛勿止,更倾功德水半瓶。时予方与叔良作宵谈,听潮闻声,亟走告,曰:你们说我忙,忙又何足怪?顷内人之时症颇剧,非功德水者,我今已伴其入医院矣。

(《东方日报》1937年7月2日,署名:唐子)

高桥海滨浴场

高桥海滨浴场,昨招待文友往游,余以畏热不果行。三四年前,文友皆赴高桥,予则挈锦娿同往,游后归来,肤痛如裂,锦娿着镂空纱衫,日光曝其体,衫脱,印黑纹于背上,状至可怖,自此不复想念高桥矣。予谓此种地方,白天去诚不相宜,苟为清风之夜,凉月当空,则徐步于海滩,未始不是妙事耳。

予告锦娿谓某人月仅挣大洋五元,其家则有妻挐,锦娿诧曰:是如何使他生活程度呢?余因此大笑,世人有滥用"名词"者,每足令高雅所齿冷,如锦娿之谓生活程度一言,遂使听者为之喷饭矣。

闻石遗老人之耗,为之凄恻,近代诗人,当以此为祭酒。陈瀼一先生所办之《青鹤》,刊石遗诗至夥,予读老人诗,辄深向往。今此老逝矣,则诗坛之栋梁折矣!

(《东方日报》1937年7月11日,署名:唐子)

遇 胡 考

昨夜之方以电约,同饭,乃与胡考遇,不见此君,几忘日月;胡考之外,又见张乐平与江栋良二君;张、江之外,又有一人,则白下归来之陆志庠兄矣。志庠面奇黑,如菲列宾人,耳失聪,然其视他人开口时之神气,亦能知他人所说为何语矣。

华安大厦之后层,汽车间之楼上,有写字间,其中设一向导社。一夕,因赴某摄影室,过其门,见室中无一人,惟门外一男子倚栏坐,因问此男子曰:如何不见一人?此人曰:现在还没有,等一等要来的。余因谓既是向导社,如何并接电话者亦不见一人?而此男子亦曰:我也奇怪,这里不知是做些什么生意的,我还是昨天刚刚到此,到此是来做茶房的。

大陆商场有饮食部,不收小账,而招待食客,竭尽其诚,客有时过意不去,给以小账,谢不纳,因此上门者甚多,惜菜则未必十分好耳。

(《东方日报》1937年7月27日,署名:唐子)

三定簃精彩节目

乔云以一空白扇面付予,托予转恳吾友杜畬孙先生,治一三定簃精彩节目之"表演"。何谓三定簃精彩节目,即凡为畬孙生平所工者,一一作于其上,如甲骨文也,如汉画也,如印章也。畬孙于文学上之所造者极多,则戋戋一扇页,患不足尽其能事,即两面涂之,或犹有英雄无用武地之叹耳。

宋词人亦欲嘱予为作便面,以词人之温文蕴藉,而以予之率尔涂鸦,如不羁之马,两非称也。故他人要我书,犹可应命,若词人大雅,我纵胆子大,面皮厚,亦觉手颤不可下笔矣。

自日寇华北以来,因时局空气之日趋沉寂,吾人之郁结于心胸,无以宣泄,此为一大苦事,惟日人之侵略面目,既暴露于世界,则中日两国间之交谊,殆不复有敦睦之可言。新闻纸上,前此因迷惑于为顾全"邦交"而对日故示隐恶计,故凡不利于日本之言论,辄删之;而有时不可免,则"日本"两字,往往以××代之,此实为新闻记者之隐痛。到此地步,此隐痛得一举而廓清之,第促政府之速起杀敌,是则平津之失,虽不幸,而此终不失为一痛快事也。

(《东方日报》1937年8月4日,署名:唐子)

卖羊三千集(1939.6—1939.7)

题 记

　　既允为本刊撰文,友人为予命题曰"卖羊三千集"。初勿解其意,既而思之,羊者,羊毛也,戏班中之行话,指"非内行",指"门外汉"。下走未尝研讨戏剧,而口头腕底,每好谈戏,于是所谈者日多舛误,在内行看来,固无非羊毛也。今本文所叙,是则殆存心要我卖弄羊毛矣。若三千云者,非谓羊毛之多,而有"胡说"之盛。读者诸君,岂不闻宁波人打话"乱话三千"邪?

　　下走往时好听戏,听戏又好喝彩。一日,在某剧场听一青衣唱戏,青衣唱慢板,行腔犹未尽,予之彩声已起,致扰后方听闻。坐于下走后面之客,为天津人肝火甚旺,对其同行之朋友曰:"这家伙完全羊毛,连叫彩都没有学会。"予亦气盛,回过头去说:"羊毛,迭两个出铜钿看戏,羊毛出勒羊身浪,高兴哪能喝哪能喝,倷管得着哦啦!"完全用上海白答话。天津人似懂非懂,不来理我。我这天恨极了,预备来一场开打。盖看戏本是开心事,连喝彩都有人来拦阻,看戏何为者?

　　看票友唱戏,妙在看羊毛,越羊则越有趣。去年,在兰心看某君唱《别姬》中之一个什么角色(忘了),自知在台上不大像样,轻轻对其台下朋友道:"帮帮忙。"台下人咸大笑,予明明闻之,亦不知其所谓帮帮忙者是何用意?羊得如此,岂还要便宜拍手捧场邪?若谓叮嘱朋友,不要笑他,则最好请他自己下去,放在台上,不由人不笑。此君身为票友而不知票友应该羊毛,真是苦事!

　　(《中国艺坛画报》第一号,1939年6月10日,署名:大郎)

北平李丽

北平李丽,在"八一三"后,一度传其有间谍嫌疑,为政府所诛,然而勿确也。未几,李自汉抵港,为舞人如故,近则又在港演影片名《一代尤物》,李丽诚尤物矣。因念昔日某坤伶以情爱事,为两雄所竞,而某卒死于一军人之手。时易实甫捧某甚烈,闻耗,一恸则绝,哭以诗云:"天厚不忍生尤物,世竟公然杀美人。"予谓苟李丽当日之传闻为事实,则正亦可以此两句咏之,然其人果为间谍而叛国者,又不足以语"世竟公然"也。

文人捧角之风,于昔为盛,乃复勿衰。樊玄门之捧梅兰芳,罗瘿公之捧程砚秋,皆不足使下走同情。下走以为捧旦宜捧坤旦,无论诗文,必有好句;若捧男旦,尽多清思绮语,然细细辨之,未有不可作恶者。偶翻从前杂志之《梅郎曲》《云郎曲》,一见标题,便能头痛。易实甫之可爱,便在专捧女优,如"哭厂老去风情减,凤素秋束翠袖言",说得一往情深,读之自讨人寻味。《随园诗话》中,亦有捧角之诗,如有人赠某歌者云:"国初诸老钟情甚,袖肩裙边半姓名。"信是才人之笔。

(《中国艺坛画报》第二号,1939年6月11日,署名:大郎)

田汉四绝

一九三七年,伯绥演剧于邗上,适田寿昌亦客扬州,伯绥之琴师刘文甫君,丐寿昌作一便面,寿昌辄以近句付之,凡四绝,书法亦胜,文甫以其簦字我,爱不忍释,为记其词云:

江潮如吼打孤城,百世犹闻抗战声。今日倾颠曾逾昔,梅花岭上访先生。

春堤十里柳千条,如此风光入素描。平视侧观都艳绝,瘦西湖上五亭桥。

非关明月动吟怀,访缺寻残破铁鞋。碧血犹腥文献邈,阿英惆怅教场街。

两三渔火一桡舟,待渡瓜州古渡头。南国故人犹忆否？当年风雪别扬州。

(《中国艺坛画报》第四号,1939年6月13日,署名:大郎)

写 过 剧 评

十年前,尝为《新闻报》之"艺海"及《时报》上写过剧评,当时如何落笔,现在已经模糊,惟记得林老拙先生,曾许我为言论公正,我因此大喜,若后来不改变作风,一直评到现在,则下走正可与今日之徐某、张某诸公,竞爽一时矣。下走之所以搁笔不为剧评者,亦有一原因,当徐碧云出演于大新舞台时,下走屡屡为文张之,非徐碧云之声誉日替,又尝为刘昭容张目,而昭容潦倒死于沪上,乃叹吾笔下之不祥,于是誓不为剧评。不料近一二年,又萌故态,以捧坤旦为常务,捧而出之狂捧,出之以情感用事之捧。然而评剧家之名,终于勿彰,岂特勿彰,此种行为,且为评剧家所嫉恶,念之每不禁哑然也！

一日法院中审烟犯,有某妇人亦以亲阿芙蓉而被鞠,妇上堂曰:"我们老板是唱大京班的。"捕房律师某君,遣庭丁问妇曰:"然则汝老板何人邪？"妇告之,则一落魄之青衣也。律师悯其苦,力为回环,妇得减其罪。盖律师为一戏迷,以妇为优人之妇,于是如罗明佑先生之"情感来了"矣。

去年毛世来至沪,初来时同过一次席,世来剃的和尚头；将归时又同过一次席,则头发已留长,且烙为水浪形。上海之所以为上海,我复何言？

(《中国艺坛画报》第五号,1939年6月14日,署名:大郎)

李 万 春

予与李万春同庚。十六岁时,万春与蓝月春合作,《两将军》《神亭岭》诸剧,当时固脍炙人口于旧京人士之口。时吾戚与万春之父永利善,永利率万春造戚家,辄相见,万春短小,坐椅上,足犹不及履地,而孩气未除,取其帽覆于面上,以为笑乐,稚子天真之状,弥可喜也。近年愚佣书沪上,万春亦屡屡献艺海堧,重论交好。往岁,有人来告,谓万春居沪久,染上海恶少之习甚深,艺术家不当如此也,予不置信。毛世来初次来沪,打泡第一夜,唱《大英节烈》,万春陪饰皇甫刚,予在前座观剧,见其到后台后,当门帘而立,其帽未除,而斜覆于左额上,骄凌之气,洋溢眉宇间,予故深为扼腕,自此遂不欲问其人。而十六年间,予于万春印象之好恶,俱在一顶帽子上,思之亦是奇事。予年来与优人游,以艺术之优窳为后提,而注重其人,以信芳之博大谦抑,伯绥之忠诚敦厚,惟此可以论交耳。

(《中国艺坛画报》第六号,1939年6月15日,署名:大郎)

盖 叫 天

以盖叫天戏之夐绝一时,而下走今年始见之于更新舞台。若下走者,谓为顾曲家,谓为捧角家,真罪过矣。下走非不爱看武生戏,惟不爱看阴阳怪气之武生戏。在共舞台看《红莲寺》之开打,见小小毛豹上台,便大声喝采,因小小毛豹如亡命之徒也。看杨小楼不少戏,小楼武戏文唱,至今未尝有好感。当时年幼,同观者指点其趟马工夫之美,白口之朗,凡此印象,俱漫漶不可追忆矣。尝闻人言:谓盖叫天戏,亦但看架子,论勇猛则不足。今春翼华培林盛称其美,谓看武生而不看盖五,将为终世之憾。为之意动,因观其《三岔口》与《白水滩》两剧,为之心眼都明,颇悔当时为谰言所误,几致错过此旷代艺人。或谓盖叫天之武生戏,麒麟童之老生戏,程砚秋之青衣戏,皆自成一家,然不可学,学之必贻画虎不成之诮。盖兹三家者,佛也,故不可学,言佛之聪明,学佛者宜死矣。

(《中国艺坛画报》第七号,1939年6月16日,署名:大郎)

朱瘦竹

海上之写戏剧文章者，如朱瘦竹先生，始为善才。瘦竹二三十年来，与戏班中人厮混，贡其所知，发之笔下，一望而知为完全纪实，文章中决不用"英秀当年""菊仙往日"之字样，以"卖老"于读者，而其文笔之别成蹊径，尤为下走所向慕。此次周信芳之小生唱大嗓子问题，群议纷纭，张肖伧且以是大动肝阳，为许多人所齿冷，独瘦竹举目击耳闻，纾其所见，于是识者叹曰：此案论争千万言，不及瘦竹《庐剧谈》一篇，彼呶呶喋喋者，可以搁笔矣。愚不以戏剧原理以至平剧规模而立论，则信芳之唱小生戏，实不能予我人满意。近年来看信芳戏多，要使我不作违心之言，说出一不挂髯口之好戏，实在想不大出，名重如《别窑》、《凤凰山》，亦未必餍下走之望。下走有一偏见，看信芳戏，非有髯口不可，看黑三犹不如看白满之胜，此《青风亭》《四进士》之所以旷绝今古也。今年又两看其演《庆顶珠》，教师叫门时之口面工夫，俏利不可及，因又叹曰：信芳如何可以不挂口而唱戏，看信芳戏，又如何可以看其小生戏哉？

（《中国艺坛画报》第八号，1939年6月17日，署名：大郎）

捧角今昔谈

昔人捧角，好用郎字，而郎字用之于唱花衫青衣者尤众，如称梅兰芳曰梅郎，程艳秋曰程郎，荀慧生曰荀郎，然尚小云却不大有人称尚郎，尚字上声，下面加一郎字，放入诗中，其句嫌晦，或者以此而尚不称郎也。然而梅、程、荀俱老矣，老而犹名之为郎，无乃不类。然则应当称之为公，世人又好像不忍，愚尝有句云，"梅公临老还工媚，媚到男儿我贱之"，诗不失为好诗，顾论者谓用意酷矣！

今人捧角，却不大再有用郎字者。今方走红之毛世来，在文人笔下，便不大称之为毛郎。愚更绝对憎厌此字。人谓下走捧角，失之肉麻，如与其肉麻在男旦身上，不如肉麻在坤旦身上，还有个交代，此下走之所以有旦要捧坤,生要捧男之一贯主张也。

百岁俭约,其夫人亦持家有节,移风社售一满堂,百岁日可分五六十金。往昔,周邦俊先生,尝请翼华为民谊大药厂,向移风柱石,征求认股,民谊每股为二十金。愚恒戏谓百岁曰,足下每日可以做民谊三股股东。百岁顿悟,谓将改变其储蓄方式,而付投资,以投资亦等于储蓄也。

(《中国艺坛画报》第九号,1939年6月18日,署名:大郎)

冷 门 戏

尝于广座间,遇一伎人,有人嬲之歌,则唱《法门寺》之刘公道,《七擒孟获》之诸葛武侯,愚笑曰:奈何戏之冷门也。伎曰:儿家习歌之始,辄告先生,谓近来在外面听别人唱,一开口不是三生有幸,便是劝千岁,这些都嫌熟汤气,故非教我几出别人不唱之冷门戏,于是习刘公道与《七擒孟获》矣。一人曰:冷门戏好的正多,若刘公道与《七擒孟获》,则"左道旁门",要不足取。多见小女子之心喜矜奇耳。

一日,翼华建议,谓大郎下次登台时,须来一出开打戏唱唱,苟为配角,则《空城》之王平可也。愚然其意,乃问于于宗瑛君,谓我要唱一出扎靠戏,带开打,你看容易学不容易学?宗瑛谓容易学。我谓开打不难吗?宗瑛谓不难。我曰:那末你教我如何?宗瑛曰:好几天就成了。我问得容易,他也回答得轻松。他人视唱戏为艰深,而下走视之,至便捷矣。

(《中国艺坛画报》第十号,1939年6月19日,署名:大郎)

余 叔 岩 声 低

尝几次看余叔岩戏,声低不能灌耳。一夜,听其与荀慧生唱《梅龙镇》,坐前三排,始能领略。其后,见北平某报,论叔岩剧,谓:"叔岩之唱,不应于稠人广众间闻之,宜集八九知音之士,俯首跋足于斗室之中。时方深夜,燃绛烛于案,然后烦叔岩歌,则醰醰味永,宛然英秀当年矣。"以今思之,其言惑不尽妄,然"京朝派烈士"色彩之浓,在此数言中暗示无遗矣。

小金既改造其鼻,医生戒之曰:汝不能酒,酒则汝鼻必赤。然小金终饮酒,鼻固未赤,而面部浮肿,大惧,从此戒饮。小金以鼻而损其化妆之美,常愤之。小女子爱好天然,一夕坐化妆室中,全其尊人自好全,小金怨曰:翁乎,奈何育我身而赋我此容哉?其翁笑不禁,闻者亦为轩渠。

(《中国艺坛画报》第十一号,1939年6月20日,署名:大郎)

伶 人 学 校

有人近拟计划造就伶官人才之学校,譬之北平之戏曲学院,近如旧式之富连成科,预算招学生三千,则每月须贴经费五千元,二年以后,始能生产,则须下本十二万。谈者固为有志于提倡中国平剧者,实现之期,殆不远矣。

伯绥琴师刘文甫君,为人最"哏",平时不甚有言笑,然话匣一开,则又如江河之决,滔滔不绝矣。尝谓科班中之弟子,其为角儿,其为龙套人才,一经察验,便可预知。其为龙套人才者,教之唱,教之做工,教之开打,必哭泣不敢试;然若授之以一副龙套之旗,则又喜跃不自胜。文甫固起身于富连成者,盖所见多矣。

每日下午,文甫必为我操琴。我吊嗓时,他问我唱什么,我不说二簧西皮,快板原板,第说"嘉靖爷"、"一马离了"、"三杯酒",盖模仿生意浪人之"三生"与"昨夜晚"之一类作风也。

(《中国艺坛画报》第十二号,1939年6月21日,署名:大郎)

金素琴京白之美

在素琴未演改良平剧前,愚见其戏绝少,有之,天蟾看一出《玉堂春》而已,客岁,出演于黄金。始数数观其旧剧,印象始终至美者,则气度之不同恒流耳。若言旧戏工夫,容有未到,尝两见其探母,则深爱京白之美。若富磁力,后来听雪又琴戏,其尾音亦大类素琴。予谓素琴之白口,如唐若青,若青固以说白引人入胜,而素琴忽然以话剧化之,终不知如此妙造,在演改良平剧以前已有之,抑在演改良平剧之后？我似问过素琴,素琴似亦尝举实语我,而我忘之矣。

或谈小余今日之珍贵,是在不肯唱,无论上海,即今日卜宅于北平者,亦不能闻其歌声。然小余固吊嗓,吊嗓时,在清晨四五时,院落深沉,长门镇闭,亦无人闻其歌声也。因又谓有人嗜小余歌,尝贿小余之仆,潜入门内,听其吊嗓,未几,为小余知逐之去。其人又令其仆私设一"雷电华"于小余之吊嗓室中,其人乃窃听之,然又事败,为小余所逐。凡此传说,事非必有,特传之所以高小余今日声价耳。

(《中国艺坛画报》第十三号,1939年6月22日,署名:大郎)

抖 袖 翻 袖

去年登台之前,翼华告我:抖袖之后,一定要将袖子翻起,不能双袖下垂,便唱起来。近顷,我发现《乌盆计》垂袖而唱,因以诘之翼华。翼华曰:他是个赤老,你是唱赤老是唱人？愚见其说话,动到肝阳,则止之曰:研究艺术,何必动肝火。翼华始又曰:《乌盆计》中赤老,除挡水之身段外,余皆用不着动袖,若要唱"人",则抖袖之后终须翻起,垂袖而唱,是为羊毛。愚要唱《武家坡》,《武家坡》着马褂并无小袖。据云,无袖比有袖更难唱,两只手放在外面,放得不好,便极难看。愚饰《大登殿》之王允,里面加衬褶子,有两重小袖,及翻起时,两袖间忽有牵掣,致吾手内伏不能出,大恐,亟用其另一手探摸,摸亦摸不出所以然,便用眼睛窥视,我又如高百岁夫人之所谓"金丝眼",看亦看不见,不得已将袖子凑到眼睛上,细细整理,吾手始囊脱而出。凡此动作,台上人为之轩渠,台下之笑我者皆内行。我在台上为羊毛,盖若非内行,必不以翻不出袖子为羊毛也。

(《中国艺坛画报》第十四号,1939年6月23日,署名:大郎)

唱 戏 姿 势

初上弦时，愚以衷气不沛，歌时不免力竭声嘶；力竭声嘶，则又摇头晃脑。丁悚先生病之，劝我改善。我欲改而不可得，盖我头不摇，我脑不晃，连这一点声音亦唱不成功也。最近时常听朋友吊嗓，翼华之调门甚高，唱时，头不稍动，大段反二簧唱完，其头亦绝不稍移。动与摇固然难看，不动不摇，亦实在不顺眼，譬如泥塑木雕，乃觉唱的人似绝无"生气"。因悟唱戏亦如行路，苟两手下垂，直挺挺走来走去，其姿势岂不如王兰芳之唱《活捉》？故唱戏时之头，亦应"左右俯仰"，以顺其自然之姿势，惟不可太过分。丁先生之所以必欲下走改善者，正以下走之摇晃过甚也。

一夜遇熙春于伊文泰，熙春自病嗓，乃不恒为夜游，惟熙春之游兴好。既病，尝事休憩，天炎热，熙春不能更遏其游念。遂跳舞，亦下水游泳矣。愚恒谓熙春宜跳舞，跳舞而跳至通体汗下，则其嗓复原之日且不远。熙春以为讽，其实吾言实符医学逻辑者，特熙春不知耳。

（《中国艺坛画报》第十五号，1939年6月24日，署名：大郎）

反 二 簧 戏

陈小蝶先生尝问丁悚先生曰：老生反二簧戏有几出？丁先生曰：是不可知。小蝶曰：约略计之，乃得几何？丁先生曰：十出外也。于是丁先生乃计之曰：《法场换子》《李陵碑》《乌盆计》《柴桑口》，至此不能复举。小蝶笑曰：我屡次以此询之海上票友，被问者咸曰：十来出总有的，然使其举戏名，则三出而已，丁先生能报四出，已优逾侪辈矣。小蝶尝细细数之，得六七出，然预计当有十出。《请宋灵》有反二簧，此非老生正工戏，故不算数。如《牧羊卷》，为当然之一出耳。因又问青衣之反二簧戏有几出？闻者答曰：《起解》《六月雪》，自此更不能数。又问曰：大面亦有反二簧戏乎？梯公曰：有之。小蝶问其哪一出，则良久不可答。旋曰:好像有的,顾不获举戏名矣。

一夕,王引曾造翼楼,王引亦唱戏,完全麒派,《打嵩》与《状元谱》。翼楼主人,认为妙造。主人不轻许人,而于王引赏识之殷,是王引必善歌矣。王有天生之麒派喉咙,尝闻其与美云合唱《南天门》,许其极够麒味,故我之赏爱王歌,早于主人,特当时犹不敢自信我见解之是不错误耳。

(《中国艺坛画报》第十六号,1939年6月25日,署名:大郎)

吊 嗓

近来时在翼楼上吊嗓,吊吊究竟比不吊时好得多。从前初上演时,唱板,至撩袍端带,已气遏不能入调。唱至现在,可以连唱《追信》之"我主爷"与后面之"三生有幸"两段,犹并不吃力。琴师且谓下走之调门亦渐渐高,高得已可与十数年老票之天厂居士相垺,诚幸事矣。翼楼诸子,既排日吊嗓,嗓音之忽然有变者,一听主辨,梯公唱小生,本来是珠喉玉貌。一日,喉忽不珠,愚笑谓梯公曰:昨夜殆尽燕婉之乐矣。梯公摇首示无,因此纵论嗓音与燕婉之有关。翼华尝闻之戏班中人言:譬如某伶明日贴斩子,则隔夜必定要寻"出路",则次日唱时,喉道大通,要什么调,便什么调,要什么腔,便什么腔矣。又如勇猛武生,明日要贴一出结棍开打之戏,上一夜也必到处找寻"出路",则第二日打起来,更来得轻松。梯公因谓:此殆公例,譬如足球健将,苟明日有球赛者,往往于上一日先要放一放,则踢起来脚头比平常还硬。又昨夜有事,精神必大旺,精神旺则必有赢余,然反应在第三天,第三天必成极度疲惫。唱戏者且一字不出,开打者靠在身上已嫌重,更无论动家生矣。

(《中国艺坛画报》第十七号,1939年6月26日,署名:大郎)

《四进士》

《四进士》自周信芳演之,旷绝千古矣。北伶之演此剧而享名者,马连良与雷喜福。连良只顾身浪漂亮,唱此类戏根本不宜。雷喜福予未看过,曾在留声机中,听其头公堂之一段说白,便倒足胃口,以此而喻其全出,便知不甚高明矣。友人有时唱《四进士》,而拟追信芳,我劝其勿轻动。此君听信芳戏而未尝听过《四进士》,我故谓:俟信芳贴此剧时,足下聚精会神看一遍,看过之后,要动亦不敢动矣。

予尝看过沈少飞君一次《四进士》,劲道自然不足,然小节目便大似信芳。或谓学麒派《四进士》之难,难在小动作,譬如报门之身段,以及行路之接包。看自然好看,然若天资聪明,看过一两次,亦自然学得会。所不可学者,在小动作,如看状与偷书之神情,最不可揣摩。而少飞能得十之五六,不可谓非有心人矣。

(《中国艺坛画报》第十八号,1939年6月27日,署名:大郎)

打　出　手

前谈老生反二簧戏,以翼华、梯公苦思所得,有八出;而青衣戏之极著名者,《祭江》、《祭塔》、《宇宙锋》俱是也;大面反二簧戏,天厂谓《叹皇灵》是一出,其余便不可复举。

平生颇爱看刀马旦之打出手,印象最深者,无如方连元。方连元之戏,如《取金陵》、《盗仙草》、《演火棍》都看过,我故常谓其好。然令人之谈刀马旦者,恒不及连元,勿知何故?阎世善来,往尝看其《演火棍》,转不觉其甚美,予以是益念连元,不审连元迩况何如矣?

美云久辍歌,偶一上演,犹婉亮可听,然美云自谓:吃调已不如昔日之高,则以娇躯孱弱,创及清音也。一日,美云在卡尔登吊嗓,吊后,吊出瘾来,便想日日吊,又想登台。为内行者,看见胡琴,且犯戏瘾,何况外行?旧戏之容易成癖如此,乃恒旧戏之在今日,所以不致没落,有原因矣。

(《中国艺坛画报》第十九号,1939年6月28日,署名:大郎)

华　慧　麟　戏

南方坤旦之可以刻骨倾心者,华慧麟亦一人。愚看慧麟戏,在三四年前出演于黄金时。然慧麟不以南方坤旦自居,而称北方角儿,则以其曾习戏于北平,亦曾执贽于王瑶卿之门。其实习戏于北平,执贽于瑶卿门下者,金氏姊妹亦是也,顾沪人称金氏姊妹为南方坤旦,独对慧麟以"北角"视之,奇矣。慧麟扮相以妩媚胜,其剧似花衫优逾青衣,打花鼓一剧尤藉藉人口,予谓与其看打花鼓,犹不如看大名府也。大名府之贾氏,妙绝千古,好在以无锡人说苏白,所谓"柔绝乡音偶可辨,锡山东下返吴中",听之使人骨痒神酥。而台上慧麟,姚冶之情浮于竟体,以例素莲,便有搔首弄姿之丑;而白玉霜直一味荒淫,不足以言细腻矣。今慧麟久辍笙歌,耽于痼癖,终无志于演剧,绝美人才,视其凋落,谓非人间憾事?

(《中国艺坛画报》第二十号,1939年6月29日,署名:大郎)

陈玉君登台

陈玉君登台之夜,朋友忽然兴到,往看其《宇宙锋》。是夜客满,天又雨,则陈与李仲林二人号召之力也。予座位在十一排,又近视,故陈之扮相,看不甚清晰,约略辨之,有时似赵啸澜,有时似陆小曼,面孔仿佛绝嫩,顾闻之人言,玉君且三十徐娘矣。惟三十徐娘,乃为下走向往。玉君来沪,以父礼侍张德钦律师,少暇,当丐德钦为介,使下走得一"平视"之缘焉。

李仲林即小小桂元,小小桂元何人?予亦勿知,真孤陋寡闻矣,第一夜唱《紫竹林》,以极冷门之新戏,而贴打泡,其为杰作无疑。仲林出场之台步亮相,上海舞女打话"派头一落大",俨然大角儿,身体绝细瘦,在理容易轻盈,而仲林出之以稳重,洵不易矣。一二两场进场时之快步,予背后有人批评他精彩,予看得亦觉好看,于是随背后之批评而鼓掌,盖此为真功夫,值得赞赏也。此戏到后来转松懈,末场《紫竹林》,一个筋斗,自然好看,惟予以为在火烧时,必有乱跌乱掼,然结果无所见。意者,李仲林殆亦深体大,过毋宁不及之旨者欤?

(《中国艺坛画报》第二十一号,1939年6月30日,署名:大郎)

张文娟将上银幕

张文娟将上银幕,拍《文素臣》之刘璇姑,以老生之著名坤角,而一旦移身于水银灯下,其为沪人之欢动可知。某君与文娟之父,商量此事者,文父踌躇曰:我怕她做不好戏,不要影响到将来舞台上之盛誉。某君乃曰:无妨,纵然做得不好,至多电影生命完结,舞台群众,则放弃不了。盖台上之文娟,唱老生也,要听其音韵独步之谭派正宗,过戏瘾者还是过戏瘾,固何必鳃鳃乎?

文娟之父,在戏班中,似乎内行矣,而于电影,则十足羊毛,合众既请其女上银幕,渠曰:不可能,我大小姐没有小喉咙。则告之曰:只要本音,无须小嗓。文父又曰:否,卖羊小嗓,如何能唱?况且唱惯老生,青衣身段,完全未曾学过,叫她如何上去。此人乃为之失笑,盖文父以为将舞台上之《文素臣》,移到银幕上矣。予闻其言,亦忍俊不禁,指龙门路信平里曰:"这一个老羊毛?"

(《中国艺坛画报》第二十三号,1939年7月2日,署名:大郎)

文娟代素雯

张文娟既自长乐辍演后,一时无班可搭者。张家非富裕,海上居,大不易,关念文娟者,固无不忧其生计。会合众影业公司摄《文素臣》一片,刘璇姑一角,本定金素雯饰演,而素雯临时解约,于是合众当局,商量"替金"人选,以为张文娟年少聪明,演平剧已不平凡,若移身银幕,亦必不恶。合众方面知下走与张家稔,因托下走与张父作初度谈判,盖先决问题,张方是否有意要登银幕,苟无志于此,则亦根本罢论矣。是夜适丁先生宴客,座有文娟父女,愚即以合众所托,征求张父意见,张父谓俟考虑后再予我回复。越若干日,合众方面又要我得一切实回音。是日下午,愚冒雨赴张家,文娟勿在,询其父,其父应曰可,惟谓可虑者,文娟之国语不甚好。愚乃报以自有办法,因约其父女后日吃饭,是为上星二事也。至星四合众公宴文娟父女于福禄寿,到者有合众股东,制片主任,以及《文素臣》之编导人朱觉厂先生,下走则以介绍人姿态出现。欢宴既毕,不谈公事,宴后,合众方面,要愚明日赴张家接洽,谓璇姑之戏,十四至十六日可以拍完,而愿出四百金为酬劳,先订一部戏合同,盖双方俱为尝试性质也,若彼方嫌酬金太少,则加一二百金,可以由我作主,若先要用钱,亦可以预付。合众之求才心切,由此可想。次日下午,愚复赴张家,则文娟又勿在,予以合众之言告之张父,张父皱眉曰:"我恐吾女不能拍戏,还是拒绝了他们罢。"(本节明日续完)

(《中国艺坛画报》第二十四号,1939年7月3日,署名:大郎)

拍戏酬金

予大愕然,问其故,则曰:"四百块钱,卖掉一个名气,犯不着耳。"细味其言,乃知嫌酬金太少,故又询其要多少钱始肯拍。文父曰:"我想挣一笔钱,好领吾女到北方走一趟,至少一千二百元,再少你不必来讲矣。"愚曰:"王熙春拍一部戏,不过千数百元,金素雯拍两个角色,不过千余金,文娟之戏少,安能有此重价?"文父曰:"王熙春是王熙春,金素雯是金素雯的角儿。"其言似谓今日之张文娟,犹不屑与王、金二人较量者,予乃悟其对此事绝无诚意,而深恶其态度之倨傲,认为此种人不可与。盖一千二百元,非巨数也,以合众资力之雄,尚不必罗掘以赴也。乃曰:"少一文不必再来讲。"是视下走为何人?下走之为双方拉拢,似为怜才而又悯其际遇,不图此人不识好歹,对我说此轻慢之言,我乃大悔。算命先生叫我女人事少管,管必管出气来,以今观之,宁不可信!自后愚复以其言回覆合众公司,而合众似犹不忍,当时开一会议,某股东肯加至八百元,某股东又加二百,变一千,又一股东曰:"我再加一百五十元,此款我私人肯垫,为一千一百五十元。"然终于不足千二之数,竟使下走不能再往张家跑一趟,而受了他们气,犹不得不在此为其谢"效劳不周"之罪焉,呜呼!(续完)

(《中国艺坛画报》第二十五号,1939年7月4日,署名:大郎)

识孙钧卿

新春秋戏剧学校筵上,乃识孙钧卿先生。钧卿以须生名票,藉藉于春申江岸,梯维固识之,谓其人温雅,有如书生,今日瞻韩,果信梯维之言为不虚。五六年来,看钧卿戏两次,一为《庆顶珠》,一则《战太平》也,循规蹈矩,而音韵非凡,知其人能苦学者,辄为向慕。王吉之办新春秋,以钧卿为教务长,襄辅必广,又为新春秋学校庆也。愚意戏剧学校之名字,何以必欲用"新春秋"三字,良久不可解,若冠冕堂皇,用上海戏剧学校,岂不容易使人属目,而"新春秋"三字终不免小家气十足,肇锡何人,叹"观止"矣!席上有人谈票界趣事者,谓尝有人作弄吴老圃君,吴唱戏必剃光头。一日有人为其扎头,在网纱内,置臭虫二枚,及其登场,臭虫徐徐爬动,动者着于老圃之颅,老圃之颅辄奇痒,痒则头必牵动,台下人遂狂笑。忆去岁包小蝶唱"探母"之太后于兰心时,路明亦以一种发痒之粉末,散其项际。小蝶上台后,颅后忽奇痒,犹以为顷间理发,有短发未除,遂用手摸,越摸则越痒,台下为之哄笑。票友唱戏,非此不足以使观者兴奋,老圃小蝶,遂并传趣事矣。

(《中国艺坛画报》第二十六号,1939年7月5日,署名:大郎)

欲与信芳同台

昨夜与信芳先生谈反二簧戏,谓大面之反二簧戏,实未尝有,《叹皇灵》亦无反二簧,是为天厂居士所误记。惟昔日某名净(信芳说出名字,我忘了),唱《夜审潘洪》,有用反二簧者然亦只此一出,只此一人。

某舞人曰:我看麒派看上瘾头者,一出《九更天》耳。愚谓麒派戏好的正多,何以独重《九更天》?某曰:"滚钉板辰光,麒麟童之一身皮肤,白是白得来……"愚愠曰:"然则汝不仅羊毛,居心亦至卑恶。"

生平尝怀奢望,欲与信芳先生同一次台,昔愿在《别窑》中一漏中军,便为毕生殊幸。近来屡与先生约,先生谓今年岁暮,必在卡尔登唱一出义戏。愚不自量,欲陪先生唱《盗宗卷》之张苍。先生问我靠把戏能动否?愚有难色,复来问翼华,先生询我靠把戏何为者?翼华曰:要你唱《八大锤》之陆文龙,周先生为伴匹说书之王佐耳。余为咋舌!

(《中国艺坛画报》第二十七号,1939年7月6日,署名:大郎)

泗 水 之 术

与百岁谈泗水之术,兼及青岛之海水浴与夫南京之温泉浴,百岁谓皆比上海之泗水为有味,困居岛上,徒令人怀念昔游耳!顾近闻中西药房,发行"明星香水浴盐"一种,若以此盐,和水沐浴,则有海水温泉之长,此盖言其性质与效用者,为有裨于身体之健康,而使肌肤光泽,祛除痱子,及许多皮病。愚尝以此事告之百岁,百岁曰:然则亦大可以慰情聊余,更何况为居家必备之品哉?

张伯驹唱《空城计》,余叔岩为之演王平,说者谓二人有此交情,并非小余之纡尊降贵。上海舞女陈曼丽唱《鸿鸾禧》,指定要叶盛兰匹莫稽,要马富禄做金松。叶马二人,如果以为陈是红舞女大家吃吃豆腐做一出戏,本无所谓;然唱罢之后,陈之派头一落大(此句仿舞女口头禅),各人犒五百金,叶也收得下,马也受得落,于是深叹京角儿脾胃之好,为不可及矣。

(《中国艺坛画报》第二十八号,1939年7月7日,署名:大郎)

身　段

《玉堂春》之刘秉义,以信芳演之,亦一绝也。卡尔登有女角登台,唱《玉堂春》必以信芳俪蓝袍,几演为公例矣。或谓麒派演"看桉"一个身段时,右脚向左翘起,高几及案,美观自美观矣,顾失却身份。藩台衙门,尚且要有体统,何况在都察院之大堂哉!然吾人看麒派戏,只看身段好,曾未顾念及此。素琴唱《玉堂春》于"黄金"时,苗胜春为匹藩台,于平稳中取胜,苟不取信芳,当取胜春。赵如泉一味胡调,好像对朋友滥吃豆腐,绝不似在审批刑事官司之法庭上,则最不可取,然如泉却喜演之,此公真油滑之尤。

下走吊《四进士》,只唱两段,"酒楼"之二簧摇板,及"偷书"之元板。近乃习唱"公堂"之西皮,情绪之苍凉,听之感动,他人唱麒派者又何能得其神髓?愚每听至,"可怜我,年迈人,离乡郡"一句时,辛酸之泪,为之直流,此信芳所造之为不可及。而《四进士》之谓为麒派空前绝后之作,又岂仅看"报门"身段,与夫"偷书"之神情哉!

(《中国艺坛画报》第二十九号,1939年7月8日,署名:大郎)

高盛麟与裘盛戎

高盛麟来沪,风头甚健,昨夜看其与裘盛戎合演《连环套》,"坐寨"错过,台上之盛戎,正演"盗马",在趟马上,似我羊毛,亦看得出裘之功夫。看到底,闻邻座一人,评裘盛戎者,其言甚切当,谓盛戎之嗓,不及金少山,而作风竟完全模仿少山,惟身浪功夫极好,又非少山所能及。盛麟开出口来,绝不讨厌,惟个儿矮,出场时上海人所谓一无"霍头",然在"拜山"一场,便看出其工力之美:窦尔墩说"你我挽手而行"时之神情,并不铺张,而戏味自足。我谓盛麟所惜,特在身材之短。今日之唱武生者,都宗小楼,小楼之身段与说白,未必都秉自天,然其个儿与扮相,则为天生。后世武生,先天既不及小楼,窃以为"后天"便都学到小楼,亦不能有其昔日光芒,此真使内外行一致引为不可弥缝之缺憾矣!"盗钩"之朱光祖,为王福山所演,福山人缘亦好,台下人捧之者甚多。海上之武丑不多见,得一福山便如景云千星,人争瞻仰,物以稀为贵,人亦似耳。

(《中国艺坛画报》第三十二号,1939年7月11日,署名:大郎)

听言菊朋之夜

听言菊朋之夜,邻座有一听客似素识愚者,说菊朋之唱,其中拉了四句。其人乃告愚,愚谓《二进宫》剧词,不大熟,拉了我也不知道。好在他有言派独得"渔樵耕读""四季花开"之二簧元板,则听戏者亦得桑榆之收矣。此人曰:否,昔老谭固有此唱词,非言派独有也。因又问愚,谓:"你听菊朋的唱,到底怎么样?你是老前辈,不会错的。"愚咋舌,面颏,通体汗下,因嚅嗫曰:不敢不敢,菊朋之戏,我还在十年前他与王瑶卿、王幼卿在共舞台时听过几次,觉得那时候还容易懂,至今日则使人莫测高深,然名重如此,安敢非之。其人乃大笑。愚昔年醉心菊朋歌,谋得利之唱片,收菊朋鱼藏剑两面,无不韵味醇醇。今次之来,嗓似涩,若不能使高腔,使听者亦感气窒。然黄金生意好,楼上下无隙地,于是知世之嗜痂癖者众矣。

　　素雯擅文艺,偶有写作,则文言白话俱胜。清宵无事,劝其何勿执笔,刊之本报,则本报为之光宠者多矣,素雯唯唯。阿兄老而惰,又钝于为剧谈,苟得素雯执笔,正可以代吾劳,素雯素雯曷从此兴起乎。

　　(《中国艺坛画报》第三十三号,1939年7月12日,署名:大郎)

妇人科（1942.3—1942.6）

编按：《妇人科》于1942年3月16日至6月30日刊于胡力更主持的《力报》，加上引言，总篇数为100篇。但是写完64篇后，称此后各篇均非其所写，经判断很可能为虚晃一枪。又，其中有一篇为平襟亚客串，故实际上共写妇人98位。今重新编序。

引　言

六七年前，予拟为灵犀作《海上一百女名人诗赞》，有此一言，而终不果行。非懒也，恐其不得百人也，与其废于半途，无宁勿作！乃作《妇人科》，题有异于《海上一百女名人诗赞》，而旨则相似焉。予将取十年以来所识之海上女人，节述其生平外，复各系一诗，略似渔洋之怀人三十二首，而予亦不以百人为范也。着笔求简趣，诗体重俳谐，盖写女人之役，而出之以一本正经，则为某嫂、某夫人，与某母、某太夫人之题象赞，又无分泾渭矣。予之条例，一、其已物故者不记，如英茵、阮玲玉是也。二、不相识者或相见而未曾交谈者，亦不记，如陈云裳、王小妹是也。三、信手写来，所谓不分王前卢后者。四、其已归吾友好所有，或曾经为我所有者，亦不记。五、识之于上海而今离沪者，亦有记。六、身份不分高卑，贱如俎上物，其为沪人所周知者亦有记。七、惟真太起码者，又不记。盖予十年来所识之女人，初非个个为"名流"，起码得无人晓得者，正多如恒河沙数也。

（《力报》1942年3月16日，署名：云裳）

（一）蓝　兰

　　萨波赛路绝尘埃,曾息巾车晓坐来。记得孙郎开卷处,浓烟喷过小池台。

　　予识蓝兰时,不名蓝兰而名蓝馥清,犹为施谊之夫人也。蓝卒业于燕京大学,施执教鞭,于是,以师生而结为夫妇者。一说,蓝为施友某君妇,以性之所适,二人互易其妻,而蓝遂归施,此则文明人物之行径,若我辈斗筲之夫,不必窃加妄议矣。予识施谊,因兼识蓝兰,时施谊居沪,与蓝双栖于萨波赛路之一角洋楼中。偶访施谊,值蓝挈其雏于门下,施则坐楼上读书,书室至幽洁,以一巨盎,步林池,施恒若有所思,面林池喷烟,此则其悠然神往时也。

　　施既远游,遗蓝于沪上,或谓二人之夫妇关系已亡。蓝在沪以演话剧为人称重,前年偶与一面,若不相识,窃讶之。近时见面之机会较多,则又成点头朋友矣。蓝饱于学问,惟年华已老大,容色本不甚美,乃益憔悴,当年腴润之姿,亦不可复得已。

　　(《力报》1942年3月17日,署名:云裳)

（二）白玉霜

　　厥鼓曾经着意敲,酿成奇疾也能疗。而今海底如无恙,又好来撑长短篙。

　　白玉霜之离沪,因与一打鼓者发生风流案件,遂遁归北都,当其出演海上时,固曾疯魔卅里洋场者也。

　　白氏李,小字曰慧敏,其兄似包打听,其母似白相人嫂嫂,皆大块头而有粗犷之风者。白以演风情之戏,诱台下似醉似狂,然其人私底下殊拘谨。有人携开麦拉为之留影,要其仰直腰支,使胸部亦前挺,则可以取乳浪臀波之美,白不许。然予尝细细察之,白之双乳,痿而垂,所谓叉袋是也,根本无所谓波与浪耳。

然又有人与白结香火缘者,则言真戏登场,又一洗其拘束之态。其人不好附香体于锦衾绣褥间,而喜脚踏实地,扶两手于铜床之梗为咿咿唔唔,哼脱几声,此为女人隐秘。传者如是,欲求征信,还当问之吾友马郎矣。

近传白患海底痈,故作此诗,为存问美人之清恙者可也。

(《力报》1942年3月18日,署名:云裳)

(三) 周　璇

非如食物选精粗,不效春禽要换窠。拆拆拼拼常事耳,诸君不见好莱坞?

周璇今为一代红星矣,起身于歌舞界。黎锦晖组清风乐队时,周参唱其间,小女儿烂漫无羔,自可人意。逾年,友人天衣介其入艺华公司,其人犹未秀发,故亦不为当局者重也。某年,周以迟至,公司主人怒,詈之为"奈何皮"。周璇以为辱,则大号,诉于予,予为之排解,亦可见当时周之不为人重也!

周貌无足取,纵其今日已为第一流明星,然见其人,则毫无"淫心"如故也。惟其歌喉美,所谓能诱人以划梦搏魂者,近年拷红一阕,尤可听,则以歌词奇美,而得小红一串珠喉以传之,自不朽矣。

去年与严华婚变,他人疑其别有所属,然至今日,犹无所证。予当时亦以周为忍人,曾有句云"明星不吃多张×,此是银坛起码□"。顾今日视之,亦颇悔往时估计之不实也。

(《力报》1942年3月19日,署名:云裳)

(四) 王美玉

回首莫思尘影事,年来老困在歌尘。若邀老大桥头望,老二曾为俎上人!

有痴婆子横行桥上者,其人曰"文明戏老二"。文明戏而有老二其人,则我人尊王美玉为文明戏老大,众将翕然无间言矣。

美玉昔在沪上出风头,甚足,亦甚久。王美玉三字,几于妇孺皆知,香烟公司,且尝取其名字为香烟牌子,是则被黄础玖公之余泽也。今王已四十外人,而犹以唱文明戏度日,不甚得意也可知。或尝谈王之佚事者,谓当其盛时,有豪者求之甚亟,而不易入手。豪者固丰于势,亦雄于资,于是挥金无量数,卒遂所欲。是夕,豪者偕之共一室,俟王之寸缕都无之际,豪者忽又掷纸币一束曰:"我所求者已足,汝欲求我者,殆亦盈其量矣。将此去,乃公不能为汝理善后也。"言已,夺门出,王愕然不知所措。用钞票而触女人霉头之方法正多,若此豪者,则辣手辣脚之尤矣。

今者王栖迟吴下,何日归来,正不可期。王雪艳既不愿更与兄嫂合作,故今日之王家班,精锐亦非复当年矣。

(《力报》1942年3月20日,署名:云裳)

(五)白 杨

任将魂梦绕东西,走过荒塍并短堤。每见白杨怀汝厴,几回想化暮鸦栖!

白杨有姊妹二人,原氏杨,一字莉君,一号莉珠,予识之于上海,时白方与马彦祥先生占脱辐,绝裾而来海堧焉。尝为艺华公司,摄《神秘之花》,故屡屡见之。又尝相遇于酣歌恒舞之场,则白与某导演相偕,某一荒伧,于白有染指想,然白意殊不属,果闻好事未谐。有人指某而詈之曰:"不撒泡尿照照自己,像你只配搭搭一排宿货壳子耳!"

白得刚健婀娜之美,若能高一寸者,则其人益多挺秀之致。其面部似曾经改造,割眼皮为双层,又尝分两腮之肉,盖初时之面型轮廓,两腮外扩,所谓脑后能见者也。愚审女人,以此为至美,然世无同调之人,俱以脑后见腮为怕面孔者。白杨非吾妇,不然,愚宁长跽深闺,劝其勿毁伤肤发矣。

(《力报》1942年3月21日,署名:云裳)

（六）新艳秋

嫁后光阴似若何？鲰生夜夜梦新婆！有时愿望真奇忍，要看文君雪涕歌！

与新艳秋吃过一顿饭，攀谈决不到五句以上，故其后又觏之于影戏场中，艳秋顾我若不相识，我亦不便再通名姓。且是日有一男人侍奉同来，男人氏马，即新之未婚夫，肥而矮，貌亦不扬，以与我较，我犹比其挺括，而艳秋竟委身焉！是亦缘乎？

氍毹女儿之为鲰生刻骨倾心者，惟新艳秋一人。其人眉目朗秀，望而知非凡品，每见其人，恒累三日不得宁睡。出演"黄金"时，孙兰亭日日见之，而无动天君，是为朽木，不足与言灵性矣。

去年北返，即在津结缡，然新婿非马家郎，而为别一男子，此中因由，无法穷诘。不论其是否嫁与马，或嫁与他人，在我都觉难过，都要吃干醋。我若操天下之生杀大权，必下令曰："娶新艳秋者死！"此种女人，为人群珍品，公之于众时，可以苏苍生者也，若为一人据为私有，则苍生将憔悴可怜，其据为私有之人，宁不该死！

（《力报》1942年3月22日，署名：云裳）

（七）唐若青

怀往伤春百不禁，蛾眉岂不识雠深。请留嚼舌三升血，同染唐门一片心！

累两日觏唐若青姊妹，今日即记唐若青。

识唐若青于璇宫剧场之后台，魏如晦先生为予作介者。若青以予亦氏唐，遽以"本家"称予。时予作寒暄后，"识槐秋先生既三四年矣"。若青闻言，肃恭而立曰，然则老伯，一若予必争此尊称者，不觉甚窘！

若青为人甚倜傥，口才便给，而豪爽有丈夫风，好博，回力球场为常履之地，亦与回力球员为友。论者非之，以为斯人表表，若此，不将贻

"卿本佳人"之诮邪？其实上海之时髦女人，伍回力球员者，不知凡几，必欲测以邪行，亦为神经过敏之谈。予以为伍回力球员，毕竟比轧逸园之狗为等样，盖此两种动物，虽同为供人以钞票博输赢之工具，然回力球员，到底是人。矧若青豪放，不拘小节，与此中人问路寻源，亦无伤大雅。街谈巷议，多见上海人之欢喜吃饱自家饭，管别人闲事耳！

今日此诗，则怀若青之演《葛嫩娘》者，不敢以油滑出之。

(《力报》1942年3月23日，署名：云裳)

（八）杨耐梅

　　识尔已当迟暮年，却惊风致尚翩然。怜渠苦海沉浮后，一勇回头便是边！

杨耐梅驰誉于水银灯下时，愚未识其人，及其脱离电影界，始于朱愁士座上见之，则年已近三十，而秀艳犹如好花之盛放也。耐梅亦有两腮外扩之美，予故以为俏也。是夕倾谈，有相逢恨晚之概。不图即此一晤，其人遂归南国，既复嫁为人妇，南中人来。予每侦耐梅近状，俱谓耐梅夫妇，倡随甚乐，盖已嫁得善地矣。

耐梅之跅弛不羁，举电影女星，仅此一人而已。尝游沪上，荡一舟乎中流，偶内急辄驰其下衣，泄于舟中，舟上人多，亦不顾。其放纵如此，惟能放纵，故其才调亦复惊人，演艺之美，为后来者不逮。亦习歌，歌尤婉亮可听，识者谓非耐梅有放纵情怀，便无此造诣。今之女星，不肯牺牲色相，拍大腿便以为耻辱者，若如耐梅知之，必操广东上海白曰："阿弟，傢米勒，老娘当年，决不拘拘于这种小场化也！"

(《力报》1942年3月24日，署名：云裳)

（九）十里红

　　昔日果然红十里，频年奚止触千人？伊谁觅宝收将去？顿减桥前一段春！

予不想如水手先生之盛誉菱花,不惜用"百看不厌"之语,以誉十里红。惟若干年来,访艳屠门,欲求一婉美之儿如十里红者,无论为公共租界之艳窟,或八里桥头之韩庄,则至今不得第二人焉。

予从不与俎上人谈身世,故十里红之堕溷因由,无可述者。予先后凡两见其人,第一次为淡妆素抹,第二次则映白施朱,而各极其美,及至妙体横陈,美益甚。女人以"骨肉停匀"之语,绳女儿之好,十里红有之。斩咸肉未尝作"若须我有"人想。顾予见十里红,直愿抱紧仔叫伊为夫人,又愿伊叫我为相公也。第两见之后,即不复见,以迄于今!

予尝为十里红作奉承之语曰:"以卿华艳,置之长三,为第一流堂差;置之舞场,为第一流红星。而奈何置身桥上?"则曰:"固有人劝我入长三,亦有人劝我货纤腰,自顾龌龊,若使移根,虑将为舞榭花间辱矣,故不果行。"嗟夫!十里红之言,若为文哥听之,必欢喜赞叹曰:"不自矜伐,君子美之"矣。

(《力报》1942年3月25日,署名:云裳)

(十)徐 来

分明一片是平原,曾效潘妃莲足翻。何不乞灵"新宝凤"?方符博士有名言。

徐来原名洁凤,越人而世居于沪,在南市设一磅秤肆。徐稚年投身入歌舞界,与黎锦晖为夫妇时,徐母死于沪上,时犹为磅秤肆之老板娘也。

徐随黎走东三省时,遘徐彬彬笔下之费县博士王小隐先生,徐以貌美,王乃誉徐为标准美人。及南归,黎锦晖复自我宣传,于是标准美人之名,扬溢域内。徐体质极孱弱,虽非瘦骨珊珊,然肌肉究不发达,项以下,腰以上,尤平坦若无物,绳今世女人之美,务以康健为归,徐来固殊不康健也。当时,民谊药厂之新宝凤尚未问世,今日之徐来,殆可借新宝凤而祛此羞矣。

予往年坐舞场而不起舞,恒为徐来所笑,一夕,强予同舞,曰:我将扶汝学步也,同行者复力助之。拥我下池,既入池中,予乘间遁去,徐尤笑不可仰。徐为人温婉,心地亦纯良,相违良久,恒念其人。

(《力报》1942年3月26日,署名:云裳)

(十一) 于素莲

似玉雕成粉捏成,当年台上看妖精。若须"打架"邀予配,你在上头我不争。

识江南坤旦綦众,而以识于素莲为最早。于在共舞台演《红莲寺》,以表情之风骚冶荡而成名。予未看《红莲寺》,特见其唱《盘丝洞》,仅将不可见人之一二部分,付之隐藏,其余悉呈于外,自项以下,皆涂重粉。昔尝咏以诗云:"胸前奶罩摇摇坠,胯下私绡望望穿。"竟成名句。

于私底下,非特不美,且颇不耐看,然一经装扮,即夭桃亦为之逊色,此盖天遣她为唱戏之料也。有人曾发奇论曰:"苟能使某种器官伸长八九尺,使于立台上,我则仰于座中,然后为狎媟之戏,大有劲矣。"言虽至亵,然其喻于之不宜于近看,亦可谓形容尽致。

于向上之心甚炽,自为当家花旦后,风情之戏便不肯唱。于艺事则潜研甚勤,不可懈息,其苦心实令人叹服。虽然,偶尔烦其来一场《战宛城》之"思春",犹足使台下人疯魔,或批评于素莲、王熙春之"宛城"曰:"一则使人骨痒神酥,一便毫无淫心矣。"

今于登银幕,闻于第八艺术,亦复刻意求工,成绩乃殊勿恶,嗟夫!此人而更失败者,我必代叩天庭,为呼冤枉!

(《力报》1942年3月27日,署名:云裳)

(十二) 张翠红

当初上帝费工程,铸出娉婷四座倾。休谓其身殊脆薄,造人也是好家生。

林琴南译《贼史》，状一女郎之美，谓"上帝以细腻温柔之模，用而范］"。予未尝见女儿之美，脱胎于上帝温柔细腻之模者，见之，特今日吾文所记之张翠红矣。

翠红为秦淮歌女，以婉美倾动白下，尝来沪，愚见之于繁弦急管场中。及后，投身银幕，觌面遂频，尝卜居于康脑脱路之聚贤村，予诗所谓"司徒庙外垂杨路，不聚贤人聚美人"，即为写咏也。张育子女甚众，其婿徐，为建筑师，体殊健硕。予于翠红，怀怜香惜玉之念，故以为张之不宜嫁徐也。既嫁之后，徐终不谅，乃每年必使翠红生育，翠红遂如好花之日见萎谢矣。电影女星，天生为"制人"机器者甚多，陆露明是也，李绮年是也，周曼华是也，独翠红脆薄，不能造人，不能造而强致之，徐先生之忍也，然他人又不得干涉焉！

（《力报》1942年3月28日，署名：云裳）

（十三）陈雪莉

尊前宛转认乡亲，月样清华玉样温。妾去唐家三十里，一泓练水出南门。

陈雪莉名皑，与予为同里，惟予居城中，而陈家则在南门外之南翔也。父为名法家，生前慷慨好结客。雪莉为长女，能秉父遗传，故亦视财货如粪土也。某年，父罹难死于梁溪，时孙祖基为无锡令，识此案，传陈家人莅庭，祖基乃谓时雪莉才盈盈十四五耳。

雪莉嫔薛家郎甚久，顾不获全终始，去年春，又为出岫之云，风华未老，犹能倾动欢场。今退藏又二三月，近日报间，传其出山在迩，亦有传其已与某君赋同居之爱者，都非信史。陈忧患中来，视嫁人为十分茄门之事，尝谓予曰：此身不再为有钱人作"白相东西"矣。故同居之说，必勿确。雪莉个性甚强，正式做太太，尚且踌躇，同居为零碎嫁人，此人犹不肯为，若重复出山，至今亦未有所闻。一非嫁人，二不"出来"，想来坐在家中，将家当啃完了再说邪？不可知矣。

（《力报》1942年3月29日，署名：云裳）

（十四）方文霞

满床飞复满场飞,何讳英雌出处微？都是爹娘留下物,卖腰宁必胜于皮！

英雄不怕出身低,英雌亦不必讳言出处之微也。方文霞宛转于刀俎间时,名杭州二媛,三一局,五一宵,犹谈不到所谓鱼头与电杆之数,更无论今日之八十,一百卅矣。杭州二媛,貌亦中人姿,惟尚忆其人喜为皓素之装,时友人嬖之者,如冯如徐、冯一浮尸。予恶之甚,不愿与之合穿一只靴子,二媛故不及为予一操刀焉。

自桥头分袂以后,初不料其人能出风头于舞场也。前岁,予坐丽都,忽虞洽卿携舞女十余人,自仙乐至,虞为方文霞报效甚勤,有人指与洽老老娘家骈肩同坐之一人曰:此为方文霞,亦当年之杭州二媛也。予细辨其貌,已不复识,盖女人而时来运来,面孔会变、派头会变,即生殖器亦会变。或问曰:生殖器何以能变？则曰:变换其所尝之口味耳,譬如虞洽卿之老山人参,方文霞不做红舞女,毕竟吃不着也。

(《力报》1942年3月30日,署名:云裳)

（十五）王爱玉

雌雄原是要成双,何况天生有"嗲"腔。不愿鲜花插牛粪,移根依旧近坑缸。

连日本刊有人谈王爱玉者,按王爱玉嫁钱无量后,改称钱丽丽,王宝玉则今日之王雪艳也。

爱玉姚冶如桃花,而软语似环,闻其音,已足令人神醉。往年,曾在电台上播小曲,歆动一时。王家姑嫂,都有一条嗲喉咙,而爱玉之嗲为尤甚,故唱脱两声,亦尤红,若论做文明戏,则当逊美玉与雪艳矣。尝见三人合演刁刘氏,美玉为玉兰,雪艳为惠兰,皆取其口才伶俐也,独以爱玉为刘素娥,在不必夸张中,便觉有一缕春情,荡漾其身,我在台下,真有"若做王文,也想偷此婆娘"之感。

王之嫁无量,说者谓一朵鲜花,插在牛粪上矣。然二人相处亦多年。后王又识一庄某,庄任事于万国储蓄会,斥三千金畀钱,使钱王之夫妻干系,因此而斩。庄遂娶王,同居于福煦路之四明里。庄为一阿胡子,貌亦殊丑,予诗故谓,若钱无量为牛粪,则庄夹里亦不过一只坑缸耳。前本刊某君,记王实嫁与娶美丽牌之某闻人,都非信史,附此代为勘正。

(《力报》1942年3月31日,署名:云裳)

(十六)王珍珍

摸在手中邪气软,吮之口内便能融。馒头紧酵宽汤好,争及高桥一饼松!

《妇人科》中人物,有为予今岁始识者,盖非故交,而为新知,如孙景璐、顾兰君、王珍珍俱是也。予识珍珍,不过在三日以前,而震高桥松饼之名,垂两载矣。今故先记珍珍,然后再及孙顾诸子。珍珍尝为某岁所选十大舞星之一,亦尝为影业公司罗致而去,题艺名曰"紫微",至数月前,始从银海归来,重临舞榭。

予偕友莅大东小坐,顾盼间睹一丽人,询之侍者,即珍珍也,招之同坐。珍珍着紫罗兰色橡皮缎衣,纤腰窄袖,风采殊都,视其胸前,果逆知其此中所藏者,实有柔腻无匹之美。若干日前,闻有人误触王之乳尖,因而起哄,予当时亦尝盘算,摸王珍珍一把奶奶,而吃王珍珍一记耳光,两相乘除,真不知其合算不合算也?

王自言为戏剧迷,然其人自作银星,所识电影公司老板,不过严春堂,导演不过文逸民,演员不过傅威廉,盖不出艺华范围也。问其费穆认识否?张善琨相识否?王俱摇首,由是觇之,王在舞榭间,诚不失为一代"红星",若居银海,则竟一员常卒矣。

(《力报》1942年4月1日,署名:云裳)

（十七）吴素秋

姆妈名叫小山东，伊拉爹爹元绪公。女是虾儿娘是蟹，谁来"捉""摸"学渔翁？

吴素秋两次来沪，皆由海生引来访我，又尝与之两次同饭。吴来访我，要我在笔底下揄扬，非真卖我账也，故我二人，无交谊可言。吴有太夫人名小山东，号温如，年近四十，王次回诗，"赵姊丰容工泥夜，徐娘风味胜雏年"，可以为吴太夫人写照也。

吴初来时，灵犀于席上遘之，惊为绝艳，又喜其爽朗善谈笑，富热情，而不料其人终为一十三点也。盖做女人殊不易，若沉默寡言笑，使人疑其有贵妇人凛不可犯之概，若随便一点，或好言笑而热情奔放者，则又使人疑其为十三点矣。予友瓢庵，尝于倚云居士府上，见吴氏母女。是日张盛宴，席半，有司胡索者至，座上人瞩素秋试一阕，素秋遂歌，歌时面向壁。有人呼曰："要看看吴老板门前，请吴老板转身过来。"吴闻言，果旋其身，未几。又一人呼曰："前头看过哉，我还要看吴老板个屁股。"吴闻言，面又向壁矣。瓢庵乃言：谁谓吴素秋非十三点者，其人亦是十三点耳。

吴虽善演风情之剧，然其人"弱不好弄"，每逢劲敌，辄荐与其母，以母固"壮而好弄"也。故曰：有钞票搅搅吴素秋，最实惠，运道好时，有时还以丈母太太作赠品焉。

（《力报》1942年4月2日，署名：云裳）

（十八）姚水娟

"从知越女胜吴娃"，往日曾叨饭与茶。见面闻名俱尔尔，至今想煞马樟华。

绍兴的笃班之有姚水娟，譬之平剧之有梅兰芳，非然者，亦必如有程砚秋与荀慧生焉。

海上捧姚水娟最烈者,有魏晋三先生。水娟以父礼侍晋三,晋三之视水娟,虽心力交瘁,亦所不辞,而其倾资尤巨,当为水娟印一专集,胥用铜版纸,印照相无量数,装订尤厚,在三四年前,所费已多,似今日之纸贵于绸,加以铸板、装订诸费,殆非万金不足蒇事矣。说者故言,上海吃开口饭之女人,东拜过房爷,西认干老子,然谁似姚水娟拜魏晋三为过房爷之吃价者?魏先生致力于金融事业,生平无所嗜好,故借东山丝竹,以遣暮年。梯维识其人,每为予道先生盛德。

某岁凉秋之夜,水娟设宴款文友,着布服,铅华不卸,梳于脑后,光可鉴人,席上人私议,或谓水娟风致,似女教员,或亦谓其派头绝类一打扮得非常清爽之娘姨。越剧中坤角,绝无风貌健娟之女,惟鲍马樟华,较婉娈可喜,惜予乃未识其人耳!

(《力报》1942年4月3日,署名:云裳)

(十九)王熙春

孰使蛾眉感不禁?终身仰望用情深。世间绝少光明路,仗汝聪明仔细寻!

王熙春自清唱而为伶人,自伶人而为明星,盖三转变矣。其在银幕上享名之重似尤甚于红氍毹上,然吾人固见其拍戏之余,犹未能忘情于粉墨登场也。而卒未见其登场之后,未尝忘情于清唱生涯耳。

予尝谓女人有放在眼前,并不讨厌,然亦不是动人遐思者,熙春与翠红俱是也。熙春之色、之艺,胥不足使予心醉,予之爱熙春,能撒痴撒娇,作小女子态耳。初来时颇不腴润,今岁体态渐肥,而容止尤庄重,以意觇之,少女青春之期已逝,而预备为贤妻良母矣。

今人之论熙春,谓其私生活甚严肃,顾亦以其嫟一吴君,而为清名之累者,此则一任众口悠悠矣。或因予识熙春,乃以熙春之从吴某,是否得计为问,予则曰:"不敢说,不忍说,亦不必说也。"世间之惟一寿头,恒以男女相狎,为口头评骘,其实天下事加不住有一个愿意,又何必管薰莸同器之是否得宜哉！

（《力报》1942年4月4日，署名：云裳）

（二〇）李宗英

横陈一看定销魂，记得银瓶对玉樽。红豆风流原未减，哪堪红树尚无根！

三载以来，南方坤角之唱须生，而赴平镀金者，得三人，一为孟幼冬，一为张文涓，一则李宗英也。予无不识之，而识宗英为尤早，时在八九年前，李尚在汕头路榜艳帜为"菊妹"时代，李姊妹二人，姊名菊弟弟，宗英则菊妹妹也。弟弟昔嫔某名流，有风华盖代之美，宗英体态亦丰润，因面孔扁，乃觉其附系于面孔上各种器官，无一为浑形者。予夙喜女人之扁面孔，独见宗英，则不以为美。尝以为宗英瞓下来，必较立起来为好看，顾予不及见其瞓下来时耳。

战后，李少春潦倒于天蟾舞台之日，宗英时往闻其歌，予以为是亦生意浪女人搭戏子壳子耳。不图李实观摩少春之艺往也。旋忽北行，又未几，竟成京朝大角矣。在不知不觉，不声不响之中，窜起来，红起来，惟女人有此能耐。求之男儿，实无一见。友人红豆先生，于宗英眷恋甚殷，尝为之题名曰"红树"。第一年以后，伯劳飞燕，各自东西，红豆终不获附红树以生，亦情天之缺憾也已！

（《力报》1942年4月5日，署名：云裳）

（二一）金素雯

文哥今日轧神仙（借灵犀成句），料亦肩摩踵更连。为问皮鞭抽过后，阿谁先有涕浉涟？

予作《妇人科》，篇有尝列戒条，有曰："其人已归吾友所有者勿录"，今素雯已嫁吾友文哥（胡梯维先生别署），在例，不当有兹篇之作。愿以金胡婚事，为今日之出笼新闻，则予之《妇人科》中，又乌可以废素雯？不辞犯戒，特为记之。

"轧米轧煤兼轧火，文哥今日轧神仙。"此灵犀句也。神仙之名，几成为金氏姊妹之别号，则以予尝赠金家句云："人间今始见神仙"耳。素雯扮相，初不妍丽，惟表情之余，于南北坤旦群中，不作第二人想。桑弧尝比之为凯司令赫本，盖不以饰貌之妍，引人欣赏，而演技则自然卓越也。

金胡婚礼，举行于四月四日，《申报》刊一特载，友人始有闻风道贺者，否则一桩喜事，竟被瞒过无数良朋矣。予至萝蔓饭店时，素雯已卸装，惟尚被银丝之服，犹不脱新娘子打扮，无时不以笑靥向亲朋，其为乐似较梯维尤永，是殆以梯维已二次为新郎，素雯犹初次为新娘耶？

予尝论梨园坤旦，福慧双修者，当无如今日之素雯矣。梯维虽非巨富，要亦中人之家，然其文章风流，举世能有几人？予所倾服之友，而素雯得据为终身仰望之人，则素雯诚有好日矣。梯维羸弱，不及素雯壮硕，此君有自知之明，昨岁冬，日服"胚生蒙"至今勿辍，养精蓄锐，由来已久。食胚生蒙有不畏强侵之效，是更可为新婚朋友道也。

(《力报》1942年4月6日，署名：云裳)

（二二）醉疑仙

却遮半面弄鹍弦，小别风尘又数年。念到佳人思浅饮，可怜醉蟹老尤鲜。

初见醉疑仙时，在陈克成先生三十诞辰之日，疑仙犹双垂小辫，计其时发育且未久，或者犹崭货处子身焉。及再见，则已亭亭艳发，无复小女儿憨跳之姿，悬知其纵为佳酿，亦既开封！

有一时期，吾人与疑仙聚首甚频，几于无夕勿相见。其兄霓裳，大近视眼，艺极拙，人极好。其妹亦仙，名为妹，而实受养醉氏门中者，故亦苦恼子。疑仙复有母，老而好修饰，予称之为醉蟹，然遥别多年，昔日疑仙之为醉蚶子者，今亦蟹矣！

疑仙之艺亦平庸，惟以貌美，故为人称道。后嫁徐阿昌，徐为徐懋棠弟,与我曾对簿公庭,予败诉,罚锾二百金,至今犹衔其人。疑仙不知何所悦于阿昌? 竟嫁之,此亦"骏马常驮"、"巧妻终伴"矣! 悲夫!

(《力报》1942年4月7日,署名:云裳)

(二三) 王玉蓉

并非师妹与师兄,曾识君家家主公。时未京朝为大角,秦淮清唱已通红。

某年月日,予于俞逸芬兄所税之旅室中,遇王玉蓉,随王同来者,尚有一小胡子四眼中装客。逸芬为予介绍曰:"此王小姐。"又指彼男人曰:"是顾先生。"及二人既去,予私问逸芬,顾先生为王之何人? 则笑曰:算男人亦可也,算相好亦可也。时王尚未北上,惟秦淮河畔,则已传遍清声矣。

王为步林屋女弟子,故与蝶衣、太白,为师兄妹。玉蓉来,蝶衣、太白,出全力为之捧场,一本正经,不吃丝毫豆腐。予亦有师妹,如韩素秋、于素莲、张文琴,顾从未如蝶、太二君之效劳者,可见二君之重义气,予之不认得爷亲娘眷也。

王前年来沪,两观其剧,皆为《探母》,其实予非看《探母》而去,实看前一出之《连环套》往也。因予方习《连环套》耳。此次南来,仅于大华通宵舞场座上,一见其人,以致寒暄而已。

王面孔颇不好看,征求世上第一流之化妆师,为改造王小姐之面孔,其所得必不过中人姿耳,其难看程度,有如此者。此亦自家人讲讲,不足为外人道也。

(《力报》1942年4月8日,署名:云裳)

(二四) 袁美云

支离瘦骨近何如! 每向西风一念渠。我为美云无别望,但能添得几分腴。

美云亦与我同门,所谓师兄妹也,然此为后来事。予识美云时,云才盈盈十五六耳,尚受养于袁树德门下。树德教女綦严,云亦惮之,尝从树德诣慕老府上,吾人恒嬲之入小丁之亭子间中,逗之语,则憨笑善言谈,亦所谓活泼泼地之好女儿也。有时树德突至,云辄肃然而言笑顿敛,其惧袁老如此。

越年与小生王引矢爱好,树德阻之,不听,二人卒成眷属。盖范之尤严,纵益甚,而云且离树德而从母居矣。云本侯氏,名归凤,母乃喜曰:今凤果归来也。摄影师陈嘉震生前,最效忠于云,陈死于瘵,而云虚一奠,时论非之!

云为绝顶聪明人,其演戏初不矜才使气,而自然佳妙,嗜博雀战恒俾昼作夜,世俗妇女之不良习惯,云俱能之,故其人恒赢瘠。王引尤勇悍无匹,遂使娉娉弱质,终年无腴润之姿矣。

(《力报》1942年4月9日,署名:云裳)

(二五) 高倩苹

夫妇老高并小高,老高更比小高高。自从高不骄高后,一向更无小小高!

战前余识老高,战后,老高去沪上,予乃识小高,时在徐朗西府上,闻之人言,时小高以父礼事峪云山人也。小高在银幕上之造就,极为平庸,此人亦自知之。故读律,其人本健谈,自研法学,与人语词锋益咄咄逼人。女人肚皮里不可有物事,一有物事,即好矜夸,小高尤不可免也。

老高为人老实,小高悍而妒,约老高殊严,老高不胜其苦,故去沪后,不复以小高为念,盖猝得舒逸,谁甘返恋囚笼哉?予不见小高亦多载,其时已投老风华,今其色当益衰退。予苟非见前日本刊,某君记其将悬牌为律师者,予且忘高倩苹其人。今乃志之,第着墨不多,甚恐女法家扳着一个错头,弄一张状子与我搭搭,非吃不消,没得工夫跑法院耳。

(《力报》1942年4月10日,署名:云裳)

（二六）王　洁

艳绝千秋雪浪山，不教才调妒红颜。吴宫花草恒如锦，遂使蒿莱不易攀！

识王洁于识徐来时代，时王、徐二人，过从最密，其称呼亦极亲热，惜不可忆矣。王与徐年岁虽微有参差，而身材稍是，其华美亦复相等，惟论才调，则徐实远不逮王。

王擅文事而工歌唱，比之陆小曼（眉）华年，殆无逊色。小曼尝数嫁，若王赓、徐志摩，以及今日之翁瑞午，无非风流倜傥人物。王亦不一嫁，而其良俦，未尝有一如王、徐之人物者，论气质盖迥不相侔也。

近岁，王嫔安仁后人，后人财势并雄，王故又是一番胜景。昨年于飞达座上见之，横髻穿环，皇皇裘领，艳光犹逼人目，虽然，窃计其年，当亦如不肖之渐近中年矣。

（《力报》1942年4月11日，署名：云裳）

（二七）王文兰

最是无私众妙门，任人到此一销魂。"淫星"群举侬为首，宝货于今属至尊。

王文兰为舞国淫妖，其人其事，靡不令人绝倒！此人昔自海防转香港来，原籍为泰州，故开口有江北声音，二年前识之于仙乐斯，名徐雪莉，不称王文兰也，其时谈吐虽不甚中节，我犹无其他异闻。旋隐去，与人同居，而为大妇所逐，遂走香江。及归来，忽一收其曩时面目，而以淫声闻矣。愚又见之，疑其神经已失常态，平时两目恒睒睗四顾，有异光，有人乃言其状绝似动物院中之畜生，而有异于人象者远矣。

王以姘张君秋而淫名弥著，予尝批评此事曰："迭只寡老而倒贴戏子，则迭只寡老之自不量力也，然迭个戏子，而居然受迭只寡老倒贴，则戏子招牌，为迭个戏子而砍尽砍绝矣！"王有绰号名至尊宝，盖喻男子为牌九场上下注之筹码,至尊宝乃好吃统庄焉,然此三字,固有一番佚话可叙者,请志之,以殿吾篇。时在去年,王居香港,一日某酒家有华侨为一足球队设席贺凯旋之宴,方觥筹交错之际,忽闻邻室有女人痴哭声,众大异,则一女人已搴帷入,视桌上人笑曰:我是至尊宝,吃侪统庄矣。有人侦询其故,则曰:队员十余众,无一人不与儿家有香火缘耳!

(《力报》1942年4月12日,署名:云裳)

(二八)金素琴

辚辚夜走贝当路,遥指红楼第几层。此会已遥今再见,如何能觉我年青?

予识金氏姊妹之日,亦为桑弧所介绍,是时素琴方从予倩致力于改良平剧,予倩将有远行,桑弧为之祖饯,邀予与梯公,及金氏姊妹为陪,固一时嘉会焉。是夜,予得诗云:"当初歌管人黄昏,今见灯痕杂酒痕。一笑归来裙角重,此中曾断大郎魂。"意淫绝富,至今尚有人传诵不衰者。

南方坤旦,为予以诗而最丰者端推素琴,如云:"若教上海城还在,料到今朝为汝倾。"如云:"人间今始见神仙。"又如云:"安永明朝灵鹊引,此身本在凤凰巢。"若神仙,若凤凰,极夸耀之甚,又安知凡此"名词",后来胥授人以柄哉?

素琴饰貌之妍,自为坤角中所罕见,然今复上装,老态亦见。其年岁不可考,虽曾一度参与密勿如下走者,亦不获知其详。有人谓三十犹未到,有人谓则早已逾三十矣。顷赴白下,就道之前,予往存之,消瘦视往昔益甚,用是衰象亦益彰。予大怜之,尝细语之曰:老二嫁矣,老大亦当早为之计,若更漂泊歌尘中,为汝故交者,不第悲伤,直须涕泣矣。

(《力报》1942年4月13日,署名:云裳)

(二九)陈燕燕

人生何所避寒饥?不及鸳鸯处处飞(成句)。却报腊残年亦尽,江南初见燕儿归!

陈燕燕著妙誉于中国银坛者垂十年,而予识其人,方于辛巳岁除之日,会固良会,然嫌晚矣。是日天气严寒,清晨赴大上海观桑弧所写之洞房花烛夜试片,既已,乃与桑弧并导演朱石麟先生,及主演人陈燕燕与刘琼,同餐于金谷饭店,于是识燕燕。其实予与燕燕晤对,不自此始,张善琨先生座上,固曾遘之,惟未及互通名姓耳。燕燕予我之印象至佳,予笔奇拙,不能描绘燕燕气度之美,但觉中国女明星中,未尝有如燕燕予我印象之美者。何诹作《碎琴楼》小说,谓琼花"温恭肃严,根器良奇"。予故以为移何诹之所以誉琼花者,以誉燕燕,亦无不当!

燕燕之籍贯不可考,惟似忆其父尝任职于北平之长安饭店,燕燕之年,当亦已二十五六,然以青春之眷恋佳人,致不见其老,望之,似才逾二十人耳。以洞房花烛夜成绩之胜,燕燕之名,今年又轰传沪上,尝为石麟言,我局促已久,不图更有今日也!石麟笑,白于桑弧,桑弧亦笑。

(《力报》1942年4月14日,署名:云裳)

(三〇) 张文娟

江南有个唐先生,为问春明小老生。南北遥遥三载别,文娟阿是小先生?

愚尝以女优周碧云之风流跌宕,故延誉不遗余力。一日,款之饭,邀张文娟为陪,是为文友识文娟之始,距今忽忽逾四年矣。

文娟之貌,讨人欢喜而已,谓其美,实不美。与友人中,事丁先生以敬,与陆小洛则敦以友爱,予以颠狂,故文娟视我,终亦为乱皮朋友也。

文娟尝一度入花间,文娟之名,即袭用花间之标帜也。其父不愿其长为伎人,故使习伶,不数年,竟蜚声南北矣。去岁南来,予但于剑云先生招宴席上见之,后不复见。张父名连生,本为上海著名之书寓琴师,跟堂差时,着水獭狐嵌大衣,在此道中,固亦曾出足风头者,后以年老,告退休,幸得妙女,故尽其心力,栽培文娟,其不甘寂寞,盖可知也。

(《力报》1942年4月15日,署名:云裳)

（三一）黎莉莉

赳赳不似女儿身，认取尊前健美人。一愿太痴今尚是："卿为宝辇我为轮"（周瘦鹃先生句）。

黎莉莉面孔不讨厌，体格不讨厌，性格不讨厌，谈吐更不讨厌，所讨厌者，为黎莉莉之姓名三字耳，既姓黎矣，何必名为莉莉？虽云："姓名为之符号，无所谓雅俗，亦无所谓讨厌不讨厌。"顾我见黎莉莉三字，往往有说不出的难过，疑后来舞女之名莉莉、曼莉者，皆以黎莉莉三字为滥觞。黎为歌舞界四大天王之一，黎以外，为王人美、胡茄以及昨岁潦倒而死之薛玲仙。四人中与人美、茄子及玲仙觌面之时较繁，故尤相习，与黎则不恒晤对，较为客气。

人美嫔金焰，玲仙嫔哲西，胡与足球名将陈洪光互矢爱好，独黎无恋爱史实可记。黎貌最美，竞逐者最多，而黎终屹然不为所动，黎之所以为可贵也。后闻有朱某其人，在竞黎队中，呼声最高，然后来之事演展如何，又不为吾人所谂矣。

黎尝税环龙路西端一屋而居，愚与之方小洛，曾造其庐。黎方就读，以自行车代步，其肌肉甚丰，睹黎之臀波，起伏于车之坐垫上，恒令人起遐想。今女人骑自行车者日多，久见竟不复有吾感。年尤长，举愈老，当时睹黎之肉浪而涉遐想者，今日思之，弥可哂已！

（《力报》1942年4月16日，署名：云裳）

（三二）菱　花

列号今逢三十三，算来要用乱刀剡。故寻一块陈咸肉，不是菱花写不来。

此诗三韵混押，龚翁作打油诗，往往有此勇气，予则效其故技耳（剡字作斩字之平声）。

十年来八仙里桥头人物，十里红与菱花，各有千秋。十里红既退藏,菱花乃得独步一时,夜厢之价,将近二百金矣。然以予所见,菱花实不逮十里红远甚,假定为今日菱花值二百金一宵者,则十里红虽纳五百金,亦不算吭人!肉食之流,以为如何?

十里红为人安分,而菱花殊不甘寂寞。小阿姨在马斯南路时,菱花以桥上之货,充入家人于其中,以欺洋盘。及事败,菱花为"臭盘",而小阿姨更为臭盘之尤!

菱花自言为百粤女儿,然开口亦似常熟太仓一只角里人,若使肉侦加以断定,料必曰:"是为青条而非皮丝也。"

予与菱花,凡两聚,远在三年前。第一次为七元,未几。欲为前度刘郎,菱花已不识我,忽与房间中之娘姨作耳语,娘姨告我曰:"菱花做局要十金矣。"闻之捏一把汗,私语曰:苟我今日已备八只洋来,房门且关不成矣。盖其时之菱花,正如今日之狮牌六〇六,以及香烟肥皂,价钱在日涨夜大也焉。

(《力报》1942年4月17日,署名:云裳)

(三三)王彩云

> 囤货居然不囤人,幸亏囤卵(音卵上声)不曾贫。我今早已老夫矣,汝亦当然变老身!

王彩云恃其色而能广聚,上海吃开口饭之女人中,未尝有一富敌此婆者,传其致富之径,尝扎过小开,搭过外国人。予不见彩云,至少在十年以上,于此人几淡然忘之矣。乃昨见某戏报,有记王之近况者,猛觉此亦《妇人科》中人物也,故录之。复将某报之新闻转录于后,可知王之财富,固未衰减耳。原文云:"王彩云昨天唠唠叨叨,埋怨哥哥王悲儿,只因王悲儿多了一句嘴害她损失七十万元。原来前几月人家有几箱货物,要卖与王彩云,索价七万元,王悲儿说:现在投机事业难做,安稳些罢。王彩云就死了心。不料现在这几箱货物,价格涨至七十万元。王彩云恨煞听了哥哥一句话,发不着这票财,嘟起张嘴,只是生气!"

预计王彩云之年,当亦将近四十矣,此人年轻时候囤鸾,年高时候应该囤人(养讨人),乃不囤人而囤货。据原文言:王因囤不着货,而嘟起一张嘴。写王老太婆形貌,令人想像得之。

王鼎盛时代,在十八年前,姚冶曾不可及,吾友捧之甚。一日夕,窥于后台,睹王与一男子作相拥状,友为之仓黄遁去,王貌固不恶,惟有人谓其剪水双瞳之一,实为赝鼎,确否盖不可知矣。

(《力报》1942年4月18日,署名:云裳)

(三四)雪又琴

要将兰叶拟风神,何幸当初结比邻?一语肉麻人笑煞,"东墙有女每窥臣"?

识雪又琴为包小蝶先生所介绍,同饭于蜀腴,席上女优,雪以外,似尚有一王瑶琴。雪氏高,隶天蟾舞台时,居人安里甚久,兴吾家有"洛阳儿女"之雅,时予排夕为宵游,而慕雪甚殷。一日晨归,着枕不能合眼,雪亦朝起,琴师为之调嗓,歌声吹来枕上,忽觉情境奇美,因赋一律句云:"几年楼上佳云鬟,扇扇长窗尽日关。帘静知渠春睡足,日高归客一身闲。已倾风采和杯酒,近见珠喉托舞衫。记得朝阳光景美,忽闻仙乐到人间。"诗成于蜀腴一见之后,此诗颈联绝胜,吟成大喜,奉舅氏,舅亦喜其意境清远。舅不甚重吾诗,独赏此作,然此作,亦不过谓此两语好耳。

雪于巷中出入时,恒御墨镜,其实此人无殊色,惟品格甚清,尝见其演剧,说白甚脆,尾音绝似素琴。予闻其歌不多,今已隐去,重睹清姿,真不知是何年月矣?

(《力报》1942年4月19日,署名:云裳)

(三五)顾兰君

"女肉"从来最值钱,便闻猪肉涨连天。拙荆每为兰娘怨,害得寒家断小鲜。(女肉,谓女人身上之肉也)

自顾兰君之肉感,大卖铜钿后,市上之猪肉,亦继之腾涨而漫无止境,此本截然两事,今并为一谈,则以内人有此见解耳。

见兰君于郑正秋先生大殓之日,距今盖已七八年矣。其时兰君之发育尚未健全,胸口头瘪塌塌,而在银幕上之造就,亦还呒啥啥也。逮二年前又见之于共舞台,则其人又雄健,又美丽,闻方有一富家郎,为之掷十万"缠头"者,予以为正不为多。是日,小洛亦在座,与予窃窃议兰君乳部之丰美。兰君闻之,顾小洛曰:"汝议我何事者?"小洛大窘,嚅嗫曰:"然,我正与唐君言顾小姐实健美无匹。"兰君笑曰:"陆先生诳我,汝二人必论我胸部之高耳!"真豆腐之老,比小洛为尤甚!

上月始共一餐,则兰君将主演《人约黄昏后》之始也。席上继谈,益觉其隽爽若男儿,而其貌则红艳若芙蓉,睹其人,虽未饮醇醪,已先色醉。桑弧每言其演技之胜,为任何女星所不及,盖足与已故之阮玲玉与英茵二人,分庭抗礼。因先观其《贵妇风流》,然后再看未来之《人约黄昏后》,为吾友之言验焉。

(《力报》1942年4月20日,署名:云裳)

(三六) 天 真

闻说天真又挂牌,把场不用请姆妈(指菱清女士,姆妈两字,都是仄声,今则完全派平声用场,此所谓做打油诗者不昧良心,终无好句)。若教再看区区相,又走桃花又桂花。

天真女士,为十年老友矣,初识之时,尚未出道,从菱清游,依依于菱清襟袖间,呼姆妈不已,小女子憨跳之情,犹似昨也。

女子之热情奔放者,每被人指为十三点之流,天真亦然。文友浮云,捧菱清起,又捧天真,二十年如一日,在浮云笔下,述及天真轻骨头之状,便流露于楮墨间。盖十三点之汉子,写戚门陆氏之姑娘,自然有绘影绘声之妙!尚有一人,亦好为如天真张目者,是为秋水主人,二人交谊,且逾朋友而过之。秋水尝言,一日,与天真入理发肆,方半,天真呼饥,令馆中人买汤面一碗,在理发椅上,啖而饱之。天真已饱,而秋水之胃口大倒,曰:昔闻有人议天真为戚门陆氏者,今见此状,亦不得为之讳言矣。

(《力报》1942年4月21日,署名:云裳)

(三七)郑明明

明明本是小湖州,出尽风头并噱头。更赖徐母传贞孝,此人可竖石牌楼。

郑明明亦当代之红舞星,晚蘋先生,为之延誉最力,袒护亦最殷。一日,晚蘋与笠诗相值于翼楼,述及明明,晚蘋之言,多如江河之决,而无一言不为明明颂者。及晚蘋退,笠诗谓我曰:果如徐君所言,则明明实一三贞九烈之儿,值得为之竖石牌坊矣。

明明雅工修饰,装点既成,有必婀必娜之观,予于审美女人,则异此看法,所谓:"梳洗不妨停片刻,乱头时节最倾城。"予以为真正好看之女人,不在打扮得清清爽爽之后也。故予每见明明,辄觉其人之于修饰,有太费人工之苦,譬如束其腰至于绝纤,不第在自己是一苦事,在他人视之,亦将起不舒之感。然晚蘋则为明明辩曰:"是有线条之美者也。"为复何言?

予本不识明明,今岁与汪伦先生游舞榭。汪招之同坐,始得与此"红美人"一舞,拥入怀中,轻柔乃如无物。予不谙舞,以为抱女人而轻柔如无物者,即为健舞之儿。人言明明以健舞而驰誉一时,殆非诬矣。

(《力报》1942年4月22日,署名:云裳)

(三八)王瑶琴

不从尔父继家风,宛转甄甋别样红。念到弦边声调绝,枉教天遣作笑侬。

瑶琴为姑苏人氏,其父操敬亭业,有声于江浙两省间。在例,说书人养女聪明,便当使其继承家业,如醉疑仙、谢小天之腾踔于书坛,而瑶琴不然,独嗜皮黄,适性之所好,改习伶。顾若干年来,瑶琴又未能与素莲、熙春,以及二金之流,竞爽一时,实非艺有高下,特命有穷通耳。

瑶琴之貌诚不美,然体亦胰健。私底下更未尝饰貌矜情,摆角儿身份焉,予故喜其人。曾共游宴,能舞,舞时益见其体态之婀娜,腰脚尤健,尝累舞数十次,不言困罢,兴致之高如此。近年久不见,且勿审萍飘何许,包小蝶先生谂其行踪,曷不为故人言哉?

(《力报》1942年4月23日,署名:云裳)

(三九) 王雪艳

樽前记得醉颜酡,三玉王门最小婆。妹大自然留不得,管他嫂嫂与哥哥。

王雪艳名宝玉,为美玉之小姑,而爱玉之幼妹也。故王家人称之为小妹子,文明戏班中人亦称之为小妹子,汪优游先生生前,亦称之为小妹子。愚识小妹子,即汪先生所介绍也。

以文明戏立场论王雪艳,则王雪艳实为此中翘楚,苏白是苏白,京片子是京片子,雪艳亦尝夸耀其京片子之说得好,为文明戏从业员所不逮者。因谓一日在台上演某剧,剧中叙夫妇口角,妻将弃家出走,雪艳为妻,固语男角曰:"我不是你的媳妇儿了。"此盖道地京片子也。而为男角者,误媳妇儿为儿媳妇,居然插科曰:"你是我的老婆,本来不是我的媳妇儿末。"雪艳认其误也,笑不可仰,竟絮絮叨叨为其讲解,谓北方土白,称老婆,固为媳妇儿也;若儿子之妻,则儿媳妇矣。雪艳尝为予述此故事,最得意。其实此为文明戏中之活现象,若置之今日之话剧中,而遇工作绝对严肃之导演,此导遘此怪状,自杀以外,别无路走!

雪艳有痴憨气,健饮,醉则哭笑无端,予尝为其痴憨气而颠倒甚至。及后知其人亦非胸无城府者耳!王虽为文明戏子,然尚无"秽德彰闻",近年脱离兄嫂,从一董某同居,惟唱文明戏如故。想见嫁后光阴,殊不得意矣。

(《力报》1942年4月24日,署名:云裳)

（四〇）汪　洋

　　三藏风流合姓唐，汪洋不是旧汪洋。可容大水汤汤处，许我前来放一航？

　　近见国联放映之《盘丝洞》影片，主演者为汪洋女士，此人在银幕上之造就殊不高，而在操伴舞生涯时，则艳名藉甚。

　　汪洋名为钱爱华，我乡人也，其父为严春堂君善。春堂办艺华公司，钱父以爱华委于严曰："愿赐栽培。"严乃使之入接片间中为职员，亦兼为场记，又尝置身于水银灯下，为不重要之配角焉。时在"八一三"之前，艺华公司有二少女，一为钱爱华，一则最近与某摄影师结缡之余琳。余娟秀天生，常时有楚楚可怜之色，爱华则圆姿替月，尤婉娈可人意。一枝双艳，竞爽阶前，春堂顾而乐之，语公司中人曰：谁于此作染指想者，则请回去"吃老米饭"耳。春堂不拙词令，吃老米饭者犹言要"歇生意"也！

　　沪战既起，爱华乃以汪洋名，为货腰人矣，事非得已。我闻此讯，曾为之惋惜万状，第旋闻汪于舞人中，以姚冶博盛名，此则都非始料所及。不睹此曼妙之儿，忽忽五六年，眷念佳人，我劳何极！

　　（《力报》1942年4月25日，署名：云裳）

（四一）梁小鸾

　　羽扇轻圆拂面时，狂奴为倒酒三卮。眼前识得风神隽，有异天人鸾鹤姿。

　　梁小鸾以父礼侍陈禾犀先生，予曾与之共饭，亦受禾犀之招也。是日，小鸾持孔雀毛扇，徐挥于襟袖间，乃有风致翩然之美，至其台上之艺事，则未尝一见。沪上人传小鸾之韵事者，乃谓法螺先生曾嬃小鸾，先生亦以炫耀人前，曰："渠尝北行，小鸾固排夕侍我逆旅中焉。"又曰："昨岁小鸾南来，初不登台，则以专诚省我而至也。"凡此"自说自话"，不一而足,沪上人亦一任其"自说自话"耳。

小鸾在坤旦中,最有秀逸之气,新艳秋秀极矣,然见者辄觉其人柔婉,而不足以言雅逸也。惟梁小鸾乃如逸士,置小鸾于陌生人群中,指小鸾而问曰:是女人作么生涯者?知者必曰:是必饱读诗书之学士。而不知为梨园中人物也。虽然,上海所谓"金闺国士"之流,有谁能得小鸾闲逸之态者邪?

(《力报》1942年4月26日,署名:云裳)

(四二) 孙景璐

肌肤似雪发如云,枉我当筵劝醉勤。唐氏风流真有种,孙娘何苦惜微醺?

"散利痛"亦为西药囤户竞相搜购之一种,经理"散利痛"之某公司,请孙景璐摄广告相片,凡二页,染以色彩,图中雾鬓风鬟,容光绝世,不必吃散利痛,视景璐此图,可以愈我头风矣。

上海艺术剧团出演于卡尔登,景璐时往存费穆,予亦屡从费穆座上,睹景璐焉。一夜又共餐,景璐与若青熙春同座,熙春固不饮,予为景璐灌醉。景璐亦辞不沾唇,于是终不获见其人于薄醉微醺,淡然为潮晕时也。惟吾家若青,风华豪迈,不待主人之奉承,而巨觥连尽矣。

景璐尝生育,其夫名吴景平。近顷,景璐方习舞,有人乃言:苟有一日,景璐而独游舞场,则与吴某伏婚变之机矣。愚曰:但愿如此,有天才之女艺人,苟效古老女子之从一而终,此为"傻皮"。做女艺人是要洒脱,唐若青不肯与王遐文谐白首之约,此何等痛快事!我人又何必望孙吴之到老无间哉?

(《力报》1942年4月27日,署名:云裳)

(四三) 李丽华

李氏二三姊妹花,可怜才色两无差。道涂一片奈何唤,都为佳人伍哙嗟！

李丽华为故小生李桂芳女，张少泉所育也。桂芳共育三雌，丽华最弱，长女亦端丽，读书甚富，嫁姚一本君，姚极魁伟，口尤大，能伸其拳入口中，谓后来必贵！丽华本习平剧，不知以何因缘，忽登银幕。良伯师大殓之日，少泉挈丽华往奠，知予在，有人携丽华为予介，时丽华犹初为明星也，仅此一面，乃未再见。微论他时重晤，丽华将不复识予，即予于丽华之形貌，亦淡忘不可想象矣。

三轮客车公司开幕之日，丽华参加开幕典礼。礼成，又招待来宾试坐，丽华坐第一车，白虹坐第二车。至第七车出站时，速率过度，车忽颠覆，但坐车者为一男子。有人来告，谓是日风奇劲，苟所颠之车，车上人为李丽华，则旗袍短裤，为风所卷，必有可观者，此人既好色情，而又幸灾乐祸，真要不得也。

（《力报》1942年4月28日，署名：云裳）

（四四）王人美

江山万里尽迢遥，壮志何曾黯黯销！我为女儿矜一事，天生人美绝粗豪。

识王人美于识金焰之前，人美粗野，故有野猫之号。予平时口不择言，往往将男女生殖器官之名称放在口中咀嚼，然当女人面，有时亦绝拘谨。一日，似为丁氏夫妇双寿之辰，稠人广众间，予方立筵席前，一人潜至，叉两手勾予项驮背上，起两足于地，予喉被扼，滋不耐，举拳力击其臀，忽觉臀为女人臀，亟视之，则人美也。老金更大笑于后，予乃弥窘，面赧及于耳。一座人咸哗然，座上人不笑人美之粗野，特笑予之面赧及于耳耳！

又一夜，影人史东山、郑应时、吴永刚及金王夫妇税逆旅一室，为方城之戏。予倦，就榻上为小眠。及醒，视有人并枕而卧者，又为人美。其洒脱往往如此，而予极为之奇窘，多见予尚不能蠲除封建气息耳。

（《力报》1942年4月29日，署名：云裳）

（四五）路　明

劫火频年隔路明,荷官定逐荷花生。儿家自有千秋业,不问人间正姓名。

陈铿然有艳妻,盖徐琴芳虽风华老去,而余态犹妍。或曰:铿然之妻艳,而铿然之小姨尤美,是则指本文所述之路明矣。路明为琴芳妹,皆武进人氏。小型报执笔人有毗陵籍者,识徐家二美,乃谓路明实名荷官,以明之生辰,为六月炎天耳。

路明读书甚多。女人而有学问,便好卖弄。路明亦不能免,以为他人总不如我,于是看不起人家,而自己之精神上,亦常常痛苦。铿然之惧琴芳,知者甚多,怕老婆犹可说,乃铿然亦惧路明,姊夫而怕阿姨则不可说矣。铿然懦弱,愚尝壮其胆,告铿然曰:路明更向汝声势汹汹者,汝当斥之。谓:"我惧若姊,以若姊陪我睡陪我生育也,汝乃何人,亦来威我！讵汝亦愿陪我睡,陪我生育邪？"顾铿然以为有理,顾终不敢述吾言以报路明,盖无种也！

路明自是明艳,争逐者乃多,以其人眼高于顶,故不如其他明星之迁就,不致以"名旦"而为"小生"夫人,斯可喜也。

（《力报》1942年4月30日,署名:云裳）

（四六）姜云霞

江上三年唱小红,胡能蔽得一家穷！论交士子曾何益？徒博青鸾文字工。

姜云霞与张文娟合演于时代剧场时,与吾人往返甚密,与青鸾居士,尤有一度说勿出话勿出的悲欢离合之缘。居士著《相思草》,《红灯煮梦》一文即为云霞作也,其文尝传诵一时。居士既不惜浪费笔墨,其视云霞为要紧人可知,然则今日之《妇人科》中,又乌可忽略斯人哉？

云霞名小红,为梨园世家,姊妹俱习歌,以云霞为最出人头地,然一家人倚之而活者众,云霞所入又不丰,其家恒陷于窘乡。有一时期,我人与之如家人姊妹,言无所隐,譬如今日其家当当头,明日又赎当头,都相告。青鸾居士,多情而能爱人,为之沉醉,即坐此也!

姜自时代而赴宁波,宁波而入游艺场之大京班为青衣台柱,遂不复相见。及后入卡尔登,与予虽朝夕可遇,然形迹已疏。最可愚者,姜在卡尔登演唱之期,不为不久,而青鸾居士,从未为座上客,领略往时"偶掩人前三尺袖,便投意外一双眸"之风味。姜固倨傲,居士亦倔强,此两副脾气,当时亦幸亏未曾深入情网,结为百年之好,不然,将来亦无好散场也!

(《力报》1942年5月1日,署名:云裳)

(四七)张文琴

琴娘何日是佳期?坤旦果然货最奇。台上艺精令叔赏,床头余技个郎知。

张文琴亦常州人,评剧家张肖伧先生之女侄也。不相见者,又三五年矣。文琴貌亦平庸,与姜云霞在伯仲之间,艺则为肖伧先生所激赏,予门外汉不敢说一声不也。有一时期,肖伧与文友为笔墨之争,肖伧以捧文琴故,乃为人作"钳牢"的目标,肖伧狼狈万状,然文琴受此流矢,大伤。愚辄不平,劝文友曰:肖伧无状,而文琴则无辜耳。

文琴亦樊氏同门,愚见之日,为先师四十诞辰也。时吾人方与肖伧哄,有人为予介,文琴知为予,呈其不自然之色,予亦有如坐针毡之苦。后来又一见,则肖伧笔墨之争,已告一段落,彼此都不如往日之不安矣。

近闻此文将作嫁,嫁与一有钱的小开。曾有人言:文琴为人尚纯良,宜有此归宿也。(之华兄云:"路明不叫荷官,叫薇官。"故吾诗应改"薇官定逐蔷薇生"。特此勘正。)

(《力报》1942年5月2日,署名:云裳)

（四八）周梅君

介绍周家一密司，曾于医院作"囡丝"。云山遥隔征人讯，郎在何方妾在斯。

周梅君在舞国中，称学府佳人，其人中文固楚楚可观，而英德文亦能述能说。有人考其出身者，谓最早时周在一德人医院中为护士，周不甘寂寞，以为做看护不足以使英雌飞黄腾达也，遂置身欢场，甚且为堕溷之花。又自堕溷之花，而为货腰之女，是在七八年前，蔡楚生先生薄游舞榭，惊其才艳，遂卜同居之爱。战争既起，楚生弃家远行，置周于沪上。愚识楚生时，梅君已为蔡夫人矣，顾愚识梅君，则在楚生委弃之后，此人重操旧业时也。

距今二年前，一夜天厂居士招饮于花间，有德人三四众，华人有熙春、翼华、鹤云、笃恭及愚。席既阑，同游仙乐斯，笃恭固识梅君，遂招之坐，使其为德人侑酒也。天厂为愚介，愚不知其曾嫁中郎也，而周闻愚字，辄肃然曰：委闻唐生文名，今数年矣，顷始相见，实为良晤！其言甘而宠，愚为大惊，又听其与日耳曼人语，流利一如说上海话者，私叹曰：此必大"木老"也。

昨岁起，梅君之货腰生涯大振，寖寖然为舞场第一流红星，不图将近狼年之人，犹得走此一部老运，是必尤物。三月前，尝偕笠诗访之，则已一度而有温柔敦厚之观，故倾倒者称众，愚又私叹，此真大"木老"也。

（《力报》1942年5月3日，署名：云裳）

（四九）筱双珠

艳如桃杏洁如梅，原是江南博士栽。底事东皇无信息？任他花落又花开！

北里中云有筱双珠，亦如舞场中有王小妹，其有狎梨园子弟之癖，尤相类也！然筱双珠更可以傲视侪辈者，则为之梳栊者为梅兰芳博士，为之脱籍者，亦为梅畹华先生。虽凶终细末，未全恩爱，顾筱双珠既钤此一个硬印，已不啻玉嵌金镶，得垂千古。予于此年始识其人，对之谈，值骨头奇轻时，犹称梅博士为"俚倷"，予佯作不解，问俚倷乃何人？则曰："香港格个。"予乃恍然曰："是梅兰芳先生耶？"筱双珠大悦，盖老去风尘，有人能知其少年盛事，虽光景已昨，犹觉耐渠咀嚼也。

筱双珠行九，十年前觌之，真艳丽如桃花。及其染阿芙蓉癖，光华渐晻，然肌肤如雪，掩映成异彩。近年老去，眉棱眼角间，渐示人以青春之业已消逝。前昨二岁，翻覆最多，至最近，乃闻九不仅已戒除烟癖，且已离去风尘，嫁为人妇。一夜，予驱车过池浜桥，黑暗中闻一妇人与汉子并肩行，妇人谈锋甚健，细辨之，其音调绝似双珠九阿姊，果然者，又不谂以何因由，踯躅于此冷街秽巷中耳？

（《力报》1942年5月4日，署名：云裳）

（五〇）王雅琴

唱随自有爷同女，搭挡从无媳与公。见说风流王寡妇，越能"乱错"越能红。

王雅琴为王筱新之媳，卖艺之流，父女同台者有之，若翁媳为搭挡者则绝无仅有，有之，特王雅琴与王小新耳。唱本滩之妇人，闻已故之孙是娥，色艺俱佳。孙死，乃无可以看看之面孔，而得一雅琴，婉媚轻柔，值得为人作眼皮之供养也。王雅琴之夫，未尝见过，今墓木久拱，欲见亦不可能，往年只见随小新出入。双携过处，路人摇头嗟叹者随之，佥谓王雅琴不失为可儿，乃同行者为王小新令人有一着此"伧"之恨耳。

近年以来，愚所闻雅琴之韵事渐多，盖其人不为王门所囿，而如野鹤行云，悠然苏其羽翮矣，用是艳名日震，骎骎然为本滩"女口"之"祭酒"，实收恒时"乱错"之功。读报诸君，亦有见乱错二字而不解其义者乎？则请以"亲家公"三字益其下，便成一俗谚矣。

（《力报》1942年5月5日，署名：云裳）

（五一）钱　鹤

　　钱鹤名儿孰与题？群中一立尽成鸡。七娘自把菱花照,似有芙蓉被雾迷。

　　本篇揭钱鹤二字,识其人者必稀,若书为菱花老七,则又无人不知此为氤氲使者。不止菱七一人,若佩玉老七、唐老九、汪老四,其声势无不与菱七相颉颃,亦无非为愚所素识,顾以愚识菱七早,其人可传之事亦独多,故吾文只捧此一人,而略佩七、唐九诸婆矣。

　　七嘉兴人,氏钱名鹤,往年之电话簿,翻钱鹤即得其所居,今不知仍沿旧例否？起身于北里间,尝从江紫尘君,比其下堂,乃税一椽于大庆里,操蝶使蜂媒之业,尝坐于客堂楼上,其房间家具,即江老所遗也,又睹一银鼎,亦友人祝江老之诞辰者,而为七所得。其时某君记其事于报间,为江之哲嗣某法家所见,以为是颇不雅,遣人怀百金以谢七,而返其物焉。

　　七之艳迹自多,其于人生之某项大欲,有终年无餍之概。其情侔之被弃者,亦以执役不周耳,惟十年来困于烟霞,无复少时豪迈之概。前年见之,萎瘦益甚,去年,犹闻其与甬人某,欲举行结婚典礼。七有妹,貌不恶而人乃奇短,人短而汗毛甚长,见此一部,可概其余,敢以此质南宫之刀,必有确报。

（《力报》1942年5月6日,署名:云裳）

（五二）张梅芳

　　又从离乱睹婵娟,真见清姿替月圆。怅绝春华今又老,尚乖一愿不能全！

　　张梅芳即名伎圆珠老八,尝以母礼事龚兆熊夫人,故从龚姓,称龚梅芳焉。在龚梅芳之前,隶浣溪房老阿秀骈幰之下,已藉藉著艳名矣。时浣溪一门三秀,阿七称小迷汤,嫔媼将军;梅芳为老八,亦名红弟;尚有一宝宝,孙茂堂先生,娶之未成,故别嫁,今亦生男育女矣。

八小时即健歌,洎乎近岁,终为一著名之坤票,不肖尝与周信芳先生合演一剧为毕生殊幸。梅芳乃有同感,盖二三年前,梅芳演《坐楼杀惜》于黄金,饰宋江者,亦此艺坛宗匠也。

八年前,为梅芳之最好年华,温文婉丽,一时有管领群芳之誉,时愚以其人入吟咏者甚多,后数年不相见。前岁,又遘之舞踊场中,则一变而擅环肥之美,愚诧曰:是非旧时之红弟耶? 我几不汝识矣。渠犹笑曰:唐生貌癯依然,殊无异状。

梅芳心地纯良,昨岁尚于樽畔见之,今不知作何状? 王小隐力祝章遏云嫁得善地,愚于梅芳,亦如兹愿,所谓:"也算向平心愿了,祝她极贵又长生。"梅芳奈何犹流转风尘,不早寻归宿耶?

(《力报》1942年5月7日,署名:云裳)

(五三) 赵曼云

"多捧"朝予说几声,寒暄一阵睹娉婷。春江自有真颜色,看尽红黄黑白青。

赵曼云为近年北来坤角中,比较有"看头"有"吃相"的一人。尝偕李多奎来访予,愚见坤角儿来拜客,恒不悦遣一词以为酬应,赵循老例,向愚说几声"您多捧"而已。惟其貌殊不恶,肉彩亦丰,吴素秋,非不姚冶,特"肉头"不甚可看耳。

上海之旺血人物,见北来坤角之有隙可乘者,无不乘之,而曼云亦尝屈服于几张钞票之下,使其不能完名全节以归也。闻上海人嬻之者,以业颜料之某君,尤为人所艳称。此君以年少多金,跌宕欢场,莺莺宛宛之流,争相献媚,其韵事艳闻,流传弥广,昔与某舞人卜同居之爱。愚尝志其事于报端,滋不说,惟于赵之役,愚乃绝无所书,今吾文述及曼云,以此事为之渲染,姑隐姓名,以示与彼人并无难过也。

(《力报》1942年5月8日,署名:云裳)

（五四）陈海伦

数到陈娘齿最尊,却惊额角刻愁痕。忽烦素手春醅荐,旧梦从头细细温。

谈舞场中"前辈风仪"之人物,殆无勿知陈海伦者。陈在当年,为辣斐五虎将之一,今春华老去,老至于有人疑其已废含饴之乐者,而不图其人犹蹭蹬风尘中,不为舞女,而为"吧钩儿"之领导,其不得意亦可想而知也。

吾友之与海伦缱绻甚殷者,为城北二生,一为富家子,尝箧陈于室,终不获全终始,占脱辐焉。一为广告家,广告家与海伦嬿昵时,炫其得意之作,谓尝侍海伦入舞场,海伦于室中更衣,将去肉衫,必令广告家合其睫,广告家不听,海伦以纤指扃其双目,勿令自张,于是易短衫,换短裤矣。

某年,海伦居霞飞坊时,愚从一友过其居。时在清晨六时,自维娜丝舞罢归去也,进晨餐,为新米之粥,佐粥之馔亦丰,未几,有童子跳跃而出,且十龄矣呼陈为母,海伦谓此儿系亲生子,早起将就读。凡此印象,历历如昨,然距今亦既七八年矣,今童子当已长成,颇不知亦能努力长进否?

(《力报》1942年5月9日,署名:云裳)

（五五）潘雪艳

散尽余香一榻黏,卿消殊艳我苍髯。郑生痴福修何世?罗绮烟霞此日兼(成句)。

我初识马浮云君时,浮云口头所念念不忘者,为潘雪艳一人。浮云之意,认潘雪艳实为上海第一美人。浮云急色,提起潘雪艳,馋唾水恒缘口角而下,状至恶形。

愚识雪艳时,已自"上海第一美人"而蜕变为烟美人矣,地点在丁先生府上,面上有烟灰色,开口作沙音,徐娘老去,余态亦不甚妍矣。

雪艳最后之归宿,与名票郑君,赋同居之爱,颇闻相处甚欢。先舅游天平山诗八律句,其中有"罗绮烟霞此日兼"之句,今以移赠郑君,为藏娇之视,当亦喜其切合光景也。

(《力报》1942年5月10日,署名:云裳)

(五六)李 红

记得高秋睹玉容,万人江上揖双红。怜她几度飘零后,今亦居然嫁老公。

李红自白下来沪上,在沪战前一年,与李同时莅沪者,即张翠红也。二人同为艺华公司罗致,尝合演一剧,似为初恋。愚尝为沪上报人,介见双红于樽酒间,一时誉为二美俱也。李亦瘦瘠,初来时,从刘呐鸥游,识者谓李之来,亦为呐鸥汲引云。

战后,李生活殊艰困,乃下海为舞人,颇闻其亦能荡检逾闲,迥非初来时之幽娴静淑。报纸尝记其与汪洋合税公寓一屋,搴帷入幕之人,中西老少,应有尽有,其放纵可知也。顾不久又业货腰生涯,而从事第八艺术,尝于新华公司见之,则已不似当年之娇嫩,是在余嫔某之前。及为余家妇后,又见其在贵妇风流中之演出,益黄瘠无容矣。

(《力报》1942年5月11日,署名:云裳)

(五七)徐琴芳

常州人嫁潮州人,争得攀成这段亲!雪白酒酿烟土黑,若论色调欠均匀。

徐琴芳在电影明星中,亦"前辈风仪",是为路明之姊,为陈铿然之妻。铿然为潮州人,而琴芳为常州人,谑者谓是酒酿拌烟土也,食之不死亦当沉醉。当铿然自办公司时,琴芳为老板娘,气焰万丈,有不可一世之概,及愚识铿然、琴芳时,则贤夫妇已吃人家饭矣。

琴芳为人颇豪爽，喜直言，恒得罪人于不知不觉间，或谓其此种习惯，亦养成于当初养尊处优时也。琴芳本事甚大，能演电影外，复擅唱平剧。此外更有两种绝技，一为替铿然养孩子，盖其产量繁，二则能严约铿然，使铿然之于阃内，一如鼷之畏猫也。

琴芳能歌，唱老生，韵味醇醇，不让蝶野夫人郑十云女士，而琴芳孜孜研习，曾不倦怠。某岁杨宝森在黄金，演《洪羊洞》之夕，愚遘琴芳于座上，一人来，俯首静听，剧终，为愚评骘宝森艺事，俨然内行。自此一见，琴芳遂远客天南，音问久违矣。

(《力报》1942年5月12日，署名：云裳)

（五八）黎莉安

毛发金黄照眼前，有人指是皮丝烟。曾通海底无穷力，吸取文哥笔似椽。

海上人谈今日之外国咸肉者，无不异口同声，推黎莉安一人而已。黎自称丹麦人，而有识家鉴定，谓百分之九十九亦罗宋之婆耳。

去今一年前，黎以百金一局之价，号召华宾。愚与友人三，一为拂云生，一为华曼居士，一为蓝先生，造其居。四人似俱从君子国来，谦逊久之，不欲据为己有，而愿公之大众，于是与黎商，愿付一局之值，使其人裸展于我人之前，黎报可，畀以资，故吾四人得半小时之眼皮供养，可谓快矣。

黎有骨肉停匀之美，貌亦勿恶，自谓来沪上二年，以能得多数华人之钟情，引为殊宠。四人中以愚为放浪，尝举爪以抉其奥秘，黎奇痒，则笑而娇鸣，愚乃大乐。拂云生欲令黎演神技，置其金笔于桌上，使黎效衔枝之鸟，黎试之，果如起重机，移笔走数尺地，众复哗然。

一日于街头睹黎，狐领煌煌，如西洋贵妇，又乌知其为"白山黑水间"人哉！《妇人科》未尝有国际人物，著此一人，倘使读者亦得异味之尝欤？

(《力报》1942年5月13日，署名：云裳)

（五九）白　虹

当年小白亦天真，此际歌声尚遏云。人自黎家班里出，后来终为黎家人。

识白虹与周璇同时，黎锦晖、徐来之清风乐队，献奏于扬子舞厅之日，小白与小红，俱度曲其间，时二人短发覆额，俗所谓正在"发生头浪"也。

看女人自大姐姐而渐渐长成起来，纵使长成至于光艳照人矣，其所感恒不如看陌生女人之为美。周璇、白虹之所以不足邀愚欣赏，亦以眼看其长成起来耳，此理应作何解？愚不得知，若强为之辩，或可言天下已为老太爷者，恒于其千金小姐，不起淫心乎？

白虹与黎七先生（锦光）自眷恋而结为夫妇，数载以还，情爱无间，闻其亦如高倩苹之善育，今年于仙乐斯见之，问其几得雏矣？则曰：才两子耳。今白又献其歌艺于丽都舞厅，为唐乔司之助，似姚莉之伴洛平焉。

（《力报》1942年5月14日，署名：云裳）

（六〇）马丽云

一夕艺坛播姓名，更无人得比君清。但期同住江南席，各慎饥寒毕此生。

马丽云亦梨园世家，然其在舞台上之造就，始终为二路青衣，湮没不为人重。去年，盖叫天出演于黄金兼邀丽云加入，为三牌花旦，在黄金不过于阵容上聊备一格，无所谓"当家"不当家也。

忆信芳初演于黄金之日，丽云亦出演其间，唱开锣戏而愚乃得饱聆其歌，询之他人，则谓丽云实马盛龙之姊，姊弟二人，乃时合演《武昭关》《马蹄金》诸剧。

前三年冬，文化人与旧剧从业员，合演舞台剧，丽云亦以马蕙兰之名参加,故与吾人之过从遂密,而成绩之美,为诸人冠。盖马演《雷雨》中之侍萍,于音调动作间,将一腔哀怨,曲曲传出,老手如唐若青,何尝有此神韵?众为歙然!而吾人以丽云私底下之温婉大方,一洗优伶习气,辄为之钦服不止,桑弧每遇丽云,辄曰:"此我们的侍萍也!"其人之不能令人恝然忘情也可知矣。

(《力报》1942年5月15日,署名:云裳)

(六一) 卢文英

朱家侠望至今传,以托蛾眉亦已鲜。财货能轻义气重,算来尚有七娘贤!

上海之女闻人,不止卢文英一人,而名以卢老七三字为独彰。其故里似为南翔,则亦不慧之同乡人也。若干年前,愚为先师贺年,在同福里,有妇人亦来为先生祝新禧者,年三十许,披灰背之氅,着平跟绣花软履,称师为大阿哥。师为愚介曰:是为卢家七阿姨。又指我告卢曰:是唐生,亦卿之徒侄也。愚机警,急语师是即卢文英先生邪?真闻名久矣,于是尽室融然。是日共饭于师许,乃得饫聆卢之妙论,有极精警者,则卢殊不服老也,卢曰:"我乃勿老,谁对我而语我已老者,此人必腹痛而死!"愚大笑,笑其爽利,毕竟不同恒常儿女也。

吾师亡,七哭于尸侧,甚哀!未几遽出,以其车迎丁家大阿姊来,谓使大阿姐得看旧日弟兄之最后一面。丁家大阿姊,人称丁老大,亦游于游侠林中,资望已老,历时亦久,惟今日沪上人士,于丁已淡焉忘之。而不提女大亨则已,提海上之女大亨,第知有卢文英一人耳。

(《力报》1942年5月16日,署名:云裳)

(六二) 袁佩英

几年心底郁沉哀,只为身从地狱来。若有枝栖归宿去,何须定觅栋梁材?

袁佩英出处不高,识者类能道之,当吾人昔年游北四川路维娜丝之夜。将归,于门口值一妹,体肥而貌不扬,忽欲附吾人之车行,于是同至逆旅,为博弈戏。袁所携不多,一负皆尽,遂酣眠,侵晨始去。此夕光景,犹历历在目前也。时袁操伴舞生涯于维也娜,情形至为落寞,及后有范秘书者捧之,始驰艳誉。一夜,偕木公饮于舞场,木公醉甚,招袁来,则温文婉媚,绝异曩年,又同赴法仑斯,木公复纵饮,终至烂醉如泥,愚送木公归,又送袁归去,一车同载,此光景亦历历在目前也!

越年,袁名益彰,为之报效者,莫非豪贵。颇闻袁于其身世初不讳隐,惟闻袁尝语人曰:"从前事,无可奈何耳,今后将度新我生命矣,愿诸君施我以援手,毋使弱质茕茕,更有漂零之苦也!"其言哀而婉,其情严而正,听者动容。

昨岁,袁忽隐去,则以腹便便,不堪献身于舞场矣。近则呱呱者已堕地,又将为春云之再展。以此人之安分既嫁,而犹不得全终始,无怪货腰女儿澀浴者之众矣。

(《力报》1942年5月17日,署名:云裳)

(六三)谈 瑛

不知其睫亦常卷?卷睫能谐黑眼圈。高处低洼都好去,泪涓涓复水涓涓。

谈瑛女士,以黑眼圈蜚声沪渎。此人为电影明星中,发生桃色新闻之前辈,当愚尚未出道时,已闻谈小姐闹被人始乱终弃之案件,其资格之老可知。

谈之面孔、皮肤、体格、腰身,以及说话时之音调,无一不臻曼妙,所不耐看者,两个黑眼圈而已。顾谈以涂眼圈为癖好,涂眼圈为一身标记,其心理真不可捉摸也。

谈既嫔程步高君,在理其人已属之步高,然谈复不羁,有人用捉刀人笔法,述谈放浪之状者,曰:"写字台就是写字台,沙发上就是沙发上。"

冯大少爷识谈瑛甚久,愚初见之于大晶楼上。三年前,又邂之于律师范叔寒之寓楼,盖桃源坊里,亦谈之香闺也。前年复怀玉天衣,约之共饭于正兴馆,是夜倾谈甚乐。

步高既赋长征,经商颇有积贮,谈独居无俚,于是亦万里寻夫,今亦遥别春江矣。

(《力报》1942年5月18日,署名:云裳)

题 外 之 言

《妇人科》写至昨日止,得六十三人,此六十三人中,有微嫌资望未孚,不足以采入本篇者,故不免有充数之人也。必欲以"名流"为条件,至今乃有搜索枯肠之虑,故拟暂告截止。愚意欲足成百名,而本文发刊之初,愚尝载条例,谓非吾相识之人不记,然海上蛾眉之足当"名流"身份,而与不佞素昧生平者,多至不可胜数,愚之不能记,以不曾相识耳。自明日起,拟以此役委之他人,吾友十一郎、费解、狄珩诸子,愿为吾助,将轮流以宏文见赐,而篇首一诗,则仍归拙笔,读者诸君,倘许参加,以宠吾篇者,亦当顿首以谢也。

又以上所举之六十三人,在当时一面二面者,至今相见,已不复相忆;或者遥别多年,重来相见,而复不相认者,都不可免,譬如十里红、菱花之流,尝以十只洋易肌肤之亲,今亦久违,若使重见,刎其颈,亦未必能举我姓氏,何况他人?

明日为费解先生,记章遏云女士,志此预报读者。

(《力报》1942年5月19日,署名:云裳)

(六四)章遏云

嫁非善地已堪怜,更祝长生益悯然!摇落年年同此感,枉他博士费诗篇。

章遏云既嫁倪嗣冲之子,费县博士(凌霄汉阁称王小隐先生)作诗送嫁，诗前系短序，有言云"今闻其嫁得善地"之语，诗则云："风华豪迈转聪明，能作回肠荡气声。也算向平心愿了，祝她极贵又长生。"及章倪占脱辐，凌霄汉阁乃私唔曰："颇难极贵，未必长生！"虽然，小隐之诗，固传诵迄今焉。

遏云亦才华盖代之人，不言艺事，即论其人，则清奇婉亮，迥非寻常坤旦所及，以其人而拟之欢场尤物，已故之陈曼丽，约略似之。

近岁，沪人士咸为婚事关心，章与冯氏子有姻媾之约，好事将近，而为冯父所阻，遏云用是复远走津沽。当此纠纷酝酿时，沪上某报，载冯父家教之严，冯父见之，滋不悦，告诸有司。为某报戒，某报亦直陈有司曰："未尝有一言毁于冯，戒我何为？"旋冯亦知小题大做，因谓"我不欲见报纸于此事有所絮聒也"！此老之固执如此。

（《力报》1942年5月20日，费解作文、云裳制诗）

（六五）北平李丽

一生事迹亦云繁！花样如卿最善翻。为问随身皮箧里，收来汉子几降幡？

北平李丽，为舞女，为电影女明星，为交际花；更有人谓其尝为女间谍者，五花八门，此人亦极善变化之能事矣。

李丽与海上文艺中人，相识者极多，云裳先生亦识其人，而《妇人科》中，独忘列此一代尤物，倘亦有遗珠之憾欤？李每次抵沪，必丐周世勋君，代邀文艺中人餐叙，李丽自言：生好动，不耐冷静，故得聚相知于一堂，乃为殊乐！

李亦以作风大胆闻于世，尝摄模特儿照相甚多，报章杂志，有为之揭示者，李亦不以为忤，浪漫至此，不知者且疑其人正如今日王文兰之杰作，其实不然，李恒时与人交接，颇温文蕴藉，气度既甚闲雅，而鬓发如云，肌肤如雪，望之如粉装玉琢之人。

因北平李丽之名过著，于是舞女之名李丽者亦众。昔百乐门有一徐娘，亦操伴舞生涯，亦名李丽，因甬人，故人称宁波李丽，所以别于北平李丽也。

(《力报》1942年5月21日，费解作文、云裳制诗)

（六六）杨双华

美人一例善痴憨，绮梦无多亦足贪。同是江南垂暮日，可怜往事杂辛甘。

十年前，有名伎曰雪飞三媛，俞逸芬尝誉为北里之标准美人者也，旋易其芳帜为双华，伊人姓杨，尝演话剧，则称杨双华焉。

双华华美无伦，是为冶游人士所众口一辞者，往年，游维娜丝，范恒德亦小坐于此，不知何故？范不慊于三，以酒樽掷其颅，不中，欲再掷，三遽前夺之下，曰："老头子伲叫叫开好哦！"其人之富胆略如此，而范终为之释然！

三艳誉既噪一时，而谈者谓：三有终身之陷，则其人实有戚门陆氏之风耳。因叹女人之赋绝色者，其性格必乖，愚见双华，益觉言之信而有征矣。试述一事，三尝侍郑过宜先生游，郑携之同行，为人介绍曰"此杨小姐"，然不久又相暌违，而别恋一理发之匠，与过宜善，不失为红粉怜才，乃又嬺扫清码子，则其勿二勿三也可知矣。

昨于途中见之，项间围玄狐，狐巨，益显其华贵之度，然太阳光下，逼视其人，则亦渐呈妪象矣，正不知其近来作何生涯耳？

(《力报》1942年5月22日，狄玤作文、云裳制诗)

（六七）姚 莉

见说江头有好音，时撑倦眼一搜寻。多情谁负姚家女，卖尽相思到夜深！

姚莉亦黎派歌曲之嫡系人物，其人貌不甚美，而歌声柔婉，情绪甚浓，较周璇似尤胜一等，且习歌艺甚勤。吾妇赴大光明理发馆每见姚，虽在剃头店里，亦习歌不辍，盖恃此而能措一家人于温饱矣，宜其孜孜不倦也。

姚之来历，有足述者，则其母为瞎子吴鉴光之掌珠，当其母少艾时，交游甚广，鉴光戒之曰："儿不如择一人而侍，以托终身，虽然，儿尚年青，目光不远，而父为人卜休咎，觇将来运会，百无一爽，悉取儿友之八字与我，我为一一占之，翁谓谁可赖者，儿嫁之耳。"姚母如其言，鉴光乃为选定一人，此人与姚母育一雌，即今之姚莉，而此人沦落，终至为街头乞食之儿，旋且冻馁死，姚母怨曰："吾翁谓我眼光不远，而吾翁实为真正之瞎子耳！"

今姚莉卖唱于仙乐舞厅，仙乐赖之而生涯弥茂，料吴鉴光地下有知，必强辩曰："我谓吾女不得于夫，必得于外孙女儿也。"一笑！

(《力报》1942年5月23日，狄珩作文、云裳制诗)

（六八）李绮年

艳名一向重珠江，摇落年来气亦降。莫往水云乡里看，鸳鸯至竟爱成双！

李绮年为南国之影后，其实此人来自风尘，亦出处不高者耳。艺华公司见陈云裳在沪上享誉之隆，于是死七八赖，拉一李绮年来，但李之造就，始终不迨云裳，于是艺华公司主人为之灰心，一灰心而视李如敝屣，而狗皮倒灶之事，遂发生于今年头浪焉。

李初来时，沪人震其身体之健美，而玉貌亦殊华艳，以为艺华公司真罗致佳才矣。但一观其银幕上之表演则又失望，此人有一身好肉，演风情戏自是适宜，但戏又做不透，于是负其一身皮肉矣；愚与绮年仅一面，其生平事迹，无可述者，惟有人谓李初来时，颇欲得一男性为之安慰，但渺不可求，殆以悬的过高，遂使双飞之愿犹虚，亦可怜人哉！

艺华公司主人，初不善舞，李既来，丐其授舞艺，于艺华之会客室中，主人从李学躤步，当时宾主之情，融洽可知。艺华同人，欲向主人称贷者，辄趁主人习舞时陈词，主人无勿应，于是艺华公司，不言主人之慷慨，而称颂李绮年为可人，是亦银海趣闻也。

(《力报》1942年5月24日，十一郎文、云裳制诗)

（六九）小乔红

　　才见琵琶掩面时,后来听说近佳期。早知人是风流种,每为风流损汝肥!

　　小乔红三媛在北里时,其名殆与富春楼相埒,其人瘦骨珊珊,为工愁善病之大美人焉。红豆居士,数其家世最详,予识之于某年举行名花伴舞于大沪舞厅时,三当众宾之前,弄琵琶一曲,其光景虽有异于浔阳江头,而此调则又仿佛似之也。

　　三之风流轶事,亦有不可胜记之概,其后则归一小周,小周即近时各报传其已沦为街头流浪人之周炳臣子也。小周盛时,驾一奶油色之跑车,驰骋于枇杷门巷,婴婴宛宛之俦,争昵其人,既与三互矢爱好,复订偕老之约,民二十五年,二人结缡于华安饭店,第不久遂仳离,今则别嫁一人,同居于善钟路,欢场中人久不见此跌宕之人矣。

　　三有妹,小乔红老四,蜚声于舞国中,名张佩英,然三媛似为姓方,与方宝宝为姊妹行,老四殆非出方氏之门者,堂子里一篇账,惟有娼门才子,始能为其记得清楚耳。

　　(《力报》1942年5月25日,十一郎文、云裳制诗)

（七〇）潇湘云

　　姚家师母忽私奔,急断年高居士魂。老去情怀原欲烬,却怜旧梦有微温!

　　潇湘云享誉于歌坛之日,愚不及见,而愚见其人,则云与金氏姊妹同游时,从姚慕莲已十余年,老去风情,已非丽质,人称之为姚太太,而不知其为当年之歌坛一艳矣。

　　近时报纸,载潇湘云私奔事,是亦海国奇闻,愚知之较早兹为读者述之。前年云以私蓄营投机业,顾以于此为外行,遂丐一人为导,其人吃交易所饭者,少年而工诣媚,云殊悦之,又以经营获利,云益喜其人,为姚言,是儿甚俊,以我之介,以父礼事公,或无拒乎?姚唯唯诺,于是少年拜姚为义父,自此出入于姚氏门庭,无所忌矣,顾此时云与少年,已成缱绻,育一子,慕莲居士以为老年有此,必天降麒麟,喜欲狂,云旁为之匿于旁。去年岁终,云以不复可留,遂私奔于少年,二人同居于静安寺路某里,为居士所闻,感伤不止,遣人觅云迹,得之,复遣人往说曰:"彼为乔木,我是朽枝,一任莺迁,必无所究!"一日,姚念云甚渴,命厨人煮天人恒时所嗜之肴,得□□,姚自驱一车,唊与云,嗟夫!此高年居士,真情种也矣。

(《力报》1942年5月26日,狄玡作文、云裳制诗)

(七一)曹慧麟

捧角于今集大观,南京上海各成团。不知多少团员里,谁被卿卿"另眼"看?

曹慧麟之来,有所谓捧角团者,分南京上海两组,于是声势甚盛,其实此人本老上海也。在朱石麟导演之二本《文素臣》中,曹曾饰演素娥一角,以"林红"为其艺名,此则关于其银幕生涯者,又此人曾一度操货腰之业,此则为海上人士所不详者,而报纸亦绝未有所记述也。曹以生身之母贫甚,遂鬻曹与别一妇人,是为曹之假母,妇并曹而共蓄三雏,皆令之习舞,艺成并遣之入丽都舞厅伴舞,不久其二雏俱效红拂之私奔。妇觅之不获,恐甚,虑慧麟亦将蹈二人之覆辙也,遂延师为之授戏,不久,携之赴白下,为习艺甚勤,故又下海为伶人,今且入平步青云之境矣。云裳悟慧麟为其旧识,良然,惟其时曹名林红时代,云裳拟介之以父礼侍天厂,盖曹与熙春为中表姊妹,天厂亦熙春之义父也。

(《力报》1942年5月28日,十一郎文、云裳制诗)

(七二)艳秋老四

亦似樱花特地柔,雀斑何福问明眸?绝怜向晚春江路,谁犯红尘觅艳秋？

艳秋老四,一嫁张效坤,再嫁黄玉麟,而其艳名益著。愚识伊人时,与玉麟割席后,附雪艳帜下,时友人汝南生与之善,而四已为投老秋娘矣。愚尝赠以句云:"绝怜堂唱包车上,一朵秋花向晚垂。"为生所激赏,而讽诵不去者,生世家子,研六法,文翰亦美,吾诗似有打油气,然意境甚远,而生能爱之,可见其人之为识家矣。

四喻张效坤将军为樱花糖,言其柔软无力也,遂腾笑一时,而此人之隽爽可知。四貌甚华艳,惟秀靥之上,星罗棋布者,皆雀斑也。愚平时看女人,以为雀斑能助女人之艳,四亦未尝以雀斑之密,而损其容光。四有妹,即雪艳老九,亦秀丽天生。今九亦久不见,四更不知萍飘何许!他日遇汝南生时,当一问美人消息也。

(《力报》1942年5月29日,狄玙作文、云裳制诗)

(七三) 陆露明

以前健美一婆娘,看过于今也看伤。灯下歌声难入调,料渠未必善啼床。

陆露明以健美著称于影星队,在阮玲玉主演之《新女性》一片中,陆为一女护士,论角色,起码之至,然风姿甚美,予人之印象弥佳。

知陆之身世者,谓其人自北都来,方与其夫赋仳离。今闻陆性甚饕,夫妻大典,每夕非十四次不足解其渴,夫亦雄健,然卒挫于陆,故异居。来沪后,从许幸之游,许固羸弱,不胜一击者,故亦终不能安居也。

愚识陆于许幸之孙师毅等办电通公司时,一夜宴叙,座上有二女人,一为露明,一为蓝苹。战后,苹忽西征,今闻嫔共产党人毛泽东矣;露明犹居沪上,演肉感影片,尝见其作大劈棺,唱歌一阕,声细不可闻,亦不入调,乃知此人比书生差强一等者。书生为百无一用,陆露明则尚可派一种用场耳!

有人谓:若干年来,陆露明愈看愈不好看,鼻渐巨,而面孔上渐有油腻之光,使人对之胃口大倒,然胃口不倒者,尚有人在,如第三等导演孙敬之流,正在拼命追求焉。

(《力报》1942年5月31日,十一郎文、云裳制诗)

(七四) 华慧麟

锡山自是销魂地,是为华娘刻骨思。杜牧寻芳应悔晚,一丛红艳已辞枝!

华慧麟初为女票,称华小姐,彩唱于沪上,声容之美,四座为倾,以《打花鼓》一剧为绝唱,然以予观之,花衫戏几无一勿胜,"玉笑珠香"四字,慧麟当之,应无愧色!

华尝嫔某闻人,某遇以殊宠,而慧麟复撒痴撒娇,某固粗豪,然恒语人曰:"格个小鬼,我真把她吪不办法也。"华之为华,自有其动人之魅力矣。

华肌肉不甚腴润,及与芙蓉城主游,玉貌益清癯,居沪上时,香巢筑于小花园一电器行楼上,电器行为华父所经营者也。有一时期,华忽有健康欲,从一武术家习"金钟罩"、"铁布衫"诸法。时吾友天厂亦习艺于此,天厂乃谓华习技时,仅御内衫,殊可使人为眼皮之供养也。嗟夫!燕瘦至此,其能为人,作眼皮供养者,要亦希矣。

近顷华孤宿春明,偃蹇不为人重。悬想当年跌宕甋甋之状,不禁怜美人如玉,何奈亦沦落天涯哉!

(《力报》1942年6月1日,费解作文、云裳制诗)

(七五) 张织云

记得江头睹织云,扶栏一立对斜曛。若言身世悲何限?不为飘零不遇君。

张织云盛时,与杨耐梅并称,其得意之状,无殊今日之顾袁诸女也。张后来发福,似有痴肥之憾,顾在曩年,则亦华美无伦。一日,予于轮埠遘之,扶栏立码头,乱头便服,是尚未及理妆时,咏"梳洗不妨停片刻,乱头时节最倾城"之句,真为之蚀骨销魂也。

张于银色圈中,韵事弥多,与汝南生尝互矢爱好,然亦不获全终始者。然生固言之,织云为一绝无心计之人,其落拓正同名士焉。

及后再见,则在织云来贺慕琴夫妇双寿时,亦任矜苹为其人"改造"之际也。而云已丰肥,几不为人所注目,近年,则闻其有沦落故都之说。然不确,陶伯逊先生去年游沪,曾与同饭,谓伊人已与医生天水郎同居,情况尚佳。志之以告沪人之关心织云者。

(《力报》1942年6月2日,费解作文、云裳制诗)

(七六)侯玉兰

一事能为侪辈夸,艳称三字"女侯爷"。更经四十春秋后,也算宣南掌故花。

侯玉兰与奚啸伯同隶黄金时,予过后台,有人为予介一见,时侯方上妆,将出台唱"有劳大嫂一声唤"之武家坡也。其后又一见,则是狐围其项,甫自寓所到院时耳,是日不卸铅华,而淡洁得自然之美,貌略似华慧麟,然丰润则胜于华。

去年,沪报竞记侯热恋李少春,然少春已别恋一女,侯无计遣其情痴,则付之歌哭,然则侯亦情钟。顾愚又闻之,侯有未婚夫,即今在更新出演之武生傅德威,傅曩隶黄金,有人于其床头发一缄,为侯所与者,词意缠绵,劝傅偃身攻艺,勿以闲花野草,而扰其清度,证以是说,则侯之私募少春,为不可信矣。

(勘正)昨日,陶伯逊先生游港,港误沪,盖织云不久返香岛,兵烽以后,则不知流徙何所矣。

(《力报》1942年6月3日,费解作文、云裳制诗)

(七七)王小妹

人称小妹何曾小?若说宽□定是宽!休为离鸾伤往事,夜深

173

帷帐已无寒。

王小妹有二人,一为舞国总揆,一则玻璃杯也。愚今所记者,则为王虎辰夫人之王总揆耳。

小妹发祥之地,为今日没没不为人重之大沪舞厅,红于是,与王虎辰茁情爱之苗亦于是。我谓小妹于虎辰,固一往情深者也,愚不反对此言,则王虎辰为一十三点,小妹不憎之而爱之,其专心固可证也。

昔尝从一友赴大沪,友招小妹侍座,买舞券十元,在当时并不为菲,今日思之,弥复可哂。时小妹容光焕发,迥非今日之痴肥。闻小妹初为一戏院主人所眷,招之观王虎辰戏,小妹遂移情爱于王,由目成而热恋,更由热恋而缔朱陈之好,主人闻之,非特无迕,且玉成其事,是真旷世之达人哉!

虎辰既死,小妹以别鹄离鸾,重为冯妇,来沪以后,玉体似焓赤与双马厂单之日长夜大,然生涯弥茂。去岁,传其人犹好与梨园子弟游,一武生与虎辰同氏,小妹尤善视之,此亦故剑情深之征,不足以中媾言之也。

(《力报》1942年6月4日,费解作文、云裳制诗)

(七八) 陈云裳

我的出道比你早,你的运道比我好。姓唐姓陈两云裳,一张皮与一只鸟!(《妇人科》之诗,未有如此首之蹩脚者,然正如白香山诗之能为老妪都解,读者诸君,幸勿等闲视之。云裳自批)

陈云裳在香港时,声名无李绮年之重,在影剧艺坛上之地位,亦逊绮年之高,及其来沪,将上海所有之银星,一齐吃瘪,声势之重,乃无其匹。李绮年在港,闻而羡之,亦翩然至,而终非陈之敌,李之所以伤心者,在此耳!

陈为人甚和善,故人缘奇好,口头谈起陈云裳,报纸所记陈云裳,从未有"微词"发现,亦难得矣。初来时,陈居百乐门旅馆,有人辟一室于其上,夜深,谓可以从其室见陈沐于浴室中,玉光照眼,纤细无遗。一日,友过我,邀我随之往,一窥奇境,愚终未从,早晓得她后来有偌大"窜头",殊悔当初之吝吾玉趾也。

若干时前,报纸记糖商某,录陈为义女,斥觌面之仪,费四十万元之巨(钻戒洋房)。事非尽确,惟经此宣传,乃使人共有一种感想,则要碰一碰她,岂非要买了跑马厅,为相见之礼邪?

(《力报》1942年6月5日,费解作文、云裳制诗)

(七九)胡 蝶

凤泊鸾飘事可哀,美人何日始归来?本无恩怨从头记,姑为招魂费我才。

胡蝶在电影界,资望既老,声势亦非后生所及,所谓亦只此一份者也。《碎琴楼》有"温恭肃丽"之言,以喻一佳人,胡蝶当之,乃勿愧色。陆小洛知此人有最大好处,即梨园行所谓"好公事",而新人物所谓"服务忠诚"是也,胡蝶拍戏,从不迟到,更绝对服从导演,在上海已如此,在香港亦然。

胡去沪上事,沪人类知之,去沪以后,体重日增,胡忧焉。问于医,医为施减肥之术,设一椅,椅有机械,饭后,胡卧于椅上,椅自前后颠动,此时若有一丈夫子,伏其上,情景如何?愿读者瞑目思之。

近时,传胡乘轮而沉于海,至今无法证实,同船尚有梅兰芳先生,若消息而实,则中国之两件"活宝",同与波臣为伍矣。与二宝有一面缘,悼胡蝶亦兼以悼梅先生也!

(《力报》1942年6月6日,费解作文、云裳制诗)

(八〇)陈美美

美人涕泪才人诗,谁惜江东幕客痴?欲问凤凰飞处好,若非良将定良医。

陈美美老七,以江东杨云史之眷恋,而艳誉日高。陈固美人,

175

杨亦名士,顾二人终未好合,亦情天之缺憾矣。杨为陈咏诗甚多,而流传最广者,有一绝句云:"春来心事惜芳菲,花满江城酒满衣。一自新诗传万口,家家红粉说杨圻。"当时云史之豪情胜概,令人可以想见。

七既移艳帜于沪上,无论游侠屠沽,一例可嬺,严春堂尝欲箧之于室,终不果,及后嫁桃坞居士。居士以擅岐黄术,著声于时,尤工画笔,要亦雅人。昨于贺谌则高哲嗣婚礼之礼堂上,遘居士,亦见美美,则雾鬓风鬟,犹如曩日,惟已不能掩其老,与人谈,俄顷,即频频出粉匣润其容;居士亦容光黯淡,盖沉湎烟霞,处境复迥非昔日矣。

(《力报》1942年6月7日,狄珩作文、云裳制诗)

(八一) 毛剑秋

论色能当一字幽,论歌似听夜啾啾。是人是鬼浑难辨,道是坤优毛剑秋!

过宜记毛剑秋,忽忆此人为愚旧识,亦可以列《妇人科》中者也。因于今日记之。剑秋为毛韶珂女,其貌殊不扬,小头小脑,若自幽冥中来;其歌声太锐,聆之刺耳,似闻枭鸱鸣,令人生怖,故虽识其人,而于其人色艺则无好感。第一次歌于沪上,在黄家花园,时有人介与张善琨夫人,使剑秋入共舞台也,夫人丐之方曰:试往觇之,于汝意可,即专心矣。之方归,盛誉其艺事之胜,于是剑秋与共舞台之局遂成。之方谙旧剧,惟其神经常常贯注于做满堂广告时,故伶人之入其眼底者,无人不好,亦无歌不美,是故当时为双方撮合者,端赖之方一言。及剑秋之局散,闻剑秋颇不慊于之方,其为伶人真不可以与言风义也。

王椿柏为剑秋抚胸一役,引起若干文友之争论。愚从来心平气和,以剑秋非我所喜,无论椿柏为之抚胸,即令椿柏在台上公然性交,亦关我鸟事?王八蛋吃一眼眼干醋也!

(《力报》1942年6月8日,狄珩作文、云裳制诗)

（八二）林小云老八

十载前头见此婆，亦能骂人亦能歌。自从历尽辛甘味，剩有尊前涕泪多。

林小云老八，名大毛，次妹二毛，名美云，三妹三毛，名再云，皆为马夫之女。马夫游于侠林中，姊妹三人，耳濡目染，亦时有白相人嫂嫂气概，以大毛与三毛尤甚。八硕人顾顾，当年肆应樽边时着博袖之裳，袖复上挢，时作打相打身段，而开出口来，亦俨然门槛里人，然其人直爽，讲公理，此则真得朱家郭解之遗旨者也。

八遭际不佳，嫁花会大王所谓良鸿茂堂者，先后被人暗算，及后嫔五华银行行长樊某，亦中年而大，八为别鹄离鸾者屡矣，遂使锋芒尽敛。三年前，于大华座上见之，一身重孝，盖初为未亡人也，矜平躁释，居然良家妇矣。

八唱老生，学信芳歌，刻意求工，其志亦专，举海上群芳会唱人物，林小云实此中班头，因高乐歌场将开幕，忽忆此人，故为之记。

（《力报》1942年6月9日，狄珩作文、云裳制诗）

（八三）潘玲九

曾将纤掌挞浮尸，纵使冥顽亦善痴。好为个郎吟一语，春秋冬夏尽相思。

近十年矣，与浮尸冯君，饭于市楼，尸征一堂差至，名春红阿媛，娇小而能歌，与尸既脱熟，尸言偶不慎，阿媛举掌击尸，尸缩厥颅入项中，其时其状，则又不类浮尸，而类一元绪之公矣。阿媛来时，尸每嬲之歌，不唱平剧，而歌《四季相思》，柔和悦耳，闻者无不神往。

旋北里间有玲华老九其人，则为春红蜕化者，盖阿媛已自小先生而成大先生矣。未几，九且俨然名伎，及一度退藏，重来之日，又以电话报尸，尸履其闼，方知九将入舞榭操货腰生涯，丐尸为之宣传。尸大乐，及归,于报纸间述九居处之奢,御用之美。未几,九乃以潘玲九之名,入百乐门。进场之日,有一奇迹可言者,有客某,应九之邀,为九捧场,既至,则九转台方忙,客出千金与舞女大班曰:以此为九小姐市舞券,且告九,我已来过,渠忙,故不复相扰矣。客固豪极一时,而九声势之盛,又何如者? 此为前年夏间事,以言今日,则掷千金市券者,固多逾恒河沙数耳。

顷闻九复遭嫁,为作兹篇,以代飨敬如何?

(《力报》1942年6月10日,狄珩作文、云裳制诗)

(八四)宣景琳

宣娘于昔已称姬,二十年来未白头。只在劳劳人海里,眉间常带几分愁。

宣景琳为优良之银幕演员,而当年则跌宕风尘中,居北里时,称小金牡丹。张石川游息章台,见其人而善之,拔之为电影明星,事已近二十年矣。

宣嘴尝瘪,故有小老太婆之号,然并未因其饰貌之嫭,而减观众拥戴之忱,则此人之值得怀念可想也。愚以之方介,识宣于扬子饭店,时在锦晖办清风乐队时,宣为徐来存问来也。

宣一度嫔白龙山人公子王季眉先生,而当其以伎人身,与梨园中人游,偕张×斌互矢爱好,报纸尝记其与张酣畅淋漓之役,乃知小老太婆正勇不可当,然此为少年时任性所为,今真老矣,宣且不忍念其当年之豪迈胜概矣。

不久前,于街车上见之,近况何如? 颇不可知,读者亦有为我补充此文者乎? 翘首待之。

(《力报》1942年6月11日,狄珩作文、云裳制诗)

(八五)陈娟娟

娟娟身浪阿曾来? 害得姑娘哭一回。原是影迷无恶意,心须寻后始能开。

陈娟娟名字甚多,舞女与向导员尤众,然皆因袭电影上之小明星者也。今陈已自小姑娘而成大姑娘,结婚时,不能为拉纱人而可以为女傧相矣。

陈依其外婆为活,称外婆为婆婆。吾友龚之方先生识娟娟,亦识娟之婆婆,谓娟娟婆婆督娟娟甚严,娟娟演戏时,婆婆在旁叮嘱之曰:"娟娟,你要活泼一点。"婆婆为四川人,之方言时,既学其身段,复效其口音,则亦活龙活现娟娟婆婆矣。

去年,有影迷致书于陈,问娟娟曰:"你的生理上已起了变化没有?"娟娟得书大哭,谓影迷实辱之也,若所问之词,更甚于此。看来一条小性命,真要伤在影迷手里矣。

(《力报》1942年6月12日,十一郎文、云裳制诗)

(八六) 魏爱娜

罗汉刚刚十八尊,捉来身上一销魂!皮坚如铁钢为骨,着体虽无斧凿痕!

魏爱娜在扬子舞厅,称百花皇后,其始亦好女儿也,及后转变,则荡检逾闲,时人列为"淫星录"中人焉。

魏与梨园子弟嬲,已尽人皆知矣,尝沾沾自喜,语人曰:武生之与我角雌雄者,凡十八人,于是举十八人之精粗美恶,作绘影绘声之传述,如李郎者,不堪一击者也,又如王郎者,虚有其表者耳。一武生称二郎,与魏亦有同席之雅,郎不勇,未讲正经而既涕泗滂沱,魏大怒,推之起,不令作片刻留,魏固狠人,亦快人哉!魏之事,所闻绝多,而报纸腾载者亦众,故不备举,前岁,尝入花间,然不久又隐去,此人瘦瘠若弱不禁风者,而不图其耐于摧折,倘所谓以貌取人,失之子羽者欤?

(《力报》1942年6月13日,十一郎文、云裳制诗)

(八七) 小黑姑娘

不将弦子套,还用笛来装。一只家生里,东西随便藏。

小黑姑娘亦染芙蓉癖,烟视媚行,曾不减美人仪态,愚见之时,在北平书场,嫔薛佳生以前也,小黑着蝉翼之衣,时为盛夏,厥领高且坚,及上台,将颏下之纽松解,然后度曲,以利引吭,即此已足使座客销魂,捉斯人于衾枕间,薛三郎之所以尽瘁而死也!

鼓姬与弹弦子人嬉,比比皆是,小黑亦不免,而北平人呼此中为弦子套,顾名思义,当为哑然,旋归佳生,时人又曰:小黑不装弦子,而装一枝短笛矣。终其身,为装乐器之家生也,语尤新趣。

前三年与佳生游故都,佳生以富家子而下海为伶人,然无所成就,抑郁久之,于去岁死。死后,小黑哀毁逾恒,报间已有记载者,闻小黑尝扶佳生之榇南来,拟遁迹空门而未果,今不知莺栖何许?小黑姓杨,名慧君。附记于此。

(《力报》1942年6月15日,十一郎文、云裳制诗)

(八八) 韩素秋

谁谓风姿艳逾花,可怜开口见金牙。登场脱却衣裳看,最爱轻圆奶似瓜。

韩素秋以善演风情戏著名者,时人称之为骚姐儿,实则其人骨干大,面亦奇阔,张口、黄金之齿,灿灿窥唇,二十年前,或以此为殊美,今日睹之,讨厌而已。

今韩已嫁张翼鹏君,然相处亦不甚得,愚尝于吾师诞辰之日,与之同桌,其母亦至,母更健噐,是盖伶人韩树棠之妇也。

昔传甗瓾上人,亦有俯身俎上者,乃谓有女伶者,经一番蝶使蜂媒之后,可以致之枕角衾边,来时御墨晶之镜,无一言,客欲问何为者?为之,既竟辄去,客或不识相,称之为老板,或誉其舞台上造诣之高,则绝裾矣，时所值不过一二百金耳。此女伶何人，有人即指本文主角而言也。

（《力报》1942年6月16日，十一郎文、云裳制诗）

（八九）严月闲

　　两只清圆大眼睛，老来一豁更堪惊！自离银海浑无事，似水年华似豆灯。

近顷上海艺术剧团，将上演《第二梦》于卡尔登，是为洪深剧本。十五年前，洪尝自演一角，而为剧中之佼佼者，严月闲也。时月闲犹在韶年，撒痴撒娇之状，辄令台下人为之神移，因忆严月闲，遂记严月闲。

月闲为严工上之女，双目圆而巨，有一时期，体态痴肥，及其与芙蓉城之游，又变为消瘦，然老态遽增，艳光亦敛，或谓：严之所以染烟癖者欲减肥，及肥果减，而人则不等样矣。

月闲尝与张斐君老二游，张亦游于佳林者，二人俱好博回力球，博回力球而好与回力球打手伍，亦相同，其时月闲身坯好，与葡萄牙人携手同行，见者曰："选排伦女明星身坯，只好让外国人去抗（读如行）一抗，中华男儿，无此福分也。"

愚识月闲于某画家府上，月闲至，横下去就抽，立起来时，又告辞而退，是日二三小时之晤对，我则坐，渠则躺也，可知沉湎于黑籍之深，土贵如金，不审月闲已离沦劫否？

（《力报》1942年6月17日，十一郎文、云裳制诗）

（九〇）尤素贞

　　人姓尤而物也尤，舞场人说阿三头。看来自比牡丹艳，一叶还当为汝俦。

昔维也纳时代，有尤氏姊妹者，姊名素英，妹字素贞，素英称阿二头，素贞则阿三头也。旋先后下嫁，阿二头犹甘淡泊，阿三头则终效冯妇下车,而重来舞榭,去年入仙乐斯,与陈雪莉、黎明、沈爱莲三人,称四金刚焉。

阿二头于未嫁前,肥甚,有一团肉气之观,及如春云之再展时,则骨肉停匀,风姿奇丽,于是见者叹曰:斯真尤物。去年,尝得疾,卧医院者久,有人往省清恙者,乃谓馈药之人甚众,而尤以一病而所入弥丰也。病起,又隐而勿出,乃闻从一少年同居,少年以经商获巨利,故纳尤。云裳尝记其事,少年不悦,丐人为云裳致语。其实此正人生得意之作,而必欲遮头盖脚者,固何乐?云裳故言:少年之拘谨为多事也。

(《力报》1942年6月18日,十一郎文、云裳制诗)

（九一）孟小冬

第一人称女老生,誉君不用我文章。他年堕入轮回劫,先乞孟婆一盏汤。

孟小冬以女人而为须生泰斗,今世之论京朝派须生人才者,余叔岩外马连良不与也,谭富英不与也,特推小冬一人耳。近年小冬居平久,不常演,演必轰动九城,侍叔岩甚挚,叔岩病,小冬奉汤药不去左右。此人已入暮年,而能致其心力于艺事者甚专,亦足多矣。

愚十七岁居故都,小冬方出于大栅栏之三庆园,门外悬一巨影,梳一髻,盘蛇堕马,真疑一顾可以倾城焉。

时与梅兰芳交好,一日为炎夏之晨,赴中央公园,小冬与兰芳并至,犹有中行总裁冯幼伟君,三人之衣为一色,小冬未尝施脂粉,肌黄于蜡,方知娟娟此豸,犹不耐使人为刘桢平视耳。

自杀李志刚一役,哄传南北后,小冬从此韬晦,复以福芝芳之悍而妒,渐与梅疏。当二人要好时,尝合演《探母》,小冬为四郎,而兰芳为公主,颠鸾倒凤,然艺坛佳话,此亦可以千古之一页矣。

(《力报》1942年6月20日,十一郎文、云裳制诗)

（九二）黎明晖

寒衣送尽未返家，儿在江南念阿爷。爷鬓已斑儿亦老，江山到处有胡笳。

毕倚虹诗云："爷弄胡琴儿唱曲,黎娘到处送寒衣。"此在黎派歌曲萌芽时也。明晖截短发，披于额上，唱锦晖之歌，如《麻雀与小孩》、《葡萄仙子》，以及《可怜的秋香》，凡此为举国儿童所疯魔，毕诗所谓"送寒衣"者，则为别一新歌，名《寒衣曲》也。

明晖既长成，狂放绝似乃翁，艳闻四播，比香港之妒杀案发生，尤为举国所属目。愚尝与锦晖谈，锦晖笃爱其儿，乃谓明晖旨趣高，识恋爱之真谛，故能敝屣彼富人子也。在此老口中，为其女文饰，乃觉"红颜祸水"之者，根本放不进去。

自嫔陆钟恩，既有年，明晖春秋已富，释躁于平，居然为贤妻良母矣。比年蛰居沪上，未尝离去，每见之，则儿女绕其膝下，厥发尤短，惟不覆于额，而掠于脑后，光可鉴人。陆为篮球足球队之选手，然其守门，为球迷所勿喜，打篮球亦常受观众"嘘嘘"，于运动为饭桶，于事业亦无所成就，局蹐于春江，使明晖曾不获一日开眉也。

(《力报》1942 年 6 月 22 日，狄珩作文、云裳制诗)

（九三）孙翠娥

当心"戤白"出娥牌，语妙孙娘喻挖花。刻骨歌声销歇久，料成"金对"隐良家。

女甬滩家其足以引人入胜者，孙翠娥一人而已，虽投老秋娘，犹堕歌尘，然韵味甚厚。天厂居士，谓地方戏之歌者，其声腔富烟司披里纯者，今世惟见一翠娥耳，其推重如此。

翠娥之歌声绝妙，其插科尤耐人寻味，尝以轧姘头与正式男人，比之为挖花牌中之"戤白"与"金对"。谓姘头者，白皮也，而本夫则为花牌矣。白皮最不牢靠,摸着"金对",戤白必打,语妙如此,往往使听者解颐。云裳尝咏以诗云:"若许与卿龙可接,头张便想睏娥牌。"盖以翠娥比娥牌,意淫亦甚。

今翠娥已告退藏,与瘦腰生赋同居之爱,育一雏,才二三龄耳,生为之取名字曰"詹姆斯"。孙有母,今尚居其昔日之居,历尽风霜,其人如垂萎之花,了无润象矣。

(《力报》1942年6月23日,费解作文、云裳制诗)

(九四) 杨莲琴

立起来看浑似狗,若教横下便如蛇。笑予至竟悭余福,共坐清谈愿尚赊。

杨莲琴之来,亦随白云鹏小黑姑娘献曲于知足庐之北平书场,来而不思归,故居沪甚久,既归而又不想重来,而此人销声匿迹亦已久,殆已嫁得良人矣。

杨所度为铁片大歌,其声若有磁性,能尼人,而人为之醉,操弦者亦能故弄技巧,助其歌声于蚀骨销魂之境,杨以是而称红。杨貌不甚美,杨善笑,笑则诱人以神酥骨痒,时文人皆捧之,大郎曰:"文豪之辈皆倾倒,我与听潮并转陶。"亦可见江南子弟争倾风采矣。

或谓杨在台上,台下人瞭望其容,则其面殊若巴儿狗,然吾友有捉之入春暖香衾中,又谓其蜿如蛇也。又谓杨台上之歌声好,而居床褥,亦以善唱动人,若夫演技,则亦平凡,可知女人之风冶于表者,未必能骚于里,此"板板六十四"之所以终成千古至言也。

杨在沪居南京大戏院对门之久大木行楼上,为此中人入幕之宾者,不可胜数,娟娟此豸,赖此而得广积,然及其捞得差勿多时,又宣称曰:回家吃老米饭矣,后遂不复至(云裳曰:一说杨已嫁人,而仍居沪上)。

(《力报》1942年6月24日,费解作文、云裳制诗)

（九五）夏佩珍

惟尔年年受苦辛，一肩重担故长贫。忽然想着孤孀面，便忆银坛夏佩珍。

数银坛上女明星资望之老，与夫演技之卓越，则夏佩珍为不可抹煞之一人。愚与佩珍，亦有一面缘，而其时其地，亦在正秋先生盖棺于上海殡仪馆也。是日，明星公司之女演员毕至，哭正秋至哀者，惟夏一人，盖正秋怜其贫而弱，提携甚至，正秋死，夏少一照拂之人，故不觉哀毁逾恒矣。

夏一家八口，悉赖其一人之收入而活，八口中占有枪分子亦多，夏亦疏狂，染嗜好，故生计益迫，其人终年居愁乡中，面上素无一丝笑痕也。电影公司既见其不振，视为废材，遂无所托，则上天韵楼唱文明戏。未几，又随文明戏班走津沽间，凡此俱为若干年前事。近岁已不复闻其消息，想贫困依然，念其人，不禁惘惘若有所失也。

（《力报》1942年6月25日，费解作文、云裳制诗）

（九六）陆小曼

斯人总是耐相思，绝世才华绝世姿。终被芙蓉销入骨，近来相见更无肌。

海上之交际花，推陆小曼、唐瑛二人。愚见小曼时，尚居北平，疑其为陆润生之弱息也，鬓云眉月，柔媚若无骨。乃二十年来，小曼既青春消逝，而其人为阿芙蓉所戕贼，少日艳光，销减已尽。一日，于剧场觏之，与翁瑞午偕，翁本翩翩，亦以沉湎黑籍，长而瘦，望之可怖；小曼则肌黄如蜡，偶张口，黝然而黑，若一穴，使人无从觅其皓齿绛唇矣。

陆虽出自名门，惟其人思想甚新，而视贞操不甚重大，初嫔王赓，而再嫁与诗人徐志摩先生，徐死，再醮而与翁瑞午同居，惟名件乃能与名件为匹，若王，若徐，若翁，固无一非名件也。翁不自振，陆亦不知自拔，遂沦于泥犁，闻其处境甚困乏，绘事亦常疏，否则犹可赖之为生计之谋也。

(《力报》1942年6月26日，费解作文、云裳制诗)

(九七) 黎 春

　　宝莲貌似富春楼，亦是刚雄亦是柔。臣朔饥矣饥欲死，扪胸颇想索馒头。

　　黎春老十于十年前，张宝莲帜，故称宝莲老十，其貌与富春楼老六有虎贲中郎之似，六截发甚短，掠于脑后，十亦似之，惟十尤雄健，其胸高耸。冯梦云办《大晶报》时，刊十一影，画里真真，读者固无不为之神酥骨痒也。今日云裳之诗，即当年题影而作者。

　　十尝嫔黎元洪公子绍基君，筑金屋藏之，陈设奢豪，为海上所未有，顾不克全终始，十则重堕风尘，改艳榜曰黎春，所以示故剑情深也。十载以来，浮沉如故，而其人垂垂老矣。今犹在花间，然豪兴不殊，歌舞之场，犹可见其风仪。十能歌，唱须生，亦习武生。票友李元龙先生，为十授拜山，其身手亦矫捷，可知于平剧浸淫之多矣。

(《力报》1942年6月28日，费解作文、云裳制诗)

(九八) 九 云

　　高家姊妹尽娉婷，悬想年来鬓尚青。记得红楼留一醉，与奴扶上第三层。

　　北里世家，无不推高氏三姝，三姝者，高第老七，高彩云老九，与高美云老十也。无不健歌，亦无不著艳誉，七嫁罗绮缘君，美云嫔定山居士。居士雅人，则为其别署一名，曰郑十云，即时人所称之十云夫人也。独九退隐较迟，战前，尚张艳帜于汕头路口，即静姝之邻，九去，让其妆阁与潘妃老九者也，时榜曰"九云"。

　　名倡之为不祥人者，林小云老八外，九亦一人，闻客之与九云嬲者，非隳业即丧身。交通银行某职员,睹九而惊为绝艳,互论爱好,不久其人遭缧绁之祸。吾友虬髯客,亦尝与九赋同居之爱,而几倾其家,虬髯将远行,不忍离九,九曰:郎且前行,侬无贰志。客不信,拔刀刲其臂,曰:我苟负卿,请死于旅次,卿将如何?九无以应,客黯然离去,乍行,而九已别觅新欢矣。其人盖不能专一爱于人,客至今言之,犹伤感为之泣下也!

九嗜阿芙蓉,当其税一屋于重庆路时,王友为其邻,时为盛装,自生意浪归,即卸其衣裤,至寸缕无存,跂其足卧地上燃烟,天明始已。友于夜深,恒登晒台窥帘中春色,矜为妙遘,此亦六七年前事,今虬髯又赋归来,而不审云停何许矣。

(《力报》1942年6月30日,十一郎文、云裳制诗)

西风人语(1943.11—1945.7)

顾也鲁

于张善琨先生座上，遇顾也鲁，久别，得把晤于此，亦可喜也。也鲁谓其夫人黄(名字写不出，其中有一字，且不识)于月前生产于医院中，今袖珍小生，已为一子之父矣。予问其结婚何时？曰：今年一月一日，得子则十月十日，屈指算之，则顾夫人所得者，实为"坐床喜"焉。

◆李清华

李清华为李丽华之姊，张少泉育女三，皆可看，清华为尤美，予见清华，亦在善琨座上。丽华虽以艳色倾动海堧，顾非予所喜；今见清华，如对张少泉作"何物老妪"之赞，清华既行，予立称其美，善琨亟非吾说。少泉长女，已为"闻人"姚一本妇，丽华则方照耀银坛，独不审清华作何归宿？闻其访张先生谈话时，为欲领导一歌舞班，在上海出演云。

(《繁华报》1943年11月7日，署名：云哥)

柬锵锵

锵锵兄：寒舍有断炊之虞，前在大西洋席上，曾面托吾兄，兄谓席上人太多，俟牌局时言，不意捏牌在手，万事俱忘，近日馈妇催索甚急，务望足下代为设法数以四至六，能得六弥佳。之方言，小绍兴大有肩胛，弟与令师尤笃交谊，请看各方交情，勿使弟独抱遗珠之憾也。上下乞惠电话(六二三九四)，弟或不在，问舍下人送到啥地方可矣。

(《繁华报》1943年11月10日，署名：云哥)

宇 宙 锋

张善琨先生曾言,生平不爱看青衣戏中之《宇宙锋》,以唱太闷,做亦莫名其妙也。是与愚见颇相合,听《宇宙锋》不知已若干回,顾不详青衣所唱之剧词,都在说些什么也！老生戏之《捉放》与《探母》,予亦不爱听,此则非不懂台词,而因听腻看厌之故,其影响实受于往年之夜夜跑时代楼头,捧张文娟,而三不两时,看其贴《探母》与《捉放》耳。

◆化妆

黄桂秋化妆,费时达一小时半,小翠花亦然。马连良在黄金唱《春秋笔》之日,管事请翠花以三时半到院,翠花延至四时,以化妆不及,竟误场半小时,台下人喧哗如沸。此固化妆之慢误了翠花,然亦可见翠花此来,为沪人拥戴之殷矣。

(《繁华报》1943 年 11 月 16 日,署名:刘郎)

茶 与 酒

下午五时以前,十一时以后,市楼不复卖酒。中午吃饭,入酒馆,堂倌以茶进,此真所谓客来茶当酒矣。闻诸人言,此中亦有取巧者,譬如一桌十人,有三人非饮不可,堂倌则以清茶七杯奉与不饮之客,而以红茶三杯,敬与酒人,红茶杯底,有□□,特上口始知其为麯生耳,但不用酒壶,以一大铜勺代酒壶,斟酒似冲开水然,是亦极阳奉阴违之能事矣。

◆小型报人物志

九公因写小型报人物志,使众怨如麻,此稿刊于何处？所录者几人？予不获一睹,九公平日为文,恒欢喜仿白相人攀谈,然白相人攀谈,有一句叫"自家人末帮帮忙勒",九公宁有勿知者,知而为之,则真正"勿落槛"矣。

(《繁华报》1943 年 11 月 20 日,署名:刘郎)

舞 女 之 居

舞女群居之地,静安别墅外,尚有高士满隔壁之弄堂内,此中之弄堂房子皆改为公寓,而尚有一悦来饭店,房间胥为舞女所据。静安别墅,巷深如海,而该弄亦复漫漫长道,真不知"伊于胡底"?海上之名舞女,居此公寓及悦来者甚众。悦来诸室,狭小如舟,二人合一室,以床小,一人睡于榻,一人卧地上。号称喜鹊儿之陈□影,与陈丽□等四人合居一大室,设巨榻一张,帆布床一,三人卧巨榻,一人卧行军床,为苦乐均匀计,行军床每人轮流而卧。王玉□与华莉莉,亦居其间,初夏之日,曾过其居,室小,燠热不可耐,开门开窗,向门窗外望,见群室如蜂窝。华灯影里,□有佳丽可寻,吃饱仔饭,若无事可为,到此等地方去吃豆腐,似乎尚有滋味也。

(《繁华报》1943年11月26日,署名:刘郎)

加 官 留 影

信芳于天蟾舞台开幕之日,演《跳加官》,闻之人言,麒派身段,一一托诸加官身上,故绝美妙。《申报》摄影记者康君,特为其留影二帧,且托梯维兄送来一份,嘱为纪念,盛意殊可感也。惟加官用面具,固无所谓"扮相",班底为之,固此状,使江南伶范串之,亦复此容。故康君留影,苟贮之数十年,出以示人曰:是盖信芳之加官,见者必不信,非不信此必非信芳也,特问何从证明之耳。

◆白食

锵锵尝沙蟹于绍华府上,力誉姚家供养之丰,从所未遇。一日锵锵赴雪园夜饭亦盛称雪园本帮饭菜之美,然终曰:雪园之菜,犹不及姚府之菜,故愿再扰姚家一顿。其实吃雪园要自己会钞,吃姚家则完全白食耳,好坏之分,实系于此。

(《繁华报》1943年11月30日,署名:刘郎)

沧洲小坐

近岁不好听书,闻沧洲座上,多中年美妇,为塌眼药计,姑为书客。入南京书场,为看台上人去,入沧洲书场,则专门注意台下人矣,然亦失望,以台下人殊无可看者。用是姑听书,时凌文君方说《描金凤》,劫法场一段,颇流利轻松,令人嗢噱。及换顾宏伯,此人声调不好,开口打蓝青官话,之方谓似舞台上之杨宝童,盖亦病以音节之浊也,故引去,出门口,下次殆无胃口。

◆蒋某

说书先生之为拆白生涯者,近年以一蒋姓人为尤著。说书业不知亦有公会否?如有公会,此人有开除必要,否则书坛诸子,将因此人而胥蒙大辱。蒋劣迹甚多,罄竹难书。予所识中,有陆娘者,嬺蒋一二年,所耗十数万,此为三年前事。其人心术尤坏,虽万死,不足蔽其辜耳!

(《繁华报》1943年12月7日,署名:刘郎)

记刘一兄弟

刘一先生健笔独扛,日为各报撰述,顾以不恒出门,遂无材料可求,则"听消息"于秋水先生许。秋水与予共一写字台,自谓常以珍贵之资料,供刘一笔下挥写,刘一故日诣秋水。有时刘一迟眠,起身近午,则遣乃弟访秋水,其弟来时,予方伏案,辄闻弟其告秋水曰:我哥尚未起床也,秋水知其旨遂,摘材料刘弟,弟称谢去,当时情状,弥可哂也。愚文笔荒芜,惟自问恒日所写者,其内容尚充实,则以接触之方面太多,触处皆成腕底之材,而未尝发空言论,及无病呻吟也。慕尔谓我所作,即以此为言。其次者,富为肯"听消息"之俦,如刘一先生是,写身边文学而落下乘者,则感叹如同放屁,或者为闭门造车,此最要不得。予见刘一兄弟奔走之勤,虽是作孽相,然较之出硬噱头,强博读者失笑者,又有上下床之判矣。

(《繁华报》1943年12月8日,署名:刘郎)

苍　　蝇

往年,上海闹市中,苍蝇几于绝迹。玲珑办《太阳报》时,曾攻击沈大成有一特点,即附近绝对不易发现之苍蝇,惟沈大成有之,亦可见当时市容之整洁矣。洎乎近岁,苍蝇之繁,几于与年俱进,西藏路上之咖啡馆,为群蝇盘踞,已成司空见惯。一夕,进食于新沙华,菜盘之上,忽驻一苍蝇,时在严冬,而此蝇竟不入冬眠状态,犹来抢一百二十五元一客之大菜也。此时食者三人,会钞者为不佞,看菜单上喜其所价不奢,及睹此苍蝇后始呼奇冤不止。

◆友谊

王雪尘与唐木斋交谊甚厚,木斋将于十二日举行嘉礼,喜柬已发出,独不及雪尘。雪尘大恚,索予问罪于木斋,其实为唐宅账房所遗漏,非蓄意也。人谓王雪尘骂人时,面目似甚无情,独敦友谊,观此滋可信也。

(《繁华报》1943年12月10日,署名:刘郎)

吁　　请

予写稿之潦草,应推第一人。新办之报,邀予写稿,刊出讹字叠见,至于不可胜数。予文字无足称,纵然讹字多,而至面目全非,亦无所谓,况其咎在我。我本不可苛责手民与校雠人也,特在报纸立场,则为莫大污点。故新办之报,苟不能清校予稿者,予稿将不特不足为篇幅之光,且为篇幅之辱矣。

上月间,有某某两报问世,校对与手民,俱为生手,致予文刊布,乃成不知所云。一日甲报刊予作七绝一章,共二十八字,其中讹字达五枚之多,此种稿件,有比勿有为好。予今故吁请于新办之报之当局之前,务必放弃予稿,在我固可以省许多心力,在报纸本身,亦可少一样不成东西之作品,否则予天天吃力,而报纸传观大众,且将贻笑大方。予与各报当局无非好友,故尽此忠忱,决非客气,亦不敢对友情有所重轻,更不敢对手民与校雠先生,丝毫歧视焉。

(《繁华报》1943年12月30日,署名:刘郎)

"佳壳劣芯"

今日各处印送之日历,底板颇有可观者,特芯子皆为劣质之纸张,亦文歪公所谓"壳佳芯劣"也。有人套滥调曰:彩凤随鸦,予则以为此直顾兰君之偶李英,兰君洵为"佳壳",而李英则为无可再劣之劣芯矣。

◆王寿

本月十日,王振川医生,为其堂前二老举行七十称觞,地点在孟德兰路之护国禅寺,亦不欲铺张也。惟亲友有赠寿仪者,只受现金,盖王特觅为巨数,分充善举,规定之慈善机关甚多,以馆谷贷学两金,将投送尤广,既惠及灾黎,亦为椿萱造福也。

◆不大方

大方杂志问世,封面刊一圆图,有某富翁妾中坐,环其四周者,为坤伶八人,皆富翁之过房女儿也。富翁形状猥琐,大方杂志一切大方,独着此一人,乃觉甚不大方耳。

(《繁华报》1944年1月8日,署名:刘郎)

访红豆咖啡馆

红豆咖啡馆开幕,予失礼,亦未往道贺,真无以对锵锵也。昨日得锵锵之书,嘱为其新创之《戏剧日报》撰稿。予拟与故人,面尽一一,因于是日下午,特偕姚绍华兄,访于红豆。坐良久而未见朱老板来,怅然离去,入回力球场,赢六百金,还至雪园,吃去四百金,带一百元归来,此亦急景凋年中之一桩小快事也。

予所欲为锵锵言者,稿子王八蛋高兴多写,老板之为人恶劣者,尤不愿写。予与锵锵无深交,特小洛、之方,恒盛道其为人,故今日有事,我愿效劳。报酬多寡决不计较,惟请从十六日起发稿,近日因家庭多事,实无心思握管,又贱文务必详细校阅,否则错字太多,我对不起读者,而报纸则对不起作者也。

(《繁华报》1944 年 1 月 11 日,署名:刘郎)

《小放牛》

一夜,在国际饭店房间内,召金小天之堂会。时已子夜,小天堂会方归,闻召即坐车来,室中人众,小天乃谓明日起,南京书场举行会书,会书之日,女弹词家,以客人点开篇之数量尤多,为尤光宠,而听客亦以点开篇之广,能夸耀于场中也。予曰:予愿点两百只,玄郎亦曰:愿点一百只。勤伯亦曰:我亦附刘郎之后,点二百只。小天细数其值,为二千五百金,大喜,然则明日请及早莅场也。明日,予先退牌,予友亦都裹足,玄郎谓早知如此,悔不当时牛皮吹五百只与一千只也。唱小书之女人,派头亦小,予已屡屡言之,要人点唱开篇,而先以派头吓人,我辈因不受人吓者,于是我唱滩簧,朋友亦《小放牛》矣。

(《繁华报》1944 年 1 月 19 日,署名:刘郎)

"鸡 皮"

去年送我一只鸡,白雪隆情我念之。今岁发来双月俸,庄头只宰桂花皮。

去年,白雪有赠鸡之举,今岁则改发两月稿酬。挈其资,掷于屠门中,可以摆平一起码之皮,然下脚钱犹不在内也。

◆岁朝清供

春到千花取次开,岁朝清供费多才。望平街上徘徊遍,一千金买腊梅来。

今岁花价奇昂,水仙、天竺、腊梅之类,尤令问鼎者咋舌。有人购腊梅一枝,价值千金以上,普通者亦须三四百金云。

(《繁华报》1944 年 1 月 31 日,署名:刘郎)

翻　　戏

翻戏之局,有种种方式,入于赌博一门者尤众,做此项经营者,是为起码人无疑。顾近年来上海操翻戏之勾当,竟大都为体面高人,譬如某俱乐部之五粒骰子一事,亦为"名高""巨贾"所为,此种人平时谁也不能说他们为起码人,但一旦真相揭穿,则□□定为起码人也。

颇闻有若干知名人士,近年互为勾结,而弄翻戏之局,除专吃洋盘。戏院业巨头之某君,未尝非上海之老白相,顾以好博而不精于博,亦曾被若辈屡次做进绍兴。至翻戏党人名中,有两个小开,皆为皇皇洋布店字号老板之子,一姓孙,一姓朱。予所相识中,受若辈之厄者,已数见不鲜,会当将群□名单,一一宣之报端,使上海人共弃此一批下流坏子也。

(《繁华报》1944年2月6日,署名:刘郎)

小老爷先生

本刊同文中温那为人敦厚,无疾言厉色。温那与小老爷皆任事于回力球场,小老爷真姓名不彰,据言,回力球场之外国人,亦以小老爷称之。一夜,同膳于雪园,之方为绍华介绍,称小老爷而曰小老爷先生,于是合座轩渠,盖犹之称大小姐女士,同一为不伦不类也。

◆爷叔

王龙先生门墙桃李,今亦有三千之盛。王赌回力球,坐楼上包厢中,其门弟子皆侍于左右。予过回力球场,王龙必邀予坐其包厢中,王则呼群徒至,称予为"爷叔",群徒果以爷叔称予,予大窘,谓龙曰:奈何恶作剧使人如坐针毡哉!王龙将经营食品公司于泰山路上,与白雪合作者,规模至巨,白雪屡言改业,殆将以此为肇端欤?

(《繁华报》1944年2月10日,署名:刘郎)

闲　事　一

近来只管闲,明知管闲事决无好处,只有坏处,但有时有不容不管者。若王陶事件,中间有王文兰,此种闲事,管亦无劲。特陶家大姊之涕泪陈词,使予不能不代其筹措,虽为效殊鲜,要来尽心尽事而已。又如平柯之事,柯灵要求秋翁增加月俸,乃遭秋翁峻拒,有"只好散场"之言,柯灵自不能堪,拂袖而去。此事予本想不管,惟秋翁与柯灵之合作,当时予曾致一言,柯灵既离去,秋翁又要予为之斡旋。昨日待柯灵不至,而终日劝之,胥耗于此,自家身边头浪事,已烦乱异常,今后以闲事萦扰心内,真使老夫不高兴也。

◆闲事二

吉报社长邹秉庸兄来谈,谓其与裕华公司有交谊,相识者,乃纷纷托其定购高乐牌香烟。近日以来,香烟之价高低不一,今日言定之价,明日忽告低落,于是定货者辄向秉庸打退堂鼓矣。此种情事已不一发生,使秉庸无以对裕华方面人,此当亦爱管闲事之果。闲谈及此,相与哑然。

(《繁华报》1944年2月21日,署名:刘郎)

吓　退　他　们

三月一日起,报纸有邀予为撰述者,每日二百字,月俸为三千元。若质香烟,小炮台三条,计六百枝,偶有殆误,不能扣除。此数极微,明知若辈派头奇小,但不能不以此吓退他们。书家用"以示限止"四字,说得冠冕堂皇,其实亦拒绝别人揩油,与搨便宜货耳。

◆谢美云

吃点心于起士林,遇一粲者,知其为舞场中人,怂恿一友人询其货腰所在,曰:茶舞新华,夜舞大华。及夜,乃赴大华,觅其人,果得之。鬒云眉月,柔媚若无骨,闻其姓名,为谢美云,旧在大都会后迁于此者也,十一时挈之啜咖啡于国际三楼,又一小时,送之归去。自家带在身边,不及在起士林别人带在身边时为好看,乃知老婆为别人的好一语,为罢舞之辞矣。

(《繁华报》1944年2月26日,署名:刘郎)

写　稿　子

文歪夫人语其外子曰:"写稿子尽是起码人。"予要亦尝口出此言,最近且谓与其写稿子,不如跑跑单帮,写稿子谓为没有出息则有之,谓为"起码人",则不敢妄自菲薄,然拙荆无理可喻,予故不与之辩,虑多辩益害其肝经火旺也。予研究女人心理,所以谓写稿子为起码人者,殆以笔耕所入,至微至鲜,不够坐黄包车,遑论开伙仓?欲避免"起码人"之消,则有待于报馆老板之"发一发狠",下月份起,写稿子一律十倍致酬,月底捧钞票与她看看,行且看其喜心翻倒,曰:今始不枉所受之十载寒窗也。

◆拍照

百乐门"营业困难,叨光付现"之招牌,业已除去,不说固得力于予之一言耶?昨夜,入百乐门大门,一舞人与我同时下车,健而美,线条尤可观,踵之登楼。穿堂中有舞女大班,予问是为何人?答曰:王敏,壁上悬有照相。因趋视影中人,荡桨湖滨,此则与坐飞机拍照,汽车上拍照,同一为不可取。王敏以"肉胜",若拍游泳照,此为可观。

(《繁华报》1944年2月29日,署名:刘郎)

此　　稿

此稿因奉本报之命而作,本报因灯火管制关系须提前发排,请执笔亦提前写好,予已贴写好之稿,在光天化日之下落笔,而此稿之成,则在电灯光下面,窃以为既顾印刷所之灯火管制,亦应顾写稿人也受灯火管制焉。

◆饭局

近来又多饭局,昨日中午老友接办广州酒家,招予饭,以事未往,夜间佩之设宴于蜀腴。蜀腴川菜馆,战前吾人为其间常客,战后不恒餐其地,迩且久违矣,不审风味何如?最近曾餐于锦江,馔肴之美,足傲全沪,川菜自陶乐春息业后,锦江实为此中翘楚,故时有臣门如市之观。

(《繁华报》1944年3月4日,署名:刘郎)

半 夜 舞

百乐门自辟半夜舞后,生涯猝盛。予于三日夜往,然不耐久坐,至十二时后,即离去,其时,各舞场之舞客,犹挈其舞侣纷至沓来也。百乐门备夜点心,尤以吃粥为号召,入门处张一"粥"字,巨而醒目。半夜舞场吃粥之风,始于往年愚园路柳林别业之地地斯,今百乐门殆效其故技耳。

◆夜点心

因夜点心而念及满庭坊,其地有夜点心店,上海之老白相无不知之。店主人雄于财,满庭坊一带无人不震其名,其人好博,终日浸淫于博窟中,惟半夜必返店理店事。肆中所制点心,无不可口,炒面尤为美味,惟此中有一厨子,专做夜班,惟一时以后接手,故炒面在一时以前者,必不及夜班炒手之好,此为老吃客经验之谈。予数月以来屡过其肆,为半夜果腹,吃羊肉面,有鲜甘不可方物之概,书此特为一般坐咖啡馆吃不中不西之蛋糕朋友告焉。

(《繁华报》1944年3月6日,署名:刘郎)

少 壮 与 元 老

小型报坛之所谓少壮派与元老派,不知自何人从而区别之,一时附会其言者甚众,其实甚无聊也。予似被人目为元老派,然予之行文,论豪迈之概，无逊往时，狂放处且疑为少壮诸君所不逮。少壮诸君中，王慕尔暮气最深，其状貌已为颓然一老，然其文字间，犹侈言少壮，少壮派必须如朱镪镪灌饱黄汤之后，方可言之。

◆毛款收到否？

慕尔在其随笔中，附代邮一条，有"毛款收到否？"一语，"毛"盖指以《男女之间》发祥之话剧名导演兼新文艺作家毛羽先生也。是日予先读报，继遇毛羽，谓慕尔在报上代邮与其友人，问："毛款收到否？如未收到，则此人信用不好，宜往催索，不然，无归赵之望也。"其实毛羽之款，早已还清，而予则从而谎报之。毛羽果大跳，气息脸红，欲从慕尔兴问罪之师，及其见报，则慕尔之邮，不过问起一声而已，始大笑曰：君真恶作剧哉！自予做股票卖买后，每日必为毛羽所讪诮，寻此机会，以为报复，不料此人终入予彀。

（《繁华报》1944年3月9日，署名：刘郎）

凯 弟 王

凯弟王近在大都会伴舞，计其年当与陈海伦在伯仲之间，虽不能掩其老态，然尚有风韵，陈海伦则已不堪入目，此人在全盛时代，亦无美色，惟以噱头胜耳。王于每夜舞场打烊后，必趋国际之三楼或十三层楼，自百乐门做半夜舞后，又排夕莅临，想见其生涯正复不恶，或拟之为甘蔗，谓其老境弥甜也。

◆江亢虎

梁众异女子之嫔朱朴，江亢虎作一律诗贺其婚礼，每句嵌新人与新郎之姓字，乃有天衣无缝之妙。江不以能诗鸣，然诗才甚健，昔尝见其作打油诗数首，皆成绝唱，犹记其二语云："谁费番帙三十饼，多情来作秘书娘？"缘有人于报间述亢虎月费三十元，用一妙龄女郎为秘书者，亢虎乃以此诗为辟谣之用。

（《繁华报》1944年3月10日，署名：刘郎）

江画师之哭

友人中,江栋良画师,亦为玩世不恭之一人,其风趣事迹,乃有罄竹难书之概。然以玩世之人,亦尝因受侮于人,而为之涕泪纷呈焉。是为奇迹,不可不记。

若干年前,江受人之托,为品珍珠宝店,绘广告画,既成,持画送与品珍之经理董某。时董方阅报,跷一足于写字台上,江立门外,品珍侍役,以画稿进,董忽不悦,语侍者曰:乃公方读报,令其人待我一时。侍者曰:其人从报馆中来。董益怒,曰:报馆中来,收广告费耳,是有求于我,宁不能稍待片刻耶?董之言,江悉闻之,大恚,反奔而出,既归,伏案大哭,谓此伧辱客,而生平实未尝受此重侮也。

(《繁华报》1944年3月15日,署名:刘郎)

盗 魂 铃

李少春于十七抵沪,十八已在天蟾舞台登场,贴全本《金钱豹》《盗魂铃》,新角苏少舫,则插演《盘丝洞》。少舫登场,送花篮者甚众,而其上悬一巨幅横额,绣绝句一章,每句之首,嵌"苏少舫"三字,忆其第一二句云:"苏老征歌唱海上,少陵听曲落人间。"予于十一时往,《盘丝洞》已成尾声,乃不获见苏少舫是甚等样人。其下为《金钱豹》,闻以前少春演此,有"叶子"三十六个,独今夜无之,惟开打尚冲,身段尤矫捷可观。《盗魂铃》则无多大意思,散戏将近一时矣。

◆中央咖啡室

是夜予等至天蟾小坐,拟即离去,不意出门时交通有阻,遂念及中央咖啡室有女侍甚美,故啜茗于此,不意桃花依旧,人面已非,惟茶客甚众。予等坐移时,更赴天蟾看戏,交通至午夜始恢复,消磨数小时于剧场中,为初料所勿及也。

(《繁华报》1944年3月21日,署名:刘郎)

急　病

二十三夜间,又在翼楼挖花,自十一时半起,至清晨七时始止。予负万金,呕心沥血,两个月之所得者,倾于一夕,宁不肉痛。返家,室人复啧有烦言,直至九时成眠,十二时后即起。午间,李勋甫招饭于蜀腴,予以困罢不遑参与,此时四肢如酸,不能执笔。出门赴翼楼已二时,各报取稿又将纷至沓来,而予则以写无成,遂持红笔书巨字于白纸上,铺于予发稿案头,其言曰:"唐先生急病,今日各报稿件一律不写。"且如侍者,凡取稿人来,皆以唐先生有病为言,予则偃卧于内室。偶开门小便,适与本报之取稿人相值,向我索稿,大窘,予曰:汝不见案上有字耶?唐先生患急病,不能写字,速返告王先生,曰:唐先生因来不及写,故急得要生病矣。

(《繁华报》1944年3月26日,署名:刘郎)

令人气短!

予为本报撰述,仅随笔一节,于他报则在写随笔时,即以新闻稿件为替。写新闻稿件,恒随便用一署名,此在读惯小型报文字者,固不必看署名,读文字亦能指此为何人笔下矣。惟新闻稿件,往往牵涉熟人,若使此中人知予所为,且滋勿悦,故恒于稿呈请主纂务者,对写作人姓名,予以保守秘密。乃闻最近因记某甲之事,某托人侦查文字之来源,主纂人具告曰:是其所谓也。坐是甲衔我甚切。甲既怒我,我纵畏惮亦属无益,特怪主纂人之黄牛肩胛,使写述者不免啼笑皆非。昔年,予辑某报,记徐阿昌事,司法当局传发行人问讯,发行人委责任于予,于是予与发行人俱为被告,判两重罚金,当时若不必枝连,定可以稍节人力与物力。前后两事,如出一辙,言之真令人气短焉。

(《繁华报》1944年3月30日,署名:刘郎)

游 春

近来与朋友打算,欲为游春,地点如无锡、苏州、杭州,随便拣一处,远到北京,惟须带舞女同行。予年来亦雅爱山水,特念同行无妙侣,正复兴味索然,又出门以后,同去之舞女,必须同宿,否则不如不去。予在舞场,虽有一二个吃准户头,然此种条件,未必能够办到,迟迟不行者,正为此。既无把握,遂于昨日改变计划,不出远门,近处白相龙华。龙华三四小时可以来回,管敏莉、王敏、王莉君已允同行,予非此三人之客人,予说带一个去,还须约起来,不知王素娟肯跟我跑否?此人伶齿俐牙,一路上扰过去,必属妙趣横生。明日,拟往维也纳问一声,看其砍我招牌否?龙华去年亦去过,之方挈华莉莉,长庚挈许六妹,其五与陈梅兰,予挈周秋霞,秋霞久嫁。予怀人诗有"三月轻车来陌上,更谁同看一春花",即忆往岁龙华之胜游而作也。

(《繁华报》1944 年 4 月 2 日,署名:刘郎)

舞 文 一

予近来所写身边笔记,十之八九为舞场中事,则以予每日浸淫于舞场中也。予非舞文作者,然近时舞文产量,较之舞文作者为多,于是非舞文作者而亦舞文作者矣。涂雅集诸君,今已风流云散,苟今日尚有人创一舞文集团者,予必参加。往时之未尝出席涂鸦集会,正以予舞文可写,虽欲附诸君骥尾,亦不可得耳。

◆舞文二

苟秋雨所作之英英日记,亦归纳于舞文一类者,则此为千古不朽之作,若予今日所作鸡零狗碎之文,英英日记,尽可以奴畜之耳。秋雨之腾踔于小型报圈子内,以"咖啡"始,以英英日记而算其不拔之基。予非卖老,予不恒许可他人所作,独于秋雨倾倒备至,屡屡不辞标榜之嫌,以示我之心悦神服,秋雨为一少壮派之健者,若前辈中,亦得二人,一生一死,生人为胡梯维,死人则毕倚虹先生耳。

(《繁华报》1944年4月7日,署名:刘郎)

荀　慧　生

闻慧生此来,生涯甚盛,砚秋退隐,兰芳则呼之不出,海内名旦之犹播顾曲周郎者,特慧生一人而已,顾慧生亦有摆脱氍毹生涯之愿,者来此返以后,将不复重弹旧调。消息既播,知后会之不可期,而欣赏极诣者,不由不争先恐后矣。迩年以来,予所睹慧生剧,特《丹青引》《打樱桃》及之《汾河湾》三四出,兰亭因言,慧生临去秋波,吾友固不可不恣情嗟赏,因劝愚破却工夫,时为中国之座上客焉。

◆饺子

予妇闻予侈言北人所制韭菜肉包饺子之美味,因欲试为之,顾不得其法,要予为之侦询。予则询之兰亭。兰亭为戏院经理有年,京角儿来,兰亭恒款之于其家,其家乃设北方厨房,北方常点,兰亭府上固优为之。兰亭曰:宜将韭菜与肉,同捣如糜,其简便似江南人之吃野菜肉馄饨也。

(《繁华报》1944年4月8日,署名:刘郎)

迎　白　玉　薇

白玉薇将来海上,读其文章之美,使人向往不尽,故不敢以寻常女伶目之,又欲著文为之捧场,但"鸳蝴"笔墨,终恐辱没玉薇,新文艺又不能成一字。毛羽擅长此道,秘而不肯教我,但望文歪公,再写一些"新文艺召租",让我全部承租后,凑成几篇捧场文字,稍为效力,虽然,潘柳黛女士,必有热情奔放一文,以迎此远来好友也。

◆对不起

近时又习于晏起,起身后一字无成,心中性急,恒于饭前赶写二三节,匆匆赴翼楼,再写二三节,但翼楼人众,地方不在我家里,我又不能禁止他人开口，扰我文思，于嚣扰中着笔，更无好东西拿出来见人。故最近半月来，予文连"吐痰放屁"都不如，如此情形，真对不起我自己的身体，倒并不对不起拿他们钞票的几个报馆老板也。

（《繁华报》1944年4月18日，署名：刘郎）

配 镜 记

予向无替换之眼镜，若一日镜裂者，予必将盲目数日，俟重新配就后，好获重见光明也。向来所御者，为精益所配，已达七八年，坚固耐用，虽式样已旧，然以势观之，纵再用十年八年，犹无更换之必要也。日前周翼华兄，往精益配镜，拉予同行，浩然师叔劝予置一新镜，脚为舶来品，以四千金相让，犹属便宜货。翼华所购者值八千金，镜为金质，金丝眼镜，惟有富贵气者御之，始称，予骨相清寒，只好让伊死扎台型矣。予之新镜，无边，无边易损片子，故又买片子一对，欣木谓渠戴无边眼镜，一年中至少要碎一二次，念予之旧镜，随予七八年，未损毫末，那我又何为喜新弃旧哉？孙曜东先生言：戴无边眼镜，比戴有边眼镜，人要神气得多。我临镜自顾，似乎亦觉风神爽朗，归来语于妇，妇亦云然。

（《繁华报》1944年4月21日，署名：刘郎）

刻 骨 倾 心

九公兄自有作打油诗之天才，惜其不肯常为耳。近有寄大郎一绝云："舞苑有皮皆刻骨，砧间无壳不倾心。凄凉绝代倾城艳，海上争传此肉淫。"真一时绝唱。打油诗要作得浑成，方为上构，若一涉牵强，便落下乘，故打油诗亦要题材，无题材便不该硬作，硬作出来者，非但自己枉耗心力，别人看来，亦代其透不过气来。九公此诗之妙，用刻骨倾心开场，第三句则用予平时对女人习用之字眼，而以骂结之，真妙不可言。予尝为桑弧诵九公此诗，桑弧亦为击节，惟予欲为九公辩者，舞苑之皮，刻骨者固不乏人，砧间之壳，则未尝为予倾心者，有之，一十里红而已。

然全材如十里红,千古能有几人?其人久嫁,予亦久已淡然忘之,比来不甚向屠门操刀,更不可见倾心之壳,故"砧间"二字,试易"弦边",或是邀予作会心之笑也。

(《繁华报》1944年5月1日,署名:刘郎)

龚翁个展中

龚翁先生之个展,开幕后第四日,予往参观,则原件已争购一空,复定之件亦多,因是抱向隅之憾者,奚止千百人?不获已,由宁波同乡会画厅方面,商之出品人,展览会延期七天,更搜集其作品二百余件,以飨今之爱赏龚翁墨宝者。近年以来,上海书画家个人展览会之成绩最优良者,推最近之王季眉,得六十余万金,今预计龚翁将超越此项纪录,当绝无问题。予往参观时,除杨老爷在场,其余未曾遇一熟人,龚翁亦不知何往,其夫人徘徊琳琅满目间,问其老铁安在?则曰:闭门静坐,良以连日劳困,至此更不胜繁忙矣。此间画厅,似比大新画厅之形势为优越,惟电梯太小,上下又太迟缓,颇不方便。电梯上又有标语,曰"只上不下",似欲吊煞人在马棚中,见之固不禁哑然失笑也。

(《繁华报》1944年5月2日,署名:刘郎)

裘 盛 戎

裘盛戎自北南来,已届一月,迄今尚未登台。初盛戎在沪时,曾与皇后有约,收皇后包银二十天,及此番南下,则又与天蟾订合同,因此发生若干纠纷,所以迟不登台者,坐此原因也。旋闻交涉结果,在皇后聘李万春来沪之后,盛戎须在皇后出演十日。兹以万春之妻病甚,万春辍滞故都,不能遽至,天蟾方面,亟待盛戎参加,故盛戎将先在天蟾登场,李少春为捧场计,将贴《连环套》,使盛戎绝诣,得一惊海上人士之耳目也。外传盛戎将痼癖革除后,最近又在沾染,惟以予所知,或不可信,以顾森柏医生,督责綦严,平时几寸步不离,裘之嗜好,为顾所戒除,已拔于汙泥中,顾宁肯其重复陷堕者?且闻顾、裘今日,尚同寝处,监视之严,情同父子,故不必虑盛戎之更步入歧途也!

(《繁华报》1944年5月8日,署名:刘郎)

桑弧与梯公

一夜,饭于红棉,适慕尔与凤三皆在,慕尔为予作《奔丧》一文,特为予道歉,转觉不安。予同行有桑弧、梯公二人,二人平时亟称凤三文,亦惺惺相惜者若干年矣。此日因为之介见,稍暇复当沽春酪,倾积愫焉。予游宴不恒与桑弧、梯公,予平时相依为命者,之方与太上二人,此夜独无之方,以醉眠在家,不及同行耳。

◆二游阿勤梯娜

五日夜游阿勤梯娜,无电炬,燃蜡烛为代,仆欧言:明日有火矣。至七日夜更往,燃烛如故,有表演之女人玛拉者,请来同坐,自言为西班牙人,表演时看之,颇不恶,及坐近身边,以烛火瞩之,则奇丑,起与一舞,多一种国际常识,知西班牙人,乃善吃豆腐者也。

(《繁华报》1944年5月9日,署名:刘郎)

摹梅

龚翁个展至九日为止,八日结账,计得七十六万元。下一日成绩如何,予尚未知。闻有人拟为龚翁拉足百万金之纪录者,不知能成事实否?但八十万元以上,自有把握。龚翁近年,醉心梅调鼎书,故此次所展中,有力摹梅氏之温柔笔致者,予甚爱之,以予亦凤喜梅公书法也。桑弧购一联,亦摹梅笔者,句云:"美酒饮教浓醉后,好花看到半开时。"颇闻翁自经此次个展后,以后将不复以所作陈列,闭门习艺,务迄于至高无上之境。此公有毅力,有魄力,坐言立行,必能做到也。

◆英吉利语

阿勤梯娜之表演者玛拉,能操英吉利言,一夜唤之同坐。予平时好说英文,惟拙于技巧,常为同侪所笑,见外国人尤一字不出。此夜敷衍玛拉者为玄郎,玄郎之"外国闲话",胜于予,然远不逮桑弧与梯公。桑梯二人,不第说得好,写得好,有英文著述,予尝挈二兄游洋庄,巫山重译,通梦阳台,予称便焉。

(《繁华报》1944年5月11日,署名:刘郎)

假 香 烟

马路上有出售前门牌、大英牌,与小炮台之黑市香烟者,常有假货发现,盖其中所装,往往为另一牌子之劣质烟也。出黑市之价,买假货香烟,怨尽怨绝,无过于此。上海巧取豪夺之事,不仅场面上人,做得出来,即走贩之流,亦惟此是务,此上海之所以终为强盗世界也。

◆谈潘与白

白雪对潘柳黛、白玉薇、周鍊霞诸女士,颇有微词,此当为白雪泼墨之一贯作风,所谓故标异说,以惊诸眼者也。乃有大狂先生者,亦从而附和之,则不知其用意何在?今置鍊霞勿论,潘、白二人之所著述者,诚不足称无上佳品,特以此而较上海所谓以作家自鸣者,试问其间究有多少距离?彼二人笔致之轻灵,与夫情意满郁,在在皆不可厚非,同是文士对此锦心绣口之女儿,正宜寄以同情,寄以敬爱,顾亦盲目攻讦之,窃以为非丈夫应有之襟怀,予甚憾之!

(《繁华报》1944年5月13日,署名:刘郎)

《文天祥》献演之夜

天蟾《文天祥》隆重献演之夜,予于夜饭后往,此去不为看戏,良以此剧为朱石麟所编制,张善琨所导演,周翼华所顾问。兹三人者,皆为平时至友,今以杰构献演,宜往道贺。此夕予携周秋霞同行,至则朱、张、周三人皆不见,盖已在楼下看戏矣。由海生兄招待,拟排两只凳子与我二人坐，秋霞颇高兴。予意不在观剧，谓秋霞曰：卿固要看者，他日买二券畅观之，局脊于楼上矣为者？因谢海生美意，予便挈秋霞赴大都会，招管敏莉来侍坐。敏莉是夜为淡妆，朗朗如玉山上行，据言明日起（即昨日），茶舞已自新华迁至高士满，张莉贞亦随之加入，王莉君则已先敏莉入高士满，此后管、王、张三人，又成鼎足之局矣。将打烊，与秋霞离大都会，时黑云垂地，朗月不辉，而风来甚劲，坐三轮车上，瑟瑟有寒意，笑语声中，送秋霞抵其所居。别时，秋霞微言曰：大郎无事者，我愿常为故人伴也。

（《繁华报》1944年5月16日，署名：刘郎）

《文天祥》之"退票"声

天蟾《文天祥》第一日上演，戏长，至一时半始停锣幕闭，三层楼上高呼"退票"，又曰："我们要看文天祥死！"其实石麟此剧，编为两本，头本固无文文山殉国事也。然此夜平剧之观众，十九为话剧之观众，话剧末幕，文天祥死于狱中，而平剧则不死，遂使观众认为不满。按石麟此剧，收拾故事，较话剧为丰足，话剧但述文天祥之忠君报国，而不及文天祥之事亲亦大孝也。平剧则兼写其忠孝事迹，别母从军，弥复慷慨激昂，足使台下人感动泣下，而话剧无之也。闻观过是剧者言：李少春有意外之成就，配角以张国斌为最善，此种海派角色，究竟排惯本戏，一上台自然便等样矣。天蟾舞台当局周剑星语人，头本之演期不多，即将扩演二本，因天气将热，角儿都要息夏，不得不于息夏期前，将两本唱完也。

（《繁华报》1944年5月17日，署名：刘郎）

拆　台　脚

襟亚与柯灵曾以劳资间意见分歧，柯灵一度拟划席而去，承襟兄不弃，托予及姚克先生斡旋其事，议定柯灵将《万象》编至六月号为止，不再继续。今六月号编辑已竣,《万象》七月号,襟兄仍欲继续发行,于是又请柯灵续约,柯灵有允意,惟谓当时此事为唐某所斡旋者,今仍请以唐某一言,而定行止。襟兄遂觅予,要予为柯灵致一言也。予阅数日未予襟兄复音,襟兄疑予从中阻梗其事,因语吾友某君,谓予实存心拆其台脚,此弥天大冤,向谁得诉?予与襟亚无难过,生平于朋友不记怨恨,予又为爱护《万象》之人,何为而拆襟兄之台脚哉?今为襟兄告,予已遵命请柯灵兄为《万象》继续工作,柯灵亦无闲言,虽条件方面,稍待斟酌,此为枝节问题,大旨已定,致于迟不报命,此中自微有因缘,俟他日当能面尽。唐某生平,受朋友之惠助良多,自身亦不肯轻负故人,耿耿此心,襟兄殆未能鉴我,故有"拆台脚"之言,入予耳焉。

(《繁华报》1944年5月20日,署名:刘郎)

人 如 其 文

周六聚餐于周氏花园,已如期举行,此次筹备者,为文哥与蓬矢二兄,皆煞费经营,劳心劳意,真不知所为何事也?预定名单,未能如愿,而以设餐之厅堂,并不广大,不堪列三桌,故以两桌为限,尤多遗珠之憾。惟周氏之园林极幽静之胜,花木扶疏,堪供流连。吾党中人,文歪、蝶衣、柳絮与予四人而已,予被酒后,意兴始豪,文歪亦似我,独柳、蝶二兄,则默坐当筵,亦如其笔下之文,得怡静之美者,倘亦所谓人如其文欤?

◆周氏花园

海格路之周氏花园,人言为周湘云之家园,特亦有人言,业产实为湘云之弟所有。惟周氏花园有两处,此外,其一在福煦路,个中人称之为东园。周氏初来海上,即闻富名,富名何若?大庆里之房产、劳合路一带之房产,皆姓周者所有,而其家之汽车照会为一号,有此好号码,而不驶行于市上,防生不测也。

(《繁华报》1944年5月22日,署名:刘郎)

宝 森 北 返

杨宝森下来后,昨夜又遘之于碧云主人府上,则欲备装待返矣。是夜鼓人杭子和、琴师杨宝忠皆至,杭与杨于昨日坐此间夜车北旋,宝森须待飞机票领到时,再动身也。宝森曾看天蟾之《文天祥》,谓其间袭用旧戏者甚多,此当为对个人之演技而发,盖谓少春借旧戏之身段,掺入本戏中,若石麟剧本,自出机杼,呕心沥血,正不必借重于老本子耳。

◆清场

屡见文歪笔下,有"清场"二字,知为梨园中之行话,而不知何谓清场也?一夜,与郭效青君谈,因问其"清场"二字何解?则曰:在场面上不作声响时,而演员一人在台上,或说白,或念引子,此即谓之清场。望文生义,固甚明也,而予竟不知,因叹今人以懂戏者目予,评剧家视予,其人实触瞎了眼乌珠也。

(《繁华报》1944 年 6 月 3 日,署名:刘郎)

兰 君 登 台

顾兰君登台之期渐弥,近日已忙于排戏,但演出地点,至今尚无所闻,天祥剧团亦神秘极矣。予曾就询兰君,何日登台,曰:十五日左右,戏殆为洪谟之《阖第光临》,由朱端钧先生导演。以编剧人与导演人,俱不失为正统戏剧家,故亦不辱没兰君,亦惟此差足为关心兰君者告慰耳。

◆花园酒楼

挖花于花园酒楼,是日,天燠甚,汗出如浆,临窗一室,无风,而骄阳施虐,为之热不可禁。挖十二圈后,天已黑,草地上之飞虫皆集,人亦吃力异常,遂不复博,故十时即止,石麟以为未曾过瘾也。花园酒楼上海银星每日荟集于此,主持人李贤荪君,与予友屠光启先生善,以光启之介,全沪电影中人,游欢饮食,俱就于此,故开张以来生涯之盛,无与伦比。近来市面销沉,独花园酒楼生涯不恶,殆以地方之美,故占营业上之优势也。

(《繁华报》1944年6月5日,署名:刘郎)

檀　　香

　　之方近恒与小洛看足球,曾约予同行,予不胜受挤,故不去。昨日觅之方不得,殆又虱处于跑马厅之万人堆里矣。傍晚时,予独坐无聊,赴高士满,值白凤兄于此,因与同坐。白凤招刘玲玲来,满身香雾,不饰艳装,而自然芳洁。玲玲自再被舞衫后,香舞并操,夜场在新仙林,称此中翘楚,白凤称其人温良婉美,在舞海中不易多求。玲玲所滴之香水,似檀香傍共坐,似置檀香扇骨于鼻尖,颇疑夏日炎蒸,多近此人,可以辟疫。

　　◆新新二楼
　　新新公司之二楼食堂,予已久不涉足,初以为既有新都,又有万象厅,二楼早已撤除,不图其至今犹在也。自高士满出来,白凤邀予同餐其间,则在在仍如往日,惟制馔不甚高明,售价亦较楼下为贱。新新公司一共七层楼,餐宴之所,占去三楼,亦可知上海人之触祭得结棍矣。

(《繁华报》1944年6月8日,署名:刘郎)

吃　菜　饭

　　沧洲饭店对面,有小型食肆,名静安香,其中售菜饭以及经济客饭,亦售小菜,长庚兄屡言风味绝胜,予乃偕木公夫妇、蓬矢、之方等于昨夜就食其间。此地昔日为犹太人所设之酒吧间,一酒柜绝广大,致室中无圜旋之地。予等吃啤酒一瓶、白鸡一、排骨一、油爆虾一、辣酱、酱蛋、牛肉、四喜等菜饭,所费为一千四百金,此即所谓今日之么六夜饭矣。肆中有一职员,与之方相识,招待顾客,殷勤备至,据之方言,此人昔日任事于瘦西湖,后入广州酒家者,故托之方向王雪尘、徐培元诸人问好,可见其善于敷衍矣。

◆晤襟亚

闻襟亚营蒐裘于吴上台畔,昨日见之,而色黝黑,可知其仆仆风尘于京苏道上,为骄阳所炙之甚也。前岁此时,予等常与襟亚游宴,及是岁秋初,襟亚宣称从此收拾放心,致力事业,遂埋头苦干,不一年,所营大有成就,今且立不拔之基。视予之疏顽如故,宜无一事可成耳。

(《繁华报》1944年6月9日,署名:刘郎)

放 生 一 因

近来写稿子又大费气力,以材料枯乏,为惟一原因。目下并不孵豆芽,有时亦尚在征逐场中讨生活,而访求材料,为极不易,于是时常赖稿,《海报》所赖最多,原因执笔在手,写《海报》终是最后一篇(以《海报》取稿人来得最晏)及写三四节后,实在再无可想,不欲强为搜索,只得放生。予老态日征,怕费心思,故不欲搜索枯肠亦出于不得已,惟望挑我吃饭者,格外原谅耳。

◆放生二因

予不因生病不大赖稿,偶因连夕迟眠,而隔夜又赌一夜到天明者,次日便须曳白,然最近赌一夜后,七时入睡,十时起身,依旧缴卷,服务精神,固不能谓为不妙。此种情形,又见予对此一口饭,虽吃得怨尽怨绝,但亦尚想吃下去耳。

(《繁华报》1944年6月11日,署名:刘郎)

《海报》执笔人宴

星六中午,《海报》主持人金雄白、经理陆光杰、主编汤修梅宴全体撰述人于金门饭店八楼,来宾达五六十人,其中有读者一名,则为唐木斋先生,惟木斋不承认为读者,亦称为作者之一,盖前年夏日,先生曾用"老甲鱼"具名,为《海报》写过一篇文章也。《海报》之台柱半老书生,以羁迟白下,不获出席;一方亦因返锡营商,亦未能躬临,当为此宴减色不少。开筵以前,金雄白先生起立演说,谢诸君为《海报》撰述之勤,使《海报》有今日之地位,端赖诸君心血所灌溉而成。言极客气,更有坦白之言,谓《海报》今日,确已赚钱,特不如外间传说之巨,一月间十万至三十万元当不感问题。最后且言,苟《海报》自此能立住脚头,到年终时,凡写作诸君,都拟奉送红利,数不论多寡,一所以慰终岁之劳,一亦以此勉同人之更为《海报》努力加鞭也。不佞自吃小报饭以来,尚未见小报老板颇有天良似金先生者,特志其言于此,若其他老板,竞起师其法,执笔人实有厚望焉。

(《繁华报》1944年6月12日,署名:刘郎)

大 洗 浮 山

盖叫天将贴《洗浮山》,但称此剧为《贺天保》,予甚不取,"洗浮山"三字何等响亮?苟加一大字而曰"大洗浮山"亦何等堂皇?《三岔口》上不可以加一"大"字,若《三岔口》而好加大字,《小放牛》、《双摇会》亦可以加"大"字,惟大洗浮山,比之大溪皇庄、大蚍蜡庙,如还较通也。

◆ 书扇

予字到底蹩脚,故无人请教,今年不想鬻扇,若定润例,每件二千金,二千金不过买两斗米,并非想扎定山居士台型。予难得求别人一扇,近见顾飞写得好,画得好,故王小逸兄代求,即需润例,予亦无吝。

(《繁华报》1944年6月14日,署名:刘郎)

过 节

予负债如山,但不甚见零星债,过节,无米煤之账(虽欠亦欠不动),故不必穷轧头亲。节前二日,遇秋翁于翼楼,秋翁好意,问曰:过节如何?设有不敷,我该搭来拿点去可也。予以上述之言告,而后谢其感情。其实有人肯贷钱与我,王八蛋不想要借,第为数正巨,譬如我要二十万,秋翁必有难色,以秋翁亦辛苦经营,不易致此巨数也。

◆佳节

佳节当前,予家治重肴,买粽子五十事,妇曰,去年犹为儿子制老虎鞋,今年为生计所迫,不遑喘息,并此亦无意经营。其实吾妇懒了,莫说老虎鞋,即老虎衣裳,亦顾砍不坏穷爷也。

(《繁华报》1944年6月25日,署名:刘郎)

过 节 记

六月二十五日,为夏历五月初五日,亦即端阳节也。早九时起身,予以为明日无报,故不写稿,吃粽子二只,预备在府上纳福一天。及午,以电话抵桑弧谓今日下午二时,石麟要凑挖花局头,故要予于二时前集合于梯公寓所中。于吃饭后,即唤三轮车赴胡家。四时许,之方来电话觅予云:逸倩在高乐彩排,语予不可不往,相约于十一时在高乐碰头。但花挖至十一时半始散,坐人力车于二十分钟内赶至高乐,逸倩之戏,早已唱过。乃与之方、种玉、雪尘、凤三诸兄,赴金谷夜花园,方知明日照常出版,予实误记休刊,无意中赖一日稿件,亦未为不可。又以今日未看小报,凤三言,今日白雪泼墨,对予大张挞伐,伙计骂过老板,老板当然可以骂伙计,大家骂骂,骂得停我生意时,予自会卷铺盖也。一时归去,毫无门壳子,否则之方颇有意思与我到法仑斯,白相至三点钟也。(白雪按:我并未骂人,请大郎兄查报一看。)

(《繁华报》1944年6月27日,署名:刘郎)

国泰小坐之夜

昨夜赴国泰小坐,国泰为周一星先生所经营,予足迹久不涉此,而图于他家尚未开放冷气时。国泰已于近日盛暑间,布凉雾于场中,亦可见一星之大手笔也。舞女大班挈一张曼华来,为予侍坐,予并不识彼舞女大班为何人,此人则介绍曰:我与邱一德、陈耀庭诸人皆相识,且性格亦相似,公为老主客,宁敢相欺者?闻之凛然知戒,张曼华予不欢喜,此人自小舞场中来,为舞女已二年,今二十二岁,谓十九岁下半年始披舞衫。予亦问曰:然则汝"坏"在家中邪?抑坏在舞场邪?此人不知所答,其实何尝不能答,特不肯答耳。立即仍招周银妃来,银妃亭亭艳发,绝类袁佩英盛时,而宠然为国泰之一只鼎矣。

(《繁华报》1944年6月30日,署名:刘郎)

大　郎

一夜与兰君同饭,兰君呼予为大郎,某君闻之,遽曰:《杨家将》中之大郎,是爷老头子喊大少爷之称呼也。予应声曰:老鸾,汝只知其一,不知其二,岂不闻《翠屏山》之花旦,亦呼大郎者邪?众茫然不解,独银丝庐主,毕竟剧学渊源,为述其故,众诤然,而兰君犹不知也。予昔日赠于素莲一诗,则观其演《翠屏山》而作者,其句尚可诵,试录之于此:"乱颤风鬟作艳妆,近人总是一身香。翠屏不障云兼雨,为有销魂唤大郎。"

◆兰君登台

兰君将登台于金城,如五日不上去,八日必须上演矣。剧为《阖第光临》,近来排戏甚忙,予欲于其登台前,更邀同一宴,谢曰,实无时间可以答允你也,惟此登台,更将无法抽身。逆知此后吾人与兰君形迹,又将疏阔自从前矣。

(《繁华报》1944年7月3日,署名:刘郎)

大 小 报 之 别

大报与小型报之区别,若仅在纸张之大小上,则此后报纸,当无所谓大型报与小型报矣。《新》《申》二报,今亦日出四开一张,固与吾小型报,同其尺寸,若以内容为判,则小型报亦有电讯,亦有本埠新闻,所不同者,《新》《申》二报之广告特多,乱占篇幅,究其文字之质量,将不及小型报为充实矣。

◆夜花园

淫雨不已,舞场夜花园欲开而不得,于是纷纷改期,大都会正式开幕之夕,将举行一种典礼,如邀十大红星,为之剪彩,特晴雨无常,使当事者难于措手,予不知拣在哪一天开始为合式耳。

◆声明

予之文字,越写越桂,近复畏暑,拟辍笔,终则决定减去两家,预定首减《吉报》与本篇。继闻本报大感稿荒,遂不敢再辍,只得仍以劣文塞责,使白雪知予虽于报馆老板极极施丑诋但无恶意,真能使老板好看也。

(《繁华报》1944年7月6日,署名:刘郎)

减 二 家

本月起减少两家写稿,则为《吉报》与《社日》是,下月份起,另换二家,当为本报与《东方》,至第三个月换《力报》与《海报》,不写稿子,决不收费。《吉报》送来,已交柳因介弟退还,《社日》送来者,则未退,已转手送入堂子中,为古月生请客买票去矣。

◆小逸倩

予称逸倩为小逸倩,闻者谓予故弄肉麻,其实亦带一点"小可怜儿"之意思在焉。予为逸倩告者吾们的导演于昨日又来通知,星期日已不能开拍,故须延缓日期,原因布景来不及搭,故不克如期,明日请勿预备。敏莉已由吾们的导演直接通知,逸倩文帚,则须由我关照,打电话写信都不便当,附此寄声,亦偷懒惯技也。

(《繁华报》1944年7月8日,署名:刘郎)

导 演

王引邀宴于雪园,食于沧洲后面园圃前,座上有桑弧、敏莉、光启、莎菲、绍华,及兰根诸子。韩兰根最后至,一到,沧洲旅客之蓄有子女者,相率来观,集于草地上,要求兰根唱歌。时之方被隔立廊下告草地上诸童子曰:汝等识此人为韩兰根矣,亦识我为何许人邪?诸童子曰:我等殊不识汝,汝固为何许人哉?之方曰:我为卜万苍,导演《红楼梦》者也。诸童子咸不知,问卜万苍为何人?第曰:《红楼梦》中,未曾见汝一只面孔也。坐是知中国之影迷,但知明星,不知导演,儿童如此,浅薄之成人又何尝不然?

◆捺指印

十日因掉换居住证,赴新成区保甲处按捺手印,与内人同往,排队列阳光下,约一小时始蒇事。闻以前轧火车票,列队者晨逾午,且不获一张券者,真不堪设想其当时情状矣。

(《繁华报》1944年7月13日,署名:刘郎)

园　游　会

下星期一,小型报同人将举行一园游会,于巨泼来斯路省庐,督席者为雪尘,菜肴由广州酒家承办,请帖问题,予亟待与雪尘商量,望雪尘约一时间叙会,俾可于明日发出也。是日以下午六时开始,省庐主人招犹太乐工四人,奏于庭院中,院侧有舞池,来宾可以躞步,故望携妙侣同来,借增佳兴。此日园游,主催人则张善琨先生耳。

◆写扇

今年仅写扇二页,柳絮兄以便面来,久久未曾应命。柳絮方家,乃不敢以劣写奉渎也。之华兄亦托治一箑,去年摆到今年,之华曰:今年不写待到明年,不想拿来派用场,特欲以朋友墨迹,留一纪念而已。

(《繁华报》1944年7月15日,署名:刘郎)

园　游　后　记

张善琨、潘三省二先生于十七日下午招待海上全体小型报同人,于安福路之省庐,借资联欢。此事,善琨本托予承办,予懒,则一切偏劳雪尘,思之滋惭疚也。故是日予及早已往,拟代张先生同行,来宾逾百众,来宾中十之六皆为予素昧平生者,可知吾业中新进人士,正如雨后春笋之怒茁不已,滋可慰也。节目分园游、聚餐、赠彩,赠品均为潘三省先生所躬办,以实用为主。善琨要予代其向来宾致辞,谢不敏,复烦之白雪,良以张、潘二先生,迩年经营遍海上,卒卒鲜暇,与文艺中人,恒无把晤之缘,今得聚首一堂,自是欣幸,后此正欲赖诸君之健笔如椽,为二君事业之助,则今日之遇,或绝无意义欤?

(《繁华报》1944年7月19日,署名:刘郎)

伊文泰中

二十二夜,挈敏莉坐伊文泰,是夕风来甚劲,伊文泰之园林中,既坐无隙地,即舞厅即推仔厅内,亦复满坑满谷,可知伊文泰生涯,迩时固日趋鼎盛。一拍照相者来,为敏莉诉苦状,曰:伊文泰客满,而照相生涯,寥落曾无一人问津者。敏莉亟悯之,语予曰:此人谨慎,而遭遇勿佳,合家人咸赖此照相机而生存,然所获殊勿广,平时常"吃汤团",见我在,辄来俟我,我则屡屡倩其留影,阿兄视之,今夜又伺我勿去矣。予谓然则我人留一影亦佳,畀以值,摄影者欣然去,敏莉似亦了却一重心愿矣。敏莉为人,心地善良,恤老怜贫,好拯人于危难,为叔世好人之最高原则,亦惟心地善良耳,苟其人嚣薄,则予何所于敏莉?夫窈妙女儿,心地善良,而复洒脱不羁,始为上帝铸人范模中之杰构,十数年开眼欢场,见上帝得以其杰构翘人者,特一敏莉而已。

(《繁华报》1944年7月25日,署名:刘郎)

邵雪芳

燠热二日,一日早归,第二日拟活动血液,赴茶舞途中,遇邵雪芳,渠赴国泰,予赴高士满,雪芳言高士满茶舞不开,去亦何为?因偕之赴国泰。雪芳于二十六日起,在此为茶舞,此人亦重情分,舞女大班,邀其帮忙者,便无拒绝之勇,故茶舞屡迁其地,为予言迩日舞市凋零,舞女生涯,那不可为,天又奇热,拟小辍一二月,俟金风送爽时,再谋作为也。予甚怜之,谓刘郎太穷,不然,二月之浇裹,必自我出之,今则徒有此心愿而已。雪芳大笑,谓予实好说现成话耳。雪芳体态日肥,在黄包车上,戴太阳眼镜,一瞥惊鸿,此人固亦有光艳万丈者也。国泰有冷气,然开得不足,故入门无森然之感,他人感其冷得不透,予则以为此固适如其分矣。与雪芳二舞,皆不出汗,然门外固炎炎如蒸也。予不善舞,夏令衣薄久旷之后,尤不敢多碰女人,矧如邵雪芳之丰肌盛鬋者乎?

(《繁华报》1944年7月30日,署名:刘郎)

云 楼

据南洲主人言,国际饭店十八十九层楼(亦称云楼)开幕之夜,渠为座上客,以四时往,共费八十余金。十九楼为统间,十八楼设房间三,布置自华美绝伦。大餐初非至美,调味之品,用一样加一样开销,于是造成"其价绝昂"之局,然以"吃地方"言,则云楼亦不患无生意也。

◆挑水

国际饭店房间,时有老虎灶挑水人上去,亦大为糟蹋此一座崇楼矣。物质文明在今日,已不能尽情享受,坐是派头最大之地方,往往发现派头最小之情形,国际之挑水其一也。

◆江蔡

八月三日至八日,宁波同乡会举行八家金石书画扇面展,八家者,为江载曦、蔡琢成、单孝天、叶曦谷、陆鲤庭、王养吾、郭若愚,与单葆元是。江工花鸟人物,兼擅山水意境清逸,用笔古茂,盖得力于宋元人者,所作诸篁均精纯。蔡琢成工人物花鸟,直追宋元,其摹李龙眼诸作,极见工力,间有仿黄瘿瓢及山阴任氏之写意人物,得别具超逸之致,从粪翁学书,不数久颇得师法,惟平时所作,不肯轻易示人耳。(其余诸人分别介绍于《社日》《东方》《力报》拙著中请注意)

(《繁华报》1944年8月7日,署名:刘郎)

看 明 星

与欧阳莎菲晤首甚频,看《金银世界》之夜,莎菲亦同行,与予并肩坐。座前一男子,回头偶见莎菲,语其同来之妇人,妇人亦回首睹莎菲,男子之首频回,莎菲甚窘。彼妇人以男子时以两目射莎菲,有妒意,牵男子之裾,止之,男子若不听,回首如故。予因私念,人言影迷皆妇人与稚子,故公共场所围看明星者,亦都为妇稚之群,今此男子,已偌大"扑尸"矣,亦爱看明星,真十三点也。

◆来不了!

予写稿都记实之文,所记或以报纸有种种关系,而未能发刊者,予决不生气,特望将原稿掷还。近来久歇游踪,材料大枯,一孵豆芽,便无可写,故当立志孵豆芽之日,即为辍笔之时。予不善无病呻吟,亦不工倒尸翻骨,取材比人狭窄,而天天写如许短文,如何来得之哉?

(《繁华报》1944年8月10日,署名:刘郎)

不做猪八戒

义演《秋海棠》,予本演后台猪八戒一角,顷闻戏在积极排练中而予以从不到场排戏,故主持此次义演之人,认为予无诚意演出,已将此角另派卢继影君任。譬如舞场,舞女时常缺席,位置已被舞女大班排去也。予一向作风,不肯一本正经,寻开心如此,赚钞票亦未尝不如此,是在"一本正经"人之眼光中,自目予为毫无诚意矣。今《秋海棠》既不演,惟有待之孤鹰之复活,然而尚遥遥无期耳。

◆小新娘子

卢继影君欲为《秋海棠》第四幕之小新娘子,众反对,根据戏剧理论,男人不当扮演女人,卢故改为猪八戒。小新娘子,在戏中言语不多,卢有如女人癖,其实让其扮一扮,亦甚为发噱者耳。

(《繁华报》1944年8月13日,署名:刘郎)

慰 小 舟

小舟兄以书来，述其近日来之满腹萧骚，予寄以无限同情。予亦赖写稿子谋升斗之人，处境与小舟相似，不同情小舟，宁有同情"多两钿朋友"者乎？今为小舟述一故事，有人放高利贷，予于打仗以前，向此人告贷，畀以月息一角（即十分），此在当时，为吓坏人之重利，然此人口口声声，说是帮足我忙，我要借他钱不敢对他说，我在养活你也。今小舟所受之刺激正复类此，不能投弃笔杆，只能听人家废话，其实阅历稍多，便能知此种情形，亦属恒常，盖头轻脚重之徒，说话根本不知考虑也。事情出在同伙里，叫我有何话可说？窃以为小舟亦不必多费唇舌，文章固然爽辣，然一念到何因致此，心头便起一阵说不出之难过矣。

（《繁华报》1944年8月14日，署名：刘郎）

江 南 风 味

雪园老正兴馆之后，又有中国大戏院之老正兴馆，读广告者初不解其义，及见翌日说明，方知老正兴馆之治肴，俱江南胜味。中国大戏院则以邀请南方名角登台，遂誉之为菜肆中之老正兴馆焉。中国之宣传处王承义，方远道经商，不暇顾问，兰亭乃请龚之方兄物色贤才，之方荐沈淇兄主其事。近日中国之广告，即为龚、沈二君所合作者，其火爆乃一如陈鹤峰之在台上也。

◆徐氏弟兄

闻一品香与中国饭店之徐氏三弟兄，近年来之身家益厚，惟此三人，吝鄙性成，御下苛严。不久以前，闻将中国饭店之账席某甲黜职，甲怀恨而去，说者咸谓徐之对付下属，往往如此辣手。其实自己吃得饱，也应顾到尚有馁饿之人，定要别人无饭吃，别人亦要你不拉矢矣。

（《繁华报》1944年8月17日，署名：刘郎）

二三百件灰背大衣

予为敏莉写揄扬文字,白雪则一再非笑我,其实何必?予为人无聊,文字亦决不有聊,生平游手好闲,从不曾办过事业,若如白雪一面为文人,一面又有经营手腕,在其笔下,日日记广州酒家治肴之精,生意之昌与夫投资者之踊跃,此种文章予非不善写,特无从写起耳。于是日以游宴之迹,纾之纸上,其情弥复可怜,而白雪复从而钳牢之,盖使予伤感万状,盖以不获见谅于故交也。昨日白雪记陈曼丽篇,谓陈为"舞女大亨",陈其富裕,如数家珍,管敏莉特一贫雌,乌足与陈并论?论舞女而以奢俭为界限者,白雪实创其议,滋可笑也。惟有一事,予为白雪证明,予似闻说今年灰背大衣,价在三四十万一袭,上海货奇缺,有若干时装公司,已向陈曼丽之遗属,投标请求出让,其二三百件灰背大衣,争竞既烈,恐将引起法律上之纠纷。有二三百件灰背大衣不足奇,因二三百件大衣而引起时装公司打官司,始为异数,恐白雪犹未知耳。

(《繁华报》1944年8月19日,署名:刘郎)

勇 爷

沈苇窗兄,不知予诗"勇爷"何指,述于报端,并举友人所告,始悟其义,惟谓此二字从《笑林广记》中来,或不然。予尝看《笑林广记》,无此一节,此两字自北方来,北方人有时嘴皮轻薄,比南方为甚,即此两字,亦可见其极尽尖刻之能事矣。

◆不畅快

记得从前友人中如邓荫先、徐善宏二兄为二房东,因欲使房客节省用水,装一种弹簧自来水龙头,须用力揿压,始有水流出,盖非断水,用水自吃力万分也。可以畅快用时,不要畅快用,要想畅快用时,便不由你畅快用,二兄对于当时之力打算盘,得勿兴人生几何之感邪?

(《繁华报》1944年8月20日,署名:刘郎)

"舞女大亨"

大苏先生谓予笔下之写管敏莉,有"捧煞一人"之嫌,予肯承认。予近来的确太欢喜敏莉其人,予之为敏莉所纡写者,无一字非衷心之语,他人对敏莉,认识未清,或者以予言为阿私所好,而词多溢美,此亦意料中事也。惟白雪先生之论尤怪,直谓予将敏莉当"舞女大亨"捧,此则使人丧气!做舞女而成为"大亨型",其人之可憎为何似者?予虽不肖,尚不致对此健嚣之婆,亦同为张目也。敏莉为人无骄矜之习,婉婉大方,其人正落于平凡,即以今日之腾踔舞场言,亦未必遂属上头之选,特薄负佳声耳,故白雪举陈曼丽以恤敏莉,诚使敏莉消颜褪色,惟善视敏莉如不佞者,亦雅不愿渠遂如曼丽,此仁智之见之,所以不同也。时装公司争购二三百件灰背大衣事,既为白雪看出,予在触其霉头,予亦不赖,惟望以后让我自说自话写下去,写到自己灰心时,自然不写。同是执笔人,应知材料枯窘时,自说自话,亦解除目前困难之一法也。

(《繁华报》1944年8月23日,署名:刘郎)

老 牛 一

看巴黎之《牛郎织女》之第一场时,牛郎跨老牛登场,之方指老牛曰:迭个角色,我也够得到。迨第二场老牛忽开口,台词极多,之方马上退牌,谓做老牛亦够不到,盖老牛不同于《捉放》之猪猡也。

◆老牛二

老牛于末场进场时,将牛头褪去,向台前观众说话,犹之文章之有短跋而台下人则大笑。章君近著一文,谓牛郎织女中老牛之可爱,正同于青鸟之"吐吐",譬喻固绝当也。

◆老牛三

饰老牛者为企洛,全身皆似牛,特为人工耳,天热,此君浑身牛皮,蒸郁殆不堪受。之方又曰:凭这一点已难触祭,固不仅台词多而已也。

(《繁华报》1944年8月27日,署名:刘郎)

王 雅 琴

王雅琴为东乡调之丽人,已为人所公认,台上风头,尤胜于"私底下",其人艳闻韵事,流播海堧,近得旧报,见予尝咏雅琴绝句云:"唱随自有爷同女,搭挡从无媳与公。见说风流王寡妇,越能'乱错'越能红。"雅之夫父,为王小新,有人说王家庭隐秘者,恒凿凿有据。

◆题手册

陈德珍先生以手册嘱题,册送至寒家,而家中无笔墨与砚池,以一文人,在家中不备此项道具,似亦奇闻矣。册中题写已多,凤三兄书法甚佳,一似其文,此中有人写"为人应努力"五字,倘亦为手册中之滥调,然不写滥调,复有计可写呢?

(《繁华报》1944年8月28日,署名:刘郎)

《明末遗恨》

中国大戏院,五时三刻已开锣,唱《明末遗恨》之夜,六点钟时,陈鹤峰已在台上,予于六时半行,则崇祯已在向诸巨卿劝募矣。予赴锦江吃饭,九时再往中国,则"别母乱箭"已过去,而"太庙题诗""煤山自缢"诸场上矣。下为张淑娴之"刺虎",演大轴,台下无一人抽签者,张在今日,诚是挑正梁之材料矣。是夜,中国大戏院又卖满堂。

◆存病

予友病中,时以书来,予尝劝其少动笔墨,勿听,予自惶惧勿安,以虑此是以耗予友神力也。予友嘱予往省其病,予苦无同行之侣,问于甲,甲曰:病在静摄中,不当撩其愁绪也。问于乙,乙曰:看护者不容病人与省病者致一言,则见面亦互对惘然而已,无裨于事实也。言皆成理,特良友盼我我念良朋,此情何极?

(《繁华报》1944年8月29日,署名:刘郎)

孤鹰《日出》演何期?

孤鹰剧团,尚未正式复活,虽第一个戏已预定排演日,但迄今已发生障碍,例如导演屠光启,因赶制《奋斗》一片,暂时不克为孤鹰效劳,须待其全部竣事后,始能着手。又以兰君既答应演剧中之翠喜,但渠已定九月十一日启程赴津,此行当有二月勾留,届时若彼方不能摆脱,则吾团《日出》阵容,势必逊色良多。虽兰君于前日曾为予言之,谓我必参加,汝等于开始排练时,亟以书来,我在津即读熟台词,一到上海,便可上去也。渠于此事热心赞助,由此可以想见,同人闻此,自然欣慰,特患其羁滞他乡,二月之期,犹不克作归计,使吾人空劳想望耳。

(《繁华报》1944年9月8日,署名:刘郎)

克仁无恙

小坐于高士满之夜,遇孙克仁兄,豪情胜概,无逊于当年,知故人之已复健康,至堪欣慰。予于海上之舞场巨擘,泰半相知,与孙尤交善,以此人实亢爽雄奇,年事最青,而经营一事,恒有一往直前之勇,所谓坐言立行具征毅力者是也。今春忽罹神经衰弱之疾,易地疗养,居于圣湖者二月,体气渐复,病态亦失,遂更返沪上,不恒晤面,此夜盖第二次见之也。孙夫人陈雪芳女士甚美,自适于孙,即不复有明姿照眼,由此思之,好看女人,真不能让其有归宿,然又不忍见其凤泊鸾漂之苦,心理往往如此矛盾者,滋可笑矣。

◆吴下

小型报整顿内容之后,予仍为各报撰述,初拟为本刊著标题为《吴下篇》,具名则曰"阿蒙",以示一贯作风,依然故我,后来因懒于引用,

225

遂仍旧为《西风人语》。

(《繁华报》1944年9月9日,署名:刘郎)

在淑娴化妆室中

星期日,予与桑弧赴中国大戏院看日戏,到时,台上正演《七擒孟获》,桑弧言,来沪已八个月,而迄未一见淑娴,惟在故都时,曾与之一晤耳。因伴之同赴后台,入淑娴之化妆室内,时淑娴扮戏已竟,待于后台,《七擒孟获》之后,尚有《三岔口》,故有功夫与我二人畅谈也。谈时盖三省施施来,三省见予,问予好,予亦问三爷近况,盖言我不大好,一病经旬,连走路都觉得无力矣。予问其得什么病?则曰:年老了,不中用了,本来米粮那末贵,轮不着我们去吃,该留一点让年青人去充饥矣。艺人迟暮,故其言弥复沉痛,听之悲哉!淑娴化妆时,马义兰在后面为之打扇,桑弧睹此情形,辄兴感喟,谓马氏之于淑娴,殚心竭力,培植曾不辞劳瘁,其情感之高贵,盖有不可言喻者,初不仅恃伊人为养生送老之谋也。

(《繁华报》1944年9月13日,署名:刘郎)

热肠可感

一夜,值凌剑鸣兄于维也纳舞场中,兄近年来腾踔于市廛间,与予久未谋面矣。是夜醉甚,然以其人敦于友道,故与予所言,皆为关切老友之词,尤以丁悚先生之困顿春江,良用系念。剑鸣尝拍篾谓予曰:当时丁先生提掖后进,不遗余力,然今出后进人物,其曾受丁氏之惠者,有几人尚以丁家为念?又曰:我将尽最大努力,为丁先生财力上之援助,及精神上之安慰,必要时嘱予为之协助,以抵于成。予闻其言,深为感动,告之曰:我必从兄之后,以供驱策,但祈老画师之生计周全,虽劳瘁予躬亦所勿恤。剑鸣为之大喜,是夜,袁森斋、荣广明、张伯铭、顾福棠、李豪绪、马勤伯、龚之方诸兄及一蒋先生并在座,故意兴甚豪,各招舞人侍坐。予以无熟户头,终不坐,来坐之舞女,又尽非熟人,予亦不获举其名也。

(《繁华报》1944年9月15日,署名:刘郎)

诚惶诚恐

桑弧导演之《教师万岁》,业于今日起公映,全片故事,予仅知其概略,片成亦未尝观试映,第若以桑弧之行文为比,则逆知其意识必不歪曲,而趣味浓郁,则必然有也。华影于《教师万岁》之广告,有"报界名流客串镜头"之谓,报界"名流"之在《教师万岁》中客串,特以与桑弧为至友,此特为助兴之举,于《教师万岁》本身绝无裨益。故所谓"名流"者,读广告之后,诚惶诚恐,要求设法删去此一行小字,免因此而引起若干反感也。

◆集团参观

桑弧至友,于《教师万岁》上映之第一场,作集团参观焉,有予夫妇外,及梯公、之方,绍华伉俪、淑娴淑芸姊妹、敏莉姊妹、熙春、柳黛、凤三、包五、柯灵等诸人,夜间复设一庆功宴,则在管氏新居中也。

(《繁华报》1944年9月27日,署名:刘郎)

杜萍与蒋天流

他报记杜萍与蒋天流有一相似之点,但不言明,使读者为之猜测,此非与杜、蒋二人并识者,不能为此。予识杜萍,不识蒋天流,予与杜萍凡二三见,而发现杜萍固有一特点,顾不识蒋天流亦有此特征否? 故不敢贸然向某报应征也。

◆西风人语

一日,费穆先生问我,"西风人语"四字,是何用意,予茫然不可解。费曰:是因为有人说你西风面孔,故称西风人谓耶? 抑自己太穷愁,乃有"全家都在西风里"之感,故作西风人谓耶? 予曰:不知是不是矣。以意测之,当以后者为是,或予作兹篇之始,在西风怒号之日,人在西风中,故作西风人语,略同于今日为"宁公"所撰之《匕凉掇语》耳。

(《繁华报》1944年9月28日,署名:刘郎)

《教师万岁》之阵容

《教师万岁》已于前日下午二时半,在上海三大戏院同时公映,予于第一场即往观赏,此日得窥全豹,以一初任导演者,比之彼自矜为斫轮老手诸君,有过无不及,因知吾友桑弧之必欲尝试一番,固自有把握耳。剧既终,至友一一与桑弧握手称庆,庆其导演之成功也。此片演员阵容亦坚强,王丹凤、莎菲、韩非、孙芷君四人,有铢两并称之美,而于芷君尤一致予以嘉许,谓其饰英气销沉之老教员,入木三分,此盖与《蜕变》中之沈西堂,有互相辉映之妙也。

《教师万岁》,以华严故事,而运以轻松手法,于是逸趣横生。以韩非本身,为一并不健全之干教育事业者,戏故尤易讨好。在教员言,与舞女张娜娜妆阁中戏,台下人咸笑不可仰。以韩非之小动作,恒无异于舞台上之韩非,睹此乃倍有亲切之感也。

(《繁华报》1944年9月29日,署名:刘郎)

朱啸秋

名票朱啸秋,工正宗青衣,造诣极深。予昔曾看其在卡尔登演《玉堂春》,辄惊其工力之厚。去年小型报同人,演全本《甘露寺》于黄金之夜,特烦啸秋客串尚香,予为回荆州之刘备乃得同场,引为殊幸。今朱与郭春阳同隶皇后,予以尘事牵缠,迄今不暇为之延扬。昨读过宜一文,知真赏之有人,而啸秋所造正不可没。《繁华》同人,倘亦不忘去年合作之说,应竭全力,为啸秋登台,壮声势焉。

◆ 王玉珍

王玉珍自夏间退隐后,传与一胡老同居。上月见之,惊其胸前之一片平原,忽呈峰峦高耸之观,问曰:汝已孕邪?则摇首曰:我殊未孕。顾至今日,全部已从胡老口中,证明玉珍"洞口红潮已退三"矣。女人一有娠象,生理辄起变态,乳部尤有特征。予随便问一声,不料一问便着,他时玉珍分娩,胡老码子开汤饼宴,宜请予坐上座也。(按"洞口红潮"为唐人成句)

(《繁华报》1944年10月1日,署名:刘郎)

饭　桶

小型报上之论述《教师万岁》之文字,予写得最多,但读过者一致批评曰:此项文字,以柯灵之一文最出色,文帚一文次之,凤三则指东话西,一概以轻灵之笔调出之,而予不及也。予已竭其能力,写如许字数,而结果讨不到一点好,可知予于"影评",实饭桶之尤。

◆姚莉

小马亦约姚莉吃饭,一夕赴扬子,但不曾与姚莉谈一言,同行者问其故,曰:我不认得姚莉,但认得姚莉姆妈耳。此夕予未赴场子,否则予肯开口,以予与姚莉为素识也。姚歌声至美,当年曾萦予魂梦,近见凤三一文,录予赠姚之旧句,苟凤三不谓诗出吾笔者,几不信予曾有此作矣。

(《繁华报》1944年10月3日,署名:刘郎)

厚　此　薄　彼

予非万不得已,决勿赖稿,有时因明日上午有事,前一日辄尽两日稿件。中秋节在家休息,八月十四日,乃写稿十一篇,执笔之一手为僵,坐是大怨。予今日但求少写几篇,有一二报纸予实不愿为其执笔,至今勉以稿事付之者,正以主干人皆多年老友,不愿厚此薄彼耳。予岂真健笔哉?

◆果然讨厌

昨见白雪兄又发牢骚,深慨最近写作人因题材缺乏,楮笔间恒为他人事业宣传,白雪疑若辈殆得人之惠,故肯效劳。予亦同此感也,认为此种情形,果然讨厌。按写作人中有此现状者,不过一二人而已,予以为凡小型报写作人,宜加查究,苟其人固利用报纸,受人津贴,而为人宣传者,一致请其卷铺盖。若小型报主干人,不能团结,则至少请白雪先生,将此人辞退,毋使宝贵之篇幅间,恒多无线电中之一片"报告"声也。

(《繁华报》1944年10月4日,署名:刘郎)

点　　心

昨夜在黄鹤楼吃得甚饱,又至时懋,时为九时余耳。六七人坐下来,刚泡好茶,女侍应生便来相问,问阿要用点啥点心?予曰:饭在喉咙口,吃不下。及隔半小时,又来问,仍拒之,同行者咸谓时懋之派头太小,如此情形,迹近挜卖矣。其实咖啡馆营业时间既缩短,所做蛋糕,恒有过剩,若不兜售,则放到明朝,势须变味,根据"惜物"常情,时懋侍应生,不能不请客人努力加餐耳。

◆听歌

时懋有唱歌者二人,一为黄薇音,一则不及十岁之小女子耳。小女子立麦克风边,众咸鼓掌,吾友蓬矢恒言,中国人对"寿星"与"神童"之献艺者,有特殊好感,此亦一例证也。黄薇音清癯似昔,予座太远,不获稍通款曲,为之挹憾无已。

(《繁华报》1944年10月5日,署名:刘郎)

高楼之会

夜饭于孔雀厅,座上女客四,为王丹凤、周璇、管敏莉,及孔雀乐队之歌手梁萍。梁犹初见,平襟亚先生笔下,曾著誉其人。梁与周璇为素识,亦梁乐音先生之高足,周璇盛道梁歌之美,予不解此,闻其就麦克风边,歌数折,是殆从平淡中见工力者。予友荣广明先生亦在座,则谓生平于健歌者,特服膺二人,指席上之周璇外,其一为姚莉也。予因为周璇述最近在扬子被姚莉"触霉头"事,周亦寄我以同情,然其他人闻之都绝倒耳。是夕设宴者为之方,宴已,广明邀往十八层楼吃咖啡,尤尽畅谈之乐,比皓月已升,始散去。周与王之生活有规律,不能熬夜,买车返时,钟才逾十句耳。

(《繁华报》1944年10月7日,署名:刘郎)

丹　尼

石挥之《秋海棠》,不足以称伟构;《大马戏团》中慕容天锡,始为旷古绝今之作。《金小玉》之王士琦,亦为反派,然与慕容天锡为另一风格,在台上动作之美,真令人绝倒。《金小玉》在近年话剧中,实为最佳之作,金韵之先生饰金小玉,台下人无不嫌其年纪大了十年。此言诚是,然试问舍丹尼能演此角,更有何人? 能在此如火如荼之氛围中,演来能一丝不懈哉?

◆北洋时代

剧中演北洋军阀时代之往事,故论及政治,便有若干真姓名发现,如米振标、吴佩孚、靳云鹏等是也。是日,佐临先生因孤鹰同人在座,特登场饰演一常总长,以文人而处身其间,疑此人殆指当年之张志潭欤?

(《繁华报》1944年10月9日,署名:刘郎)

看《日　出》

义演《日出》之导演同人,为费穆第一幕,佐临第二幕,吴仞之第三幕,朱端钧第四幕,戏以一三两幕最出色,当时系用拈阄法,仞之得第三幕后,有人说:吴先生没有到过北方,叫他如何晓得北方下等妓院之风光哉? 故以为第三幕必不好。又以孙景路之临时告假,由路珊顶上去,台下人尤失望。不料第三幕排得真好,而路珊更不输于孙景路,复以史原之小顺子,石挥之福生,王薇之小东西,吕玉堃之胡四,以及廖凡之黑三,搭配整齐,遂觉全幕如火如荼矣。

第一幕演员以工力见长,费穆于此,煞费苦心,第二幕太琐屑,第四幕太平整,故无从做出噱头来。

(《繁华报》1944年10月19日,署名:刘郎)

莎 菲 生 日

欧阳莎菲为孤鹰同人之一,故游宴时共,重九日,晨起读报,知此日为其二十生辰,因觅桑弧,同人拟请其吃一顿饭,以资庆贺。今闻桑弧言,莎菲在三厂拍戏,并无举动,故下午集石麟、梯公在翼楼挖花,甫入局,而莎菲以电话来,谓并不拍戏,惟生辰亦未尝惊动亲朋,特拟买巨蟹,与至友素雯、敏莉,共图一醉。而梯公则言:其家以用电已超出限度,故不点火。只得废止,莎菲亦以此怏怏勿怏焉。

◆十四岁

茶舞于维也纳,舞女大班于予坐一台,众人来请,不能拒雅意,因招一人,则娇小如香扇坠。坐定,予问之汝今年十四岁乎?则笑而不语。据大班言,此人已十九岁,是发育不全者,萎瘦如墙隙梅根,见之徒令人心酸而已。

(《繁华报》1944年10月29日,署名:刘郎)

《状 元 谱》

《状元谱》一剧,纯用白描,而朴质浑成,符为佳构。此中小生一角,信芳生平,颇有此瘾。其实此角为小丑型,昨见姜妙香演此,难得还说两声上海白也。培林言:去年在故都,见马连良与叶盛兰合作此剧,盛兰之小生,故自不凡,特马连良之陈伯余,似乎无情感可言。今见信芳,同为此角,固有云泥之判也。是日信芳败嗓,唱时调门打得特低,然身上犹绝好看,予见其当妙香做戏时,颇加欣赏。进场时,陈大官说我还没有吃过饭呐,信芳乃微笑曰:随为父回家,叫你母预备大菜。此在信芳系开玩笑,亦缘姜妙香为老辈,更为敬重之意耳。又剧中老旦,甚得体,惜已忘其名字矣。

(《繁华报》1944年10月31日,署名:刘郎)

天 桥 的 垃 圾

北京的天桥,据说就是上海的江北大世界,这比例是否的确,我一时难下定语。我到过北京的天桥,而没有到过上海的江北大世界。二十年前的天桥,与二十年后今日的天桥,是否有著名方面的进化,我也不得而知,不过从天桥产生出来而成为盛名鼎鼎的艺人,或者技术家,则代有其人,这是事实。

近年因为北方菊部人才的凌替,上海开戏馆的人,他们常常到北方去发掘新人。其实他们所谓发掘者,大半都到天桥那只垃圾桶里去捡出几块比较等样的垃圾来,把上海人糊蒙一时,名之曰,初度南来,又名之曰陌生面孔。

前几天有位物色新角的戏馆老板北上,他临行时说,像陈永玲、张椿华这样角儿,北方有的是,费二三天功夫,就好请他一大群下来。意在言外,他此番北上,便是去捡垃圾。其实冤枉的,陈、张二人,都有名师实授,他们倒不是天桥的货色,真正天桥出品,看得入眼的毕竟太少。

(《繁华报》1944年11月1日,署名:刘郎)

自 批

江栋良兄,绘露身之汉二,困斗一隅,其旁又置一巨钱,知其所斗之目的在是也。吉光兄携此绘来示予,嘱予为之题咏,因题句云:"穷凶极恶两条虫,为啥原因直梗凶?试问衣冠到市井,几人入世肯熬穷?"自批云:前二句打油,后二句可称佳构。

◆陆洁

昨日,本刊电影版,有《陆洁热恋王丹凤》一文。不暇读其文,见此题目,真吓坏我也。陆为予之老友,在电影界二十余年,有圣人之目,年来此公心意益晦涩,昔日豪迈之概,收敛殆尽,今为华影三厂厂长,于丹凤爱护甚至,惟热恋二字绝不确当,无论年岁参差甚长,而双方情感纯洁,不容有任何字眼,为之侮蔑也。勿论此文刊于十月三十一日,若刊于四月一日,明知为愚人节之点缀者,则读者亦将笑其夸张过甚也。

(《繁华报》1944年11月2日,署名:刘郎)

"黑　单"

昨读秋水兄一文,知某报换一编辑人后,将旧时撰稿人十名,拒绝录用其稿件,此为馆方预定计划,秋水因谓此十名为"黑单"中人物,而一时小型报馆,乃无不盛传此"黑单"者也。"黑单"名词,近年来习闻之,不图流行于小型报圈中,我亦为之不幸。小型报近年来,升为发财捷径,其为业主者,渐为撰稿人所重视,若在往年,小型报恒日处于风雨飘摇中,所谓大家呒啥也。昔红蝉为《东方日报》老板,予为编辑,寻相骂时,予破口曰,我实尴尬,你也是鳖三,谁也难不煞谁耳。其时的报纸买二三元一令,然小报老板,常常当衣裳买报纸,忽忽十数年,升梢者,不是当年办小报人,此中惟红蝉雅擅经营,虽随身无一报,亦颇活得落焉。

(《繁华报》1944年11月9日,署名:刘郎)

朋　友

近年来的胡梯维兄,兴致突然好起来,培林说这应该归功于我们做朋友的将他培养好的。从前他什么都不高兴,他简直甘于寂寞,近来我们说什么他都起劲,每次聚餐,他总有余兴的节目帮助我们的消化,几次都是风雨翻飞的晚上。他夫妇二人,都不惮冒寒冷,赶出来再赶回去,不要扫许多人的兴,像从前则不然,哪怕雇了汽车,候在他门口,他也未必肯往前跑。

之方同敏莉的闹酒，也成了必有的节目。敏莉竭其智能，将之方劝醉，之方则使出洋场解数，滔滔不绝的说些夸大狂的话，他说还是争取时间，能够多争一分时间，他就不容易侵入醉乡。最近我们更想念兰亭，他一来之后，无时无刻，不使我们在捧腹之中，所以我们的集会，不能缺少之方同兰亭二人，不然便觉得不能尽欢了。

（《繁华报》1944年11月17日，署名：刘郎）

有志者事竟成

蹦蹦戏之台上下，容易打成一片，台下之所谓怪声叫好，较之任何戏台下为甚。小白玉霜上台后，予友玄郎，曾听其歌，一次演《马寡妇开店》，当马寡妇将向狄仁杰施其勾搭时，台下一人，大声曰"有志者事竟成"，此非叫好，直是喊口号，玄郎因为之笑痛肚皮也。

◆点将小说

点将小说，亦称集锦小说，盛行于二十年前，今人好复古，于是二十年前之点将小说，重见于今日矣。予曾与《喜相逢》之役，当予执笔写此篇时，心理上是一开头便想结束，于是关于穿插及故事之进展，漫不顾及，所成遂为粗劣之作，不如鍊霞、灵犀之肯挖空心思也。

（《繁华报》1944年11月21日，署名：刘郎）

减少写述

予写作日减，本月辍某报之稿，主干人与编辑来相请曰：幸仍为效力。主干某君，且言如有所诏，无不报命，意在言外，予之辍写，乃为钞票多少也。予殊勿悦，予决不争稿酬多寡，心里明明嫌其一般的菲薄，亦不欲直请增加，不过有时在报上涉言者，特欲提醒办报人，毋以写作者为马牛，希望大家增高，若个人想斤斤计较必不尔，盖计较所得，予终是弄不好的。既弄不好，又何必示人以穷凶极恶，且若干报纸，获利不多，左支右绌，应付困难，写作人苟稍具柔肠，亦不当妄自启齿也。至予之所以减少写述者，实以生活日狭，可以倩吾笔纾写之资料日促，加之心意烦乱，终日惶惶，不暇宁处，听潮所谓羌无好怀，予近来殆成此状，故不能不减除思虑，以辍笔为上策也。故下月份起，尚须续辍一二家，期以匝月再图效劳，若有疑我因稿酬而生异旨者，此真浅视区区矣。

（《繁华报》1944年11月23日，署名：刘郎）

姚 水 娟

绍兴戏之老看客谈，姚水娟今已没落，水手先生尝形容姚水娟之风采，谓其嘴唇之厚，如文旦之皮，可为绝倒。人言水手之文以健写称，予则赏其在细微处着墨，往往使人捧腹也。姚已届迟暮之年，绍戏人一到蟹年，便无人领教，今日之腾踔一时者，皆绮年"玉貌"之伦耳。故绍兴戏场之生涯，以九星为第一，龙门第二，美华第三，姚水娟在皇宫，久已湮没不彰矣。

◆绍兴戏行头

之方谓其夫人亦酷好绍兴戏，曾力劝其一看。以之方言，予方知今日之绍兴戏，已不若曩年之简陋，有灯光，有布景，而角儿行头之挺，迥非话剧与平剧中人，所可比拟。袁雪芬饰香妃，身上行头，常伶固然掼得远，而王熙春亦不知差到哪里去。不看绍兴戏者，又乌知绍兴戏自有其发扬之特点哉？

（《繁华报》1944年11月26日，署名：刘郎）

王 八 蛋

为本刊辍写逾匝月，初拟挨过阴历年底再执笔，而白雪厚爱，既躬来催驾，又驰函见促，于是欲偷闲一时者，转不可得。文帚兄言，迭个当口，而写得出好东西来，此人真王八蛋也。其言可以代表一般写作人之心境为如何矣。

◆褚彪

朱琴心登场一日,大轴之反串《虮蜡庙》,本拟烦周翼华之褚彪,惟翼华所擅,本文武老生戏,若饰褚彪,不成反串,故兰亭灵机一动,想着个张淑娴来。淑娴本工刀马,有武底子,若为褚老英雄,必有可观者,故当时遂决定人选矣。

◆半个麒麟童

信芳丧父后,以李如春独当一面于黄金,号召力复不弱,惟对折价售座,因有人为如春估计分量,为半个麒麟童焉。

(《繁华报》1945年1月1日,署名:刘郎)

碧 云

碧云女士以话剧,以《男女之间》始,亦遂以《男女之间》而成名,终为费穆领导新艺剧团之重要演员,迄今盖一二年矣。近顷新艺有解散消息,实则为暂时休演,当此时也,碧云忽以自舞台而跃上银幕闻,则将在朱石麟导演之《各有千秋》中(此片今闻改名为《现代夫妻》)作女主角焉。石麟于此戏之女主角,遴选綦严,终于确定碧云,信夫天下事有前定者矣。本定五日开拍,不果,或延至昨日拍处女镜头。秋水兄言:将来碧云之影片问世,海报题名,成为问题,若仅署碧云二字,则大类群芳会歌姬之名,势必加一"庐"字,此言甚是,不审石麟将何以为谋耳?

既谈影事,请再述一消息,则为吾友桑弧之新作,将于废历年底,开始拍摄,剧本在华影当局审查中,仍为吾友所亲手撰制者,《教师万岁》后又一作品也。

(《繁华报》1945年1月7日,署名:刘郎)

南 归 人 语

予妇北行,来回计费四十日,途程六日,在故都居一月,余四日则在天津在平看过四次戏,一次为马连良之《串龙珠》,一次为杨宝森之《探母》，一次为奚啸伯之《庆顶珠》，一次为陈永玲之《翠屏山》。问其白玉薇上过台否？则谓报间仅载其已回古城，惟尚无出演之期耳。妇赴津之日，知顾兰君出演沽上，因往省之。知兰君境况不俗，自己上菜市，回来煮菜，又洗涤之役亦肯躬亲，非欲节约，特逆旅中未另用女仆耳。惟精神甚好，见故交远道来访，欢喜笑谑如恒时。妇行时，兰君丐其于南归后，遇相识者，幸一一代其道念焉。

（《繁华报》1945年1月10日，署名：刘郎）

目 击 心 伤

复兴银行同人彩排之日，孙养侬夫人唱《宇宙锋》，以黄金之班底陈月梅去哑丫头，昔者梅博士出演于春江，贴《宇宙锋》亦以陈去丫头，戏班中称陈为老牌哑丫头焉。比年以来，陈潦倒不堪，去年夏日，予在黄金登台，见其身仅御一汗衫，污垢殆满。此日，予在后台扮戏，陈已卸装，坐予侧，瞥见其着一单长衫，敝且秽，面有菜色，寒甚，瑟缩不已；顷忽离去，旋复至，手中持一羌饼而嚼，其状已类阜田院中人，念其而无一艺随身者，死于沟壑久矣。予为之酸鼻。此次彩排募款所得，悉以赈济孙氏相识之梨园中人，而为贫不聊生者。次日，因代陈求援于曜东先生，丐其加以救济，脱不足苏其长困，要亦使其人得饱数餐，在我人无非于心之所安而已。孙亦仁人，纳吾言，已托方亦德兄，怀金往恤矣。

（《繁华报》1945年1月15日，署名：刘郎）

孟小冬与李少春

孙夫人唱《乌盆计》之前夕，孟小冬特为之说腔。及登场，小冬踞楼上座观赏，而李少春则至后台，为夫人宣劳，夫人大窘曰：我这出戏前台有孟小冬，后台有李少春，叫我唱些什么哉！为孙司胡索者，为王瑞芝，是为余叔岩之琴师，今则帮李少春于役春江，平时辄为夫人调嗓，而夫人于余腔颇有心得者，实得瑞芝所授，兼以小冬指点，遂使醇醇味永，不同于恒常之乌啼雀噪矣。

◆金大力

《虮蜡庙》中之金大力,以金少山演此,遂为要角。少山出场,以鹰犬自随,此为特征,然请问除身上有鹰犬之外,尚有何所取者?足见名角儿之蒙人,为要不得耳。

(《繁华报》1945年1月17日,署名:刘郎)

病起一日记

三十日,予病起出门,首赴梯公处。及午,至净土庵,以信芳为其尊人设奠于此也,座上晤赵如泉、盖叫天,殷殷执手问好。盖五久息演,而健旺如昔,滋可慰也。又与兆熊、瓢庵诸公倾谈,时吊客方用饭,予未食即行。是夜,张善琨先生招待小型报执笔人于锦江,予为代邀人,不能不往,故久坐翼楼,待至旁晚,再赴宴。宴至九时半始息,与柳絮、小洛两兄,同觅博局,归去且夜午。偃息三五日,此日,又纵其身如云间野鹤矣。

◆水仙花

唐若青与石挥二人,在卡尔登演一短局,剧本用顾仲彝之《水仙花》,以二人于舞台上成就之善,此剧之出色,当不难想见。剧中有陆露明,以陆方赴杭,故改用杜萍,人言杜萍已作嫁,观此殆不可信也。

(《繁华报》1945年2月2日,署名:刘郎)

小 报 编 辑

编辑人才与写稿人才,绝对为两事,予只能写,不能编。予之当编辑,最大毛病,非仅在于处理版面之难看,而在于常要请张小泉帮忙也。予与报馆老板非冤家,亦深知藏拙之道,故不当编辑者已若干年矣。今日编辑海上小报者殆无全才,论手段之精,无过于白雪与听潮,其有自矜得意者,严格论之,痴男不胜枚举,但人才缺乏,又只好让若辈自说自话而已。

◆消治龙

幼儿患耳疾,王玉润先生诊断后,介绍赴毛承樾医生处医治,惟连日阴雨,儿又感冒,不敢出门,试令其服消治龙,二片而可病全痊矣。予乃折服消治龙实为成药中之极品。

(《繁华报》1945年3月8日,署名:刘郎)

时 辰 不 利

国际三楼乔家栅之电话,昨日损坏,侍者谓二楼可以打,因赴孔雀厅,但孔雀厅不许打。坐在柜台内之广东人,因明朝印子钱到期,面孔极难看,问我为此间食客否?予曰:三楼吃客。遂将电话移入柜内,表示绝不通融。予涵养极深,未曾开口骂人,则问之曰:假如我要打一只电话,特地叫几客来吃吃,然则汝肯通融否?广东人曰:可以。则告之曰:太公不想挑侎勿死矣。遂行,予与孔雀厅夙有渊源,除此广东人外,其余职员,皆与予极客气,此日不巧,独为此广东人所窘,亦时辰不利也。

◆眼药

乔家栅至下午三时后,有衣香花影之盛,昨日见赵雪莉、周梅君、李曼丽、冯文清皆在此,不相识之眼药尤多,不胜备载。

(《繁华报》1945年3月22日,署名:刘郎)

魏 于 潜

龚之方将任共舞台经理,惟迄今犹未视事,盖不得一编剧之人,虑营业殊无把握,故未敢上去。近闻由沈琪介绍,将使魏于潜君与之方合作。魏娴平剧,思想比较为新,故若连台戏由魏君措手,必有可观者,夫然后使中国大戏院之《血滴子》,视此为劲敌也。

◆南宫生

南宫生与一舞女私,予扬其事于报端,生见予曰:一篇稿子,吓走三个客人。其实予作此文,隐舞人名字,多见南宫生之言,实装我笋头耳。南宫生为舞女大班,进益殊丰,予问曰:手浪向多几钱矣。则报曰:还勿是汤里来水里去耳。可见此人在大班饭真吃出世矣。

(《繁华报》1945年3月30日,署名:刘郎)

开　会

予生三十八年,不知开会为何事。最近小型报联合会开成立大会,予亦参加,方知开会有仪式,要起立,要鞠躬,予皆初次实验也。予为人落拓不堪就范,厕身会场中,颇觉不胜拘束,而以白理事长之应付裕如,为非恒人任矣。

◆乐义房间

乐义饭店,其实不输于国际、金门,而清洁过之,惟道途嫌辽远耳。予尤爱其床铺极舒服,当《光化日报》初刊之时,在乐义开一房间,亘十日始结束,予在其间,过两夜,尽得酣眠,盖夜午以后,窗外寂静无声,天光乍曙,好鸟已啁啾于树梢。久居嚣市,偶得此境界,心目都为之爽焉。

(《繁华报》1945年5月18日,署名:刘郎)

颂大会与理事长

本报之白雪泼墨,为惟一传诵之作,予每读此文,当时之情绪,恒陷于惊喜交集中,盖白理事长,专工挞伐,若其文中署我名字,而不知所叙为何事,万一被其笔锋如铁,打着一记矣,则予将懊丧若痴。反之,白雪于我所发者,皆为谀词,则予必色然喜。好谀不好骂,亦人情之恒也。小洛亦同此意。昨日,白雪之文,述予与小洛者,则一改从前作风,既非挞伐,亦勿张扬,实为理事长以风趣之笔,写谐谑之文,予与小洛,乃认为殊幸。予等故誓愿,愿于白理事长一贯精神,领导上海小型报之日,予等必矢志拥护,予等于大会绝不欲妄窃名位,而耿耿此心,永托于大会及白理事长之身,愿联合会将来之成就无疆,白理事长康强愉快,定

符所颂。(末句偷尺牍上寒暄名句)

(《繁华报》1945年5月21日,署名:刘郎)

佩之与一方

以浅薄无聊,信口缀为成句者,发明自卢一方,胡佩之则从而变本加厉焉。二人各成一派,论声势之壮,则胡实远胜于卢,要以佩之皮张之厚,亦非一方所及耳。惟一方究以读书太多,犹顾虑到开出口来通不通问题,佩之则有甩出来算数,死人也勿关之勇,宜其着着占先矣。以故佩之之群众亦多,众认其巧思实抉天灵之秘,发地鬼之藏,文友之为其传之笔下者,尤不乏人,而一方因此销声匿迹,不敢与敌矣。

◆法仑斯

法仑斯于二十日夜间曾开门营业,闻二十一夜又告息业,因其无把握可以做通宵,故偷偷摸摸,使游客亦无从捉摸,而知二十夜开门者,多于二十一夜相牵前往,徒劳跋涉,真成怨声载道矣。

(《繁华报》1945年5月22日,署名:刘郎)

温 吞 水

予谓茹佩弟为温吞水,上海人所谓三拳打不出闷屁来者也。一日,见之于七重天,座上有金雄白先生,予问佩弟,六月一日进大都会,抑进新仙林?佩弟思维久之,犹无答。予亦勿耐,不再问。雄白语佩弟曰:大郎已为汝制文刊报间矣。汝见之乎?则摇首曰:未也。又回首望我,现一线笑容,自牙缝中迸出"谢谢"二字。予曰,汝真温吞水,三年来乃未改故状也。

◆人家人

自七重天偕金先生赴维也纳,招陈云来,约其同饭,答曰:已经约好别人。又招姜娟娟来,亦曰:已约好别人。于是男子六七众,不得一女人同吃饭。沈克明发狠,招人家人数人来,称某太太者,今日之世,还是人家人有空,此精明人所以舍欢场之女,而专想与太太小姐轧淘也。

(《繁华报》1945年5月31日,署名:刘郎)

天厂北返

天厂居士留沪上兼旬,以昨日北返矣。往者南来,予与之过从甚密,宴叙尤繁,此来则以予方羁于尘事,把晤之机会遂鲜。行装下卸时,予第一往存之,及其将行,始于梯维寓邸,为之设饯,剑星、兰亭、其俊诸兄,皆来参加,真一时快聚也。天厂侨寓春明,迄今五六年,年必回来二三次,其来也,恒以飞机,独此番归去,则搭火车,则以机票不易致,而天厂为之担心不已。予曰:路上耽搁稍久耳,何用担心?则曰:不担心吃,亦不担心不得安眠,只担心将如何排泄而已。天厂有深癖,闻火车上马桶殊污秽,使人不敢伏厕,此实为受罪事。物质文明,降至今日,已不复能尽情利用,使享受者惟感痛苦矣。

(《繁华报》1945年6月4日,署名:刘郎)

酒色财气

本报中人,眉子好饮,时醺醺然,是为酒;西平作比国比事,又写屠门近况,则近乎色;白雪怒气满膺,惟工挞伐,是为气。酒色财气四者,惟缺财耳,无怪白雪乃日处愁城也。

◆江郎

予与栋良合作诗画于他报,题曰《唐江双挡》。某先生言:江栋良之江,唐大郎之郎,是为江郎,江郎必有才尽之日,看你们得支撑几许辰光耳。

◆黑暗

一夜,二时后矣,自霞飞路高恩路坐一飞车返家,同车有俞振飞夫妇,路上不见一盏电灯,振飞打苏白曰:"坐勒三轮车浪,横躲里闸出一个人来,吓得魂灵也要呒不哉!"

(《繁华报》1945年6月7日,署名:刘郎)

蜀云小餐

一年以来新仙林之花园酒家,凡三易其名,去年下半年后称宁波味圃,近数月来又改川菜,则招牌为蜀云小餐矣。花园酒楼时代,予等几排夕留连其间,往往与敏莉等或轰饮,或乘凉,此乐不可想也。宁波味圃仅一去。周前,在红花别墅,遇李贤影先生,乃谓其地已改川菜。昨与之方二人,同往试之,则治馔固不恶,予以饥甚,特棒棒鸡一味,进饭一碗。及第二菜来,待一小时,殆厨房间尚未上轨道,而此种毛病,务须纠正。八仙桥背后之河南饭,菜未尝不好,徒以出菜太迟,使吃客终倒胃口,不可不注意也。

(《繁华报》1945年6月11日,署名:刘郎)

售　价

白报纸在三万元一令时,若干小型报皆赚得翻倒,时每张之价为一百元也。今白报纸出二十万关,一月之间,骤加七倍,印刷工亦称是,则小型报当售七百元一张,方有余钱。今甫于十一日起改售为二百元,各报依然蚀得走投无路,在此颇足征信小型报从业员于办"文化事业"之精神,真有一往直前之勇。闲日思之,为之哑然失笑也。

◆有肩胛

一日,桑弧在电车上,听人说出"时装旗袍"一句新鲜话,此人说明代替"有肩胛"三字用者,盖时装旗袍,都有衬头,故曰"有肩胛"。桑弧谓胡派"浅薄"之作,已到处可闻,佩之真可以不朽矣。

(《繁华报》1945年6月15日,署名:刘郎)

真糊涂与假糊涂

他报约张宛青女士写长篇小说名《红鸾喜》,刊登有日矣。该报编者,忽得申报馆之黄寄萍君,投寄一函,内称兹拟介绍张宛青女士为贵报撰制杂感、散文及长篇小说等文稿,如荷同意,当约张女士与兄等一谈云云。编者大为诧异,必有如下之解释:㈠该报出版,黄君从未寓目。㈡张宛青决不托黄君介绍而为黄君之一面热心。㈢其介绍之动机何在?颇耐人索解,后他报某君,拟修一书与黄,表示欢迎,并请其介绍一晤,盖黄为真糊涂。此则拟装糊涂也。惟念黄君此函,终为善意,开心不能寻得过分,故书虽写成,而未及发出也。

(《繁华报》1945年6月21日,署名:刘郎)

比 国 大 事

比利士发生内阁总辞职,他报刊一篇特写文章,小洛为装小题目曰《真正比国大事》,其意盖指本报"比国大事"而言也。予谓小洛,何不竟称为"比国比事"?小洛曰:此乃不通。予再想想,果然不通,邵西平之"比国比事"初刊时,大家看不懂,后来懂了,则又笑曰:虽然看得懂,但是讲不通。

◆长稿

文友中,写散文稿子一落笔恒六七百字,甚而多至千字者,眉子之外,尚有叔红。叔红为桑弧别署,予恒谓桑弧,如何写不短?渠曰:实莫明其妙也。一日小洛邀眉子稿,谓写六七百字一篇已足,予曰:写三四百字已够,眉子自然有加三放头也。(眉按:写文章有箭在弦上,不得不发之境。好比放屁,屁既来了,非放不快,而且非畅泄不快。否则蹩住在肛门之内,如何是好?)

(《繁华报》1945年6月23日,署名:刘郎)

"书 生 本 色"

郑过宜手中拿了拨款单,不知如何用法,欲持赴发出拨款单之银行,兑现现款,一时腾为笑话,然最近王敦庆兄又发生比此更甚之笑话,亦可谓无独有偶矣。一日,王收得支票一张,王之夫人寓居吴下,王将支票固封密缄,托其令媛投赴邮局,寄其夫人,为家用之需。越数日,夫人将原票返王,则以苏州无法用此支票也。王大诧,返与出票人,谓不料君之支票,苏州已不获通融矣。闻者无不捧腹。过宜读书甚多,而终世事不甚闻问,并拨款单之常识亦无之。敦庆亦嗜书如命,终日埋首于故纸堆中。惟"书生本色"四字,为二君解嘲外,其他更有何言哉?

(《繁华报》1945年7月3日,署名:刘郎)

暑　病

奇热三日,予终不支,至三日晨头目森然,不能出门,下午偃卧,几不知醒,此日文稿都废。予身体太弱,怕热亦怕冷,热甚之日,最好不动笔墨,下半月起,又当谢绝数报撰述,一俟回凉,再当为老友报效耳。

◆西瓜

病中拟啖西瓜,令家人赴水果店买之,而水果店不用拨款单,西瓜非药物,可以已我疾者,则亦安之。今年西瓜,售价高至三万金一只者,敏莉为之咋舌,谓无论如何,舍不得吃它。此儿近来益节俭,在家井臼躬操,而嗜瓜如命,今闻价贵,则亦自止其流涎矣。

(《繁华报》1945年7月6日,署名:刘郎)

毛病必多

暑病两天,第一日发高热度,还支持在外头,第二天躺下了,明知没有大不得了的毛病,左不过肠胃不洁,大便不畅。今年夏天的疾病是少不了的,奉劝读者,千万少吃冷饮,尤其冰块不可吃。最近我同之方在一家酒店里吃两碗绿豆汤,在之方的一碗中,发现一只苍蝇,当时吓得我魂魄俱丧。第二天同克仁在新雅吃饭,他郑重告诉我,跳舞场里的冰沙滤水,也万不可吃,因为水是自来水,冰是劣冰!在他没有说以前,我不知吃过几杯了,被他一说明,又吓得我面无人色。这样恶热的天,耽在外面，无法讲究卫生，吃夜饭应该回到家里，开水泡饭、酱瓜、咸鸭蛋比什么都好，我可以这样做而不做，宜其病矣。

（《繁华报》1945年7月8日，署名：刘郎）

独 特 风 格

小型报宜有其独特风格，风格不必论高卑，而不与别人雷同者，即是办报好手，我《繁华报》即有独特作风者也。此独特作风，且为他人所不可追及，比月以来，小型报数度涨价，《繁华报》之行销，屹立不动，正因其所拥为独有之读者也。若内容形式类似之报，则往往为读者取比较，优胜劣败，凡不如人者，终归淘汰矣。

◆三人行

予与小洛、之方合治一报，小洛、之方，皆当年健笔。一日，钱芥尘先生于康乐酒家，遇李时雨先生，谈及此报，钱曰：他们三人，可以各办一报，今合而为一，人才过剩矣。其实彼二人皆能处理事务，予独无才，真要我一个人办报，砸矣。芥老特过誉刘郎耳。

（《繁华报》1945年7月10日，署名：刘郎）

柬 理 事 长

有一天，白理事长跑来看我，他一面怪我替他稿子写得太少，一面也谦虚他的致酬太菲。他说话的时候，脸上充满了抱歉的神色。我非常不安，我明白本报近来在艰苦中挣扎，咱们是老朋友了，我不致计较稿酬，我既说明愿意替老友效力了，那末非不得已时，我决不随便赖稿，请白理事长专心为小型报同人谋福利，再不必考虑到这一点。不过今年的天气这样酷热，我倒又想歇一个月或两个月的夏，到金风振爽之时，再图努力，如蒙理事长照准，感德不尽。

◆文言文

大家都说我的白话文写得不好，而欢喜读我的文言文，其实我的文言文写得又何尝好过？独有冯肇梁先生是偏爱我的，他说我的文言文，有时候他要读两遍以上，而劝我不要写白话文最力者，冯先生也是一个。

（《繁华报》1945年7月14日，署名：刘郎）

伊 文 泰

沪西之夜花园，闻阿勤梯娜已开，而伊文泰继其后。予与伊文泰有亲切之感，一闻开门，便想临存。一夕偕之方自国际出门，驱车往访，则敏莉、兰君，偕人小憩于此。此夜天酷热，无风，坐庭园中，亦无凉生襟袖之快。今年之夜花园，灯炬太黯，不大开心。记得去年之伊文泰，在无月之夜，冬青树上，小电灯熠熠作光，似天上星罗，为景至美，今年则不可复见矣。惟情调犹浓，予诗所谓"青棕几树植前阶，近听清弦远听蛙"者，则犹是当年景况也。昨日敏莉来，为言法仑斯复将开门，若然则伊文泰又不能做独家生意，而阿勤梯娜之为两家打倒，是为必然之局。西区夜总会，惟阿勤梯娜为弱不好弄，真不知其所以然也。

（《繁华报》1945年7月16日，署名：刘郎）

作 俑 者

白理事长云：小型报执笔人，实行间日一写者，实自鄙人作俑，鄙人万不承认，鄙人亦是效尤他人，但作俑何人？恐怕已无法稽考，身为理事长，如何可以随便诬蔑，而使拥戴之者失其信仰。予自昨日起，对白理事长之尊严，已打一九折，寄语理事长，以后对拥戴理事长者，万勿再蹈覆辙，否则威信凌替，噬脐莫及，则后日悲哀，无法收拾矣。（此节成句甚多，笔法酷肖白理事长云。）（白雪按：《繁华报》写作人，从来无间日一写之例，此风为大郎先生开，无庸讳言。）

◆写与不写

属此稿时，汗流浃背，今年又苦热，拟减少写述，而白理事长不能谅我,且先发制人,指我为赖稿之始作俑者,其局乃成不写也要写,写也要写,是故人之厚爱下走乎? 抑故人之存心与我难过乎? (白雪再按:为避免老友进退两难计,已嘱黄马褂即日暂停取稿。)

(《繁华报》1945 年 7 月 18 日,署名:刘郎)

西风人语（1946.7—1949.7）

高尚地方

一夜,在碧萝饭店吃饭,予言笑甚纵,时周剑星兄在旁,止予曰:此地是高尚地方,你要轻声些,免得贻诮邻座人也。予曰:吃的地方,予一向无分轩轾,予之视碧萝或喜临门,与同羽春、老正兴馆一样,盖到此来用铜钿,非受罪也。在外头吃饭,亦当求身心之逸乐,若因地方之"高贵",而使身体精神,受到羁阢,则不如回得家来,与太太对脚板,吃茶淘饭,何况如碧萝饭店,亦根本谈不到是"高贵"地方也。

◆"半夜温功"

先父五七,予返人安里待旦。是夜,听潮以三时始归,乃与闲话,至五时始散。我二人年来形迹甚疏,"半夜温功",已四五年未曾举行,偶然得此,致有儿时尘梦,拥上心头之感。

(《罗宾汉》1946年7月2日,署名:刘郎)

剧艺界座谈会记

◆张石川谈话

《新夜报》招待剧艺界名流,开座谈于十四层楼,是日上海被冻结之电影导演十二人,大半参加,趁开会之便,有所声白,亦借此一倾积郁也。首由张石川发言,张不善词令,然将经过情形,如何遗留在上海,如何得中央大员吴开先、吴绍澍、蒋伯诚三氏之谅解,以及一番艰苦奋斗之历史,缕述无遗,声调颇沉着,听之极感动,盖以叙事之真实,自不同于虚矫者使人入耳而觉乏味也。张谈话约半小时,汗涔涔下,此君老矣,落座有惫状,予坐其侧,为之恻然!

◆二李

此日坤角儿至者有李蔷华、李薇华姊妹,女明星有欧阳莎菲与杨柳,二李为影迷,得与莎菲、杨柳互摄一影,为状大乐。座上有人言李氏姊妹醉心于第八艺术,有机会拟一上镜头。可惜中国电影事业,正当"斯伤"时期,若在当时,张善琨不请教她们,柳氏兄弟亦必设法罗致,盖二李者,殊色也,"开麦拉翻司",必不推板也。

(《罗宾汉》1946年7月3日,署名:刘郎)

刘美君与楼汉英

马连良在天蟾唱十日,畏暑,不能续演,天蟾乃邀花旦刘美君,老生楼汉英,抵挡一阵,业已登台矣。刘楼在上海人心目中,皆为陌生人物,其在外省,则俱为第一流角儿。读者试思,此二人肯接马连良后队,则自有其一记家伙也。

昨日周剑星氏宴客,座有刘美君,予故得一见其人。席间有人谈楼汉英者,谓其原名为楼稚儒,到沪后,本拟仍用旧名,惟天厂居士阻之甚力,谓梨园子弟,以稚儒为名,实太不雅,何不改名为稚如?盖艺人名字,自足影响其前途,比如刻图章之高甜心,以一金石家而以甜心为名,何等恶俗!岂不使人发生反感!周剑星从天厂意,乃改为楼汉英,索性连姓带名,脱胎换骨矣。闻楼在关外时,与唐韵笙唱对台,而盛况不减于唐,允文允武,盖并具工力者也。

(《罗宾汉》1946年7月5日,署名:刘郎)

人 身 攻 击

唱滑稽戏者,近来口气亦甚凶,对时事有所针砭,每施人身攻击。如最近有骂马连良者,其意谓李万春在北平吃官司,而那个拍马屁的人溜到上海来,却可以在上海登台。拍马屁的人,当是指马大老板而言。又滑稽戏亦有骂陈公博的,陈已死,死后复遭若辈凌辱,惟点唱者不多,以是而论,骂汉奸一事,今日已成熟汤气矣。

◆绍兴戏

或问绍兴戏(指的笃班)何以有广大群众,卖座之盛,历数年而勿衰?则曰:其唱词简单,虽妇孺皆懂耳。其实不然,予有时听绍兴戏唱片,难得有几句听得出者,桑弧兄亦然此意。因谓"通俗易解"之说,实不可信,我辈为知识分子,尚且听不懂,亦无法揣测其意,则委之村夫俗妇,更何能解?

(《罗宾汉》1946年7月8日,署名:刘郎)

胡梯维先生

胡梯维先生以文采风流,照耀当世,曩治稗官家言,复一纸风行,万人争诵,迩年以来,罢笔墨甚久,偶有所作,则一鳞半爪,得者视同拱璧焉。胡本任事于本埠浙江实业银行,自李馥荪赴美,此间事乃丛萃于梯维一身,所以无暇搦管者,即坐此也。比李氏归来,所以酬老友之劳者,则由董事会委胡为浙实董事,而解其原来职务,并以本埠之国光衫业公司,为浙实之大股东,总经理一席,亦委诸梯维外,又兼任亚洲公司之副总经理,总经理仍为美人白脱赖也。按亚洲国光两职,战前为朱博泉所担任,朱既受羁,李氏乃以此酬胡。胜利以后,故人之以胜瑞闻者,殆惟吾友胡梯维先生一人而已!

(《罗宾汉》1946年7月9日,署名:刘郎)

十八年前

之方与曾淹、一方诸兄,游于白门,谒中山陵。之方与曾淹皆登,一方则惮于拾级,语同行者曰:我十八年前上去过矣,故不想再去。及二人下来,则与一方算账,谓故谭祖庵先生曾写碑文于陵外,其言曰:民国十八年,某年某月,葬孙先生于此,足下谓十八年前来过,当时根本无孙陵也。一方乃知计算殊有错误。中山陵予先后两登,最后一次,为卢沟桥事变的一年。是岁春间,予与唐世昌律师,及亡友冯梦云兄,在南京流连三日,当时腰脚甚健,苟今日去者,恐亦如一方之艰于步履矣。

◆七七之夜

七七之夜,无音乐,无舞场,亦无一切娱乐。傍晚有久违之友来访,因相约登云楼,既膳,而无所适从,则雇飞车,令其自金神父路走福履理路及贝当路。明月在天,凉风拂面,为趣甚永,盖优于披臭汗而蹀躞于华乐珍琼间矣。

(《罗宾汉》1946年7月10日,署名:刘郎)

舞场与影戏

大都会之夜花园,自七月一日起开放,天不作美,至九日为止,仅做过二夜。予以八日晚间赴园中小坐,则内部皆已改装,音乐台往年向北置者,今年则西向矣。顾座客不盛,远逊于昔年之满坑满谷,惟水门汀方池,极光滑,躏步甚宜。据个中人言,自公债风潮,跳舞场受影响至巨,拆穿了说,近年来跳舞场之大宗卖买,实恃投机,投机市场冷落,跳舞场亦决不会闹猛也。

◆看不懂的影戏

为人强嬲,往看《离人欲断魂》,坐了两个钟头,实在没有看出这部戏的情节做些什么?起初以为我不懂英语,所以看不懂,但一问桑弧,他说他也不十分懂,又谓近一期无好影戏看,而我则偏偏碰在这个时候去看,此亦女人之误我也。

(《罗宾汉》1946年7月11日,署名:刘郎)

玄 武 湖

自南京归者,无勿盛道玄武湖。玄武湖予尝数数荡桨其间,风景的确不恶,杭之西湖不及也。然予所见,玄武湖犹不及扬州之瘦西湖。扬州城内,秽陋不堪立足,及一出北门,在史公祠前下船,越绿杨村,更过一桥,即是瘦西湖,自此至平山堂一带,不必在五龙亭上岸,风物之胜,有为南京杭州所不及者,则以其地有幽蒨之致也。然瘦西湖不宜于夜,而玄武湖则最好在月色如银之宵,偕素心人一舸双载,此时情景,比搭着壳子而在国际饭店开着房间,尤耐人寻味也。

◆灵谷寺

灵谷寺近谭墓,之方亦言其地甚美,抗战前数年梁鸿志游于白下,归后有《金陵杂咏》,《游灵谷寺》一首云:"灵谷流云楼太阴,无人知我入山心。最怜白下骑驴叟,志业难伸直到今。"诗是好诗,然此人之不甘寂寞,亦情见乎词矣。

(《罗宾汉》1946年7月12日,署名:刘郎)

晤还珠楼主

愚平时不喜看长篇小说,于当世小说家,亦无所晋接,若北方小说家之名重一时,相识更鲜,十五年前,尝一晤张恨水,最近始识还珠楼主。昔张恨水著"社会言情",为家弦户诵,及抗战军兴,此人入蜀,于是前进作家,亦纳之入"前进作家"之林,言其作品,乃有裨于抗战建国大计者,天下吓得坏人事,将无甚于此也。愚之识张恨水,为钱芥尘先生介绍,其人甚俗,有人言甚似北方商店之"掌柜"型,其实似一混在唱戏淘中之梨园管事耳。

还珠楼主姓李,字寿民,著作等身。一夜,毛子佩设宴宴李与易君左,邀愚作陪,因得共樽酒。毛在抗战时期,屡来沪上,侦讯敌伪情报,备尝艰苦,李闻之肃然起敬,因谓渠曩在天津,亦尝图策反工作,盖亦地下同志。愚自顾不肖,居沪上八年,上天无路,入地无门,荒荒唐唐,自知不足与时贤为后先也。

(《罗宾汉》1946年8月14日,署名:刘郎)

莫 干 山

克仁屡屡游莫干山,屡屡邀余同往,予皆未去,十八日又成行,前一日又来相邀,余亦未如命。余以天暑,惮于跋涉,且同行者多至十六七人,亦畏搅扰。旅行不宜人众,亦不可少女人,何况秋阳如炙,令人裹足。今岁春时,余未出门,会当待秋好之期,约二三至友,苏州杭县,随便跑一趟也。

◆《传奇》增订本

一年以还,张爱玲文章,已不见于报端,吾人想望之殷,有如望岁。近闻其《传奇》将出增订本,原有诸作之外,乃附小说五六篇,都四十余万字,今在付梓中。"文章散作生灵福",张爱玲之文,予认为是生灵之福,《传奇》增订本之发行,又宁非文坛喜讯哉?

(《罗宾汉》1946年8月22日,署名:刘郎)

结 婚 十 年

昨记张爱玲之《传奇》将出增订本,而市上早有苏青之《结婚十年》发售矣。据苏青语人:渠并未翻印此书,实他人私为付梓者,其中谬误百出,不能卒读。苏青以无从查究,为之闷闷。据云:将登报公告,并将丐有司侦缉翻印人,而与之进行法律程序也。

◆韩菁清家中

韩菁清曾邀饮于其寓中,余赴时,《新》、《申》各报记者,正当访问。韩着白纱西洋装,似新娘子之礼服,顾项腴白,隐约可以窥其胸。我问曰:衣裳为啥着得这样嗲?嗲字出口,继思不对,改哪能打扮得介时髦?顷之韩上楼入浴,再下来,又换一身旗袍矣。

(《罗宾汉》1946年8月23日,署名:刘郎)

晤谢家骅

在筵席上,晤谢家骅,其人甚柔媚,而肌理腻皙,似一触即溶者,真天生美人胎子也。有人为予介绍,谢小姐肃立曰:唐先生,您是老前辈啦,得多多指教。予甚惶悚,而老前辈三字,其感觉亦不好受。因念予每为人介绍严九九时,予必曰严小姐为舞丛前辈,料九九闻前辈两字,其感觉亦不好受也。

◆"御用"

方天宝为其出品"阔龙镯"做广告,谓"上海小姐"亦"御用"此镯,又说上海之时髦女人亦都应常常戴此镯焉。其实此镯既为"上海小姐"所"御用",则其他人非"上海小姐"自不能"僭用",上海女人苟稍有自知之明,则方天宝之"阔龙镯",只好卖与王韵梅女士一个人戴耳。

(《罗宾汉》1946年8月27日,署名:刘郎)

龚翁将隐于湖上

名书家龚翁先生,近开个展于宁波同乡会,此公从前都称他为怪人,惟迩数年来,则亦渐近世故人情,而致力于临池勒石,功夫弥到,其治印也,已博江南第一印人之誉,而其书法,在海内已无抗手。乃出其积件七百点,分两次展览于宁波同乡会。过一些时,龚翁将取其所余之资,税屋杭垣,隐于湖上,不复与海堧尘嚣,重相溷处矣。

◆易君左与龚翁

易君左既来上海,辄念龚翁,尝从予要其居址,谓将登门诣访也。与君左论海上群贤,恒推许龚翁不已,而君左之尊人易实甫先生,为龚翁惊服之老辈,谓清末诗家,实甫先生殆为巨擘。樊云门壮岁以后,与夫王壬秋一生,皆非其伦也。

(《罗宾汉》1946年8月31日,署名:刘郎)

桂 花 蒸

八月大热,称之为木樨蒸(亦即桂花蒸),惟桂花蒸要在桂子飘香之日,大约须过中秋以后,故近二日之大热,实非桂花蒸也。张爱玲曾有短篇小说,眉曰"桂花蒸·阿小悲秋",不问内容,但看标题,意境之幽美,已足使人嗟赏矣。

◆《哑子背疯》

戴爱莲之《哑子背疯》,有锣鼓场面,场面上人有李丽莲、欧阳山尊、丁聪,及吕君樵。君樵为旧剧伶人,但富有新思想,在场面上敲大锣,小丁吹笛。欧阳山尊,为予倩先生公子,予倩归来,予迄未一见,乃复行矣。

(《罗宾汉》1946年9月1日,署名:刘郎)

老 友

大雷雨之夜,与逸芬、听潮、一方、蝉虹四兄同饭,除逸芬外,其余三人,论交已及二十年,逸芬亦在十五年以上。此夕本邀蝶衣,而蝶衣未至,否则亦老伙伴矣。吾五人中,其实皆未老,惟听潮已繁霜堆鬓,此公意气本不甚旺,近年来磨折更深,似益觉销沉。逸芬流转归来,无易前状。以睹人体质言,逸芬最强盛,余与蝉虹最衰弱,然亦不死,乃深感此会之弥可贵也。

◆赛老九

在闻人汪竹卿逆旅中,遇赛金花老九,此人称花丛健将者甚久,此日重见,已当其投老漂零时矣。然而施朱映白,余态犹妍。汪之旅舍,恒有衣香鬓影,近一时期,则多北里娇虫,北里中无良材,于今尤甚,着一赛老九,比较为艳光熠眼矣。

(《罗宾汉》1946年9月4日,署名:刘郎)

园 游 会

今年多的是园游会,闻本报销数,已为上海第一把交椅,白雪先生心境之愉快,不问可知,然则何不亦招待一次园游会?除大报撰述人参加以外,亦允许读者来临,其办法可由白雪订定,万一开销过巨,则作废亦罢。白雪先生创巨痛深之余,或者原气未复,鄙人亦不欲随便砍坏他也。

◆关于《罗宾汉》

在外面欢喜兜兜之朋友,无不欢喜看《罗宾汉》。一夜,予饭于上海酒楼,座上有荣广明诸兄,荣言:我看来看去,以《罗宾汉》为第一,盖材料多也。又名流汪竹卿亦赞《罗宾汉》,汪近来不喜听人叫他为闻人,而希望叫他为名流,则因徐南虎先生对他说,闻人二字有挖苦之意,有识之士,皆不乐接受也。闻《辛报》改组,将走《罗宾汉》路线,但望邵西平亦帮他们一忙,否则亦不成其为"罗宾汉路线"也。

(《罗宾汉》1946年9月6日,署名:刘郎)

中 秋 一 首 诗

月到中秋分外明(第一句抄得来的),一双债主闹盈盈。明朝学校将开学,学费爷须付付清!

过年过节,向无欠赊等情,故不愁有债主上门,倒是有两个养在家里的债主,殊难对付也。长次二子,皆于中秋后一日上课,予所付学费及一切杂费达五十余万元,近来失业也,对此数目,亦相当重视,但一想到平时胡调,竟没有理由对儿子说"倷穷爷勿挨拨倷"也。于是乎砍坏矣。

(《罗宾汉》1946年9月10日,署名:刘郎)

请 杀 鹰 犬!

张肖龙为敌宪兵队之鹰犬者有年,罪恶擢发难数,此人不杀,无以快民心！予对汉奸从未有投井下石之举,惟近来所见司法当局,对贼宪兵队之密探,处刑太轻,故张肖龙或有宽贷之望,此则无以平人心者矣。胜利以后,捕张肖龙者为田某,在大中华门口,将发枪,而弹塞不可出,转被张放一枪,乘间逸去。田为之懊丧若痴。后赴白门,营舞场事业,会张亦化名吴新,居于南京。今年,田与张值于路上,张犹停车问田曰:公亦来南京白相耶？田大惊,恐遭其暗算,为之坐卧不宁,由此可知张肖龙阴狠为何如？往时张以仗贼势,糟蹋妇女无数,良家人且不免,何况欢场中人矣。

◆王揖唐

王揖唐亦能诗,风致甚美,十年前赴日本,舟次长崎,有句云:"至竟樱花正待我,天涯微惜落花红。"中国近代诗人,大都附贼,王之罪行尤多,真使人悲愤！

(《罗宾汉》1946年9月19日,署名:刘郎)

有　　谢

温那高谊抵云天,白雪阳春入管弦。更有西平来拜寿,害他搅落一刀钱。

九一八之夜,值予生辰,友好翩为欢宴,本报同人之连袂而来者,有温那、白雪、西平三兄,白雪高歌一阕,盛意尤为可感。西平进门,即曰:没有请帖,也得来拜寿。可见其络甚热也。而同时还害其破钞,所费当为镛寿普陀一刀之值,不去摆平女人,竟来为老友祝嘏,真使予感念不忘矣。是夜三君皆纵饮,西平尽十盏之多,闻其后来上百乐门,由荣梅莘扶其入马桶间,大放花筒焉。

(《罗宾汉》1946年9月21日,署名:刘郎)

施叔范之《田园画》

施叔范先生,今年曾两次来沪,然小住辄去,今又来,复拟佣书海上,一时且不思归也。一日,访之于友声旅行团,倾谈至快。叔范诗文,卓绝于时,而小品文之清华婉美,尤为一时极选,当年读其《酒襟清泄录》者,必不以予言为溢美也。予最爱其写田园中事,则儿时尘影,跃然于脑底心头,因劝其重为执笔。数日后,乃以《田园画》一文赐予,读其文细丽无伦,一如往昔,为之嗟赞不已。予因付与也白,布诸《诚报》,乃似为读者进一盏甘冽之茶也。

◆"他报"

上述一节,不佞有为《诚报》做广告之嫌,照同行"规矩",不宜有此,此实小型报同业惯于倾轧之陋习。然予知白雪,白雪自有雅度,必勿拒刊吾文,此盖吾友之特长。本报畅销,真有一日千里之势,而风格别饶,在小型报坛上,为一枝异军,故亦无所用其倾轧。若换第二三个人,编刊此文,《诚报》之"诚",不替我改一"他"字者,予可以叫众人打耳光焉。

(《罗宾汉》1946年10月5日,署名:刘郎)

寻　人

电话今来忽不通,心疑大道失其踪。招呼已代先生打,闲暇常"温"壳子"功"。烧到柴爿情更热,尝来药露意尤浓。非缘病倒非缘死,"轻友"从知最此公。

大道先生,钟情于舞女李珍珍甚至。李居于柴爿店楼上,药店之邻,与海风社近在咫尺。从前我们天天见,近来忽不见,故作此诗寻之。予近作《重壳轻友》篇,谓大道先生,实为此中"盟主",故末一句云。

(《罗宾汉》1946年11月12日,署名:刘郎)

《程砚秋图文集》

《程砚秋图文集》,已于昨日问世。集当世作家四五十人刊铜图近百幅,以木造纸为封面,以铜版纸印厚色照片,以彩色铜版纸印三色插页，其余之六十余页文字与铜图，用桃林纸，封面印七色，益以套金，印刷公司例，套金以六色计，故封面实际上为十二色。乃成此以前所未见之巨构。自着手以迄印成，历时仅十三日，余于此册，第负集稿之责，其余工作者，则卜昼卜夜，辛苦万状。主持设计美术者，为丁熙先生，封面图案，皆出其手绘，丝毫不苟，典丽大方，加之色彩鲜明，缬人双眼。之方擘划出版之役，思虑周详，渠言：此书之成，亦赖中国科学印刷公司及开文铸板厂之协助，故能于半个月以内，竣其工程。惟内容方面，虽将砚秋毕生之重要事迹，已全部搜罗，终以诸家惠稿，未能收齐后发排，至截稿期以前，恒随到随发，比较上实欠少"系统性"，要为惟一缺憾。所喜执笔诸君，皆一本正经，实为应酬作品者，寥寥数人而已。

（《罗宾汉》1946 年 11 月 16 日，署名：刘郎）

吴莺音之嗲？

一日茶舞，与李珍珍同坐仙乐斯（其实李珍珍为大道先生所带，与我无关，惟因大道为重壳轻朋会会长，故特意书此，以示出气），吾友大道先生，爱赏吴莺音唱歌，予则根本不喜流行歌曲。当时姚莉献唱于此，尝于十一时后来顾，为之陶然欲醉，然闻而多之，亦生腻矣。吴莺音在数月以前，曾屡共游宴，闻近来大红，俨然为此中班首，女人正像做生意人之暴发一样，数月之别，情形便大异。仙乐斯罗致人才，视吴莺音乃为瑰宝，供其佳膳，下午，复有人伴其叉八圈麻将，使其专心于此，别人家虽在厚币敦聘，辄觉难于下手。是夜吴唱两歌，声腔乃至明爽，然大道先生谓其音甚嗲，窃以为柔腻之音始有嗲感，明爽之美，美在清，不能谓为嗲，用质高明，以为然否？

（《罗宾汉》1946 年 11 月 20 日，署名：刘郎）

精 忠 报 国

在九如午膳，乃初识郭健女士，是亦以善歌而闻名海上者，云鬓花颜，其状甚顾，吾友捧之甚力，为势尤在刘郎之捧童芷苓以上。小洛乃谑吾友为岳飞，问其故，曰：此人能"精忠报国"也。盖以国谐郭，在胡佩之一派滑稽中，又产生一惊人之句。是日郭小姐与王小姐同来，王为郭之表妹，年稚于郭，而解善羞。一吃豆腐，红云晕其两颊，貌亦甚秀。小洛谓其似之方夫人沈衣云女士，惟之方夫人，视此尤清减也。

◆幕后英雄

余问大道先生，邵西平称足下在舞场中为三个"项王"之一，亦承认乎？曰：不敢承认。时小马在旁，则谓三"项"中，大道除外，尚有小荣与大中王某，则小荣比王尤肯"项"。其实习于欢场者，皆勿足称"项王"，真正"项王"，倒是几个勿声勿响，暗触触，送大衣，送钻戒，顶房子，送条子，其名勿彰，真所谓幕后英雄也。

（《罗宾汉》1946年11月28日，署名：刘郎）

柳中浩其人

听人说，这一次检举附逆影人，柳中浩也被传去查询，事后，柳懊丧万状，为之放声大哭。上海人对于柳之遭受纠举，咸叹人世是非，乃有不可言者。盖以柳在沦陷时期，最为甘于寂寞之一人，论其最大牺牲，将金城、金都两院，上演话剧，不欲放映影片，以示与"华影"不肯合作，置荤腥大肉而不吃，宁愿吃萝卜青菜，此点自足嘉许。何况当寇焰嚣张之日，柳隐身市廛，未尝沾惹，而不图胜利一年后，犹不获邀谅解，宜其人之万念俱灰，心伤泪落矣。

予于电影界人，与柳中浩夙无交谊，往岁且尝以事龃龉，惟予亦自沦陷区中生长过来之人，冷眼旁观，觉电影界中，颇多善类，似柳中浩之流，尤不容非议。此盖虽执一路人问之，亦必了解余今日此言，非与柳某曲为辨饰也。

（《罗宾汉》1946年11月29日，署名：刘郎）

代 代 花

引凤楼主人留沪三日,辄诣京师,登车之夜,余请其吃火锅于雪园,邀至友作陪,复邀其新收养女童芷苓。芷苓适以前一日赴杭,遂不果至,余惘惘,引凤楼主人亦为之怅怅也。是夜余市威士忌敬来宾,皆尽醉,惟老凤以病喘,故留量。席间纵谈,老凤言:报纸有称其为"朱国大"者,于理欠通。予谓应改国代,老凤始无言。时座上有冯亦代先生,或指冯曰:二公乃代代花矣。此亦胡派滑稽,最近乃到处可闻,佩之兄真可千古。

◆"坤的事"

一年以前,七重天之生意,取飞达而代之,近来则风水轮流转,飞达又抢七重天之生意矣。一到下午,飞达座上,乃有粉黛如云之感。上海看女人,下午飞达,晚上雪园,菜馆生涯,一落千丈,独雪园门庭如市,不减以前。自火锅上市,座客尤满坑满谷,为本刊同人,若自暮至夜,奔走于飞达与雪园间,真可以出"坤的事"特刊也。

(《罗宾汉》1946年12月1日,署名:刘郎)

灯 笼

年红管子画灯笼,料汝重来格外红。我欲尼卿惟一事,愿为蜡烛点其中。

孟丽君,在大都会重着舞衫,其年红灯名字,外面作一灯笼状,睹此忽有所感,因作此诗以代一首舞场竹枝词也。

(《罗宾汉》1946年12月6日,署名:刘郎)

樽 前 小 语

子佩邀宴于丽都饭店,座上遘敏莉与练霞。练霞自生产以后,体态日丰,自谓健饭逾恒,视其腰支,迄未减瘦,乃无旧日婀娜之观。余谓其束腰未慎,故有此象,然练霞则曰:良以身上所穿,为打汽袍子者。余曰:金闺国士,焉得亦知打汽袍子者?则曰:我今日适读"西风人语"一文耳。敏莉迩时不常共宴游,惟时于舞座上值之,渠亦甚忙,余则意兴锐减。是夕告余近况,谓新仙林、百乐门二处,日以人诣其家,请出山,而大都会亦来敦聘。外间传其于十二日将入大都会,虽有此言,殆不能履约,盖将得罪新仙林与百乐门也。一为皇后,便觉做人大难,深知虚名为物,真可务而不可务矣。

(《罗宾汉》1946年12月10日,署名:刘郎)

见顾兰君三轮车上

谁道尔曾到沈阳,分明仍旧在春江。三轮车坐蛾眉竖,一段新闻"瞎卵撞"。电影几时重看汝?鸳鸯至竟不成双!悬知连绕耳和目,尽是男儿膀子腔。

报纸刊顾兰君秘密赴东北之后一日,余在霞飞路上遇之,坐三轮车,依旧蛾眉倒竖也。此诗末二句,谓顾自与李英分手后,追逐者甚众。

(《罗宾汉》1946年12月12日,署名:刘郎)

初见华香琳

北平李丽,招老友同宴,席上有华香琳女士,此人为汉口交际花,胜利以后,沪上报纸,盛传其人以某种嫌疑,一度为当局扣留也。华南京人,说国语,而不甚脱南京白,自言来沪仅二三次,故沪上殊鲜熟人,惟与评剧家张古愚为素识,见吾等至,乃殷殷询古愚近状。

华年在二十四五间,鬟云肩月,柔媚如无骨,发音尤腻。李丽言华为交际花,亦为名票,能戏绝多,盖学自荣蝶仙者,曩来沪上,尝与赵培鑫先生同串一剧,誉之者谓内行不逮焉。

席上有人轰酒,香琳不擅饮,然欲尽欢,频频举觥敬客;愚为李丽及其女公子宝宝所飘，亦频频饮，积之凡尽白兰地二杯，此为有生以来，未有之奇迹，幸神志尚清，惟觉身体似摇摇欲坠耳。

(《罗宾汉》1946年12月15日，署名：刘郎)

贺汪竹卿家有喜事

闻人尽说竹卿汪，昨日家中喜事扬。空气宣传小快乐，好诗祝贺大郎唐。登门贺客军商政，送礼名登黄(金荣)杜(月笙)杨(虎)。虽是天公不做美，依然未负好排场。

十二月十四日，汪竹卿家有喜事，席设大鸿运酒楼。先一日，汪令小快乐在电台播音，谓此日虽天为甚雨，然贺客盈门，依然极车水马龙之盛。汪平时好交际，朋友婚丧事，必早到，昔先君设奠之日，汪君代余招待宾客，礼数周全，予感其盛谊，因报一诗，用申贺意。

(《罗宾汉》1946年12月16日，署名：刘郎)

印入脑际

一夜，在大都会遘小北京，问其近来休息，何日出山？则曰：二十日在此进场，请来白相。余曰：李珍、张雪尘之年红灯牌，高张如伞，小北京艳名，不在张、李之下，将何以安排？小北京曰：然我正因此焦虑。予曰：现在张雪尘一块挂在外面，李珍挂在里面，我已替汝相过地方，将无安排之处，无已，在舞池之上，循大圆顶一匝，环以年红，使"小北京雪艳"五字，时时照耀于每个舞客之头上，照头上而印入脑际，宁非甚善。小北京哗然笑，而余则不知其亦审我在寻开心否？

(《罗宾汉》1946年12月19日，署名：刘郎)

贺荣谢文定

谢家闻道委荣梅，何吝唐生酒一杯？但顾长荣休卢谢，最怜

"亚姐"配郎才。脸因小白凤头出,名久高驰浦水隈。料得令俞成礼日,西平白雪现成媒。

荣梅莘先生以少年而得意于商场,西平笔下,时时誉梅莘风都采之,近闻与谢家骅女士,订好合之约,此为盛事,不可无诗。末句言本报王、邵二君,皆荣谢平生契友。

(《罗宾汉》1946年12月21日,署名:刘郎)

《凤还巢》

梅兰芳班子里有一个王少亭,唱实在不能唱了,但兰芳出山,少亭为之辅,兰芳唱戏一日,此人尚有饭吃。余近看《凤还巢》,折服姜妙香甚至。尔许春秋,然唱是唱,做是做,尤其是做得好,洞房一场,妙香刻划甚至,信芳凤服膺其人,尝观其与姜合演《状元谱》,真无比拟,信芳卸装复甚快,谓老辈风流,毕竟不俗也。萧长华气弱已甚,然戏极好,惟亦歌不成声耳。《凤还巢》为梅戏著称之一出,场子结构,说不上好,至末幕洞房,如抵高潮,台下之笑声雷动,然梅兰芳经不在台上,主角若无气度,必以此妒配角矣。

◆信不信由你

遘李祖夔先生,问其看过程砚秋否?则曰:想看而没有看,因买票子要挩情面,故不想看耳。类此情形,比比皆是。余尝为之统计,因买不着票子而罚咒不看程砚秋者,集之于一起,殆可以满十次天蟾堂,信不信由你耳。

(《罗宾汉》1946年12月23日,署名:刘郎)

"小工钿"

王龙道是"小工钿",我谓悲哀在眼前。知伊年关过不去,悬梁绳子美人捐!

耶诞前一夜,朋友的女朋友,送来一盒礼物,朋友打开一看,里面是两根领带。他带了这只匣子,到大都会去跳舞,出来的时候,在衣帽间前,碰着王龙,王龙毕竟是玲珑心,一看见那只盒子,便对朋友打朋说:"一定是大令送与你的,倒看你不出,你也会赚'小工钿'了!""小工钿"三字,非常风趣,我则对王龙说:"女朋友晓得他年关难过,所以送两根领带给他叫他上吊!"

(《罗宾汉》1946年12月26日,署名:刘郎)

祖　产

余离故乡,几积薛平贵别家之年,此文完成后,余将返故乡一行,住二三日返沪。天寒地冻,余惮于跋涉,但必须一去者,原因甚多,一为至亲完姻,去吃喜酒,二拟回去鹭田卖地。余数典忘宗,平时更不关切桑梓,余父既谢世,余有权变更祖产,卖光了得在上海享受一时,亦大佳事,惟受主尚未有着落,此去先放一空气,看看做中人者,阿要杀穷鬼否?

◆清欢

耶诞前夜,余止于一海上著名女人之寓所中,享其佳肴,同行有之方、桑弧、天厂诸兄。余与主人别年余矣,其人婉妙犹昔,殷殷款客,使余有如归之乐。饭已径还,跳舞场并无户头,有亦不想报效,既度清欢,更不必作浓欢矣。

(《罗宾汉》1946年12月27日,署名:刘郎)

"夜深沉"

昨夜饭于大西洋之特别间内,忽闻门外乐台上,打"夜深沉",似骂曹中之打鼓。同座者乃问仆欧,场子上岂在演唱京戏?仆欧曰:因老太爷来,乐工辄敲"夜深沉"以示欢迎,而老太爷则间日必至。老太爷者,黄老太爷也。黄老太爷者,海上著名闻人黄金荣也。

◆衣锦荣归

余返乡之日,某君问之方曰:刘郎今日,殆亦"衣锦荣归"乎?之方曰：以我所见，他是着了麦而登呢回乡去的。余在乡间，有戚申某，指麦而登呢曰：此种料子，乡间亦极流行。予曰：此之谓"衣锦荣归"也。余与之方之言，可谓不谋而合。

（《罗宾汉》1947年1月1日，署名：刘郎）

小 梅 香

北平李丽家所用女奴，咸来自百粤，有小梅香二三人，亦岭南产，李丽恒时与若辈谈话，辄操南蛮鴃舌之音，而彼女奴，似亦勿语上海话也。迩诣其居，甫坐定，一梅香端茶至，余睨之有顷，语之方曰：记得前年在此吃年夜饭时，此人犹雏鬟，今则以线条观之，殆发育矣。予发音甚低，而梅香聆之甚晰，辄为痴笑，之方大窘，谓予乃直言无忌，余不窘，以为此非侮辱女性，至多替她做个媒人耳。

◆幽默感

近年来留心读曾水手文，此君时有妙语，此种妙语，决非胡派浅薄，竟为一种正宗之"幽默感"，有时对一事一物之讽刺，看之似极浅显，其实极其深刻。小型报人才，似曾水手者，极难得，以其别有一种风格也。

◆"下略"

柳絮布韩菁清之书，著"下略"二字，余谓但许人看"三抽头"，而不许人看到"欲仙欲死"时，宁不扫兴！

（《罗宾汉》1947年1月5日，署名：刘郎）

悼 李 世 芳

去年天蟾舞台，李世芳与叶盛章、叶盛兰一局，号称几块头牌，实际上叶盛兰常演大轴，而李世芳则常演倒第三，于是红了叶盛兰，砸了李世芳，当时固无人不替世芳抱不平，谓奈何把这"好小子"毁了也。

余与李世芳不甚相熟，往岁曾数见，此来才一面，余记得在程砚秋登台后，为星六之夜，谭富英贴大轴，砚秋贴压轴之《玉堂春》也。余十一时离天蟾,见梅夫人自楼上下来,余与招呼,从其后者,即李世芳,亦相与道好。翼华以飞车送予返家,余语翼华,谓世芳真在倒霉路里,今日见他气色真的难看,而面孔似现浮肿。此言非过后方知,又谁知他倒霉乃一直倒到了死也!

世芳性格温良,亦束身自好,未尝闻此日有淫行,而此人不寿,天道宁论?

(《罗宾汉》1947年1月10日,署名:刘郎)

知　　人

读西平文字者,谁都认为此人必不正常,其实西平最懂人情世故。一日,余偕之赴宴,筵散,又同出餐肆之门,西平忽举顷间在席面上碰着之两个朋友,语予曰:甲对朋友似甚热情,然其人实凉薄之尤,而乙则谨厚。惜其不幸,今年乃殡其所业耳。余大然之,由此亦可见西平有"知人"之明,正不可以文字相定其人,反之,往往有所为文字,似鞭辟入里,而与之谈话,则杂合乱拌竟不知所云也。

◆谢家骏

谢家骅昨日与荣梅莘结婚矣。前二日,余在华懋饭店遘之,家骅与其妹及母夫人同来,余问谢二小姐曰:尔姊名家骅,你叫家什么?则授一字条与我,为谢家骏。予曰:为什么不叫家骝?曰谢家名字,都是些马,固自有家骝也。谢二小姐为娇痴妙女,家骅柔腻,而家骏则洒脱也。

(《罗宾汉》1947年1月12日,署名:刘郎)

以王国花自炫

昨夜,遇远东舞厅之红舞女周玉燕,二九年华,风神甚俊,渠言十六岁时,犹肄业于明德中学,为舞人才逾一年耳。此人甚不讨厌,闲谈有顷,惟有一句话可以不言者,而渠终言之,渠谓:王国花也是远东出身。王国花者,即今日之上海小姐也。其实上海著名女人之出身,我比她更熟悉,渠第知为远东出身者,未足以言详尽,远东出身,何尝是耻辱？周为此言,转有自侮之嫌,一若告人曰:莫看我今日之周玉燕,又安知非他日之王国花哉？

◆"代客定座"

朋友托代定黄金大戏院座券两张,至八时后,犹未能领,票房间不能久待,则打电话至舍间,夫人大起疑心,予十一时返家,诘问周详,几使含冤莫白。之方固谓代定戏票,往往有许多麻烦,而使其头昏脑胀,而不知烦恼之事,尚有如不肖所身受者,此则为之方所不及料矣。

(《罗宾汉》1947年1月14日,署名:刘郎)

"猴　急"

余今岁亦称贷过年矣。余已多年不负债,往岁,平时所欠,辄于年终清偿之,今年则平时所负殊微,而过年费用,竟为巨数,乃不得不重累及友好也。余与红蝉、佩之同庚,红蝉向称裕豫,然至今年,亦兴罗掘大难之苦。佩之本脱底棺材,特往时进益丰盛,犹能快乐过年,今以大歉,更有奈何之叹！三人同命,试以其浅薄滑稽言之,今年殆为"猴急"之年也。

◆大姐打相打

余决不过甚其词,前夜在金谷楼上用饭,见舞池中有两个女人,时时同舞,发蓬未栉,面垢未除,身上着陈旧之阴丹士林布罩衫、棉裤、纱袜,皆旧且污,黑色棉鞋一双,鞋跟且陷,鞋头将决。如此打扮,并灶下婢且勿如,而临兹为酣舞,洵为奇迹。音乐敲快华尔滋,二人跳得尤起劲,余喻其状,乃为大姐在弄堂里打相打也。

(《罗宾汉》1947年1月15日,署名:刘郎)

志　方

久闻谢之方先生贤名,特未审其雅篆为如何二字。一日赴宴,见席上名单,有谢之方先生五字,龚之方兄乃笑曰:谢先生乃与我一模一样两个字也。龚在读书时期,取男儿志在四方之意,故名志方,其后则改号为芝舫,后来求其简便,再改之方,然最使其疾首蹙额者,往往有人写作芝芳,以其脂粉气过于浓重也。疑谢之方今号,亦从志方蜕变而来?

◆叫好

仙乐斯有陈依,一夜遇之于史致富、金信民二兄座上,远看有几分似圆珠阿八,近看则别有其端丽之姿。餐肆中有乐台,陈忽上去唱歌,歌夜来香,歌已,食客鼓掌叫好,其实陈依之歌不好,特面孔好,叫亦叫其面孔耳。

(《罗宾汉》1947年1月16日,署名:刘郎)

除　夜

今为旧历大除夕夜,两当轩之惟一好诗,当为除夜一绝句云:"千家笑语漏迟迟,忧患潜从物外知。悄立市桥人不识,一星如月看多时。"予每年此日,必诵此诗,以志爱赏。又有人作除夜诗者:"雄鸡夜夜竞先鸣,到此萧然度五更。血染千刀流不尽,佐他杯酒话春生。"惜物之情,溢于言表,叔世风漓,无复有人寄情感于此者矣。

◆人缘

余今年得安度年关,皆朋友之赐。余一生人缘极好,然亦有与我"不共戴天"者,推敲原因何在?余不得知。余与世无争,颇不愿得罪于人,请化大□,为直谅之美如何?

(《罗宾汉》1947年1月21日,署名:刘郎)

年夜饭与年中饭

丙戌年之年夜饭忽大忙,年廿八一日中,七处来邀,亲戚三家,朋友则有唐木斋、王雪尘,及一周君。余以桑弧相约最早,故赴其约,然桑弧之宴,在其寓邸,非年夜饭也。座上有王丹凤、黄佐临,及高季琳、陆洁、敏莉诸兄。旋以天雨,拟赶九如周君之局不果,余甚怅怅。归以告妇,妇谓人家说今年市面不好,然吃年夜饭之风行,则为曩昔所无,岂大家抱拆散头发阔他一阔之旨欤?

余执笔此文之日,为年廿九,此稿发刊之日,当为翌年之年初四,在丙戌大除夕之中午,犹须吃一次"年中饭"。在徐家汇电影场内,桑弧既拍戏,余之临时演员,为渠属目,故坚邀余亦参加矣。

(《罗宾汉》1947 年 1 月 25 日,署名:刘郎)

敏 莉 生 日

管敏莉生日之夜,余等宴于其寓中,今敏莉为二十六岁,忆其廿四岁初度时,犹为兵烽四罨之日,我故寿其诗云:"兵火飞扬垂及我,仓皇流窜安相从。"然视近时,域中兵燹,何尝异于二年前者,乃知人生此世,虽强颜为欢而不可得也。是夜胡桂庚、姚绍华二先生皆至,胡与姚,并为海上酒菜业之巨擘,然今夜用菜,既非新雅,亦非雪园,而吃河南菜,辛辣每可入口,尽茅台酒二瓶,皆半醉。敏莉未哭更未流转尘埃作小儿状也。

◆检举抄袭

一日,胡佩之问在座友人曰:你们可知的郑成功之母,是日本人,她的名字叫什么?众称不知,则曰叫"失败",因失败为成功之母。众拍手称善,谓是诚尽胡派浅薄之极则矣。然次日有人发现,前一日之《铁报》"李阿毛信箱"中,有文一节,胡所云者,纯为抄袭,用揭发如上。

(《罗宾汉》1947 年 2 月 1 日,署名:刘郎)

游 山 近 记

偕佩之坐于高士满,此中犹生涯鼎盛,惟论舞客流品,已逊乎前此佩之经理时。尝见一客,着外氅起舞,此比之露天舞场之舞客着香港衫短脚裤而蹀躞舞池者,为尤触眼。复有一客,着不甚整洁之中装,貌丑而发作飞机状,就唱于麦克风前,掀唇弄舌,时时作娇媚之态,睹之乃令人作呕。

游高士满之前三夕,皆坐于新仙林,新年未尽,彼所谓红星,犹不及尽数来归,管敏莉辍业既久,严九九复困于二辈,予所见者,特李珍与陈美芳诸人耳。有友招陈依偕坐,此儿不足供近看,远处瞭之,似郑霞,亦似圆珠老八。陈美芳则时偕美娟同临,美娟退藏于密,一时无出山之讯,寒宵无俚,时时从阿妹莅舞场,亦想见其同枝情重矣。

(《罗宾汉》1947年2月5日,署名:刘郎)

姚家春宴

姚绍华先生,卜宅于安和寺路一巷中,其室处于巷底,夏日至此,垂杨夹道,似雾似烟。其邻为一西洋人所居,碧栏朱瓦,鸡犬成群,乃似西洋五彩片中之田家景象,置身其间,若在画图中,真仙人境也。顾在严冬,愚未尝过此,昨荷招宴,则风雪载途,以飞车往,又以垂暮,几迷去径,然姚家则暖室如春,玉笑珠香,浑忘窗外深寒矣。是夜,黎明晖与陈燕燕偕至,燕燕将重上银坛,于今日始摄桑弧导演之《不了情》。会本报刊一文,题曰"陈燕燕艳丽犹当年",或陈本刊与燕燕,燕燕不能读,谓未戴眼镜。问其患短视否?则谓散光多于近视。因由予口诵,诵以国语,然至"犹当年"三字,已不堪下读,盖犹字应如何念,乃入程笑亭所谓"我触祭勿准"也。

(《罗宾汉》1947年2月6日,署名:刘郎)

蛇蝎美人

蛇蝎居然尽美人,从来比拟总无伦。笑他叶吉卿而外,泼妇佘婆号爱珍。

去年报纸称李士群妻叶吉卿为蛇蝎美人,嗣后又称吴世宝妻佘爱珍为蛇蝎美人,最近游新仙林,则见此中舞人名李明者,亦有外号曰

"蛇蝎美人",其实所拟皆勿伦也。

(《罗宾汉》1947年2月15日,署名:刘郎)

揭范雪君旧事者

余往时于范雪君认识不多,至最近始审其人实冰雪聪明,天才横溢,用是倾倒备至。尝以竹盦主人之介,得谋一晤,乃有快逾生平之感。自后曾作两诗,以舒至乐,有"倘怜下走异登徒"之句,是诚以横云阁主,往年有"斥登徒子"之作,余则不承在弦边婴宛之前,为登徒子也。横云见之,似有慊于予之不忘前事,遂著一文,陈余尝揭范隐私,道昔年有人耗金条,议娶范,此消息实由余先播。播此消息者何人?已不可考,是否为余,自是疑案,余不欲辩,假令横云主人所指者虚,亦不欲谓其攀诬,若果为余者,余今日对范亦不必用为内疚。从前是从前,现在是现在,且余对范小姐纯为倾倒其艺事,绝无其他野心,苟以横云之文,范念及前愆,对我起恶感者,余亦勿恤,一任横云先生之"皮里阳秋"可耳。

(《罗宾汉》1947年2月17日,署名:刘郎)

水 土 不 服

陆小洛爱说笑话,一日谓"白雪泼墨"四字,犹如曾误认为"白雪发黑",龚之方乃接其词曰:此可以打成语一句,为"水土不服",盖泼字少一水,墨字少一土也。此二人皆敏才,故谜面谜底,皆足令人绝倒。

◆娘舅与阿姨

陶陶肉庄上,有阿姨与娘舅,并为群肉之介绍人,江曼莉为阿姨,肉皆称之为江曼莉阿姨,予尝一度观光,而未见娘舅。据我友白衣人说,娘舅之气度不恶,而伶齿俐牙,尤使顾客有如归之乐,例如其介绍词曰:"迭位小姐绰号橡皮膏,客人一见就搭牢。"又曰:"迭位小姐绰号小迷汤,迷汤鲜来赛鸡汤。"此为八仙桥以及幺二堂子所无,而为陶陶特色,惜余竟未遇之也。

（《罗宾汉》1947年2月23日，署名：刘郎）

一 条 腿

唱罢了戏回去，我问太太，我的戏有没有进步？她说：还像从前一样，你唱武生，怎么到现在连腿都抬不起来。我说我唱老生的动机便不良，实在想搭搭台下壳子，吃亏在一条腿举不起来，唱来唱去，不像武生，只像老枪。否则的话，太太，你不能这样太平了。

◆您带带

记得有一次信芳唱一出什么戏，有许多坤伶同演，她们在后台，都到信芳面前说：您带带。我们同乐会的那天，曙天的计全，与我同场，在上场前，我看他真正焦急，像我第一次登台一样，一本戏考，捏在手上，他几次三番对我说：你带我。"话巴戏"唱了近十年，同台的人，衷心地要我带带的，当以曙天兄为始，其实我自顾都来不及，哪里能够带别人呢？

◆艳福

姚吉光兄对我说：他后排坐的几个女人，等我第一场唱完，在私自议论："迭个人格戏，做得介难看，下一场最好麰出来哉。"以是观之，余为"票友"，终将身无"傥来艳福"矣。

（《罗宾汉》1947年2月27日，署名：刘郎）

做 生 意

敏莉在廿七日进场，余挈内子并幼子唐密，往凑热闹，座上更有天衣诸兄，至十一时，敏莉始来同坐，坐片刻即转去。唐密问曰：姑姑往何处去者？予曰：姑姑做生意去哉！闻者皆掩口胡卢，余则细味此言，真有"亲若家人"之妙。

◆舞妇

与太太一同在跳舞场里，轻骨头程度，要比较减少得多，于是非游目四骋,即胡思乱想,细数场中舞女,泰半皆生男育女者,故称舞女实嫌未妥,宜呼为舞妇。

◆文落诗

余喜打油诗,绝无工力,特有时能想入非非耳。文落兄始足称大家,其诗出,今日文坛,无与抗手。其实文落不仅打油诗好,平时所作近体,无不戛戛独造,当年即盛言之,可见赏鉴为勿虚,今日益甘拜下风矣。

(《罗宾汉》1947年3月2日,署名:刘郎)

海天会上之范雪君

《和平日报》于三月二日举行海天文会,参加者达四五百人之众,罗敦伟、易君左二先生,嘱余负责邀请程砚秋与范雪君二人。砚秋以日场演戏,不获莅止。雪君则挟弦子琵琶而往,在青光下视之,其人固妍爽万状也。是日,着淡灰呢旗袍,呢大衣,为色似之,滚以灰背之缘,大方而兼轻俏。先弄琵琶,旋歌一开篇,为场中人所激赏,歌已,余送之返书场,雪君颇有意于一登银幕。其人既绝顶聪明,故尝试之欲常炽,自言:苟演电影,做哀情戏,较有把握,以本性不适宜于演喜剧也。

◆朱尔贞的丈夫

是夜,海天文会复有聚餐之举,铺十席,余同席有郎静山夫妇,及女公子,又朱尔贞女士。余出一文虎,谜面为"朱尔贞的丈夫",射艺术家名一,卷帘格,揭其底为郎静山,盖未尝颜其居曰"山静庐",故谜底为"山静郎"耳。

(《罗宾汉》1947年3月5日,署名:刘郎)

"越坛"诸女

越剧女优,余大半不相识,秋翁屡屡为袁雪芬设宴,未尝贻一席与刘郎,故迄今犹未见其人。去年,杜爱梅为予介见尹桂芳,上月,在四姊妹座上,汤明德兄又为介见焦月娥。昨在九如,又遇焦与余彩琴二人,皆作盛装,焦甚端丽,惟审其面目,一望而知为"越坛"上人(近人写越剧文字,用越坛以代表越剧坛者,余亦效之);余彩琴则为绝色,自见越伶以来,当以此人为至美。然闻之人言,彩琴之色,犹逊于竺水招,盖水招者,始足当活色生香而无愧也。闻水招与金舜华夫人善,一夜,予遇金夫人于丽都,余请曰:安得治杯浆,使我一瞻水招风采。夫人曰:汝乌知我识竺水招者?余曰:相知者咸谓:越国诸儿在夫人手档上,真一把抓也。夫人大笑曰:十三点阿要死快,你听啥人勒笃瞎三话四介?

(《罗宾汉》1947年3月7日,署名:刘郎)

生　　日

昨日胡佩之来言,今年他与我及善宏三人,都是四十正寿,因此想再约一人,共计四名,联合做一次生日,借一家跳舞厅,在做过夜市之后,开一个派对,摆几十桌酒,叫两班滑稽,以资余兴。日期善宏拟定四月四日儿童节,含有返老还童之义。办法甚善,当佩之来征余同意时,余允其考虑一日,给他回音。

是夜回去,即与内人说起此事,不料渠反对甚烈,渠言:去年你做过生日,平白无端,花费了朋友不少钱,今年如何可以再做,如要再做,亦只能由你请朋友,不能再让朋友会钞,否则于心滋不安也。余以内人之言甚是,而自己想来想去,在社会上一点地位也没有,不比得黄金荣他们,年年做生日,年年自有人去奉承老头子也。

谨遵内子之言,予不做生日,若佩之、善宏有举动时,予当乐为贺客也。

(《罗宾汉》1947年3月15日,署名:刘郎)

惘　　然

十四日,余应毛子佩兄之约,赴漕河泾,参观其曩所经办之救济孤儿院。连日晴暖,是日午后,陡起寒风,余遭风,头目乃深感不适。次日未愈,搦笔不克为只字,遂废稿一日。余不欲负文债,顾弱不好弄,使余乃不获负责于人,思之,良用惘然也。

◆仪度

咪咪周晬后数日,知友设二席酒,置于桃源村,乃为轰饮。余以打针,并略一沾唇,亦干禁例,席上项墨瑛女士亦戒酒,渠言亦以病不能酒耳。项在当世名女人中,独以仪度之清,为众所勿及,腹有诗书,孕气自华,此所以不可与欢场人物并论也。

◆莉莉

一夜,与陈莉莉偕坐,问其昔日报载某登徒冒充钱大钧侄子而赚取舞女陈莉莉者,是即足下乎?曰:不是,报载陈莉莉家被盗,被盗之陈莉莉,始为儿家耳。舞女名莉莉真多,多至于不可胜数,特不见雌黄密侣,照耀于十丈软红中,真有"思贤"若渴之概。

(《罗宾汉》1947年3月18日,署名:刘郎)

梅花搓雪认前身

《和平日报》海天文会之日,范雪君以一曲琵琶,倾动四座,旋梅博士以法绘来赠,众议曰:持此画以赠雪君,所以酬其劳,亦所以重其身价也。易君左先生于是搦管题词曰:"一曲琵琶静静听,忽然弹出月光明。鸢飞鱼跃画难成,绝代幽香迷歇浦。千秋盛会压兰亭,梅花搓雪认前身。"

梅氏之画,着老干一枝,缀梅花数朵,似不经意,而自然夭矫;君左之词,亦艳腻无伦,光宠于范雪君者,盖甚至也。

(《罗宾汉》1947年3月21日,署名:刘郎)

地 狱 生 涯

忠字监中人物,既搬场至所谓外国牢监后,报纸上描写外国牢监内,设备之完善,如同医院一般。于是又引起舆论之抨击,直斥司法当局,措置之不当,何以对汉奸乃如此宽大也?其实予闻之羁身于此中者之家属言,若辈于一度探望后,知目下所搬地方,远不如从前在忠字监中之安适,无论起居饮食,乃至于卫生,皆视前为窳败,故被囚者无不焦虑于色。而若干衰年分子,自移身此中,益兴不堪永岁之悲,因述真相,以为今世之富"正义感"者,明白汉奸今日,已处身地狱,正不必有"当初未作汉奸"之悔耳。

◆一大山人

老友顾乾麟先生,近岁于公益事业,视其本身事业,尤为努力,报端已宣述之矣。近顷为难童所事,尤著劳绩,识者无不贤之。一日同饭于新雅,余称之为一大山人,乾麟笑曰:十年前事,奈何犹以此戏弄故人?其实余此日赴宴时,登楼问顾先生何在?新雅侍者曰:唐先生问一大山人耶?时同行之某君笑曰:甚矣绰号之不可不提也。

(《罗宾汉》1947年3月23日,署名:刘郎)

推荐《大家》

近顷将有月刊一种刊行,题名《大家》,由山河图书公司发行,日内且问世矣。此刊为综合性的,而作者无非当世之隽,新旧兼备,珍贵之作有风子之散文,吴祖光之小品,其最为读者渴望者,乃有张爱玲之小说《华丽缘》。张一二年来,久无新作发表,以大家之请,始许奋笔,精警益胜曩年,洗练则亦一如从前也。复有桑榆之《闲话体育》,都及万言,今日谈体育文字,桑榆以外,殆不作第二人想,此则于百忙中应约者,珍贵殆可想见。《大家》之形式与内容并重,售价则较一般出版物低廉,一卷在手,殆可以消磨数日光阴也。

◆拥护大班

在大东之日,不见舞女大班,叫舞女必假手于仆欧,仆欧又不恒徘徊客座间,叫来一次费力甚多,而由其领一个舞女上来,及再三托付,始致,至此乃大感无大班之不便,真知非无理由也。

(《罗宾汉》1947年3月28日,署名:刘郎)

盖 老 五

久不见盖五,一昨于翼楼晤之,深喜此老之矍铄犹昔也。五言:迩日以旧伤复发,腰力滋损,然午夜尚不废练功,其忠于艺事,令人肃仰。别时,殷殷致言曰:愿唐君时过寒家,我为佳客泐一壶茶,撩半日天,来时预先告我,使老朽预为倒屣焉。

◆小品专集

曾水手文字之俏皮风趣,为内外行一致推重,余谓乃日之治身边小品,可以印专集者,水手其一人也。然其作品须加挑选,作者日致千余言,安得段段是好文章?取其菁华,汇为一册,可以供喔噱之用。此外柳絮之作,亦可印单行本,选其写儿女情长之作,可颜其书曰"搭壳子初阶"。意柳兄雅人,必恶此五字太粗鄙,而书名别有其锦心绣口焉。

(《罗宾汉》1947年3月30日,署名:刘郎)

"梅 兰 芳"

创刊号之《大家》月刊上,载吴祖光先生一文,题曰"我不能忘记一个演员",盖祖光看余演黄天霸后所作也。此中提起龚之方有一个绰号曰"梅兰芳",论者或不知其所自来,余当为之解释:之方膺此绰号,将近三年,为之肇赐佳名者,系舞后管敏莉。在大前年夏天,余等时与敏莉共游宴,恒以之方到得最迟,敏莉以此人专唱大轴戏,辄乎之为"梅兰芳",其时沪上沦陷,梅博士尚在蓄须养志中焉。

自此以后,敏莉一见之方,即呼为梅兰芳。久之,忽又悟曰:可以作另一说法,则为"慢慢叫来的龚之方"而成"慢来方"三字,桑弧辄惊其才思敏捷,实则亦大有"胡派滑稽"之成分。每当稠人广众之前,敏莉一叫"梅兰芳",之方便面赧而笑,央敏莉曰:阿好帮帮忙,迭个三个字勿要叫哉。别人不知原因,且以为我顾影自怜,妄拟于当世之伶人大王也。

(《罗宾汉》1947年4月1日,署名:刘郎)

蒋孤舫鬻书

上海有一个写招牌写得奇奇怪怪的字，我向来不知这是什么人写的，就是记忆得到的，好像渔业银行、金鱼什么店、时懋咖啡馆等几家的市招，都是出一个人手笔，因为我每天看见这几块招牌，总是要想呕吐。有人说，此人的字果然不好，但请他写招牌的人家，往往生意兴隆。其实这也是胡说八道，就我上面写出来的几家，都是欲开不得、欲关不能的局面。

昨天在《新闻报》上，看见"蒋孤舫鬻字"的广告，那块锌板上的字，正是我上面所说的人写的字体，我才晓得这位"大书家"是蒋孤舫先生，如今卖起字来了。这样一来，使我心平气和了许多，从前总是讨厌什么"宛陵章隽"与"王绍羲"等等写的招牌，如今看见蒋先生也卖起字来，那末章、王之辈，是应该订润例的了。

海上之大，何奇不有？惟愿蒋孤舫积件如山，生涯鼎盛。

（《罗宾汉》1947年4月3日，署名：刘郎）

《不了情》先睹记

《不了情》开映有期，清明前一夜，乃借大光明之试映间，由桑弧邀至友同观，剧作人张爱玲偕炎樱来，余则约妇同至，此外有梯维夫妇、之方、陈燕燕、陆洁、忠豪诸兄而已。中国影片之够得上水准与否，在座诸人，莫不能辨，欲问此片之是否能卖钱，则当求意见于吾妇。映已，余问余妇曰：片子好邪？曰：好得很。余因告桑弧，《不了情》殆能诱致大量观众也。而其他诸人，则又莫不嗟赏全片之清丽绝俗。余故谓桑弧之处理影片，一如其平日行文，宽柔处绝对宽柔，而尖刻处又十分尖刻也。

◆山深四月始闻莺

文华之第二部片子，为佐临之《假凤虚凰》，片名曩为梯维所取，虽一度改为"鸳鸯蝴蝶"，惟有主张假凤虚凰之名，似舶来影片之喜剧，故或仍将用"鸳鸯蝴蝶"也。第三部戏,则由桑弧改编沈从文之《边城》,片名为《江村儿女》,此四字极通俗。《江村儿女》取外景于七里滩头,更一二月,即将开拍,余与之方必同行,陆放翁所谓"山深四月始闻莺"之光景,正赶得上好辰光也。

(《罗宾汉》1947年4月7日,署名:刘郎)

六合与九如

有菲列宾华侨王先生,年六十余矣,一日与余同饭于九如,席上王先生问此店在什么路上?应者曰:在六合路。则曰:六合与九如不现成之巧对耶?闻者咸唯唯称然。忆杜牧之诗云:"六合外从何处起,十年来渐故人稀。"今可以杜原句为上联,下联可用"九如"另作一句也。

◆关公与开公

社会局长吴开先,凡其故交皆称为老开,然比较客气者又尊为开公,或曰:三国有关公,民国乃有开公也。

(《罗宾汉》1947年4月13日,署名:刘郎)

汪氏姊妹

波罗记丽都奇迹,谓有陆氏姊妹,业此逾十年,非也。是为汪小妹妹,与小小妹妹。往年,余于后者尤倾心,其在舞厅,名汪秀英,小小妹妹长身玉立,风神甚爽,及二人并时隐去,不知所终。半月以前,余在静安寺路上见之,则姊妹为街行,洗却铅华,着平跟之小牛皮鞋,中国货丝袜,悃幅之状,乃似从陇亩间来者。波罗谓其人业丽都十年不去为奇迹,余则谓其做十年舞女,从不染风尘习气者,始奇迹耳。

◆周翼华诞辰

友人周翼华先生,生于三十九年前之闰二月十五日,今年又闰二月,而适为翼华三十晋九,友好故谋为公祝之典,定于是日下午六时(即四月十六日)假上海酒楼,为联欢之宴。本报王白雪、卢继影,俱例名为发起人,而参加者又无不为知名之士也。

(《罗宾汉》1947年4月14日,署名:刘郎)

嘉 定 名 流

韦伟碰着我,叫我第尔唐,毛子佩兄打起电话来,也叫我第尔唐。我真开心,我说嘉定人只有两位名流,一个是顾维钧,叫惠灵吞顾,一个是唐大郎,叫第尔唐了。

◆莫干山

闻白雪兄将游莫干山,旬日以前,孙兰亭相约同行,谓先到杭州,买一点火腿、扁尖之类,带上山去,住他十日。余既准备同行矣,而兰亭忽以血压过高,不能行动,在家静养,此行大概作废矣。然天热至此,余亦惮于旅行,台湾之行,迟迟实现亦以此故,看来一切将待之金风振爽时矣。

◆闻兰亭病

闻兰亭病,余甚眷念,在戏饭朋友中,此人为余不能忘情者,暇当往存其疾。写至此,忽觉第一句有两解,是听说孙兰亭生病,非指闻兰老也。

(《罗宾汉》1947年7月16日,署名:刘郎)

访顾梅琳之居

顾梅琳女士,卜居于环龙路,一角红楼,精洁不可方物。一夜,访其居,先在会客室坐,将行,又参观其香闺,顾语余曰:屋小,特君家婢仆所居耳。闻言颇内愧,我家婢仆,所居在亭子间,与群儿杂处,脱底棺材,不治家人生产,亦不讲究居处精良,惟一入欢场,始充大少爷耳。余与顾小姐交浅不足言深,故当时听她客气,我亦支吾其词的瞎三话四一泡矣。

◆"天伦之乐"

在大都会里,看项墨瑛女士与人跳舞,见余,招手为礼。此人娇小,一种婉娈之状,想到鹧在我怀里时,令人生"天伦之乐"之感。则以我无女儿,一到中年,遂不觉其殷切也。

(《罗宾汉》1947年8月5日,署名:刘郎)

立 秋 怀 往

属此文时,距立秋不到三四小时矣。三年前亦为立秋之夜,余等坐于伊文泰,同行之女侣,有敏莉、莎菲、素雯、丁芝、兰君,及余妇诸人。而光启、梯公、桑弧、之方亦偕往也。时光启已与莎菲矢爱好,丁芝则微知之,而不予阻也。是夜兴会甚高,余尝为一诗记其事,犹忆断句云:"此去应逢群眼妒,同来莫逗楚腰道。"末二句则为:"独有江南刘十一,悄寻风露报新秋。"刘十一指余妇,妇为外舅第十一女耳。三年之隔,人事变迁,有使人不堪述者,丁芝与兰君,并占脱辐之痛,素雯则福慧双修,视昔益多佳胜,敏莉则鸾泊凤飘,不遑宁定,此则最使余萦忧于心,不获已也。

(《罗宾汉》1947年8月10日,署名:刘郎)

上海时疫医院

上海时疫医院设施之窳败,内部人员态度之恶劣,已尽人皆知,但某日各大报记真性霍乱到上海之第一日,畀患者至时疫医院,先则将病情过分渲染,终则以时疫医院之疗治,得告无虞,余读之,疑此为常识以外之事,得勿为上海时疫医院举行扩大宣传乎?

◆乐善乎?

大社动员甚众,为上海时疫医院募款,盛暑之下,遇金信民兄,汗渗渗下不已,我问他,你是在造孽,抑在做好事?真弄不清楚也。

◆穷极书生奢亦极

前日一诗,末二句为"穷极书生奢亦极,与人挥手斗黄金"。第二极字,余误书为乐,看之似可通,然失之壮阔,宜加勘正;又天衣误为天厂，天厂另有其人，其人则为老友吴性栽先生之别署也。

（《罗宾汉》1947年8月11日，署名：刘郎）

通 品

一夜，过新仙林，复与白莲花同坐，渠言刘郎作"莲芯"与"莲蓬"，诗甚趣，闲时背诵，资为笑乐。白故通文，诵论语甚熟，知其门第固自不恶。十数年侧帽欢场，此中人谙诗文者不多，尝得一周秋霞，能诵予诗，予赠秋霞诗，有："见说小人皆有母，哪堪静女尚无家。"秋霞读之，潸然泪下，语余曰：大郎作恶，为诗乃能诱人心衷也。今则又见一莲花，《随园诗话》记某诗人名句云："梦中得句浑忘却，推醒如花代记诗。"余苟无妇，真想削尖了头，讨白莲花转去做家主婆矣。

◆荒唐老子

八月八日，与吾妇并挈幼子游于新仙林，见梅菁与王玲，胸前皆扣一红花，惊之，天衣谓今日为父亲节，市上售此花为纪念也。余顾幼子，坐藤椅上啜可口可乐，辄私忖曰：余真荒唐老子哉！

（《罗宾汉》1947年8月12日，署名：刘郎）

闻 某

余于本篇记《新闻报》馆之闻某，闻不悦曰：与唐某素昧平生，何隙于我？因疑有唆余为之者。余一生涂抹，不受人利用，别人亦利用不着我，故望闻君不必疑神疑鬼，安心做事。太平钱好赚，赚两钿，手不要太辣，心不要太凶，本无嫌隙，余不致喋喋不休，偶然说几句，只因看不惯小人得志之状耳。

◆祝吾友长春

废历六月二十四日，为吾友龚之方兄生日，余特设宴于新雅，席上有梦云伟、梅菁、郑爱贞、李绍华诸人，皆平时宴聚之侣。顾梅琳女士于邻室饮，闻讯亦来贺之方，梅琳言：王雪尘兄亦以此日为诞辰。予大恨，乃未请雪尘,如此一举两得之事也,谨以余沸,祝吾友长春。

(《罗宾汉》1947年8月13日,署名:刘郎)

《已凉》一首

七日夜,自新雅酒楼赴新西兰舞厅,降微雨,气候猝凉,茶沸,不足引汗矣。张望多时,惘然归去,此诗盖成于归家道上也。

哀歌无数动渠闻,几遣形骸伺夕曛。细雨如绳皆我泪,一心似沸为谁焚？但将颦笑供人看,倘有烦扰与子分。如此凉秋如此夜,哪堪无我更无君。

(《罗宾汉》1947年9月10日,署名:刘郎)

谢丹苹兼呈白雪

一夜,我同天衣兄为殷四贞女士补寿,在凯歌归吃饭,忽然碰着施丹苹,第二天正是她在中国大戏院登台唱《乌龙院》,我对她说:明天我来叫好。我说这话的时候,忘记了乃是小儿弥月之喜,而且天气炎热,我是只得食言了。因赋此诗,为丹苹谢过,兼呈王雪尘兄。

红楼昨夜见丹苹,明日登台与雪尘。弥月剃头怜小犬,捧场叫好误佳人。秋来老虎难熬热,做到乌龙定逼真。遥想三郎双手摸,鸡头摸处剥犹新。

末二句谓《杀惜》之最后"做工",宋江在阎氏胸口头抄靶子也。不知丹苹亦连杀惜否？我特不能不如此写,否则色情之气氛不足也。

(《罗宾汉》1947年9月30日,署名:刘郎)

悔 不 当 初

以迷汤著名之某舞女,余曩为其客人时,她吃了一点酒,喊我曰:"阿拉格家主公。"又曰:"阿拉格大令。"后来她嫁人了,一日在新雅楼头碰着她,她叫我大阿哥,我一看她身边没有人,把我的嘴凑到她耳朵边,说道:"兰荷皮,侬从前喊我大令,现在喊我大阿哥啦!"她闻言,辄嚷曰:"要死快哉,要死快哉,哪能介下作格?"余大笑不已,又曰:"非下作也,我是深深地懊悔,当初勿曾先下辣手也。"

◆小唐

有一个舞女,喊张葱玉为老色霉,其实葱玉今日,犹是翩翩浊世,喊其为老色霉者,因这个舞女还不满二十岁耳。苟葱玉而可以膺老色霉之号,则西风主人今日,真正老色霉矣。一个人在未老之时,欢喜装得老,到了差不多年纪,便想扮作后生,今日之下之西风主人,真希望有人喊我为小唐也。阿要肉麻?

(《罗宾汉》1947年10月22日,署名:刘郎)

松 花 江 上

在沪光看《松花江上》试片,壮丽不可名状,导演手法,处处见得井然不紊,乃知吾友金山,近年来之进步,其造就正复惊人也。余去稍迟,介绍松花江上之风景,已过去,从黑暗中摸索得一座,坐后排者为小北京衣雪艳。故事演至煤矿工人被日寇杀害时,招家属领尸,哭声震天地,小北京为之垂泪,频频以手帕拭其颊,余返顾,则为强笑,银光闪烁中,犹可以见其啼痕也。其人仁善,余甚美之,近闻其将发力于银幕工作,而报纸非议之声群起,徒使贤者阻其进取之事,因叹时论者又何其苛爱邪?

◆郑爱贞

蜀腴筵上,遇郑爱贞,巨髻蜷然,乃如少妇。秋后,妙女人之为巨髻者渐众,爱贞年不及二十,必欲缀一髻以强饰端庄,其心境真不可测。爱贞处北里间,艳誉日隆,初春时,其人犹多褊急之气,今则温温然,弥工肆应,第酒量亦减。是夜,余尽茅台一盏,则咋舌曰:更半年者,饮量且勿逮唐生矣。

(《罗宾汉》1947年11月1日,未署名)

兆 丰 花 园

我喜欢兆丰花园,桑弧也喜欢兆丰花园,他在北京住了半年,每次到中央公园的大柏树下面吃茶,时常缅想江南,因此也常常想着上海的兆丰花园,他以为上海只有这一个园林,可以代表江南景色的幽蒨和明艳的。

沦陷时期,我没有离开过上海,隔些时到兆丰花园去走走,在这里我产生过不少的诗料。周鍊霞曾经欣赏过我一首兆丰花园的好诗,是:"故惜春泥放步迟,东南风软栉香丝。暂为妙主留君坐,将遣何人诵我诗?林树几曾谙凤约,唐生今始用真痴。晚来自觉颜如醉,更唤咖啡进一卮。"七八年了,这是写给我现在的太太的诗。有人说:我是永远青春的,自己想想,也是好笑。

前天早晨,我又去逛了一次兆丰花园,九点半钟进去,十点一刻出来,一个人,慢慢地走,虽然到了秋在江南的时候,这里还是花影如潮,但毕竟不是春秋佳日,多少有点凄清之感。出门之后,徘徊在从前潘拂林的门外,昔日繁华,至今销歇,心头上涌起了许多旧梦新浪,惘然无已,回来之后,写了一首记事诗。

明珠消息已沉沉,岂有余欢一再寻?阮籍固当盲白眼,西施未必解深心。丈夫此后应无怨,涕泪从今仔细零。归向闲窗思不已,风诗如酒耐长吟。

(《罗宾汉》1947年12月1日,署名:刘郎)

敏 莉 归 书

敏莉书来,又将买春江归翼,为期当在十日后也。胡桂庚先生五十寿辰,渠将不获参加,其书于十一月二十八日发,余于三日始收到,书中谓王耀堂先生在港,要与我通信,然耀堂已返沪上,今日一晤,渠且有北都之游矣。敏莉书中,问我所需何物,将为我购置,是则远人厚意,至令人感动也。

◆薛将军

西平兄言:杨长仙太夫人寿辰,邀余登台,指定唱《投军别窑》。此剧已数年不演,大半荒芜,因问何人配旦角,曰曹慧麟,余曰:慧麟善笑,"绷得住"如张淑娴者,且笑不成声,慧麟其可以终场乎?则曰:可以终场。余曰:然则试一试可也。更二星期,将排身段,此役当烦之白雪,不复另觅他人矣。

(《罗宾汉》1947年12月5日,署名:刘郎)

接 客 记

敏莉于二十九日返沪,余与子佩、之方二兄,往迎于机场。是日,适贝祖诒自香港来,中国银行之要员迎于此者甚众,在例,迎客者止于室中,余以迎贝者皆夺门出室外,余故亦夺门出,守关者阻余,余曰:接贝祖诒者,何以可出门?我又何以不可出门?小人势利,其实将来贝祖诒东山再起时,施惠亦未必轮到中国航空公司也,拍他马屁何为者?

海关检查甚严,飞机于四时抵沪,而敏莉受检,达一小时半,偕之归时,市上已灯火万家矣。客自香港来者,海关检查特苛,则以华南走私之风过炽,以是行旅者似受重罪。余等在机场候二小时,子佩兄言:"即使为冠冕人伦,至此亦不能不受其侮辱,苟无事,真不必来回于沪港间也。"敏莉风貌微减,健朗无殊,下机时,捧一洋娃娃,如抱其女,可知羁旅情怀,固无时不以子女为念也。

(《罗宾汉》1948年1月1日,署名:刘郎)

一 线 光 明

三日,韦伟来看我,有人跟她提起杰美金,她说:事实胜于雄辩,杰美快要结婚了,你们再提起杰美金来吃我豆腐,那你们真当我是宿货了。余在旁闻言,辄沾沾自喜曰:"第尔唐有一线光明矣。"韦伟目余大笑,旋曰:"侬亦要来哉。"

◆教授生涯

韦伟虽为舞台上之艺人,然以其人生此海壖,耳濡目染,于上海各层社会之情形,大抵熟悉,所谓"老白相"者是也。我有时同她讲白相人的切口,她不懂的甚多。此日,她同我由从前的交际花,谈到现在交际花,而自郐以下,乃至一切卖淫的女人,她有懂得,亦有隔阂者,余乃口若悬河,为之分析精详,然甚吃力,乃知教授生涯,亦非常人任也。

(《罗宾汉》1948年1月6日,署名:刘郎)

轧公共汽车记

小马的祖母死了,我同之方、广明去吊孝,在乐园殡仪馆里出来的时候,广明要到我写字间坐一歇,因为长途跋涉,他怕坐三轮车,要我们同他坐公共汽车,于是我们挤上了三路公共汽车。上去的时候,早已没有座位,过了一两站又上来了许多人,把全车身塞得结结实实,我立的地方,正靠近车门,有一个专门管车门的,他真忠心服务,有多少人,放多少人上来,哪怕里面有人挤死了,他还是要放。在车子开动的时候,空气恶劣是不必说,不知哪一位乘客,呷了几口酒,喷得满车子都是酒臭,使我打了几趟恶心。之方立的更不是地方,半路上他在喊我,说他在唱"三上吊",我们应该马霍路下车,他受不住,在西摩路就下来了。

下得车来,好一派艳阳天气,我们各把身上的灰尘,抖了一抖,我在马路上,对广明指戴大骂,我说:我们三个人也做过欢场豪客,你更有"项王"之誉,到今日还没有做瘪三,为什么要宿得这样?跳舞场的一杯茶(现在已卖十万元),尽够叫一辆出差车子,一个人诚心要荒唐,不必假惺惺的"与民同苦"了。

(《罗宾汉》1948年1月7日,署名:刘郎)

饯行与接风

李少春游台湾前一日,突过余,谓明日去台,此来则为唐君辞行也。

感其意诚,曰:然则即以今夕为少春祖饯矣。李谢曰:不敢。余又笑曰:然则回来与你接风。此为《四进士》之戏词,以语内行,自赏其措词殊浑成焉。往者杨宝森返故都前二日,亦来辞行,天厂之公子阿蓬,习票有年,醉心于宝森者甚至,是日陪宝森同临,别时,余语阿蓬曰:明日,我将为宝森设饯。阿蓬唯唯而去。至明日,余以阻于他事,不及约宝森,及既去,阿蓬来责难,谓余乃失信于宝森,请吃饭而不践其约也。余大笑曰:余实忙甚,亦无有约宝森,有此一言,当时有落场势矣。阿蓬大恚!

◆蒋天流来沪

蒋天流自拍完《太太万岁》后,即随其所天赴闽中,某报屡载蒋之消息,谓迄今犹栖迟沪上,其实蒋已定返沪日期,为期当在二三日后也。蒋笃于夫妇之爱,昔者其夫专程来沪,迎天流赴闽,语文华公司中人曰:诸君少待,俟其在闽度岁后,将再送之来沪也。

(《罗宾汉》1948年1月8日,署名:刘郎)

丁 B 毛

毛子佩先生,时以电话抵余,称余为 DL 唐,余本应答称之为 TB 毛,继念丁 B 毛三字,连缀一起,谐音勿雅,故止于口。何况毛先生近与竞选中之某立法委员,吃斗甚凶,此人铮铮铁汉,决不为丁 B 毛之流亚也。一笑!

◆信不信由你

余力扬傅全香声腔之美,天厂居士谓余诚识家,余妇闻而意动,要余亦陪她去看一趟《宝玉与晴雯》,余已决定再看第三次,胃口如此好,信不信由你矣。

◆一样

潘柳黛女士对我说:"我的文章同你写得一样,性格又同你生得一样,我们正不该如此疏远也。"其言率直,其清婉至,余则私念曰:潘小姐欢喜的是缠绵悱恻,大郎则一味的为"淫棍",此则一样而又不一样矣。

（《罗宾汉》1948年1月19日，署名：刘郎）

年 夜 饭

余不喜吃年夜饭，殷四贞盛意殷殷，招余于三日吃年夜饭，余以预约博局，不克赴，四贞乃改至五日，是为风雪翻飞之日也。饭前饭后，为叶子戏，余之上门为吴蓉蓉，对门为梅菁，下门为殷四贞。兹三人者，胥著艳誉于海堧，乃与刘郎周旋于博局间，这种年夜饭，我真想多吃几趟矣。

◆健雌

敏莉赴香港之日，飞机几遇险。上月三十日，自客中寄来一信，其言曰："这次坐飞机真危险，到了香港，不能下来，在天空中飞了一个多钟头，我是不怕，做人终要死的，同机的人很多，都吓得话都不讲了，我见他们面色都变，而且大家都在呕吐，我还好，一点没有呕。"阿兄读其书至此，笑曰：何物健雌，到此时犹作壮语以翘人哉？

（《罗宾汉》1948年2月7日，署名：刘郎）

爆 竹

阴历新年，在抗战以前，一度厉行废除，然而此为千百年来之习俗，宁有一废便废之理者？故至今虽废而犹存焉。在丁亥岁末时，本市行政当局，严禁民间燃放爆竹，报纸日日言之，而海上居民，视若无睹，岁尾岁首时，爆竹声日夜不绝。鄙见不妨有此点缀，爆竹之弊，在于易酿火灾，余尤觉其可厌者，则使吾酣睡之儿，时从梦里惊回耳。

◆大郎

一夜，在言慧珠寓所中为叶子戏，饭时，言小姐频频敬酒，呼余为大郎，念余旧时有"翠屏不障云兼雨，却有销魂唤大郎"之句，真有受宠若惊之感矣。余最讨厌坤角儿称余为叔叔伯伯，若言小姐之直称大郎，多少表示亲热,虽余与其父菊朋先生,昔曾称兄道弟来也。

◆脱底

闻言慧珠好赌,余问之,直承无讳,且谓:某一年新春,在皇后登台,夜夜赌,将所得包银,悉数输去。脱底棺材,其作风故自可喜也。

(《罗宾汉》1948年2月17日,署名:刘郎)

虹桥路上

去年的现在,我曾坐了一辆汽车到虹桥路去兜兜,我不一定欢喜这一路,我只是欢喜旷野,所以兜虹桥路,不是为了游春。近两年来的隆冬天气,我也去过好几次,这一天车上走得并不太快,一直往西开,春天是春天,但什么也没有,杨柳好像有点在抽芽,蚕豆尚未开花,麦陇也未发青,记得我有两句诗是:"莫道此行无所有,看君胜看一春花。"我们在邓尉看梅花的时候,自挹清芬,并不怀念女人,但以为在虹桥路上,就觉得看女人比看一春花事,要可爱得多了。

◆太太看报

近来我的太太,忽然天天看我写稿子的两张报,看报的原因,有人去告诉她说:你丈夫天天写女人,把自己的女人当"死人"!告诉她的人,未免言重一点,她于是光火起来看报了。我告诉她,不看报时你的争气,看了报你要向我责难,那你是寿头。她不相信,有一天,我同毛子佩兄打罗宋牌九,她来了,对子佩说:毛先生我要问你讨一张《铁报》看看。子佩涨红了面孔,对我笑,笑得我也窘起来,对子佩说:笑什么,是不是舍不得一张报纸?

(《罗宾汉》1948年3月8日,署名:刘郎)

登 台 前

哪一行都不对工,往年曾唱小生穷。身居票友内行外,人在虚凤假凰中。似我终教面孔勥,何人不想骨头松?浑身绝艺凭君看,两把拳同三把弓。

余不亲粉墨,已逾年矣。天厂为其子授室,集友好彩唱,戏提调为周翼华先生,怂恿余与石挥、李丽华合唱《铁弓缘》,登台前三日,始烦赵志秋先生说戏,盖余为小生也。戏必不好,然而与石、李同演,倘亦一时盛会,于是打定主意曰:干他一趟,管他台上是一场大乱哉?

(《罗宾汉》1948年4月21日,署名:刘郎)

题红梅诗词

周錬霞女士,题画诗词胥甚美。近顷白蕉艺展中,其夫人金学仪女士亦有出品,錬霞题夫人所作之红梅三幅,洵是才人之笔,录其句云:

记曾汝点寿阳娇,香染胭脂未肯消。千载何郎传好咏,合教白雪显清标。

销魂人倚梅妆瘦,绝艳花教眼界空。信道罗浮春意满,才人相傍看分红(指云间)。

点额妆成红尚浅,瘦影横斜,也似人儿懒。灯欲昏时宵欲半,罗浮清境何曾远?绛雪绯云常作伴,无赖春风,吹起冰心暖。唤得香魂枝上烂,有情明月还相恋。

◆红蜻蜓

一夜,与李珍珍同饭,珍珍着猩红色大衣至,华艳不可方物,梅博士在《贩马记》中,所着之斗篷,输其瑰丽,陆放翁诗所谓"红蜻蜓弱不禁风"者,可以状乃夜之珍珍,盖其人纤巧,宛转若红蜻蜓焉。

(《罗宾汉》1948年4月25日,署名:刘郎)

小彩舞之情夫

京韵大鼓小彩舞女士,我曾经见过一趟,我也同她寒暄过几句。不大长的身材,梳了一个发髻,半老徐娘,没有什么姿色,但是从她的眉目间,以及结实的肌肉上,经常可以看见她带着几分春意。

她应该是潘柳黛她们"靶子场"里的一员,潘小姐有一班朋友如田心、苏青、张宛青等,时聚在一起,我称她们为"靶子场"的会员。什么叫"靶子"呢?那是上海某一个社会里称那些经得起戕伐的女人,名之为"浪靶子"。我于是同潘小姐打朋,称她们许多人聚在一堆的时候,那地方为"靶子场"了。

小彩舞经得起戕伐,是事实,不是我望文生义,戕伐她的人,目下在上海,为天蟾舞台的一个班底,月入有限,小老板还给他一份工钱,而且表示抵死相从咧!

(《罗宾汉》1948年5月8日,署名:刘郎)

陌 上 诗

几年前我写两句诗云:"二月轻车来陌上,更谁同看一春花?"则为纪念一友人所作也。往日复有记事之作云:"刻意来驰陌上车,西郊到处落春花。怜渠还向紫门指,记是郎家与妾家。"余作诗,自然而成竹枝词者,此其例也。

◆挂眼才人何寂寞

有葛羽渊先生,于役于某银行,诗文皆卓绝一时,比以书抵余,且傅赠诗,谬奖不敢当,其句自可诵,今录其言曰:"孤斟独嘱自堂堂,脱手诗篇的老苍。挂眼才人何寂寞,弥天四海一高唐。"

(《罗宾汉》1948年5月11日,署名:刘郎)

罚誓不看电影

我不看影戏,看了要头晕也是原因之一,昨天因为曹禺的《艳阳天》试片,我去看了,看完出来,就觉得人不大舒服,一下半天,没有精神,黄昏时分,还支持到飞达去吃了一客奶油杨梅,到吃夜饭时候,头目益有森然之苦,同饭的人,看见我的神色不好,劝我回家休息,我于是蒙被而卧,昏昏然的睡着了,到天明之后,对我太太说:我以后罚誓不再看电影了。

◆我与潘柳黛

有一位潘小姐的读者兼听众,写信给潘小姐说:十数年看小报,喜欢两个人,男的是唐大郎,女的是潘柳黛。现在的潘,是从前的大郎,现在的大郎,却已经归于平淡了。其实以前的大郎,比潘小姐粗野,现在的潘小姐大胆是大胆了,但那一分俏皮,是大郎所没有。我有点悲哀,怕听大家说我归于平淡,归于平淡,那是这票货色快宿了的代名词也。

(《罗宾汉》1948年5月17日,署名:刘郎)

吃 茶

一个月来,我到过两家夜总会,先去阿琴梯那,发现一个奇迹,我向来到这些地方,欢喜喝一杯清茶,因为它们的仆欧是外国人,我费事同他们多搭讪。这一夜我实在口渴,吃完了一杯茶,叫他们加一些开水,后来账上多上一笔沸水的钱是十六万元,那时它们的差价,记得是三十五万元一杯。

昨天又去雪儿克海,六个人去的,五杯柠檬茶,一瓶可口可乐,第一张账是八百几十万元,之方会钞,他在仔细研究它们的售价时,那个外国仆欧,忽然硬手硬脚的把账单抢了去,换了第二张,是五百多万。第一张账单想蒙事,第二张方始是实报,你去迷信外国人有礼貌,讲究公道吧,上海的外国人,尽是些瘪三。

(《罗宾汉》1948年5月29日,署名:刘郎)

重见金小天

与顾梅琳同饮席上,晤金小天,此亦女弹词家中之贤才,为余之旧识也。某岁冬,小天与邹蕴玉等同隶于南京书场,余与天衣、小马诸兄,为座上客,颇艳其色。时余等税一室于国际饭店,夜既深,招小天来,将倩其度曲,以遣良宵。曲既终,复翲之进食于满庭芳,余与小天坐三轮车上,小天之颅,辄偏于车外,似避余为狎亵之状者;小马于车后见之,哗然呼余曰:"阿是侬想香伊格面孔?"余为大窘,乃于小天无好感,自此不复睹其人矣。

此事匆匆,迄今已数易星霜,不图重觏于项家,虽春秋渐富,风貌无殊,闻与墨瑛敦交谊,余述其往事,愿墨瑛为余代问彼人:"阿是唐大郎当年,想香过侬格面孔邪?"

(《罗宾汉》1948年5月30日,署名:刘郎)

"意 中 人"

沦陷时期,钱大櫆的姨太太黑牡丹女士,收了一个京朝派的文武老生做过房儿子,当时就谣传这个老生,与黑女士有不清不白的那末一手。胜利以后,许多方型周报以及小报上,更把这件事大加渲染,意在暴汉奸之房帏丑史者,可谓淋漓尽致矣。但有一件同等的事,却不大有人提起,那位老爷正与黑女士的所天同宗,论地位也相等于黑女士的所天,不过老爷的如夫人,出身花间,黑女士则为鼓坛尤物耳。如夫人的名字叫"意中人",她曾经收过一个说书先生做过房儿子,说书先生是上海大家都晓得的猎艳圣手,春申江上名雌如毛,有好几个都被他沾染过的,然而搅着了这位过房娘,既有财,又有势,这说书先生上海有房地产,赶场子唱堂会用汽车代步,这许多产业中,大部分当然是"意中人"发的工钿,然而据说,"意中人"之老爷独蒙在鼓里也。

(《罗宾汉》1948年6月1日,署名:刘郎)

戏 与 书

叔红兄以邓散木之书法,拟之盖叫天的一身绝艺,于是啼红兄从而广其意,以云间白蕉比梅兰芳,以马公愚比谭叫天。啼红于临池之学,固尝三折肱者,惟于平剧,则所见勿多,故其比喻,大都勿类;然而还好,以马公愚比一陈死人,若以公愚而比之周信芳,则我当为江南伶范痛哭矣。

◆禹钟诗

一日,沈禹钟先生以近句见示,都十余章,余爱其赠新疆歌舞团二绝句云:"弦管随身万里游,珠圆初试女儿喉。分明旧日伊凉唱,海外凭看更九州。""眼中歌舞出流沙,四海车辇本一家。比似大夫能作赋,边情历历在筝琵。"

◆游白门

闻敏莉游于白门,之方谓南京无胜境,惟夕阳西下时,带一个心上人,荡舟于玄武湖上,始为至乐耳。其实南京之热,逾于上海,宿旅舍中无法安枕,除非在玄武湖下,露宿一宵,始无热出毛病之患。然而不可能也。故一到夏时,南京宜绝迹勿去。

(《罗宾汉》1948年6月19日,署名:刘郎)

顾家兄妹

我被之方横噱竖噱,也到沧洲去听书了,一去就连去三夜,张鉴庭真是一绝。顾家兄妹的书实在不好,但噱到蛮噱格,他们都很聪明,滑稽的地方虽然浅薄一点,但能够使我满足,一定要对江湖上人说"正宗幽默"和"高级趣味",未免苛求,中国到底没有几个林语堂的。

顾家兄妹的插科,惟一的原则,把自己弄得猥琐而抬举别人,可是他聪明的地方,实在真好,譬如有一次他们在弹唱的时候,忽然场子里一盏红灯亮了,这是告诉台上的人后档的张鉴庭已经到场,你可以下来了。他一看见红灯立刻就唱:"说到此,停一停,请诸君,听下档,张鉴国,张鉴庭,弟兄两弹唱顾鼎臣。"

顾竹君有好几年没有见到她了,从前小洛曾经替我介绍过,这位小姐的"私底下",也许比范雪君要风趣一点,范小姐好像越来越矜持了,一个女人太矜持便没有味道,因为矜持即是作假,她同男人瞓在一张床上,若也矜持才是异数。

(《罗宾汉》1948年7月2日,署名:刘郎)

追 踪 白 雪

　　白雪兄,我一连读你三篇好文章,都是为了任问芝自杀而写的,真的痛快,我想想真气,我同你一样的遭人歧视,因为我们,而使接近我们的女人,也遭他们歧视,可见现在的那一班乌龟同壳子的性气之劣,与心地之太不光明也。你真有勇气,断然同项小姐谢绝往还,以示此心无他,但你叫我怎样办呢?你是晓得的,我同敏莉的情形,多少年来,弄成"恩深兄弟"的局面,难道为了这个原因,我也同她谢绝往还?不过我再想想,敏莉是暗示于子佩兄的,她当然对于这一层是相当顾忌,那末为她本身着想,我应该有追踪足下而表示的必要。白雪兄,说到这里,我很难过,我苦在太穷,不然我一定向敏莉拍拍胸脯说:"豁出去做勒,做阿哥格养侬一生一世,人家坏看侬,侬又何必要看迭排暴发乌龟与迭排烂歪皮的嘴脸哉?"

　　(《罗宾汉》1948年7月3日,署名:刘郎)

后 来 之 悔

　　包小蝶的朋友,将我十五年前写的"身边随笔"都剪存起来,装为一册,这中间十之八九,都是关于色情的,小蝶兄检出来给我看,我几乎不忍卒睹。少年任性,毕竟贻为后来的懊悔,话是这样说,其实我现在写的,何尝不是再过十五年后追悔的材料?新近有人写信骂我,说大郎真不够英雄气概,常常容易后悔。说老实话,有些地方是无法"英雄"的,譬如我这许多旧作,造下了多少的口孽,难道再好"英雄",而不内疚神明呢?

　　◆写得起劲

　　近来我写稿子,好像比前一时起劲一点,不是因为二千万一担米特别好吃,故而高兴。原因还是为我几个朋友着想,有许多朋友专门为了我看小报的,现在报纸卖价增加,他们的负担增加了,我要不天天榨一些他们看看，是我对不起朋友。有一天，佩兄打电话来称扬我近来不大赖文债，我心里想，我又不是为你佩兄呀！

（《罗宾汉》1948年7月4日，署名：刘郎）

真是"家丑"

小型报的检肃问题，作者的品行是要紧的，报纸的内容也要紧的，内容固然应该摒弃色情，却也应该绝对铲除谣言，谣言而存心制造，尤可痛心。我不能为我自己这一行业袒护，我可以明白的说：上海十几张小报，不存心制造谣言的，简直是数不出几张。小报造谣言的风气，打方型周报开始，延绵到现在此风未戢，我可以举两个近例：一，金少山病重，有一张报上说他死了，这是根据病重而造的谣言，但后来证明，少山至今还在。二，秦怡怀孕，有张报上根据怀孕而说她生产了，但秦怡至今大腹便便。有一家影片公司，信以为真，曾经去同她接洽拍戏，一到她家，看见秦怡还是挺着肚子，只得胡说八道讲了一泡，到底没有声明来意。

上面所举的谣言，还是小焉者，还有一种是涉及某一个人的中菁之羞的，造成的后果，尤其不堪设想。我听说我们这一行中，造谣言是有专门几个人的，他们根本写不出什么骗取稿费，报纸多，写的人少，稿子缺乏，于是编者以及报纸的发行人，只好纵任他们这样做，而小报上的谣言，永没有平息的一天了！

我是小型报作者协会的监事，万一我在理监事会议上提出这问题，而各报不能自检，我岂非只好上吊？所以只有自暴"家丑"于大众之前，让大众自己去辨别报上新闻的是否真实罢。

（《罗宾汉》1948年7月8日，署名：刘郎）

惟 有 睏 觉

八日的晚上，与几位海上名雌和几位老友在新雅吃夜饭，饭后他们大伙儿都到大都会去跳舞,我是坐谢志方兄的车子,之方一定要我同去,我再三推辞,他方始将我送回家里,老老实实的安置去了。

绝迹舞场,有三四个月了,一熬也就熬了下来,最近更因为精神肉体,两就衰颓,连意兴都提不起来。前三夜,我在朋友家里打沙蟹,到扳第三次位的一小时半,我再也没有精力,手里的一底码子,慢慢的就尕光了。所以我打定主意,一到晚上,不作他图,惟有睏觉。

事实上,我也不能不远远离开声色之场了,到底不在卖买金钞,也不在套取外汇,硬挺终怕有挺不住的一天,所以还是以安分为是。那一夜,我把这意思对之方兄说,他很同情我,他说:我们见过的局面,现在的暴发户,这一辈子见不到,他们见到的,我们老早看腻了,何犯得着再去同他们争长竞短呢?

(《罗宾汉》1948 年 7 月 11 日,署名:刘郎)

多看看这个世界

新近同叶萍、任问芝她们吃过两次饭,这二位小姐,都是天生一副隽爽的性格。问芝因为鼻头里出了一点毛病,不好吃酒,我是想她假如肯吃一点酒,那末她的风趣,一定不输叶萍的。叶萍喝了几杯,说起话来,就会妙绪环生,第一次在新雅,我因为好久不见她,我偷偷的问她归宿问题,她好像很难过的对我说:我的情形,瞒不了你,其实我又何尝没有吃十六片的资格呢?我听得汗毛凛凛,立刻对她说:我也是的,万一真有这一天,你要先告诉我,我无法救你,我一定跟你一淘白相相。

生得这么好的一只面孔,又是有吃有穿的,干吗要寻死觅活,几千年来,几曾有过这一个世界?天派我们生在这一个世界上,那是天优厚我们,我们不张大了眼睛欣赏欣赏这一种混乱的劲儿,何必要活得不耐烦?所以人家说任问芝是大勇,我则说:勇是勇了,但她未免辜负了天的厚意。我是吃吃叶萍的豆腐,我真不高兴同她一淘去,同时我更要劝劝她们,千万不能有这些念头,放在脑子里,别说过得去,就是过不去,这世界好看的事情在后头呢!她们真要参观浴德池,我也可以带她们一同去的。

(《罗宾汉》1948年7月13日,署名:刘郎)

为王袁接风

去年我同之方到香港去,白相青山的那一天,是王引招待我们,此游甚乐,回忆高情,弥深感仰。最近他同袁美云回来了,我们替他接风,去年看见美云的时候,正是体态丰腴,这一次则忽惊清瘦,她对我说:你也瘦了。我骗她说,我是受了失恋之苦,你呢?她说不出一个理由来也。

◆不上莫干山

敏莉进场的后一日,之方同桑弧到莫干山去,我没有去,他们是跟友声旅行团跑的,这一层我最没有"淫心",又是大热天气,纵然说山上风凉,但在路上的时候,这一股热劲,我也消受不了。他们后天可以回来,近岁月来,我同他们在形迹上,有些造成"分飞"之局,此又一证也。

(《罗宾汉》1948年7月24日,署名:刘郎)

殷四贞返沪

二十四日的本报上,说殷四贞逗留在北平,其实,在这一天的上一日,四贞已自北平返抵上海,坐的空中霸王号,到达上海的准确时间为七点二十分也。因为吴仕森的夫人是与四贞同去同回的,我在吴家得到的消息,在我着笔为此文时,犹未与四贞见面,至于似本报上说的她同股票商如何如何,我则不大详细,亦不必详细晓得耳。

◆谢莉莉病肺

元老舞人中,谢莉莉亦为外头跑跑者熟悉之一人,去年此时,我还有见她在游宴场所中兜兜,一年不看见她了,以为已嫁得善地,然昨日传来消息,则谓此人肺病已至第三期,群医束手,旦夕间人矣。谢虽名著欢场,然从无辉煌腾踔之日,近年相遇,辄呈幽苦之容,窃以为投老秋娘,收成未必良好,而不图其遂致短命也。

(《罗宾汉》1948年7月26日,署名:刘郎)

四 贞 赠 酒

殷四贞自北平归沪,昨忽过我,风致嫣然,一如曩昔,携来白酒二瓶,分赠余与天衣。此酒为北平土酒,名"莲花白",可以对"杨梅红"者也。四贞谓北平之游,耗资殆十亿,买水獭大衣一件,又费黄金四五两。近年以来,上海女人着水獭大衣者渐繁,将以此夺黄狼之席焉。

◆瞿群跳楼
瞿群在牯岭跳楼,报纸但言丁贵堂媳瞿氏,而不知即瞿群也。小型报上,则已纷载跳楼者名瞿群,昨日大报,始言瞿氏字群,为海上名女人之一,何其消息之迟钝邪?又传丁丁为有妇之夫,固事实,又言瞿为有夫之妇,则不可考,盖瞿于丁前,尝与本埠警察局新成分局之某股长(今已去职)赋同居之好,旋又分飞,故不能断其即为有夫之妇也。

(《罗宾汉》1948年7月29日,署名:刘郎)

唱山歌、谢天厂、华医生

夜间回去,同儿子纳凉,余教儿子唱山歌,如云:"小脚一双,眼泪一缸,广告一张,捞饱奸商。"又:"君子一言,快马一鞭,广告一篇,奸商赚钱。"

天厂居士,近方为予"导演"一出爱情喜剧,此人以上海之巨大企业家,而能出其余绪,为故人效劳,其情弥可感也。盛暑天气,天厂则必以"导演"之"手法"相告,与夫剧情之如何进展,互为笑乐,剧成,余将述"演出"之经过,为诸君告,兹则且志数言,为天厂谢焉。

国大代表华淑君医生,余凡两晤,第一次未交一语,第二次则与共樽俎,乃知华医生仪度清华,为之钦迟万状,尤能饮,然不逾量,酒尾清谈,令人作身近芝兰之想。

(《罗宾汉》1948年8月4日,署名:刘郎)

内　疚

数日前,余在本刊有《罗敷》一诗之作,渲染殊为姚冶,不意因此而伤害我友之尊严,怨诽丛起,吾友者,真能知刘郎者也。用是内疚神明,莫可解释。生平于恶人罔不痛嫉,于善人则将护殷勤,吾友善良,而余实负之,余心又何能安? 后此当戒为绮语,为吾友谢,亦自省之道也。

◆吃饭

有人请我吃饭,余以懒于酬酢,第一次加以婉谢。后数日,又来相邀,余曰:可否俟天凉后再说? 请客者意有不怿,若曰:我请客,是天大面子也。其实余真不好意思触其霉头,殊不知请客而请得到我,我亦给他天大面子也。

◆谢莉莉后事

闻谢莉莉已预备后事,其母自乡间来,将其屋出顶与人,得五十亿,将其家具鬻与人,亦得五亿强,为其女置衣棺。谢在欢场中,名甚响,而一世坎坷,与王小妹甚善,王小妹今亦沦落,然其人曾有一页辉煌之历史,谢则永处窘乡中,做女人而最最伤心者,惟谢莉莉之俦耳。

(《罗宾汉》1948 年 8 月 12 日,署名:刘郎)

虞　美　人

听说梅兰芳拍五彩电影,原定的剧码是《霸王别姬》,后来忽然改了《生死恨》,原因是照霸王别姬的字面看,是霸王主角,虞姬配角。其实"霸王别姬"了几十年,则现在梅先生才从恍然中钻出一个大悟来,岂非迟了一点。其实改"虞美人"不很好吗? 一定要一出戏名弄成"王宝钏与薛平贵与代战公主"一样,到底太累疣,太不像样的。

◆蛮劲与俏皮

今日之下,我倒对于邓仲和不再有什么非议了。我喜欢他一副蛮劲,这一只煌煌广告,登得真有理,但毕竟出了毛病,因为措词的锋芒,叫看的人起了反感,最近对于他的舆论哗然,坐因在此。有人说:邓仲和聪明一点,那只广告,登得是委婉而讽,语气尽管柔和,而不妨俏皮,不要破口大骂,那末目下非但没有人对他厌恶,只有同情他的。我于是怀念生化药厂那位写广告者的神来之笔。

(《罗宾汉》1948 年 8 月 23 日,署名:刘郎)

善　　羞

一夜,金山偕夫人张瑞芳过大都会,天衣招李珍珍来同坐,金山与其夫人叹曰:此人而上镜头者,真天人鸾鹤之姿也。银圈中人,见李珍珍,无不断其开麦拉翻司必美无疑。天衣往尝怂恿其献身银幕,珍珍谢曰:固愿为此,特不能为国语耳。其实国语但易学会,最大原因,珍珍自患害羞,害羞则不堪应付于稠人广众之前,坐是熠熠明星,第能照耀舞丛,不能照耀于银海间矣。

◆滑头商店

鹤鸣鞋帽商店,以擅自抬价,受惩罚矣。上海市民此后当有所认识,鹤鸣为一真正之滑头商店,报纸之巨篇广告,以及电台上之穷嘶竭喊,无非欺骗顾客,广告费不出在顾客头上,难道真叫奸商肯自己贴本耶?

(《罗宾汉》1948 年 9 月 2 日,署名:刘郎)

客　　气

《小城之春》剪接既竣,在小房间试片,金山往观焉。映已,费穆语金山曰:"大夫,你要救我一救。"是请金山指教之意,金山遽曰:"我来上一课的。"费与金,皆苏州人,说者谓他们两个苏空头,客气得亦旗鼓相当也。

◆圣人

姜妙香有圣人之目,近一期之中国大戏院,邀叶盛兰,包银为二百二十亿一月,姜则第取三亿元而已,用是有人为妙香不平,盖以二人之相差乃如此巨也。有人好义,对妙香曰:院方薄汝,汝可不干,浇裹之资,我则为汝奉也。而妙香不从其劝,闻者乃曰:大哉圣人。

◆三楼

国际三楼乃不知作何用。一夜饮于丰泽楼,地小人多,不能容纳,布一桌于三楼,入其中,窳败乃似久受尘湮者,大好地方,任其荒落,钱新之先生,真小手笔也。

(《罗宾汉》1948年9月22日,署名:刘郎)

我的白话文

朱锵锵于今日早晨,到吾家里来,告诉我他同漫郎要办一张《星期画报》,即将问世,每期要我给他们写一篇稿子,我一口答应,七天写一篇,我再懒也应该答应的,除非要我天天写,才是无法报命;而锵锵指定我每篇三四百字,一定要写文言文,我也统统答应了。其实我自以为我的白话文写得最好,文言写得非但不好,而且不通,论修辞之美,不及柳絮,论才气之旺,不及眉子。白话文则写得老老实实,有时更造词天真,像十三四岁时作的作文也。

◆真话

有一天遇见韦伟,之方问他,人家说你订婚了,有其事吗?她说,我未来的丈夫姓唐。我以为她在吃豆腐,后来看见报上,果真是的,我很诧异,这人居然也会说一句真话。

(《罗宾汉》1948年9月23日,署名:刘郎)

奴　才

虎标永安堂所刊广告,内述"少东胡好"云云者,其格式与措词,既同讣告,亦类报丧,盖出于奴才之笔。

◆秋游

入秋以来,非大热即阴雨,秋高气爽之天,不过二三日耳。余将赴湖上,行期已定,湖上归来,再赴香岛,以王耀堂先生在沪,"劝驾"甚切也。

◆辍笔

洋烟禁售,余必不再吃香烟,戒烟之日,当同时辍笔,望各报馆朝阳恕我,一俟无毒无瘤后,当再为诸君效劳如何?

◆干爹

某日,华香琳女士以电话来,邀余与之方于三十日下午,到她家吃饭。余在电话中问她:有些什么人? 华曰:有我的干爹王晓籁。惜余有要事,未能赴约,不能一见华府上的寄爸为憾。

(《罗宾汉》1948年10月3日,署名:刘郎)

古　风

十月一日下午六时,到成都路口去买良乡栗子,带回家去。那里有两家栗子店,一家写着"真正老牌",另一家则写着"真正老牌,早已关脱"。我觉得它们都很天真,简直恢复当年文魁斋的"古风"。

◆威势

我们定的《大公报》,二日的早晨八点钟送来一张,到九时半又送来一张,我后来研究它的原因,大概为了考虑扬子公司仓库被封的那段新闻,而耽误了发行,结果还是没有登出,甚矣,豪门威势之逼人也。

◆休养

从十月一日起,我休养了,一早到写字间,傍晚回去,谢绝一切应酬,谁请我吃饭,我都不去,我也不请人家,少写字,多坐坐,医生替我打针,大概要打三个月,假使我的心境能够好转一点,到今年年底,可能成一精壮之夫矣。

(《罗宾汉》1948年10月4日,署名:刘郎)

虞 山 红 叶

至今日为止,犹未为秋游,昨在蝶衣寿筵上,见白雪自杭州归,虽来去匆匆,亦不胜歆羡其能偷闲一日也。去年看虞山红叶,此景萦之梦寐。今岁此行,万不能废,赤蟹登盘,亦丹枫如沸之日,三峰道上,应有予有桑弧踪迹,特不审吾友暂抛笔砚否?欲行当在重阳后十日也。

◆耐看与不耐看

半年来恒止于静安寺路DDS,女侍中一人夹种,在灯光黯淡中,望其面,如天上人,顾有时见之于光天化日下,则粉痕弥重,乃非殊色。此中有高级职员一人,司店中度支者,颇有风姿,虽春秋已富,冷眼窥其言笑,亦复甘润如饴,女人之色,有耐看,而不耐看者,彼二人是一例也。

(《罗宾汉》1948年10月13日,署名:刘郎)

拜 一 拜

独鹤先生寿辰,余于六时往拜寿,而贺客已盈门矣。上礼堂,将行礼,独鹤拦一手曰:"唐兄不敢当的。"余连说应该应该,于是鞠躬。礼毕,视堂上,见居中座者,赫然范雪君也。范手捧琵琶,方调弦,见余行礼,则大笑,匿其首于琵琶之后,及余见时,笑犹未已,余亦笑,扬一手轻语范曰:"我搭侬拜之一拜哉!"余生性好揭便宜,心里向实在是说摆一摆也。

◆桂花香

见凤三记桂花,为之神往,桂花之香,在桂树下闻之,自有清远甜润之快,若女人头发上之桂花油香,同一感觉,便成恶浊。一夜,在舞场中,忽闻一阵桂花香,出自人堆里,几为作呕,不知哪一个阿桂姐,头发上面搽桂花油,来乱老夫嗅觉也。

(《罗宾汉》1948年10月14日,署名:刘郎)

吃 蟹

今年吃过两次蟹,皆不大好,后一次在鼎新楼,有酱醋,而并不放糖,故不适予之口味,吃比不吃更难过也。从前要吃一顿舒服的蟹,上老裕泰、高长兴、鼎新楼,今则并此亦不可求矣。

◆车上

秋风渐厉之宵,于金神父路唤一辆车,叫他趁月光下踏一小时,车行甚缓,至绍兴路,踏车者忽停车告曰:我家在此,客如坐吾车过久,难免受寒,我将被汝以车毯。同座者深感其意,语余曰:不图于此乃得一片温暖人情也。余曰:卿意如此,我则看法不同,踏车者被我以车毯,乃欲使露重宵深,客忘归去,直欲使我二人在车上睏到天明矣。

(《罗宾汉》1948年10月24日,署名:刘郎)

我 的 名 字

盛昌富兄的母夫人快开吊了,给我一份讣告,写我的名字为"唐云璇",我有过云裳的笔名,先父替我题了学名之外,还替我题过一个号叫云旌,云璇这个名字,从来没有用过,当是盛先生把我错记了。

但云旌这个名字,我也并不欢喜,我讨厌它,比现在一般人唤我为大郎尤甚,大郎也是笔名,被人喊惯了,使我要更改也没有法子。因为四十岁的人了,再被人家郎呀郎的喊起来,到底不大舒服,我研究过,唐朝的诗人韩冬郎,他七十多岁还是叫冬郎,但冬郎听起来并不难过,所以我的名字也许并不坏在郎字上,似乎那"大"字太不雅一点。

(《罗宾汉》1948年11月1日,署名:刘郎)

不 落 槛 的 人

谢筱初这个人,始终是恶劣分子,在上海沦陷时期,正当他飞扬跋扈的时候,我曾经在报纸上教训过他,后来他吃汉奸官司,我是抱定"不打落水狗"主义者,从来没有提起过他,再后来我明明晓得他保释在外而"养病",我也没有提起过他。本来同他没有深雠宿怨,我是不应该苦苦逼人的。

新近有人来对我说,有一次我同蝶衣他们在吃西菜,适巧谢筱初夫妇,同了他的女儿谢家骅、女婿荣梅莘同在吃饭,谢筱初因为晓得我在那里,他关照其余的人,不要同我招呼,而他本人竟溜走了不让我照面。我又不是奉了命来执行的警察,为什么要这样的鬼鬼祟祟？一个落槛的人,永远落槛,不落槛的人,永远不落槛,谢筱初他再吃十年官司,也改不了恶劣的性格。

(《罗宾汉》1948 年 11 月 5 日,署名:刘郎)

一 只 蒲 包

今天上午九时四十分,我从家里出来,路过卡德路,看见潘柳黛,同她的妹妹,一前一后在路上走,柳黛手里拎着一只蒲包,空瘪瘪的,大概她们想到小菜场去买蟹,我立刻想到这一个镜头,万一发现在深夜一二点钟,路上人迹稀少的时候,则柳黛此行,一定是去委弃"私囝"焉。

◆一封来信

我接着过一封来信,他们要求我写了他们的生活困苦而呼吁,我自然是绝对同情,也应该效劳,不过资方我不完全有交情,深怕没有什么效果,所以我想拣有交情的去向他们口头呼吁,比较能收效一些。上月底朱锵锵兄来告诉我,我们这一行,有位编辑人,每天编一版,一月的酬劳,只有十五只洋,比较我接着的一封来信所说的,似乎更加惨绝人寰了！

(《罗宾汉》1948 年 11 月 6 日,署名:刘郎)

生 活 指 数

生活指数这个名词,我对它并不亲昵,因为对我毫无干系,我既没有赚过生活指数来用,也没有发过生活指数给别人用,从前有生活指数的时期,当发表的那天,就有人忙着打听生活指数,我则一向漠然置之。你说我是无业游民,但我的的括括是新闻记者公会的会员;你说我是资本家,那末王八蛋开过店,做过老板。我这个人就是这一点特别,叫不认得我的人,一辈子也看不透我是什么东西?今天看见报上说:生活指数又要恢复了,以前没赚过,今后也决不想赚,如其有人来请我做事体,以底薪优厚的生活指数来给我用,我决计不干,反正是这么回事了,怄气也要同它怄上一怄,等饿死了再说。

(《罗宾汉》1948 年 11 月 9 日,署名:刘郎)

生命越活越奇怪

我记得刚改币制之后,有一位朋友请我吃饭,我同他并肩坐着他问我,你要钱用吗?我对他说,我有得用,不要钱。他说你随时问我借,我可以供给你。在那时候,这样的朋友,不止一个,我透支的银行,也欢迎我多用一点,我于是放开胆子用钱了。

可是二个月后的今日,物价在狂涨,而钞票是这样的宝贵,到昨天为止,你要我弄一二千元,我都没有办法,这生命活得真奇怪,现在的现象,又是从前没有经历过的。

最近做过一桩大逆不道的事,有一天,有人替我弄了一点食粮,要几百元,我没有钱,这一天是礼拜,我去向白雪借了点现钞,但钱来了我又找不到这个人。这一夜吃夜饭,白相跳舞场,回去身边剩不了几张钞票,寻刺激,应该从死路上寻,我现在就这样的做。

(《罗宾汉》1948 年 11 月 11 日,署名:刘郎)

四贞罢票记

昨夜在任问芝寓中,遇见殷四贞,她告诉我说:十七日的"坐宫"她不唱了,我问她为了什么原因? 她说:"因为兰心的院子那一天借不着,举办的人,想借在湖社,我不愿在湖社登台,所以作罢。"告吹的原因,为了戏院问题,我认为言之成理。四贞第一次登台,外头有这一分体面,院子应该选择,而兰心却是想出风头的票友,最理想的地方,湖社确是不相宜的。

记得我第一次登台,在卡尔登,我觉得卡尔登这地方,票友唱唱京戏真开心,不大不小,一点也不吃力。据说兰心也是好地方,比卡尔登更好,而场子里的装修尤其壮丽,我没有在上面唱过,四贞说:她的登台一半也为了向往这只院子。

(《罗宾汉》1948年11月14日,署名:刘郎)

抵 制 奸 商

限价时猪肉买不到,有之,亦须历尽艰辛,求之黑市,比限价开放,肉价飞腾,而求者寥寥,抵制奸商惟一办法,不买可也。肉非必需品,余以为大可抵制。此法,在吾友中,信芳、白雪二兄必加反对,盖白雪"生平喜食肉类",而彼江南伶范,又非肉不饱者也。若夫不佞,则十年不吃肉,亦当它无介事耳。

◆一身装点

据任问芝女士言:六十六之尼龙丝袜,已售至二千元一双者,殆传闻之误,纵使黑市高腾,亦不致一昂至此。惟任问芝又言:渠一日入市,购香水一小瓶,耗一千六百元,又唇膏一枝,耗三百元,即此亦是骇人听闻。问芝为人,最工修饰,此时此地,犹不吝为一身装点者,真豪举矣。

(《罗宾汉》1948年11月15日,署名:刘郎)

渡　关

五六个人到雪园吃一顿便饭,要四百元,新雅吃一顿要五百元,于是馆子生意,一落千丈了。我也感觉到吃不起,不能再胡闹了,所以中饭天天要回家去吃,吃过中饭,想打一个中觉,三点钟起来,假如外面没有事,就在家里孵豆芽,自己叫我家扰不起,也不好意思扰别人的,眼前是个难关,苦一点,且渡过了再说。

◆暴冷

十五日,风来甚劲,都觉得冷,那一天我坐三轮车到新雅,吃完饭又从新雅回江阴路，风吹得我透不转气来，人也几乎立不定，可是并不十分冷，跑定后，反而觉得暖烘烘的。这一夜老早回去，太太把我冬天的配备，一样样的从箱子里翻出来；第二天起身，裁缝司务把我的新丝棉袍子送来，不必穿上身，心理上就觉得温暖。这一天出门，反而少穿了一件衣裳。

(《罗宾汉》1948年11月18日，署名：刘郎)

雅 得 讨 厌

听说水上饭店要改组了，将改售京菜，于是觉得水上饭店的名字不雅，要改为"挹江楼"，其实黄浦江根本是恶浊的，"挹"亦呒啥"挹"头，我以为倒是水上饭店四字来得老实，"挹江楼"在字面上固然雅的，但想着了那一江臭水，便觉得雅也雅得讨厌。

◆画猫专家

我不欢喜汪亚尘先生的金鱼，但人家尊他为金鱼专家，我却欢喜凌虚先生的画猫，他本人也以画雪狸奴为最擅胜场，应该尊之为画猫专家。有一年凌先生给我画过一把扇面，都是桃花，上面有两只猫，因为设色之佳，把两只猫写得须眉皆赤。在我所存的画扇中，我最欢喜这一页。听人说，凌先生青年好学，书画金石，都成超然绝诣，我因此高兴，中国的国粹，只有这方面，永远留着不衰之象，凌先生当然也是必传的人。今日起(廿八日)他同王植波先生在湖社举行书画展览会，王先生是散木先生的得意高足，乡先生许他摆出来，当然是摆得出而摆的。

(《罗宾汉》1948年11月28日，署名：刘郎)

感 情

时常听见出嫁的女人，与人说起，说她同丈夫已经没有爱情，所以还维持着夫妻的名分者，因为还有感情，这情形是很普通而且很正常的。但有一天却听见一位小姐说起，她同她的爱人，只有爱情，没有感情。我于是笑出来了,因为人人知道爱情的基础,打在感情上的,没有感情,根本不会产生爱情。我记得从前上海有一位名雌,遭受她丈夫的虐待,她的姊妹淘去劝解她,她还含着一包眼泪,对劝解的说:我到现在下不了辣手,同他一刀两段,为了我同他还有一点感情。

◆钻价

听说金钢钻涨得凶,跌得也凶,价钱好的时候,金子二两一克拉,现在才四两一克拉,可以看看的一只五克拉戒指,不过值两根条子,你道中了钻宝奖券,又有什么欢喜?

(《罗宾汉》1948年12月15日,署名:刘郎)

大 香 槟

据说,跑马的大香槟票着不得的,中奖的人,往往会遭遇到某种不幸,譬如上一期香港的秋季大香槟,头彩是二人合中的,其一是骑师陶伯林,还有一个唤老瑞林的富商,也是骑师。不料中奖之后,在下一期马赛中,两人都从马上摔下来,陶伯林摔得半死,老瑞林则伤重殒命。又有人统计过,说以往的上海香槟,期期有人中奖,但从来没有听见过中奖的人,因此发迹起来,所以跑马香槟这东西,实在是可中而不可中的。

◆逃难者

我寻过逃难到香港去的上海名女人的开心,记得那是两句诗:"有啥本钿好逃难?随身带着一张皮。"殷四贞看见了,打电话给我,她说:"唐兄,我也给你写在里面了。"原来四贞也预备到香港去,一边逃难,一边挣钱。四贞想在香港进场。她说:"那边熟人很多,去做一个短期,不敢说有苗头,一点开销,那是有把握,总可以做得出的。"

(《罗宾汉》1948年12月16日,署名:刘郎)

开 混 堂

大家都说到香港去,只有消耗,无法生产,有一天我同天厂谈起,他说:"有一种生意好做,到香港去开一家混堂,生意保险坏不了,用上海的擦背,捏脚,扦脚去,在那里的上海人,有多少人在盼望这一种享受的!而且孵混堂是上海人的杰作,开在香港,让上海人天天到这里来聚乡亲之谊,怎么不好发财呢?"我因此对天厂说:那末你去开一家吧,从前开过戏馆,现在再开混堂,"老法白相人"的行业,都叫你一个人做光了。

◆奇迹

这两年来,忽然改除了晏起的习惯,早晨至迟八点钟总已离床,九点钟已经坐在写字间里,大家都认为我不睏晏觉,是一个奇迹。于是有若干人,还疑心我自有抱负,他的吊儿郎当是装出来的。而自己呢,却另有一番悲哀,以为早晨不能多睡一回,是为了血气衰弱,半老的征象,业已降临在我的身上了。

(《罗宾汉》1948年12月21日,署名:刘郎)

程裕新茶号

大华大戏院对门有程裕新茶叶号,其原来招牌,为散木先生所书,二年以前,忽改为胡适博士之手笔,胡适写招牌,不恒见,有之,殆惟程裕新一块而已。盖程裕新主人,与胡为徽州同乡,胡之破例为程裕新作字招者,亦情切乡谊耳。识者谓胡写苏字,但上诸招牌,亦仿佛在原稿纸上所见,毕竟不类书家所为也。

◆游兴

金山兄邀为香岛之游,昨日留条与余,谓:"二三日内,可能有飞港专机,吾兄如有游兴,何不与之方及弟同机而且。如何?盼速决。"余无游港雅兴,故不去,而之方则有意一行,惟行程将在耶诞后二日耳。

(《罗宾汉》1948年12月23日,署名:刘郎)

白蓓兰史丹妃

余尝念白蓓兰史丹妃之名字,完全以上海白出之,桑弧笑为声腔甚怪,则以其土气重也。天衣则谓:白蓓兰史丹妃,使分为二个名字,则大类上海小型报横条新闻中人之名雌香号矣。

◆方沛霖罹难

耶诞前后,气候往往恶劣,于是飞机出事消息频传。今年乃大蹈前年覆辙,廿一日失事之霸王号中,至余属稿时止,已得方沛霖兄罹难凶耗,盖廿二日晨,徐苏灵在电话中报告谓闻巴士在香港附近失事,昨夜向中航公司调查,阿方哥在罹难乘客名单列第一名焉。

(《罗宾汉》1948年12月24日,署名:刘郎)

香港的难民

从香港回来的朋友对我说,从上海逃到香港去的高等难民,无论有顶多的钱,或者有一点钱的,都安分守己,绝对不到外面来乱用。有顶多钱的人说:我们来是逃难,不比白相来的,哪怕用不完,也应该节省一点。有一点钱的人说:用用快来西,用完了怎么办?犯不着流落他乡。因此上海女人想去赚上海人的港纸,非常困难,她们至多在几个脱底棺材手里,摸两钿回来而已。

◆撒谎机关

天天看报纸上的气象报告,我决不瞎说,十天内有七八天绝不准确,所以天文台是最大的撒谎机关。我曾经说过笑话,假如不用天文台,叫一个老农来,报告每日的晴雨,无论如何,比天文台要准确得多,所差者,老农不懂得什么西伯利亚寒流,和什么南海的暖流这一类名称而已。

(《罗宾汉》1948年12月29日,署名:刘郎)

奖掖后进

近日,有几位老前辈在提起我,还提到他们送给我的绰号"第一枝笔",逸芬兄说这是半狂先生所肇赐的"嘉名",我也记得如此。

在我刚刚进入小报圈的时候,逸芬兄与钱芥尘先生,对于我这个后进,都勇于奖掖,在《晶报》上,芥老曾经写过一篇文章,捧得我几乎忘记了年纪月生。

经过前辈先生的捧场,我于是更加发奋图强,二十年来,居然把这一行职业,当金饭碗似的捧牢了不放,我从来没有忘记过几位前辈的宠爱之情,所以直到现在,我看见了芥老,非常恭敬,看见了逸芬,表示热络。

(《罗宾汉》1949年1月1日,署名:刘郎)

小洛在台湾

陆小洛兄在台湾,时常写信来,说那里的天气好,叫我同之方去往一个月或者半个月。他又说,他每年冬总要生病,看来今年不致于了,所以与其说他逃难,还不如说他逃病来得确当,因为他没有资格逃难。

小洛之赴台湾,是去做生意的,生意做得不大顺利,便向我们老朋友诉苦,每封信上的字里行间都看得出他在发肝火。做不惯生意的人,忽然改行做生意了,遇着阻碍,便会灰心。我记得桑弧兄说过:"我们千万不要眼红那般发财的做生意人,他们的心肠,他们的胃口,都是特具的,我们绝对不能忍受的挫折,甚至叫人凌辱,他们都担当得下来,然后他们能够发财。"在朋友中,小洛的涵养,还不及之方,之方尚且做不来生意,何况小洛?

(《罗宾汉》1949年1月5日,署名:刘郎)

读 报 记

四日的早晨是上海今年来第一个大冷汛,起身之后,就上理发店去理发,一面理发,一面把《大公报》发行的联合版,上面新闻都读完了,倒也不觉得辰光长远。

从前不大要赶紧看报,近来因为报纸少,反而显得看报情殷,三天的联合版，荡漾着和平空气，看见张治中、邵力子发言，更加密切注意，寻不到中共的反应，内心必有些焦急。我并不关怀到国家民族，我只是爱护小民生计，再不和，做老百姓的怎么办？和了，多少可以疏解一点目前的痛苦，于是我的求和心切，也有一点像现在的若干当政诸公了。

最后看到一条天气的消息，说三日是零点下三度，四五二日，可能降至零点下四五度，哀彼穷黎，人为与天付的二大祸，有得受咧！

（《罗宾汉》1949年1月6日，署名：刘郎）

魔 王 号

霸王而外又天王，触着山头一样光。只有魔王可混世，饶他寿命廿年长。

飞机称霸王号之外，还有一种叫天王号，据说天王号不及霸王号，因为它只有两只引擎。

蝶衣兄在悼阿方哥的文章里说："什么霸王，简直是魔王！"其实它要真正是魔王，倒不会砸了，你看中国不是有个"混世魔王"的吗？啃死了多少人，直到现在，还要啃下去呢。所以我说飞机的名字，要取得吉利，还是叫"魔王号"的好。

（《罗宾汉》1949年1月8日，署名：刘郎）

十 分 之 一

香岛归客言：马连良、张君秋在彼邦，上去时情形尚好，今则已一落千丈，戏院卖一满堂，得港纸二万元，今每场但售二千金，做十分之一生意，马老板之不得意可知矣。人言香港地方，什么生意都不好做，外江佬到此，难博蝇头之利，如唱京戏而可以发港币财者，则我有儿子，都要叫他们为梨园子弟矣。

◆谈与谭

近有人记谈丹崖艳妾自杀之新闻，皆误谈为谭，普通人皆知谈与谭，一样解释，一样声音，但百家姓上，为什么将此两字并时收罗，真叫人弄勿清爽也。

（《罗宾汉》1949年1月9日，署名：刘郎）

洋 行 饭

在翼华写字间之墙壁上，悬有拍拉蒙影片公司之月历一份，其上有"并祝恭贺新禧"六字，中国人之吃洋行饭者，除满口"阿拉行里外国人"之外，往往连普通文理亦搅不清也。

◆火油炉

火油炉在严冬之微暄天气，最为适宜，一遇森寒，则不足御寒气侵袭矣。陆洁言：此项火油炉之构造，好坏殊无把握，每十只中，仅二三只可用，构造不精者，则满房间都是烟煤，油臭直腾，此则又不能不迷信外国货矣。

（《罗宾汉》1949年1月10日，署名：刘郎）

气 管 炎

前天起，我犯了最严重的气管炎，终日里涕泗交流，这一夜又觉得发冷，睡下去后，喝一杯开水，吞了一片美国货的消治龙，经过一小时，在迷濛中出了一身汗，第二天总算好一点。犯恶性气管炎，有一样讨厌，自己的舒服在其次，叫别人看了也会讨厌你，怕会传染给别人，这好像生了癞痧一样的不好见人。

那一天，我们在碧萝饭店吃过饭，便到一位朋友家里去闲谈，朋友把美国货"维脂"药膏，叫我塞入鼻孔里，我身上只带一条手帕，湿得不能再用，自己到澡间里面盆上去洗，洗了烤在事家水汀管上，朋友太太送了我许擦鼻涕的洋纸，我自己是不舒服，累别人也为我忙。

（《罗宾汉》1949年1月11日，署名：刘郎）

劝 读 者

鄙人幼子今吃勒吐精奶粉,此项奶粉,星期日之售价为三百六十元一磅,幼子每月至少吃四磅,其价且逾特粳一石。读我报者志之,以后开心还是少寻,鄙人已深受寻开心之痛苦,望读者无则加勉,有则改之。

◆便宜货

鄙人第三子亦吃奶粉,每晨一顿,所耗乃为幼子之半,内人拟使其改吃鲜牛奶,星期四打电话至生生牧场,每日一磅之价为十五元,顾第二日并不送来,第三四日,亦踪影杳然,大概要等售价经过调整后再送,揽不着便宜货殆为八字中所注定,内人要去责问,予乃力阻之,谓读书种子,犯不着与市侩争长论短也。

(《罗宾汉》1949年1月12日,署名:刘郎)

这几颗脑袋

在一家饮食的地方,看见两个飞机头少年进来,坐定之后,其中一人,在身边摸出一只梳子,梳了一阵,再递给另外一人,那个人把"云鬓"整理之后,那人才把梳子收到袋里。坐了一会,又有两个人进来,也是飞机头,还来不及坐定,已先向那人讨那只梳子,两个人轮流地横梳竖梳。不料再过一歇又进来两个,其中一个戴了一顶罗宋帽,把帽子摘下之后,他发现他的飞机,损伤甚巨,于是也向那管理木梳的人讨过来,梳理了半天。

我在旁边看得真好笑,当时的感想:这大队飞机除了用高射炮轰以外,还有一个办法,就是把这几颗脑袋,砍下来叫它像蔡钧徒、丁锡山一样。

(《罗宾汉》1949年1月13日,署名:刘郎)

失去了做名流的一个机会

朱凤蔚先生做寿,送来一张帖子,另外有一份介寿助学的缘起,列名者高官有吴铁城,其他杜月笙、潘公展、吴开先等等数十人,尽是知名之士,而没有我。我一向羡慕做一个闻人,或是名流,最好人家做寿啦,介绍医生啦,给我放个名字进去,可是从来不曾有过,遗憾的是我同朱先生的交情,他也不肯让我出出风头,同这些要人名流的名字,摆在一起。

我平时常常对我太太说:我在上海社会上,是有地位的人,而她老瞧不起我,问我有什么地位?我倒也拿不出证据。如其这次朱寿发起人中,替我放上一个名字,我便把它带到家里,叫我太太看看她丈夫的名字,同吴铁城、杜月笙、吴开先放在一淘,吓唬吓唬女人,这一点作用,我想一定有的。

朱先生,你记住了,这一次我也来不及怪您,等您七十岁时候,您千万要把我放上去,那时我已经五十开外,再不能跻身于名士之林,真太对不起我床头人了。

(《罗宾汉》1949 年 1 月 14 日,署名:刘郎)

一　股　劲

凤寿的那一晚,我同梯公、翼华一同去拜寿,等日戏散了,又同梯公、翼华一同在天香楼吃饭,所以寿酒没有吃。梯公、翼华,在凤老五十称庆的那天,他们都上台唱戏的,十年之隔,他们的意兴都完了,而我似乎还有一股劲,但我自己晓得,这一股劲,没有几年再好维持,我是唱完一次戏,总要拿一次主意,从此把它收藏起来的。

◆七千元

凤公生日,我一切用场,连因排戏而顺便赌钱输掉的算在一淘,共耗金圆七千元之巨,假使这一笔款子,统统奉献寿公,请他做介寿助学之举,那末这一位花甲老翁,一定会嗲声嗲气的操起海盐官话说:"大郎兄这个人真是孺子可教"了。

(《罗宾汉》1949年1月20日,署名:刘郎)

娇女与战犯

老凤在他一篇文章里说,郑爱贞是他的第六号娇女,之方看了说:娇女不比战犯,为什么也把她们要编号头呢?

◆妙女与腐儒

近数月来,摒除游宴,与欢场妙女隔绝已久,有一夜,桑弧在他家中请客,到了十来个人,桑弧最小,之方次之,我又次之,其余如散木、空我,都五十一岁,奎生、冠颜、灵犀、叔范、白蕉,都是四十五岁以上的人,这些人说得好听些,都是读书种子,说得不好听些,那末无非腐儒耳。不在珠香玉笑中厮混,而看看腐儒们的狂奴故态,倒也呒啥。

◆松江沈瘦狂

白蕉告诉我,沈瘦狂先生,才气凌云,我也是肃仰贤名,已非一日。十多年前,我在编一张小型报的时候,沈先生曾经同我通过信,还送过我一首小诗,全文我记不清了,末一句是"大郎偃蹇尚天真",凭这七个字,就可以想像得到其人不俗了。

(《罗宾汉》1949年1月27日,署名:刘郎)

一盆虾仁

从小除夕到年初三这五天里,物价的狂涨,成为空前未有之局,别的不必说,年初四,我到世昌兄府上去吃他的生日酒,这天的菜是家厨,席上,世昌兄指着那只虾仁说:单单这一盆菜的清本钿,实实足足一千金圆。在八一九时是半根金条,不到半年后的今日,只好炒一盆虾仁,情形如此,岂徒骇人听闻而已哉!

◆徐夫人罹难讯

我是向来不讲究拜年的,不过今年却至至诚诚的去拜了一个年,那是到王玉润先生的府上。王先生是医国手,我家的孩子有了病,都是由王先生亲来诊察,往往着手成春,我感激他的厚爱,所以趁此新年,为他祝福。王先生告诉我一件不幸的事,他的业师徐小圃先生现在旅居台湾,徐夫人于年前也搬到台湾去住,不料就赶进那一艇撞沉的轮船里,至今消息杳沉。

(《罗宾汉》1949年2月4日,署名:刘郎)

死 人 味 道

在小型报上写写稿子的仁兄中,论书法有根底的,有潘勤孟、谢啼红二兄。我是外行,凭眼睛里看得舒服来批评,很爱好勤孟兄的行楷,倒不喜欢他一生自负的曹全,因为他的隶书,太像胡展堂先生,即使写得好,也有点死人味道。

◆何必再买

报上看见柳絮失落一只钻戒,又喜又惊,喜的是钻戒这东西男人戴了太难看,失落了也好;惊的是价值不赀,柳兄的损失太重。后来我看见他一篇《将来再买大的》一篇稿子,那末我要求求柳兄,将来有了钱,不要买钻石了,买了也叫你太太戴,你自己不要戴,因为十几年来,我有一个印象,总以为"耀眼"这东西,老是戴在唐竹坪先生他们手上的也。

(《罗宾汉》1949年2月8日,署名:刘郎)

哥伦比亚路二号

报载孙科有巨宅出售,需美金八万元,地点在哥伦比亚路二号。按此宅为北平李丽产业,虽属花园洋房,要不足以称之为巨厦,亦决不值八万美元,凡此记载,殆都有缠夹也。

◆关于学费

儿子都将近开学,学费太高,固使家长不胜负担,而余则重有虑焉。当此时局纷乱之际,上海情形如何?正难逆料。学校可以上课几时?

亦不能测。万一付学费矣，而上课不及一月，沪人已陷于流离中，则今日之学费支出，等于虚掷，故拙见以为学费不妨以米论价，支付当以分期方式，或半学期一付，或一月一付，否则将来要学校偿还未终学期之学费，则上海之学校主人，泰半无此好良心也！

（《罗宾汉》1949年2月10日，署名：刘郎）

市长震怒

为了米，常常看见市长震怒的新闻，我们的市长，算得不会动肝火了，但他为了民食，却常常震怒，可是震怒也没有用，米要涨还是要涨。

公用事业，一涨就是三倍四倍，其实为了这个，市长也可以震怒一趟两趟的，尽管震怒的结果也是没有用，但我们总会觉得我们的市长，对上海市民是关怀深切的。

◆证婚人

逸芬同南子结婚，婚礼是由吉光兄计划，请几个熟朋友吃饭，在婚书上，都叫他们签上名字，他们都是证婚人，我当年也曾经这样做过。在法律上，凡经一个人以上证明婚礼者，即算公开仪式，为有效的婚约，凡是婚礼，都像我同逸芬这样，那末以前的闻、袁二老，今日的王、杨诸公，可以省事不少，但有许多想冒出来做上海闻人的，不免因此少一条出路矣。

（《罗宾汉》1949年2月15日，署名：刘郎）

功能消化

近来天天回去吃中饭，坐车子经江阴路，再经过新闸路（卡德路至泰兴路一段），这两条路破烂的情形相仿，车子经过那里，颠簸殊甚，所以一到家，更加饿，吃完了出来，再经过这两条路，则又颇见帮助消化之效，但我不敢多吃，怕吃得太饱，再受震动，终有一天使盲肠要发了炎也。

◆美国邵西平

这两天有个美国作曲家到上海,他叫皮尔路斯,此次系与夫人作环游世界之壮举,他出过一本书,名叫《香酒,美人与言语》,这里向都是写他在百老汇的生活,一段一段的故事,写得非常生动,而文字是另有一格的。冯亦代先生看完报上登路斯抵沪的消息后,便告诉我他的历史,冯先生说以上海的文人与路斯相比则邵西平可与媲美。

(《罗宾汉》1949年2月24日,署名:刘郎)

[编按:Billy Rose《Wine, Women, and Words》。]

鹦哥与八哥

碧萝饭店,挂着一只鹦鹉,我们去吃饭的时候,有一位小姐,她把鹦哥说作了八哥。说错原没有什么关系,不过万一叫它们的老板娘陈雪莉女士听见了那就要认为莫大侮辱,因为养鹦哥多少有一点雅人深致,养八哥就充满粗俗气。

◆飞阿盖

有人说:现在到飞阿盖去吃饭,四个人,带五万元现钞去,犹有不继之虞。我有点不大相信,到底是吃奥国人做的菜,不是吃奥国人的肉。

◆数字

天衣研究勤孟魁派文字所以为一绝,端在他往往说出一个似乎很准确的数字来,例如今年以来,他最最神来之笔的一句是:"一记牌九,把二十五年的稿费都输光了。"

(《罗宾汉》1949年3月2日,署名:刘郎)

爬 山

我说女人不宜游南北湖,因为到那地方,非先翻过一个山头不可,而到投宿时,又必攀登到鹰窠顶上,此在壮男,已经感到吃力,小姐们的腰脚,更无法胜任了。我们因为今年的游伴缺少几个,想约世昌与梯公同往,天衣预料,世昌未必能够健步,而梯公素来弱不禁风,怕他连一个山头,也爬不动的。

◆冷热

常常看见白雪一个人出门,不知有什么趣味？朋友中陆洁比较冷僻一点,但他逢到旅行,却也不喜踽踽独行。白雪欢喜热闹,而出门却往往独来独往,宁非奇迹？我为什么晓得白雪欢喜闹热呢？因为我每赴雪楼,总看见楼上人头济济,像茶馆,像混堂,也像伸手时候的证券市场。

(《罗宾汉》1949年3月3日,署名:刘郎)

数　　字

天衣说勤孟文字之妙,好在有一似乎准确之数字,其实天衣为人亦雅同此趣。天衣不恒为文,顾其说话,往往带几分夸张,不乖情理,而自然入趣。试举一例言之:月前天衣丧岳丈,岳家无子,身后事由天衣任之,子佩闻噩耗,以电话抵天衣曰:我将奠令岳于灵前。天衣婉拒曰:除招待亲戚外,不敢惊动朋友,且佩兄若来,则今日之排场,将使我多耗十万金圆矣。子佩大笑,以天衣之言,诹佩兄甚至,然亦风趣无极也。

◆息存

新闻界某名流,曩以事被囚,今离狱底,亦将及一年矣。乃游于香岛,顷以书来,下署为"息存"二字,意为一息尚存,不难有卷土重来之日也。予因此深喜吾友意气迄未销沉,曩者,珍重阁主人,亦于客南冠时,以诗见存云:"远道故人休念我,豪情些子未全灰。"倘亦为名流之所谓"息存"之意欤？

(《罗宾汉》1949年3月8日,署名:刘郎)

天　　打

玉蓉请我吃饭,一桌子上坐十个人,都是小型报的圈内人。玉蓉一向人缘好,她是我们的老朋友,我们不欢喜触祭人家的饭,但这一夜她要请的客,全请到了,我是负了恶性感冒赴宴的,我对她说,今天再不来,我要被天打了。

◆ 三辈

是夜来宾,报圈中人可分三代,丁慕琴、尤半狂、俞逸芬、郑子褒为前辈,白雪、灵犀、柳絮、大郎、蝶衣为中辈,青子、温那、勤孟为后辈。勤孟兄"老鸾"归"老鸾",余为此言,兄必首肯。

◆ 无名

有一位读者以无名氏的署名,投函与我,他来告诉我已有三年不见的一位故人的消息,但措词非常模糊,我看不清楚,既然他认得我的朋友,何不请他自己写信给我?这位朋友,他从前帮助过我,他现在境况不好,虽然我也不得意,但我还有力量,可以为故人润饰也。

(《罗宾汉》1949 年 3 月 10 日,署名:刘郎)

长 靠 短 打

昨天,去雪楼甚早,只有白雪同勤孟二兄,于是大家谈谈小型报写作的人人,大家都感叹着小型报里,竟不能代有才人,这十年里只出了凤三这么一个,"长靠""短打"(指长篇与小品),并所擅长。勤孟也是能才,他不过自己谦虚,不数进去罢了。

白雪说:现在要请人撰述,只有向前一辈里的人去想,不能往后一代人去求,可见得人才是如何凋落了。讲到小型报里长靠短打两者都强的,死去的毕倚虹是一个,现在罢手中的胡梯维是一个,张秋虫是一个,等到秋虫才尽,永远榨不出一篇可以看看的文章来,真是太可惜了。

在死鬼淘里,白雪推重薛大弦,其实王尘无之好,实在寻不出第二人来,新的旧的都是超然绝诣。然而白雪、勤孟都没有当心他,问一问小洛,他一定会悼念这一位亡友的。

(《罗宾汉》1949 年 3 月 15 日,署名:刘郎)

抄　袭

报载:川西有个崇庆县,县长叶某去任的那一天,当地民众送他一副对联:"早走三朝天有眼,迟去一日地无皮。"还加一条横额:"民之继母。"记得这副对联是老句子,也是当时士人送与贪污县吏的,原文是:"此处应呼天有眼,他乡只恐地无皮。"崇庆县民把它换了几个字,换得不如原文来得服帖,不过"民之继母"这条横额,我倒没有看见过,真是极尽妩媚尖刻之能事。

◆平凡

我打沙蟹,副副跟,只只跟,跟到后头,牌风不来,便要胡闹,然而越闹越输,场场输,输又输得挺多。有人劝我,你要改变作风,要"沉着应战",我听了此言,果然"沉着应战"了,但自己觉得乏味,同局的人,也一定觉得我太把稳,而感到无趣。以赌局喻人生,一个人太太平平,而坐在一旁,看外面的风云诡谲,自己定有落寞之叹,故过分太平者,决非福气人也。

(《罗宾汉》1949年3月19日,署名:刘郎)

长　面　孔

有一天,我同子佩、之方在一位朋友家里吃饭,这位朋友说,据他的经验看来,长面孔的人不大容易交朋友。他也不说明理由,我看看在座连我四人,却没有一个长面孔的。子佩、之方是差不多的面型,都又大又圆,我呢又方又矮,说这话的朋友,当然脸也不长。

◆无锡之行

文落曾经回过上海来一次,我问他无锡地方太平么?他说非常安谧。去年这时候,我们已经去过无锡了,苹香号上的船菜,是一辈子忘不了的一顿好吃。而这一次我更作了许多可以看看的诗。今年我们再想去一趟,但是荣广明先生根本打不起兴致,没有他引导,在享受上,我们不会舒服的。

（《罗宾汉》1949年3月20日，署名：刘郎）

公费游春

　　一夜，桑弧设宴于其家，席上有石挥、绍芬、陆洁、之方诸兄，时桑弧导演之《哀乐中年》将蒇事矣，及配音既毕，即赴杭州补一镜头，石挥以片中有戏，故同行，兼约以上诸人亦偕往，而躝愚不已。陆洁言：刘郎而去，旅食之费，皆自公账任之，勿令老友耗一文钱也。愚生平无揩油之嗜，丁兹经济力量，日趋衰落，闻有公费旅行，亦怦然心动，倘亦人穷志短之一征欤？

　　◆老大嫁作商人妇

　　他报记王右家嫔唐季珊，王之至友某，以书存右家，曰：佳人而事一伧夫，真情天缺憾也！王则覆其友一书，著"老大嫁作商人妇"七字，为聊以解嘲。昔年吾友超尘女士，跌宕风华，卒随一贾者隐去，翌年，愚复遘之，询其嫁后光阴，则亦笑曰"老大嫁作商人妇"，宁有善状为故人道邪？大凡女人不甘落寞，而以年事既增，迫于环境，不得已而从一平凡夫婿，无以自慰，亦无以告人，往往以此七字而泄其心头抑郁，似乎得体，其实哀鸣耳。

（《罗宾汉》1949年3月22日，署名：刘郎）

嚆　矢

　　一面物价高，一面银根紧，这种现象，是在刘攻芸先生，做财政部长任内，为之嚆矢。

　　◆肉麻

　　报载大钞之不肯多发为恐刺激物价，这是替老百姓着想，但老百姓手里一张钞票也没有，又该怎么说？其实今日之事，在上者欢喜怎样做，就怎样做，若以"民生"为题目，实在太肉麻了。

◆芒果

今年吃过两次芒果,一次是沈苇窗兄送我的,这是俞振飞先生从香港带给他,他晓得我欢喜吃,以示分甘之雅。一次是杰耐给我吃的,硕大无朋,杰耐教我芒果的吃法,把它对剖为二,用刀子在果肉上划为方块,然后连皮翻转,这方法比剥了皮捏在手里好吃得多,不致于脏了手,也不致脏了芒果。

(《罗宾汉》1949 年 4 月 4 日,署名:刘郎)

名片与内容

马路上看见美琪大戏院贴的海报,它们的新片,叫作《芳魂钟声》,假使你肚皮里稍为通一点,便会对这张片子发生不良的印象。其实外国片子的译名与内容截然两事,译得不通,内容却不一定坏得不能看。只有中国片子的题名,假使有不文不典的地方,那末片子的内容一定好不了,因为都出于编导者一人之手,所以看中国片,"莫问内容,但看题名",也是一种诀窍。

◆其师与其徒

俞逸芬兄生平有一桩得意事,当他拜袁寒云先生之后,自己又录认袁美云为学生,于是当时有"其师袁寒云,其徒袁美云"像歌谣似的两句,为朋辈所传诵。其实尚有一例,以杜月笙先生为中心,那末也可以来两句,叫"其师陈世昌,其徒唐世昌",陈氏近以高年□病而死,于昨日才大殓完毕也。

(《罗宾汉》1949 年 4 月 11 日,署名:刘郎)

通　俗

绍兴戏之有大量观众,最大原因,在于其唱词之通俗,通俗可以,不通俗则不可以,譬如听《新梁祝哀史》,有一句"你为什么要乔装改","乔装改"不通,"乔装扮"便通矣,类此之毛病,当然指不胜屈。余于绍兴戏涉猎不多,特越剧团之新戏,唱词且未必尽能做到通俗,例如《李香君》一剧中,有"斑斑血染桃花扇,宁为玉碎不瓦全",又如"委身相许佳公子,愿作鸳鸯不慕仙"诸句,虽不高雅,但窃疑越剧观众,未必尽能了解耳。

◆意境

作诗与作文之意境,不必于渊雅中求之,盖通俗亦有意境也。濮一乘作旧都竹枝词一百首,而以"一辆汽车灯市口,朱三小姐出风头"二句,为脍炙人口,则以虽通俗而亦具意境耳。

(《罗宾汉》1949年4月17日,署名:刘郎)

顾影自怜

周孝伯先生,硕人顾顾,其有别号曰"树玉",殆取玉树临风之意,由此可以知其人亦有顾影自怜之好。余于他报论孝伯为人,佚此一事,故补述之。

◆故人情意

张善琨先生来书,劝余曰:"何勿来香港一游?在此混乱局面之下,能逃出环境,快乐几天,终是美事,至于旅食诸费,万勿措意,弟虽穷甚,犹堪担负。"老友情殷,为之心感不已,第善琨真穷,扰朋友要拣扰得起的扰,以穷扰穷,窃以为终不甚落槛耳。

◆一本正经

饭时,遇张中原先生,谓予曰:足下于事俱不认真,而我则无不认真,譬如学戏,则认真学戏,譬如习书画,则一本正经习书画,及做市参议员,又一本正经做参议员。观于每届市参开会,中原之宏论独多,则一本正经之言,殊可信也。

(《罗宾汉》1949年4月21日,署名:刘郎)

种 牛 痘

天衣赴香岛,定二十四日成行,种牛痘,买机票,诸事俱备矣。倚装待发,而长江风云,突告紧急,天衣以不忍与骨肉离散之嗟,决于二十三日,罢南行之计,损失机票一张。然有一喜事,则其所种牛痘忽大发,从此可葆勿复损其容颜,脱无此预防说不定与某闻人有同病相怜之雅,则从此争逐于脂粉丛中,唐某且不甘屈居下风矣。

◆避地者

天衣所购之霸王号飞机,赀金以金圆五十五万元计,仅费美钞二十一元而已,洵属奇廉。后一日,有一包机飞港,列每人售一百六十五银元,合之为黄金四两,然求此者亦争先恐后,想见避地者之众矣。

(《罗宾汉》1949年4月28日,署名:刘郎)

收信芳佳奏

连夜只能在收音机内,听信芳杰奏,当信芳登台之前,桑弧与余约曰:老去艺人,听一趟少一趟矣。此次之来,我辈宜恣情聆赏,余唯唯应之,顾及其打泡,则鹤唳,入夜市情如死,海上周郎,为之裹足。余与桑弧,亦惮宵征,用是哑嗓儿传神名作,惟求之于收音机畔矣。《四进士》《青风亭》两剧,口劲之冲,与夫神韵之美,依旧当年,始知信芳果不朽,真足以慰老友之寂寞情怀哉。

◆我与邵西平

一日,邀西平于南国酒家,余抚其肩曰:我二人可告老归回矣。海派文字,以我为始,以西平为铺张扬厉之,为罪为功,胥不足计,今则风头已尽,气数已完,以后存在殆无可能。余以小型报作家,无论世变何似,永不可废者,殆惟勤孟一人,其人工考究,尤善夸张,而文章简美,莫不雅合时宜,余子俱弗足道耳。

(《罗宾汉》1949年4月29日,署名:刘郎)

闹 家 务

有一天的傍晚,我冒了大雨去访一位朋友,但到了他家,主人没有在，我等了他半小时，只得走了。后来听说这位朋友为了闹家务，就在这天的上午，他弃家而去，我得此消息，这一颗心，一直挂到现在，没有安宁过。我也知道家庭的纠纷，不是局外人所能排解的，但他也应该晓得，为其知友者，如何在关心他，所以希望这位朋友，给我一个电话，我不想顾问他的家务，只要使老友安心，世乱时荒，心头上少挂一桩事体，便是幸福。

◆粪翁的刻例

粪翁的金石刻例，普通每字银元十五枚，这时世，生意当然不会兴隆。记得周翼华兄，从前任职大来国剧公司的时候，有一颗印章，其文甚长，曰："翼华周继源用于上海大来国剧公司副总经理之章"，假使在现在请粪翁刻起来，论字付值，那末副总经理的半家人家，亦要铲光矣。

(《罗宾汉》1949年5月6日，署名：刘郎)

地　　位

孙老乙兄有一夜在电台上报告，他的"开口"毕竟没有笔底下好，他说："我孙老乙在上海有点地位，都仗上海人捧我的。"老乙兄感觉他自己在上海已有地位，我则对于"地位"两字，一向茫然，记得有一次，我在老婆面前魁了一魁，对她说："你不要小看我，我是上海有地位的人。"她立刻问我："你有什么地位？"我想了半天，到底没有想出我在上海有什么地方也。

◆报告

电台上报告，看似容易，其实大难，难在要使人听了不讨厌也。孙、陆、汪三位先生，称报告大王，他们就是使听的人不感讨厌。昨夜有一位票友唱《明末遗恨》，一位报告的先生说："迭个辰光唱迭出戏也呒啥。"好似失言，其实天真。读我文者，欲知说此话者为谁？即上述三大王中之一王也。

(《罗宾汉》1949年5月10日，署名：刘郎)

乌 贼 鱼

电台里一片卖乌贼鱼干声。乌贼鱼这东西,我不喜欢吃,记得有一年吃宁波饭馆,蘸好酱油吃,比普通家里煮的,可口得多。乌贼鱼干,我没有吃过,也想像不出它的风味,大概不会好的,但人家因为藏以应变,所以电台上常常有人一百只、八十只去定购者,我因为并不爱好它,故从未置意。

◆营养

因为身体不好,有个朋友劝我注重营养,叫我多吃洋山芋、番茄、牛肉、牛奶、鸡蛋、鸡。此话说在数月以前,还可以照计而行,现在对我说,非但无法采纳,倒害我,因此急出了一身极汗。

(《罗宾汉》1949年5月23日,署名:刘郎)

袁 范

前天我听见建成电台陆先生在"空气里"捧范瑞娟,说她一向是前进分子,其实越剧女伶具有前进姿态的,范瑞娟是一位,袁雪芬也是一位。这两位在上海解放的头二天晚上,还播过一次音,这是被迫的,陆先生替她们证明,我也可以替她们证明,凡是听众都可以替她们证明。奉命强迫她们的是一个游艺界同志,这是"人渣",袁雪芬、范瑞娟她们,这口气都不会消的,将来她们会出来纠举此人。

◆人渣

上面说的那个"人渣",建成电台的陆先生,那天想触他的霉头,因为有证据捏在陆先生手里,但是有位龚先生出来替"人渣"缓颊,请陆先生放他一条自新之路。以我来看,这票货色,打死他,浪费枪弹,骂他,污了嘴巴,最好让他自生自灭,不信再下去,他自然而然会像灰土一样,叫人家踹在脚底下的。

(《罗宾汉》1949年5月28日,署名:刘郎)

经年与信宿

秋翁先生代我问知堂老人索得立轴一页,写一首律诗,文云:"去越从吴过,吴疆与越连。有园皆种橘,无水不生莲。夜市桥边火,春风寺外船。此中偏重客,君去必经年。"不知是谁作品?我极喜其末后两句,似我们这一次的信宿而返,真太不懂得领略了。

◆刘鸿生

前两天本市商报上登小朝廷里群丑更动官职的情形,里面提到刘鸿生当了伪经济部长,我看了非常奇怪,当时有人说惟一可能的原因,刘与朱家骅的私交太深,这一回朱任伪副院长,故将刘鸿生拉出来的。到第二天,商报立刻来个更正,说刘鸿生者实刘航琛之误传,后者热中,出任始为意料中事耳。

(《罗宾汉》1949 年 6 月 18 日,署名:刘郎)

"名女人"

昨天有位李小姐在教堂里结婚,有几个朋友晓得我同她相熟,来拖我去一同观礼,我则因为有一点绝对正经的事要办,与她行礼的时间冲突所以没有去。

这一位李小姐,是上海将要成"名"而没有到成"名"程度的女人,大概因为时代的转变,她不再想成"名"而急流勇退地嫁人了,她是聪明的。我们本来在议论,以后上海地方的女人,再要靠姿色而成为"名女人"的可能是没有了,已经成为"名女人"的她们,都应该赶快办理结束,别图未来的生存办法。

◆"正经事"

说完她们,再次说我,吊儿郎当过了这许多年,你几曾听见我嘴里吐出过有一点"绝对正经的事要办"这句话?但是为了可要活命,我近来真的很忙,坐下来不是动笔写,就是转着念头想,立起来就得四出奔波,有人以为忙是愉快的,我则感觉到非常的疲乏,因为我对于这些,是一向不习惯的。

(《罗宾汉》1949年6月28日,署名:刘郎)

"送学堂"与"接学堂"

近二次与振飞共饭,振飞皆纵饮,饮后辄以常笑为乐,厥态甚憨。当世之誉振飞者,谓其艺事超盖群伦,而一动昆戏,尤有并世无俦之目。余则更喜老友之心地温良,当其薄醉,真性情恒泄露无遗。曩时余尝记振飞在私底下时,已多耄态,振飞颇不以为忤,其夫人见之,滋勿悦,夫人之意,以为振飞固长葆青春也。夫人笃爱振飞,一似慈母之善视佳儿,前日振飞既登演天蟾,夫人遂忙碌,其情形乃似"送学堂"与"接学堂"之一样辛勤也。

◆《庆顶珠》

《打渔杀家》一剧,演渔民抗税,终至铲除土劣,今人论旧剧之意识准确者,以此为最。欧阳予倩致力于改良平剧时,尝改编此戏,名之为《渔夫恨》,则演出情绪,益见高昂,但有人谓此剧一名《庆顶珠》,迹其原意,则又完全为封建的,为没落的矣。

(《罗宾汉》1949年7月3日,署名:刘郎)

零篇散帙（1929.2—1937.3）

拥　髻

　　偶与唐子心香闲谈，辄复涉及妇女发髻事，心香曰：今之有未剪发女子，以吾辈眼光视之，殆已为时代之落伍者矣。顾我有二人，终于不望剪其发者，一为宋美龄女士，一为明星胡蝶也。此次蒋氏夫妇来沪，参与永绥舰下水礼，《时报》有记载曰：夫人持香槟瓶欲击掷，而蒋则立其夫人之后，注视其夫人之横爱丝髻，时辗然为微笑。以是观之，则蒋亦爱惜其夫人发髻可断言也。我意夫人之有斯髻，弥觉温恭肃丽，气度非凡。苟去之者，且嫌其单调，而轻灵闲逸，勿类贵妇人矣。胡蝶女士，以美丽震海上，或谓胡蝶之美，美在梨涡，吾则谓梨涡美矣，犹不及发髻之美也。盖胡蝶得此，遂觉"悉听横看侧视宜"矣，近顷吾观《黄陆之爱》影片，黄慧如本人已截发，则凡演戏演电影者，亦当以截发为宜，特胡蝶饰之，令人竟不复有间言。心香言至是，复诵旧作诸诗，有写胡蝶发髻者，如观胡蝶演《上海一枝花》后，有句云："眼前老屋是儿家，倦舞归来髻未斜。"又曰："热血喷成襟上渍，销魂付与鬓边花。"又有题曰胡蝶之髻，其末二句云："扇子长留腻影好，晓窗欲伺理云鬟。"（大郎按扇子为发髻名称之一）腻语柔情，欲为神往，惟恐林雪怀君见之，将起不快之感，故予意不如以末句改"莫辞晓起理云鬟"为较雅切，以语心香，亦笑而称佳也。

　　（《大晶报》1929年2月3日，署名：大郎）

大书家与文混子

有人向我提起了上海几位大书家的大名,不知为什么,我便不觉要悲从中来。有时走在马路上,抬头看见了几家大字号的招牌,刚巧是这几位大书家的法书,我又不知为什么,几乎要失声痛哭起来;至少也要着八股先生的迂阔,口中念念有词,说道:"国之四维,未全张也。"

化了钱,买一份小报看,这许多自命为文坛巨子的:你捧我,我捧你,大家互相标榜。我看了之后,虽然不吝惜这一份报钱,但也不由得我竟起了一身鸡肉痱子(此四字,是我们的家乡话,或者与汗毛站班,无甚出入)。我已经听得有人骂过,说在上海办报和在报上作稿的,都是一般无聊的文混子。我起初总觉得这句话说得太偏激,但是到现在想想,却又觉得这话委实有些不错。

(《大晶报》1929年2月24日,署名:大郎)

理想中之一张小报

我理想中有一张小报。

这张报,要去请唐驼写报眉,要去请张丹斧做第一篇,要去请马星驰画插画,要去请黄梅生、张超、俞逸芬做剧评(以坤角的消息和照片为尤要);又要去请刘恨我来记他玩窑子里娘儿们的艳迹,最好借用几句古人的七言诗来做陪衬,使得这篇文字,越见其风流隽妙。喂!你们瞧罢,一张报上荟萃了这几位名家的大作,不但是高深古雅,而且满纸温馨,每期少不得要销他十二万份!而造福于生灵者,又岂可限量呢?读者们,你们也赞成我这张理想中的小报吗?假使有赞成的,那末快些跟我来唱一种口号——希望大郎理想中之小报实现!末了我转要向读者介绍,并且声明我为什么一定要请刘恨我在他的文字里,须加上一二句古人的诗句呢?袁子才的诗,我一向视之漠然的,自从去年……日期是记不得了,《申报·自由谈》上,登过一段刘恨我作的香艳文字,被他提出了袁子才两句警句之后,使我对于袁子才,不但头都碰得下,简直要满地打滚……刘恨我在他那文字里,劈头就说:"子才诗云:春蚕到死丝方尽,蜡炬成灰泪始干。"

(这篇稿子,我十分爱他,觉得婉妙极了,所以文中牵涉了我的几位朋友,我情愿先行道歉。我爱大郎,我爱此稿,不忍不发。梦云注)

(《大晶报》1929年3月3日,署名:大郎)

不 隽 语

余初拟以此稿投《快活林》,因《快活林》近辟隽语一栏也。惟细读我文,殊乃不隽,恐其见摒,转饷《大晶》。

人家呼大报附张叫报屁股,那末"快活林"当然便是《新闻报》的屁股了。我又譬拟星先生的插画为肛门,譬拟其中的文稿为排泄物,你们不看见他这几天拉出来的东西,一小块一小块的,仿佛大解不大通畅?这皆为肛门缩小了范围的缘故,并无别种症象。

梦云先生,你不曾说过的么?小报是专门要□大报屁股的(或者你不是这种意思,是我意会错的)。从此以后,恐怕不能再有初揭黄庭之妙了。

(《大晶报》1929年4月9日,署名:大郎)

谨告徐老汉先生

我敢说一句,凡是看《时报》的人,没有一个不爱看《古城返照记》的。至于谈戏,尤其是这位徐老汉先生的拿手杰作。不过我是一个懦弱者,是一个怕事者,所以要谨告徐老汉先生,你谈戏尽不妨谈戏之源流、戏之艺术,可是千万别谈到伶官的家世如何,或者他们生平的行止如何。因为既然是脍炙人口的事,那末多说也就觉得无味,况且这一张简洁明了,比什么大报都可爱的《时报》,是我一天不忍不看的。

(《大晶报》1929年4月24日,署名:大郎)

肉 感 诗 话

肉感二字,近颇出风头于电影界中。新来之片,几非标肉感不足以号召。甚矣,人之嗜肉感之深也。我近读韩冬郎诗,觉其《香奁集》中,殊多肉感之作,而以半睡一绝,尤为显著。诗曰:"眉山暗淡向残灯,一半云鬟坠枕棱。四体着人娇欲泣,自家揉损孬缭绫。"又如:"扑粉更添香体滑,解衣微见下裳红。"又曰:"眼波向我无端艳,心火因君特地燃。"亦皆饶有浓厚的意味。

昔有人集唐人诗,成合欢一律云:"几番羞却可怜生,指滑音柔万种情。眉际忽添三绺线,牙根时度一声莺。小擎棉被松郎体,暗掷香绡衬褥平。话到尽情无说处,透胸珠汗泡盈盈。"此诗无一语不肉感,而其间小擎棉被之言,盖亦出自冬郎手笔者。

(《大晶报》1929 年 5 月 15 日,署名:大郎)

《最后命令》的零话

《最后命令》的确是一张值得赞美的片子。不过奥迪安一定要把爱情、浪漫和肉感许多的头衔来号召,这便使人觉得不失望而失望,戏剧里有了英雄和美人的点缀,那末这戏的本身,便觉得不凡了,因为依密尔瑾宁丝真能引人。大前天奥迪安的看客满了又满,听说这样的盛况,自从开映《剑底莺声》之后,还是第一次见到这张片子精彩的焦点,便在末了一场,使人受到非常的刺戟。依密尔瑾宁丝,你的威仪、你的雄奇、你的温婉和你的凄凉,这种种影象,都一辈子也使我忘不了你的。我看了《最后命令》之后,作过几首绝诗,下面写的,是几首中的一首:"沙场犹是旧时痕,极目未忘故国恩。十载留为尘世念,将军豪气美人魂。"

(《大晶报》1929 年 6 月 15 日,署名:大郎)

陈树人诗草中之闺人

陈树人先生,工诗善画,与何香凝先生,实有同好,盖并为近世隽才也。《寒绿吟草》,为陈之诗集,归上海民智书局发售,而友人有以大洋八角,得之于丽华公司者,斯可异也。此书即印制绝精雅,为谭延闿题签,其诗多七绝与七律,颇合鄙人脾胃。读其诗,可以见陈先生伉俪之笃。我尝戏检其诗题,拈"闺人"二字者,凡三十三见,合诗一〇七首。中如:"双飞双宿凡尘外,愿得他年作小禽。""席地且偕郎小坐,了无清话到红尘。""好向双星偷问讯,两家专爱可相同?"等句,不一而足。总之,皆可见陈于其夫人之一往情深也。其尚有:"人间多少双怜侣,几个曾如我与君?"此则与前人之"人间多少双飞侣,未必如侬切念君?"语气正复相似,而又令人不能不叹各极其妙者矣。

(《大晶报》1929年7月3日,署名:大郎)

单恋……珍妮盖诺

《上海的倡门》既出版,购者云集。我生平未尝一入伎家门,来海上四年并"做花头"三字,亦不知所解,因市此书,将以窥此中门径。书末附记文坛诸子艳史,乃及梦云,谓梦云悦神仙女茶使事,读竟弥多怅触,辄写兹篇,题曰"单恋……珍妮盖诺"盖两事也。

我昔日为言,生平未尝解恋爱,其实兹意云者,殆谓生平未尝得相恋,特单恋耳。人生运会,殆惟夭桃灼灼,为至嘉至宝。脱以我相相于菱清,虑亦未能强饰一词,将以悦我,叹夫,嘉运既不能临于我,而单恋之困人,乃滋甚矣。习闻人言,单恋为味之永,一似佳而可食者,实则此皆违心之论。以我观之,殆其人自量其所欲之勿能,遂特提倡斯言,将以自解,且排其萧骚之意,为情盖亦至可怜也。

我初自北都来,殊闲适。一日观于海上某乐部,悦一妇。妇为歌唱之流,美而多才,我徵其歌,三年亦不辍。顾未尝少即,以其自奉奢,而我则滋困；即之，虑不足以赡养，人生而无奇福，胡能取给于妇人？苟而强求，徒滋辱耳。近顷妇又嫁人隐去，我乃惘惘，意者，其状或大似昔之梦云也。我又尝读梦云佳文，渠喜银幕上之丽琳甘熙。丽琳细而文，艳似芙蓉，喜之宜也。我于银幕上，亦酷嗜一人，特非丽琳，而为珍妮盖诺。珍妮盖诺，《银灯之酒》，每观其剧，心醉勿已。其人轻盈柔婉，雅善娇痴，其发其泪，及其颏下之一缕疤痕，俱为宇宙宝。我自观其演《日出》，与《七重天》后，眷恋之情，曾无小辍。以为珍妮者，实为世界良妻之范。我乃祷之，必娶一温婉之妻，如珍妮盖诺者，于愿滋惬。某日某戏院映《安琪儿》，适我病未已，第为珍妮故，亦强疾往观。归后，胸脯郁然，即病不能支，且勿遑恤。昨日又观《四大天王》，珍妮为一马戏场之女，裸其双膊，腴艳乃刺人目，发音亦婉约有致。既闻其哭，则在座女子皆哭，我男子，则不哭，惟神往久不能复。几欲跃身银幕间，拥珍妮于怀，拭其泪，噢之，使之勿哭。噫，人而入痴醉之境，且不遑审其所处矣。既返，恍恍不欲饮食，亦不自知其为愉悦，为哀楚，然精神所萃，乃生空明，闭目之际，辄见巨海孤舟中，载一温婉之珍妮盖诺，含笑来归也。嗟夫！单恋之困人，盖滋甚矣。

(《大晶报》1929年10月6日，署名：大郎)

柬梦云

梦云足下：

许久勿得良晤，甚念甚念。数数读《大晶》，知足下迩况佳也，连良来沪，足下尽极揄扬，宁非妙事？我闻人言，冯梦云之与马连良，譬如赵叔雍之与梅兰芳，而沙游天之与荀慧生也。厥语殊趣，以告足下，亦应莞尔。弟弱而好病，起眠勿能勿节，用是勿宜听夜歌，惟亦颇念连良，俟腰脚少健，亦必强为一行。观后拟写一批评文稿，刊于尊报。弟方髫年，即已浸淫于一板三眼中，渐长为大报屁股述剧评。三载以还，此笔久废。回首前尘，辄复兴附髀之感，特不审足下亦以此陈宿之货，为可憎否？请直告之。比来影戏之兴奚若，弟于有声片子，情感日趋淡薄，终将废焉。他报近有征求文艺作品者，弟有旧著，皆为艳体诗草，若刊《大晶》，似不适，故拟寄去，又虑轻薄浮靡之作，都非彼报诸君所喜，因又不果。足下为我一拉皮条否？惟弟稿向不计人酬答，足下如索我佣金，亦只能暂归宕账耳。

此询

顺存近祉。弟云顿首。

（《大晶报》1929 年 11 月 24 日，署名：大郎）

宣　言

如果这次梅兰芳上美国去，载誉归来，也就罢了。万一他被美国人瞧不起，撞了一鼻子的灰回来，那时我便要拒绝再看舶来品影片，不管他丽琳甘熙怎样能够引诱，珍妮盖诺怎样能够陶醉我，我欲从此一概割爱，以示抗议。你们不要以为我这宣言是近于滑稽，我的精神往往是很伟大的，说不定终有实行的一天。瞧着罢。

（《大晶报》1930 年 1 月 30 日，署名：大郎）

乡　音

留兰香糖记嘉定克莱拉宝事，详而实，应无间言。惟谓美人清福，或将以庐山银瀑为归宿地矣。此说则殆至不然。余以废历除夕归嘉次日，即遘诸吾家门首。余昔日诗之："蚕豆花间胡蝶飞，斯人清鬓驻清晖。"盖亦在晴光照艳时也。知其归亦旬余，远地之游，固有之，特携画具写生耳。此后精求音乐外，兼习绘事，浸淫渐久，殆亦大郎之梦里艺人也。

奎山公园之公共演讲厅，招海上某新剧社演剧。一夕，挈弟妹等同往，适贴郑元和教歌。戏不足观，第乡人终岁勤劳，得此已足快慰。以是观者亦复云集。剧中嫖院一场，有女演员唱苏滩《艳阳天》……一折，令人几不堪入耳。因念方此厅落成时，在往岁春间，余有嘉愿，拟约苏滩家张素兰之城,登场歌三日。余且欲助之为歌,将以引嘉城士女,无尽狂欢。然数数迁延,素兰遂隐。自后我每返嘉,恒念兹事。此夕之遇,弥见怅惘。

(《大晶报》1930年2月12日,署名:大郎)

宣　言（二）

记得范朋克夫妇在上海的时候,由卢根、何挺然代发宣言说:概不接受华人招待。现在我自己也发宣言说:从此以后,概不再看范朋克夫妇的影片。凭你《驯悍记》是莎士比亚的名剧,反正今日的卡尔登,将来到北京,决不会座上有我的影子。

(《大晶报》1930年2月24日,署名:大郎)

培成演《少奶奶的扇子》

培成女学,于十六十七二日演《少奶奶的扇子》于夏令配克。余以十六日往,坐第一排第九号座,试听近而切,可喜也。

予以小病,尝归来休养。病时,读《少奶奶的扇子》剧本一遍,盖预为观培成之表演者。

服装与舞台布置,皆玫丽无伦,使人生无穷美感;剧本词句,极不易记,勉强记之,则上台时乃如背书,而不能顾表情之美,此通病也。培成诸演员,亦未能免,惟缪来凤女士之金女士,独能矫此弊,为可嘉已。

爱美戏剧,必以男女合演为佳。否则女若扮男,气度便失之自然,发音亦尖弱刺耳矣。

陈敏德女士,饰徐少奶奶,国语婉转而流利,对白以在第一幕与子明口角时为最佳。先一日,《图画时报》载女士便妆之影,亭亭而丽,秀逸天生。及既登场,则又觉其秾腻,有时颇似明星宣景琳。予颇讶之,以为化妆殆不能助人美耶?继又审之,则皆以予座太逼近耳。

(《大晶报》1930年6月21日,署名:唐大郎君)

大 公 之 言

我丝毫不怀成见而肯定地说,《哀鸿泪史》是远不及《肉体之道》的,不论从布景、导演、表情、剧本哪一方面说,都不能比《肉体之道》。虽然,在我看《哀鸿泪史》的时候,也曾呜咽而泣,但不过是一时的感动,过后这印象就淡然忘了。不比看了《肉体之道》,神经是受着刺戟而麻木了,终日里恍恍不思寝食,经历了悠久的时日,总是这样,一直到现在,只要一提起《肉体之道》,整本的影戏,就会在我脑膜上,一幕一幕的演映着的。看罢了《哀鸿泪史》,我更明白《肉体之道》,是一本空前绝后的电影,是电影之王。朋友,你们都见过没有?

(《东方日报》1932年6月27日,署名:云裳)

吾 家 有 壬

唐有壬先生,名林,长沙人,父才常,缳首死,兄蟒,即叱咤风云之蟒将军矣。尝游学东瀛,治经济,中西文字,并皆优美。工诗词,诗清丽绝俗,宛似其人,才而美,恂恂然儒雅人也。貌白皙,年近四十,望之若二十许人,岂所谓徐爷半老,风韵犹存者欤?十年前为名记者,《新闻报》之经济通讯皆出此公手笔。民十七八间,《时事新报》之经济论文,亦多半为此公之杰作也。

夫人氏欧阳,为名剧家予倩先生之妹。精卫起,有壬兴,选中委于大世界,得十三人,有壬与焉。后为中政会秘长,以迄于今。

任职于中国银行十余年,为调查课长,某小报作《中行二唐》之记,一为有壬,一为唐大郎君,今大郎已称病辞职,则硕果仅存者,此一唐耳。

愚初识有壬于东方饭店之某喜筵上,时在距今三年前,足球名将周贤言君亦在座,时有壬仅为一政论家,一经济学家,犹未贵也。席中人类不识之,第震周铁门风头之健,幽威凛凛,令人侧帽相看耳。

"自古英雄""从来名士",有壬亦倜傥风流人也。半年前,某小报喧传中政会秘长艳史,以帷簿之言,射有壬隐事,以愚观之,或不若所传之甚,多见斗筲之徒,诪张为幻,未可据为信史者。

(《东方日报》1933年3月8日,署名:云裳)

下 海 记

愚生平所嗜,戏曲、舞踊、银钱,以及单恋女人之外,当数文墨矣。少而不读,未尝邃于学问,顾性实好之。民十四五间,自北都来,业于中国银行,以职务之闲,常多暇晷,时以文字自娱。迨梦云离《小日》而创《大晶》,愚报以一文,犹记其题名为《拥髻》,写以芊丽之笔,梦云见之,报以书:"大稿尽小报文章之能事矣,一年不辍,必负盛名。"虚名为物,有时亦能蒙其利也,愚心窃喜之,有时兴会所至,写六七篇,荟于一期,俨然《晶报》之包天笑也。比年病甚,且沉湎于声色之娱,以是笔墨久荒,文思都废,不复周旋于读者之前者,几忘其年月矣。乃中以事遽生变迁,以意气之争,不能容忍,遂称病离职。顾家况清寒,无以自活,乃商之友人,欲以卖文自给,吾友如梦云、绵蛮诸子,皆不以此意为然,第一时亦勿得良谋,则不妨姑为之耳。于是六七年来,玩票于小报界,唐大郎君者,今日且以下海闻矣。髫年读《碎琴楼》小说,记其言曰:

我胡沦于奴,我之佳否,胡事人评,大丈夫当握笔评人,顾乃伛偻受群狗品头论足,滋可辱也。

嗟夫!愚伛偻于群狗之前者,若干年矣。今乃得握笔评人之机焉,胡能勿喜?因作下海记,非敢辱没斯文也。

(《东方日报》1933年3月11日,署名:云裳)

病 床 琐 记

愚病一来复矣,昨少瘥辄扶笔为此文,使读吾报者,知愚虽病甚,犹不忘情于笔墨也。

比年来流浪过度,几成急时夫之形销骨立,靳丧将殆之身,遂致多病。病辄思家,念袁简斋"千金尽买群花笑,一病才征结发情"之诗,每泫然不能自已也。

郎虎君记按摩之文,亦足尽风冶之致矣。顾嫌其未尽,容申论之。摩女六人,皆取以西方电影明星之号,曼琳、嘉宝以外,尚有桃乐赛、罗丝、但妮儿诸子。美者特嘉宝、曼琳而已。快乐林有支室曰快活林,爱立司者,绵蛮生绝赏之,足与曼、嘉鼎足成三焉。其服务章程第二款云:顾客如有非礼要求,宜婉言谢绝。绝之不得,或客以粗暴相加,必报于主者,鸣之于捕。所以使登徒子挟妄念而来者,知所诫也。客或关逆旅一室,召摩女来,亦许之。第来必二人,问其费,一小时为六银。或询曼琳曰:得告以卿之姓名否?曰:姓陆字慧琴。询嘉宝,必笑而勿答。盖曼磊落有丈夫气,而嘉则婉妙似小女子也。海上有按摩之室,摩以外,得巫山云雨,梦赋高唐者,曼曰:霞飞路似有之,靶子路亦有之。盖亦得自耳谈者,未可穷其究竟也。尝过绵蛮家,隔窗有女,貌艳如花,绵蛮相对垂一年,而不为所动,亦圣人也矣。愚性放浪,会有余闲,必尾而逐之。此中定多艳迹,容有所得,当续告于读者之前。

《宵行艳异记》,时续时辍,比垂成矣,乃屡劳爱好者垂问,至为歉然。

张秋虫君著《银海新潮》,述电影界事甚悉。愚于役于银行六七年,见闻滋夥,病中加以构思,欲成一巨著,上而董事经理,下至仆役杂差,诡秘之闻,衍为小说,洋洋乎至少亦二三十万言。此中有人,呼之欲出,名之曰"银海新潮"亦可。得本报主人之嘱,会当奋笔。愚初不识听潮,近始遘之。听潮语我:数年来理想中之云裳,必一四五十岁垂老之翁,而不图其年青若是。愚笑听潮,何所见而云然。

有人问去臭虫之法如何,曰"勤拿"。或问愚避孕之法如何,曰"勿□□"。此问此答,亦可谓有异曲同工之妙。

(《东方日报》1933年3月15日,署名:云裳)

中行二美记(上)

中国银行,本有女职员三人。一为张肖梅女士,一为李献贞女士,一为某女士。某女士在建筑课任打字之职,进行未久,与某行员发生热恋,在饭厅上,公然互摸大腿,被人撞见,告之当局。当局不情,大惊小怪,认为有伤风化,竟将一双情侣,立予开缺。饭碗可碎,情不可灭,于是某女士遂卷铺盖矣。事甚香艳,愚以旧事不必重提,今故略而不论。则请一谈现在尚在任上之张、李二女士可也。

张肖梅女士,字如冰,浙之镇海人。年在二十六七八九三十间,未嫁。身躯大,块头亦大,盖所谓肥若杨环者也。为已故百代公司经理张长福之女公子。游学美利坚,得经济博士学位。既归,张公权氏延之入中行,为调查室副课长。课长,具如《时代日报》所记。或谓副课长毕竟不甚光荣,女子之于副,尤觉有说不出的难过,总嫌不甚大雅也。正课长即一代红人吾家有壬先生。唐唐张张,皆在七阳,相处甚契合。女士读书甚多,在中行管理图书,尤著功劳。鼻架镜,而鬟云眉月,瑰丽无伦。能自驾汽车,惜至今尚杳无佳期。不知谁个多福郎君,匹此丽妇。会见一车并坐,夕阳斜照,艳影双双,韵事流传,且不让桓少君之亲挽鹿车也。女士平生所嗜,为银幕艺术,大戏院中,芳屐时临。因近视,每坐,必在前排。

(《东方日报》1933年3月31日,署名:云裳)

中行二美记(下)

李献贞女士,闽侯人。年在二十一二三四五六间,未嫁。传已与人订婚。身材纤小,脸庞亦瘦,盖似赵飞燕之能作掌上舞者也。入中行垂三年,在国外部任打字。国外部同人油头粉脸,多惨绿少年,女士周旋其间,宛如花丛一蝶,弥饶佳观。善装饰,服履殊华,貌亦秀美,肤不甚白,顾亦不足掩其秀。走路之姿态尤美,述者不详其家世,第知为沪江大学高材生。公毕后,时随一男友同行,或谓即女士未婚之婿。去年有同事某涎其色,偶挑以游词,女士愠,举纤纤五指,着其人之颊者二。此事行中人大半不知,而可以见女士之贞,固未肯随便献人也。性好舞,其舞,尤见矫若游龙、翩若惊鸿之美。

张、李,一瘦一肥,轻薄者流,乃谓赵姊丰容,徐娘风味,是诚极中行之二美矣。读吾报者,亦思一瞻彼姝者之风采者乎?请在 office time 时,鹄立于仁记路华懋饭店酒吧间门口,见有袅袅婷婷,而进出于中国银行之边门者,是即吾文所传之张肖梅与李献贞女士矣。

(《东方日报》1933年4月2日,署名:云裳)

十郎新宠记

海上某大王,有犹子,亦豪阔多金。与王故别居,以热心体育,著称于时。公子家皇皇巨屋,陈设殊华。每招宴,其柬后绘有住宅地图,使客不致感访问之苦。家中建舞厅,亦复奢皇瑰丽。公子本齐人,妻刘,慎静诚敏,妾更轻柔美妙。家室融融,公子宜宴乐之矣。偶止舞榭,乃识十姬。十姬者,为名舞星也。叩其氏,郎虎君曰:"是亦'吾家'。"公子既识姬,爱姬甚,同舞无虚夕。有时携姬入公子家,张茶舞之会。迓彼佳宾,裙履翩翩,一时毕集。姬以公子输爱之诚,亦倾情相悦。比乃有嫁娶之议,惜垂成也。微闻,公子初不涉足舞场。有友号曲细者,引公子至,介公子于姬,而扬公子之豪,所以速其好事之谐。果尔,则此情又不足为公子夫人语也。

(《东方日报》1933年4月2日,署名:香客)

毁约记

北四川路某女校,有朱氏女生,籍为嘉定,貌殊秀美。在乡时,与同里戴氏子相悦,眷恋之情,为人艳道。子亦温美与女匹,固人世间银灯并首,或舞影翩跹,人生之乐,当无逾此。孰意情海回澜,偏多波折。会子于舞榭间,忽钟情于一售舞之星,情好綦笃,辄不复情也。辄责其奈何踪迹常疏,劳人系念,子亦伴与周旋。既而问曰:我殆瘦在,我欲凭此与今日之我,较量肥瘦。女果复出往日之影,入子手,遽裂为二,曰:尔我之情,今日绝矣。语竟匆匆遽去。女始悟堕其计,绝懊丧。顾无可如何,惟诉子于官,诉子以略诱遗弃之罪。子不能直,以二千金为赡女之价。子家本雄于财,非不能填衙门也。其状所以不直,则谓彼狂浪之徒,固曾掠朱女之贞者。噫!人欲横流,此犹小事也耳。

(《东方日报》1933年4月3日,署名:香客)

宵行艳异记(序)

陈重生君,年二十三作《西行艳异记》,云裳公子年二十六作《宵行艳异记》。《西行》刊《时报》,大报也,都十万言。《宵行》载《东方》,小报也,仅数千字耳。西行之记,写挟士人而性之,又记其西域方言,曰毛生土诺,曰阿别喜儿。宵行之记,则异于是,第以放浪之笔作上海夜生活之素描、社会一隅之记述而已。初无矜奇炫秘之可言,题曰艳异记,拾人牙慧也。

银须公子,孤傲不为世情,所悦自顾一身而外,别无良俦。于是留芳撷艳,纵横于声色之娱,知公子者,谓公子凄凉人也,尝被厄于女子,自后辄深妒之。意为彼惟雌类,不足为至情所托,男女相悦,乃如交易,爱云胡者?譬如今夕多钱,攫一女子而恋恋;明日钱尽,必弃之而勿恤。恤之,且足自厄厥躬。于计,殊非得也。顾他人闻之,必笑公子之论奇,而所见之僻矣。公子囊金来海上,越若干年,不谋所业,则徜徉于十里长街,欲穷奇迹。公子耗神多,日没始起,故其街游,恒在宵深。而海上宵行,遂多艳遘,拾而记之,恒得一蚨,蚨薄而书体放纵,不能辨认。嗟夫!浮生散记,公子之得意可知也。

(《东方日报》1933年4月3日,署名:云裳)

艺人之出身

以见闻所及,记艺人之出身。出身不必论贵贱,贵不足荣,贱不足耻。惟今日艺术之造就,始为荣耳。

伶伦中,时慧宝为古董商人。言菊朋本世家子,尝为审计院主事,以嗜歌,浸淫不辍,复乃下海为伶。传章遏云为富家女,初登台时,海报写闺秀章遏云。

电影界中杨耐梅父为香港巨商,积资二百万。杨方少艾,以荡检逾闲,其父虑女辱门楣,卒逐之。金焰家亦裕,尝入大学肄业,文学斐然,其兄,且曾游学西洋。张织云本居处无郎,生涯似梦。徐琴芳为缲丝女。夏佩珍为拣茶娘。刘春山则挑馄饨担云。胡蝶父为轮船会计,以家况啬,乃令女现身银幕。王吉亭名王妹妹,南翔富家子,赌甚豪,一夕输十余万,旋沦落来海上。不知是否?

(《东方日报》1933年4月4日,署名:郎虎)

徐志摩还魂记

某报以四月一日为欧西说谎节,乃于报端造一谣言,谓已故诗人徐志摩,近忽还魂回家。社会人士以消息之奇,纷纷致电询徐妻陆小曼女士。陆亦惊奇,嗣后调查知某报造谣,深以其恶作剧为怪。曩闻陆有再醮翁瑞午君之说,颇不知已成实否?果已成实,则别鹄离鸾之陆小曼女士,今亦重得随唱之乐,于徐之死未必悲,于徐之生更不足喜矣。

(《东方日报》1933年4月5日,署名:高情)

银灯对语

客有观《蝴蝶夫人》于巴黎,归语记者,称蝴蝶夫人本事之美,演出之佳,实为近时罕见。而场中有男女二人,聆其对话,尤为美妙。漫记之,借博读吾报者,开颜一笑也。

女:男人多半没有良心的。而女人总是痴心。

男:女人贱的多,像蝴蝶夫人这样的女人,就是少尉辜负了他也没有什么罪过。

女:怎么呢? 你不要口头轻薄。

男:你看少尉要吸烟,蝴蝶夫人就替他燃火。这样岂不是天生成了的奴隶性?

女:女人是天生着一种温柔的。如果没有这一点,男人又要不喜欢了。

……

女:时候不早了,(旋着自己的手表)真要命,我的表是这样紧得不能旋转。

男:女人的当然要又小又紧。

女:男人的呢?

男:自然要又大又长(在手上露着自己的手表)。

在众目注视里,男人是哈哈大笑,女人是微微起了一朵红云。

(《东方日报》1933年4月7日,署名:香客)

赵七小姐之红丸癖

赵七小姐,貌艳如花,父为曹家渡之米商,以富称。七风流狂放,年十六,即嗜烟霞。父戒之不悛,卒逐之。七流浪无所归,乃与流浪人伍。旋以烟霞不足餍其癖,则癖红丸,习之既久,癖愈深。驯至今日,日非红丸一听又半不能活。红丸每听为千颗,一听又半则千五百颗。顾七钱无所出,则以色相易之。流浪人众,欲念既张,辄投七以二银,得春风度,自足销魂。七以自戕过甚,姚冶之姿,已丑恶似魔。日既暮有人过东新桥畔之某红丸室,见七狼狈彳亍于途,不复昔日之云鬟风鬟矣。哀彼穷雌,终于困顿死耳。

(《东方日报》1933年4月9日,署名:香客)

王彩云之赝鼎星眸

名苏滩家王彩云女士,传为拣茶女郎起家,自业苏滩,出风头已十数年。春申一埠,谈王彩云者,几于无人勿知。英雄不论出身低,况拣茶女郎之职业,亦未必卑哉。王貌甚美,作时世妆,尤丰容盛鬋,艳丽无伦,虽星霜迁易,而能长葆青春。萧伯讷见之,得勿谓君诚有驻颜术邪?或言王虽貌美,而星眸微损,颇失其秀媚之姿。乃述王方及笄,病目甚剧,会困乏,无力早治。至目垂盲,始竭力疗之,而一目已不救。及其少裕,乃从医者镶一假目,与真者无异。细视之,第觉赝鼎星眸,睛瞳不能旋动而已。年耄之人,齿亦脱,恒镶假者代之,饭后必入水使洁。而假目亦然。王于临睡之际,取目中之珠,入水洗涤,一泓秋水,长注金盆。王乃未嫁,否则"并向绿窗灯下坐,一泓秋水照银盆",亦清闺韵事也已。

(《东方日报》1933年4月10日,署名:高情)

编 辑 余 沈

昨日闭门息影之顾贻谷篇内"又将清夫人之灵位",多一"清"字,又"初不为里人所重,后经商沪上,以任事忠谨",误排"事忠"二字,在初字之下,致不能句读,亟宜更正。又唐大郎君诗第三首"南翔曾枉安亭驾","枉"误"在";又"如此清怀素未知","清"误"情"。比因写稿者以铅笔写稿,不易辨认,致讹字甚多。此皆编者之过,嗣后当力谋改善,并为读者致歉。本栏欢迎投稿,读者倘以风冶之文,爽利之评,以及绮丽之诗词,惠寄者,记者无不乐为采录。而抛砖引玉之惭,尤所不敢辞也。

《银海新澜》候《宵行艳异记》刊毕后,当可与读者相见。《宵行》以前所作,文墨微嫌生涩,虑不为读者所悦。以后当用犀利之笔,写上海之夜,想为诸君所乐闻也。

读者如有意见,请时赐指教,俾本报为改革上之参考。实为幸甚。

(《东方日报》1933年4月10日,署名:记者)

本报征求上海一百名人新表

记得是十年前的事了。《上海画报》初初刊行的时候为已故毕倚虹先生所主干,那时曾举行征求上海一百名人表。所谓名人,是要一提起此人,使得上海人能耳熟能详的,又要这个人建业在上海。十年之隔,虽然说十年前的名人,譬如哈同,他在当时也是一百名人之一,现在却已经死了。胡蝶女士,在当时她连《秋扇怨》还没有演哩,到现在,皇后的大名,在上海试问谁人不知,哪个不晓?因此本报想仿着《上海画报》的办法,来重新征求一次上海一百名人表。请读者来帮助我们,多写几个上海的名人,投到本报,一个月以后,我们便选出最多数的一百位名人来,立成了这一张上海百名人新表。凡例如下:

不论职业。

过路的名人,像小黑姑娘白云鹏,不能算是上海的名人。要有事业在上海,或者有住家在上海。

(《东方日报》1933年4月12日,署名:高情)

锦 绣 新 闻

梁士诒有寡人之疾。后房专擅,凡七八人,其第八妾至美,名八奶,亦为梁所至宠。有女貌亦丽,嫁荣某,已生子,而今则为寡鹄离鸾矣。

本报曩刊《十郎新宠记》,今知舞女芳徽,十妹为八妹之误。公子既与之交笃,颇有百辆迎归之意,而家庭则阻之甚力。今在争持中,盖公子之意颇坚,将不为一切势力所折挠云。

(《东方日报》1933年4月12日,署名:记者)

将作新嫁娘之谈瑛

谈瑛女士,为后进明星之佼佼者,尝以顾宝森诱奸案,为社会轰传,今尚在最高法院进诉中,正不知如何结束。而谈于此时,忽以与一陈生者订婚闻矣。陈年少多财,为吴淞水产学校学生,前年在丽娃栗妲游艺会中,尝为游泳竞赛第二名,旋与谈遇。以友人之介,互敦友好,历日既久,乃及情爱,最近竟订婚约,而不久即将完姻。果此消息而实,则谈将从此归隐,我人于水银灯畔,且不复见妙目间有黑晕如钱之女郎,更现身说法于银幕间矣。

(《东方日报》1933年4月12日,署名:郎虎)

谈婚补遗

客有遗书告谈瑛事者,所以补昨日本报《将作新嫁娘之谈瑛》篇之不足,亦正其误也。

与谈订婚者为王率真君名王潭,吴淞水产学校毕业生,今任事于南市自来水公司。往年丽娃栗妲消夏大会划船竞赛会,王为第一名。其坐在船上之女郎,则为菱清女相士处之蒋天真也。

谈本允加入消夏大会中云容妇女服装店之时装表演,后因某小报说她为了一袭新装,做模特儿,卒被谈母禁止。

(《东方日报》1933年4月13日,署名:云)

秋舫旧月事重提

平湖秋月,艳载三舫。舫本花丛骄子,擅歌,习青衣似玉霜,昔年嫁东海四郎,卜居于山海关路,相处甚得。郎以闲居无俚,置留声机器,新歌妙曲,时度清闱。所以娱彼姝者子者,何微不至。会片中有笑不停偕其助手之歌,为谐曲。舫每解颐,问郎曰:"斯曲甚妙,能博人欢。"郎曰："然。此二人为滑稽家，颇闻名于时。今方出演于大千世界，座上客常满也。"舫闻之，不语。闲时，约手帕交偕聆笑歌。既见笑，觉笑亦隽逸可人，发语复奇趣，舫深喜之。而一缕柔情，遂系于笑。于是排日听其歌，眉间眼角，时度相思。笑亦微察，然故作矜持。歌既竟，辄远走不可觅，一若不知有人方钟爱其身。舫殊苦，不禁兴蓝桥路远，有梦难通之感。既积以时日，始渐相稔。舫先邀笑共餐，通款曲，倾情愫。继乃辟旅，圆好梦矣。自是笑每登场，舫必在座。而笑则进以甘茗，无复以前之冷落。舫亦自庆素愿能偿，中心滋快乐也。乃事闻于郎，殊不怿，令舫远避其人，自约不得越闺范。舫与笑热恋方深，不能从命，则谢而下堂。濒行，郎以房中器具并银五百付舫曰："持此去，珍重之可耳。"舫乃与笑同居，日用甚奢。笑所入不足供开支，情况至不裕，然倡随甚乐。舫既擅歌，笑每佐之弄胡索，尝串演于舫之故里平湖，为乡人士所艳称。"一·二八"事变既起，舫与笑之生计愈困难，舫不得不重操故业，隶群英家，佐觞政。大战之后，花市凋零，舫亦不甚得意也。旋遘一客，氏罗，为舫报效甚多。客执事于某洋行，入颇丰。舫意甚悦，又逢困乏，不得不别笑而与客共居。笑亦任之。一二月前，笑观影于兰心，茲场教晚，已开幕。笑于暗中择一座于前排，微闻座后有莺声，审为舫。及小息灯明之际，回首望之，果昔日之恋人。舫亦惊讶失措。舫有外衣，置笑之座后，笑以背力挤，堕衣于地。舫似不悦曰："客奈何不慎，而污我衣哉？"笑起立致歉曰："我当拾之。"舫亦曰："否。我自拾耳。"互让之际，舫于座下执笑臂不释，盖亦旧情在忆，犹难忘故剑之思也。

（《东方日报》1933年4月13日，署名：香客）

笑舫缘述遗

昨报作《秋舫旧月事重提》，颇多遗佚，爰作述遗。

舫之晤笑于兰心，与客同去。昨报乃遗此一笔，此不可不加声明者也。

客氏罗,与舫情好甚切,因屡荒厥职,近为所黜。舫与客之生计遂大感困难,然舫固安之。或问舫曰:"若家夫婿乃如何?"舫曰:"其人甚好,且多情,我不忍弃去也。"以是而观,谁谓舫为无情哉?

某日舫与客双宿远东,为笑侦知,乃以电话问曰:"客为罗先生?"客曰"是。"笑曰:"室中有老三其人乎?"客惧甚,曰:"无之,无之。"遽释耳机,召侍者换一室别居。可知客为长厚人,故胆弱如鼷。

舫与笑同居时,以昔年所积,悉倾于笑。笑今日犹炫人曰:此金表为老三所赠,此马裤呢大衣,亦老三之所赠也云。

(《东方日报》1933年4月14日,署名:香客)

马 路 报 告

西藏路跑马厅沿,围以竹篱,有红砖堆砌其间,将似马霍路沿之围筑短垣。从兹平原春草,鞭影蹄尘,不复容墙外行人窥矣。

圣爱娜舞场,由愚园路迁至斜桥弄,在 Embassy 戏院之前,将于明日开幕。其地有曲折纡回之胜,放翁诗所谓"山重水复疑无路,柳暗花明又一村"者是也。

四马路大东书局,既迁入新屋,其旧址设一大众书局,招牌之字,与大东颇似深,骤视之,犹疑为当时之大东也。

近日,巡捕房捕野鸡甚勤。本馆楼下临广西路,入晚弄堂门口,遍立粉白黛绿者,似肉屏风。一时警至,只只起飞,状绝可观。

(《东方日报》1933年4月14日,署名:萧郎)

记舞场二女客

大沪大华二舞场中,有二女客,风雨不间,每夜必至,来必在十一时后。貌皆秀艳,一亭亭玉立,一较丰腴,年岁相若。既来,从未与男侣同舞,亦不偕舞女舞,而每晚各易新妆,以弦奇丽。客有常莅舞场,莫不识此二人。或以彼二人现无男侣同来,妄思邀彼垂青眼者,二女皆不顾。

闻二女于莅舞场之前，先徘徊于回力球场中，知其沉湎于舞场球戏者深矣。

（《东方日报》1933年4月15日，署名：香客）

谒章行严

以钱芥尘先生之介，得晋谒章行严先生。先是，章先生折柬邀宴于小沙渡路承裕邨寓中，时为十一月二十三日下午七时。同行，钱先生外，王一之先生与听潮、积勋二兄。客至，章先生已待于室。十年不见，不复张绪当年矣。章先生状貌温恭，发耸于顶，架镜，披短褂，脱一纽，气度落落，书生本色也。所坐为书斋，悬名人墨迹殆遍。何子贞、伊墨卿及康南海、袁克文字，堆积墙间，不理不饰。客十人，皆一时俊彦。名医费泗桥擅妙词，一言甫竟，众客粲然。既入席，我傍独鹤坐。忽有人举座中姓氏，谓姓唐者二人，我与唐世昌先生也。姓陈者三人，陈甘簃先生与听潮、积勋也。于是叹"蒋家兵马陈家党"之语为不虚，虽一小集团，亦不能不让陈家之有党矣。其余皆孤姓，章先生因笑语独鹤曰："以我号倒置之，亦可以与君同姓矣。"章先生家厨极美，为外间所不易得。席阑，兴辞去。时轻寒被体，章先生之笑貌犹在忆也。

（《东方日报》1933年11月25日，署名：云裳）

［编按：王一之即王益知，为钱芥尘的学生；听潮、积勋分别为陈灵犀、陈蝶衣；陈甘簃即陈灜一；独鹤是严独鹤；唐世昌为杜月笙门生，替杜联络新闻界者。］

过 生 日

今岁我过生日，竟忘吃面。而妇犹关心，则虔祷神前，令我长寿。嗟夫！妇无负我，我负妇耳。

某年月日，唐大郎君有放下屠刀之愿，陈条数款，顾日久忘之。比复誓曰："今而后，速脂吾车，修身竺行，教子娱亲，勿复有所拈矣。"

上海新闻记者之薪水至大者,为潘公弼先生。一月七百五十元。

民十二我从舅氏旅京师。时我未习诗,而心深喜之。舅有所作,我皆诵之熟。其后,舅或已忘其自作之诗,而我犹记之。一日,舅自伎家归,大醉,举笔书一律云:"头颅巨影落杯中,强戴须眉唱恼公。流水笑人双白鬓,斜阳迟汝一青枫。狂名未脱因才累,绮业初深悟色空。试看谢娘银烛畔,可怜骰子恋人红。"次日我以舅诗录一过,舅见之,问我为何人所作。我曰:"舅诗耳,昨夜始为之。岂遂不记邪?"于此可见舅诗功力之深矣。

灵犀生,明哲保身者也。比患白喉,医看诫之曰:勿进刺戟之物,勿食辛辣之味。生一一记之。畴昔之夕,朋友聚饮于茹长兴,座中有生,为斟酒。生曰:酒不能食也。既而炒鱿鱼进,侍者倾胡椒,生又曰:是亦不能食也。又俄顷,群食炒面,欲和以醋,生亟止之曰:醋我亦不能食也。时我不食面,而餐咸泡饭一盂,杂菌笋为佐鲜。生曰:汝不能尽一盂,盍倾一半于我?因分二碗。生摈香菌而勿食。问其故,曰:菌亦不能食也。于是座中人递香烟为敬。生取其一燃而吸之。我乃讶曰:香烟为物,其质辛辣,苟非庸医,必知其品刺戟,奈何为患喉者所不忌?生曰:否否。吸香烟,能避毒而杀病菌。故吸之不足忌。群人乃皆怀疑其说,惟我独心领神会,知生已深中《论语》之毒。论语社同人,有不劝人戒烟信条,其言曰:"难道一枝小小的香烟,还不容我舒舒服服的享受吗?"生夙为论语社属意之人,其不绝香烟,实基于此。虽病,香烟不为患也。

或谓我作随笔,有为重复语者。如言看女人洗澡者二次,而谈今昔性欲兴衰二次。此我皆知之。其实随笔云者,本是想到哪里,写到哪里,初无须刻意经营。不知刻意经营,反多窒碍。故一事重复记之,亦何伤?矧所记者,其事状貌似同,而实质未必尽同邪。

(《东方日报》1933年12月6日,署名:云裳)

芳 君 之 愿

芳君有愿,多写文章,将以卖文所入,取乐舞场。浩浩曰:"吃力挣来的钱,用之于省力地方,岂计之得哉?"听潮属愚为本报写稿,间日以诗文应之,听潮曰:"可以弄几个白相铜钱,亦不无小补。"则苦笑答之曰:"养家且不足,白相何来哉?"

以"王引死了陆丽霞"为谜面,打一三国人名,愚谓不知是否"袁绍"? 敢质当世高贤之士。

徐来为大郎干娘,或问大郎,大郎曰:"吃豆腐耳。"故大郎文中,称之曰"豆腐干娘"。此四字妙绝。然若前三字成一名词,后一字又成一名词,则徐来虽好人,恐见之亦不免动气。

愚晤青鹤主人,问主人曰:"有扇一页,一面为汪大燮画,一面为梁卓如书,时价能值几?"主人曰:"你先别询时价,敢问扇之上款是否为'幼山'?"言已,相与大笑,叹主人之灵机动得快,小报之看得烂也。

(《社会日报》1935年9月6日,署名:大唐)

"奇异的眼光"

有屠门之主,一二年前,尚宛转于刀光砧影之间者,今则居然房老矣。与某生善,生尝戏问之曰:"苟今日有人而更欲罗致卿者,卿将如何?"则答曰:"否,然朝暮过从,独多奇士,其人或见怜于我,虽耗我多钱,我亦勿吝,反之,我所憎者,虽门外黄金,堆砌殆满,我未必遂看在阿堵物分上,而不吝布施焉。"或曰,在上海,最多此种女人。

郑应时果设红白事务所者,则愚可代为拉拢一人,与之合股,其人即以赏器店老板娘,艳称于北里间之潘妃老九。

愚居温州路,逋房资甚夥,既约期归,屋主夫人絮絮语不休,愚恚,曰:"我钱是有,特已充啖肉资矣,奈何!"屋主夫人曰:"汝何以不偿我而啖肉?"愚更苦笑曰:"诚然,特我小伙计不答应耳。小伙计强而硬,此则又似未便与府上商量也。"

万芳国有一节目曰《奇异的眼光》,即十数年前之红绿眼镜,今之所见,已不若曩年之妙。愚尝观之于北都,记其有一妇晨起,女奴为之汲水盆中,妇涤其身,望之若可窥妙处。涤已,女奴复为之倾盆中水,水乃似淋漓于台下人之头发衣襟上矣。

(《社会日报》1935年9月8日,署名:大唐)

叶 浅 予 画

是叶浅予吧?在黄苗子手册上,绘烂桃子一只,烂香蕉一只,题四字于其上曰"动物写生",趣绝!

清芬忽剪其长发,仅蓄短丝,谓愚曰:"昔日种种,今成濯濯,盖示忏悔也。"芳君在旁曰:"此非种种,若大郎始种种也。"我悟忆梯维有言:"大郎怒发种种。"然卒未一穷清芬因忏悔而剪发之理也。

访亲戚朋友,见其家壁上悬朱伯庐治家格言,便头痛,数全文五六百字,惟二语初无背悖,则曰:"婢美妾娇,非闺房之福。"愚家有婢,灶下婢也,亦有妾,蠢而不类如花美眷也。然则,应为愚闺房之福矣。

黄伯度先生曾为国务院兼总统府秘书长,中秋前一夕,与伴舞助赈之名花十七人,共宴于会宾楼上,黄语小乔红曰:"卿是国务总理,我则为国务院秘书长,卿犹在我之上也。"时惜春二媛忽问某君,怎么叫秘书长?嗟夫!"前进"伎女如惜二者,乃不知秘书长为何解,岂亦故示清高欤?事后某君告愚,愚笑曰:"奈何不作弄作弄这傻丫头,告诉她秘书长者,女人撒个一场尿蛮蛮长格。"

(《社会日报》1935年9月18日,署名:大唐)

口　　误

逸芬称倡门才子,老滕为有名之体育记者,逸芬口中说"小电话",老滕则误听为"萧鼎华"。小电话倡门电话也,萧鼎华高栏健将也,或谓二人之以误传误,不失为各勤厥业。

人称严春堂为至尊,惟至尊乃能吃瘪天牌。一日,老滕遇袁丛美,问袁曰:"这几天推牌九吗?"袁亦为之失笑。

丁悚先生与金素娟夫人,一双好客,星六之夜,其家必宾客盈门。

梯维兄曾言,丁家不像公馆,好比开的长房间,真是趣语。我几为丁门常客,而常有生客不能举名字者。一夕,有一女客至,我不识,丁师母忽为锦婘介绍曰:"此人者,一怡(指小丁)的父亲(便是丁先生)的兄弟的夫人的阿姨家里的马将搭子的女儿。"其与丁家之干系,盖已绕了五六个湾,以是亦为丁家上客,又安从不使丁府上常挂客满牌哉?

时见瑜妹在报上写最怕什么最怕什么;我最怕听卖□女子讲面子。

(《社会日报》1935年9月19日,署名:大唐)

[编按:老滕即滕树谷。]

白玉霜印象记

愚与应时观白玉霜演《杀子报》已,辄欲循要人访问之例,与白老板作短时间之谈话。应时为愚代说于张伟涛君,以张君之介,于恩派亚经理室中,得一良晤。时白老板下装甫罢,粉痕犹新,熨发,御淡咖啡色之长袍,身材甚修,虽在台下,而不损其妍容,齿白,张口粲然。其人工辞令,隽爽不作儿女子态。愚告曰:"慕白小姐久矣,今始初见于红氍毹上,诚幸事也。虽然,我以白小姐见称,得勿嫌其草莽否?亦愿以真名氏示吾人乎?"则曰:"姓李名慧敏。"又问之曰:"唱戏几年矣?"曰:"我年十七,即习戏,今二十三也。"愚见其同来有一媪,则指之问曰:"此伛偻者,亦李小姐生身之母乎?"李摇首曰:"否。此吾姑母,吾母乃未偕至。"又问曰:"以李小姐言,母尚在,然则父亦尚健在否?兄弟几人?"曰:"吾母随我来海上,父已背我死,在此尚有一兄耳。"我因又问曰:"歌坛生涯,李小姐之感念乃奚若?"李若有沉思,顷之徐徐曰:"我特为生计之谋,我从母命,母令我唱,则唱;母许我辍者,我亦弃吾辈矣。"愚又问:"闻李小姐能剧之夥,第不知李小姐自许之作,乃为何剧?"李谦然曰:"我戏皆平庸,无可告人者。"时一人从旁曰:"若《珍珠衫》、《马寡妇》、《小老妈》,无不为白老板经心之作也。"愚因又问曰:"来上海已几次?"曰:"第一回。前时足迹所至,要在东北,奉天吉林哈尔滨济南天津北平,惟上海犹初至。"言已,又叹曰:"上海真好地方也。"愚曰:"明日辍演,北归将何日?"则曰:"兹不能决,唱戏之身,乃无暇晷,我自来此,但局促于戏院与寓所中,春江胜地,未遑尽情领略,此后欲辟余闲,作平原十日之游,故欲问归期未有期也。"李又曾自言:"少时未尝学问,固识字不多,生平嗜银幕艺术,于胡蝶、阮玲玉尤为心折之二人。"是日,明星萧英坐台下,李尝告愚曰:"顷见萧英来此,客亦曾见之耶?"

(《社会日报》1935年9月24日,署名:大唐)

吴瞿安醉后

吴瞿安先生,当世之词曲家,其人好酒,醉后,辄挈其公子入伎院中,使公子偎红倚翠,一如父状,在平时,则恂恂如为一安详之学者。曩客旧京,榜一联于门上曰"风流才子,酒色狂徒",见者咸谓惟瞿安先生,始当之无愧也。

一夜以峪云山人之介,识高占非夫人高倩苹女士,则俐齿伶牙,词锋如锯,愚作钦服之言曰:"人谓高小姐嘴厉害,今日一见,名不虚传矣。"倩苹笑曰:"我的嘴厉害,有什么用,哪能及得上你笔的厉害?"愚闻言悚然,既又失笑。尝忆山人为白玉霜招宴之日,尤半狂君,指愚曰:"你是上海第一枝笔。"又指玉霜曰:"你则上海第一张口也。"半狂之言谑而趣,然非倩苹所云,而为白玉霜之口,不尤有针锋相对之妙矣欤?

大郎与其友创一动静出版社,大郎商于其友,欲以社长,且曰:"在学堂里时候,未尝做过级长;做童子军时代,未尝做过队长;到银行里,更没有做过行长。今日之下,应该长他一长,长,究不知什么味道。"

(《世界晨报》1936年5月10日,署名:在野)

吾友唐瑜

吾友唐瑜先生,近于报间屡作"荒唐斋剧谈",标奇立异,凭一己之意见而发挥之,不为老生常谈,亦非人云亦云也,立意绝佳。余以为欣赏艺术，特求其能悦己志者而赞叹之，本不必盲从于人。譬于谈剧，余谓周信芳者，好逾马连良百倍，然当世人士，斤斤于京朝派与海派之分。京朝派烈士之流，日倡言不容海派与周信芳登剧坛一席地，非则余而苟为彼烈士之流所同化，不将使余信仰于信芳之念，为之动摇邪。

施谊谓，近在都中与信芳作竟夕谈，颇佩信芳有一语曰："我很勇敢地承认我是海派。"噫，京朝派之贵何在，海派又何以谓之卑？世多盲从，始有此界域之分耳。

唐瑜潮州人，其初本不知京剧为何物，去年始观而好之，亦爱信芳如命者。近则酷嗜更新舞台之厉家童伶班，荒唐斋之剧谈，亦多为厉家小儿事，厉氏诸童，自多杰出人才，唐瑜爱之，荒唐斋因不荒唐也。

髫年喜观坤伶剧，初赏十三旦，既爱雪艳琴，比年来坤角人才消乏，后进人才尤不多见，有之，特共舞台之于素莲乎？于擅长表演，尝见其《妒妇诀》，曲曲传出，要非易事。于姿色亦美，雪艳琴不及也。

(《世界晨报》1936 年 5 月 14 日，署名：大唐)

七　夕

《随园诗话》中之谈"七夕"诗者，常谓诗人好管闲事，如某君句云："借问牛郎与织女，是谁先过鹊桥来？"又如有人作七夕悼亡云："但有生离无死别，果然天上胜人间！"儿时好阅《随园诗话》，而《随园诗话》之代表作，亦大半以此为引人入胜也。

七夕乞巧，亦有人乞"不巧"者，其意谓巧即不巧也。走出门口被汽车轧一轧，谓其巧，亦可谓其不巧也；盖骑牛碰着亲家公，巧亦不巧耳。

周信芳既于端阳唱《白蛇传》，又于七夕唱《天河配》，愚常与此梨园旧剧之改进人物，闲谈至此，往往相视而笑。

自操文役，从不写应时文章，非欲追踵于"时代作家"之所谓"思想前进"也。偶翻日历，知今日为七夕，辄缀此文，则又不敢与新阆林、春秋诸君，较一日之短长矣。

(《社会日报》1936 年 8 月 23 日，署名：晚唐)

雪　艳

愚征雪艳联,有张驷先生,贻书与我,其言曰:秋雨新凉,客窗多闲,闻君征雪艳联,偶读杜司勋诗,有句云"向风偏笑艳阳人",则绝好移赠雪艳娘也。惜苦思不得其匹,姑为杜撰数则,乞正,此请文安!

雪艳

但教春絮逊颜色,欲使夭桃妒姓名!雪衣舞起翩翩白,艳色香时处处红。

王雪艳

有花倾国莹莹白,此物相思粒粒红。问雪能歌金缕曲?向风偏笑艳阳人。

(《世界晨报》1936年9月4日,未署名)

观《杀子报》作

白玉霜之来,春江人士盛誉之,梯维与我,力绳其美,辄为之向往不已。前日应应时之约,同观其演《杀子报》也,蹦蹦戏者,以戏剧立场言,亦自有其风姿,我最爱其表情之不事偷减,而白玉霜尤为此中健材。《杀子报》一剧,情节甚旧,无足一述,白饰王母徐氏,出场时落落大方,与和尚私偷时之春情满面,为其子撞见时之恼羞成怒,皆有恰到好处之美。杀子一场,上油面,着猩色衣裤,而露出肉色衬衫,裸一臂,打量其浑身上下,直是一淫浪之妇,为其子之哀音所动,忽踣于地,演来亦佳。女人演剧,而能揣摩情节,从做字上用工夫,我于白玉霜外,尚不多见,有此才美,设使其演平剧者,则与信芳可以一敌矣。观后叹赏勿已,而应时告我,白演此剧,犹勿足餍其馋望,谓曩看《马寡妇开店》,始为妙绝尘寰之作,所谓有狂妄之表情,足以快人之兽欲者也。因縢四绝句云:

天津桥上丽人行,一笑来时四座倾。输玉温清输粉腻,天留一派是春情。

《杀子报》后场,白已卸去脂粉,素面之上,但觉有无限春情,照耀四座。

敞开着肉分红衫,气涌丹田鼻窍关。媚可杀人淫杀我,归来脚软要人搀!

杀子一场,观者有透不过气来之势,应时谓愚:归去走不动路矣,信然!

柔魂十斛销何够?得似其人更有谁?上海慧侬应折服,北平压倒翠红儿!

梯维谓:小翠红无其姚冶,愚亦谓:杨慧侬逊此风流!

浪语如丝到处飘,"四毛钱去买香蕉"。我今解得淫为艺,奚让梯维与转陶。

《杀子报》剧中,白告其儿女曰:"明儿个妈给你四毛钱买香蕉。""香蕉"二字作关外音,轻而荡,听之比吃香蕉味道更好。

(《白玉霜画集》1936年版,第14页,署名:云)

劝君且饮酒三杯

小时候过"双十节",总是欢天喜地,学校里不但放假,而且有游艺会,有提灯会,提灯会跑得路太多了,明天还可以休息一日。所以我在小学生时代,希望暑假、寒假之外,便常常盼望国庆的来临。

年纪大了,离开学校,在外面做事,过国庆日不过如寻常的假期一样,也没有心绪去想法庆祝它。自从九一八事件发生以后,直到现在,国难重重。今年是九一八后第五个国庆纪念,在这五年之中,每逢此节,都听得许多"有志之士"说起:"国难未纾,无心庆祝!"我在往年,也认定这话是不错的,可是到了今年,我却又推翻了我的成见,以为"双十节"是民国成立的一个纪周日,与国难无干,国民应该一边记住国难,一边原该纪念国庆,而今年的国庆尤其值得庆祝的。我以为中国是有了朝气的了,不像往昔那样颟顸,把近事来讲:虹口事件之发生,政府的措置,与民意的宣传,都有很明快的步骤,来对付日本,这是国民如何应该欣慰的一点。所以我们纪念今天的国庆,也就是庆祝国家是在进步,这一天且把国难二字,放掉五分钟,而痛饮三杯,所谓"荆州要取,老酒要喝"。朋友,你道我这话说得对不对?

(《社会日报》1936年10月10日,署名:云裳)

小舟之书

本刊所记"湖居点滴",文字之美,为近世小品文中,所不可多得者,刊若干日,辄有读者以书来催询。小舟先生,近游徐州,顷始归京,昨以书抵愚,述其近况,刊之以慰读我报之渴望也。

云裳吾兄赐鉴:自徐归来,已有三日矣,因在京尚有不得已事待料,故迟迟近日始复,乞鉴谅!来示谬奖过甚,使弟颇为惭愧,既蒙下交,以后请勿客气,如何?"湖居点滴"仍须续寄否?盼告。荷嘱长期撰稿,荣幸之至!以后定当遵嘱随时陆续寄奉请教也。稿酬一节,如社中有是项经费,弟愿实受,但如兄掏腰包,弟不敢领也。兄云拟来京一游,不知行期已定否?神交已久,甚望早瞻风采。弟近拟辞去职务,在湖上休息若干时,再想他法,现请假在家,下月提出辞呈,"船到桥门自会直",将来如何,现在尚未计及亦无从计及,兄其不以弟为荒唐乎?《乱红飞絮》如有单行本,请先惠我一册,《今报》亦请按日赐我一份,今草上稿数节,请削正付刊。前刊之《归去?来兮?》,如便,请为弟剪来。敬祝笔健!

(《世界晨报》1936年10月12日,署名:某甲)

黄戏第一夕

黄家堂会,以主人之不欲过事铺张,故勿复邀平中诸角,跋涉南来,于是来者不过李万春与马连良二人,兼以信芳、遏云之俱在沪上,戏码遂不觉其弱矣。戏凡三夜,第一夕都票友会串,李白水、郭翛翛、赵培鑫皆票友中之上驷须生,李演《朱砂痣》,郭演《跑城》,赵演《宝莲灯》,皆擅胜场。有某君,以武生演《花蝴蝶》,除能打之外,其余说白与动作,俱足为人捧腹,此君对演剧太认真,越认真则越失自然,乃笑话百出矣。李万春唱《落马湖》,已在夜半二时,调门极高,此君之艺益臻神境,在不事矜才使气中,而弥饶神韵,问樵酒楼胥以韩金奎为匹,韩为南中名丑,演此尤见对工,噱头得使台下人不讨厌,已是上才,果不必以拴子长华,来作"比较论"也。

(《社会日报》1936年11月1日,署名:大唐)

西安旧记

去岁,钱山华先生,为某报作陇上语,其中有记经西安情形者,西安一城,为今日万方属目之地,因述钱先生之言曰:西安城高而厚,池深而阔,较南京尤胜一筹,民十六,刘镇华困杨、李二虎于此,杨、李以二千八百人,拒守八阅月,攻者多廿倍于守,巨炮飞机,日临其上,而卒无恙,守者初仅统制粮食,继则限制消耗,终则仅顾兵食,家藏斗米者死。钱友荣君,自兰州回南,道出长安,躬逢其盛,惟惧粮价之贵耳,继则日得半饱,市有鬻驴马肉一斤,易银一两,平时望而唾之,此日购斤许归送细君,相与鼓腹,谓得尝异味。卒闻搜粮之令,乃匿所藏,因置褥下,久之终为搜索以去,幸数量尚微,得免于戾,最后惟只包米数两,分纳各人衣袋中,日撮米数百粒,和青草制成糊,冀须臾毋死。米价初尚论石,继论斤,终论两,每银一元,最贵易米三两弱,而购者犹百方营觅,较今日私购鸦片,其难过十倍,驯至盖藏渐尽,将食糠秕豆渣,而西北军孙良诚驰至,一夕解围,城外米麦涌至,人民始欣然有生望。

(《世界晨报》1936年12月21日,署名:某甲)

惘然狱底一封书

自薛白雪君,以莫须有之罪,而入狱后,曾有一函寄契友兰言,兹得

兰言驰书见告,录之以告读者,想读者不乏关念其人者,亦可聊以解慰也。书云:

> 足下翩然驾莅之日,弟已郎当度狱中生活矣。莫须有之罪,于今为烈。乱安微命,夫复何言!嗟夫老友,俯仰身世,能毋低回欲绝!此间囹圄光阴,并不如理想中之痛苦,既饱且暖,胜于独居琴川。弟近来穷麼,得此栖身亦佳,惟于风雪之夜,新仇旧恨,袭上心头,念诸故人凤飘鸾泊,未能相见言欢,则又唏嘘不置耳。岁云暮矣,元旦将届,吾兄快游沪上,又赴文酒之会,弟犹于斗室铁窗,破絮群风之间,以旧书数册自遣,其情其景不亦黯然乎?默察此次被捕,或不致如何严重,如蒙诸友好援助营救,则出狱之日不远矣。届时小别重见,互倾积衷,倍觉亲切有味矣。

(《世界晨报》1936年12月31日,署名:某甲)

地 山 偶 语

夏莲荪君,沪上富商也,尝纳一妾,有殊色,旋妾与人私,莲荪闻之,初勿介意,语妾曰:"此间一屋我所有也,今当纳汝新人至此,我则行矣。"言已,随身不携一物,而去其所居,时方盛暑,见者谓夏身上着一件夏布长衫耳。近年夏居津门,与方地山先生过从甚密,尝丐地老治偶言,地老书十四字曰:

> 有时割地轻三尺,千古高风说一梨!

其联盖隐指莲荪往事者,上句之典,盖用"千里归来只为墙,让他三尺也何妨";下句用孔北海让梨故事也。愚谓苟以此语而赠之黎锦晖先生,亦颇称者。

(《社会日报》1937年1月8日,署名:晚唐)

怀 尘 无

小洛来,闲谈时颇念尘无。小洛发语趣,谓常读尘无所辑之报,其上为长篇小说《江湖艳史》，其下则又为长篇小说《欲海鸳鸯》也，尘无所作乃于江湖欲海之间，亦使此公啼笑皆非矣。愚作岁暮怀人诗，未及尘无，尘无亦好友也。愚与人"论争"（即笔头上相骂，"时代"一点，故称论争），尘无出为鲁仲连，心窃戴之！尘无与世无争，故劝愚息讼，愚则以为此讼可忽，然世有必争而不容息者，则为女人矣。尘无记我言，盖噪释矜平，亦要看地方起，况尔我皆青年，若从此四字上用工夫，实非佳朕！下愚之见，为知己道，不为俗子言也。

记从马路见芳踪，一件大衣像斗篷。无复能诗偏作影，却因相骂颇怀公。江湖艳史双肩上，欲海鸳鸯一望中。不尽沧桑人事也，尘无竟似有尘封！

（《社会日报》1937年1月15日，署名：云裳）

谢公最小偏怜女

谢小天唱开篇之好，女弹词家中，更无在其上者，稚齿韶颜，复怀此绝技，元微之所谓："我闻声价金应敌，众道风姿玉不如。"惟小天一人，当之无愧色耳。众以小天之唱为独绝，愚则以为小天白口之动人，常为魂越，每说至"嗳！是呀！娘！"此种地方，可以使人从发尖上起，一直到脚心止，都是"兴奋"。徐府堂会中，以乐天不至，则小星替月，一面独当，技术之高，问乐天当年，可曾有此？而雏凤清声，我意今日之乐天，必私为低首也。唐夫人爱小天甚挚，逾于其女，众友以夫人仁蔼，宜令小天以母礼侍夫人，遂择良朝，行此佳典，意小天盈盈绕膝时，唐氏夫妇，中心之快慰，非可形容矣。小天今年十七，静默而有礼，殆以乐天督之严，故尤庄肃；不然者，我人或更可见其少女之活泼神情，则倍觉亲切矣。

（《社会日报》1937年3月16日，署名：云裳）

零篇散帙(1937.8—1949.4)

祸国诗人黄秋岳

诗人黄秋岳,顷以叛国伏诛矣。斯人而与斯役,天下事有不可以恒情度者。愚未尝识其人,第折服其诗文之美,清微幽远,如温肃佳人;书法尤胜,上海某笺纸行,陈其件最多,徘徊嗟赏,不肯遽行。年来《国闻周报》,时刊其近唱,尊之者曰:"石遗死后,秋岳释戣众异,可以霸视诗坛矣。"十余年前,与邵飘萍办《京报》于故都,邵被害,秋岳继其业,为哀邵文于其报上,曰:数十万大军××,结果死一新闻记者耳。读者叹其敢言。近年,任×××秘书,有外妻于上海,一来复间,必止沪上,信宿而去,谓其忙也。愚所知秋岳者如此,特不知其力亦能祸国耳!

(《社会日报》1937年8月30日,署名:大唐)

挽月华夫人

吾妻病瘵经年矣,沪战前三月,自故乡来沪上,战后二十日,死于寓邸,遗二雏。我不善治家,抚育之责,委诸吾母,然吾母耄矣。战乱中,我生计艰困,吾妻尝曰:"愿有巨弹毁吾居,一家人惧殉难而死,讵非快事?"盖其审我艰,以为生不如死,而同死尤乐也!吾夫妻情感初不挚,然怜其病,念一旦吾妻淹化,吾子将陷于悲境,用是神伤,则善视其疾,不图其终不起也。死后三十五日,吾家设奠,次子哲,年幼不解事,忽问我曰:"阿母返乡,何以至今勿至?"嗟夫!此人世哀音,以我当之,益不自知其涕泗涟洏矣!昨夜得一梦,似见吾妻,醒后不能忆其境,而悲感

万端,因作二律,纵笔而就,不复于词章上稍加雕饰,以挽月华夫人者曰:

乱时岌岌难图饱,曾有何心咏悼亡!卿本聪明从此死,世多残虐故能狂。九原莽莽怜贫薄,家业荒荒失主张。儿子忽忘娘久瞑,问娘何事独还乡!

本无忧戚本无惊,今日所轻惟死生。已爽当初同命约,谁分一半负肩行?儿骑亲老难为我,肠断声遥只哭乡。束手不能营奠葬,坟山到处有屯兵!

(《社会日报》1937年10月15日,署名:云裳)

云厂诗话

戈其亦能诗,所唱恒兀傲如其人,一夕与我谈诗,谓近世作诗者,都自负之士。尝见有人论某君诗,谓雅有樊山遗韵,某读之大恚,于报间力评兹语为谰言。因曰:"余虽不肖,亦勿能比余为樊山!"戈其所谈之某君,文名滋盛,三五年来,我独未识荆,第闻其人对人辄冷漠,望之即可辨其示人,以我饱藏学问者,不可亲近也。

章行严不以诗名,然我常爱其题虞澹涵山水,有"夫人似念风尘苦,写此林泉着胜流"二语。见者每谓"风尘"二字,已有语病,若夫人似念风尘苦,益觉其语之不伦。实则非也。近人以"风尘"二字,每作北方人所谓"混事"者解,若在古诗中,以杜工部南浦七律之"海内风尘诸弟隔"证之,便勿伤轻薄,而行严之诗,意亦类此。戈其明眼人,且谓语病不在"风尘",在一"苦"字,思之果然。

诗能纵笔而成,则多佳构,一加雕凿,字面上固好看,然神韵失矣。袁简斋记有人作周瑜墓诗,颈联两句曰:"大帝君臣同骨肉,小乔夫婿是英雄。"是何等浑成!是何等有气魄!然其人以为未佳也。则改为"大帝誓师江水绿,小乔卸甲晚妆红",便觉纤巧,而其人之意犹未惬。复改为"小乔妆成燕支湿,大帝功成翡翠通",真不知所云矣。简斋诗话,小时熟读之,此一节至今不能忘,亦以全集中,惟此一节,谈得最得体耳。

(《社会日报》1937年11月7日,署名:大唐)

吃 饭

上海将遭沦陷之前,百物又告腾贵,米商居奇,闭门拒籴,于是人心复皇皇。米商拒籴第二日,会吾家绝粮,托友人设法,走一二十家,皆不可得。吾友本贮米盈担,至此,分二斗与我,不忍见吾全家人受须臾饥也,心实戴之!次日,闻米店有开门者,惟仅许平民,人买一金,我本平民,我家人乃欲分批而往,各携一篓归,我力阻,谓俟食尽二斗后,再计之。此时往籴者,皆待米而下釜者也,我尚勿至此境,何必与人争?且家人都女流,籴米者必众,更挨挤不让,又何用争为!

吾友分我之二斗,其半来自硖石乡间,其半为市上之头号米。来自硖石乡间者,色黄粒大,入口松香,所含滋养料,亦当逾常米,乡人宝之,勿令粜与人,留为自餐,吾友劝我以二者混合煮之,益可口。今日乃闻佩之兄家,亦以买米不得,以面代餐已两日矣。

前人诗云:"葱汤麦饭两相宜,葱补丹田麦疗饥。莫道此时难下咽,前村还有未餐时!"世乱年荒,读此诗真有至味!

(《社会日报》1937年11月16日,署名:大唐)

子 疾 记

平心论之,愚于二子之间,实更爱幼子,以幼子善痴黠,又能媚父也。其母死后,或哀诱之曰:"母死,将无人怜汝者!"则曰:"不犹有阿父邪?"阿父固怜儿,如母生时,故夜间恒侍愚寝。午后,愚离家外出,儿必牵衣啼哭,愚则亦大悲,悲吾儿福薄,才五龄,遂为无母儿也!

丧礼之世,亦虞生计,抑郁填胸,羌无好怀,所得以开眉一笑者,回家哄孩子耳!不图近日以来,吾孩子病矣。儿病已二日,发烧,多溺,初以为滞食,一宿而颈项与四肢间,忽现红疹,触手若有刺。次夕,愚返家,儿已睡,抚其体,热可灼人肤,大惊,而吾儿遽醒,张目见愚,扬手捧愚颊,笑曰:"阿父归邪?儿眠久矣,迟阿父勿归,儿乃独卧。"愚曰:"儿何苦?告于父,父明日为儿速医者,投一剂,后日且愈,则又可跳荡于地上矣。"儿闻言摇首,曰:"儿勿嗜药,以药味勿宜于啖,父节买药之资,为儿市果饵,于意滋惬。"愚笑曰:"药能愈儿病。果饵固为稚子所嗜,然啖而多之,是易致疾。"儿曰:"儿腹痛,父为我摩之。"愚果引手摩其腹,久之,似勿适。则笑曰:"儿言殆误,儿腹非痛,特痒耳。阿父不知,乃为儿欺。"因又令愚搔之,愚大乐,以儿虽困于病,尚能作戏也。既而欲溺,抱之溺,良久,不闻其遗,则告之曰:"儿勿溺邪!"儿曰:"俟之。"言已,果有矢。一日以来,儿溺多而量少,故患其为痫。溺已,乍登榻,又言饥,蒸糜饲之,及饱,始偕之卧,儿若无倦态,谐笑乃作,以夜静,其声震户外,愚亦弥慰。越一小时,儿始入梦,然又遍体火灼,是夜愚勿能合眼,天乍曙,儿复醒,我母抱之去,恐其扰吾梦也。

(《社会日报》1937年11月23日,署名:大唐)

痧　子

近时,上海儿童之患痧子者甚众,传染所至,不及六七日,辄夭一命,其蔓延性盖殊可怖也。愚家唐哲,二十余日前,忽病,初亦以为痧子,则防护维周,及医者诊治后,则断为麻疹,全身布红斑,趾发皆是,药之,热势渐退,红斑亦裂。越数日,褪其皮,自暮至旦,其皮脱落于床褥上者,可以盈一掬,余十日,皮始尽。今痫疹之象已除,惟病后体损,多痰,夜卧,鼾声如壮男子,益以调理,殆可痊矣。麻疹之病,医生所属,亦令吾家人以痧子视之,痧子不可遇风,遇风必危,吾母故善护唐哲,勿令着寒,乃使医者之药,如春被野田,日臻异象。

四月以来,愚陷于困境,自妇以病死,益岌岌,令家人不赴沟壑者,朋友之济我良多。哲儿病,愚无力于医药,然乍到中年,已不胜舐犊之爱,则举逋赴之。闻嘉定韩养儒先生,避乱来沪上,养儒为吾县名医,治儿科尤称健手,四乡问病者,日踵于门。其人处方谨慎,而医理精湛,昔唐哲有病，皆养儒所治效，故哲儿之疾，吾母仍速养儒，药不及十剂，而儿疾瘳矣。

上海既流行痧子，儿童之家，咸生惊惧，然痧子之传染绝速，故防范亦极不易，往往一家有病，便布全村，迷信者遂以布袋系于儿身，内实气味极浓臭药之，谓：能避传染。前日，里中殇一婴，问其病，痧子也，其家本小康，惟夫人育子女多，及婴诞生，委之乳佣，数月前，佣携婴居南市，比烽烟遍沪壖，佣又抱婴至，丐夫人收容。夫人以其家余屋，战后皆转税于人，更无留二人寄宿之地，会弄底有难民之居，支芦席为帐，寝食其中，佣与婴亦遂托身于内，不图婴即以是而病。痧子固不可遘风，然弄底无窗牖，安能阻风，婴故勿救。里中人闻言，皆酸鼻叹曰："天下安有为父母而坐视其婴之僵死尘埃，木然无动者？"以例不才，似犹能笃人伦者了！

（《社会日报》1937年12月16日，署名：大唐）

一片伤心画不成

与戈其违久矣，闻其愤世之念日深，欲与为慰，而惝惝不能。昨夜乃共杯酒，戈其饮半酣，则滔滔语曰："嗟夫唐子！我交友二十年，而得'汝宗'至此，始庆吾目力无虚。昔者，我与'汝宗'过从密，论者每摇首叹曰：'戈其奈何与时人嬻？是人者，好声色，而沉湎于酒，用是误大事，岂振振有为？而戈其亲之如手足，其雅度又宁可测？'我闻其言，辄止之曰：'是人果有肝胆，特以长日疏狂，遂永闷灵台，无由宣发，若亲之久，则且见其流露矣。'闻者勿信言如故。近来我杜门，以为世上人且无可语，遂不欲见一客。昨夜，汝宗以电话约，欲我往与一言；则踵其家，门庭如旧，光景已非，昔之华焕炫人者，已深匿不可见。问近状，复曰：'足不出吾户限者，若干日矣，举世攘攘，我将胡适？在此一瞬间，惟力约此身，勿令辱没，纵废我诸业，愿困守，及其不继，更赴海死，此心固常悲家国，然苟能足濒死间，撑吾眼，看世事之翻腾，死壤必乐，乃翻腾之势已呈？特不至其时，不即死，颇不忍舍此一幕不观耳。'言已大笑,为态奇憨。戈其闻言竟,执其手,曰:'吾友,吾友之言然,我亦待死之人,不图于待死之顷,乃得吾友。十载论交,幸无虚当。'因谈良久始去。嗟夫唐子! 处于今日,几人永甘蛰伏者?我所闻见,如果曰:'战后,收入锐减,及今不谋,何以全后? 非易志也,为生计迫,故趋异途。'其实某固未尝入窘乡,特以某在战前,一月所得,为千金,战后,减为五百,节而用之,亦可存其全家,某则不耐,必欲还复其盛时,然往日之来源竭无可取,故趋殊途。唐子思之,此种人可以恕,则天下作叛之徒,莫不可恕,我故又念作叛者,其根性必来自天,谓迫于'环境',皆饰语。昨夜被酒,怳怳间我似欲往蹈大海,而心酸万状;及醒,此身犹在。"戈其语至此,斟酒一觥,直倒于腹,既又嗤然笑曰:"不死亦佳,我于待死之间,撑我眼,看世事翻腾也!"

(《社会日报》1937年12月28日,署名:唐子)

迎舅记

吾舅钱山华先生,避乱歇马桥。自歇马桥而更迁陈墓,两地俱在青阳港以西,昆山陷,陈墓所处较偏,故乱兵不及至,居者皆无惊扰。

去年九月,舅自兵火中来,携百金而返,及内地之交通梗塞,舅家遂困守,钱久尽,一来复前始丐人投书至海上,此间戚友咸劝舅速至,舅至,则为谋易也。舅故于昨日下午抵沪,行程二日,差喜平安,然吾舅耄,既至,不胜其罢矣!

舅曰:吾钱用二月辄尽,其地避乱者多乡人,犹可通缓急,然积逋勿偿,人亦将自窘于我,则我之生活,必且勿继。妗氏乃促我为人视病,纳诊金,时镇上病人多,知我通岐黄,咸集我家者,天道至此,垂悯流亡,不以贫乏而挤我于死。故为人治病,投一二剂,辄瘥,病家大悦,扬于市人,我于市上遂藉藉以医名。其始镇人以丐我疗疾,稍裕之家,辄礼我米五斗,酒成坛,或鸡肉之属;亦有困乏者,则奉西药一方,纸煤白卷,为物虽微,意甚虔也。妗氏既促我,勿欲背其言,惟念镇人所短者钱,所余者米,我今日所困者,饥耳,得米,可以无虑,何必需钱? 则揭布告曰:诊病一次，米五升，镇以外倍之，每越程三里，益五升，盖其地无车，路过遥，必苦双胫，故所索略饕，以酬劳步，亦不伤廉也。

舅又曰：人谓在上海不可见民气，其实处于乡村，亦何曾见一振振有为者，微特效国之人，不可觏，而劫人于危难之事，每日可闻，如此民众，实国家之疣，刈之勿尽，为息滋甚！一日，舅全家自陈墓赴某村，相距不过三里，舅以妗氏不胜步履，则买一舟，恒时，纳小银币二，已多竞往，兹逢兵火，舟人索价五金，舅为咋舌，央其减削，亦费二金，行未几，舟忽傍岸，促舅妗速起去，谓："舟不可前。"问其故，则曰："前路有军士夺民船，吾舟而往，必无幸。"舅诏其欺，大怒，欲其偿所耗之值。舟人忽狞笑曰："既与人钱，安能称返？我惟有命耳。"言已，似欲与舅搏斗者。妗大惧，诏舅曰："我宁步而往，何与此獠论者？"始相率登岸，舅喟然曰："此则诚盗薮，与淳朴之风，相去远矣。"

（《社会日报》1938年1月12日，署名：唐子）

廿年始见翠屏山

予髫龄即嗜剧，十年前负笈故都，尝观而多之，自未见《翠屏山》出演于红氍毹上。往者，李吉瑞以此自矜，"石三郎进门来"激越之声，自转旋于唱片中，而万口轰传，不殊今日之三生有幸也。近岁以来，眷恋信芳，闻之人言，《翠屏山》亦麒派杰构，顾于今三载，未尝见信芳一露。至上星期六夜场，与百岁、素莲，合贴此剧，素莲演风情戏，当世女优，不作第二人想，遘之共舞台，辄叹为异才，传之友辈，亦嗟赏。近顷素莲翩然归移风，以戏就人，则《翠屏山》殆为素莲而贴也。

剧自杨雄醉归，巧云赞石秀于其夫之前起，是在昆剧，谓之反诳，而以杀山终。演员支配，无勿适当，别家时之石秀，烦之百岁，撞奸杀山，则烦之信芳，刘文魁为杨雄，素莲则全部皆饰巧云，益以高百岁之老丈，梁次山之海和尚，宜可称整齐矣。观后，使予至不可忘情者，尤以信芳、百岁、素莲三人也。信芳出场，满面俱呈杀气，粗豪中有英爽之色，白口之劲、身段之健，窃以为杀嫂都头，不过如此。看《翠屏山》而悬念《潘金莲》一剧,念信芳擅胜场矣。百岁之美,美在结束之后,居然一桓桓男子,以受不了女人委屈之情,于双眉扬蹙间,泛滥而起,则浑身都是戏矣。坤旦之演风情戏,白玉霜似为人所歆动,予观其与赵如泉演《戏叔》,矜才使气,一无是处,演风情戏要能柔媚中和,使台下人一见台上人而只知有甜蜜,惟其甜蜜,而生肤发融然之快,此境不易造也。求之坤旦,益不可得,有之,今日之于素莲了!素莲上装后,较平装为艳,丰肌似玉,饰貌如花,双眸流盼,若泹清波,窥唇皓齿,到眼灿然,似这等娘儿们,站在台上,固不待其开口,已令座上客你要吞,我要唒矣。卡尔登海报,张素莲者曰"风骚夺艳"。其实四字之外,扬泼亦为此豸专工,粉脸一沉,便活画出一健嚣之妇,然而弥可爱矣。素莲演是剧,临时说成之,而始终老练,剧竟,信芳颔首曰:"于小姐真绝顶聪明人哉!"

(《社会日报》1938年2月13日,署名:唐僧)

悼 石 桥

石桥之病,愚尝为文刊于本报,时石桥病已不可为,特故谓其可为者,所以慰之耳。死前三五日,病状益剧,灵犀笃爱其弟,不忍稍离,遂勿问馆事。愚夜来必往存其疾,石桥以喘甚,不耐坐,是时方就榻,灵犀必为之去衣鸟。复患其卧后有所需,则待之黎明,就其榻侧,吾二人同理稿事,死之前一夕,犹无异状,愚且语灵犀从此可以为夜来常课,不图明日午时,遂报淹逝也!

愚识石桥,将五载,石桥嗜读吾文,几成阿好,频年因苦,愚颇减豪迈之气。去岁,石桥语愚,不能睹足下骂人,似不获食辛香之物,辣吾口鼻,愚曰:"老矣,造口孽奚为?"石桥似不然,微曰:"吾子所詈者,皆为当詈之人,詈之,殆无伤口孽。"因知其于我偏私之甚,心窃感之。

石桥负病既十年,今兹弥笃,尝凄然语愚,此生已不惮死,特患病之缠伏其身,不肯遽去,若是,则死且良佳。当其习医既成,出行医证书示愚,愚谓:"宣扬之责,必尽吾力。"石桥大乐,曰:"果能以此业而成名者,不知何以报吾子?"嗟夫!又孰知其不及开业,而此身先萎邪?

愚每夜往省厥疾,石桥则絮絮述病象,及死前三五日,竟无言,但闻其呻吟而已。死之日,上午犹起身,告嫂氏曰:"昨夜遘一梦,梦中似家人已为我备后事。"嫂氏犹力慰之。语未几,忽俯首瞑,意者,宵来梦扰,或即石桥离魂之时也,悲矣!

(《社会日报》1938年2月26日,署名:高唐)

石桥追荐礼

石桥之丧逾月矣,本星期日,为五七追荐之期,灵犀以珍节物力,不拟具讣,第由友好十数人发起,在牯岭路净土庵,举行公奠,凡与灵犀兄弟交好者,皆得通知。晚间,则由陈宅治豆觞,款来宾,所以谢亲友惠唁之雅。石桥生前与愚交甚契,斯人不寿至深腹痛,悼以短句:

域内同看劫火陈,眼前只有泪痕新。可怜挥洒都无地,哪忍分来哭故人!

(《社会日报》1938年3月25日,署名:唐子)

一夕销魂饯敬亭

予倩先生行矣,行之前,培林设饯市楼,座上皆胜流,予倩与夫人外,有金家姊妹,有吾友梯维,有名昆曲家顾传玠君,更有杏元、灵犀。擎杯之际,互致依依,予倩若黯然曰:"我将重来后此与诸君相见,宜各挟欢场,临兹杯酒。"言已抵拳于桌,作色凛然!席上人不知其为悲为乐也。

是夜,先生屡尽杯,谓三年以来,殆未有豪饮,今且醉矣。将终席,作一诗,以佻体出之,先生被酒,作书纸上,辄斟酌于夫人,诗成,传座上同观,咸叹服不已,谓先生治戏剧外,绝工韵语也。素琴姊妹,亦能饮,愚不胜一蕉叶,素雯病之,愚笑曰:"似郑妥娘之笑骂街头,金二小姐之能饮宜矣。"

中华剧团既休演,我人热望金氏姊妹同归移风,而梯维之期望弥殷,我固谓:"双方苟能蠲弃一切一欢然携手,愚与梯维,必不辞吁请之劳。"席上,以此意告素琴,固愿与周先生合作,惟今则时机未至,其语空洞,用是爽然!

(《社会日报》1938年4月15日,署名:唐子)

令人长忆绿杨村

五年中游于邗上者二次,后一次在去岁此时,游瘦西湖者,出北门外,越史公祠,则绿杨村在望矣。绿杨村为一茶肆,支棚为屋,其前临水,客之雇游艇赴瘦西湖者,都解缆于此,故此肆之名,游客皆谂。今扬州久陷,绿杨村且无门庭如市之盛,而有有心人,移其名在上海静安寺路黄家沙设一肆,售酒肴,布置绝华美。沈伯乐、冯豫立两先生,邀诸友一试浙绍金同春杏舫酒坊第一名酿,偕戈其、灵犀、培林、粪翁、师诚、梦祁诸兄往,及门睹"绿杨村"三巨字,不禁湖山如梦之悲。席上识马伯龙、卢公勉、闵斌甫诸先生,伯乐先生尤殷殷劝醉,酒味醇矣,确为鉴湖隽品,饮者七者尽二十斤,皆薄醉矣;而敦槃之盛,风味之精,叹为海上淮扬菜肆中,以此为最。归途遇雨不事而步,乘醉联吟得一绝句云:

    黄家沙畔绿杨村,坐客如云醉玉樽。长忆淮扬风味美,何人到此不销魂?

(《社会日报》1938年6月2日,署名:大郎)

周碧云:花衫之圣

歌者周碧云女士,尤物也,我观其演《宝蟾送酒》后,倾倒之至。友人复检其唱《探亲家》,亦盛称表情之胜,而前夜贴《双摇会》,垂一横髻,作时世装,有风神欲绝之观,周演此剧,随意唱,随意做,随意笑,亦随意损人,样样都随意,于是乎妙不可言。其音柔,其调腻,而其言则奇亵,如摇会后,对两邻居曰"想不到我们娘儿们就走的这一部运"时,眼睛便往其裤带以下一瞟,又以手在脐以下二三寸许处一指。嗟夫!此何事邪？其言既尽够玩索矣，复多此一瞟眼，加此一指手，敢说敢做，至于如此，碧云真大胆之英雌，亦绝代之艺人矣。又摇会时以手向烛上一熏，而用五指握住烛梗，疾徐上下，若玩出入之势，我不懂此种动作，在戏剧上为"写实的"，为"写意的"，第觉姿态极美，而描摹荡妇之风情四溢，不可自禁之状，乃妙到毫颠。我不喜看伶人从细腻中演思春，特喜从明快中写姚冶，则碧云之表情尚矣。天赋吾以一双眸子以来，第一次看杀痴之风情戏，惟此一出《双摇会》，小洛讽我，谓我以笔墨"提拔人才"，辄好夸张，往时或者有之，今述碧云，则句句实言，苟有逾分，愿天把我怎么长，地把我怎么短，都无不可。吾题谥碧为"花衫之圣"，盖非尊之，亦诛心之论耳。

（《社会日报》1938年6月10日，署名：大唐）

尘无删剩之诗

尘无诗，愚所见不多，仅发表于报纸上者，则诵而爱之，清微幽远，似出晚清人手。愚往年理《东方》纂务，偶有所作，辄揭之报上，犷野如不驯之马，而尘无若有茄癖，以为可诵。吾家瑜弟，为我二人谋识面，时在初秋，一细雨溟濛之晨，距今殆四五年矣。

尘无之为诗文，纵笔即是，不加雕饰，稿成，随手散佚，故其诗不多见，惟往年曾以一帙示龚翁，告曰："毕生心血，尽于此耳。"龚翁翻其帙，载诗数百首，然已为尘无用朱笔删去，存者仅三十余章。尘无又谓，存者尚嫌其多，一生有十首诗可传，则死且无憾，因丐龚翁更为删削，遂存十余首。今尘无既死，书箧飘零，此帙不知落于何处。苟终湮没，则彼仅存之十余诗，亦不获传。嗟夫！念亡友至此，倍增痛惜矣！

（《社会日报》1938年7月5日，署名：云裳）

月上红楼看美人

海上倡门，近有复兴之象，新会乐有月美，本隶蓉初帜，蓉初主政，即昔之秋月舫老三。三既重堕风尘,张艳榜曰三姝媚,由三姝媚而蜕化为蓉初,三五年来事也。蓉初家蓄雌类绝夥,工部局花捐例,不得超过若干人额,于是三乃别辟支流,即今之月美矣。有阿媛者,小字莲芳,吾人于昔之三姝媚处,已见之,犹金刚不坏身也。及后嫔一客去,旋闻仳离。三与莲芳为姨甥,月美之局,辄遣莲芳拄撑之,小女儿宛转樽边,能为腻态,问其犹处子身否?曰然。顾嬲之谈儿女之私,亦能津津乐道,其洒脱殊可喜。下图为其近影,一朵绒花,簪来鬓畔,其艳俏尤不可及也。

(《社会日报》1938年7月10日,署名:高情)

杂 说 文 娟

近来常共文娟父女宴聚,睹文娟之婉亮温恭,使人褊急之意都消,愚谓文娟为国家瑰宝,其翁为产宝之人,自宜珍护其宝;吾人则当从产宝人后,各视其力,琢之磨之,使宝乃发璀璨之光,焰耀世上,苟用力勿懈,则期望之成,亦三五年间事耳。

一夜,轰饮间,忽有人发言曰:"文娟之貌似想容。"文娟似不悦,小语曰:"我何尝似想容者?"顷之,其人又曰:"文娟固绝肖想容也。"愚目文娟而笑,文娟竟为之掩面,小女儿不知作假,形爱憎于词色间,讵不可喜?

文娟能戏三十余出,靠把戏未尝动过,如《战太平》,如《定军山》。司马先生督之勤,每日做课程。司马与"文翁"为至友,文娟称司马不先生而爷叔之,先生则杨宝忠也。文翁育三女,文娟最长,故称之为大小姐;二小姐才六七龄,亦戏迷,好跳浪。文娟约其妹,辄以白眼威之。

伯乐曾为文娟赋四诗,愚书至此,亦得二绝句,只有荒伧,难求雅驯,录之曰:

莫教歌管误华年,此亦人间小可怜。爷弄胡琴儿唱曲,文娟后起独称贤。

举世何人惊我痴?当时枉秃笔千枝。近来只觉文娟好,不为文娟不写诗。

(《社会日报》1938 年 7 月 18 日,署名:大唐)

吃 蟹 余 谈

有人因我近来高兴捧角,所以称我捧角家。事实如此,我不必否认。虽然,这三个字的头衔,不十分冠冕。又有人因我的捧角,似乎"滥"了一些,故又称我的捧角是叫化子吃死蟹,这句话也是一针见血,我更不必讳言。

自从信芳在四年前回来之后,我是着了麒迷,看过麒派,什么老生戏,都不对我的胃口,所以我是崇拜定了信芳。我敢罚一个誓,到我死,我对于信芳的敬仰之心,是不会变了。再不妨肯定一点说:"我看准了的剧艺人,再也出不出一个信芳,来移动我一片敬仰之心。"

所以一般朋友的说我捧角滥,是指我捧坤角而解。其实与其说我捧坤角是捧角,何不说我捧女人,不更加来得坦白。

我的捧坤角,老早说过,艺术两个字,可以马虎,姿色却占重要。所以这个捧过了,明天又看见那个,长得不错,又不能不揄扬一下。女孩儿家讲什么艺术,唱了几年,给有些朋友看中了,娶到家里,还能讲艺术吗?趁她在绮年玉貌的时候,能够从我一枝笔上,帮助她出出风头,在我惠而不费,哪却又何乐而不为呢?

我现在懊悔,捧是一桩欢喜事体,不该为了女人,与朋友面红耳赤,寻起相骂。当时不知如何会神智昏迷,到现在想想真是无聊。目下还有人为了我的"捧",天天要放几枝冷箭过来,我是再也不理他们的了。何况放冷箭的人,更不是我的朋友,也犯不着理。

我更打定了一个主意,男角儿里我既崇拜定了信芳,此外一切什么派的名角,我就是看不过去,我至多来一个不提,这也是顾念着大家都在寻饭吃,何必无端去为难人家。至于坤角儿,更没有勇气去对任何一人稍加非议,哪怕这只蟹真正死过了好多天,我至多不动筷,也就是了。

(《社会日报》1938 年 9 月 10 日,署名:云郎)

黎家春色照何人？

昔伎人宝莲老十，与黎元洪公子眷恋者二年，顾嫁娶之盟，终未成约。旋公子北上，十犹飘泊风尘，别张一帜，颜曰黎春，无边春色，总属黎家，所以示未尝忘情于公子也，风义如是，识者多之。战前一年，吾人始闻十倦鸟知还，乃嫁与花县居士。居士固跌宕于海上欢场者，无不震其名。十既隐良家，遂布衣洁履，环饰都无，以良人之介，入某人寿保险公司为推广员，一袭青衣，遍走于旧时手帕交之门，勤其业务，闻者又无不叹十固聪明人，乃有此转变也。比至最近，传十与居士赋离缘，其经过不可知，惟谓十已迁去旧居之环龙路。一日，遇之广衢，浅妆不饰一如嫁后风光，用是颇疑传说之讹。惟闻居士方与某美人订婚约，果尔十又不能不为秋扇之捐矣。或曰：十丰润益胜前时，相貌越来越像多福太太，奈何年当迟暮，犹有摇落之悲。真令人为此一代名花惜矣。

（《社会日报》1938年9月29日，署名：高情）

买得红绡一尺歌

红绡女儿，工曲，尝挟技走京沪间，其父兄俱于役梨园，盖优伶世家也。战后，侷促居海堧，既出演于百花场中，其规模视寻常之乐部为窄，客之视此中婴宛者流，曰歌女，不以为伶也。

百花场中，有买唱例，客费若干金，即得为买主，而被买之歌者，以客之宠惠也，为情弥悦。红绡既沦于是中，立意不容买唱，曰："我是角儿，与歌女异，买唱者不能侮我，苟夺此志，宁馁而死耳。"闻者咸嘉其清白。先是，有五彩先生者，绝赏其艺，进而约为朋友，偶倾谈，知红绡亦傲骨棱棱，益为向往。久之则以其人落落不可合，欲绝之。其友王山，力劝不可，谓："吾人今日之信念红绡者，其艺之美也，其人之兀傲似书生也，吾与之善，其人宁无知己之感？特闷之灵台，未遑宣泄，绝之，且益其身世之悲，汝又胡忍！"先生韪是言，拥戴于红绡者如故。无何,百花场之主人,以红绡不能应客买唱,责以违规,欲遣之。其父恐,谓遣之将无以谋一家活,使其女勿复持成见,女不敢逆。于是买唱之牌,高张台右,先生睹之,懊丧若失,退而叹曰:"红绡欺我,我复何恤?"告王山,王山曰:"我局外英雄也,视之益宜如敝屣。"因作律句,为其友慰,为自己解嘲云:

我尚能痴只泪涟,枉将心事托丝弦。不当此夕当何夕,岂是萧然是惘然?已许斯人临腕底,可容清梦度樽前。闲敲栏槛真无赖,局外英雄本可怜!

(《社会日报》1938年10月15日,署名:高情)

五月香风拂暮秋

海上有红倌人,名曰五香,其初驰誉于沽上,以七先生之一手提携,遂著芳声。其后来沪,携七先生手柬,谒大公先生门下,以大公豪也。七先生以五香委之,宠惠者必多。大公不负七先生托,为之张盛筵,报效至繁。当时海上花丛,无不知五香已属之大公。二三年前,五香果隐去,则已退作闲身,传者谓,五香所居,大公先生所赁也,五香浇裹之资,亦大公先生所费也,于是社会人士,亦知五香已属之大公矣。亡何,沪战既作,又四五月,大公先生只身引去,之南海,遗五香于沪上,音问常绝。五香支出多,生计之需无所出,颇露窘迫,迨至最近,乃闻有重为冯妇之念,语人曰:"大公效国于前方,我何能以儿女之私,更渎其百忙之身哉?"闻者咸称五香亦贤达人也。

(《社会日报》1938年10月16日,署名:高情)

金家双素访文云

张文娟演《八义图》,姜云霞演《奇双会》之夕,愚约金家双素,入座同观。台前观众,及幕后诸人,闻金家姊妹之联袂同临,争来集视,譬之皇姑出戏通衢,道上人遂竞瞻风采。素雯洒脱,不以为意,素琴滋不安,谓不应在台前坐也。忆王次回作灯词云,"说与檀郎应一笑,看侬人比看灯多",愚且以为未始非一时韵事矣。台上有彭文艳凤麟二人,旧与金氏相识,今二人沦落于此,而金家姊妹,寖寖然为国中坤旦盟主,荣枯之判,于是昭然。台上二人,私语曰:"毋乃蹩扭。"而金家姊妹,独深致其同情之悯,亦慈云覆物意也。文娟之剧,殆以有方家在座,故唱做尤认真,终至高唱入云,素琴素雯,击节不已。初以为文娟已二十来人,愚告以第十六岁小女儿,乃谓将来造就之正无限量,愚谓坤角须生出路之不易。素琴不为然,谓文娟若循此径而不变,成功正可期。素琴因欲与订交好,腰脚小健,便当挈之诣前辈门庭。云霞之剧,素雯亦殊折服,谓其音刚,女子中不易求,腾发之期,殆不远矣。

(《社会日报》1938年11月1日,署名:郎虎)

李鹏言迁歌记

李鹏言昔在秦淮时,艺名仲秀君,歌声著白下,自避地来沪上,出演于茶楼中,扮相之俊,个儿之适中,而戏路之广,遂有奴畜群流之概,俨然执小型剧场坤角牛耳矣。客观其演《洪羊洞》及全本《一捧雪》者,叹曰:"是角儿成名之作,而委之女儿,亦能恰如分际,诚难能矣。"顾大才必遭世忌,鹏言终悲郁郁,遂告辞。事闻于包小蝶、何海生两先生,不平曰:"世果无真赏人邪?我不忍令斯人终伤偃蹇。"会校书大王,想容,辍唱于长乐歌场,包、何二君,乃说于徐雁秋先生。徐,长乐主人也,旧为票友,复爱才若渴,闻包、何言,辄厚币敦聘,已于十六日登台,打泡三日,皆重头戏,亦皆鹏言经心之作。小蝶先生,复将集其报票两界知友,谋所以光宠鹏言之道,使鹏言自此益显头角,而彼竖子妄人,不得僭称于一隅也。长乐有花衫周梅艳,今方颠倒沪上周郎,比鹏言加入,将排全本《浔阳楼》,使二人合作,所以畀倚周娘者,亦所以见重鹏言耳。

(《社会日报》1938年11月18日,署名:云哥)

拜 金 小 语

素琴既登台,负宣传之责者,鄙人自当仁不让,用请于灵犀。今日本报,特为其印一专页,集稿之始,索一言于小友文娟。次日,辄投我数百字,都委婉可诵,因知此"音韵独步"者,于极工剧艺之外,其文事亦复可观也。

素琴于登台前数日,又病,病辄晕,其友好遂忡忡勿宁,以此人弱不好弄,又何堪以弦管重累娇躯?辑稿至此,一瓣心香,亦如梯公之为素琴祝福,期其早复康宁。不然,何以慰想望声歌者喁喁之望哉?

(《社会日报》1938年12月3日,署名:大郎)

万金有客夺玲珑

花间有玲珑之榜,若干时前,其家有"先生"某,为豪客以万三千金,作量珠之聘,而双雄竞美,其事尤艳传一时。用记之,可见今日之世,为女人而慷慨输将者,犹繁有徒也。先是伎与一王生善,王家固小康,其人温文为伎所悦。未几,又有方生,亦惊伎为绝色,方非小康而为豪富,惟伎对之殊落落。方于报效之余,欲为金屋之谋,问于伎。伎佯许之曰:"一月以内,郎以万金畀儿家,以三千金畀儿家之母,则白首之约谐矣。"方曰:"信如是邪?然则我必如卿命。"伎唯唯,遂以此事白王生。王曰:"彼果以万金来者,且拒之,我亦可以措卿以温饱也。"伎又唯唯。明日,方至,出钞票累累,数之得万三千金,笑语伎曰:"自此,卿为方家妇矣。"伎不图方之仓卒为此,大惊,然不敢有悔言,遂从之去。比王生闻讯,懊丧若痴,丐人致语于伎曰:"愿得一面。"伎商于方,许之,二人遂会晤,晤而王亦出万三千金,令伎偿于方,告方曰:"得妾之身而不得妾心者,非善图也,请从此绝。"自是王与伎遂偕隐,方则转辗于琵琶门箱巷,欲觅如玲珑之伎,以寄托其心灵,其人竟如狂痫云。

(《社会日报》1938年12月3日,署名:高情)

看前部《好姊妹》

冯子和先生制《好姊妹》剧本,分前后两集,付金素琴、于素莲两姝合演之。开演第三日,偕三五人作壁上观,请置剧本勿论,而论演技,则闺中双美之啼笑无常,亦能使座上人为之一回生气,一回好笑也。有一幕,素琴持轻纨小扇,细步园林,莺啼一片,出之于"白菡萏香"间,愚顾梯公曰:"仿佛李香君也。"不知台上人亦尝猛忆往事否?果然者,则当叹人事变迁之速。愚且不胜其黯然矣!刘斌昆用非其才,可惜;李君玉毕竟老辣,有恰到好处之美。惟盖三省戏,最杀瘾。在《好姊妹》中。三省之戏甚多,并不火爆,而已使我腹痛。过宜骂我直是外行,不应捧三省,谓三省狂悖,捧三省者亦妄人。愚夷然不顾。全剧话剧气味甚重,座上遘王雪艳女士,梯公笑语之曰:"苟移小妹子于黄金氍毹,亦优为之矣。""照明"出志萍手,布景出经礼庭手,皆胜,《好姊妹》之使人满意者,实有赖于两君。剧罢出场,观感集于一事,以为一双好姊妹,什么人不肯嫁,而推三让四,要嫁一账房先生,无论"身份"之勿当,于情于理,似都未合,此则使人抱憾终天者矣。

(《社会日报》1938年12月23日,署名:云哥)

暂醉佳人锦瑟旁

耶诞之夜,丁慕琴先生府上,集艺苑名流,复极裙屐翩迁之盛。丁夫人入厨,以烹调法手,来餍佳宾,坐两席,席上人遂纵酒。梯公《隽侣榜》之隽侣者,乃毕至,盖小蝶亦偕素琴来也,试举其名字,有李匀之、郑子褒、徐小麟、顾子言、朱凤蔚诸先生外,小蝶与培林。而文事中人,听潮、之方、小洛与愚。画家周鍊霞女士,雪艳、楚珩与文娟、韵秋、云霞先后至。鍊霞知愚之力扬素琴,又倾心于雪艳,因作绝句见示云:"怀素而今不种蕉,纱窗懒听雨潇潇。却怜小妹蛾眉浅,虢国曾经素面朝。"鍊霞曾观雪艳演虢国夫人,故末句乃云,才人绝调,自是无伦。又赠素琴两绝句云:"流水高山海上琴,唐宫仙曲有知音。美人合住黄金屋,夜夜丝弦说素心。""待将世事问弦歌,玉笛瑶琴感慨多。灯下丰神无限好,布衣端合傲绫罗。"素琴感谢,谓光宠多矣。歌国女儿,胥以上戏先行,独雪艳留。雪艳又善饮,于是为众人所㘖,当筵斗酒。培林兴尤高,巨觥频尽,雪艳饮十杯,醉矣。醉则狂笑,笑至不可渐禁,于是倒卧沙发上,覆以衾,使其入梦,众宾皆叹曰:"雪艳真今世佳人,亦如疏狂之名士,浊世不可求,求之于歌管之场,诚如庆云景星矣。"愚归最迟,雪艳尚未醒,宋诗"惯眠处士云庵里,暂醉佳人锦瑟旁",惜鍊霞已去,否则见此佳人暂醉之状,亦绝妙之诗画材也。

(《社会日报》1938年12月28日,署名:云哥)

著 书 人 曰

愚谋食春江者,十四年矣。其始七年,溺于商,未尝问外事。比后七年,渐渐与各种社会相接,盖在愚橐笔治文之日矣。三载以来,好伍游侠中人,听若辈道侠林往事,若一一记之,衍为说部,且可以成巨著,第我何能?无施家雄笔,为之,必勿工,徒贻世人笑不自量耳。虽然,我乃永永未挫吾志,期于他日乡居闭门以后,重濡吾毫,了向平之愿。今者,《东方日报》主人,重以稗官家言见属。夫七年之中,临吾腕下之文,宁止数百万字。而数百万言之所渲染者,大半多儿女之迹,其实腻矣。今兹作《春江别业》,且废其向例,而欲描绘下层社会之一角,以及侠林人物之片段史迹者。以竟是编,顾频时拂逆,羌无好怀,明知著者闲墨,必勿能美,然亟欲殚吾力以献之,正不识能有当大雅之一盼否?

(《东方日报》1939年1月1日,署名:唐人)

雪艳习舞记

范松风君录名女优周梅艳为义女之日,友好公宴于市楼,报间既载其盛况矣。宴后，徐绿芙周鍊霞伉俪，拟游舞榭，附和同往者，灵犀、文娟、雪艳及下走是；翼华与木斋，临时参加，以二君皆不与范宴也。绿芙且以晚蘋名，写舞踊文稿至夥，为沪人传诵。同人中，其不擅舞者，愚与雪艳。愚谓摆测字摊七八年，鍊霞笑曰："是真老文王矣。"鍊霞令雪艳下海，雪艳辞不敢，强之，遂首与鍊霞习步，而绿芙且为之导诱，渐能成舞。一小时后，小妹子亦能为潘妃之皓足翻莲矣。文娟亦精舞，为绿芙夫妇所称赏。座上人又劝酒，木斋量尤豪，雪艳与鍊霞，亦银樽垆尽，用是兴益豪。至夜深归去，私喜曰："近者数数游舞场，第此行为不虚，乃见王家小妹行下海礼也。"

（《社会日报》1939年1月16日，署名：云哥）

《文曲杂志》刊行记

一月前，忽动"做老板"之念，于是决定发行一刊物，名曰：《文曲》，月印一期。顾名思义，《文曲》之所孕蓄者，为文章与戏曲两种。创刊一期，装订物美，以桃林纸代报纸，有铜版纸四页，以木桃纸为封面，征至友为我作稿，文坛硕彦，为下走张罗者，有觉庐、小洛、梯公、过宜、培林、灵犀、待复庐主、鍊霞、师诚、之硕、溢芳、匀之、一蘋、空我、绿芙、季琳、曼华、怀沙、李一、毛羽、之方诸先生，宜可谓济济称盛矣。关于戏剧方面，不取新闻报道，只作寻常闲话，与已在流行之戏剧刊物，似无所谓利害冲突也。

（《社会日报》1939年1月19日，署名：云裳）

老凤称觞

二月七日，为本报老凤先生五十诞辰，其亲友谋尽一日之欢，而为老凤晋一觞焉。于是日假新新酒楼，"在不糜费不铺张之前提下"（抄周寿同乐会小启中之警句）开寿筵，唱堂戏，其剧目分四组，长乐周梅艳之《打花鼓》，谭金霖之《葭萌关》；时代有张文娟之《捉放》，姜云霞则与李培林演《坐宫》；卡尔登有胡梯维、金素雯之《人面桃花》，周翼华与王熙春之《宝莲灯》；此外则有王庆祥之《螺蛳峪》，袁森斋与张哲生之《连环套》，可谓极一时之选。中有一剧，尚未说定，则为金素琴与顾传玠之《贩马记》。苟能实现，真可以餍祝嘏诸君耳目之娱矣。

（《社会日报》1939年1月29日，署名：云哥）

做了"扫边名票"之后

上胡琴唱过好几年戏了，没有人称我一声票友。据说要做票友，非得上过一次台，于是我好像有这个瘾似的一心想登一次台。

在周寿同乐会，和朱家寿戏中，我是如愿以偿了。不过因为本钱不足，所以两天唱了三出戏，只是做了三个身份不同的配角。一向把事情看得轻而易举，纵然没有登过台，这三人戏，不过请人略一指示，我似乎已心领神会。事前绝不焦急，在当天上台之前三小时，我在卡尔登吃饭，因为肚子饿，对同席的说："今天非吃他三碗。"谁知吃了两碗，正要添第三碗时，下面闹场锣鼓打起来了，我猛然肚子里觉得涨满起来，不由得将碗放下，说不上心事，到临了还不免有一点慌！

扮戏第一天是请教次江先生的，扎头是信芳先生的伙计，王允的行头，也是信芳先生借与我的，扮戏房也是信芳的。角色尽管起码，在后台的享受，却与大角儿一样。等我孔明上去，台下熟人都哄起来，用玩笑的方式来捧场。我亏得他们，终于在"哄场"中，自己镇定了许多，拔直嗓子唱，念，一点不慌怯，虽然字不正，腔也不圆。

我最窝心的是与金大小姐同了一次台。我的王允，再上时唱四句快板，吃定了素琴的六字调门，拼命唱，唱得把浑身的气力，都消乏在这四句流水上，引得台下又大笑，而从不笑场的金小姐，也禁不住笑了。

第二天陪姜云霞小姐唱《玉堂春》里的刘秉义，三出戏，究竟这个角色最不易，所以成绩也是这一场最推班。

有人说，我是硬里子名票，与张春彦、王荣森而成三鼎足。我说痛苦一点，还不如直称为"扫边名票"。

（《社会日报》1939年2月11日，署名：大郎）

《文曲》发行以后

灵犀兄以数年来在报间所作之小品文，集十余万言，汇为一册，重付剞劂，发行问世，名其书曰《杂写》，都四百余页，文笔之胜，叙事之美，如啖谏果，回味弥甘，所以发刊不及一周，而行销已将千册矣。当其动议印《杂写》之时，愚奋起曰："此名山绝业，将泛刃从吾子之后，而印《文曲》一书矣。"愚七八年来，所作散文，亦不下数百万言，然吾笔荒陋，不足存留无已。辑当世文坛名手之作，集为一帙，而有《文曲》之印行也。第一期已于十日出版，内容质量，虽不甚多，然无一文不可诵，无一文不可念，盖去芜存精，亦几费选剔矣。封面二字，丐吾友媿翁书，俪以龚定厂手写绝诗，用猩色付印，华美乃夺人目。此书之成，徐善宏兄，费力至多。当其诞生，特为短文，祝其长命，亦为吾友之一番辛劳慰也。

（《社会日报》1939年2月12日，署名：云裳）

万弦响处起黄莺

桂秋自昨夜南来后，一度出演于天蟾舞台者十日。顾曲人士，乃以为正宗之音，世已罕遘，独桂秋传此一脉，其使人向往宜也。顾十日之后，又告辍响，沪人之想望声容，正如望岁。比届新春，桂秋重度笙歌，仍在天蟾舞台，阵容甚盛，辅其歌者，老生为管绍华，大面张海臣，武生为王桂卿、高雪樵，而雪又琴女士，更俪黄郎登场，于是冷落已久之四马路广西路，兹则又见门车接毂之盛。而客满之牌，亦复为风吹雨打，有黯然失色之观，从知千金市骨，货售识家，谁谓抱真才实艺之士，终不获得知音于天涯哉？

（《社会日报》1939年2月25日，署名：云哥）

天蟾之《四郎探母》

上星六夜，在天蟾听歌，桂秋绍华并贴全本《探母》，佐以雪又琴之太后，弥见生色。新春以来，桂秋已三贴《探母》，海报既张，座为之满。是夜大雨滂沱，亦上七八成客，以天蟾设座之众，非易致矣。管绍华人缘不恶，彩声较桂秋尤多，此君唱几声尚可听，惟身上僵，戏做不透，最大毛病，在肚皮叠起，肚皮一叠起，身段便不能好看，盖台上似摆《华容道》架子，如何能美？叠肚与挺胸不同，挺胸不失为气概轩昂，一叠肚皮，便是吃讲茶神气矣。桂秋毕竟不恶，"夫妻们打坐在皇宫内院后"之慢板，佳腔叠出，"回令"时之请安，无不奇美。天厂居士讲桂秋扮相，绝肖梯维，梯维之青衣戏未尝见，然以意度之，或者相似。又琴之太后，温恭严肃，怎样也做不出老态来，扮相比公主更嫩，剧中人固不是母女而姊妹花矣。近来连看两次雪又琴戏，印象至美，说京白又清朗可听，其尾音甚似素琴，然此为大金毛病，而与又琴同有之，听又琴说白，颇缅想旅途中之素琴，殊用回肠荡气也。

（《社会日报》1939年3月8日，署名：云哥）

琴　　书

素琴去港之后，顷有书抵沪上唐大郎君。书在百忙中所作，长三五行而已。先述抵埠时之盛况，继又述酬酢之繁，则人缘之好可知。人缘既好，上座自不会不好（此句为下走所装枨头）。而易地之后，身体转较在沪上时为好，于是坤旦祭酒之香港，亦"三好婆"矣。十一日在利舞台登台，初拟"驻跸"于六国饭店，今则居于跑马地毓秀街廿七号三楼，闻为卢翠兰所居也。书末颇关念海上友人，如梯公、翼华、天厂、世昌、灵犀、培林、信芳、百岁、熙春、伯权、慕琴诸先生，谓感忾之情，刻骨不忘。又欲为诸君子慰者，此地民心齐整，又极坚决，空气殊与海上不同也。

（《社会日报》1939年3月18日，署名：云哥）

琵琶重唱小乔红

小乔红三媛,曩时亦倡门怪杰也,名与富春楼老六相埒,先嫁周文瑞,及富六亦归周,三媛为其倾轧而下堂,重堕风尘,然不久与一小周者,两情缱绻,终于订婚娶之约。时在二年前矣,犹忆二人结婚于华安大厦,以"我俩"出面,发喜柬邀花间姊妹,往观嘉礼。识者以为三既扬历风尘,得此归宿,纵非至美,要亦聊胜于沉浮绮薮矣。曾几何时,不图近日有人见三又浪迹于某俱乐部中,盖新春以后重营香窟于群玉山头。其与所天之离缘,他人不获知,知亦不能尽,第谓其人憔悴,尤甚于往昔,然跌宕自熹,亦未易前状。或谓:三虽非宜人家室,若比之富六今日,犹能翘首人前耳。

(《社会日报》1939 年 3 月 22 日,署名:高情)

吴瞿安先生印象

吴瞿安先生又字癯庵,别署霜崖,为当世词曲家,近传谢宾客于云南旅次,为之震悼勿已。愚年二九时,任事中行,与同事邹君斐先生,称交好,君斐为先生内侄。吴氏公子三人,皆读于沪上,休沐之日,恒过君斐,愚复得与吴氏公子游,以是亦尝拜识先生。先生偶为愚讲说词曲之学,愚性拙,不能尽忆也,犹忆高秋之夜,侍先生饮于市楼,半酣,辄率其公子与君斐,游于东新桥幺二院中,愚亦随焉,其放诞不拘如此。当先生寄居旧京时,门上一联云:"风流才子,酒色狂徒。"盖此日行为,犹是当初风度。是年,先生授课于沪上之光华及复旦两大学,又南京金陵大学,亦聘先生讲词曲,一周间来回京沪者二次。越年,其公子远驰,而愚与先生之音问遂绝,距今忽忽十二年矣,世乱之日,不图遽以恶耗传来也!

(《社会日报》1939 年 4 月 7 日,署名:云裳)

鲁 人 语 录

鲁人者,舞人鲁玲玲女士也。工谈笑,有言皆香,无语不媚,循晋人语录例,为此张之,非敢与当世舞文健将,同尚"竞古"之风也。

玲玲尝语客:"我与汝朋友耳,汝不当以舞女目我,我亦不当以汝为客人。"

玲玲之指上有钻环,一日,客佯威之曰:"将驾一飞车,驰汝于北新泾路上,效阎瑞生故事,尽掠汝环饰,然后纵汝。"玲玲不待其言竟,遽曰:"我身体原是你的,我身体浪个末事也是你的,汝从何取者,恣取之,又奚用如此?"客闻其言大悦,客之友人亦大笑曰:"身体浪个末事,究竟啥末事?"

一夕,十二时后矣,玲玲自外归,有稔客召之侍坐,客问其何往,则曰:"他客签票子带出去耳。"问其何以归来之速,则曰:"我忽觉心意勿宁,若有人待我者,不图归而遘汝于此。"又曰:"顷闻之客,以少小有姁容,故称我为姆妈,我欲归,渠勿悦曰:'岂有爹爹在舞场待汝邪?'我不之理,径返,不图归而遘汝于此,汝乃为彼人之爹爹矣。"

(《社会日报》1939年6月20日,署名:云哥)

金素琴病后访问记

素琴自香港归来,抵沪之日,为八月七日。九日下午,始以电话抵愚,谓暂时拟息劳数日,不必为友好言也。至十九日,乃拟出门访友,下午送素雯至戏院,自己则赴理发室,"做头发"。做已,忽觉目眩,恐有变,亟归家,及卧至床上,则寒热交作,不复能支,热甚,晕厥一次,亟延医。医谓,是殆疟病,以其病状似也。惟非验血,然后可决,因先为之注射。比次日,热渐退,然惫甚,有时起坐,有时仍偃卧。愚于前一日得素雯报,故于下一日往觇其疾,则独卧于素雯榻上,寒热既止,不复有呻吟声矣。睹愚至,喜甚。强起款愚坐,曰:"我固知上海不利于我,苟预知我乍归而辄病者,不欲作买椁计矣。"然我视素琴,较去岁丰腴,因告之。素琴曰:"然也,港居半年,吾体重增加十磅,健饭,无复如往日之悾悾。今医者谓吾病为疟疾,疟疾不容遽止,若更疟两三次,则减我体重,将勿止十磅。意者,病愈之日,沪上友好之见素琴者,犹是未到香港之素琴耳。"愚见其精神甚健,因慰之,万千离绪,倾倒于二三小时间。素琴亦未尝倦也。闻其暂不作出山之想,俟凉秋九月,再觅地盘,海上人士之想望其声容者,当在二三月后。

(《社会日报》1939年8月24日,署名:云哥)

《抱舃集》题记

"清宵抱舃一吟呻,又费闲情尔许深。涕泪从今收拾起,独怜此笔也无心。"

我将着笔写《抱舃集》,以此诗冠于首。诗成在客岁冬初,时夜雨临窗,烦忧重叠,不能入梦,而成此绝。诗不足言矣,第自我读之,每不禁潸然泣下,盖有感之深矣!

《抱舃集》者,亦演述舞场中事,其事迹至凄艳。吾诗既成,久未付刊,今以题《抱舃集》,颇能适用,顾读者勿多疑,以为书中所述,即不肖所以自传也。文中本多故实,然必非不肖一人之所经历,特缀以见闻所及,以演述此事迹之过程,读者不妨以凭空结撰视之耳。不肖近来,腕力奇弱,此笔久不能华,明知《抱舃集》入吾腕下,亦不足一读,尘俗满身,虽秃尽霜毫,亦不能有清奇气,是可怜矣!

王槎习舞初成,促其友排夕走舞榭。入门,闻乐声,脚奇痒,不待就座,更不待呼饮品,已入池舞矣。槎年少而兴会亦高,谓我今能舞,则嗜舞矣,有一分兴致,悉付与舞,他时兴尽,我纵置身于舞场,他人促我舞,我且懒于劳吾胫,此时而不尽兴,何待哉?闻者以槎诚阅历之言,然槎又自言,我何尝阅历,我特闻之过来人语,私念其言有至理,我故循其言而行。王槎复自念,我无特嗜,顾往往有一时期,闲情专注于一事,譬如听歌,又如看蹴球,稍久之,必索然回首,今之于舞,正亦作如是看耳。

(《东方日报》1940年3月6日,署名:郎虎)

［编按:这是系列连载舞文,刊至4月12日毕,共38篇,今刊其一,以例其余。］

登 台 自 述

我今天又要在卡尔登唱义务戏了。这一次比前几次还要荒唐,因为这一次的戏,实在是临时决定下来的。上星期义戏的主持人周翼华先生病倒在床,我以为这台戏要无形告吹,所以朋友尽管叫我请人说起来,我是漫不经心。谁知星期日那天,看见了海报,我这才知道我的戏唱定了,这才开始忧虑起来!

《别窑》这出戏,虽然不过半小时,然而身上头上,都要了我的命,而一举手,一投足,甚至说白都要做在锣鼓上,其艰难比之《连环套》,不可同日而语。不知哪个恶作剧,点我来露这一下脸,岂不存心要我的命吗?

我从开始学习到出演那天,不过三日之隔,所以把戏分为三日学成。其实对于皮簧戏绝无所知的我,这出戏叫我学三个月,也不会唱得好的。所以台上的好坏,决不在练习时间的长短上。不过这种不登大雅的玩意儿,而偏要派我唱《别窑》,那末主持的人,是寻我开心!我常常会疑心,人家怂恿我唱戏,是在玩弄我。到现在看看,我这疑心越发可以证明。我惟有希望我唱晕一次在台上,让玩人丧德的朋友们看了,下次再没有这样的忍心!不过今天是唱定了,我决不敢老着脸,请诸君指教。

(《社会日报》1940年5月23日,署名:大郎)

待 复 庐 遗 扇

先舅待复庐主人,去岁尝自作一扇,其书曰:"不死于饿不死兵,携家来作租界氓。堂堂七尺尔何有？髑髅斗大双肩撑。壮士五十不为老，何乃瑟缩如秋蝇？日草千言换斗米，何补国事空营营？杜甫哀吟唐衢哭，呜呜细响谁耐听？直须掷笔走大泽，攘臂一呼狐鼠惊，杀×不成×杀我，死尚铮铮何况生！"其自跋云："右诗作于廿七年冬，盖赋志也。今又七阅月矣，浮沉孤岛，曾未有所自树，甚矣，言之易而行之难也。再书扇端，用以策己，民国二十八年秋，待复庐主自书扇于上海寓斋。"唯一兄检此扇贻愚，谓吾舅遗墨不多，此页要足珍贵，夏时挥着，以之长随，使舅氏未竟之志，后辈得从而振奋焉。

（《社会日报》1940年6月29日，署名：大郎）

花 间 偶 述

小双珠老九，也是上海北里间大名鼎鼎的人物，曾经受过梅博士的青眼。阿九到现在讲起博士来，还用俚倷两字来代替。有人问她俚倷是啥人？阿九便说住勒香港个。说时总是满面春风，真是她第一快事。话说阿九虽然年纪勿小，可是直到如今，还没有寻着归宿，还是流浪花间，虽然不致像一般的投老烟花，已伤憔悴，然而也远逊往昔风头。近年她自铺房间于汕头路，榜曰双珠，把从前一个小字去掉，这一段沿革的历史，却恕我不能详叙。只说阿九最近有人喊她堂差，大概是在华格臬路上的菜馆里，阿九坐了自己的包车，拉到大世界那里，被越捕看出破绽，请她下车，阿九不肯甘服，情愿到"行里去"，然而毕竟她是犯了禁的，听说在行里坐了一夜，第二天才请人设法保出来。阿九本来有阿芙蓉癖，不过业已解除。所以在巡捕房过夜，只当在露台上吹一夜天风凉。

（《社会日报》1940年6月30日，署名：高情）

记 潘 玲 九

玲红老九，在若干年前，吾人识其人时当在春红小阿媛时代也。冯梦云君,尝为之揄扬。名渐著,不数年,一变而为花丛之怪杰,则又非梦云初料所及矣。一度嫔杨啸天,旋下堂。沪战后自香港来,梦云记其居于某公寓中,起居之奢华,乃无匹敌。近顷忽又传其人将伴舞于百乐门,则谢弟老八之后,海上潋潋舞波中,又添一名花矣,为记一诗,以简梦云。

　　快持消息告玲珑,阿九行将入舞丛。馋唾乱喷头乱动,霜毫拼秃写春红。

(《社会日报》1940年7月23日,署名:高情)

童芷苓曼妙万千

接毛世来后队的黄金新角,老生是李盛藻,青衣是童芷苓。李盛藻来沪不止一次,童芷苓的名字,却很陌生。知道黄金诸子,又要不惜开销,不惮心力,来发掘一个新人才,捧红一个新角儿了。好几天以前,我就接江枫兄的一封信,叫我给李童他们发行的特刊写些稿件,我因尘世倥忙,把这件事一直遗忘下来。直到昨天在朋友那里,听说朋友们的稿件都已缴卷了!不禁想起此事还未向江枫兄报命。不知道马上执笔,还来得及来不及?这里写一些黄金本身,对于新进人才提拔不遗余力。黄金这家戏院,论经营方面,他们魄力的雄厚,是谁都知道的。一个没有到过上海的新角,他们真肯捧,要捧到"非红不可"之境。这里头要费多少心血,所以经黄金聘请的北来新角,一个个会载誉而归。我看过童芷苓的戏装照,无不曼妙万千。黄金也存心要竭其全力为她捧场,使她成了全上海人都知道她的名字。

(《李盛藻童芷苓合刊》1940年第8月期,署名:唐大郎)

小楼暂坐话凄凉

乔金红称凄凉绝代之儿,久不见矣。笑缘来,偕之同访于其寓楼,愚旧曾至此。往者,有人诬金红,谓金红实藏所欢于闺中,则大怨,尝告我,谓云郎先生,随时省吾居,则可以止诬我者之口矣。今日之行,意凄凉绝代之儿,或勿嫌其冒昧也。时在下午五时,金红与其姊乍起,助其姊栉焉。客至,姊羞遁,整衣出门,谓将理发入市中,楼上遂留金红与其女奴,案间列笔砚,及临字之书,金红着墨迹于其上。及愚发见,已为其藏去,勿令观,谓三日前甫习此,犹不谙擘划,污客目矣。言已,面赧如润水之肺。金红楼上,陈设颇幽旧,绝不若其他舞人之用摩登家生炫其华美者,则此人之古僻可知。呼女奴献茶后,更不善为寒暄之言,我有所问,金红始答,又不坐,强之坐下,亦遽起立,谓我乃不嗜坐也。自下午九时,至清晨四时,金红皆坐,久坐生厌,故喜立,亦情理之常,遂不复强,然为客者不安,只得起去。笑缘本欲携之同餐,见此情景,绝无机会置喙,遂废然返。抵楼下,愚犹仰首咨嗟曰:"是真凄凉绝代人也。"

(《社会日报》1940年10月12日,署名:云郎)

迎叶盛章重来

　　黄金新来的京角,是富连成班。这里虽然有几位已经是屡次南下的角儿了,然而大半是初度莅沪的。例如那位挑正梁的叶盛章,在北方已红极一时,而南方却以此番为第一度登台。有人说,上海平剧院,近来所邀的平角,总是这么几个,未免熟汤气了。这句话也有道理。黄金的当局,也知道观众的心理,所以特地邀请富连成班南来,也好叫江南人士一新耳目。

　　那位挂头牌的叶盛章,江南人正是闻名已久。他本身在梨园行,便是一个奇迹,他是以武丑而挂正印的。要没有十二分的真价实货如何能红在北方?如何能挑几个班子?所以这一次到上海,上海人却不能仅仅以"异味之尝"的观念,去看叶盛章。而要上海人晓得平剧的艺术,自有其欣赏不尽的妙境。武丑在梨园行中,销沉了多少时候,我们只听得些从前的老伶工,如张黑之流,如何身怀绝艺,而心向往之;却从没有见过一位出色的人才,搬演于舞台之上。多少年以来,才产生了一位叶盛章。他又是难得南下的。我们如何好错过这绝好的机缘?

(《富连成特刊》1940年第11月期,署名:唐大郎)

望慧生之来如望岁

有人说,近年来上海的歌坛,可以说得是极盛的时代了。其实以我看来,这几年中,就没有来过一个真正倾动一时的大角儿。黄金历来所邀请的都是京朝名角,可是名角之尤,如程砚秋,如马连良,终嫌他们都已频频南下,有些熟汤气了。及至此番,荀慧生来,才足以慰江南人"望慧生之来,如望岁也"之渴。将来献演之后的上海歌坛,始可以用得着新文艺作者常用的一句形容句子:说什么"好似平静的波面上,投下一块石子"。慧生以前虽然也是久居南中,但后来终以造诣日高,挤于四大名旦之林。而近十年来,更是阔别上海,这一份落落大方的扮相和柔媚中和的嗓子,使南方人真是想望声容,无时或已。迩时到处可以听见要到黄金去包长期座位的人此种热烈的情绪。付之于慧生,要不是偶然之事。

(《荀慧生专集》1941年3月,署名:大郎)

"唐小孩"出世记

沈夫人生前,替我留下两个儿子,一个今年十二岁,一个也已九岁。自以他时修文赴召,不愁没有亲视含殓之人,而今生今世,自分也不会再添儿女的了。谁知到得今年,惠明又会生产起来,预计她"达月"的时期,在二三月间。因为她亲属都不在上海,佣人又是新雇来的,深恐一旦临盆,照料无人,便决定进医院。许多朋友又都劝我投中德医院,我便在一个月前,同她到中德去报名。她是在二月廿八日的清晨二时,发现腰酸得厉害,渐渐加紧,到三时后,我害怕起来,雇了车,送她入院,腰酸还是不止。护士说:这现象,距离生产不远了。我们原定要住第三级的房间,定价是连陪客十一元一天的;偏偏这夜中德房间客满,权在五元一天的房间里住下,院中答应我们一有了空屋,便搬进去。这时她酸阵尤紧,也无心计较这些,她甚至要呼号起来,若不是护士来说,这是临产前必有的现状,我真要被她吓糊涂了。到七时三刻,看她实在不可支持,便把她抬到临产室去。不到半小时,我走到临产室门前,一位护士,迎着我笑道:"想不到这样爽快,她已经养了,时间是八时零五分。"我也诧异,忍着笑,回到房间里,等院里的人,把她抬来。

这里我要感谢几位朋友的,一位是子佩兄,一位是许晓初先生。在几天前,子佩偶然同许先生谈起我,而涉及惠明生产,许先生说我同中德的主持人俞松筠、俞季逵二君,都有深交,既然是唐某的事,我来关照一声,因此特地写了一封信给季逵先生(俞松筠医师,近离沪上),代我道地一切。果然,俞先生又转咨接生的医师同护士,请她们特别周到一点。所以我们得到了种种意外的便利。我平时和许先生不大晤面,而他的关心着我,随时是那末的殷切,这种精神上的示惠,真使我惊宠万状!

距离她进临产间一小时,院中的差役,又把她抬回来了。她在蒙了大难之后,颜色没有变更,神气却非常悲苦。我敛了笑容,看他们安顿她睡下,我随着种种情形都好,便叫女佣伺候着她,我出去买些明天喂乳的东西。

因为她坚执着不肯自己喂奶,只得去买代乳粉和奶瓶。代乳粉的种类太多,各有其利,也各有其弊。我到五洲药房里去买了老牌的一种,价值之巨,把我真吓了一跳。马上想到,一年奶粉吃下来,终有一天,我这穷命,要对我小姐讨起饶来。奶瓶要买四元多一只,我问他们何以如此之贵?却说:这是外国货,中国货,不到一元,别家药房有的,这里不卖。我听得火了,掉头就走,私想中国人不买中国货,五洲的固本肥皂、人造自来血,怎样行销,五洲不靠这两样东西,还有今日的五洲吗?这店倌,不识轻重,说在我晓得他们全本地理图的人的面前!

回到院中,见她精神也恢复了一点,她要看看自己的出物。到十二时,我们这位千金,才由楼上抱下来。刚刚下地的孩子,要欣赏她容颜的秀美,是没有法子的,但看她面部的轮廓,和面上的器官(这里本来好写一首"西江月"为证,手头没有词谱,只得作罢)。那末两腮的外扩似我,两耳的奇小也似我,有了这两种特质,要她将来闭月羞花,沉鱼落雁,便非易事。萧翁对他的女人说:"要养个孩子,面孔像你,而才调似我。"我所希望于吾女者,要她仁慈似我,不料她相貌似起我来。一二朋友知道了,一定说唐某要靠女儿娱其晚景,这心愿怕不能实现了!

她抱过去看了一看,因为精神不大好,又抱了回来。我一眼看见,孩子的襁褓之外,系着一块腰牌,一面是房间号数,一面写着"唐小孩"三字。我笑了起来,对她说这名字有趣,我们就称她为唐小孩吧。她嫌得难听。我说小时候叫叫,无伤大雅,总比小毛头、囡囡等要雅驯得多。从此我提起孩子,总是说唐小孩,她也自然而然的喊起唐小孩来了。

下午,回到人安里,告诉吾母。过了六十的人,孙子是有了,孙女儿还没有抱过,总算让她一过这个瘾。"唐氏族繁娘自喜,为添吃口又封眉!"这是我前几天作的一首诗,揣摩吾母心理的。

傍晚,医院中叫我们换一个楼上房间,一个人一间,有一张陪榻,光线非常充足,水汀又放得极暖。她似乎安心了许多,决定了我同女佣两人,做陪伴产妇的日夜班,我做夜班。房间里有一张方桌,夜里正好在上面写些文稿。在三楼楼梯口的一间,是护育婴孩的地方,院中的人,都称为小囡间。夜已静了,可以闻到一片婴孩的啼声。我便走到廊里,又走到小囡间的门外,从玻璃里,望到小囡间里面,只见一间屋子的四分之三,都放着婴孩睡的小铁床,每张床上,放着两个婴孩;四分之一的空地方,是护育婴孩的护士们,散坐在那里,她们不以孩子的啼声为烦厌。比如挑着叫哥哥的人,叫哥哥没有终止叫声的时候,别人以为这种聒耳朵繁响,也够讨厌的了,而挑担的人,却没有这种感觉。但小囡间,也有静寂的时候。产妇房里,都知道小囡间的小囡,都已喂足乳了。我立在门外,看看我们的唐小孩睡在哪里?终于给我发现在东边墙隅的一张床上,因为她襁褓的颜色是淡绿的,不比其余都是花花绿绿的洋布,所以容易辨认。

第二天早上,唐小孩开始吃奶粉了,吃完了奶粉,又从小囡间里抱来。我每天十时以后出院,总把孩子看一看,觉得欣赏自己的孩子,好似欣赏一首新作成的好诗,自己总还以为是得意之作。

给惠明接生的医师姓章,精谙产科以外,也兼理妇科。她是三十来岁的人,对产妇和气得像春风的煦拂一样。在吾们的房门上,有章医师的三个字,不知哪一位小姐好弄把章字上面的两节,写成一个英文大写的E字,下面再加一个十字,我辨认了几天,也不敢断定这是中文的章字。章医师每天来看一次。中德里也有一位男医师每晨来诊一次脉,问问产妇的情形,这些都是住院生产的便利。朋友来看过我们的,姚笠诗同周翼华两兄,朋友果然太脱熟练,而我则总很感谢故人的情重。笠诗原是解人,力劝她自己哺乳,他说:"我每次看到一个中上家庭的妇女,自己喂奶给她孩子的时候,我认为这是人类的光荣,而为之肃然起敬!"笠诗说是这样说了,却也没有打动她的天君。这夜我同两兄出去用饭,笠诗又打趣道:"我是治法律的人,在美国的法律条文上,妻子在生产的时候,丈夫突然离开她生产的所在,就可以构成离婚的条件。"不过我们是生在中国。在我们留院的第五天,许晓初先生也到中德来,他怕那封信不大道地,亲自来为俞先生致意,同时他来探望吾们,真使我感到受恩太重,何以图报?待她出院之后,我得去看一次许先生,谢谢他的厚爱!

(《社会日报》1941年3月4日至6日,署名:云裳)

珠 沉 记

吾女于二月二十八日生,至四月六日死,来去匆匆,仅三十八日。惠明初育,酷爱其雏,愚亦以此生无掌上明珠,忽得此儿,中心良慰,不图其诱我二人欢者,胥虚罔耳。女生十数日,病赤痢,抱之诊于叶植生医生,敷药,不久渐痊。死前一星期,忽瘦瘠无人状,大惧。次日,又抱之谒臧伯庸先生,则谓消化勿良,宜节以饮食。往时,每食饲奶粉二茶匙,今则减为四分之一,凡两日,矢黄而软,知臧言效矣,喜甚。女先后病二次,皆非所以死我女者。愚既悦吾女,复不欲使惠明过劳,夜间喂乳之役,自我为之。清明前一夕,十时归,归时,风雨甚暴。惠明于十二时入睡乡,愚独坐灯下治文稿。天奇寒,风雨复不止,至一时后,巷中啾啾之声甚紧,倾耳听之,知为鬼哭。愚妇死时,尝闻此音甚审,时风势犹狂,而鬼哭之声,乃不吹散,则其非恒常之音响可知也。愚亦奇忍,当时即疑鬼瞰吾家,似必欲夺吾女以去者,辄移座于女床前,私祷曰:"翁在此,儿必无惧。"未几,儿啼,而哺乳之时间已至,则持瓶使吾女于床上饮,患抱之起坐,将为鬼力乘隙袭吾女也。乃鬼号之声益厉,至雨止亦止,视时计,在侵晨三时后矣。

五日之晨,女佣检其遗,则曰:"又色白而成块。"愚于梦中闻此言,大惊而起,念吾女复病矣。顷之,审其哭声,拔而锐,不似常日之宛转娇鸣,惟健唊如故,则亦安之。是夜,诸弟来为雀战,女眠食甚安,第啼声仍异,吾弟都谓非佳象,决于明日叩医生。明日为星期,抱之赴臧先生许,先生已他出,勿应门诊。及晚,愚终不自安,因以电话速中医韩养儒。韩夙行医于邑中,治幼科著奇效,良医也。既至,察儿病甚周,谓体温甚低,故腹痛,所以哀鸣,痛所致也。而肠胃亦受创,故病状至凶恶,投一方辞去。女佣尾至楼下,韩告曰:"殆已无望,旦夕间人矣!"佣递其言来白,愚大震,顾念综韩所言,与西医之说互殊,或者为养儒诊断错误,有此惊人之说,则抱女在手,见其面容如旧,唇红亦勿褪,惟抚其颊则奇凉,怜而以吾颊蓺其颊,忽震啼声。视之,则两睛四窜,作怖人状,方知韩言为无妄。惠明知其女不可留,愚欲速西医注强心针,亦止我,谓徒耗钱耳。重使其下卧,将坐视其销沉,及哺乳之时间至,更诱其啜乳头,女口闭如扃,不复欲食,嗟夫!婴儿奚知饥饱者,苟诱以食,必张馋吻,今吾女忽拒食,待死必矣。是时双睛犹上扬,愚心酸不可自克,勿忍再视,则倚枕为眠,视惠明泪浪浪被面上,愚亦潸然!继忽自痴,今吾女之病,或在前夜风雨中,为魅力所乘,因私祷于魅,愿魅勿祟吾儿。吾儿无知,且未作恶,即祟之至死,则其为鬼者,亦非雄耳!

是夜,吾女果不死,亦无哭声。即哭,为声瘠弱而促,第作微呻。天既曙,视其面,作灰白色,唇朱俱尽,愚狂悲,语之曰:"儿作何孽?天乃遣汝,弥留之苦,一似成人!儿固步人遐弃汝爷娘而踽踽独行者,则爷在是,娘亦在是,正亦不忍吾女之踽踽独行也。儿其速瞑,勿为兹悲苦状,重伤我二人之心。"如是者延至下午三时,始气绝,口鼻皆流血,若中毒然,睹之肠断。邻家人与相识者来慰吾二人,谓:儿之来,索逋来耳,悲奚为?愚笃爱吾女,皆不听,以为若辈妄人耳。女死后一日夜,风雨如晦,纵笔得绝诗若干首,抒吾悲绪,吾文之不及者,胥纳此中矣。

几曾闻汝唤爷娘,一死爷娘只断肠!梦里今宵须告我,悠悠此去抵何乡?

世有群魔叱咤声,独教此鬼作哀鸣。清明路上孤魂远,孩竟掉头不顾行。

呼儿有母泪如珠,父亦临尸泣一隅。讵汝怜予贫薄甚,不来重剥唐家厨。

也识人间有至哀,一生未见眉头开。果然此去无归宿,依旧投胎望汝来。

夜半微呻起隔屏,梦回总是带愁听。此时那有啼声急,啼醒爷娘索乳瓶。

仰首惟嗟天意忍,人生一例似烟云。强持泪眼翻筒箧,小小衣裳小小裙。

(《社会日报》1941年4月9日至11日,署名:大郎)

雪庐主人登台记

雪庐主人,即舞人陈雪莉女士,于二十三日之夕,演义务戏于黄金,剧目为《戏凤》,由孙钧卿先生为陪正德。先是,此角本属之培鑫,而培鑫临时,以病辍演,遂烦之孙郎,是距钧卿之举行书画个展于青年会前三日也。雪莉从李琴仙学,甫三月,自逊拿陋,不欲贡拙于人,顾嬲之者殷,始许为一试。琴仙立台前为之督场,而捧场者所赠之花篮与银属器皿,有目不暇接之盛,此则主人之声势,亦主人之所深好也。是夜,主人一易其行头,而丝帕三四易,腕上之钏,灿灿为金光者,亦新置。主人恒时,不事此饰,特以凤姐当年,有此藏,为求毕似,故亦兑此钏矣。主人工面部表情,小女儿羞涩之状,在主人不自觉间,为之刻划尽致,因知演剧之役,都系天才。尝见登台二十年之票友,内行亦然,面孔上一无戏料者,亦有乍一登台,而满身是戏者,此盖天资之超轶人事耳。主人初上场,似不免畏怯,及后渐镇定,则戏亦精练,及讨封时,竟如斫轮老手之无暇可击矣。

(《社会日报》1941年4月28日,署名:云郎)

我被二房东恫吓威迫记(上中下)

十七岁到上海,今年三十四岁,从前在银行里做事,家眷住的银行里的房子;后来做了报人,居住的地方,也大多是分赁朋友的余屋,所以听见别人形容上海二房东那一副嘴脸,我却未曾领教过。去年六月里起,与惠明赋同居之好,当时本想搬个地方,因为一时觅屋不易,所以因循了下来,地方在新闸路麦特赫司脱路东首的一条弄内。二房东是姓严,此人专靠做二房东为生,所以他并不住在我们住的这幢房子里,与二房东奶奶,在小花园的一条陋巷之中,另外顶了一幢房子,自己住在三层阁上。按月由二房东奶奶,或者姓严的兄弟,来收取房钱,我们丝毫没有拖欠情事。

在本年三月中旬,下午三四时辰光,我同惠明去看电影的时候,二房东奶奶突然光降。不知如何,先同楼底下住的一份人家,争吵起来,将楼下那一位老太太,什么下下流的话都骂出来了。后来又到楼上来,一看我们不在家中,便对女佣人说:等你主人回来,叫他两个礼拜内,给我搬场,不然我们要不客气了!说罢怒匆匆而去。及至我们回来,女佣告诉我方才的事,我笑着对惠明道:"有生三十四年,该让我来欣赏欣赏上海二房东的那一分嘴脸了。"如此之好,四月十日的房钱,便不来收取,然而我们却并不曾遂从了二房东奶奶的台命,在两星期内,搬出了这条弄堂。

一直到四月二十七日晚上十一时,一方兄打个电话与我,说:你们住的房子的二房东,他托一位李先生与你们交涉,李先生因为寻找不易,所以烦一方转言。我因为同李先生虽有几面之雅,然而究无深交,知道王耀堂律师,与李先生是相熟的,所以在二十九日上午,我去看王律师,请他问一个明白。据李先生对王律师说:同严某并不认识,也是转辗相托的。毕竟惠明的缺乏涵养功夫,尤甚于我,她在一方打电话后第二天,便打一个电话与严某,问他你要同我交涉的,究竟什么事?此人大概神智昏迷时候,竟开口对惠明说:"我是你从前的舞客,从前我在你身上用过不少钱,又给你买过家具,现在你一切都拿来还我。"这几句话,气得惠明手足发颤。不料那严某还叫他的女人来听,女人竟在电话中,用上海最下贱女人的骂人口吻,破口大骂。惠明以此种人不屑理喻,便将电话听筒放下。等我回来,她说:你几曾听见,舞客给了舞女舞票,在舞女嫁人之后,舞客要来向舞女讨还的?至于房间家具,都是我当初自费购办(我去年拟给惠明购置新件,惠明不许,所以我将该件货价,交与惠明,论现在的物主,是姓唐,不是姓刘),不曾收过他人礼物,严某虚构事实,其居心何在?竟百思莫解!

大概李先生后来对于他们的委托是放弃了,他们又到处托人,在外声称要"收拾"我。前三四天,我们又接到电话,不是叫我"当心点",便是对惠明说,将不利于她。我们平常没有冤家,这些电话的来路,不难探索(而且除了好友外,别人也不知道我们的电话)。

老实说:十年以来,险也措过不少,官司打过,相打打过,不过近年来,火气锐退多了,什么事都情愿自己吃亏,让人家一步,这种事,要是在从前的话,说不定已经闹成一个什么局面了。如今却一味的忍耐,思想米珠薪桂、忧愁生计都来不及,谁高兴再讨这些闲气。不料我是一步让一步,而二房东简直当我戎囊子,什么恐吓、威迫的手段,一样一样放出来,似乎要我们屈了膝,他贤夫妇才觉得适意。然而我终于不想费气力来对付人家,我还是求合法的途径,所以五月九日那天,我同王效文律师商量之后,将四月份的房钱,送到法院里。同时因为二房东奶奶泼辣成性,说不定做出什么行为,冷箭伤人,所以明天也想到捕房里去存案。因为我不能一天不出门,惠明又常常在外面,实在太没有保障了,不能不如此做法!

我自己明白,近年来与人无争,上海地方,实在没有不满意我的人了，所以在我住在严某做二房东的这幢房子时期内，太平无事，也就罢了，若有风吹草动，惟他们是问。我要写出这次纠纷的原因，要使关切我的朋友们知道，大郎是在不安定的环境中，过着日子。

（《社会日报》1941年5月12—14日，署名：大郎）

为君捞网起沉珠

吾女既夭折，有粤人栖霞君，抵书婴宁，谓其夫人方生一女，欲托育于人，而属意于婴宁。婴宁谢之，盖其家已绕室皆雏，不欲更添儿女累矣。于是荐于我，我复白之惠明。唐律之殇，惠明正苦无以慰其岑寂，闻言颇喜。我遂与陈君通函札矣。陈夫人且来存吾家。越二日，我与惠明，亦尝造陈君之居，见其家婴婉绝壮硕，双眸秀朗，生人至，目炯炯注视不少瞬，盖堕地已四越月矣。归与惠明议，拟择日迎归吾家。而为房屋居停所扰，惠明辄不自宁其心意，此事遂耽搁至今，不暇果行。闲时我每念此事，闻陈君有天南之行，今不知已在沪上否？彼婴婉又憨笑如何矣？陈旧曾寄我诗云："觅得唐家好托根，书香世代旧高门。无情莫怨生身母，夜半牵衣拭泪痕。"又云："为君捞网起沉珠，珠奉自甘甚向隅。海上梦魂来不易，何时重见小呱呱？"情词弥痛，读之尤不禁怅惘也。

（《社会日报》1941年6月12日，署名：大郎）

向张文娟连奏三本

有人说坤角儿中的雪艳琴与孟小冬可以说是前无古人后无来者，以后起的许多坤旦而言，要似雪艳琴那样的声容并茂，确是难得其选；至于须生人才，像文娟那一分高厚的天赋，再下几年苦功夫，我想要追踪孟小冬，或非难事。既然大家都以为坤角须生，以孟小冬为一代宗匠，那末就小冬而论文娟，鄙人谨向文娟连奏三本。

一，谭派老生，个个人有抽几筒之瘾。据说不抽几筒，便唱不成谭派，这是笑话。然而孟小冬似乎也迷信这点。我则要劝文娟千万不可误入歧途,以身试法,固不得计,背上了这门一项嗜好,说会使你的前途增加绚烂,毕竟万无此理。

二,不要与内行谈恋爱。小冬便是个先例,她嫁个梅兰芳,两个人唱过《探母》,男的扮女的,雌的扮雄的,长成了艺坛上的千古佳话。然而他们的婚姻,到底不能全其终始,所以内行的丈夫,不嫁也罢,兰芳尚且如此,其他可知。

三,要早一点出嫁。我看文娟最好唱到三十六七岁,便可以收篷落舵,不要像孟小冬被人看作古董。在孟小冬固然曾经沧海,不过春花秋月,一个多感的女人,谁也不肯把它虚度的。末了,我还要告诉文娟,将来要觅归宿时,还是到南方来找,因为那些北老(不是汪北平先生),大都欢喜吃大蒜,你是南方人,将来睏勒一横头,如何禁得起那股味儿?这三道本章,只谈私事,不谈公事。与角儿谈公事,要触霉头,要砍招牌。所以还是谈谈娘儿们的终身大事。

(《社会日报》1941年9月23日,署名:大郎)

桂秋与熙春

黄桂秋先生与王熙春女士,他们是师徒二人。在什么时候熙春拜了这位名师,我却不知。以我个人同他们的交谊来说,我是先识熙春,而后识桂秋。有一年也是天寒岁暮的时光,桂秋在上海出演,他的寓所,正与我的卧楼,望衡对宇,因此过从甚密。熙春那时,也常来拜望老师,记得她第一次陪信芳演《四进士·柳林写状》,她从来没有唱过,特地赶到黄老师那里,请桂秋给她说说腔。那是风雨凄苦的冬天,我很清楚地记得。

现在他们师徒二人,在一个台上合作了,这是何等的盛事。桂秋是青衣的正宗,微特现在的南方,可以独步一时,便是从四大名旦中拖个把出来同他比比,他们未必便有桂秋的那般神韵。熙春的艺事,自然不逮老师远甚。但要讲究装束登场,那一股漂亮劲儿,别说乾旦中没有这一份,在坤角儿里,她也是数一数二的人物。所以者番与信芳同时登场的两个青衣,实有色艺均占之盛。你道局促在孤岛上不舒服吗?这样的盛事,便够你享受的了!

(《麒麟童特刊》1942年2月,署名:大郎)

征收诗弟子例

其三先生教诗,征收遥从弟子,订例甚薄。陈小翠接踵而起,订例甚丰,是小翠扎其三之台型。小翠女人,其三男子,女人扎男子之台型。予亦男子,为之失色,故不服。今要将台型扎转来,爰亦订"征收诗弟子例",予诗不及其三,我比之小翠,则天地良心,高出万倍。中国诗家,从无有女人而出类拔萃者,惟男子诗,则多垂千古而不朽,故小翠之硬扎台型非特无理,亦勿写意也。小翠有兄,名定山居士,尝谈诗,谓苏黄皆不值一顾,其狂可想。然定山虽狂,犹不及鄙人之疯也,鄙人直视杜诗为粪土耳。今疑小翠之狂,无逊乃兄,遂索人贽仪数千金矣。然则以我疯人论值又大可逾万,故订润例。明明是老虎肉,写不写在我,吃不吃在傺也。

  面授——每日二小时每月三千元;

  函授——每月二千元;

  面授——每年三万元;

  函授——每年二万元。

专学打油诗,各加三成,贽敬先惠,学生男女兼收。

(《社会日报》1942年8月30日,署名:大郎)

斯为"虐政"

新年,这个名词,我对它厌恶了十多年矣!我一向以为新年是阔人所有的,到了新年,惟有阔人,才得恣情享乐,穷人则听说新年到来,头痛心焦,甚于常日!十几年来,我的岁月,永远沉浸在穷愁中。所以听说新年将要到来,早已心事重重。

十几年来的愁苦光阴,便是误于一枝秃笔。但作了报人,逢到新年,却又要写一点新年应时的文章,以资点缀篇幅。我生平不大肯为违心之言,更不肯强颜为欢,所以逢到报纸有新年特辑的时候,我从来不曾著过一字。有人说,过新年而写一些嗟穷愁苦之文,也未始非应时之品。但嗟穷又非在下所在行,故也自来未曾写过。

不料本刊的新年笔会,指定要写应时小品。我认为是修梅兄的"虐政",他分明强迫要我强颜欢笑;再不然便是要我趁此新年,一发穷困的牢骚!在岁尾时候,我忙着自己的私事,所以这一次笔会的举行,我绝未预知。接到了修梅兄的信,我随即写一节关于费康兄逝世的消息。谁知修梅以为不合格局,定要我另写一文,在短短的二三十分钟时间内,我进出上面这一番宏论。但昨天的那篇文字,我还明明点着老凤两字(请翻阅昨日《定依阁随笔》),岂非白白辛苦了吗?

(《海报》1943年1月1日,署名:大郎)

《燕子吟》诗纪

辛巳夏,南洲主人以《燕子吟》诗十五章投与予,盖别有所托也。往事前尘,自堪据引,而哀艳若是,复不辱吾笔纾写,用述所知,为《社报》补白。

距今七八年前,海上欢场中,南洲主人纵横其间,裘马多金,众香倾动,其豪情胜概,固不可以楮笔传述也。为辛未之夏,主人薄游舞榭,识一女,鬟云眉月,柔媚若无骨,主人见之,未饮醇醪,已先色醉,比两情既洽,为量珠之议于苏州河畔。卜一宅,为金屋之贮焉。布置绝精,兼巢老人过其居,叹曰:"是神仙宅也。"因题其居曰"双修盦",为跋语云:"人间管赵,泥土新抟,天上刘樊,尘寰小谪,几生修到,梅花为处士之妻,三月吟成,明月作长庚之伴。"亦可见此老歆羡之深矣。女身世必不可诘,主人名之曰月子,又曰月子夫人,既爱之笃,所以示惠于彼姝者子者亦广。月子损一齿,主人怜之,则市钻以弥其陷,月子果悦,逾于齿无损矣。越年,主人不能忘情于风华之习,又迎云姑归使与月同居,云月因依，主人作左右顾，为情弥乐。又未几，举家迁于吴，会兵氛报急，主人举家又避地归桐乡故里。复自桐乡来上海，离乱余生，困顿自不堪言状。其家业之燔于兵火者十之六七，月子不知，挥霍犹巨，主人渐勿能应，则不欢。己卯春，月子于细雨溟濛之晨，携钱饰而扬。顷之，又讼于官，谓主人实凌虐其姬人，至是乃脱辐。是时惟云姑能安贫，井臼躬操，主人之情怀始慰。遂有燕子吟之作，诗中如："珠帘玉箔金泥垒，误尔生平是纵奢。"又曰："欢合时难伤别易，分甘人夥耐贫稀。"凡此皆月子之去复而思，兹录其全词，读者固不难探索当时之双栖情状也。

（后南洲主人诗从略）

（《社会日报》1943年1月12—16日，署名：云郎）

捧女人的诗

写文章与诗捧一个坤角儿，我决不否认是优为之的。不过这两年来，此调不弹已久，一直看见了张淑娴女士的绝诣，又使我故态复萌起来。

以"热情奔放"来写捧女人的诗文，其所得当是容易动人，所以要捧得热烈，不能把理智与情感分得太清楚。易哭庵及从前故都有若干名士，都有这副本领，近年来，我承认是步武他们后尘的一个。

易哭庵说："天原不忍生尤物，世竟无情杀美人。"这是何等的热情如沸？又有一位名士说："座中痴绝无如我，一掷秋波便是恩。不信烦卿亲妆点，裙过袖底有离魂。"痴绝，我没有这样的好诗。我曾经把它作为蓝本，写过一首诗送与金素琴的："当初弦管入黄昏，此日灯痕杂酒痕。一笑归来裙角重，此中曾断大郎魂。"毕竟也传诵一时。

热情奔放，有时候会形成了穷凶极恶的，在我许多捧角诗中，有着不少例子。记得有一首诗是题素琴造像的，如曰："艳影曾叨素手投，金家大妹故风流。貌非绝世烧予笔，艺不惊人抉我眸。眼底文风在嘉定，当然国色出杭州。愿从兄弟求名分，宁羡人间万里侯？"似貌非绝世，艺不惊人一语，是热情奔放呢？还是穷凶极恶？

近年来情怀落寞了许多,捧女人,也不像从前那样随便的付以热情了。替张淑娴虽然也写过不少诗文,但都是冲和平淡,与昔日相较,宛如出于二人之手。当她从上海到汉口去的时候,我的诗有:"喜极翻流三点泪,与君来去伺风波。"

又听说她要回来了,我又写了几首奉迎的律诗,则有:"红袖归来青一眼,丈夫依旧闲斯城。"都没有以往的趣情与疯狂了,念老之将至,悲不自胜!

(《新都周刊》1943年第2期,署名:唐大郎)

[编按:"此日灯痕襟酒痕"句中,"襟"原作"襟"。据1979年8月15日香港《大公报》编者补正:"前日《得素琴自旧金山来信》末段'今夜灯痕杂酒痕''杂'字误植'襟'。"而改。]

剧场偶谈·雄女人

◆荀慧生裸体上装

据说荀慧生在扮戏间里,搽上了粉抹上了胭脂,再把头面都插扮舒齐之后,将他身上"私底下"所穿的衣裤,一律卸除,着上登台时规定穿着的行头。在已经卸除,还没有着上的一刹那间,荀老板自顶至踵,足不着寸缕的这时候便是人世的奇观!我不大相信一个伶人的上装,一定要把衬衫和亵衣都有脱去的必要,所以上面这一段记述,只能说是"据说"而已。但每个唱戏的先生,都有他们的怪癖,梅老板、程老板不需要这样做的事,说不定荀老板一定要这样做,所以"据说"实在也可能为事实的。万一果属事实,那末这一刹那间的奇观,几个白党近臣,当然时常可以饱他们"眼福"的。白党近臣的矢忠矢诚、至死不贰的精神,这里最足以表现他们的伟大。否则若是外人,不要说亲目所见,只要闭着眼睛,冥索片时,明明是女人的头和面,而头颈以下,却是平坦的胸脯,一念及此,哪有不腻恶作剧之理?

◆程砚秋檀口抽烟

战前,程砚秋在上海唱戏,漫画家叶浅予曾经到后台去访问他,替他速写。那时程老板已经扎扮完齐,只待上场。他平时专吃吕宋烟的,上装之后,一根不去口,大号亨牌,直径与横径,都有相当的尺寸。浅予去的时候他正燃着一枝雪茄,衔在那"一点朱唇"中。浅予以为这是最好的速写材料,便用他轻灵的笔调,写出那种绝不谐和的当时的情景,以示砚秋。砚秋为之忍俊不禁。过了几日,他将这张速写刊印在某种美术杂志上,读者无不哗然。

◆梅兰芳柳腰款摆

记得有一次我同几个朋友,去看梅兰芳的《太真外传》。好像在这出戏里,杨太真有舞蹈的场面。兰芳把身子置放在一只似盘似鼓的东西上面,做出种种舞姿,记得最多的动作,两蹠不移只将腰股向左右款摆。当然兰芳在这上面,是用过苦功的,所以望上去,真的柔弱无骨,而台底下的人,也一致鼓掌称美。我忽然有所感动,对座旁的一位朋友说道:梅兰芳不同我们一样是男人吗?你现在只看见他的腰股款摆,若使透视一层,那就可以想像到他身有一体,也正在那里前倾后侧,亦步亦趋……说到这里,我的朋友不许我再往下多言。因为太煞风景。

我自从这一次受着反感之后,对于男人饰演旦角,起了极深的嫉视,什么四大名旦,都不屑一观。四五年以前,我狂捧金素琴时候,送了素琴许多小诗,记得有两句是:"梅公临老还工媚,媚到男儿我贱之!"这还是心平气和的话,还有两句则是:"却道世人皆可杀,如何还捧梅兰芳?"这就见得须髯戟张了!

(《万象》五月号(第二年第十一期),1943年5月1日出版,署名:刘郎)

〔编按:本期《万象》"编辑室"栏有平襟亚一段话云:刘郎毕竟肝胆之交,他于百忙中自动的赐我佳作。不啻见我行将饿毙,而以自己借供馆粥的一把户口米持赠,感激之情,没齿不忘。本来朋友相交,不在酒肉,在于患难中能通缓急。在下从事辑务,虽非初度,然这一回的旧调重弹,出于仓卒,一无准备,实为生命史上可纪念的一重难关。因之,感到刘郎兄也就是我生平可纪念的一位患难之友。〕

《海报》周岁

不知不觉,替《海报》写了一年的稿子了!我那样荒芜的作品,原不足使《海报》轻重的。我绝对不说恭维的话,《海报》在上海小型报中,它是精神最饱满的一张。凭我个人的赏鉴,《海报》也是我最欢喜的一张。我自己承认,我是有着私心的。经常我同时替几张报纸撰述,我往往替我所欢喜的一张,写起来比较"经心"一些。单是这经心一些,在我已经是不易办到的事。因为我疏狂得像一匹不羁之马,虽是赖此为生的笔墨生涯,我也永远忽视它的;所以向来大意,因此产生的作品,永远是些芜杂的东西。替《海报》写的稿子,谈不到好,不过比较不甚大意而已。

一年来《海报》的内容,当然说不到至善至美。非但如此,可议的地方也甚多甚多。不过编辑者的倾以全力,这是很能够表现出来的。有许多报纸,因为节省稿费,所以他们的采稿,不免"徇情"。《海报》并不希望如此,但"徇情"的情形,却是天天可见。这一层,我老想请修梅兄把它改正过来,而再费一点气力,去多拉些精炼的作品。若让读者只看见若干人在那里自说自话,究竟不成话的。修梅兄要我在《海报》周岁之期,写一些感想,这就是我近来蕴结在心底之言。当然我的话,是说得不大痛快的。

(《海报》1943年5月1日,署名:大郎)

记 大 方

方地山先生,为中国有数之词章家,治联尤胜,故有联圣之誉,都非溢美也。地山江都人,江都才子,头巾气固绝重。近世非才调纵横之士,咸产江都,若张丹斧毕倚虹是,而地山其尤也。

愚识地山,曾与其子某,为银行同事。闻识地山其人者谓,此老不修边幅,垢秽满身,不暇自洁,广座间,恒以其肌肤之垢,搓为丸,溅掷四座间,众皆恶之,而地山以为至乐。

地山所为,以风冶之品为尤佳,为人书联,好以人名嵌入联语中。昔年叶浅予抵沪上,乞地山一联,则写上句曰"寄情紧暖香干外",下联已不可忆,而上联固而一望而知着一浅字也。

友人曾求地山书扇页,写绝句一章云:"依依软语当风坐,沧海曾经多见闻。三十三年春不老,肌肤冰雪发如云。"诗固绝艳,而小跋尤美,其言曰:"仿渔洋怀人三十二首之一,渔洋所怀皆诗人,余则尽妇人耳。"

地山先生字大方,《大方》问世,苦忆大方,因为兹文,聊当塞责。

(《大方》1944年1月,署名:大郎)

鬼掌记

一夜,友人遣其仆入市。仆以自行车行,街灯甚黯,经小沙渡路某处时,忽见前来一飞车,车行甚急,仆避让且无及,踬其车于地下。飞车上乃降一巨人,全身皆黑,狰狞不可悉辨其面目,怒甚,扬一掌击仆之颅,中其口,齿皆圮摇,而肤亦豁裂,流血被其面,时仆已晕厥。及醒,街上且悄无人矣,则曳车投医院。医者为之纫其肤,敷以纱布,而为创甚巨也。

愚过友人居,问仆所苦,则曰为鬼掌所厄耳,诘以故,则举其事以告,盖以不知雠者姓氏,亦不及审雠者面目,岂非受侮于鬼邪?仆经此创,已张口不可成言,亦不能咀嚼,日以面包和水,吞咽入腹,见其人,常日无愉容,盖心中抑塞之状,一时正难以言释也。

(《大上海》复刊第二期,1944年11月29日,署名:唐大郎)

管窥集·不舒服的白相

入春以来,虽有三个朋友,请我在生意浪吃夜饭,我都去了。三处地方,都是楼下房间。楼下房间,向来不及楼上房间吃价,何况近年来的堂子里,更加因陋就简,墙壁上有了洞眼,花纸也掩贴不住,地板七拆八裂,桌子无论如何放不平正,这情形,比了战事以前的么二堂子,还要秽陋。

看起来现在的人,即使有了钱而想求十年以前的享受,是不可能了。

我以为现在的堂子最去不得的原因,在于光线之黯淡。我最后一次到一家福致里的生意浪,他们的后厢房里,开着一只像电筒里用的灯泡,而就请客人围坐拢来,斗扑克牌。白相为了求舒服,既然求不到舒服,毋宁不白相。我几次吃罢花酒出门,心里暗暗好笑,说:这哪里是寻欢,分明是造孽!

(《小报》1945年3月25日,署名:云郎)

张淑娴落花无主?

天厂北归之前一夕,友人设饯于文哥府上,其俊亦来,谓《光化日报》不鸣一函,影响甚巨。中国大戏院后台事务上,发生不良后果,一也;舍间之行灶镬子搬场,二也;各方面之属目,使淑娴难以做人,三也。有此三因,老友似应设一辞为辨,愚问然则果有其事乎?曰绝无其事,时兰亭又代其罚咒,谓断必无成就可能,而风谣终不可信。按:关于此事传说,日有数起,愚久不晤淑娴,亦不见其俊,听之颇无疑。不鸣之函,尤凿凿似有据,毅然刊之,初非恶意,不图使当受者滋多烦恼,愚甚憾焉。今姑从老友嘱,为布真相如上,特望此局至此为止,不再起变化,使读者常当唐某之言,为放屁不如,而从此使我亦难以做人也!

(《光化日报》1945年6月8日,署名:唐人)

儿子的学业

这一学期终了以后,我的大少爷要到高中去了;二少爷升班不升班,尚成问题,我问问他考试的成绩如何,他只说报告单还没有发出。这样来搪塞我,我明白升班的希望,是渺茫得很了。向来他们的学业我是不大问闻的。自己没有读过几年书,二十年来,教育的进化,到了如何程度,根本没有关心过。所以儿子的学业问题,我不愿同他们讨论,怕说出一两句外行话来,会弄得我做老子的尊严尽替。现在大少爷要改进高中,他来与我商量,要我替他选择一只学堂,这分明又难住了我。谁知道上海滩上,哪一只中学,不是误人子弟的? 我虽经打听过慧棠兄,他也好似不敢把医生乱介绍生病的人,从来没有给我圆满答复。我的孩子住在牯岭路,附近又寻不出好学堂,他说盐业大楼的那一家,也许不坏,但我反对,原因是我讨厌,那条北京路的车马喧闹,一天跑过几趟,我不大放心。最后我想让他去住学,管教得紧一点也好,一则可以分我母照顾之劳,二则也免得孩子跋涉之苦。读报诸君,不乏仁人君子,可否替我转一转念头,推荐这么一家中学,只要功课还好,学费贵一点,我也豁出去了。不怨别人,总怪我当年为啥寻这么大的开心,落得如今受累!

(《光化日报》1945年6月29日,署名:刘郎)

梦里英茵

二十日晨,既起床矣,犹惫甚,继复睡,乃得佳梦,梦中见英茵,为贫女妆,跣其双跗,时绚阳甚丽,布于通衢,曝英茵之颅,容彩焕然。一老人掖英茵行,复一妇人,踵于后。老人与妇,衣褐色衣,并袖短不掩其肘。顷之,英茵交老人之臂,老人徐步而前,英茵则徐退而后,妇犹随趋。忽为歌声,亦若诵圣诗,老人与英茵和之,声极清澈。路上无行人,作壁上观者,第我一人。我以此境奇美,所被于身体发肤者,似有无限温馨。未几,梦境猝逝,而歌声犹萦耳际,英茵之爽朗容光,亦犹系于心目间焉。

(《光化日报》1945年7月22日,署名:刘郎)

舞丛新讯

侯罗美称标准处女,亦称刺戟女郎,前者或谓其人能守身如玉,而刺戟女郎云者,殆无从稽考矣。近岁若干载,今重堕舞尘,人不足称丽质,顾线条之美,如昨日也。曾与接谈,故自通品,客有提起李香君,而侯能知壮悔堂,是岂庸流所能到? 客有笑其已非处女者,侯犹不悦。长大女儿,必欲争处女之名,是何苦哉?

李珍珍在今日，有管领群芳之目，近忽自百乐门迁新仙林，生涯弥美。天衣芳誉其人，数招同坐。一日，邀之共餐，时为星期五。李答曰：夜饭已排至下礼拜二矣。天衣颇懊丧，私语曰：吃一顿饭，尚如此艰难，不必有其他经营矣。珍珍有友名叶妹妹，亦佳才，今同在新仙林。论舞女阵容之盛，新仙林已踞第一把交椅，百乐门人多，叫嚣使人勿耐。

　　赵雪莉将重来舞国。夏时，赵忽退休，其同伴言，洞口红潮退三月，而小腹隆然，遂居家待产，比育一雏，落地而死。赵不嗟伤，以身无挂碍，而其绝世风姿，又可以歌动于舞海中矣。

　　(《七日谈》1945年12月19日第1期，署名：刘郎)

同乐会之夜

　　丁一怡三十初度之夕，招亲友宴其寓中，孙钧卿与张文娟皆至。一怡故操弦索，丐二君歌，孙唱《洪羊洞》，张则歌《八义图》，神韵之美，无可与言。愚今年足迹亦不莅剧场，是夜始趁弦索，嗓败如困斗之鸡，终知此材不可造也！耶诞之夕，登台演张嘉祥"趟马"一场，戏不及三分钟，事前亦无预备，所得益不知所云。《铁公鸡》前，有《蚆蜡庙》、《黄鹤楼》诸剧。《蚆蜡庙》尤整齐，以培鑫为施公，素雯为张妈，自然生色；而胡夫人之活色生香，依然无减，出场之数板，长二三十句，皆梯公临时为之编制者，妙语如珠，由以知贤伉俪情怀，正复不恶也。剧中翼华与其公子，一为褚彪，一为黄天霸，公子俊发如乃翁，扮相尤美。卢冀野先生谓丁家乔梓"父子风流如百年"者，今亦可以移赠于翼华矣。戏自夜午起演，至四时半始散，名义为庆祝耶诞同乐会。兰亭不跳加官，改跳圣诞老人，台下人大悦，半小时间笑口常开焉。

　　(《七日谈》1946年1月2日第3期，署名：云郎)

谈瑛念旧

　　谈瑛来上海后，一日扬言曰：我与某先生阔别多年，心实念之，我将往存其起居。时座上有天魔,天魔自内地来,闻而不怪曰,汝不可去,汝须知某留沪八载,其人其行,我辈尚在侦查中,说不定有问题也。其实某固学者,孜孜矻矻于艺事中,何尝有叛国之行?而谈瑛大窘谓人曰:我之得有成就,某先生扶掖之功为多,我何能忘旧?而靳我此行,岂不使人内疚哉?由此一事觇之,重庆归来之客,对上海人犹不能尽去其仇视心理,惟蛾眉念旧,其风谊有是多者,不可不志一言以旌之焉。

(《海风》1946年1月19日第10期,署名:爱萍室主)

田菊林与刘淑华

叙宴于闻铃阁之夜,晤田菊林。田为状甚欣,而口没遮拦,论貌,特中人姿,然造诣不恶,有人见其《思凡》一剧者,谓是坤旦队中,压卷之作者。愚观信芳之《四进士》,以菊林搬演万氏,亦以荀派动作,出现台上,乃有活色生香之美。菊林凡两次南来,习南方话,通十之三四,有时明明不能说,亦强说之,阖座大笑,谓其人真风趣矣。与菊林并来者,犹有刘淑华。刘世居海上,然久客春江,故所言皆上海话。废历新年,受大舞台聘,为当家花旦。闻铃主人娴于剧艺,力举淑华,成就之善,而愚未前见也。是夜来宾皆引吭,主人首唱《春秋配》,委宛歌来,似行云自流。刘与田,皆不以嗓音胜。田尤兀于歌喉,自谓迩来嗓益哑,试之,则嗓发痒,至不可受,仅唱元板四句而止。

(《七日谈》1946年1月30日第7期,署名:刘郎)

"海派"文章与小型报作者偶像

一二月来,《七日谈》型之周报,在市上呈风起云涌之观,无论局外人诧为异事,即身主其事者,亦莫明其何由而得巨量读者也。以愚观察,殆以此类周报,容纳之文字,质短而量多,要为最大原因,更以竞刊侧面新闻,尤为无数读者所爱赏。愚常日言之,小型报惟一长处,要多刊侧面新闻,随笔与身边小品居其次,必要避免纯文艺与讲空话之文章。纯文艺失之沉闷,讲空话往往自压榨得来,哪有好东西?例如潘柳黛写周年祭,文章为大观矣,然每一个字,皆有着落,每一句话,都是从心坎中流出,自然是好文章。又如某某诸君,以报上之题材为题材,发一泡空议论,全文终了,读之一无所有,犹之看人如厕,而其人患便结之苦,为一样替他吃力。我人既不讳言,报纸为"海派"报纸,文章为"海派"文章,当知海派之最高条件,为轻松流畅,若失之沉闷,或流于空泛,试问何以对"海派"两字哉?

一般周报之号召读者,辄曰:"作者数十人,名著百余篇。"此十个字的确为读者所向往,所谓上海之小型报人才,此中绝无高卑,谈不到"名家",谈不到"乏角"。以不肖而言,从前有人登门来请,为其报执笔,恒媚我曰:"公健笔也,苟荷宠赐宏文,吾报必一纸风行矣。"愚惭恧不自已,及撰文竟,付之。俪以言曰:"此文而实汝报,汝报果能多销一张者,请断吾颅!"愚不信自己为小型报作者之偶像,亦决不信小型报作者中有偶像可寻,因有谬自矜伐,以为我实小型报作者之偶像者,则其人无自知之明之罔人而已!今一般周报之风行,完全为文字充实,执笔人之众多,决非卖一二之文章。龚之方先生常劝我,多写一点。愚不听,以为此君不及我看得清楚,然亦不暇与之辩。今草此文,为老友告,特而"沾沾自喜"之徒,对此亦有当头浇一盆冷水之感否?

(《七日谈》1946年2月27日第11期,署名:刘郎)

张善琨在杭被殴谣

报载张善琨与童月娟在杭州,游灵隐,致被游客殴击云云。顷有友人自杭州来,据渠言,知其事甚详。其事发生于年初一,张童及友好数人,游于灵隐。时灵隐游人如蚁,车止于灵隐外,不能再入。张以不胜肩摩踵接之苦,愿自守车中,童等与友人则往大殿游览。顷之,车夫亦下车去。而止于张车后面者,为一巨型卡车,将开动,因要张车让挡。张答之曰:车夫他去,我不能开。其人忽大怒,厉声诘张,谓汝乌得称车夫者,汝仗富有乃奴视我侪邪?张亦机警,亟谢罪曰:我无礼貌,应称机师。而其人犹悻悻不已。时童等及张车之机师皆至,问故,亦为张谢不敬,自此邪许一声,张车从人丛中,扬长驰去矣。大概张车行后,游人有识童月娟者,因张其事于外,附会传言,乃有善琨被殴之谣,亦未可知。闻内地方面,大多对汽车之司机人,不可称车夫,而当称司机师。张居沪上久,稍不慎,遂几肇祸端也。

(《铁报》1946年3月5日,署名:高唐)

咒赌记

愚耽声色之好,而不喜博,所以恒博至天明者,半为朋友相翿,谊不忍拒耳。然而家主婆与我相骂矣。愚以身体羸弱,不可熬夜,本不必熬夜,特每赌必以子夜始,黎明终,洎乎曙色挂窗前,始归去。妇大不悦,谓良人如此,直速其死亡,既屡劝,而屡不听,昨日复然。乃为恶咒,谓汝直自杀,苟因此而死,我将无泪以哭汝,第必为汝措殉葬之物,譬如习用以垫棺者,为石灰与纸箔,我将摒而勿用,而用扑克牌挖花牌,范于汝尸体之周围,使汝虽在九泉,亦能得呼卢喝雉之乐。愚大笑,曰:夫人之视我良厚,特我犹虑焉。虑夫人办事必勿精,将使我抱憾于重泉。今趁犹在,为夫人道之,挖花牌以王得胜为好,扑克牌以八○八至佳。或资力勿充,亦当买骆驼牌,切勿用中国货,纸劣易折。又如摇缸码子,必不可少,不然亦等于不买。汝不肯烧锡箔,只好用码子赌,赢则可以捞现钱,输则只得立起身来,拍拍身体矣。

(《铁报》1946年3月13日,署名:高唐)

丁芝将播话剧

愚生平厌恶收音机,寒家尝备一具,三年前损一灯泡,遂废置至今。最近,以电度可畅用,妇乃携之入市,配灯泡,于是扰扰晨昏,老夫无宁静时矣。其实愚妇固勿耽此癖,而儿辈良悦之,幼子亦解歌声,闻京剧,曰:是麒麟童也,则和之歌,走台步,颇有规模。愚大乐,而不知其何自学来也？

有时得听言菊朋唱片，辄不胜眷恋之情，其歌醇厚，其腔绝美，使人神往。菊朋墓木久拱，有子，不足承先业，有女，娇痴未已，时播风冶之闻。菊朋固书香子弟，研旧剧至精，而其命甚啬，徒使竖子成名，真人间不平事矣。

丁芝既登电台，时间在下午。愚方百事丛集，乃不获接其言笑于"空气中"，今为解答妇女问题，不久，且播话剧。愚曰：得勿嫌流品勿高？丁芝则曰：善葆吾躬，而慎重将事，又安用计他人之议我如何者？世上无真是非，百日悠悠，毁誉之来，宁都实在？丁芝既洞察人情，愚更不必置喙已！

（《七日谈》1946年4月3日第16期，署名：刘郎）

佘山之游

八九年以来没有离开过上海，今年春天没有出门，到最近始一游佘山。佘山在青浦的西南角上，上面有一教堂，曾经给罗马教皇封为世界大教堂之一，也有一只天文台，我们到了佘山，这里面都去参观过的。

从上海坐汽车直放佘山，过了虹桥，到青浦一段的公路，路面不大平整，车身颠簸得很厉害，所经过公路的两旁，都是秧田，这种野趣，十多年未及亲尝了。有时候念到童年，对田野的景象，也会相思如渴。

车行足足二小时，抵达佘山。据孙兰亭兄的估计，佘山之高不过及玉皇山之半，到最高的地方，望得见上海的国际饭店与十八层楼。其实在上海的国际饭店，也望得见佘山。佘山的山道十分整洁，到山腰的一处平台上，俯瞰下方，丛翠为渊，有些像在南京明孝陵过去的那个紫霞洞上面。从山腰到山顶，绕十四个坡道，不比得拾级而登的那样吃力。

之方非常诧异我的爬山能力，他以为我身体不好，爬山未必胜任。想不到一路上山，我是一路走在前面，腰脚之健，非同行者所能及。其实我是性急人，什么事都喜欢快。走在马路上，从没有纡徐的神气，总是急匆匆的，上山纵使气力不胜，脚底下也不肯放松，以资喘息。

我们遇见了神父，兰亭首先同他讲了一句法文。神父以为他能够说法文的，便对他讲了一大段，兰亭却完全听不懂。他说我在徐汇公学读书时候，就学着方才的那么一句。

这一天天文台正在鸠工修葺屋顶，所以神父不能让我们去测看天文，只在台顶上站了半天，到向午时间，我们便下山来了。

（《七日谈》1946年6月26日第28期，署名：刘郎）

近事琐记

大苏、曾淹二兄，复以书来必欲余文续十月底为止，语意殷切，不忍拂故人之爱，琐琐言近事，为二兄之报补白可乎？

北游之议既决，因须俟克仁自湖上归来，而克仁尚未返，余已备装，念克仁更不来者，则留平之日当在肃肃秋深时矣。过此余将畏寒，使游兴亦必锐减，计此行或且作罢。沈琪自湖上归，告我曷不游湖？往返既易，而湖上秋光，必不减春明风物，因述其此去游踪，为之向往勿已。

入夜，亦恒游舞榭，仙乐斯、新仙林、丽都皆去。余年来足迹不常莅东区舞场，迤而至仙乐，亦稍坐辄去。复一夜偕醉友坐丽都，友招小浦东来。小浦东业此凡二十年，至乃犹如豹子食牛，方兴未艾，据其言过房囡与外甥囡，乃遍布舞场中，丽都之徐琴芳，亦其"囡鱼"之一，顾视徐之春秋，亦既近三十矣。

（《飞报》1946年10月22日，署名：云郎）

忙　人

不记得是几年以前的事了，有一天，我在许晓初先生那里闲谈，忽然进来了一个人，光采奕奕，新剃的头，好像才从混堂里出来。晓初同他招呼，此人不待坐定，便说："我到这里弯一弯，刚刚康老有电话，说×点钟要到我家里来看我，我立刻就要回去。"看他匆遽的情形，真似俗语说的"头七里的亡人"。等他走后，我悄悄地问沈禹钟先生："迭个是啥人?"沈先生说:"是王剑锷律师。"我虽然没有同他搭讪,但王律师给我的印象真是深刻。

前两天,我在一家喜事人家,又碰着王律师了,他一进门又向着在座的人说:"我连帽子也来不及戴,一直在开会,今夜还要继续开下去。"这两天是王律师在市参议会里做参议员,那更无怪其忙了。果然,他是第一个先走,座上虽然还有王晓老、王先老诸人,他也来不及敷衍了。

(《铁报》1947年1月12日,署名:高唐)

范雪君重晤记

范雪君者番来沪,益驰妙誉。愚近顷始从收音机中,闻其播《啼笑因缘》,惊其造诣精湛,为之神往不已。友人中培林、陆洁,皆时聆其书,培林更于其开唱《雷雨》之日,为座上客,乃谓雪君之在书坛,实为惊才绝艳之儿。复闻其开唱《雷雨》后,佐临、张骏祥、白杨诸人,皆往听赏,为之心折不已。培林乃言:雪君实弹词家之革命者。数十年来,弹词中乃无革命人物,今乃委巨任于一女儿,此雪君之所以千古也。

愚与雪君为旧识,久勿相见,恒念其人。一日,乃宴之于市楼,时为中午,雪君盛服至,三年前见之,其人犹矜持,今则视曩昔为洒脱。辄为余道其辛疲之状,谓晨兴以后,辄读本子,盖《雷雨》一书,每日唱而每日读本子,以非素习也。此在旧剧谓之钻锅,雪君乃日日钻锅。报间记其将开唱《日出》,谓或将废此而唱《钗头凤》,或《赛金花》,培林则怂恿其唱《赛金花》,以赛金花事迹,知者比钗头凤广也。

(《海潮》1947年3月2日,署名:唐大郎)

项　　家

上海之交际花甚盛,愚乃无一人识之者。最近始在项墨瑛女士府上,得与一餐,所谓"愿为府上贤宾客,消尽尊前块垒胸"者,愚是夜尽此乐矣。

项年不过二十四,顾以娇小,其人乃似在雏年,肌肤如雪,鬓发如云。愚尝细细审其面,以为其面型乃与胡弟弟、冯媛媛相似,所谓亦巴儿狗面孔者,然项之韶秀,非侪辈可及也。

红闺装置,得简静之美,而灯火尤多,幽且朗,坐其中双目乃极舒润,肴援亦精,则为项府家厨,尽一盏酒,陶然有醉意,闻项腹有诗书,真不同于流俗也。

(《诚报》1947年3月13日,署名:刘郎)

九野苍茫又哭君!

八日下午,去吊尧坤之丧,他死了以后,我没有写过一个字的哀悼文字。近年来我把生死看得太平淡,生在这一个国家,真的长寿下去,其实也不会有开心的一天。那末死了也好,何况像尧坤这样的人,落拓成性,不能谐俗,后来的光阴,不一定比现在更多佳境,死了尤其没有什么遗憾。

我因为去得甚早,踏进灵堂,却引起我一阵凄酸之感。那里是清清寂寂的,来的朋友不过六七人,他们家属也少。我在灵前行礼,一个女人,在嗯嗯地哭,大概是尧坤的夫人;一个稚子,匍匐在地上,当是他的儿子;旁边还坐着一位老太太,该是尧坤的太夫人了。"死者已矣,生者何堪",我以为最沉痛的是这一桩事,谁无老母?虽无妻儿,可以死而死不得的,原因在此!

不到这种境界,想不到自己应该活下去的理由。你们不要看我终日言不及义的过着,我也有我的一肩重担,生我的母亲,替我料理家务的太太,还有将来不知是什么材料的一群儿子也。

(《诚报》1947年4月10日,署名:刘郎)

重见俞美丽

舞场市面,已迫黄昏,然回光返照,至此转呈其绚烂之状。迩日以来,"仙乐"之茶舞,"大都会"之夜场,罔勿恒舞酣歌,如昨日也。十月三十日,愚止于"仙乐",以四人往,侍坐者六人,为陆青青、梅菁、俞美丽、李珍珍、陈绮,及沈金妃是。就中俞为老友,相违既久,愚乃弗知其重堕于此也。

七八年前,"大都会"蓄名雌綦众,美丽已跌宕其间,其人不以饰貌称妍,然柔情如水,腻语如环,体格固壮健,顾恒日娇柔,若必扶之始能立者,似十年前之潘妃老九,亦似后来之白莲花也。放眼欢场,多觉新起人才之了无可取,惟旧人为颠扑不破。以俞为例,虽投老风华,然相对盈盈,便足以豁人眉眼。愚问美丽以别来情况,皆直陈无隐,既而曰:"今复飘零,故人视我,且将不尽咨嗟?"愚复问曰:"今居何所?"曰:"卡尔登公寓。"愚喜曰:"然则与我近在咫尺,午饭既毕,我将借汝之榻,寻午梦焉。"美丽乃大笑不已。

(《铁报》1947年11月2日,署名:高唐)

才　女

大儿子看了小型报,回去告诉我太太说:"报纸上有一段说:唐太太是不识字的,所以唐先生写的文字,她都好像没有看见一样。"太太问我这是什么意思? 我说:"大概因为我时常写许多女人的事体,你并不以为刺戟,其实你根本不看报的。"

我的太太学问固然不大好,报上文字,她是看得懂的。她曾经对我说过:"你的文言文看起来比较吃力一点。"当我认识她的时候,白天还在读书,天天上慕尔堂,平跟鞋,布旗袍,白莲花打话一面孔"学堂生"打扮。她中文也读,英文也读。后来我劝她不要读了,我教过她一个时期中文,她非常欢喜,以为她的丈夫是"海上文豪",教起来一定比普通的先生通得快。其实我的教授法是一塌糊涂的,她到底也没有进步。

我没有结婚之年,一直想讨一个才女做太太,看见笔记上王伯玉的太太邹淑芳写的《三生石草》里的好诗,如:"洗手自怜十指甲,何因又长二三分?"又如:"赵瑟欲调无奈懒,楚腰先细不堪愁。"又如生日诗:

"笑采秋花斟寿酒,还愁薄命不禁霜。"未尝不心向往之,但现在哪里去寻?难得出一个周鍊霞,但她的丈夫是重利轻别离的远走台湾,她却耽在上海。

(《铁报》1947年12月12日,署名:高唐)

我偷娇女

在报上称女儿为娇女,凤公用得最多。新近他写了一篇文字,关于娇女的解释,他说这两个字是他所首创。我想想好像我还写在他头里,不过我决不是首创,我是偷《碎琴楼》上,何诹往往写女儿为娇女。

二十年前,我的确迷过《碎琴楼》的,我欢喜它比欢喜林译小说更厉害。何诹的笔下,写称呼很更别,如称小姐为姑姑,称女儿为娇女,称父亲为阿翁。我记得为它写李坤把他女儿训斥了一场,李夫人帮着女儿,骂他丈夫说:"数十年独据家翁,用威犹患弗足,更欲施其毒于吾娇女,吾娇女健饭如恒,则亦已耳,脱有如何?"语至此,泣不下续,刘氏之悲,悲无子也。何诹就这一点好,轻轻松松的,写得这样的传神。

我自己晓得没有出息,有时欢喜摹仿,《碎琴楼》用的字眼,以前常常把它搬到报上去,娇女两个字,的确由我老早介绍过的。凤公是过房女儿收得得意,在老骨头一轻松之后,方写出来的。

(《七日谈》1949年1月1日新第1期,署名:大郎)

今日的马车

时常看见掌故家写起上海的白相掌故来,都会提到坐了马车去白相张园的那一番鞭丝帽影的盛况。鄙人在民国三四年住家上海,也许还赶不上那个时期,即使赶上,那时鄙人也只六七岁的小孩子,轮不到去凑热闹;即使跟了大人去凑热闹,也因为年纪太小,到现在自然印象模糊了。

上海的马车,到近年来,还没有淘汰光。记得沦陷时期,赌场里用的马车，车身与车轮都是用汽车的原件，驾车的往往是一头肌瘦可怜的老马。唐若青小姐，淫于赌博，那时她在新世界旁边的一家戏院上戏，日夜两场散戏时候，门外常常停着这样的一辆马车，接她到赌台上去踊跃输将。

现在凡是汽车改装的马车，忽然又绝迹了，都是所谓篷车。也不知是些什么人在坐，都是敝旧不堪，可是驾车的马，却都是雄壮的高大的，望之乃如神骏。据说这些马，都是从前生长在跑马厅里的，受过优好的供养，现在用不着它了，便叫它拖车子。知道这个原因的人，对这群畜生，能无王孙末路之悲？我因为有个写字间在旧孟德兰路，天天进出，天天会看见马车在那里经过。坐在三轮车上，后面跟来一辆马车，我总要胆小，生怕那个马头会碰到我的头上。于是我讨厌这一样交通工具，事实上现在的上海，其实也不需要它了。

（《七日谈》1949 年 1 月 8 日新第 2 期，署名：大郎）

羊　肉

今年吃过两次涮羊肉，一次是唐世昌先生请我在清美居吃的，后来一次在洪长兴，回去后这两夜都没有睡得好觉。新近又有人请我吃涮羊肉，我去是去了，而罚誓不吃，只吃了几块牛肉，和一碗白菜开阳面。

我对羊肉，以为并不难吃，可也并非特别爱好。记得小时候在外婆家，大冷天，从市上买回来的切片羊肉，焐在烫粥里，蘸一些鲜酱油，风味无穷。故乡到了秋深以后，就有羊肉面可吃。前年冬天，回去一次，清晨还带了一家子人都上东坡桥畔的吴家馆去饱啖一餐，孩子们都叹为至美。

前二月，北平回来的朋友，带给我一包月盛斋的酱羊肉，真好，没有羊肉的膻味，而入口犹如牛肉。太太一向不吃羊肉，可是月盛斋的酱羊肉，也叫她做了一次佐馔之用。

（《七日谈》1949 年 1 月 22 日新第 4 期，署名：唐大郎）

元旦书红·梅桩与松桩

在朋友的坐憩室里,开放着两盆梅花,一红一绿,无不风致嫣然。我问这两盆花的价钱,都在千金以上,但这不是最贵的。朋友指着花盆里的一干老松说:这棵松树,承让的人,讨价四担半米,今日计之,则将近万金矣。到了将近新年的时候,天竺腊梅的价钱,一向会扶摇直上,所以你要弄一点岁寒清供,却也供不大起。所谓清供云者,也只是富人们的事,穷人只有"矮屋三间楼一角,安排瓦盎种秋花"的这一分福气了。

(《七日谈》1949年1月29日新第5/6期,署名:大郎)

教范雪君害人

那一天我们在谈范雪君,桑弧告诉我石挥很醉心范雪君的,天天听她夜里十一时至十二时的一档节目。我于是问旁座的石挥说:"你这个湾巴子,怎么也会欢喜产生在苏州的玩意儿的?"他说:"我不喜欢听书,我喜欢她们姐儿俩在不说书的时候叽叽喳喳的声音,从收音机里传过来,听不真晰,而好像就在我的身边。"

以石挥这样说,他实在犯的是意淫。我说范小姐你去害害他,你播音的地方,不是在你卧室里吗?(把麦格风放在范的卧室中,每夜转播。)那末当你播音完毕之后,叫电台不要关掉,这时候你可靠近麦格风,毕卜毕卜的解开你身上的撳纽,解完之后,你洗一个脸也好,用一次水也好,嘴里更不妨随意哼哼,小调也好,情歌也好,只要不停地把零零碎碎的响声传过去,响得我的朋友,保证一夜睡不着,因为他是一个人睡的。

(《铁报》1949年3月22日,署名:高唐)

谈《南天门》

大家都说信芳先生的戏,带白胡子都是好戏。我以为白胡子当中,最好的还不是《青风亭》《四进士》，我更欢喜他的《南天门》，出场就是一个抢背，以后抖衣上的尘埃，行路，哆嗦，乃至自己抛头上的顶宫，全是信芳先生最佳的身段。看见了八仙时候的脸上表情，出神入化，台下人至此，没有不作观止之叹的。我也曾想从信芳先生实授一出戏，拣的就是这《南天门》。可是心愿还没有了，而《南天门》这出戏，在北方忽然以禁演闻矣。

据他报记载：北平最近禁了五十多出旧戏，我一一看过，有许多戏，禁得好，而禁到了《南天门》，则又不免深文周内了一点。《南天门》之所以要禁，大概为了它有仙人的场面，但忘了它的宗旨，是劝人以忠，导人以义。其实禁的人应该多考虑一点的，这出戏的迷信场面，强调得不算厉害。从艺术上看，那末故事的编制，场面的铺排，《南天门》总是一出好戏。可是禁也禁了，我再放屁也没有用。我只望信芳同"中国"的一局，成功得快一点，这一出戏也许还有欣赏的机会。

（《铁报》1949年4月1日，署名：高唐）

信 芳 周

周信芳先生同中国大戏院的共事，已经谈妥当了，大约二十三四日可以上去，打泡戏还没有出。他以前欢喜以《群英会》打泡，后来则改《路遥知马力》，这一次大概都要变更，因为《群英会》没有唱《借东风》的孔明。

据沈苇窗兄说，他想替信芳先生拟打泡戏目；我于是想起桑弧的"信芳周"来，桑弧写过一篇文章，把信芳演技最精的戏排了七天，名之为"信芳周"。假使一场唱两出的，桑弧替它的风格分得非常匀整。可惜这文章不在手边，不然可以给信芳做考虑。

五十六岁的人了，再有几年好唱？我直望他唱一次尽唱他自己承认的快意之作。着旗袍马甲的小戏，固然不必再动，就是《追信》之类，徒以俗的戏，也不必再贴。唱自己认为的快意之作，不但是用以自我欣赏也，好叫爱好麒艺者可以过瘾。

（《铁报》1949年4月20日，署名：高唐）

一部连续几十年的私人观察史

(《唐大郎文集》代跋)

唐大郎的名字,现在可能也算得上轻量级网红了,知道的人并不少,甚至有学者翘首以盼,等着更为丰富的唐大郎作品的发布,以便撰写重量级的论文和论著。这是我们作为整理者最乐意听到的消息。现在,皇皇大观12卷本的《唐大郎文集》的最后一遍清样,就静静地摆放在我们的书桌上,不出意外的话,今年上海书展上,大家就能看到这部厚厚的文集了。

唐大郎是新闻从业者,俗称报人,但他又和史量才、狄平子、徐铸成等人有所不同,他是小报文人,由于文章出色,又被誉称为"小报状元""江南第一枝笔"。几年前,我曾在一篇小文中阐述过小报的地位和影响:"上海是中国新闻界的重镇,尤其在晚清民国时期,几乎撑起了新闻界的半壁江山,而这座'江山',其实是由大报和小报共同打造而成的。大报的庙堂气象、党派博弈与小报的江湖地气、民间纷争,两者合一才组成了完整的社会面貌。要洞察社会的大局,缺大报不可;欲了解民间的心声,少小报也不成。大报的'滔滔江水'和小报的'涓涓细流',汇合起来才是完整的、有着丰富细节的'江天一景'。可以说,少了这一泓'涓涓流淌的鲜活泉水',我们的新闻史就是残缺不全的。一些先行一步、重视小报、认真查阅的研究者,很多已经尝到甜头,写出了不少充满新意、富有特色的学术论文。小报里面有'富矿',这已经成为越来越多的专家学者的共识。我始终认为,如果小报得到充分重视,借阅能够更加开放,很多学科的研究面貌一定会有很大的改观。"现在,我仍然这样认为。《唐大郎文集》的价值,就在于这是一个小报文人的文集,它的文字坦率真挚,非常接地气;它的书写涉及三教九流,各行各业;它更是作者连续几十年的私人观察史,因之而视角独特,内容则极为丰富多彩;而且,如果我记得不错的话,这是小报文人第一次享受这样高规格的待遇:12卷本,400万字的容量。有心的读者,几乎可以在里面找到他想要找的一切。

为了保持文集的原生态,除了明显的错字,我们不作任何改动,例如当年的一些习惯表述,有些人名的不同写法,等等。我们希望,不同专业的学者,以及喜欢文史的普通读者,都能在这部文集中感受来自那个时代的精神氛围,从中吸取营养,找到灵感,得到收获。

这样一部大容量文集的出版,当然不是我们两个整理者仅凭努力就可以做到的,期间受到来自方方面面的帮助是可以想象的,也是我们要衷心感谢的。这里尤其要感谢唐大郎家属的大力支持,感谢黄永玉先生、方汉奇先生、陈子善先生答应为文集作序,还要感谢黄晓彦先生在这个特殊的疫情期间为之付出的辛劳。他们的真情、热心和帮助,保证了这部文集的顺利出版。请允许我们向所有关心《唐大郎文集》的前辈和朋友们鞠躬致意。

张 伟
2020年6月5日晨于上海花园